JN161895

ウンベルト・エーコ 編著

異世界の書
幻想領国地誌集成

三谷武司 訳

UMBERTO ECO
STORIA DELLE TERRE
E DEI LUOGHI LEGGENDARI

ウンベルト・エーコ（Umberto ECO）
1932年、イタリア、アレッサンドリア生まれ。ボローニャ大学教授、作家。著書：『記号論』（講談社）、『完全言語の探求』（平凡社）、『薔薇の名前』（東京創元社）、『フーコーの振り子』（文藝春秋）、『バウドリーノ』（岩波書店）他多数。

三谷武司（Takeshi MITANI）
1977年生まれ。東京大学大学院情報学環准教授、翻訳家。訳書：ミュラー『メディアとしての紙の文化史』（東洋書林）、ステン『静かな水のなかで』（早川書房）、ライス『ライス回顧録』（共訳、集英社）他。

異世界の書——幻想領国地誌集成

*

2015年11月30日　第1刷発行
［編 著 者］ウンベルト・エーコ
［訳　　者］三谷武司
［装 丁 者］桂川潤
［発 行 人］成瀬雅人
［発 行 所］株式会社 東洋書林
〒162-0801 東京都新宿区山吹町4–7 新宿山吹町ビル
TEL 03–5206–7840
FAX 03–5206–7843
［本文データ］株式会社 シーティーイー
ISBN978–4–88721–821–5

*

*

*

*

異世界の書——幻想領国地誌集成

*

*

*

*

《目　次》

《凡　例》

- 原書に準拠して、各章後半のアンソロジー部分に収載の各作品にリンクする本文テクストの主要なキーワード（アンソロジーに記載のある著者名、書題、ないし◉で示唆される表題のいずれかに対応する語）を**太字**とした。
- 原註はテクスト該当部に《　》で対象番号を付し、註本文は欄外とした。
- 訳註は原則としてテクスト該当部に［　］で示したが、註が長文になる場合は対照記号※を付して欄外とした。なお既訳引用内の原訳者註は〔　〕で示した。
- 邦訳引用文献の書誌情報は、各章前半の本文テクストに掲載の場合は訳註［　］内に「〜より」を付す形で示し、各章後半のアンソロジーに掲載の場合は附録の邦訳参考文献リストに一括した。
- 本書で採った訳題と異なる既訳題は、邦訳参考文献リストとの対照上、訳註［　］内に「邦題」として明記した。
- 既訳引用の場合も、数詞は欧数字に適宜置き換えた。
- 聖書の訳は原則として新共同訳に拠った。
- 附録の参考文献リストとの対照を原書で示唆されている場合は、当該の文献情報を欧文表記とし、著者名、出版年に続けて☆を付した。

*

序論

PREFAZIONE

*

*

*

*

本書は伝説の土地と伝説の場所を扱う。最初に土地と場所と断っておくのは、アトランティスのような大陸も扱う一方、街や城、そして（シャーロック・ホームズのベイカー街にあるような）アパートも取り上げるからである。

架空の場所、虚構の場所については事典類が充実しているが（最も網羅的な一冊はアルベルト・マングェルとジャンニ・グアダルーピの労作『架空地名大事典』だろう）、本書ではその種の創作された場所は扱わない。もしそうしたものも含めるとすれば、ボヴァリー夫人の家、『オリヴァー・トゥイスト』のフェイギンの隠れ家、『タタール人の砂漠』のバスティアーニ砦などは不可欠になるだろう。これらは小説に登場する場所だが、ときどき、熱狂的な読者が自分の目でそこを見たいと言っては無謀な探索行に出かけ、あるいは実在地から着想を得た虚構の場所の場合にはそこへと赴き、どうにかして愛読書の痕跡を見つけようと試みることがある。『ユリシーズ』の読者が毎年6月16日にダブリンのエクルズ通りでレオポルド・ブルームの家の特定を試み、現在はジョイス博物館になっているマルテロ塔を訪れ、1904年にブルームが買ったレモン石鹸を薬局で買おうとするのはまさにそれだ。

虚構の場所が実在の場所に比定されることもある。マンハッタンにあるネロ・ウルフ［レックス・スタウト（1886–1975）の小説の主人公たる私立探偵］の褐色砂岩（ブラウンストーン）の家などはその一例である。しかし本書はあくまで、多くの人々

空飛ぶ島ラピュータを発見するガリヴァー、ジョナサン・スウィフト『ガリヴァー旅行記』（ライプツィヒ、1910頃）のための挿絵

アルブレヒト・アルトドルファー「スザンナの水浴」(1526、ミュンヒェン、アルテ・ピナコテーク)における幻想的な風景

がどこかに実在する、もしくは過去に実在したと本気で信じ、その信念がキメラ、ユートピア、幻想を生み出した土地と場所だけを扱う。

とはいえ、そうした土地や場所の中でも、さらにいくつかの下位区分が必要である。まず、現在存在していないのはわかっているが、太古の昔に存在していた可能性を否定できないような土地というものがある。アトランティスなどはその典型で、多くの健全な精神の持ち主が、その最後の痕跡を見つけようとの試みを続けてきた。あるいは、シャンバラのように、様々な伝説に登場するもののその実在については疑問視されていて、しかし一部の人々がそれに「霊的」な性格を帰(き)している、そういう種類の土地もある。他方、シャングリラのように、完全に虚構の産物であることがわかっているにもかかわらず、純朴な観光客につけ込んで、各地にイミテーションが造られ続けているような土地もある。また、〈地上の楽園〉やシバの女王の国のように、聖書の中でしか言及されていないにもかかわらず、その実在を堅く信じた人々による探索の試みが、別の実在する土地の発見を導いた例もあり、クリストファー・コロンブス［クリストーバル・コロン］によるアメリカ大陸発見などはまさにその例であった。あるいは司祭ヨハネ［プレスター・ジョン］の国のように、偽書によって創作されたものであるにもかかわらず、その驚異の魅力によって旅行家たちを惹き付け、アフリカやアジアへの旅行の流行するきっかけとなったものもある。果ては、たまさか廃墟になっていることはあれ一応今日も存在するような土地で、そこを取り巻く神話を生み出した場所もあり、伝説の暗殺教団の影が漂うアラムートや、聖杯神話と結び付けられたグラストンベリー、さらには最近でも商業的な思惑のために伝説の地に仕立て上げられてしまったレンヌ・ル・シャトーやジゾールがその例として挙げられる。

要するに、ひと言で伝説の土地、伝説の場所と言っても実に多種多様なのだ。共通するのは次の1点のみである。すなわち、もはや起源の定かでない太古の伝説によるものであれ、近年の捏造の産物にすぎないものであれ、そうした土地や場所は、信念の流れを創り出すのだ。

まさにこの幻想のもつ現実性(リアリティ)こそが、本書を貫く主題となる。

*

*

Orient
Asie

第1章

平板な大地と対蹠地

LA TERRA PIATTA E GLI ANTIPODI

*

*

*

*

大地に詩的な形象を与える神話は世界各地に見られる。ギリシア神話のガイアのように擬人化されることも少なくないが、東洋には大地が鯨の背中に乗っているとする伝説がある。その鯨を雄牛が支え、雄牛は大岩の上に立ち、この岩を支える塵芥の下にはただ無限の大洋が広がるのみだという。またこれとは別に、大地は**亀**の甲羅の上に乗っているとするものもある。

⁂

◉大地平板説　大地の形状について初めて「科学的」な考察を行った人々は、これを円盤と考えた。それが彼らにとってきわめて現実的な発想だったのだ。ホメロスはこの円盤について、周囲を大洋オケアノスに取り囲まれ、上空はドーム状の天蓋によってすっぽりと覆われていると記述している。ソクラテス以前の哲学者も同様である。資料によって諸説あるものの、残存する各種断片から窺われるところでは、**タレス**は大地を平らな円盤と考え、**アナクシマンドロス**によればそれはむしろ円柱形であり、**アナクシメネス**の説に現れる大地は一種の圧縮空気のクッション上に浮遊し、周囲を大洋に囲まれた平板である［本章後半アンソロジーのアリストテレスおよびヒッポリュトスのテクストを参照］。

他方、大地を球体とする説については、**パルメニデス**がこれを説いた後、**ピュタゴラス**が神秘数学的な根拠づけを与えている［アンソロジーのディオゲネス・ラエルティオスのテクストを参照］。以後、大地球体説の正しさを証明

『歴史の花』（1459–1463）所収のマッパ・ムンディ（世界地図）、TO図、パリ、国立図書館

しようとする試みは続くが、その論拠は観察に基づく経験的な性格のものへと推移していく。この点についてはアンソロジーで示した**プラトン**および**アリストテレス**のテクストを参照されたい。

大地球体説に対しては、デモクリトスやエピクロスが疑念を表明し、ルクレティウスが対蹠地(アンティポデス)の存在を否定してはいるものの、それでも古代末期には、大地球体説こそが一般の常識となっていた。プトレマイオスも大地が球体であることを知っていたからこそ、その周囲を360分割して経線を引くことができたのである。それは前3世紀に子午線の長さを非常に精確に計算したエラトステネスについても同様で、彼の計算は夏至の日の南中時に井戸の底まで日光が届くシエネ［現アスワン］を基点に、そこからアレクサンドリアまでの距離と、両地点間での南中高度の差を測定することによって行われたのだが、これも大地球体説が前提だったからこそ可能になった業績である。

インターネット上には、この世界が球体であることを中世の学者が知らなかったとする謬説が、いまだに氾濫している。しかし実際には、当時から大地球体説は常識だった。漏斗状の地獄界を下っていったダンテは、反対側から地表に出て煉獄山の麓で見知らぬ星々を見るのだが、子供でもわかるとおり、それこそまさに大地が球体であることを彼が熟知していた証拠である。大地球体説は他にも、オリゲネス、アンブロシウス、アルベルトゥス・マグヌス、トマス・アクィナス、ロジャー・ベーコン、ヨハネス・デ・サクロボスコなどの諸文献に見られ、この調子で挙げていくときりがないほどである。

7世紀にはセビリャのイシドールスが（科学的な思考とはおよそ縁遠い人物であったにもかかわらず）赤道の長さを8万スタディオンと算出しているが※、赤道の長さを知ろうということ自体、この世界を球体と考えていない限り出てこない発想である。

にもかかわらず、キリスト教世界がギリシア天文学の成果を切り捨てて大地平板説に逆戻りしてしまったという謬見が、今日でも本格的な科学史の著書にすら見られるほど強固に信じられている。これはいったいどうしたことか。

ためしに、クリストファー・コロンブスは西廻りでの東方航海によって何を証明しようとしていたのか、彼が学んだサラマンカ大学の博士たちは

サンドロ・ボッティチェッリ「地獄の見取り図」、『神曲』（1480頃）のための挿絵、バチカン図書館

※前1世紀のポセイドニオスの計算通り、実際の地球の周長は約24万スタディオン（約4万キロ）である

何を頑迷に否定しようとしていたのか、と問われれば、ほとんどの人は、サラマンカの博士たちはこの世界が球体であると信じるコロンブスを駁して大地平板説に固執し、彼の率いる3隻のカラベル船の行く手には地の底へと吸い込まれる運命が待つだけだと主張した、と答えるのではないだろうか。

だがこの「常識」は、19世紀の世俗思想家たちによるでっち上げなのである。各宗派がこぞって進化論に反発するのに業を煮やした彼らは、大地平板説を（教父神学とスコラ神学の別を問わず）キリスト教思想全体に押し付けたのである。キリスト教には大地が球体であることを否定してきた愚かな過去があり、まさにいま、それと同じ過ちを〈種の起源〉に対しても犯そうとしているのだ、という理屈である。そしてこの主張に都合よく利用されたのが、4世紀のキリスト教著述家ラクタンティウス（『神聖教理』）であった。ラクタンティウスは、この世界が幕屋の形をしているという記述が聖書にあることを根拠に、世界の形は四角形であると断じ、大地球体説を異端として退けた人物である。また対蹠地の存在を認めなかったことも見逃せない。ラクタンティウスに言わせれば、仮に対蹠地なるものが存在するとすれば、その地の人々は頭を下にして歩いていることになるが、そんなことはありえないというわけだ。

6世紀にビザンツ帝国で活躍した地理学者の**コスマス・インディコプレウステス**も、著書『キリスト教地誌』でやはり聖書を根拠とする幕屋説をとり、この世界は平らな大地を底面とする直方体だと説いた。コスマスのモデルでは幕屋の天井は実際には弧を描いているのだが、それはステレオーマ、すなわち蒼穹によって遮られ、下から見ることはできないとされる。

その下に、人間の暮らす世界、すなわちエクメーネがある。この世界は周りを大洋に囲まれ、北西に向かってわずかに傾斜している。その先の北西端には頂上が雲にまで達するほど高い山が聳え、その全貌は地上からでは見晴るかすことができない。太陽を動かすのは天使である。朝、東から現れた太陽は南の方向、すなわち山の手前側に向かって進んで世界を照らす。続いて西の方角へと向かった太陽がやがて山の裏側へと姿を消すと世界に夜が訪れ、今度は月と星々が同じように世界をめぐる。これらに加え、雨や地震など、気象に関わるすべての現象が天使たちの仕業とされる。

コスマス・インディコプレウステス『キリスト教地誌』に描かれた幕屋型宇宙の模式図、フィレンツェ、ラウレンツィアーナ図書館

ジェフリー・バートン・ラッセルの研究によると（Russell, 1991☆）、天文学史の講義に使われる権威ある教科書にも、プトレマイオスの業績は中世の人々には知られておらず（これ自体歴史的に誤りである）、アメリカ大陸が発見されるまでコスマスの説が支配的だったとの記述がいまだにあるのだそうだ。ところがコスマスの著書はギリシア語で書かれていたため(キリスト教中世世界では、ギリシア語を読めたのはアリストテレス哲学に関心をもつひと握りの翻訳家だけだった)、西洋世界に知られるようになったのは実に1706年のことなのである。英訳版が出たのはさらに遅く1897年である。とにかく、中世の知識人は誰もコスマスなど知らなかったのだ。

では何を根拠に、中世の人々は地球が平らな円盤だと思っていたなどという主張が通用しえたのか。そこで持ち出されるのが、セビリャのイシドールスの写本に描かれたTO図［TとOの形象の組合せで世界を表した地図］である（ただし前述のとおり、イシドールスは赤道にも言及していた）。この地図の上部に見える陸地はアジアであり、これは地上の楽園がアジアにあるという伝説に基づいている。横棒の一方は黒海を、もう一方はナイル

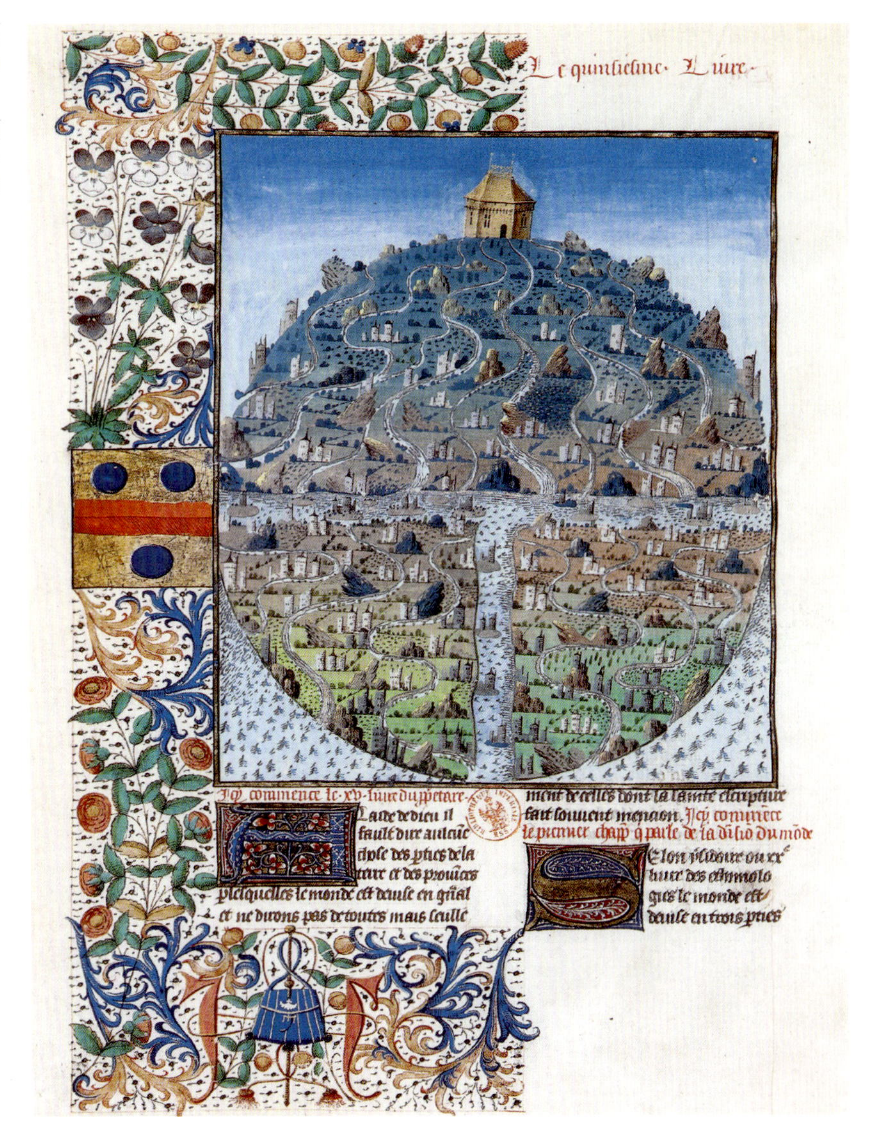

バルトロメウス・アングリクス『事物の性質』（1372）所収のTO図

（次頁）『サン＝スヴェールのベアトゥス写本』（1086）所収のマッパ・ムンディ、パリ、国立図書館

川を、縦棒は地中海をそれぞれ表している。したがって左側の四半円がヨーロッパ、右側の四半円がアフリカである。この円形の陸地を取り囲むように描かれた円は大洋を表す。

大地を円盤状に描いた地図は、リエバナのベアトゥスによる『黙示録註解』にも見られる。この書物のテクスト自体は8世紀に書かれたものであるが、そこに挿絵として添えられたモサラベ様式［イスラーム統治となった8世紀以降、スペインのモサラベ（キリスト教徒）が独自に発展させた美術様式］のミニアチュールはその後数百年にわたって描き継がれていったもので、ロ

TRIO
SEPTEN
BORIAS AQUILO
DESIRTA ARINOSA
ALBANIA
GALACIA
CAPADOCIA
CILICIA
A SIA MINOR
hic caput europae
ALANIA
MACEDONIA
TESSALONICA
epirum
ACAIA
SINUS ADRIATICU
CALABRIA
APULIA
ROMA
SPOLITE
PANNONIA
noricu
SAR MA TICA
FRANCIA
GALLIA BELGICA
GALLIA LUGDUNE
PROUINCIA
SEPTIMANIA
AQUITA NIA
UUAS CO NIA
TRASCIUS CIRCIUS
KORUS AGRISTIS
OC

GENS SERES
GANDARI INDI
PARTIA UOCATUR
ASIA MAIOR
ARABIA
GALILEA SUPERIOR
IUDEA
EGIPT SUPERIOR
INSULA MEROEN
EGIPT INFERIOR
AFRICA
INSULA CRISE
EURO AUSTER
LIPS AFRICUS
AUSTER AFRICUS
LIBO NOTHUS
FORTUNATARUM
INSULAE
MERIDIES

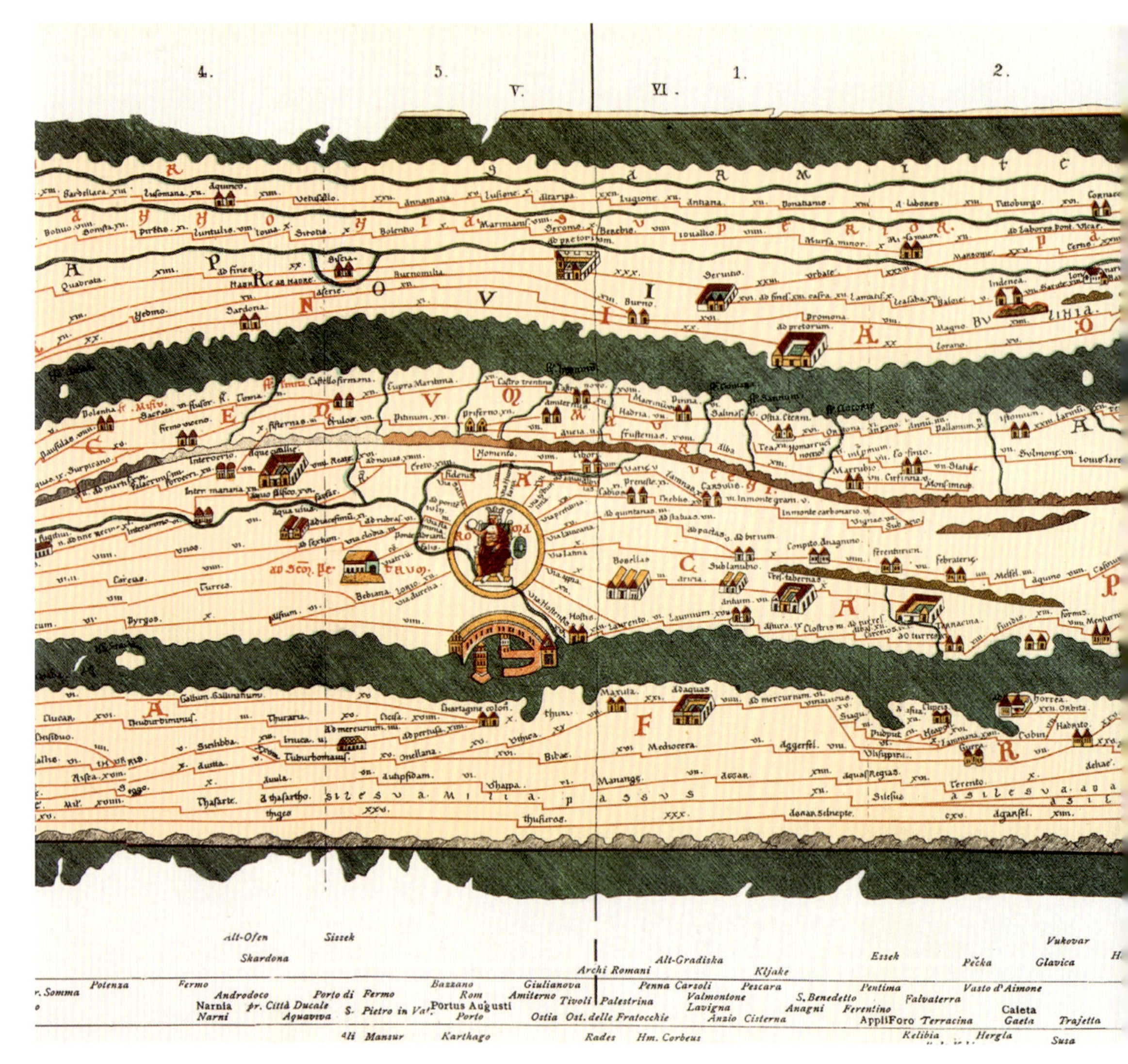

マネスク修道院やゴシック大聖堂の美術様式に大きな影響を与えた。実際、同じような構図の絵が、その他の装飾写本でも何度となく描かれている。もし本当に当時の人々が世界を球体だと思っていたのなら、なぜ地図の中に平板状の大地を描いたりしたのかと疑問に思われる人がいるかもしれないが、それに対しては次のように即答できる――いまの地図にしても似たようなものではないか、と。中世の地図が平板に描かれていることを批判するのなら、現代の世界地図が平板に描かれていることも批判しなければならないはずだ。要するに、地図とは昔から基本的にそういうものなのだ。

考慮すべき点はこれに留まらない。まず注目すべきはアウグスティヌスである。彼は、ラクタンティウスが始めた幕屋型世界をめぐる論争と古代の大地球体説の両方に通じていた。アウグス

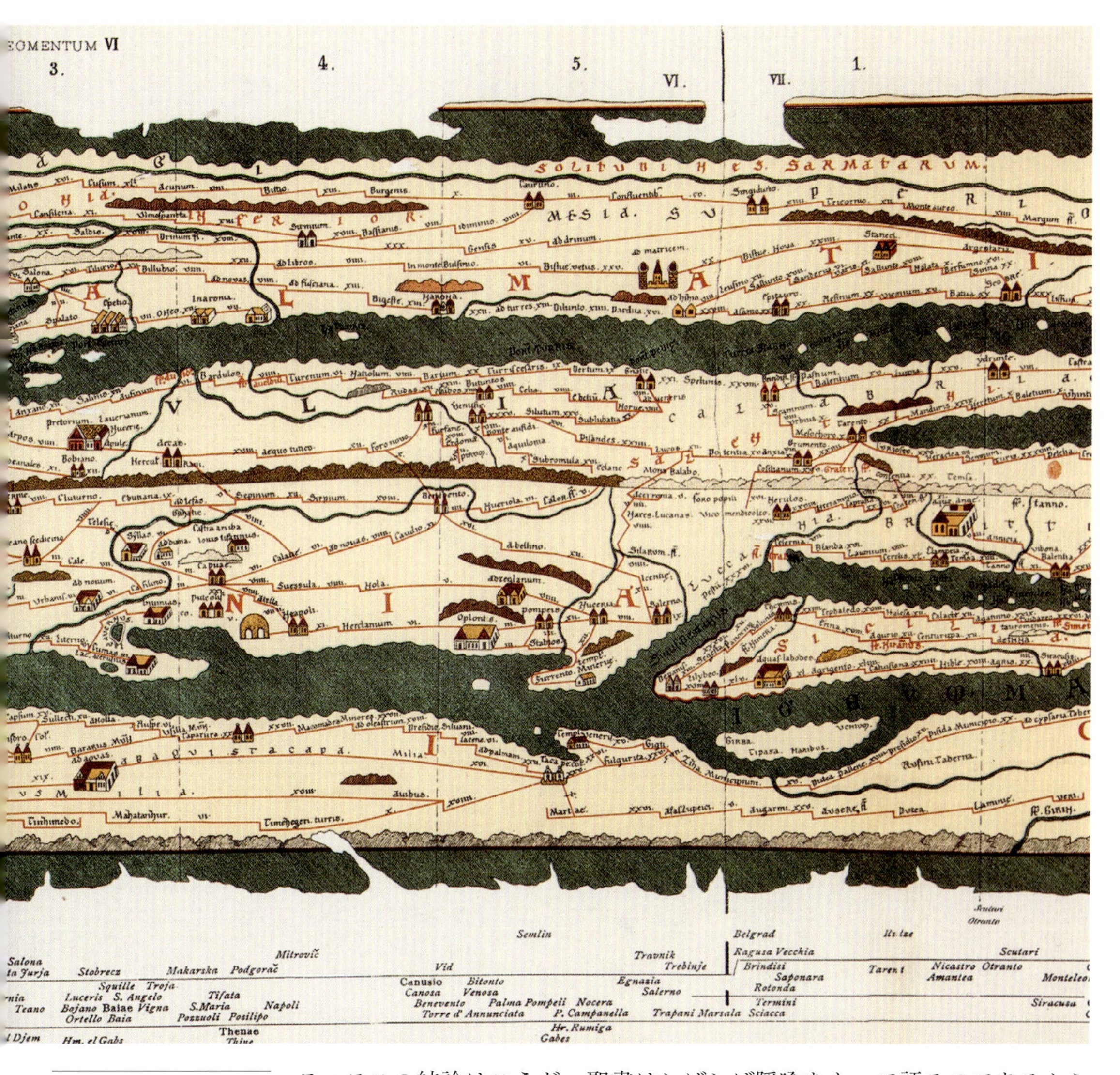

ポイティンガー図（20世紀の複製）、部分

ティヌスの結論はこうだ。聖書はしばしば隠喩をもって語るのであるから、聖書に幕屋についての記述があるからといってそれに惑わされる必要はなく、大地は球体と考えられる。とはいえ、世界が球体であるか否かがわかったところで霊魂の救済にはなんの役にも立たないのだから、この問いは無視してよいのである。さてこのアウグスティヌスの言葉を根拠に、中世には天文学が存在しなかったとする議論がしばしば見られるが、暴論と言わざるをえない。実際、12世紀から13世紀にかけて、まずプトレマイオスの『アルマゲスト』が、続いてアリストテレスの『天界について』が翻訳されているし、そもそも天文学は中世の大学で教えられた四科（クァドリ

リューベックのルカス・ブランディス『初心者の手引』（1475）所収の地図、オックスフォード、オリオル・カレッジ図書館

ウィウム）のひとつに数えられていたのである。13世紀にはヨハネス・デ・サクロボスコによる『天球論』が、プトレマイオスに替わりその後数百年にわたって権威ある天文学書として用いられた。

中世は旅行の盛んな時代であったとはいえ、道は悪く、森が方々を覆い広がり、海を渡ろうにも船の手配が煩瑣とあって正確な地図の作製は不可能だった。そもそも当時の地図には、目的地に辿り着くための指示が書かれてさえいれば十分だった。サンティアゴ・デ・コンポステーラの巡礼者向け案内書きには「ローマからエルサレムに行くにはまず南に向かい、途中で道を訊くべし」とあったものだが、当時の地図もこれと大差はなかったのである。鉄道の時刻表に載っている地図を思い出してみればいい。駅が順番に並んでいるだけのその地図が、ミラノからリヴォルノまで列車で行こうというときには非常に役立つのである（ジェノヴァを経由すべきことも一見してわかる）。もちろん、鉄道地図を見てイタリアの正確な地理を把握するのは無理な話だが、しかし目的の駅に到達するのに、イタリアの正確な地理など気にかける必要はないのである。ローマ人は世界中の都

市を結ぶすべての道路を地図に描き込んだが、その配置を、15 世紀に発見した人物の名をとってポイティンガー図と呼ばれる地図で実際に確認してみたい。一応、上がヨーロッパ、下がアフリカとなってはいるものの、鉄道地図と大差はない。この地図を見てわかるのは、どの道路がどこからどこまで続いているかだけであり、ヨーロッパや地中海やアフリカの形状については何も知ることができない。ローマ人は地中海を船で行き来していたわけだから、これよりもはるかに正確な地理感覚をもっていたはずなのだが、当時の地図職人の頭にあったのは、例えばマルセイユとジェノヴァが 1 本の道路で結ばれているという情報を地図上にどう反映させるかといったことだけであり、マルセイユからカルタゴまでの距離などにはなんの関心もなかったのである。

加えて、中世の旅は想像の旅でもあった。当時、『世界の姿（イマーゴ・ムンディ）』いう書名を冠した事典の類いが多く編まれたが、これは主として、訪れるのが困難な遠方の国々についての話を綴り、驚異を求める人々の欲望に応えることを目的としたもので、しかも書き手自身、そこで語られている土地を一度

ハルトマン・シェーデルによる世界地図、『年代記（ニュルンベルク年代記）』（ニュルンベルク、1493）所収

も訪れたことのないのが常であった。当時は書き手が直接経験したことよりも、伝承の力こそが重視されたのである。地図もまた、大地の形状を表すためではなく、その地にあるとされる都市やそこに住む民族を記載することを目的につくられていた。

また、経験的事実よりもさらに重視されたのが、象徴的な表象である。1475年の地図『初学者の手引（ルディメントゥム・ノウィティオルム）』を見れば、描き手が、エルサレムに辿り着くための方法にはなんら頓着せず、エルサレムを大地の中心に位置づけることだけに腐心した様子が見て取れる。イタリアや地中海の形状をはるかに正確に描写した地図が当時いくらでもあったにもかかわらず、である。

最後に、中世の地図は科学的な目的のために作製されたわけではないという点を指摘しておこう。当時の地図は、不思議や驚異を求める人々の欲求に応えるためにつくられていたのであり、言ってみれば現代の大衆雑誌に「UFOは実在した！」という記事が載ったり、テレビで「ピラミッドは地球外文明によって建造された！」という番組が放送されたりするのと同じような機能を果たしていた。『ニュルンベルク年代記』に掲載された1493年の地図は、ある程度地理的に正確ではあるのだが、そこには各地の地勢に加え、それぞれの土地に棲むと考えられていた謎の怪物も併せて描かれているのである。

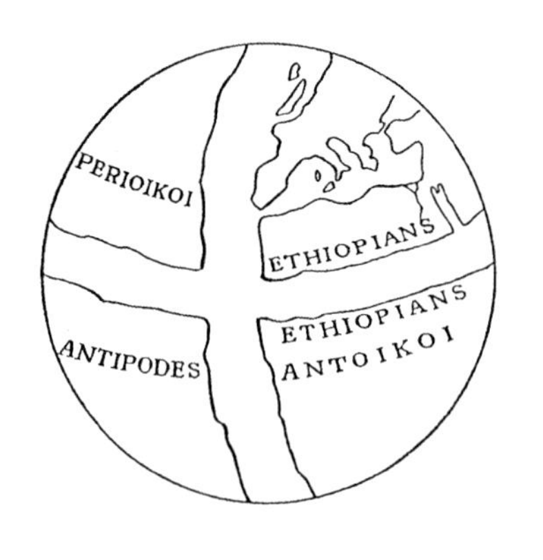

マロスのクラテスによる対蹠地の図、コンラート・ミラー『マッパ・ムンディ』（シュトゥットガルト、1895）所収

他方、天文学史の中にも珍説が見つかる。それは偉大なる唯物論者エピクロスが唱えた説で、その珍妙さにもかかわらず折にふれて論議の対象となり、17世紀になってもなおガッサンディがこの説を検討しているほどである。どのような説かというと、ルクレティウスが『事物の本性について』で紹介しているところに従うなら、太陽や月や星々は地上から空を眺めて見えるとおりの大きさであるというわけで（そう考えるべき根拠も多く呈示されている）、エピクロスはこの説に基づき、太陽の直径を約30センチと結論づけたのだという。

かつて一部に大地平板説を奉じる文化があったことは否定しないが、古代から中世にかけて大地平板説を誰もが信じていたというのは歴史的に誤りである。にもかかわらず、現代人の多くがこうした歴史的知見と真っ向から食い違う謬説をいまだに信じている。その根拠が以上述べてきたような事情だとするならば、前近代よりも現代のほうが、伝説を好む傾向が強まっているということではないだろうか。実際、いまでもコペルニクスを否定する書籍が出版されているし、**ヴォリヴァ**のように近現代に至っても地球は平らな円盤だと主張する人物が現れもしているのである（この種の珍説は意外に多く Blavier, 1982☆や Justafré, 2011☆の文献表を眺めるだけでも十分楽しめる）。

⁂

◉対蹠地（アンティポデス）　**ピュタゴラス派**の考案した複雑な惑星系では、宇宙の中心は地球でも太陽でもなく、中心火である。太陽は辺縁にあり、球体である惑星はすべてこの中心火の周りをまわっている。さらに各天体にはひとつずつ音階が与えられており、この音楽的現象と天文学的現象の対応論を完成させるために、実在しない惑星がひとつ導入されることになった。それが対地星（アンティクトン）である。北半球の夜空に現れることのないこの惑星は、しかし対蹠地からは見ることができると考えられた。プラトンの『パイドン』では、地球は非常に巨大であるため自分たちが住む土地はそのごく一部にすぎず、地表には異民族の住む土地が他にもあるかもしれないと指摘されている。この見解を前2世紀に再び取り上げたマロスのクラテスは、人の住む陸地は北半球に2つ、南半球に2つあり、それらは十字型の海によって互いに隔てられていると説いた。クラテスは南半球の2つの大陸には人が住んではいるものの、北半球の大陸からそこに渡ることはできないと考えた。後1世紀のポンポニウス・メラは、タプロバネの島（第4章で論じる）とは未知の南大陸から突き出た一種の岬のことではないかと推測している。対蹠地の存在については、ウェルギリウスの『農耕詩』にも、ルカヌスの『内乱』にも、**マニリウス**の『占星術』にも、プリニウスの『博物誌』にも言及が見られる。

しかし対蹠地の存在にはある厄介な問題がつきまとう。すなわち、その地に住む人々は足を上、頭を下にしていることになるが、どうしてそんな状態で、虚空へと墜ちずに暮らしていくことができるのかという問題であ

サン＝トメルのランベール『花の本』（12世紀）所収の図。皇帝が手に持つ球体にTの形象が描かれている。パリ、国立図書館

《1》対蹠地の問題についての詳細な議論は、Moretti, 1994☆を見よ。併せてBroc, 1980☆も参照のこと

る[1]。**ルクレティウス**がすでにこの点を指摘して対蹠地の存在を否定している。もちろん**ラクタンティウス**や**コスマス・インディコプレウステス**のように大地球体説自体を否定する論者にとっては、対蹠地など考えられるはずがなかった。しかし**アウグスティヌス**ほどの人物であっても、人が頭を下にして暮らしているという見解に同意することはできなかった。加えて、対蹠人（アンティポデス）の存在を認めると、アダムの子孫ではないがゆえに贖罪の対象とならない被造物が存在することになってしまうという理由もあった。とはいえ5世紀にはすでに、地球の反対側に人が住んでいると考えてもなんら不合理は生じないとする**マクロビウス**の説得的な議論が存在していたし、**ルキウス・アンペリウス**、マニリウス、そして（この論争の行方を非常に気にかけていた）**プルチ**（『モルガンテ』）が、それぞれこれに倣っている。だがマクロビウス以後も、対蹠地実在説への消極的な態度は残った。やはり贖罪の普遍性が成り立たなくなってしまうという点が大きく、結局748年、マクロビウスの立場はこれを異端と考える教皇ザカリアスに「邪悪な妄説」と指弾され、12世紀には**ラウテンバハのマネゴルト**による激烈な批判を浴びることとなった。とはいえ一般に、中世の人々は対蹠地の存在を受け容れていた。コンシュのギヨームからアルベルトゥス・マグヌスまで、ティルベリ

サン＝トメルのランベール『花の本』（12 世紀）所収の地図［画面上の円図］。右側に見えるのが南大陸または対蹠地である。パリ、国立図書館

のゲルウァシウスからアバノのピエトロまで、チェッコ・ダスコリから著書『世界の像（イマーゴ・ムンディ）』でコロンブスに航海を決意させたピエール・ダイイまで（ダイイの場合は若干の躊躇を伴いつつではあるが）、みながみなこの対蹠地の存在を認めていた。そしてもちろんダンテ・アリギエリも対蹠地の存在を信じており、だからこそ彼は、虚空へと落下することなく、地球の反対側に聳える煉獄山の頂上まで登って〈地上の楽園〉に辿り着くことができたのである。

ローマ時代、対蹠地は未踏の地への版図拡大の正当化に利用されたが、近代初頭、未知の土地を求める探険が流行し始めた頃にも同様の役割を担うことになった。少なくともコロンブス以降、

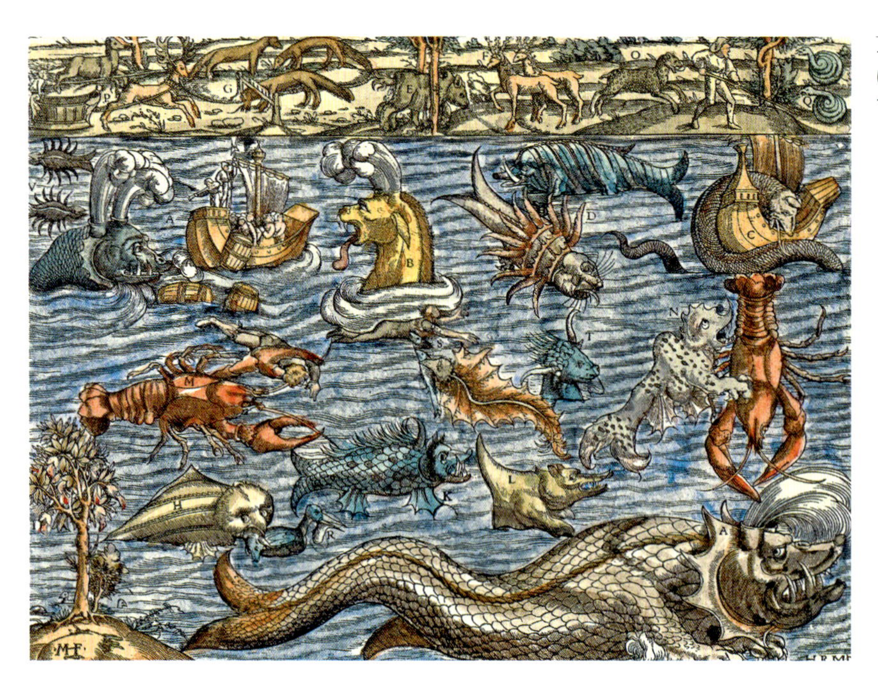

ゼバスティアン・ミュンスターによる海の怪物、『宇宙誌』（バーゼル、1555）所収

対蹠地の存在が疑問視されることはなくなった。かつて到達不能と考えられていた南半球の土地について徐々に知識が蓄積され、また——ヴェスプッチのように——実際にそれらの地を踏んだ人々が自身の経験談を語るようになったことが大きな原因である。さらには地球の最南端に南大陸（テラ・アウストラリス）と呼ばれる土地が存在するとまで言われるようになり、この説は18世紀まで存続するのだが、それについてはまた章を改めて紹介することにしよう。

しかし対蹠地がもはや未踏の地ではなくなった後も、この伝説のもうひとつの——古代より連綿と続く——側面は残った。この点は（様々な資料の中から）特にセビリャのイシドールスの著作によって確認することができる。すなわち、対蹠地が人間の土地でないならば、そこは怪物どもの棲息する土地に違いないというのである。中世が終焉を迎えた後も、（**ピガフェッタ**をはじめとする）探検家たちは、伝説に語られる奇怪で獰猛な、あるいは無害だが異形の怪物に航海の途上で遭遇する可能性に常に備えていた。そして地球が隅々まで調べ尽くされてしまった今日、この怪物たちを地球から別の惑星へと移したのがSFであり、そこで怪物たちは「大目玉の怪物（バグアイド・モンスター）」やかわいらしいETの姿を与えられているのである。

*

◉亀

■スティーヴン・ホーキング

『ホーキング、宇宙を語る』(Hawking, 1988☆)

有名な科学者（バートランド・ラッセルだという人もいる）があるとき、天文学について公開講演を行なった。彼は、地球がどのように太陽を回っているのか、そしてその太陽が星の巨大な集団であるわが銀河の中心をどのように回っているのかを説明した。講演が終わると、一番うしろの席に坐っていた小柄な老婦人が立ち上がってこう言った。

「あなたのおっしゃったことは、みんな馬鹿げていますわ。本当は、世界は平たい板みたいなもので、大きな亀の背中に乗っているんですもの」

科学者は見くだすような薄笑いを浮かべて、おもむろにたずね返した。

「では、その亀は何の上に乗っているんでしょうか？」

老婦人は平然と答えた。「まあ、お若いのにお頭（つむ）のおよろしいこと。でも、よろしくって、下の方はどこまでいっても、ずっと亀が重なっていますの！」

◉ソクラテス以前の大地平板説

■アリストテレス（前4世紀）

『天界について』294a（Aristotele, *Il Cielo*☆）

だが大地の形状についても同様に異論が立てられている。すなわちある人々には球形であると思われているが、ある人々には平坦であり、その形は太鼓のようだと思われている。その証拠として彼らは、太陽が昇り沈みするときに大地の下に隠れるところは明らかに直線であって曲線にはなっていないが、もし大地が球形であったなら、当然その切り口は曲線でなければならなかったはずだというのだ（……）大地は水の上に位置していると言う人々もいる。それはわれわれに伝えられている最も古い説で、ミレトスのタレスが大地は木や他の何かそのようなものと同様、浮かんでいるがゆえに留まるのだとして（じっさい、木片などは空気の上に留まるものではないが、水の上では留まる）、それを主張したと言われている。

■ヒッポリュトス（2–3世紀）

『全異端派論駁』I: 6

［アナクシマンドロスによると］大地はいかなるものにも支えられずに宙空に浮いている。（……）大地の形状はまるく円形をなしており、石の円柱にそっくりである。2つの平面の一方にわれわれが乗っており、他方の面は対蹠的である。

■ヒッポリュトス（2–3世紀）

『全異端派論駁』I: 7

［アナクシメネスによると］大地は平板で空気の上に「浮遊している」。また太陽や月のみならずすべての星々は火の性のもので、やはり同様に、平板であるがゆえに空気中に浮遊している。（……）星々（天体）は大地の下を運行することはせず、その周囲をめぐっている、と彼が述べていることは、他の人たちもそう解しているとおりであり、それはあたかも「フェルト帽」がわれわれの頭のまわりをくるくる廻っているかのようだ、という。そして、太陽は大地の下に没して隠れるのではなく、大地の高く盛り上がった部分の影に（……）隠れるのである。

◉大地球体説

■プラトン（前5–前4世紀）
『パイドン』99b–c、108e–109a

ある人は、大地のまわりに渦動を想定し、大地が落下せずに留まっているのは天空によるとしているし、またある人は大地をちょうど平たいこね鉢のように考えて、それの下側を空気が台になって支えているのだとする。(……)

「それでは、ぼくが確信しているのは」とあのかたは話し始めました、「まず第一に、もし大地が球形であり、宇宙の中心にあるとすれば、大地は、それが落下しないためには、空気とか、その他この種のいかなる強制力も必要とせず、大地を支えるためには、宇宙そのものがあらゆる方向において一様であること、そして大地そのものに均衡があること、これらの条件だけで十分だということである。なぜなら、均衡のとれた事物が、何か一様なものの中心に置かれたならば、どの方向であっても、より多く傾いたりより少なく傾いたりするといったことはありえないであろうし、それは同様な状態を保ち、傾かずにじっと留まっているからである。

■アリストテレス（前4世紀）
『天界について』298a（Aristotele, *Il Cielo*☆）

さらに星々の見かけの現象からは大地の輪郭が円形であるのみならず、大きさの点で巨大なものではないことも明らかである。われわれが南もしくは北に少し場所を移すと地平線は顕著に異なるものとなって頭上の星々は大きく変化する、すなわちわれわれが北もしくは南に移動すると同じ星々は見えなくなる。幾つかの星々はエ

『教訓聖書』（1250年頃）所収の世界をコンパスで測量する神の図像。大地が球体に描かれている

ジプトやキュプロス島周辺では見られるが、北方の国々では見られず、星々のうち北方の国々では終始すがたを現わしているものがかの地方では沈んでしまうのである。したがってそれらの事象からは大地の形が円形であるのみならず、その球が巨大なものではないことも明らかである。もし巨大であったとしたら、そんなにも短い距離を移動することでそんなにも速やかに顕著な変化をもたらしはしなかっただろう。

■ディオゲネス・ラエルティオス（2–3世紀）
『ギリシア哲学者列伝』第9巻第3章
（Diogene Laerzio☆）

地球は球形であり、宇宙の中心に位置しているという見解を最初に表明したのは、この人（パルメニデス）である。

■ディオゲネス・ラエルティオス（2–3世紀）
『ギリシア哲学者列伝』第8巻第1章
（Diogene Laerzio☆）

アレクサンドロス（・ポリュイストール）は

『哲学者たちの系譜』のなかで、ピュタゴラス派に関する記録のなかに以下のような学説をも見出したと述べている。

（……）この宇宙は、生命（魂）をもち、知的で、球状のものであり、地球を中心にしてそれを取り巻いているものなのである。また地球自体も球状のものであって、そのいたるところに人が住んでいるのである。

ところで、（地球には）対蹠地（アンティポデス）もあり、われわれにとっての下は、かの人たちにとっては上である。

◉世界は幕屋である

■コスマス・インディコプレウステス（6世紀）『キリスト教地誌』第3巻

人は大洪水の後、神に抗って［バベルの］塔を建て、何にも遮られることなく天体を観測するようになったが、そこから天は球であると誤って思いなすこととなった。（……）

神はそれから後に、シナイ山で見た模型のとおりに幕屋を建てるようモーセに命じた。その幕屋はいわば全宇宙の模型であった。モーセはそれにしたがい、できるだけこの模型に一致するよう幕屋を設計した。この幕屋は奥行30キュビト、幅10キュビトで、内部は幕で2つに仕切られ、手前が聖所、奥が至聖所と呼ばれた。聖所は神の使徒が大地から蒼穹にまで達すると言うこの可視世界の模型であり、その北側には机が置かれ、その上には12のパンが置かれた。この机はひと月にひとつずつ12の果実をもたらすこの大地を表す。この机を取り囲む波型の溝は大洋と呼ばれる海を表し、さらにその周りを囲む掌幅の枠は大洋の彼方にある大地を表す。その大地の東の果てには楽園があり、第1天の一端と接する。第1天は円天井の部屋のごとき形状で、4辺を大地に支えられている。モーセは南側に燭台を置いたが、これが大地を南から北へと照らすのである。この燭台は週の7日を表し、そこに据えられた7つの燈火は全天体の象徴である。

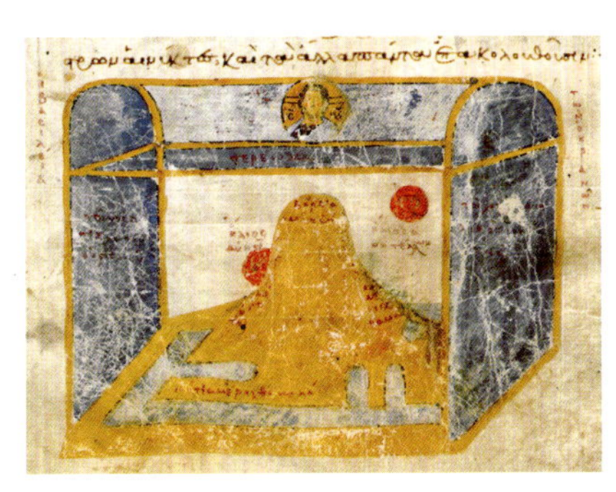

コスマス・インディコプレウステス『キリスト教地誌』所収の幕屋型宇宙、フィレンツェ、ラウレンツィアーナ図書館

◉ヴォリヴァの大地平板説

■L・スプレイグ・ディ・キャンプ、ウィリー・レイ『彼方の地』

（De Camp, Ley, 1952☆）

大航海時代以前の思想家であれば、大地平板説をとるだけの相応の理由――聖書の記述や独自の聖書解釈――があったものだが、近年に見られる大地平板説の復興は、完全に珍説奇説のたぐいである。中でも最も新しく最も悪名高い説を唱えたのがウィルバー・グレン・ヴォリヴァで、彼は1906年から1942年に没するまでイリノイ州ザイオンのクリスチャン・カトリック使徒教会の総裁を務めた人物でもあった。

このカルト教団はスコットランド生まれのジョン・アレグザンダー・ダウイーという小煩い男が創設したものである。元々はオーストラリアで会衆派の牧師をしていたダウイーは、その身分を投げ打って信仰療法の団体を設立した。1888年、支部を組織する目的でイングランドへと発ったダウイーは、途中立ち寄った米国が気に入り、そのままシカゴに自分の教会をつくってしまった。シカゴで迫害を受けたダウイーは35マイル北のザイオンへと移り、持ち前の弁舌と商才、そして煙草、牡蠣、医薬品、生命保険を含むあらゆる悪行の断固たる否定により、ほぼ20年間にわたってこの地に君臨した。

しかしその権威も、エリヤ3世を（つまり自分は預言者エリヤの、洗礼者ヨハネに次ぐ二度めの生まれ変わりだと）自称し、ニューヨーク市襲撃を試みた頃から失墜し始めた。8両の客車を占拠してかの罪深き大都市へと下ったダウイーは、1週間にわたりマディソン・スクエア・ガーデンを借り切った。しかし噂を聞きつけ、その尊顔を拝みに訪れたニューヨーカーたちが目にしたのは、サンタクロースのような格好の男がひどいエディンバラ訛りで延々と悪罵をまくしたてる様子だった。うんざりした見物人たちはなおも脅迫と悪態を吐き出し続ける預言者を残してぞろぞろとその場を後にした。

決定的だったのは、ダウイーが「株」（正確には利率10%の約束手形）を売って、すでに売却済みの株の利払いにあてていたことであった。数学的に考えて破綻は不可避だった。ダウイーが隠居用の不動産を買いにメキシコを訪れている間に、ウィルバー・ヴォリヴァは、ダウイーが軽率にも彼に委任した代理権を利用して教団幹部らの反乱を主導し、ダウイーから権力と金を一挙に奪った。エリヤ3世はその後しばらくして死んだ。

豊かな眉毛と厳しい風貌のヴォリヴァは、インディアナ州の農場の息子として生まれ、教会の牧師となったが、後にダウイーの教えに惹かれて教団に入った人物である。ヴォリヴァの指導の下、元々厳格だったザイオンの戒律はさらに厳しさを増し、煙草を吸ったり、ガムを噛んでいるところを見つかっただけで刑務所行きにされた。ヴォリヴァは教団の支配権を握ると、破産状態だったコミュニティの再編に取り組んでこれを成功させ、1930年にはザイオンの産業全体で収益が年間600万ドルに達した。(……)

ヴォリヴァの宇宙論は、大地は北極点を中心とした円盤で、周囲を氷の壁が取り巻いているというものだった。世界を旅する者は（ヴォリヴァ自身が何度も世界旅行を経験しているのだが)、円盤の上をぐるぐる回っているにすぎないのだ。あるとき、邪悪な者が南極と呼ぶ環状の氷の壁の向こうには何があるのかとの質問を受けたヴォリヴァは「そんなことは知る必要がない」と答え、彼の地図ではその南極の環（すなわち南極の沿岸線）の長さが4万3000マイルに及ぶが、実際に南極大陸を周航した者の観測でははるかに小さい数字になるという事実をつきつけられると、何も答えずに話題を変えた。

◉対蹠地

■アリストテレス（前4世紀）
『形而上学』986a

(Aristotele, *Metafisica*☆)

かれらには10という数が完全な数であり、これがあらゆる数の自然をことごとく包含しているものと思われたので、かれらは天界で運行しているものども〔諸天体〕の数も10であると主張するが、この場合、現に明らかなのは9つだけなので、いまひとつ第10の天体として対地星（アンティクトーン）なるものを考え出している。

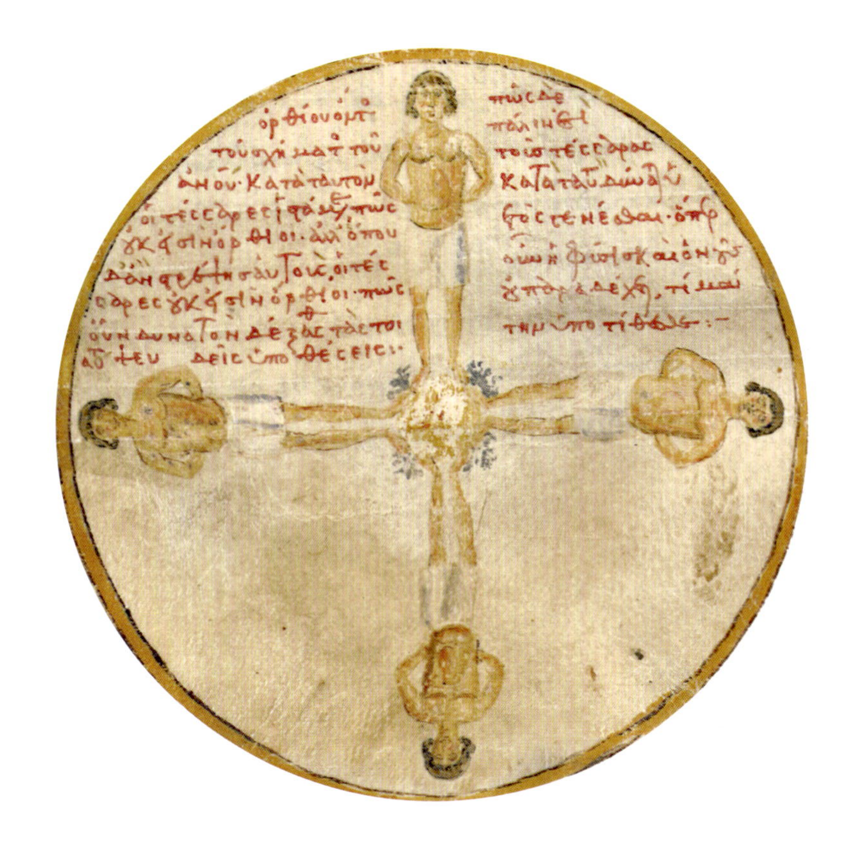

コスマス・インディコプレウステスによる対蹠地（アンティポデス）

■アリストテレス（前4世紀）
『天界について』293a（Aristotele, *Il Cielo*☆）

ピュタゴラス派の人々は反対のことを言っている。すなわち彼らの主張では中心にあるのは火であって、大地は星々の1つであるが、その中心の周りを円運動することによって夜と昼とを作り出しているというのである。またそれと対蹠的なもう1つ別の大地を用意して、これを対地星（アンティクトーン）という名で呼んでいる［。］

■マルクス・マニリウス（前1−後1世紀）
『占星術』第1巻236−246、377−381

地表にはさまざまな民族と多種多様な動物が棲み、大気には鳥が棲んでいる。ある地域が大熊・小熊座の方へ昇れば、他の地域、これもまた居住可能の土地だが、こちらは南の風土に向かってひろがる。後者は私たちの足の下にあるが、むこうでも私たちが足の下にあると思っている。つまるところ、地表は緩やかに傾斜していて、各地点は隣接の地点にくらべて、一方向に高くなり、他方向に低くなっているのである。太陽が私たちより西方の部分に達して、その住民の地平を照らしはじめると、昇る朝日がひとびとから眠りを奪い、労働へと駆りたてる。かわりに私たちの夜がはじまり、私たちは安らかな眠りに沈む。地球上のこの両部分を広大な海が隔て、それぞれの防壁になっている。
（……）
こうした星座の下方には、地球のもう1つの部分があり、私たちはそこに踏み入ることができない。そこに住むのは私たちに未

知の住民で、私たちは彼らと何ひとつ関係を持っていない。彼らは、私たちを照らす太陽と同じ太陽の光を浴びているが、その影は私たちと逆方向にでき、空の布置は裏返し、星は彼らの左に沈んで右に昇る。

■ルクレティウス（前1世紀）
『事物の本性について』第1巻1052–1069
（Lucrezio☆）

ここで、次の説を決して信じてはならない、メンミウスよ、／その説では、すべてのものは宇宙の中心に向ってゆき、／それによって世界は外部からの衝撃をうけないで存在し、／どこからみようと、上と下とが分離する／こともありえない、すべては中心に向うのだから。／（もしあなたがどんな物でもそれ自身の上に立ちうると思うなら）／そして大地の下側にある、重さあるものはすべてまた、／上向きに大地に向い、さかだちして静止する。／ちょうど水の中にうつって見える物の像のように。／そしてまた同様な論法で、動物が逆立ちして／歩きまわりながら、大地から下の空中に落下しないこと、／私たちの体がひとりでに空の高みに／飛びあがらないのと同様なのだと説く。／彼らが太陽をみている時、私たちは夜空の星を／ながめ、そして彼らと交互に、空の季節を分かち／彼らの昼とひとしい夜をすごすのだと。／しかしこのような誤りを誤って受け入れるのは愚かな者である。／彼らは物をまちがった推論で理解しているのだから。

■ラクタンティウス（3–4世紀）
『神聖教理』Ⅲ：24（Lattanzio☆）

我々の地面の反対側に対蹠地があるなどと想像する人々はいかにしたものか。何か根拠らしきものでもあるのか。それとも彼らは足を頭よりも上にして歩く人間がいるとか、こちら側では地面に置かれてあるものが上にへばりついているとか、穀物や木々が下向きに生えているとか、雨や雪や雹が地面に向かって上向きに降るなどと信じるほど愚かなのだろうか。また空中庭園が世界七不思議のひとつに数えられているというのに、田畑や海や都市や山が宙に浮いているなどという哲学者の言い分を鵜呑みにする者がいるのだろうか。（……）ではいったいいかなる論拠で、彼らは対蹠地が存在するなどと思いなしたのであろうか。彼らは星々が西の方角へと移動するのを見た。太陽と月が常に同じ方角へ沈み、同じ方角から昇るのを見た。ところが彼らは天体がそのように動き、また西から東へと戻る仕組みを理解しえず、天界それ自体が全方位において下に傾いているのだと考えた（……）そのせいで彼らは世界が球のごとく丸いと思い込み、天体の動きは天界それ自体がそのように回転しているためであり、西に沈んだ星々と太陽が再び東に現れるのは世界がそれだけ高速に動いているためだと思いなしたのである。

■コスマス・インディコプレウステス（6世紀）
『キリスト教地誌』Ⅰ：14、20

彼らはその厚顔さにおいて——私に言わせればその不敬虔さにおいて——誰にも負けぬよう全力を尽くしている。なにしろ、大地の裏側に人が暮らしているなどと平然と言ってのけるのである。では太陽はなんの目的もなく大地の下へと運ばれるのかと誰かが問うならば、この愚かな者どもは深く考えることもなく即座に、そこには対蹠人が住んでいるのだと答えるのである。対蹠地に住む人々は頭を下にして歩いており、川はこの地を流れるのとは反対

『神の国』所収の対蹠地の存在を論じるアウグスティヌス、ナント市立図書館

に流れるのだという。このようにして彼らはあらゆるものをさかさまにしてしまう。無駄な詭弁をひとつとして含まず、平易にして敬虔さに満ち、真摯な心で智慧を求める者に救済を与える真理の教説に、彼らは頑として従おうとしないのである。(……)しかし、対蹠地の問題を仔細に検討するなら、それが与太話にすぎぬことは容易に見て取れるのである。2人の人間が、大地でも水でも空気でも火でも何でもよいがとにかく何かの上に、互いに足の裏が重なり合うように立とうとするなら、どうやって2人ともがまっすぐに立つことができようか。一方が自然にまっすぐ立っているならば、もう一方は頭を下にした自然に反する格好になるはずだ。そんな考えは理性にも自然にも反している。またこの2人に雨がかかったとして、雨はこの2人に降ってきたと言えるものだろうか。一方には上から降ってきたが、もう一方には下から上がってきたとか、向かってきたとか言わなければならないのではないか。というのも対蹠地が存在すると考えるなら、そこではこちら側とは逆の向きに雨が降ると考えなければならないはずだからである。そしてこんな不合理で自然に反する馬鹿げた説は嘲笑されてしかるべきなのである。

■アウグスティヌス（354–430）
『神の国』第16巻第9章（Agostino☆）

ところで、対蹠人が実在するという話がある。つまり、わたしたちのもとで陽が沈む時に陽が昇るという大地の反対側に、わたしたちの足と向き合った足跡で歩く人間がいると言う人々がいる。どんな説明によっても、これは信じるべきではない。また彼らはこのことを、何らかの歴史的知識から学んだと主張するのでもなく、いわば理論の組み立てによって推論しているのである。

というのは、大地は丸天井を持った天空の中に懸っていて、この世界は一番低い所でもあり、また中心なのでもある。このことから、大地の反対側に、すなわち下側に人間が住んでいないはずがないと考えるのである。しかも、たとえ大地が球形で円いということが信じられたり、何かの根拠によりそれが証明されるとしても、あの反対側の大地が水の層に覆われていないとまでは帰結しないし、さらに、水に覆われていないとしても、ただちにそこに人が住んでいるとは限らないということに、彼らは注意を払っていない。

聖書は、預言の成就ということによって、そこに語られている過去の記事を信じるに価するものと保証しており、決して人を欺くものではない。それゆえ、ある人々は〔大地の〕こちら側から反対側へと測り知れない広い大洋を渡って航海し、たどり着くことができ、その結果、そこにもあの最初の1人に由来する人類が始まったなどと言うのは、この上もなく愚かなことである。

■マクロビウス（5世紀）
『『スキピオの夢』註解』第2巻第5章23–26
（Macrobio☆）

とはいえ、我々がこの大地の裏側と考える地表上においても、こちらの表側において温暖である地域に対応する部分はやはり温暖と考えるべきであり、したがって裏側においてもこちら側と同じ距離だけ離れた陸地があり、やはり人が住んでいるということは疑いえない。もしそんなことは信じられないという者があるなら、自分がそう思う根拠を述べてみるがいい。

大地のこちら側において、大地の上を歩き、頭上に空を見上げ、ふんだんな空気を

マクロビウス『『スキピオの夢』註解』(1526) に所収の世界地図。下部に見えるのが「未知の」対蹠地

吸うことができるがゆえに、また太陽が昇り沈むがゆえに、我々の暮らしが可能になっているのだとすれば、同様の環境が常に得られているはずのかの地にも人が住んでいると考えない理由があろうか。かの地に住むとされる人々も我々と同じ空気を吸っていると考えなければならない。なぜなら、向こう側の2つの陸地もまたこちらと同じ温暖な気候だからである。我々の側で太陽が昇るときには、もちろん向こう側ではその同じ太陽が沈んでいるのであり、我々の側で太陽が沈むときには、その同じ太陽が向こう側では昇るのである。彼らもまた我々と同じく地面の上を歩き、我々と同じくつねに頭上に天を見上げるのである。何物も上へと落ちることなどないのであるから、彼らもまた大地を離れて天へと落ちていく心配はない。我々の側で下に大地があり上に天があるのだとすれば――そんなことは確認するのも馬鹿らしいが――彼らにとっても上とは頭上に見るもののことであり、上へと落ちていくことなどありえないのである。きっと彼らの中でも学のない者は、我々について同様に考え、我々がこの地に住んでいることをありえないと思っているはずだ。彼らもまた、自分たちの足の下の土地に立とうとする者はみんな落ちてしまうだろうと思っているはずだ。だが我々の中に天へと落ちてしまうのではないかと恐れている者などいないのであって、彼らの側でも上へと落ちていく者などいないのである。先の議

論で見たとおり、「重さをもつものはみな、自らの重みによって落ちる」（キケロ『スキピオの夢』より）のだから。

■ルキウス・アンペリウス（3世紀）
『回想録』Ⅵ（Ampelio, Lucio☆）

地球は天の下にあり、人の住む土地が4つある。ひとつは我々の住む土地であり、もうひとつはその反対側にあってその住人はアンティクトネスと呼ばれる。残り2つの土地は最初の2つの反対側にあり、その地の住民はアンティポデスと呼ばれる。

■ルイジ・プルチ
『モルガンテ』第25歌228–233

リナルドはその場所に覚えがあった。／かつてその目で見た場所だった。／そこでアスタロトに問うた、「教えてくれないか、／この標は何のためのものなのだ」／アスタロトは答えた、「古来の誤りが／長年正されてこなかったために、／この場所はいまだ「ヘラクレスの柱」と呼ばれ、／ここで多くの人が死んだと言われている。

いいか、そんな話は嘘っぱちなのだ。／これより先に船を進めることは可能なのだ。／大地は車輪のような形をしているが、／水面はどこまでも平らかなのだ。／昔の人間は愚かであった。／あんなところに己が柱を建てるなど／ヘラクレスその人も赤面しよう。／船は確かにその先へと進めるのだ。

彼方の半球に到達することも可能だ。／万物はその中心へと引かれるのだから、／大地は神の御業により／星々の間に気高く保たれる。／彼の地には都も城も帝国もある。／だが昔の人は何も知らなかったのだ。／見よ、太陽が此の地より沈み、／彼等の待つ彼方の半球へと急ぐ様を。／（……）／彼の地の民の名はアンティポデス。／太陽と木星と火星を崇め、／大地には獣が棲み、草木が生え、／ときには大きな戦を起こす」

リナルドは言った、「そこまで話してくれたなら、／いまひとつ教えてくれないか、アスタロトよ。／その地の民もまたアダムの子孫だとして、／しかも無益な物を崇め奉っているのなら、／彼等は我等と同じく救いを得られるものなのか」／アスタロトは答えた、「これ以上唆しても無駄だ。／もう教えてやることはないし、／おまえの問いは馬鹿げている。

おまえたちの贖い主はそんな贔屓をするのか。／こんな全宇宙からすればほんの一部の地のため、／おまえたちのためだけにアダムを創り、／おまえたちへの愛だけのために磔刑に処せられたと。／いいか、十字架によって全ての者が救われたのだ。／長い誤りの果てにようやく、／おまえたちもひとつの真理を崇め、／永遠の慈悲を得るだろう。

■ラウテンバハのマネゴルト
『ヴォルフェルムを駁する書』（1103頃）

人の住む地が4つあり、自然のつくった障壁のためにその間の往き来が絶対に不可能と言うのであれば、どうか説明してほしい——神聖なる教会による、救いの神が全人類を救いに来たるという告白はいかにして真実たるのか、いかにすれば理性によって読み解けるのか。（……）仮に先述のマクロビウスの論じるところに従い、天と地の温暖な気候のために居住可能となっている我々の土地の彼方に、なお3つの人

メトープの石工による対蹠人（アンティポデス）を描いたレリーフ、モデナ、ドゥオモ美術館

の種族があり、それぞれ別々に暮らしているとするならば、いかにして全人類が救われるなどということがあろうか。かの3つの種族のもとに、我らが救いの知らせは届き得ぬというのに。

■アントニオ・ピガフェッタ
『最初の世界周航』（Pigafetta, 1591☆）

マルーコ〔モルッカ〕からわれわれに同行してきた老水先案内人（ピロート）は、この付近にアルチェトという名前の島がある、とわれわれに教えた。この島の住民は男女ともに背の高さが1クピト〔約46センチ〕ほどしかないのに、耳は体ほどの大きさで、片方の耳を寝床にし、もう一方の耳を体にかぶせるのだという。毛をすっかり剃りおとし、全身は裸のまま、早く走り、金切り声を立てる。地下の穴のなかに住み、魚を食う。また樹皮と木質のあいだにある白い、そして砂糖菓子のようにまるいものを食べるが、これをアンブロンという。以上のような話をしてくれた。しかし、潮流があまりにはげしく、それに暗礁がたくさんあるので、われわれはその島に行かなかった。

第2章

聖書の土地

LE TERRE DELLA BIBBIA

*

*

*

*

◉失われた部族　聖書に登場するパレスティナとその周辺の地理は、これ以上ないくらいによく知られている。エリコにベツレヘム、さらにはシナイにガリラヤ湖、モーセとその民が渡った紅海――これらは現存し、実際に訪れることができる。しかし聖書には、いまとなっては地理がはっきりしない伝説の土地もまた多く登場する。

まずはイスラエルの12部族の問題を取り上げてみよう。伝えられている部族名はルベン族、シメオン族、レビ族、ユダ族、ダン族、ナフタリ族、ガド族、アセル族、イサカル族、ゼブルン族、ヨセフ族、ベニヤミン族である。ヨシュア率いるイスラエルの民がイスラエルを手に入れた際（前1200頃）、この地域は11の部分に分割され、祭司職を担うレビ族を除く11の部族にそれぞれ配分された。

最大多数であったユダ族は南部の土地を与えられ、これがユダ王国となり、それより北の土地を与えられた10部族はそこにイスラエル王国を築いた。ところがこのイスラエル王国は前721年、アッシリア帝国に征服されてしまう。住民らは帝国領内の各地に追放され、10部族はそれぞれ次第に現地の民と混じりあい、最後には行方がわからなくなった。しかし多くのユダヤ人にとって、これら失われた部族との再統合は、メシア思想とも結びついて、今日に至るまで実現が望まれるプロジェクトであり続けている。

失われた10部族のイスラエル帰還を阻んだのは、神が彼らの前途をサ

ジャン・フーケ「ソロモン神殿の建設」（1470）、フラウィウス・ヨセフス『ユダヤ古代誌』フランス語版のための挿絵、パリ、国立図書館。神殿がゴシック大聖堂として表象されている

ンバティオンと呼ばれる川で囲ったからだとする伝説がある。サンバティオンの川の水は煮えたぎっていて、浅瀬を探す者があれば、川床から巨大な岩が飛び出してその者の上に落ちてくると言われる。土曜日だけは川の水も穏やかになるのだが、安息日の戒律を破ってまでこの川を渡ろうとするユダヤ人はいなかったのである。サンバティオン川の伝承には異説もあり、それによると、この川は水がなく、大量の岩石と砂が荒れ狂う激流で、その流れが休まることはなく、岸辺からその様子を眺める者は、顔を覆っていないと石飛礫で顔が傷だらけになってしまうのだという。

クリスティアン・ファン・アドリヘム「イスラエルの 12 部族」、『約束の地の場所』（1628）より

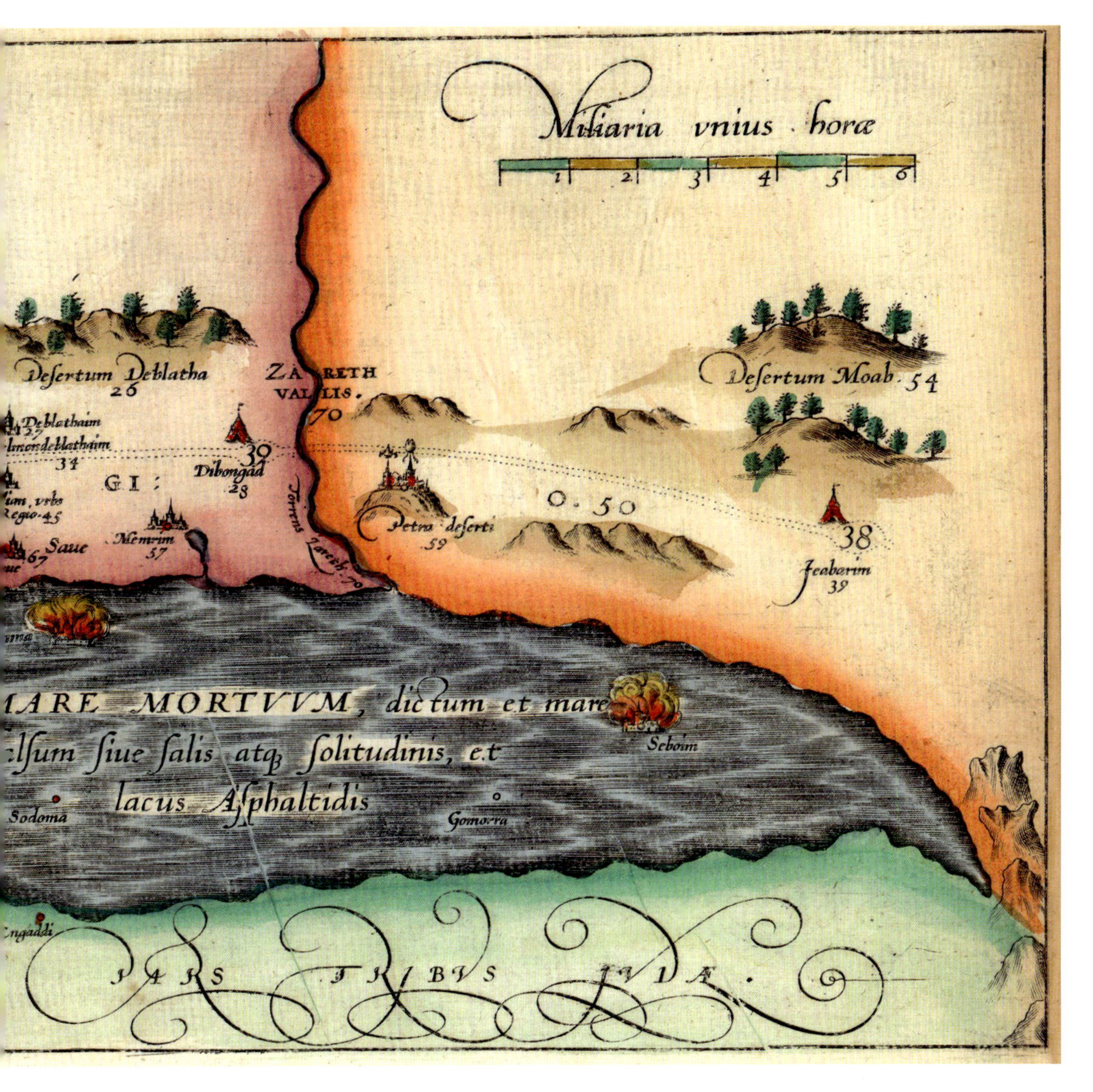

（次頁）ティントレット「マナの収集」（16世紀）、ヴェネツィア、サン・ジョルジョ・マッジョーレ聖堂の内陣

中世の文献を繙けば、9世紀のユダヤ人旅行家エルダド・ハダニによる、失われた10部族はアビシニアの川を越えたところ、あるいはサンバティオンの岸辺にいるなどとした記述が見つかる。1165年にはトゥデラのベニヤミンが、ペルシアおよびアラビア半島を舞台とした旅行記を書き、道中、ユダヤの出自をもつ複数の部族に出会ったと記している。しかし失われた10部族の居所は、もっと意外な地域に求められることもあった。16世紀のバルトロメ・デ・ラス・カサスはスペインの征服者（コンキスタドール）による迫害からアメリカ先住民を擁護する際、彼らこそは失われた10部族の末裔なのだと

説いた。17世紀には神秘家にして預言者であったシャブタイ・ツヴィがサンバティオンの川を渡ったと称し、その一派はこれをしてメシア時代の到来と捉え、それを根拠に10部族の帰還を宣告した。ただこの宣告には、あまり効果はなかった。というのもその直後にツヴィがイスラームへの改宗を決め、そのためにユダヤ人共同体からの信用を失ってしまったからである。

失われた10部族の居場所は、時代によって様々に変化する。地名や部族名にユダヤ起源のものが見られるという理由からカシミールとされることもあれば、中央アジアのタタール人の地、カフカス、アフガニスタン、そして（テュルク系の王国で8世紀に住民がユダヤ教に改宗した）ハザール帝国の名が挙がることもあるし、ズールー人、日本人、マレーシア人こそがその末裔だとする議論まである。

中でもとりわけ奇態な説を唱えたのが18世紀のリチャード・ブラザーズ（1757–1824）であった。彼は長年癲狂院入りしていた自称預言者で、（我こそは全能の神の甥であると称し）千年王国運動を始めた人物である。ブラザーズの信じるところによると、失われた10部族の末裔はブリテン諸島にいるというのである。さらに19世紀には、アイルランドのジョン・ウィルソンによる英猶同祖（ブリティッシュ・イスラエリズム）論運動が始まる。ウィルソンによれば、北王国追放を生き延びたユダヤ人は中央アジアから黒海に出てイングランドに渡ったのだという（そしてイングランド王家はダビデの末裔なのだという）。金髪碧眼はその過程で獲得したものだとされ、さらにサクソン人（Saxons）はイサクの息子たち（Isaac's sons）に由来するという語源学的には出鱈目きわまりない主張もなされている。この運動は英語圏で一定の広がりを見せ、現在でも信奉者がいて関連出版物が刊行されている。

伝説の背後には常に、一抹の歴史的真実が隠れているものだ。追放と離散の過程で、アジアからアフリカにかけての地域に、飛び地のごとくユダヤ起源の部族が形成されたというのはそうありえない話ではないだろう。例えばエチオピアに住むユダヤ人はファラシャすなわち「流浪の民」と呼ばれている。伝承によれば、彼らはソロモン神殿が破壊された後、アビシニアからこの地に移住したのだという。そして今日、イスラエルは彼らをダン族の末裔と認定し、入国を歓迎しているのである。とはいえ、この実在するファラシャと、エチオピアのアクスムにあるとされる〈契約の聖櫃〉

探索譚とを結びつける伝説は、まったくのナンセンスであろう。

⁂

◉ソロモン、シバの女王、オフィル、神殿　ソロモンの名声を聞きつけてそのもとを訪れたシバの女王は、彼の智慧とその王宮の威容に圧倒されたと、聖書は語っている。この訪問の場面を描いた無数の傑作の中でも特に名高いのが、アレッツォのピエロ・デッラ・フランチェスカによるフレスコ画である。言うまでもなく、ソロモンはエルサレムにいたわけだが、では女王はどこから来たのだろうか。この点に関しては、伝説が歴史を凌駕している。歴史に関しては、旧約聖書の「**列王記上**」にこの訪問についての記述があるのが最もまとまった史料であろう。

アラブ人にとっての女王ビルキス、エチオピア人にとってのマケダがこのシバの女王と同一人物であること、ペルシアにも類似の物語が存在し、クルアーンにも彼女への言及があることは、近年よく知られるに至った事実である。特にエチオピアでは14世紀に成立した『ケブラ・ナガスト』(「諸

ピエロ・デッラ・フランチェスカ「ソロモンとシバの女王の会見」(1452–1466)、アレッツォ、サン・フランチェスコ聖堂

ユダの獅子をあしらったエチオピア帝国の国旗と、ソロモンの印章をあしらった現エチオピアの国旗

王の栄光」の意）に彼女の物語が描かれていて、これが国民的神話となっている。

聖書は女王のエルサレム訪問については熱心に語る一方、ソロモンと女王の間に外交関係以上の何かがあったのかどうかについては一切触れていない。これに対し『ケブラ・ナガスト』には、この訪問の後に女王が太陽崇拝を廃し、以後イスラエルの神を崇めるようになったとの記述があるばかりか、2人の間には性的関係が存在し、その結果息子が1人生まれたとまで書かれている。メネリクと名付けられたこの息子は「智慧の息子」とも呼ばれ、ソロモンに連なる一族の始祖となった。かつてエチオピア帝国の象徴であった〈ユダの獅子〉、そして現エチオピア国旗の中心に描かれたソロモンの印章は、偉大な王の直系たることを誇るものにほかならない。もちろん、聖書にまつわる伝説（そしてインディ・ジョーンズ映画）には欠かせない契約の聖櫃もこの文脈で登場する。伝えられるところによると、ある日父のもとを訪ねたメネリクが聖櫃を盗み出し、代わりに木製の模造品を置いていったのだという。現在、アクスムに聖櫃が安置されていると言われる由縁である。

シバの国がエチオピアに比定される一方、その位置は、隊商が香料を紅海方面に運ぶ中継地点、すなわち〈アラビア・フェリックス〉[「幸多きアラビア」の意] とされることもある。これはおおよそ現在のイエメンにあたる。この矛盾は、当時の〈エチオピア〉がかなり曖昧な概念だったことの現れである（後で見るように、極東にあるはずの司祭ヨハネ [プレスター・ジョン] の王国がエチオピアと同一視されることすらあったのである）。しかしエチオピアが様々な伝説の母胎となった事実は、少なくともかつてかなり富裕で強大な王国が存在したことの証左ではあろう。

さらに「歴代誌下」はシバの女王のエピソードを語る部分（9: 1–12）で、女王がソロモンに贈った貢物に関し、「ヒラムの家臣たちとソロモンの家臣たち」が「オフィルから金を運んできた」と記している。ではこのオフィルとはどこのことだろうか。これは聖書に何度も出てくる地名で、どこかの港であったのは確実である。イスラーム以前の時代のアラブとエチオピアの3つの史料には、シバの女王はこの地を自領に併合すると、周囲の土地で豊富に採れる黄金の石をもってこの港を造ったとある。フラウィウス・ヨセフスの『ユダヤ古代誌』（I, 6）はオフィルがアフガニスタンにあったと主張し、ヴァスコ・ダ・ガマに随行したトーメ・ロペスの説によるとそれはジンバブエの古名だという。確かにジンバブエはルネサンス期に黄金貿易の重要拠点であったのだが、中世以前の遺跡は見つかっていない。1568年にソロモン諸島に到達したアルバロ・デ・メンダーニャ・デ・ネイラは、自分はついにオフィルを発見したのだと宣言した（この人物については南大陸（テラ・アウストラリス）について述べた第12章で再論する）。ミルトンの『失楽園』（11: 399–401）ではオフィルはモザンビークだとされ、神学者ベニート・アリアス・モンターノ（16世紀）はペルーだと言う。19世紀には複数の研究者が現在のパキスタン、インダス河口のアブヒラに比定する説を唱えた。他方でオフィルはイエメンのどこかだとする説もあって、結局それらしい結論は出ないまま、議論はシバの国に戻ってきたことになる。

1970年、シナイ半島のシャルム・エル＝シェイクを占領していたイスラエルは、この地に「オフィルへ向かって」を意味するオフィラという名の入植地を築いた（現在はエジプトに返還され、リゾート地として栄えている）。彼らは聖書に登場する財宝を積んだソロモンの船団がこの地を経由したものと考えたのである。H・ライダー・ハガードの小説『ソロモン王の洞窟』にもオフィルが登場するが、場所は南アフリカである。また〈ターザン〉シリーズでは、アフリカのジャングルの奥地に「オパル」という謎の都市があることになっているが、これもオフィルを意識したものであろう。

こうして、シバの女王はどこから来たかという問いも、本書が扱う失われた島々の多くと同様、様々な神話の中で翻弄されるばかりで、現在でも確たる答えは見出されていないのである。

シバの女王を魅了したエルサレムの荘厳な神殿は、第1神殿と呼ばれ、前10世紀にソロモンが造らせたものと言われるが、これは前586年、ネブカドネザル2世によって破壊されてしまう。第2神殿は前536年にバビロン捕囚が解除され、エルサレムへの帰還が始まった後に建てられたもので、前19年頃にはヘロデ大王が拡張工事を施したが、後70年にティトゥスによってやはり破壊されてしまう。ともあれ、多くの偉大な伝説に素材を提供したのは第1神殿のほうである。

聖書における第1神殿の記述として「列王記上」(6–8）と「**エゼキエル書**」（40–41）を読み較べてみよう。「列王記」の記述は「エゼキエル書」よりも正確で、読んですんなりと理解できるように書かれている。しかし何百年もの間、聖書解釈者たちを非常に大胆な視覚的解釈へと導いてきたのは、不正確でいくつもの矛盾を孕んだ「エゼキエル書」の記述であった。

中世の寓意研究家たちは、エゼキエルの幻視（ヴィジョン）に現れたこの神殿の姿を我が目でも見ようとし、さらにそれを完全に再建するための指示を読み取ろうと懸命な読解を試みてさえいる。もちろん「エゼキエル書」のテクストは単なる幻視の報告、夢の記録であって、そこに現れる神殿に一定の形はないと考えることも可能だし、預言者エゼキエルがなんらかの幻覚剤を服用してこのテクストを書いたという推測も成り立たないわけではない。またエゼキエル自身は現実の建物ではなく、「建物のようなもの」を見たと言っているのに加え、ユダヤ教の伝統でも建築学的な解釈を矛盾なく施すのは不可能だと認めており、12世紀のラビ、ソロモン・ベン・イサクも、神殿の北側の外の部屋に関しては、西側のどこから始まり東側のどこまで延びているか、内側のどこから始まって外側のどこまで延びているかが不明である旨を記している（Rosenau, 1979☆)。また教父らからも、建物の寸法を物理的に理解しようとするなら、扉の幅が壁の幅よりも広くなってしまうとの指摘があった。

にもかかわらず中世の人々には、「エゼキエル書」をその記述のとおりに解釈する必要があった。彼らは、聖書の中に数字や寸法など、細かすぎて一見役に立ちそうもない表現が出てくる場合には、そこに寓意を読み取らねばならないという（アウグスティヌスに発する）聖書解釈上の原理を採用していたからである。例えば測り竿の長さが6アンマであったと書かれていれば、それは単にそう書かれているのみならず、実際にそうであったのであり、人が寓意的な解釈を施せるように神が設えた事実なのである。そのため神殿は文言どおりに建設することが可能でなければならなかった。もし不可能であれば、聖書が嘘を述べていることになってしまうからだ。

ラファエロ「エゼキエルの幻視」(1518頃)、フィレンツェ、ピッティ宮殿パラティーナ美術館

巻き尺と長さの単位換算表、それに聖書のテクストを用意すれば、神殿の模型づくりを試みることはできる。同様の試みに着手した中世の著述家らの手もとには、単位の換算表もなく、利用できるテクスト自体、度重なる翻訳と筆写を経た不正確なものでしかなかったが、では現代の建築家であれば正確な模型をつくることができるかといえば、おそらく「エゼキエル書」のテクストを図面に起こそうとするだけで困難を覚えるはずだ。

サン＝ヴィクトルのリシャールは『エゼキエルの幻視』で、エゼキエルの見た建物「のようなもの」の視覚的再現を試みている。リシャールは自

ら計算をやり直して平面図と立面図を引くのだが、これを中世の技術で建造可能な建物とするために、「エゼキエル書」のテクストで測量の値が齟齬をきたす箇所では、一方を建物全体の長さ、他方を建物の一部の長さを指すものというように解釈して無理を通そうとしている。この種の無謀な（失敗を運命づけられた）再解釈の企てには、他にプロト・バロック期のプラドとビヤルパンドによるもの（Prado, Villalpando, 1596☆）がよく知られている。

結局のところ、考古学的な観点から言って、神殿の現実的な再現は望み薄であったから、「エゼキエル書」の註解者らは、この神殿についてはもっぱら神秘的な含意に関する解釈に議論を限定し、建築計画としての実現可能性については等閑視するようになった。他方で、中世のミニアチュール作家には想像力の向かうまま、第 1 神殿をゴシック大聖堂として描く者もあった。フリーメイソンの間では、神殿建設を指揮したものの秘技を盗もうとした弟子たちに殺されたと言われる石工親方ヒラムの神話が語られ、エルサレム神殿の騎士として結成されたテンプル騎士団についても、彼らが拠点としたアル＝アクサー・モスクは第 1 神殿の跡地に建てられたものだと伝えられている。

ソロモンの神殿がなんらかの形で実在したのは確かである。だが時の経過とともにその形象は伝説化していった。以後人々は少なくとも想像の上で神殿の再建を試みてはきたが、実物を発見しようとまで試みる者はなかった。今日でも 3 宗教の信徒はエルサレムの〈神殿の丘〉を、まるでまだそこに第 1 神殿が建っているかのごとく訪れている。ユダヤ教徒はティトゥスに破壊されたヘロデ神殿の遺跡とされる〈嘆きの壁〉の前で祈りを捧げ、キリスト教徒は聖墳墓教会に向かい、イスラーム教徒は〈ウマルのモスク〉、すなわち 7 世紀に建造され完全な形で現存する〈岩のドーム〉に集まる。だが、第 1 神殿は永遠に失われたままなのだ。

⁂

◉マギは何処より来たりしか（そして何処にて没せしか）　数ある伝説の中で最もよく親しまれているもののひとつがマギ［いわゆる「東方の三博士」］のそれだろう。芸術家らはこの伝説を主題として無数の傑作を残し、子供たちはマギの物語を何度となく夢想してきたはずだ。だから普通は、マギは

ハンス・メムリンクのフロレイン３連画（1474–1479）の中央部分「マギの礼拝」、ブリュージュ、メムリンク美術館

実在したかなどと問われることはないのだが、歴史学者、聖書学者、神話学者にしてみれば、これは一大研究テーマなのである。いずれにせよ、史料から窺えるマギの事績は、彼らの出身地と彼らの墓所という２つの伝説の土地の間に、わずかに垣間見えるにすぎない。

キリスト教世界で唯一、マギの物語を記した正典と認められているのが**「マタイ福音書」**である。そしてこのマタイは、マギが３人であったとも、彼らが王であったとも言ってはいないのである。マタイが記しているのは、彼らが東方から星に導かれてやって来たこと、黄金と乳香と没薬を献じたこと、幼子の居場所をヘロデに教えなかったことのみである。マタイの記述からはせいぜい、幼子に３つの贈り物をしたのだからマギは３人いたのだろうと推測することしかできない。

マギを王とし、彼らが治めていた国を東方のどこかに特定しようとする試みは、後世の伝承において初めて登場するものである。マギへの言及は外典福音書にもあり、3人の王とする見方はアラブ系の史料にも見られる（例えば9世紀の事典編者アッ＝タバリーはマギの献じた贈り物に言及しており、その典拠は7世紀の著述家ワフブ・イブン＝ムナッビフとされる）。

一方、「マタイ福音書」が書かれたのは後1世紀末であって、この福音書を執筆した人物は――それがマタイ自身であったかどうかにかかわらず――イエスの誕生時点にはまだ生まれていない。それゆえこの福音書の記述は、執筆者自身の直接の見聞に基づいたものではありえない。ということは、福音書が書かれるより先に、つまりキリスト教が成立する以前の時代に、すでにマギについての物語がなんらかの形で流通していたはずである。（14世紀にマギの伝承をまとめた）**ヒルデスハイムのヨハネス**は、マギの旅の発端となったのは〈ウァウスの丘〉ないし〈勝利の丘〉で行われていた天文学研究だとする。この丘は古代アルメニア帝国のアダルバイガンで最も高いサバラン山と考えられている。伝承では、ゾロアスター教の祭司と占星術師がこの山の頂上に登り、神の地上への降臨の兆しとして預言されていた星をそこで待ち受けたと言われる。実際、マギという語はギリシア語のマゴス（複数形はマゴイ）に由来するものであり、このマゴイとは、ヘロドトスも書いているように、ペルシアのゾロアスター教の祭司を指す語であるらしく、「星を見た」という福音書の記述とも整合する。他方、マギには賢者の意味もあり、さらに「使徒言行録」など新約聖書の他のテクストでは、この語が魔術師の意味で用いられている（シモン・マグス［魔術師シモン］などの）例もある。この論でいけばマギはペルシアから来たものと考えられるが、一方でカルデアという説もあり、ヒルデスハイムのヨハネスなどはそれをインド諸島だと述べている。ただこのヨハネスの場合、インド諸島の中にヌビアがあるとしているため、その範囲が途方もなく広がってしまう。これはヨハネスがマギの旅の物語に司祭ヨハネ［プレスター・ジョン］の王国《1》を絡めているためである。彼の王国が当時の伝承では極東にあるとされていたことを考えるなら、極東もまたマギの出身地の候補に入ってくることになる。様々な伝承の中でほぼ一定しているのは、1人は白人、もう1人はアラブ人、最後の1人は黒人で、このことが贖罪の普遍性を示唆しているという解釈である。

マギの人数は伝承によってまちまちで、2人とされることもあれば、12

《1》東方の驚異について論じる第4章を参照

人にのぼることすらある――ホルミズド、ヤズデギルド、ペロス、ホル、バサンデル、カルンダス、メルコ、カスパーレ、ファディッザルダ、ビティサレア、メルキオール、ガタスパの面々だ。西洋の伝承は最終的にカスパール、メルキオール、バルタザールの3人説に落ち着いた。しかしそれもエチオピア・カトリック教会ではホル、バサンデル、カルスダンとなり、シリアではラルヴァンダード、ホルミスダス、グシュナサフという具合で、それぞれ名前には異説がある。ザカリアス・クリソポリタヌス(1150)はアッペリウス、アメルス、ダマスクスを挙げており、他方、ヘブライ語ではマガラト、ガルガラト、サラキンとされる。

マギを王とする解釈は(第4章で論じるメルキゼデクにおける王性と祭司性の融合も参照のこと)、典礼伝承において公現祭と「詩篇」(72: 10–11)の「タルシシュや島々の王が献げ物を、シェバやセバの王が貢ぎ物を納めますように。すべての王が彼の前にひれ伏し、すべての国が彼に仕えますように」というくだりが結びついたことで、確立することとなった。

一方で、彼らの墓所をめぐってはさらに興味深い話がある。**マルコ・ポーロ**はサバの町でマギの墓を訪れたと報告しているが、それに関しては1世紀の時を遡る逸話が残っている。1162年、フリードリヒ赤髭王(バルバロッサ)がミラノを攻略し破壊した際、聖エウストルジョ聖堂には3王の遺骸を納めた石棺(サルコファガス)があったと言われる(この石棺は現存するが中は空である)。言い伝えによると、4世紀、マギと並んで埋葬されることを望んだ司教エウストルギウスにより、コンスタンティノポリスの聖ソフィア大聖堂から移送されたものだという(元々は聖ヘレナが聖地巡礼の途上で発見し、コンスタンティノポリスに持ち帰ったものとされる)。さらに時代を遡ると、ペルシアの地に埋葬されたとの伝承もあり、これはペルシアでマギの墓を見たとするマルコ・ポーロの証言とも合致する話である。

ところがそのマギの聖骸が、思いもかけずミラノで発見されたのである。この報を受けたフリードリヒの宰相ライナルト・フォン・ダッセルは、それを手に入れた都市には巡礼者が途絶えることがなく、莫大な経済的価値を生むだろうと考え、3王の遺骸をケルン大聖堂へと移送させた。今でも、ケルン大聖堂にはマギの聖櫃が安置されている。ミラノ市民はこの略奪に憤慨し(**ボンヴェシン・デ・ラ・リーヴァ**のテクストを参照されたい)、かの貴重な聖遺物をなんとかして取り戻そうと苦心したがなかなかうまくいかなかった。ようやくケルン大司教の提案を容れたミラノ大司教が、その聖遺物からとられたいくつかの骨片（腓骨 2、脛骨 1、椎骨 1）を聖エウストルジョ聖堂に厳粛に迎え入れたのは、実に 1904 年のことであった。他方、イタリアからドイツへと移送される途中でこの聖骸の一部を入手したと主張する地方がいくつもあり、その結果、マギの墓所は（骨や軟骨の 1 片ごとに）各地に点在することとなった。巡礼というと普通は生前に行うものだが、3 王はその死後に各地を巡り、至るところで自らの墓所を打ち建てていったのである。

＊

*

*

＊

*

*

＊

*

*

＊

*

*

パオロ・ヴェロネーゼ「シバの女王」(部分、1580–1588)、トリノ、サバウダ美術館

◉シバの女王

■『列王記上』10: 1–15

シェバの女王は主の御名によるソロモンの名声を聞き、難問をもって彼を試そうとしてやって来た。彼女は極めて大勢の随員を伴い、香料、非常に多くの金、宝石をらくだに積んでエルサレムに来た。ソロモンのところに来ると、彼女はあらかじめ考えておいたすべての質問を浴びせたが、ソロモンはそのすべてに解答を与えた。王に分からない事、答えられない事は何一つなかった。

シェバの女王は、ソロモンの知恵と彼の建てた宮殿を目の当たりにし、また食卓の料理、居並ぶ彼の家臣、丁重にもてなす給仕たちとその装い、献酌官、それに王が主の神殿でささげる焼き尽くす献げ物を見て、息も止まるような思いであった。

女王は王に言った。

「わたしが国で、あなたの御事績とあなたのお知恵について聞いていたことは、本当のことでした。わたしは、ここに来て、自分の目で見るまでは、そのことを信じてはいませんでした。しかし、わたしに知らされていたことはその半分にも及ばず、お知恵と富はうわさに聞いていたことをはるかに超えています。あなたの臣民はなんと幸せなことでしょう。いつもあなたの前に立ってあなたのお知恵に接している家臣たちはなんと幸せなことでしょう。あなたをイスラエルの王位につけることをお望みになったあなたの神、主はたたえられますように。主はとこしえにイスラエルを愛し、あなたを王とし、公正と正義を行わせられるからです。」

彼女は金120キカル、非常に多くの香料、宝石を王に贈ったが、このシェバの女王がソロモン王に贈ったほど多くの香料は二度と入って来なかった。

また、オフィルから金を積んで来たヒラムの船団は、オフィルから極めて大量の白檀や宝石も運んで来た。王はその白檀で主の神殿と王宮の欄干や、詠唱者のための竪琴や琴を作った。このように白檀がもたらされたことはなく、今日までだれもそのようなことを見た者はなかった。

ソロモン王は、シェバの女王に対し、豊かに富んだ王にふさわしい贈り物をしたほかに、女王が願うものは何でも望みのままに与えた。こうして女王とその一行は故国に向かって帰って行った。

■「エゼキエル書」40: 1–3、8–31、41: 1–26

我々が捕囚になってから25年、都が破壊されてから14年目、その年の初めの月の10日、まさにその日に、主の手がわたしに臨み、わたしをそこへ連れて行った。神の幻によって、わたしはイスラエルの地に伴われ、非常に高い山の上に下ろされた。その南側に都のように建設された物があった。主がわたしをそこへ連れて行くと、その姿が青銅のように輝いている1人の人が門の傍らに立っており、手には麻縄と測り竿を持っていた。(……)廊門の奥行きを測ると、8アンマで、そこには厚さ2アンマの脇柱があり、それが内側の廊門であった。東の方に向いている門の控えの間は、通路の両側に3つずつあった。3つの部屋は同じ寸法であり、それに両側の脇柱も同じ寸法であった。門の入り口の幅を測ると、10アンマで、門全体の幅は13アンマであった。それぞれの控えの間にある仕切りの厚さは1アンマ、向こう側の仕切りも1アンマであった。控えの間は両側ともに6アンマであった。門を、一方の控えの間の端から他方の控えの間の端まで測ると、25アンマであり、控えの間の入り口と入り口は向かい合っていた。廊門を測ると、60アンマあり、柱は門に沿って庭の周囲を取り囲んでいた。正面入り口の門の前面から、内側に面した廊門の前面までは50アンマであった。明かり取りの格子窓が、両側の門の内側の控えの間にも脇柱にもつけられており、同じように廊の内側にも、明かり取りの格子窓が向かい合ってつけられていた。脇柱にはなつめやしの飾りがあった。

更に、彼はわたしを外庭に連れて行った。すると、そこに部屋があった。庭の周りには敷石があった。敷石に沿って、その周りには30の部屋があった。敷石は門の両側にあり、門の奥行きと同じ幅で敷き詰められていた。それが下の敷石である。下の庭の広さを、下の門の内側から内庭の門の外側までの距離で測ると、100アンマあった。これが東側であり、北側も同じであった。外庭に続いて、北の方に向いている門があった。彼はその長さと幅を測っ

サンティ・ディ・ティート「神殿建設を指示するソロモン」(16世紀)、フィレンツェ、サンティッシマ・アンヌンツィアータ聖堂、聖ルカ組合礼拝堂

た。控えの間は、両側に3部屋ずつあり、脇柱と廊は最初の門と同じ寸法であり、門の奥行きは50アンマ、幅は25アンマであった。明かり取りの格子窓と廊となつめやしの飾りは東の方に向いている門と同じ寸法であった。それから7段の石段を上って入ると、その先に廊があった。内庭の門は、東の門と同じように、北の外門に相対していた。門から門までを測ると、100アンマであった。

更に、彼はわたしを南の方へ連れて行った。すると、南の門があった。その脇柱と廊を測ると、やはり前と同じ寸法であった。脇柱と廊の周りには、前と同じように明かり取りの格子窓があった。門の奥行きは50アンマ、幅は25アンマであった。7段の石段を上ると、その先に廊があり、なつめやしの飾りが1つずつ両側の脇柱にあった。内庭の門は南の方に向いており、この門から南に向いている外門までを測ると、100アンマであった。更に、彼は南に向いている門から、わたしを内庭に連れて行った。南の門を測ると、前の場合と同じ寸法であった。控えの間と脇柱と廊も前

の場合と同じ寸法であり、脇柱と廊の周りには明かり取りの格子窓があった。門の奥行きは50アンマ、幅は25アンマであった。その周囲の廊の長さは25アンマ、幅は5アンマであった。廊は外庭に向き、脇柱にはなつめやしの飾りがあり、石段は8段であった。

更に、彼はわたしを内庭の東側に連れて行った。門を測ると、前と同じ寸法であった。控えの間と脇柱と廊も前と同じ寸法であった。脇柱と廊の周りには、明かり取りの格子窓があった。門の奥行きは50アンマ、幅は25アンマであった。廊は外庭に向き、なつめやしの飾りが両側の脇柱に付けられており、石段は8段であった。(……)

彼はわたしを拝殿に連れて行った。まず、脇柱を測ると、こちら側の幅は6アンマ、あちら側の幅も6アンマであった。これが脇柱の幅である。入り口の幅は10アンマ、入り口の両側の壁の幅はこちら側が5アンマ、あちら側も5アンマであった。拝殿の奥行きを測ると40アンマ、その横幅は20アンマであった。内部に入って、次の入り口の脇柱の厚さを測ると2アンマ、その入り口自体の幅は6アンマ、入り口の両側の壁の幅はそれぞれ7アンマであった。更に、拝殿の奥の面まで奥行きを測ると20アンマ、その横幅も20アンマであった。そして彼はわたしに、「ここが至聖所である」と言った。

彼が神殿の壁の厚さを測ると6アンマ、脇間の幅は4アンマで、神殿の周囲を囲んでいた。脇間の上には脇間があって、3階建になっていた。各階に30の脇間があった。神殿の壁には、周囲に突き出た所があって、脇間の支えになっていた。神殿の壁には、支えが差し込まれていないからである。回廊となっている神殿の脇間は上にいくほど広くなっており、神殿は各階ごとに回廊がついている。しかも、階が上がるごとに広くなっている。地階から最上階へは中間の階を経て上っていく。次にわたしは、神殿の周囲が一段と高く舗装されているのを見た。それは脇間の土台で、その高さはちょうど1竿、または6アンマであった。脇間の外側の壁の厚さは5アンマであった。そして、空き地が神殿の脇間と、神殿を取りまく周囲の部屋との間にあり、その横幅は20アンマであった。脇間の入り口については、1つが北へ、他の1つが南へ向いており、その間に空き地があった。この空き地は周囲にあって、その幅は5アンマであった。

神殿の西側にある神域に面した別殿は奥行き70アンマ、建物の周囲の壁は厚さ5アンマ、建物の横幅は90アンマであった。

神殿を測ると、奥行きは100アンマであり、神域と別殿の奥行きとその壁の厚さを合計すると100アンマであった。神殿の正面は、神域に面する裏側と同じくその幅は100アンマであり、神域に面し、その裏側にある別殿の横幅を測ると、その両側のテラスを含めて100アンマであった。奥の拝殿とその前の廊と、敷居、明かり取りの格子窓、敷居の前の3方にある周りのテラスは、それぞれ周囲を板ではり巡らされていた。その床から窓まで、それから窓枠も板張りであった。そして、入り口の上まで、また、神殿の内側と外側にも、更に周囲の壁にも内側と外側に、くまなく、ケルビムとなつめやしの模様が刻まれていた。なつめやしは、ケルビムとケルビムの間にあった。ケルビムには2つの顔があって、人間の顔はこちらのなつめやしに向き、獅子の顔はあちらのなつめやしに向いていた。それは神殿の周りにも刻まれていた。床から入り口の鴨居の上まで、神殿の壁にはケルビムとなつめやしが刻まれていた。

拝殿の入り口には4つの側柱があった。

聖所の前にあったのは、木製の祭壇で、その高さは3アンマ、長さは2アンマであり、4隅には縁があった。その台と側面は木製であった。彼はわたしに、「これは主の前に置かれた聖卓である」と言った。拝殿には、2つの扉があって、聖所にも2つの扉があった。それぞれの扉は2つに折れるようになっていた。1つの扉は2枚となっており、他方の扉も2枚になっていた。それらの拝殿の扉には、壁に刻まれているのと同じように、ケルビムとなつめやしが刻まれていた。廊の正面の外側には、木製の格子がついていた。そして、明かり取りの格子窓と、なつめやしの模様が、廊の両側と神殿の脇間と差し掛け屋根にほどこされていた。

◉マギはどこから来たか

■「マタイ福音書」2: 1–15

イエスは、ヘロデ王の時代にユダヤのベツレヘムでお生まれになった。そのとき、占星術の学者たちが東の方からエルサレムに来て、言った。「ユダヤ人の王としてお生まれになった方は、どこにおられますか。わたしたちは東方でその方の星を見たので、拝みに来たのです。」これを聞いて、ヘロデ王は不安を抱いた。エルサレムの人々も皆、同様であった。王は民の祭司長たちや律法学者たちを皆集めて、メシアはどこに生まれることになっているのかと問いただした。彼らは言った。「ユダヤのベツレヘムです。預言者がこう書いています。

『ユダの地、ベツレヘムよ、
お前はユダの指導者たちの中で
決していちばん小さいものではない。
お前から指導者が現れ、
わたしの民イスラエルの牧者となるからである。』」

そこで、ヘロデは占星術の学者たちをひそかに呼び寄せ、星の現れた時期を確かめた。そして、「行って、その子のことを詳しく調べ、見つかったら知らせてくれ。わたしも行って拝もう」と言ってベツレヘムへ送り出した。彼らが王の言葉を聞いて出かけると、東方で見た星が先立って進み、ついに幼子のいる場所の上に止まった。学者たちはその星を見て喜びにあふれた。家に入ってみると、幼子は母マリアと共におられた。彼らはひれ伏して幼子を拝み、宝の箱を開けて、黄金、乳香、没薬を贈り物として献げた。ところが、「ヘロデのところへ帰るな」と夢でお告げがあったので、別の道を通って自分たちの国へ帰って行った。

占星術の学者たちが帰って行くと、主の天使が夢でヨセフに現れて言った。「起きて、子供とその母親を連れて、エジプトに逃げ、わたしが告げるまで、そこにとどまっていなさい。ヘロデが、この子を探し出して殺そうとしている。」ヨセフは起きて、夜のうちに幼子とその母を連れてエジプトへ去り、ヘロデが死ぬまでそこにいた。

■ヒルデスハイムのヨハネス
『三王伝説』

(Giovanni di Hildesheim, 1477☆)

さて、これら3人の王の治める王国のある辺りの土地についてまず知っておくべきことは、そこにはインド諸島があること、そして彼らの領土はほぼすべてが島嶼部から成っていて、領土には恐ろしい湿地がそこかしこにあり、そこに生える丈夫な葦を使って家でも船でも造れるということである。そしてこれらの土地や島には他には見られない植物や獣が生育しているため、島から島へと渡るのは多大な困難と危

3人のマギ(6世紀)、ラヴェンナ、サンタポリナーレ・ヌオヴォ聖堂

険を伴う。(……)第1のインドにはメルキオールの治めたヌビア王国がある。その領域にはシナイ山と紅海のあるアラビアも含まれる。この紅海を渡ればシリアおよびエジプトからインドまではすぐである。しかしこのスルタンはキリスト教世界の王の手紙をインド諸島の王、司祭ヨハネに届けることを許さない。両者の間で陰謀が生ずるのを防ぐためである。同じ理由から、司祭ヨハネもまた、自分の領土を通ってかのスルタンの許へ赴くことを許さない。その結果、インドへと赴く者は、ペルシアを経由する長く険しい迂回路を通らざるをえない。紅海を渡った者の話によると、この海は底が赤いために、海の水そのものは普通の色であるにもかかわらず、海面が赤葡萄酒のように見えるという。水は塩水で、また透き通っているために海底の岩や魚が見えるという。幅はおよそ4、5マイルで、形状は三角形をしており、潮流は大洋から流れ込んでくる。イスラエルの子らが乾いた所を渡った辺りが最も幅が広くなっている。ここからまた1本の川が分かれており、これを通れば船でインドからエジプトへ至ることができる。さらにアラビアの土地は何もかもが赤く、岩も木も、この地域で採れる物はほぼ何でも赤い。この地では細長く伸びた良質な金脈があり、山地にはエメラルドの鉱脈があって、多大な労苦をかけ工夫を凝らして採掘している。この土地はかつてはアラビアに属し、全体として司祭ヨハネの領土であったが、今日ではほぼ完全にかのスルタンの所領となっている。しかしスルタンは現在でも司祭ヨハネに貢納しており、これは隊商のインド通過を許してもらう見返りとしてで

ある。(……)第2のインドはゴドリアであり、主に香を焚いたバルタザールがこの国を治めた。彼はサバの王国も支配したが、この土地では特に多くの貴い香料が育ち、またある種の樹木からは香となる樹脂が採れる。第3のインドはタルシスの王国であり、没薬を贈ったカスパールが治めた。その支配下には聖トマスの聖骸の眠るエグリセウラの島もあった。ここは他のどの土地にもまして没薬の豊富な産地で、この没薬は乾燥した麦穂に似た植物から採れる。この3つの王国の3人の王がそれぞれの土地で採れた贈り物を主のもとへ持参したのは、ダビデの言葉に「タルシシュ［タルシス］や島々の王が献げ物を、シェバやセバ［サバ］の王が貢ぎ物を納めますように」［『詩篇』72: 10］とあるとおりである。この一節では3人の王がそれぞれ2つずつ治める王国のうち、大きな方の名が挙がっていない。メルキオールはヌビアとアラビアの王であり、バルタザールはゴドリアとサバの王であり、カスパールはタルシスとエグリセウラ島の王である。

◉マルコ・ポーロとマギの墓

■マルコ・ポーロ
『東方見聞録』30–31（1298）

ペルシアは広大な地方で、かつて豊かであったが、タタール人によって破壊され荒らされてしまった。このペルシアにはサバという町があり、イエス・キリストを崇めるために3人の王が出発したのはこのサバからである。彼らはここに埋葬されており、大きく美しい3つの墓は、それぞれ入念に作られた矩形の屋根に覆われている。亡骸はまだ完全に保存され、髪も髭もつけている。1人はジャスパール、もう1人はメルキオール、3人目はバルタザールという名である。

マルコ・ポーロ殿はこの町の人々に3人の王について何度も尋ねたが、これについては、かつて3人の王がいてそこに葬られたということ以外に、何か語ることのできる者を見出せなかった。しかし、サバから3日行程のところに、カラ・アタペリスタン、フランス語では「火を崇める者たちの城」と呼ばれる城があるという話を聞いた。その町の人々は火を崇めるというから、それはきっと住民たちを指す名前なのだが、彼らの語るところに従って、火を崇める由来を述べておこう。それによれば、昔、この地方の3人の王が生まれたばかりの預言者を礼拝しに出かけたそうである。彼らは3つの捧げ物を持参した。黄金と香とミルラ〔没薬〕であったが、もしその預言者が黄金を取れば地上の王となり、香を取れば神となり、ミルラを取れば医者となるであろう。さて、預言者の生まれた場所に到着した時、次のようなことが起こった。すなわち、3人の王のうち一番若い王がまず入っていくと、その子供は自分と同じ年齢のように見えた。そこで王は外に出たが驚いてしまった。次に中年の王が入ると、彼にも自分と同じ年齢くらいの別人に見えた。そこで彼も驚いてしまった。最後に老齢の王が入っていくと、前の2人に起きたのと全く同様のことが彼にも起きた。そこで彼は外に出たがすっかり考え込んでしまった。3人の王は集まって、めいめいが自分の見たところを語ったのだが、すっかり驚いてしまい、それでは一緒に入ろうと意見が一致した。すると子供は生後2日目の赤ん坊に見えたのであった。彼らはこの子供を崇めて黄金と香とミルラを捧げた。子供は3つの贈り物をすべて取って、彼らに蓋の閉じられた箱を1つ与えた。こうして彼らはそこを発つと彼らの国

に戻っていった。

何日も馬で進んでいるうちに、彼らは子供がくれたものが何か知りたいものだと話し合った。そこで箱を開けると、中には1つの石があった。子供が彼らにくれたものが何であるのか、どういう意味があるのか、彼らは不思議に思ったのだが、その意味というのは、贈り物を差し出したとき3つすべてを取ったのだから、子供は本当の神であり王であり医者であるのだ。さらにまた、彼らに兆した信仰は彼らの中で石のように堅くなるべきなのだ。子供は彼らの心の中をよく理解したので、彼らはこうした意味を持つ石を手にすることになったのだが、そんな意味を持っているとは気がつかなかったので、彼らはその石を井戸に投げ込んでしまった。すると突然、空から燃える火の玉が落ちてきて、小石が投げ込まれた井戸のなかに落ちた。3人の王はこの不思議を見るとすっかり仰天して、小石を投げてしまったことをひどく悔やんだ。というのも、その時、彼らは重大な意味を十分に悟ったからで、そこで彼らはその火を移して自分たちの国に持ち帰り、きわめて美しく立派な教会にその火を安置した。人々はその火を燃やし続け、神のように崇め、自分たちの捧げる犠牲をすべてこの火で焼いている。さらにその火が消えるよう

ヴェルダンのニコラ「マギの聖廟」(1181)、ケルン大聖堂

なことがあると、彼らの火を分けた近隣の町に赴いてその火を持ち帰るのである。この地方の人々はこんなわけで火を崇めるのであり、火を求めてしばしば10日も旅をする。以上がこのカラ・アタペリスタン城の人々がマルコ殿に語ったところであり、本当にそのようなことがあったと断言したことである。この3人の王のうち、1人はサバの、もう1人はアヴァ〔サヴァの南々東〕の、3人目はこの地方の習わし通りに火を崇めるこの城の出身である。

◉マギの盗難

■ボンヴェシン・デ・ラ・リーヴァ
『偉大なる都市ミラノ』VI

(Bonvesin de la Riva, 1288☆)

ミラノはその忠誠への罰としてフリードリヒ1世に城壁を破壊された挙句——何たる恥辱！　何たる苦痛！——314年に聖エウストルギウスが持ち帰った3人のマギの聖骸を、教会の敵に盗まれたのである。我らの骨折りの、教会の反乱に抗して忠実に戦ったことへの報酬が、かの宝物の喪失であったのだ！　この地の市民は押し寄せる悲しみに耐え、偉大なる宝を奪われはしたものの、教会法の支配に訴えてその恥辱をすすぎ奪われた富を取り戻す方法を見出さんよりは、敵との相討ちを望んでいる！　この都市のお偉方の意に反する発言がもし許されるなら、私はこう言ってしまいたいくらいだ。「悲しみの押し寄せるこの地の、しかし大司教らの無関心のために、かの聖遺物はいまだ教会の剣によって奪還はされぬままである。かの聖遺物は我らが市民の過ちのゆえに失われたのではない。絶対にして不動の信仰による教会の防衛のために失われたのである！」この都市が建設された日、すなわち——記録によれば——我らが救い主の誕生の504年前、ローマ建国の200年後より今日に至るまで、私の知る限りこれほどの恥辱はなかった。

W·BOVGVEREAV·1873

第3章

ホメロスの土地と七不思議

LE TERRE DI OMERO E LE SETTE MERAVIGLIE

＊

（左）ウィリアム・アドルフ・ブグロー「ニュンペとサテュロス」（1873頃）、マサチューセッツ州ウィリアムズタウン、スターリング＆フランシーヌ・クラーク・アート・インスティテュート

（右）アンドレア・マンテーニャ「パルナッソス」（1497）、パリ、ルーヴル美術館

＊

＊

＊

ギリシア神話の舞台となった世界はいまなお存在する。アッティカ地方、オリュンポス山、様々な川や湖、森、そして海――これらは現実にある場所だ。ところがギリシア人の不断の想像力は、そうした既知の世界を加工して伝説の場所へとつくりかえていった。その結果、オリュンポスは神々の居所となり、山にはオレイアデス、木にはドリュアデス、水にはナイア

アンニーバレ、アゴスティーノ、ルドヴィーコ・カラッチ「金羊毛を取るイアソン」(16世紀)、ボローニャ、パラッツォ・ファーヴァ

アンニーバレ、アゴスティーノ、ルドヴィーコ・カラッチ「アルゴー号の建造」(16世紀)、ボローニャ、パラッツォ・ファーヴァ

デス、海にはネレイデス、泉にはクリナイアイとペガイアイ、空にはプレイアデスと、様々なニュンペが棲むと考えられたのである。

他にもサテュロス、幾人(いくたり)もの英雄たち、そして数多の小神格と、ギリシア神話の登場人物には特定の場所に結びつけられたものが多い。だからこそ全ギリシア世界を舞台に伝説の場所を特定しようという研究が生まれたのであり、もはや神々の姿が見られなくなった現代でもその試みは継続している。トロイアにしろ、アガメムノンの宮殿にしろ、その場所について想像力の働く余地はあまりない。イアソンが金羊毛皮を求めて訪れたコル

キスの場所ははっきりわかっている。アルゴスやミュケナイはいまも観光客で賑わっている。しかしこれらの土地は人々の空想世界に息づく独自の生命を宿しており、架空の土地とよく似た性質をもっている。だからこそ漂泊のオデュッセウスが訪れた場所を実在の土地に比定する試みが議論の俎上に載せられることになる。彼の旅が、イオニア海とジブラルタル海峡の間のごく狭い範囲に限られていたことはわかっているが、では『オデュッセイア』に登場するどの土地が、果たして現在のどの地名に対応するのかについては、いまなお論争が続いているのである。

ドッソ・ドッシ「魔女キルケ」(16世紀)、ローマ、ボルゲーゼ美術館

＊＊＊

◉オデュッセウスの世界　オデュッセウスの航海を、主たる冒険の舞台となった場所が現在のどの地名に対応するのか、事典の類で調べながら辿ってみよう。ニュンペのカリュプソによりオギュギア島で囚われの7年間を過ごした後、ついにこの島を脱出したオデュッセウスは、嵐をくぐり抜け、パイエケス人の住むスケリエ島に上陸する。この島は現在のイタケ島からほど近い海域にあるコルフ島と考えられている。オデュッセウスはこの地で、**アルキノオス**を相手にそれまでの冒険について語るのだが、その物語に登場するエピソードを、現在の地名と対応させていこう。オデュッセウスが出会ったロートパゴイ人の土地はおそらくリビア沿岸、ポリュペモスが棲んでいたのはシチリア島、途中アイオロスの島に立ち寄り、次に上陸した人喰い怪物ライストリュゴネス族の島はカンパニア沿岸、それから1年間を過ごすことになる魔女キルケの島は現在のラツィオ州チルチェオ山、それからキンメリオイ族の国に上陸して冥府を訪れ、ナポリ湾ではセイレーンの海域を通過し、それからスキュレとカリュブディスの間（メッシーナ海峡）を抜け、陽の神の牛が草を食むトリナキエの島に上陸した後、難破して漂着したモロッコ沿岸のオギュギア島でカリュプソの愛人かつ虜囚として長年留め置かれる。そしてようやくパイエケス人の島に至り、最後にイタケ島へと帰還するのである。

いま紹介したオデュッセウスの旅程は、現代の地図の上でも辿り直すことが可能である。だが問題は、ここで前提としている地名の対応が正確なものかどうかである。観光でギリシアを訪れ、船の上からイタケ島を眺めれば、「ああこれがオデュッセウスの故郷の島なのだな」という感興を覚えることだろう。しかし、現在のイタケ島がオデュッセウスの故郷と同じ島なのかどうかについては疑念が呈されているのである。後1世紀の地理学者ストラボンは同じ島だと断じているが、現代の研究者の場合、ホメロスの記述は現在のイタケ島の地勢とは合致しないとするのが優勢である。ホメロスがこの島を平坦としているのに対し、現代のイタケ島は山がちなのだ。そのため、オデュッセウスの故郷は現在の地名で言うとレフカダ島ではなかったかという説が出されている。

主人公の故郷すらその所在地が定かでないとなると、果たして『オデュッセイア』に登場する他の土地についてはどうなのだろうか。

ピエル・フランチェスコ・チッタディーニ「キルケとオデュッセウス」（17世紀）、フォンダンティコ・ディ・ティツィアナ・サッソーリ美術館

アルノルト・ベックリン「オデュッセウスとカリュプソ」（1882）、バーゼル市立美術館

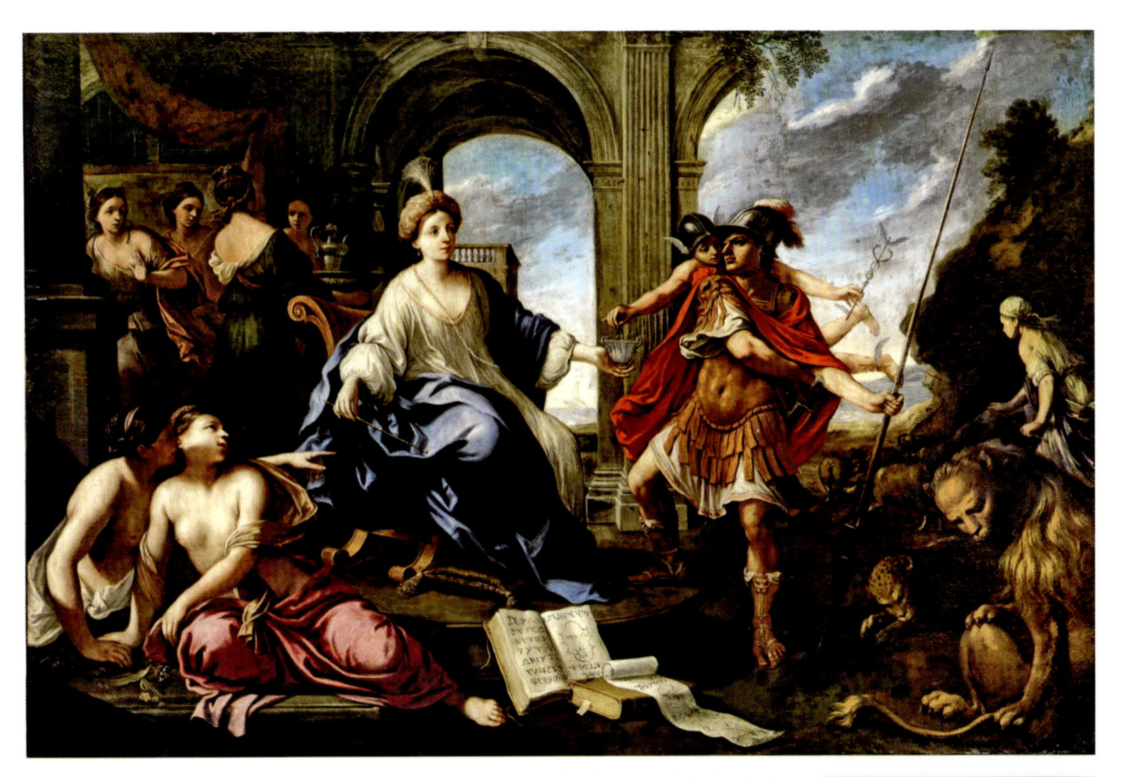

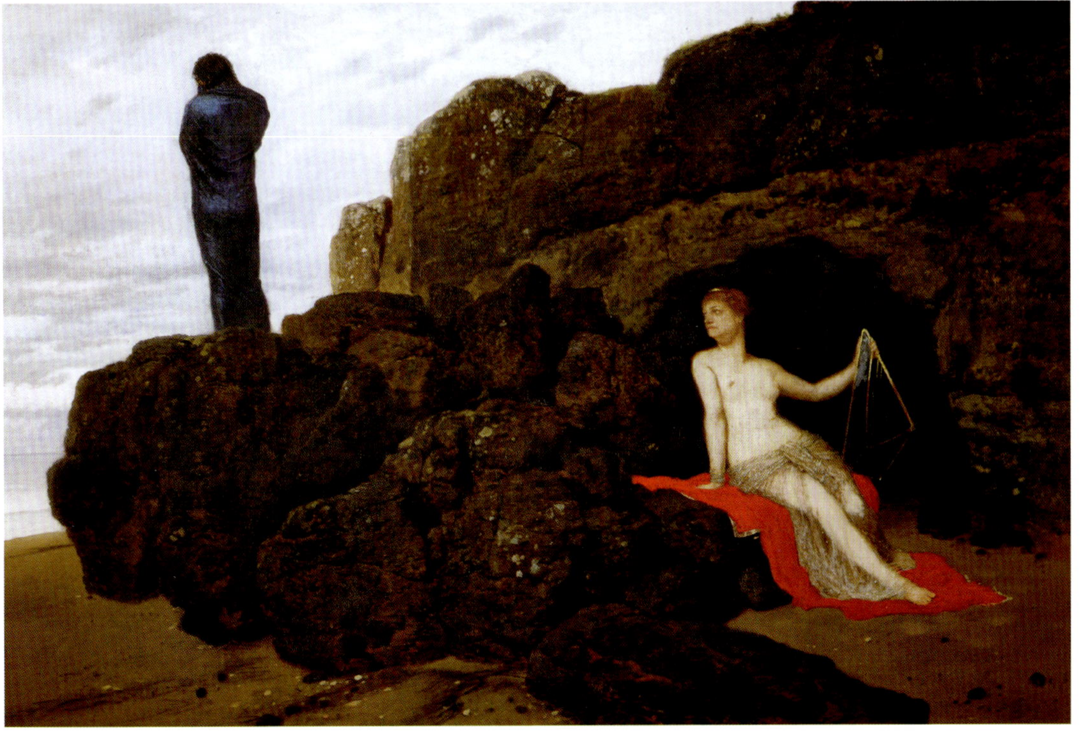

「オデュッセウス一行を乗せた船」（3世紀）、モザイク画、チュニジア、バルド国立博物館

ある研究によると（Wolf, 1990☆）、オデュッセウスの漂泊の旅程を現実の地理の上で再現しようという無謀な試みは、これまで実に80にも及ぶと言われ、それを最初に試みた地図は16世紀のオルテリウスによる『パレルゴン』に収録されているものなのだそうだ。だがオルテリウスの地図では、旅の舞台が非常に狭い範囲に限定されていて、シチリア島およびイタリア半島より先には出ていないことになっている（ロートパゴイ人が住むのもシチリア島とされている）。キンメリオイ族の国もカリュプソの島もこの範囲に含まれているし、オギュギア島もモロッコ沿岸ではなく今日で言うターラント湾に置かれることで、波に呑まれたオデュッセウスがしばらく後にスケリア島に漂着したという記述が説明可能になっている。この点、オルテリウスは、オギュギア島を現在のカラブリア州クロトーネの近くとする古註に従っているものと見られる。

これに対し、1667年にピエール・デュヴァルが描いた地図ではロートパゴイ人がアフリカ沿岸に置かれており、19世紀に提出された諸説では、オギュギアがバルカン半島に位置づけられ、キンメリオイ族やカリュプソは黒海にいたとされている。ホメロス女性説を唱えたサミュエル・バトラーはイタケをシチリア島のトラーパニだとし（Butler, 1897☆）、偽エウマイオスなどはオデュッセウスがアフリカを回ってアメリカを発見したとまで主張した（Eumaios, 1898☆）――ただしこの説はさすがにパロディだと考えられている。

現代に至ってもオデュッセウスの旅程を再現する試みは続けられている。オデュッセウスがコーンウォールおよびスコットランドにまで達していたとするのがハンス・シュトイアーヴァルトで、この説では、キルケの島で造られている葡萄酒は実はスコッチウイスキーだったとされている（Steuerwald, 1978☆）。中国学者のフーバート・ダウヒニトは、『オデュッセイア』と中国に伝わる

偽エウマイオス『アフリカ周航者およびアメリカ発見者としてのオデュッセウス』(1898)、パリ、国立図書館

説話の間に類似点が見られることから、オデュッセウスの漂泊の旅は中国、日本、朝鮮半島にまで及んでいたと主張している(Daunicht, 1971☆)。クリスティーネ・ペレヒの説では、オデュッセウスがマゼラン海峡とオーストラリアを発見したことにされているし(Pellech, 1983☆)、近年だとフェリーチェ・ヴィンチが、オデュッセウスの旅の舞台はそもそも地中海ではなくバルト海だったとする説を唱えている(Vinci, 1995☆)。

本当に80もの説があるのだとすれば、それを全部列挙していくのは無謀というものであろうから、最も有名なもの(そしてオデュッセウスの全旅程をダブリンでの1日の出来事に凝縮してみせたジョイス『ユリシーズ』の霊感の源となったもの)をひとつ紹介するに留めたい。『オデュッセイア』の仏訳者でもあったヴィクトル・ベラールによる『オデュッセウスの航海』(Bérard, 1927–1929☆)である。

ベラールの説は、ホメロスの記述は当時のフェニキア人による地中海航路に基づいているというもので、これを証拠づけるために、彼は地中海に船を出し、自説通りの航路を辿ってみせた。とはいえ、その際に使ったのが現代の船であったため、それではオデュッセウスの航海を正確に

「オデュッセウスの冒険——ライストリュゴネス族との戦い」(13–14 世紀)、ニューヨーク州ポキプシー、ヴァッサー大学フランセス・リーマン・ローブ・アート・センター

再現したことにはなるまいという批判も出てはいる。いずれにせよ、ベラールの説では、ロートパゴイ人がチュニジア沿岸、キュクロプス族がヴェスヴィオ山周辺、アイオロスの島がストロンボリ島、ライストリュゴネス族がサルデーニャ島の北に、キルケの居所がチルチェオ山近くに、スキュラとカリュブディスがメッシーナ海峡に、カリュプソがジブラルタルに、パイアキア人の国がコルフ島にそれぞれ置かれる。また太陽の島はシチリア島であり、イタケ島についてはコリンティアコス湾のティアキ島とされている。

他方、近年最も挑発的な説を提出したのが**フラウ**の著書である（Frau, 2002☆）。彼はテクストの丹念な読み直しに基づき、『オデュッセイア』における〈ヘラクレスの柱〉をジブラルタル海峡に比定するそれまでの常識を覆した。フラウは、旧来の解釈はヘレニズム時代の産物であり、アレクサンドロスの遠征によって東方に拡大した世界を、西方にも拡げていこうとする試みの一環だったと断じ、古代の地中海航路は現在考えられているよりもはるかに狭い範囲に限られていたのだと主張するのである。西地中海はフェニキア人の管掌下にあってギリシア人には知られていなかった。〈ヘラクレスの柱〉とはシチリア島とアフリカ沿岸に挟まれたシチリア海峡のことで、オデュッセウスの旅は東地中海の中で完結していたのだ。フラウはさらに、サルデーニャ島こそが伝説の

アトランティスだったとしている（この「失われた」大陸については第６章で再び取り上げる）。

フラウがオデュッセウスの世界を従来の解釈より狭い範囲に限定するのに対し、**ヴィンチ**が唱えるのはむしろ舞台は極北地方だったとする説である（Vinci, 1995☆）。ヴィンチはホメロス（自身であったかどうかはともかく）による出来事の記述や、そこで用いられている地名を詳細に検討したうえで、オデュッセウスの冒険はすべてバルト海とスカンディナヴィアを舞台に行われたものだったと結論づける。元々、青銅器時代に北欧の諸民族がエーゲ海に移住したという説はあったのだが、ヴィンチは彼らの間に伝わっていた古えの伝説が、この移動に伴い、舞台を地中海として再構築されたと見るのである。

とはいえ、オデュッセウスの航海について正解を出すのは本書の役割ではない。すでにあった伝説をもとにひとりの（あるいは複数の）詩人が生み出した『オデュッセイア』は、それ自体が美しい伝説となった。そして、その航路を現代の地図の上に再現しようとする試みもまた、新たに多くの伝説を生み出したのである。ともすれば本章で紹介してきた諸説の中に、正解に近いものが含まれている可能性もあろう。だがそれよりも大切なのは、この虚構の航海が、何世紀にも

「オデュッセウスの船を襲うライストリュゴネス族」(前40–30)、ヴァチカン市国、ヴァチカン図書館

(次頁) ヤン・ブリューゲル (父、1568–1625)「オデュッセウスとカリュプソ」、個人コレクション

わたって我々を魅了してきた事実である。カリュプソの島での数年間にわたる甘い虜囚生活を世の男たちが夢見てきたという事実は、その島がどこにあろうと変わらないのである。

⁂

◉**七不思議**　古代世界における伝説の場所として、やはり七不思議は外せまい。セミラミス女王が造らせ、季節を問わず薔薇が咲き誇っていたと言われる**バビロンの空中庭園**、**ロドス島の港口に立つ青銅の巨像**、**ハリカルナッソスのマウソロス霊廟**、**エペソスのアルテミス神殿**、エジプトは**アレクサンドリアの大灯台**、ペイディアスの手になる**オリュンピアのゼウス像**、そしてギザのケオプス王［クフ王］のピラミッド——しかもこれら七不思議にはそれぞれ、パウサニアス、プリニウス、ウァレリウス・マクシムス、アウルス・ゲッリウス、そしてユリウス・カエサルに至るまで、その様子を記述したテクストが現存している。そのため、これら七不思議が実際どれほどの〈不思議〉であったかについては諸説あるものの、少なくともその実在については信じることができる。

七不思議の中で最もよく語られるのがアルテミス神殿である。ヘロストラトスという若者が、不朽の栄誉を得ようとこの神殿に火を放ったとの伝説がある。結果としてこの哀れな企ては成功してしまったわけだが、それが不朽の栄誉と言いうるものであるかどうかについては疑問としておこう。

七不思議のうち唯一現存するのがケオプス王のピラミッドである。そして現存しているにもかかわらず、この大ピラミッドは様々な伝説の源泉であり続け、その傾向は今日でも変わっていない。世の中には「**ピラミッド学者**」なる人々がいて日夜伝説をつくりだしているのである。ただし、彼らミステリーハンターの言うピラミッドは、ギザにある実在の建造物というよりは、彼らの頭の中だけに存在する何かであるような気もするのだが。

*

*

*

フランチェスコ・アイエツ「アルキノオス邸のオデュッセウス」(1814頃)、ナポリ、国立カポディモンテ美術館

◉アルキノオスの屋敷

■ホメロス（前9世紀）
『オデュッセイア』第7巻81–132（Omero☆）

オデュッセウスは、アルキノオス王の壮麗な屋敷に向かったが、青銅の敷居を踏む前に立ち止まって、胸中さまざまに想いめぐらした。心宏きアルキノオス王の宏壮な屋敷の中は、さながら陽光か月光に照らされた如く輝いている。戸口から奥の間にかけて、青銅の壁が両側に延び、壁の上縁には紺青色のエナメルの飾り帯を繞らせてある。黄金の扉が堅牢な館を閉じ、銀の戸柱が青銅の戸口に立つ。戸柱の支える楣（まぐさ）は銀、扉の把手は金であった。戸口の両側には、黄金製と銀製の犬が立っている。これは心宏きアルキノオス王の館を衛るべく、ヘパイストスが巧みをこらして作ったもの、永遠に死なず、永遠に老いぬ番犬であった。屋敷の内は、左右の壁に寄せて高椅子が、戸口から奥まで隙間もなく並べてあり、椅子には女たちが見事に織りなした薄手の布が掛けてある。パイエケス人の重立った者たちは、ここに坐って飲食する慣わしであった。食糧の貯えはいくらでもあったのである。頑丈に作られた台の上には、黄金製の童子像が幾体か据えてあり、夜は室内で食事する人々のために部屋を照らすべく、手に火のついた松明をかざしている。(……)前庭の外には門に迫って、4ギュエースにも及ぶ広大な果樹園があり、両側に垣がめぐらされている。ここにはさまざまな果樹が丈高く勢いよく繁茂している——見事な実をつける梨、石榴、林檎、甘い無花果に繁り栄えるオリーヴなど。これらの樹々の果実は、1年を通じて実り、夏冬を問わず傷みもせず尽（き）れることもない。吹き寄せる西風が、あるい

は生長を促し、あるいは成熟を助けるので、梨も林檎も葡萄も無花果も、それぞれ次々に熟して絶えることがない。ここにはまた、豊かな収穫のある葡萄園が植樹してあり、その一角の平坦な場所に乾燥場があって、陽に曝されている。そのほか、採り入れ中の葡萄もあれば、（酒造りのために）踏み潰されているものもある。前列の葡萄はまだ未熟で、花の落ちたばかりのものもあれば、色づきかけたものもある。ここにはまた、葡萄圏の端の列とならんで、さまざまな野菜が整然と栽培されており、1年を通じて青々と茂っている。果樹園には2つの泉が湧いており、その1つの水は園全体に引かれてこれを潤しているが、それに向き合うもう1つの泉の水は、前庭の門の下をくぐって宏壮な屋敷に達し、町の住民たちはこの流れから水を汲む。アルキノオスの屋敷の中の、天与の賜の数々は、このようなものであった。

◉オデュッセウスの航海は近海に限られていた

■セルジョ・フラウ
『ヘラクレスの柱の研究』（Frau, 2002☆）

いつ誰が〈ヘラクレスの柱〉をジブラルタルに置いたのか？　古代ギリシアの西の彼方は本当にそこから始まるのか？　それともマルタ島、シチリア島、チュニジアの間の海峡——岩と砂洲が水面下すぐのところで密かに待ち受ける海域——の可能性もありうるのか？（……）あるいは、メッシーナとレッジョの間の海峡はどうか？　海の怪物スキュラとカリュブディスが護る恐るべき海域。（……）

実際、読めば読むほど、この海峡には恐怖が見えてくる。地中海広しといえどもここまで集中的に怪物と悲劇と難破が想像され記述された海域は他にない。果たしてそのすべてが空想なのか？（……）

しかしそれにしては、ホメロスはこのシチリア海峡にありとあらゆる怪物、恐怖、危険を必死になって集めてきているように見える。彼は当時の地中海の各地の港で夜な夜な語られたに違いない物語をふんだんに使っている。（……）

ホメロスの時代、これらの話を聞いて誰もが思い浮かべる海域は唯ひとつ、シチリア海であった。（……）

専門の学者らの説に従うなら、オケアノスの異形の息子や娘たちはジブラルタルの向こうに置かれる。だが古代ギリシアの人々はそんな遠方にまでは到達していなかった。オトラント海峡を通過することすら大変な難行だったのである。だとすれば、モロッコの川だのセネガルの湾だの大西洋のヘスペリデスだのについて語ることに、果たしてなんの意味があろうというのか。

ホメロスが語る恐るべき大洋オケアノス——その始まりはどこだったのか。ジブラルタルの向こうというのは考えられない。そして実際、誰もそうは考えていないのだ。

◉オデュッセウスの航海は遠方にまで及んでいた

■フェリーチェ・ヴィンチ
『バルト海のホメロス』（Vinci, 1995☆）

最終氷期が終わって以降、北欧では植生に関してそれぞれ特有の性質をもつ複数の気候期が相次いで生じた。
——プレボレアル期（前8000–前7000）。気候はまだ寒冷で大陸性。アカモミ、ハンノキ、ハシバミが広がり始める。

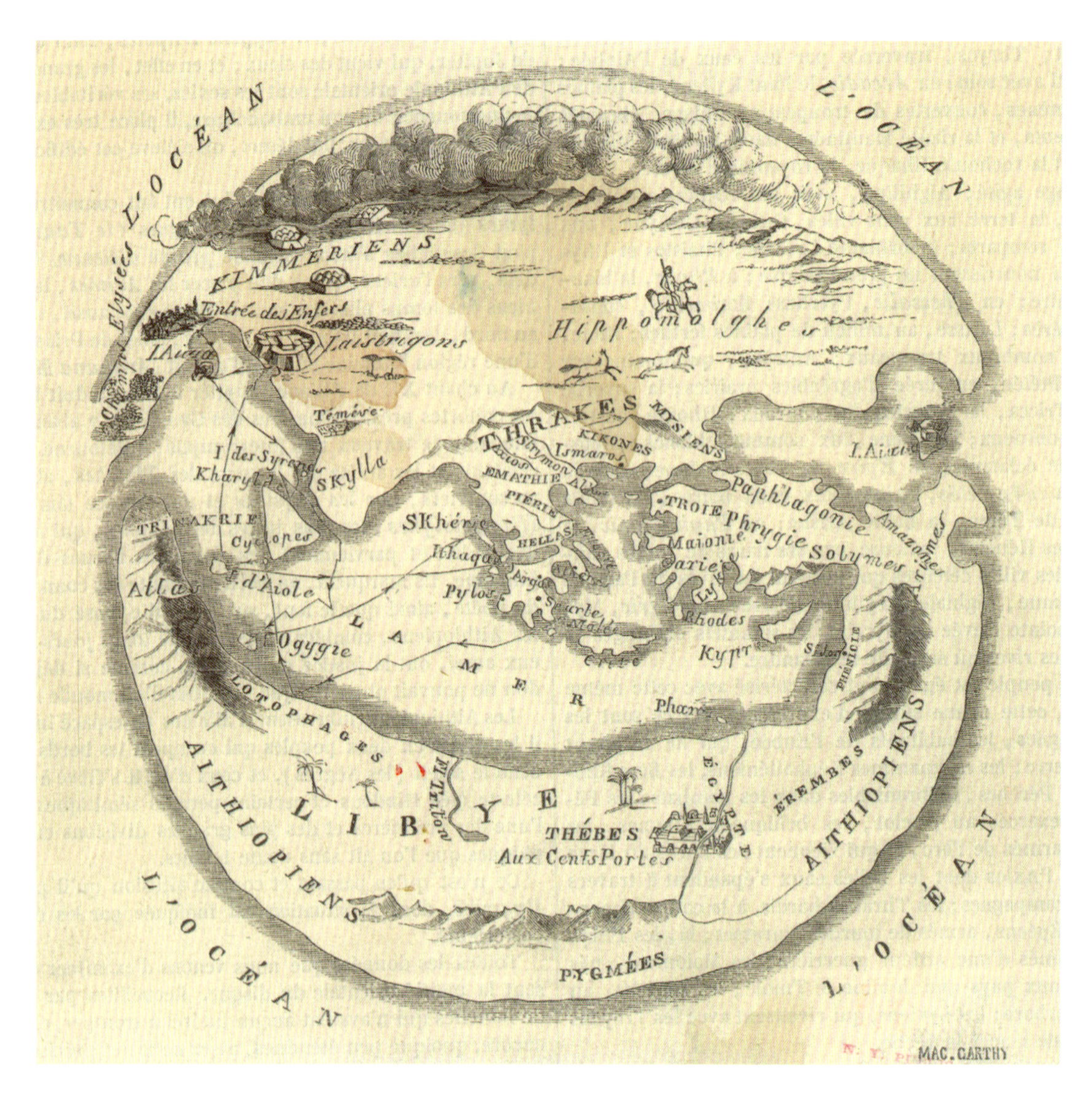

オスカル・マック・カルテュ「ホメロスの世界地図」(1849)、ニューヨーク、公共図書館

――ボレアル期（前7000–前5500）。夏が暑く、冬は比較的温暖。

――アトランティック期（前5500–前2000）。気候はボレアル期より温暖。夏が暑く、冬は温暖湿潤。オークが広がる。

――サブボレアル期（前2000–前500）。気候が大陸性に戻り気温が下がる。ブナやモミが繁茂する。

本研究が注目するのは、後氷期における気候最適期に当たるアトランティック期である。この期はピークが前2500年頃で、これが前2000年頃まで続き、その後は気温が下がった。ラヴィオーサ・ザンボッティ教授によると、この時期は、スカンディナヴィア諸国にとって史上最高に恵まれた気候期で、前2500年頃にスカンディナヴィアが高度の文化水準に達していたことを裏付けるものである。(……)

この点を考慮すると、青銅器時代の腕の良い船乗りたちが、例外的な気候最適期の恩恵のもとで（前述のとおり、この期は前2500年頃にピークを迎える）、かなりの遠洋まで船を進めていたと想像するのは難しいことではない。（……）
『イリアス』と『オデュッセイア』の舞台は、実は地中海ではなく北欧だったのである。この2つの叙事詩のもとになったのは、前2000年から前1000年頃に青銅器時代の盛期を迎えていた、バルト海およびスカンディナヴィアの伝承だったのである。トロイやイタケをはじめ、ホメロスが言及している地名は、今日でも当該地域の各地に比定することができる。この伝承は、気候最適期が終わった後、前16世紀にミュケナイ文明を築いた偉大な船乗りたちによってギリシアにもたらされた。彼らは自分たちの故郷の世界を地中海に再建したのであり、トロイア戦争などギリシア神話で語られる数々の出来事は、これを機に地中海を舞台とした物語として作り直され、こうして英雄の時代の記憶と、失われた祖国における父祖らの言行は、世代から世代へと生き生きと語り継がれることとなったのである。

簡単に言うとこれが結論である。本研究は——ホメロスの叙事詩の舞台を地中海と考えることで生じる数々の矛盾、ミュケナイの地理との齟齬、ヨーロッパ蛮族的な要素の存在（ピゴット）、ミュケナイ文明の北欧起源説（ニルソン）を踏まえたうえで——オギュギア島は北方にありとしたプルタルコスの記述を出発点とした。これにより我々の眼前にホメロス世界への扉が開かれた。我々は困難な再構築の旅へと船出し、その結果、最初の仮説の正しさをついに証明することができたのである。この——ポパーによる「反証可能性」の基準を満たす——仮説は、「ホメロスは詩人ではあったが地理学者ではなかった」という古くからの信念の誤りを示して、古代人らの疑問に対する適切な答えを提供したことで、近年のホメロス研究およびミュケナイ文明研究の知見とまったく自然に接合し、そこに矛盾のない統一的な像を築き上げ、このように考えなければ決して得られることのなかったひとつの綜合を生み出したのである。

ホメロスが言及している場所の再構築が特に意味をもつのが、『イリアス』と『オデュッセイア』それぞれの舞台となるトロイアとイタケであった。我々は多くの証拠を集めることができたが、ホメロスが何度も言及している謎の「長い島」ドゥリキオンを——低地の「ペロポンネソス」および両叙事詩の記述と完全に合致する島々に正確に相対する位置に——発見することができたという事実だけとってみても、本研究の仮説の妥当性にとって、十分に意義のある論拠となるはずだ。

また、両叙事詩は異なる地域を舞台としているが、ある意味で互いに補い合う関係にあることも示した。一方では「軍船の表」から、青銅器時代初期におけるアカイア人のバルト海沿岸での勢力分布が判明し、他方ではオデュッセウスの航路を辿ることで、古代の人々が「外の世界」について有していた知識について、この上なく鮮烈で統一的な再構築が可能となった。それは魅力的である反面、大西洋の激しい海流（これについてホメロスは二度、まったく異なる仕方で、すなわち一方ではカリュブディスの護る恐るべき海路として、他方ではオデュッセウスをスケリアの河口へと泳ぎ着かせる慈悲深い海として言及している）のような隠れた危険と、ライストリュゴネス人の土地におけるきわめて長い夏の日（これはそれより北方にあるキルケの島が、夏に太陽が沈まず「曙の女神［＝オーロラ］の舞踊」が見られる極地にあることを示唆する）のような異常な現象に満ちた世界であった。要するに、ホメロス世界から掻き集められた地理情報は、いくつかの大きな「グループ」に分けられるのである。すなわちイタケの世界（デンマークの島々）、オデュッセウスの冒険の舞台（北大西洋）、トロイアの世界（フィンランド南部）、アカイア人の世界（バルト海沿岸）の4つである。これらはどれも、比定される北欧の場所との間にそれぞれ非常に強い相関を示す一方、伝統に従い舞台を地中海に求めた場合にはいろいろと齟齬が生じてきてしまうのである。そして各場面において読み取ることのできる気象条件は全体に寒冷で霧が多く不安定であり、これは北欧の気象条件と完全に一致する。さらに、高緯度地方で見られる白夜現象は、アカイア軍とトロイア軍の間で丸2日にわたって中断なく戦闘が生じたという記述を説明してくれる。またその際に、スカマンドロスとシモエイスの2つの川が大水を起こすという記述も、実際北欧の川でその季節に見られる現象であり、この点も完全に合致するのである。

◉バビロンの空中庭園

■伝ビザンティウムのフィロン（前3世紀）『世界の七不思議』

（Pseudo-Filone di Bisanzio☆）
［邦題『“七不思議”について』］

地面から離れた高所に草木が茂るといういわゆる空中庭園は、まさに浮かぶ庭園である。木々の根が、見上げる空中で屋根を成しているのだ。庭園は石造りの柱で支えられているが、庭園の下の空間は彫刻を施した柱礎に完全に占領されている。

梁はそれぞれ1本の棕櫚の木からとったもので、梁と梁の隙間は非常に狭い。棕櫚材を使うのは、腐らない木材はこれのみだからである。水をしみ込ませて大きな圧力を加えると、棕櫚材は弓なりに反り返る。そしてその梁の裂け目に別の植物の根がもぐり込み、その毛細管に水が届けられるのである。

これらの梁の上には、大量の土が分厚く敷かれている。その上で広葉樹や果樹が育ち、さまざまな花が色とりどりに咲き誇っている――要するに、このうえなく目に楽しく、快いものがすべてそろっているのだ。ここは、大地と同一平面にあるかのように耕されている。ふつうの地面とまったく変わらず、人々が立ち働いて若木を植えているし、庭園を支える列柱のあいだをそぞろ歩く人々の頭上で、鋤を使いつづけている者たちがいるのだ。

その上を人々が歩いても屋根の上の土はびくともせず、最も肥沃な地域と同じく均一である。上から導水管を通って水が流れてくる。いっぽうでは、水は斜面をくだる広い水路を流れ、もういっぽうでは圧力をかけられて導水管を遡上する。この仕掛けに欠かせない機構によって、水は螺旋を描いてくりかえし循環する。水は数々の大きな容器に上がってきて、そこから庭全体をうるおすのである。おかげで地中深く草木の根はうるおい、土は湿りけを保つことができる。このために、草はいつも青々として、露に養われた木の葉はみずみずしい枝から永久に落ちないのである。

というのは、渇きを知らない根はたっぷりと水を吸い上げ、地中でゆるやかに絡まり合い、ひとつの塊となって成長する樹木を安全無事に保つのである。まさに贅沢な王侯向きの傑作である。自然の法則にさからって、見る者の頭上に緑の庭園を浮かべているのだから。

「バビロンの空中庭園」（1886頃）、リトグラフ、個人コレクション

ルイ・ド・コルリー「ロドスの巨像」（17世紀）、パリ、ルーヴル美術館

◉ロドスの巨像

■プリニウス（後23–79）
『博物誌』第34巻41（Plinio☆）

すべての他のものに勝って賞賛を呼ぶものはロドス島にあるもので、上に述べたリュシッポスの弟子、リンドウスのカレスの手になった太陽神の巨像であった。この像は丈が70キュビトあった。そしてそれが建てられた66年後に地震で倒れた。しかし地面に横たわっていてもそれは驚嘆すべきものである。その像の親指を抱いて両腕が届く者はほとんどないし、その指がたいていの像よりも大きい。そして手足がもげたところには、とてつもない穴が口を開けており、その中には大量の岩石が見えている。それは、その芸術家がこの像を建てたとき、重味で像を安定させたものである。記録によると、それを完成するのに12年を要し、300タレントの経費がかかった。この資金は、デメトリオス・ポリオルケテス王が、長引いたロドス包囲に倦んで放棄した武器によって調達したものだという。同じ市には、そのほかに100体の巨像があって、それらはこの像に比べてこそ小さいが、そのどれひとつも他のどこかに単独で立っていたとしたら、そこを有名にしたことであろう。

◉ハリカルナッソスのマウソロス霊廟

■アウルス・ゲッリウス（125–180）
『アッティカの夜』第10巻18（Gellio☆）

アルテミシアは夫マウソロスを、いかなる恋愛物語でも語りえぬほどの、人の限界を超えた深い愛で愛していたと言われる。このマウソロスは、マルクス・トゥリウスの伝えるところによると、カリア国の王であった。またギリシアの歴史家によると、マウソロスはとある州の知事、ギリシア人がサトラペスと呼ぶ役職の人物であった。このマウソロスが泣き叫ぶ妻の腕の中で最期を迎え、荘厳な葬儀とともに埋葬されたとき、悲嘆と亡き夫への慕情に囚われたアルテミシアは、夫の遺骨と遺灰を香料と混ぜ合わせ、これを挽いて粉にし、水に溶かして飲んだという。彼女の激情を物語る逸話は他にも数多くあると言われる。彼女はまた、亡き夫の思い出を永遠のものとするため、多大なる労力を使役して、世界七不思議にも数えられているかの壮麗な墓所を建設した。アルテミシアはこのマウソロスの霊廟に捧げるため、夫の事績を称えるアゴン、すなわち弁論大会を開催し、多額の賞金と高価な賞品を与えた。優れた弁舌で知られるテオポンポス、テオデクテス、ナウクラテスの3人がこれに参加したと言われる。イソクラテス自身も参加したとする文献もあるが、優勝したのはテオポンポスであった。彼はイソクラテスの弟子であった。

◉エペソスのアルテミス神殿の建設

■プリニウス（後23–79）
『博物誌』第36巻95–97（Plinio☆）

ギリシア人が抱懐した壮大な構想の、現実的で顕著な例が今も残っている。すなわちエフェソスのディアナ神殿がそれで、その建設には、全アシアがかかって120年を要したのである。それは地震によって損傷しないよう、あるいは沈下の恐れがないように沼沢地に建てられた。他方そんな巨大な建物の基礎が動く不安定な土地におかれ

ウィレム・ファン・エーレンベルフ「世界七不思議――ハリカルナッソスの霊廟」(17世紀)、サントメール、ロテル・サンドラン美術館

ることを避けるために、それはがっちりと踏み固められた木炭の層と、いまひとつ毛を剪っていない羊皮の層で固められた。その神殿の全長は425ペース、幅は215ペースである。それには127本の円柱があり、それはそれぞれ別な国王によってつくられたもので、高さは60ペースである。そのうち36本には浮彫りがしてあり、そのひとつはスコパスの作である。この工事を監督した建築家はケルシフロンであった。驚嘆事の最たるものは、そんな巨大な建物の台輪を持ち上げて、正しく据えることに成功した点である。それを彼はアシで編んだ嚢に砂を詰め、円柱の柱頭の面に達するまで緩やかな斜道を築いて達成した。それから彼は少しずつ最下の嚢の砂を抜いたので、その構造物は漸次正しい位置に落ちついた。しかし入口の上部に楣を据えようとする段になって彼は最大の困難にぶつかった。というのはそれが最大の石塊であり、なかなかその床に落ちつこうとしなかったからである。その建築家は、結局自殺の腹を決めるほかないのではなかろうかと沈思するくらいに苦悩した。さらに話は続くが、彼が沈思している間に疲れてしまった。ところが彼が夜眠っている間に眼の前に、その神殿を捧げようというので建築を行なっている女神が現われ、死んではならぬと励ました。彼女が自身で石を据えたからと言って。そして翌日になってその通りになっていることがわかった。石がそれ自身の重味だけによって据わったかのように見えた。その建物の他の装飾について述べるなら多くの書物を埋めるに足るほどたくさんある。それらはとても尋常の形で述べうるものではないから。

◉神殿の焼失

■ウァレリウス・マクシムス（前1–後1世紀）
『著名言行録』第8巻14

行き過ぎた名誉欲は冒瀆へと至ることがある。かつてある男が、エペソスのアルテミス神殿を破壊すれば自分の名が全世界に知られるであろうと考え、神殿に放火しようとした。男は拷問によりこの計画を白状した。エペソス人は賢明にもこの悪人について一切の記録を残さないことを決めたが、非常な弁舌で知られるテオポンポスがその著書『歴史』でこの男に言及している。

◉オリュンピアのゼウス像

■パウサニアス（2世紀）
『ギリシア案内記』第5巻

黄金象牙造りの祭神像は玉座に坐っている。その頭部にはオリーヴ樹の小枝を模した花冠が載っている。右手には勝利女神ニケ像を1体持っているが，同女神のほうもこれまた象牙黄金造りで、1本のリボンを手に、頭には花冠を戴いている。祭神像の左手には，あらゆる金属片が散りばめられて華やかな笏杖が握られていて、その笏杖の上に止まっている1羽の鳥は鷲。同神のサンダルも黄金で、上衣（ヒマティオン）も同じ。上衣には生き物たちの小さな意匠と植物ではユリの意匠があしらわれている。

玉座は黄金と各種宝石との組合せ、それに黒檀と象牙との組合せで実に絢爛多彩。そこに施されている図像意匠は、絵画による描写もあれば彫刻細工の場合もある。玉座の脚部それぞれには、4体ひと組みの勝利女神ニケたちが輪舞合唱の姿形で表わされていて、別の2体ひと組みの同女神たちが脚部各々の足元の辺りに表わされている。前脚双方のどちらにも、スフィンクスによって拉致されたテーベの少年たちの姿があって、スフィンクスの下方ではニオベの息子たちをアポロンとアルテミスとが弓で射殺している。

玉座脚部の間には横木の桟が4本あって、それぞれ脚からもう一方の脚へまたがっている。入口正面向きの横木の桟もあって、これには7点の彫像がついているのだが、一揃いのうちの8点目が消失してしまっていて、誰もそのわけを知らない。この一揃いの群像は、競技種目でも古来のものを再現させた作品であろう。というのも、少年組の競技では〈全力格闘技選手の〉出場は、フェイディアスの時代ではまだ制度となっていなかったからである。自分の頭にリボンを結んでいる少年はパンタルケスの似姿と伝わり、このパンタルケスはエリスの若者で、フェイディアスの稚児さんであったという。そしてパンタルケスは、第86期オリュンピアド（前436）に少年組のレスリング種目で優勝をさらった。

残りの横木桟にはアマゾン族を相手にヘラクレスとともに戦う軍勢の一団が表わされている。敵味方両陣営を合わせた人数は29名に達し、テセウスもヘラクレスの陣営に組み込まれている。(……)

玉座の天辺で、祭神像の頭部よりも高いところにフェイディアスは、片方に優雅女神カリスたち、もう片方には季節女神ホーラたち、どちらも3体ひと組みの群像をあしらった。後者の女神たちも叙事詩（ヘシオドス『神統記』901）にゼウスの娘なりと語られていて、ホメロスは『イリアス』(5. 749–751）でホーラ女神たちは、宮廷の衛士さながら、天界を任されていると歌ってい

ウィレム・ファン・エーレンベルフ「世界七不思議――エペソスのアルテミス神殿」(17世紀)、個人コレクション

る。

ゼウス像足元の足台、アッティカ方言のいわゆるトラニオンには黄金の獅子像とテセウスのアマゾン族に対する合戦の浮彫りがあしらわれている。この合戦は同胞ではない勢力に対するアテネ人最初の壮挙であったわけである。

玉座とゼウス像、およびその周囲一帯の装飾を持ちこたえているのが台座であるが、この台座には黄金（浮彫り）細工の諸像があしらわれていて、戦車にすでに搭乗の太陽神ヘリオス、ついでゼウスとヘラ、〈さらにヘファイストスまでがいて〉、同神の脇には1体の優雅女神カリス。同女神のつぎがヘルメス。ヘルメスのつぎが竈女神ヘスティアとなっている。ヘスティア女神のつぎには愛神エロスがいて、海から出るアフロディテ女神の手を取って迎えている。そして説得女神ペイトがアフロディテ女神に花冠を授けている。さらにアポロンとアルテミス女神のひと組みと、アテナ女神、それにヘラクレスの浮彫りが施されていて、台座の末端にはアンフィトリテとポセイドン、それに私には1頭の馬を駆っているように思える月女神セレネの諸像。ある連中に言わせると同女神が乗るのは騾馬であって馬ではないとのことで、彼らはその騾馬について他愛もない伝承を口にしている。

オリュンピアのゼウス像の背丈・横幅の寸法が表記されているのを私は知ってはいるが、測量した人たちのことは感心できない。というのも、彼らの挙げている寸法は、実際に見ている人たちが祭神像について覚える印象には大きく及ばないからである。人びとはこの点こそ神像本体の、フェイディアスの腕の冴えの証しとなるところと伝えている。実は、同祭神像が完成したときフェイディアスが、この作品が神の御意に召したならば，その徴を示し給えと神に祈ったところ、たちまち雷が床面の一角を撃ったとされていて、それは現在

ヨハン・ベルンハルト・フィッシャー・フォン・エルラハ「オリュンピアのゼウス像」(1721)、銅版画、個人コレクション

私の時代にも青銅の水差し（ヒュドリア）が天辺飾り（エピテマ）に掲げられている場所にほかならない。

祭神像正面側の床面一帯は，白大理石ではなく黒石で床が張られている。

◉アレクサンドリアの大灯台

■ユリウス・カエサル（前1世紀）
『内乱記』第3巻112

パルスは島の上に驚嘆すべき建築技術を駆使し建てられた巨大な灯台である。パルスという灯台の名は、その島からとられた。パルス島はアレクサンドリアの市街と向き合って港を形成している。しかし先代の王らが、海の中に900パッススほど防波堤を構築し、幅の狭い橋でもって、島と市街とを結んでいた。

この島の中にエジプト人が住みつき、1つの街ほどの大きな聚落をつくっている。船が誤ってかあるいは嵐のために、本来の航路からはずれ、少しでもこの部落に近づこうものなら、住民は海賊さながら船を襲い掠奪することを習慣（ならわし）としていた。

いずれにせよパルス灯台を占拠している者が同意しなければ、船は入口が狭いために港に入ることができない。

◉ピラミッド学者たち

■ウンベルト・エーコ
「数学の倒錯的使用」（Eco, 2011☆）

ナポレオンのエジプト遠征により、ピラミッドの学術調査が盛んになり、一連の復元作業と測量が開始されることとなった。中でも注目を浴びたのがクフ王のピラミッドである。王の間に、ファラオのミイラが見つからなかったからだ（宝飾品の類もなかった）。普通ならイスラーム教徒が内部に入る前に盗掘に遭っていたと考えるのが自然だが、それに反し、実はクフ王のピラミッドはそもそも墓所ではないのだという説が生まれた。少なくともただの王墓ではなく、このピラミッドを建設した古代人が、現在では失われてしまった科学的知識を各所の寸法によって未来の世代に伝えるための、数学と天文学の巨大研究施設だというのである。しかもその知識はエジプト人にすら知られていなかったものだという。なぜなら、一部のピラミッド学者たちの言い分では、このピラミッドを建造したのは遥か彼方の時空間から来た人々であり、おそらくは他の惑星から地球にやって来た異星人だからである。

現在知られているところによると、クフ王のピラミッドは底面の1辺の長さが約230メートル（風化によって崩れたところがあるのと、かつて表面を覆っていた化粧石がイスラーム教徒によってモスク建設用に持ち去られた事情があるため、正確には1辺ごとに多少長さが異なる）、頂上までの高さが146メートルである。各辺は東西南北の方角を正確に指しており（誤差は10度未満）、建設当時は入口の通廊から北極星が見えたものと考えられている。

この点に疑問はないが、特に驚くべき話でもない。というのも古代人は空をよく観察していたはずで、ストーンヘンジからキリスト教会の大聖堂に至るまで、方角と建物の一致は珍しいことではないからである。

しかし問題は、エジプト人が使っていた測量単位を突き止めることである。仮に、ある部分の長さが666メートルだったり666センチメートルだったりしても、それをもって古代エジプト人が「黙示録」に出てくる獣の数字を表そうとしたのだと考えるのはとんでもない勇み足というものだ。同じ長さを、古代の単位であるキュビトに換算してしまえば、出てくるのは何の意味もない数字に決まっているのである。

19世紀初頭、ジョン・テイラーという人物が——ちなみにこの人物はピラミッドを実見したことはなく、他の人が描いた絵を資料としたのだが——ピラミッドの周長を高さの2倍で割ると（あるいは底面の1辺の長さを高さで割ったものを2倍すると）、πに非常に近い値になることを発見した。テイラーはこの発見に基づき、ピラミッドの高さと周長の比が、地球の極半径と周長の比に等しいことを計算により確かめたのである。

テイラーの発見は1865年頃、スコットランドの天文学者チャールズ・ピアッツィ・スマイスに非常に大きな影響を与えた。実際、彼の著書『大ピラミッドに眠る我らの遺産』にはテイラーへの献辞が付されている。ピアッツィ・スマイスは——数字の根拠は不明だが——エジプトの神聖キュビト（約63センチ）は25「ピラミッドインチ」にあたると計算した（そしてこのピラミッドインチは英語のインチと見事に一致する）。なお、ピアッツィ・スマイスは著書の1章を割いてフランスの10進法によるメートル法の共和主義的、反キリスト教的性格を批判し、神の法に合致したイングランドの測量単位の自然さを称揚している。クフ王のピラミッドの全周長は、36.506ピラミッドインチであった。この小数点を1つずらすと——どういう根拠でずらすのかは不明だが——太陽暦での1年間の日数とぴったり合致する（365.06）。ピアッツィ・スマイスに影響を受けたフリンダース・ピトリーは、王の間の長さと周長の比がπになることを発見し、π計算の正しさを確証した（ただし、後に彼は師匠が計算を合わせるために通廊の礎石を削っているのを見たとほのめかしている）。王の間の長さ（ピラミッドインチを単位とした値）に3.14を掛けると、再び365.242という、1年の日数と大体合致する値が得られるのである。

ピアッツィ・スマイスの描いた地図に示されているように、クフ王のピラミッド上で直交する緯線と経線（北緯30度、東経31度）は、他のどの地点と較べても陸地を通

「アレクサンドリアの大灯台」(19世紀)、リトグラフ、ロンドン、オシェイ・ギャラリー

(次頁)「ギザのピラミッド」(1837)、銅版画、フィレンツェ、アリナーリ文書館

る距離が長く、エジプト人がこのピラミッドを人の住む世界の中心に置こうとしたかのように見える。ピアッツィ・スマイス以降のピラミッド学者らによって得られた知見には他に、このピラミッドの高さを10億倍すると(1億4600万キロ)地球と太陽が最も近づいたときの距離(1億4700万キロ)に等しくなる(正確には等しくないが)とか、このピラミッドの総重量を1000兆倍すると地球の総重量とほぼ等しくなるとか、底面の4辺の長さを合計して2倍すると赤道周長の経度1度あたりの長さの60分の1とほぼ等しい値になるとか、壁の曲率(肉眼ではわからないほど小さい)が地球の曲率に等しい、といったものがある。

結論として、クフ王のピラミッド、別名大ピラミッドは、この地球そのものの1:43,200の縮尺模型になっているというわけである。

だが忘れてはならないのは、中世の建築家とて、黄金比について数学的に厳密な理解をもっていたわけではないという事実である。にもかかわらず当時設計された建物にこの〈神の比率〉が見出されるのは、彼らの芸術家としての本能がそうさせたからにほかならない。実際、19世紀に心理学者のフェヒナーが、数学の知識をもたない人々を被験者として、様々な判型の名刺からひとつを選ばせる実験を行ったところ、縦横の比率が黄金比に等しいものが最も多く選ばれるという結果が得られているのだ。

果たして人間の頭には、一定の比率を好ましいものと認識する能力が備わっているのかもしれない。だとすれば、仮にエジプト人の数学の知識がアッシリア人やバビロニア人のそれと較べて特段の進歩を遂げていたわけではなく、また幾何学についてもナイル川の氾濫に備えて耕作可能な土地を画定する以外に使い道を知らなかったとしても、彼らがある一定の比の値を利用しえた可能性は十分にあるのであって、おそらくはそれが真実なのではないか。前17世紀のラインド・パピルスにπの値、あるいはそれに非常に近い値(3.1605)が登場するのは事実だが、おそらくピラミッドの建設に携わった人々は測量に際して測り竿を用いたものと考えられ、それが原因で近似値が出たという説明は成り立つ。さらに、測量が車輪何回転分という形で行われていて、そのため直径と円周の比(すなわちπ)が自動的に得られていたとする仮説も提出されている。だとすれば、πが見つかったからといってそんなに驚くことはない。結局のところピラミッド学者というのは、古代エジプト人が、本来なら彼らに知りえたはずのない厖大な科学的データの集積をピラミッドを用いて後世に伝えようとした、と言いたいだけの連中なのである。

ピアッツィ・スマイスは天文学者ではあったがエジプト学者ではなく、科学史についての知識も不十分だった。実のところ、常識にも欠けるところがあった。例えばピラミッドが全陸地の中心に位置するという説をとりあげてみるなら、この説が成り立つためには、エジプト人が現在我々が使っているのと同じ地図を使うことができ、米国やシベリアの位置を――グリーンランドやオーストラリアの存在は除外するとしても――正確に知っていたと考える必要がある。しかし、エジプト人が正確な世界地図を使っていたことを示す証拠は何ひとつ見つかっていないのである。同様に、エジプト人は大陸の平均標高についても知るすべをもたなかった。ソクラテス以前の時代(といってもピラミッド建設からすると何世紀も後のことだが)、大地が球体であること自体はよく知られるようになっていたものの、エジプト人が地表の曲率や

地球の周長について正しい知識をもっていたとは到底考えられない。なにしろエラトステネスが子午線の長さの近似値を計算したのはようやく前3世紀のことなのである。

太陽から地球までの距離について知るには、それに適した測定器具の発明を待つ必要があった。別にエジプト人がエピクロスのように、太陽は見たままのとおり直径約30センチだと考えていたと言いたいわけではないが、いずれにしても、エジプト人はこの距離を測定するのに適した器具をもっていなかったわけだし、仮にピアッツィ・スマイスの説が正しかったとしても、エジプト人の計算結果は正しい数値から少なくとも100万キロはずれているのである。最後に、ピラミッドの重量と地球の総重量の比較について言えば、現在でもピラミッドの構造を全部把握できているわけではないのだから、そんな計算は不可能なのである。

ピアッツィ・スマイスはこう書いている。「頂上から底面まで、大ピラミッドの全容積は約1610億立法ピラミッドインチである。アダムから今日まで、地上に生まれた魂の数はいかほどだろう。1530億人から1710億人の間であろう」(Piazzi Smyth, 1880☆)。ピラミッドがその後の地上の人口を予測していたのだとしたら、なぜピアッツィ・スマイスの生きた時代で予測を止めてしまったのだろう。なぜ念のために、あと1000年くらい先まで予測しておかなかったのだろうか。それはともかくピアッツィ・スマイスは同様の科学的原理を用いて、王の間で見つかった石棺、ノアの方舟、契約の聖櫃（これなど私はインディ・ジョーンズの映画でしか見たことがないが）の間に長さや容積の対応を発見していく。とにかく彼は聖書に書かれている寸法を額面通りに受け取り、ヘブライ語のキュビトをなんのためらいもなくエジプトのキュビトに当てはめてしまうのである。

これだけではない。大ピラミッドの通廊の長さの比を計算すると、建設当時からすれば未来にあたるモーセのエジプト脱出（前1453）や、それから1485年後のイエスの磔刑による死など、重要な出来事の起こる年が次々と見つかるのである。ピアッツィ・スマイスの後継者らが行った計算によると、王の間へと通じる2つの通廊の長さを足すと、イエスの弟子たちが捕らえた魚の数が得られるのだそうだ。さらに、魚を意味するギリシア語（イクトゥス）には1224という数値が割り当てられるのだが、この1224を8で割ると153である。なぜ8で割るのか？　もちろんそれは1224を割って153になる数が8だったからである（この値を得るまでに1から7までの数字を試しているのだ）。ではしかし、1224を割って153になる数が存在しなかったらどうしたのだろうか。その場合は、この数字は無視され言及されることがなかっただけである。ピラミッド学者たちはこれと同様の方法で、イエスが地上で生きた正確な日数が1万2240日であったこと、これは10×8×153という掛け算の積であることを計算で示している。しかしこれは結局は単に1224を10倍して80で割っているだけであり、この議論に意味を与えるには、イエスが生まれてから死ぬまでの日数が実際に1万2240日であることを確かめるしかない。しかし、聖書の文言をどう読んでもこの数字は到底出てきそうにない。そもそも、キリストの生涯が33年間だとすれば、33に365を掛けても出てくるのは1万2045日でしかない。仮にイエスが生まれたのが閏年だったとしても、33年のうちに閏年は9回だから、日数は最大でも1万2054日にしかならない（しかも最後の年は復活祭の頃に終わるので、実際の数はもっと小さくなる）。

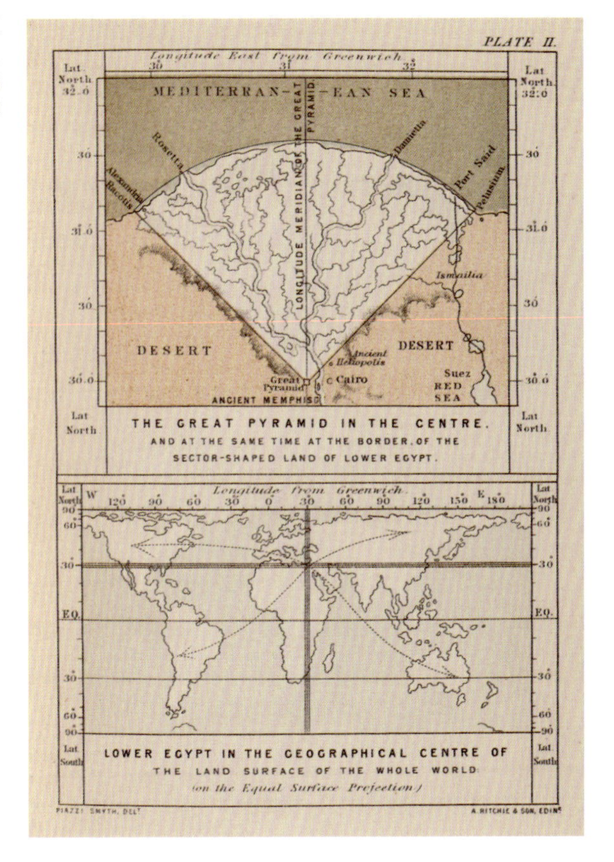

チャールズ・ピアッツィ・スマイス『大ピラミッドに眠る我らの遺産』(1880、ロンドン) 所収の大ピラミッドの正確な位置に関する計算

結局、この種の数字遊びはどんな結論でも好きに導き出せるのである。建築家のジャン＝ピエール・アダムは自宅の近所にある宝くじ売り場を使って、ピラミッド学者の真似事をしてみせたことがある。カウンターの幅は149センチで、これは地球から太陽までの距離の1000億分の1にあたる。売り場背面の高さを窓の幅で割ると176 ÷ 56 = 3.14が得られた。売り場前面の高さは19デシメートルで、ギリシア人が発見した19年ひと回りの月の満ち欠けの周期に一致する。売り場前面の両端の高さと背面の両端の高さを全部足し合わせると190 × 2 + 176 × 2 = 732で、732年といえばポワティエの戦いでフランク王国軍が勝利した年である。カウンターの厚みは3.10センチで窓枠の幅は8.8センチであった。この2つの数を並べ、一部の数字を対応するアルファベットと交換すると$C_{10}H_8$を得るが、これはナフタレンの化学式にほかならない。

第4章

東方の驚異――アレクサンドロスから司祭ヨハネまで

LE MERAVIGLIE DELL'ORIENTE, DA ALESSANDRO AL PRETE GIANNI

*

*

*

*

◉古代の東方世界　ギリシア世界にとって、東方は常に魅惑の地であった。**ヘロドトス**の時代（前475頃）にはすでに交易路によってペルシアとインドおよび中央アジアが結ばれていたし、アレクサンドロス大王の東征は、インダス渓谷（今日のアフガニスタンの先）にまで通じる新たな陸路をギリシア人に提供した。アレクサンドロス麾下の提督であったネアルコスがインダス・デルタとペルシア湾を結ぶ航路を開拓すると、その後、ヘレニズムの影響はさらに東方へと拡がった。帰国した商人や兵士らが何を語ったかは不明だが、現実の旅行や探検には必ずそれに先立つ多くの伝説が存在した。そうした伝説は、中世に至り、プラノ・カルピニやマルコ・ポーロらが比較的信頼に足る詳細な旅行記を書くようになった後も、何世紀にもわたって生き残った。要するに、古代から中世末期にかけての時代、東方の驚異譚（ミラビリア）は、いかなる地理上の発見によっても消えることのない、れっきとした文学上の1ジャンルとなっていたのである。

インドの驚異については、前4世紀にクニドスのクテシアスが書き記したものがあったようだが、これは現存していない。他方、**プリニウス**『博物誌』（後1世紀）に収められた奇怪な生物についての豊富な記述は、ソリヌス『奇異なる事物の集成』（3世紀）やマルティアヌス・カペッラ『ピロロギアとメルクリウスの結婚』（4–5世紀）など、後世に生まれた多くの抄録の典拠となった。

サモサタのルキアノスによる『本当の話』（2世紀）も、それ自体として

バルトロメウス・アングリクス『事物の性質』所収の中央にグリフォンをあしらった架空動物の図（部分）、15世紀、アミアン市立図書館

（左）ラバヌス・マウルス『宇宙について、あるいは事物の本性について』（11世紀）の挿絵、カッシーノ、モンテカッシーノ修道院文書館

（右）『アレクサンドロス物語』（1486）所収の飛行機械に乗るアレクサンドロス大王、シャンティイ、コンデ美術館

はこの種の書物のパロディを意図した作品ではあるが、やはりヒッポグリフ［馬とグリフォンの間に生まれたという伝説の生物］、レタスの葉の羽をもつ鳥、ミノタウロス、象12頭分もある大きさの蚤の射手を登場させている[1]。

アレクサンドロス大王が実際に見た光景がどんなものであったかはともかくとして、中世の人々は大王の東征にまつわる空想譚に心を奪われた。『アレクサンドロス大王物語』（4世紀以降、多数のラテン語版が流通したが、元になったのは3世紀の**伝カリステネス**のギリシア語写本）には、アレクサンドロスが東征の途上で次々と驚異の土地に足を踏み入れ、恐ろしい民族に出会う様子が活写されている。

各種のアレクサンドロス物語を通じて、東方驚異譚の中に、彼の地に棲息するとされる怪物たちについての叙述を蒐集するサブジャンルが成立してくるのだが、この種の叙述はアウグスティヌス、**セビリャのイシドールス**、マンデヴィルのテクストにも見出される。

こうした架空の生物、獣、人もどきの類いは、中世に編まれた事典類にも登場するのだが、これには2世紀から3世紀にギリシア語で書かれ、その後ラテン語および東方諸語に翻訳された『フィシオログス』の影響が大きい。この書物は動物、樹木、岩石など約40の項目を立て、まずは解説を付したうえで、それを倫理や神学上の教えと結びつける。例えば、伝説によると獅子は尾で足跡を拭い去って狩猟者から逃れるとされるが、ゆえに獅子は人の罪を拭い去るキリストの象徴となる――といった具合である。

各種の動物誌、鉱物誌、植物誌、そしてプリニウスに範をとった「百科全書」の類い、『様々な種類の怪物の書』（8世紀）、ラバヌス・マウルス『事物の本性』（9世紀）、オータンのホノリウス『世界の像（イマーゴ・ムンディ）』、カンタンプレの

《1》中世における驚異譚については、Le Goff, 1985 ☆、Tardiola, 1991 ☆、Zaganelli, 1990 ☆、Zaganelli, 1997 ☆を参照

2 頭のグリフォンに座すアレクサンドロス大王（1163–1166)、モザイク画、オトラント大聖堂の身廊

トマス『事物の本性』、アレグザンダー・ネッカム『事物の本性』、バルトロメウス・アングリクス『事物の性質』、ヴァンサン・ド・ボーヴェ『大いなる鑑』、そして**ブルネット・ラティーニ**『宝典』と、怪物についての記述は中世を通じて延々と書き継がれていくが、そこには先のような神学的背景が存在する。中世において、世界とは神の指によって書かれた壮大な書物であり、それゆえ動物と植物を問わずあらゆる生物、そしてあらゆる鉱物には、より高次の意味が宿っていると考えられた。怪物の存在は、その意味を寓意の形で垣間見せるために必要とされたのである。12 世紀、リールのアランはこんなことを言っている。「この宇宙のあらゆる生物は――あたかもこの宇宙が 1 冊の書物、1 枚の絵画であるかのごとく――我々の生、我々の死、我々の状態、我々の運命を映す鏡のようなもので、すなわち真の象徴である」(『もうひとつの調和』)。

しかし「東方」とか「インド」といった言葉の使われ方は至極杜撰だった。

これはひとつには、各種の地図でアジアの極東に〈地上の楽園〉（第5章を参照）が描かれていたからであり、もうひとつには、『ハドリアヌス帝への手紙』、『**東方の驚異**』、『インドの驚異』といった名で知られる東方驚異譚の最初期テクストのひとつが（おそらく6世紀にギリシア語で書かれ、7世紀にラテン語に翻訳されている）、ペルシア、アルメニア、メソポタミア、アラビア、エジプトへの旅を記述していたことによる。次に見る司祭ヨハネ［プレスター・ジョン］の王国の伝説においても、この国の所在地とされる場所は、極東からエチオピアまで実に奔放な仕方で広がっているのである。

***

◉司祭ヨハネの王国　フライジングのオットーの手になる『年代記』によると、1145年、アルメニア使節団の一員であったジャブラ司教フーゴが、教皇エウゲニウス3世に謁見した際、ネストリウス派の王にして祭司（レクス・エト・サケルドス）でありマギの後裔たるヨハネなる人物について語り、エウゲニウスはこれを受けて異教徒討伐を目的とした第2回十字軍を招集したという。

1165年には、後に『**司祭ヨハネの手紙**』として知られることになる文書が流通し始める。文中、司祭ヨハネは東ローマ皇帝マヌエル・コムネノスに宛てて書いているのだが、この手紙は教皇アレクサンデル3世やフリードリヒ赤髭王（バルバロッサ）のもとにも届き、どうやら読み手はみな一定の感興を覚えたものらしく、アレクサンデル3世に至っては1177年に侍医のフィリッポを使者に立て、異端のネストリウス派信仰を棄ててローマ教会に従うよう勧告する書状を送ってさえいる。このフィリッポなる人物が何者であったのか、果たして彼は司祭ヨハネのもとに辿りつけたのか、司祭ヨハネから返信はあったのかについてはほとんど何もわかっていないが、この一連のエピソードそれ自体が、『司祭ヨハネの手紙』が政治的にも宗教的にもいかに多大な関心を呼ぶものであったかを物語っていると言えよう。

この手紙には、イスラーム教徒の統治下にある地域、つまり十字軍が異教徒の手から奪還を試みるも失敗に終わった地域のさらにその先、すなわち極東に、とあるキリスト教国が栄えており、そこを「神とわれらが主イエス・キリストの力と徳により、支配者の中の支配者である私、司祭ヨハネ」［逸名作家『司祭ヨハネの手紙』、『西洋中世奇譚集成　東方の驚異』所収、池

ハルトマン・シェーデル『ニュルンベルク年代記』（1493）所収の司祭ヨハネ［プレスター・ジョン］の図

上俊一訳、講談社学術文庫より］が治めている旨が記されていた。

イスラーム教徒の支配圏の彼方にキリスト教国が存在するというのが本当なら、西方のローマ教会と極東の再統合を考えることも夢ではなく、版図拡大と東方探索のあらゆる企てに正統性が与えられることになる。実際、この手紙はその後の数世紀にわたって各国語に翻訳され、また様々な改変版が出回った結果、キリスト教的西方世界の拡大にとって決定的な要因となったのである。1221年にはジャック・ド・ヴィトリが教皇ホノリウス3世に宛てた手紙の中で、軍事情勢を十字軍側に有利な方向に転換しうる同盟者として、ほとんど救世主のごとき扱いで司祭ヨハネに言及している。他方、（ジャン・ド・ジョワンヴィルの手になる伝記［『聖王ルイ――西欧十字軍とモンゴル帝国』］によると）ルイ9世は第7回十字軍の際、司祭ヨハネは敵となる可能性があると指摘し、むしろタルタル人［タタール人の転訛］との同盟を望んだという。16世紀に至っても、ボローニャでのカール5世の戴冠の際に、聖墳墓奪還を目的とした司祭ヨハネとの同盟の可能性について検討が行われている。

内容の信頼性に頓着することなく司祭ヨハネの手紙を自著で利用する者は後を絶たず、そのたびに伝説は新たな息吹を与えられた。**ジョン・マンデヴィル**の『旅行記』もその一例である。旅行記と銘打ちながら、実はこの

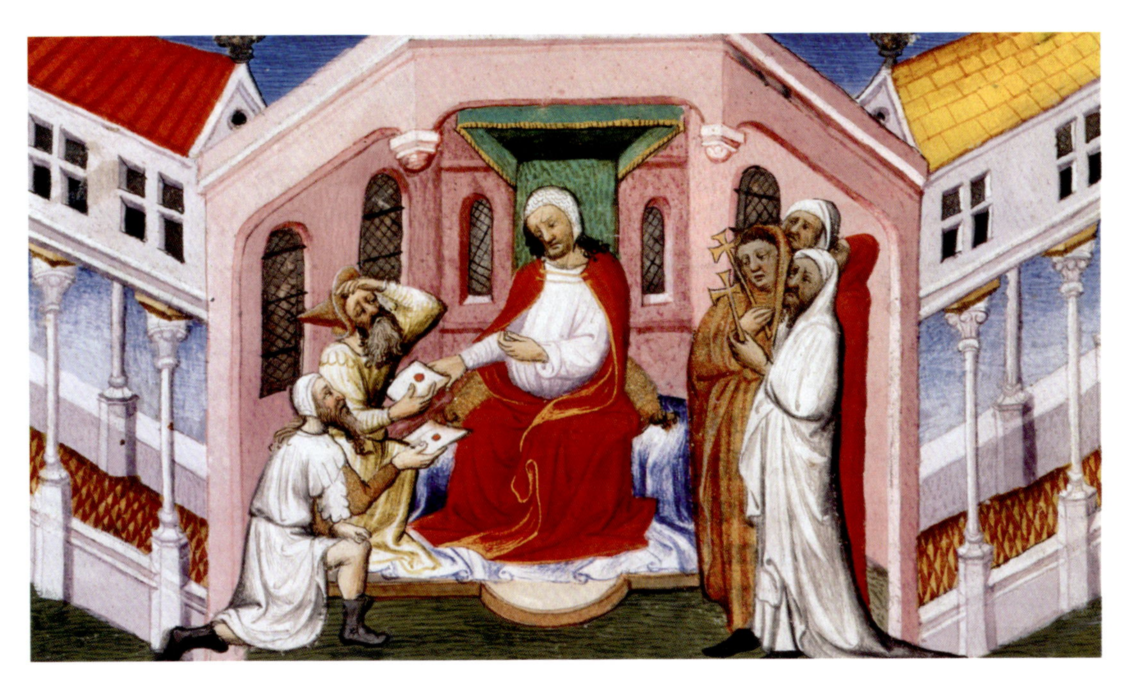

ブーシコーの画家「司祭ヨハネに彼の娘を求めるチンギス・ハンの使者」、『驚異の書』(15 世紀)より、パリ、国立図書館

著者は自分の故郷を離れたことがなかった。しかもこの「旅行記」が書かれたのはマルコ・ポーロのカタイ旅行から60年も後のことだったにもかかわらず、マンデヴィルにとってはいまだに、ある土地について語るとは、実際にその地に存在する生物について語ることではなく、そこに存在するはずの生物について語ることだったのだ。ただし箇所によっては、マルコ・ポーロの証言などの資料にあたっていると思(おぼ)しき箇所がないでもない。マンデヴィルはまったくの出鱈目を書いているわけではないのであって、例えば、体の色を変えるカメレオンなる動物がいると書いているくだりもある。ただし、その見た目は山羊に似ているそうだ。

スマトラ、中国南部、インドについて、マンデヴィルとマルコ・ポーロがそれぞれどのように描写しているのかを比較してみると面白い。実は、基本的な部分では両者の間に大きな違いはないのだ。ただマンデヴィルの場合、書物で読んだ怪物や人もどきの類いがたびたび登場するのが特徴である。

14 世紀半ば頃、司祭ヨハネの王国は極東からアフリカへと移動し、この王国はひとつのユートピアとして、アフリカ大陸の探検と征服を牽引することとなった。例えば、ポルトガル人はエチオピアこそが司祭ヨハネの王国だと考えた。確かにエチオピア帝国はキリスト教国であった。ただし歴史上に実在したその国は、例の手紙に描かれていたほど豊かでも驚異でもなかった。この文脈では、**フランシスコ・アルヴァレス**による報告（『インド諸島のプレステ・ジョアンの国についての真なる報告』、1540）を一例として挙げておこう。アルヴァレスは1520年から1526年にかけて、ポルトガルの外交使節団の一員としてエチオピアに滞在している。

司祭ヨハネの手紙はいかにして、そしていかなる意図のもとで成立したのか。フリードリヒ1世の写字室でつくられた反ビザンツのプロパガンダ文書だった可能性はある（文中には、東ローマ皇帝に対する非常に侮蔑的な表現が見られる）。あるいは、当時の教養人が好んだ修辞の習作だったのかもしれない。それならば、内容の真実性について書き手が頓着していないのも頷ける。だが問題はその起源よりも、この手紙がいかに受容されていったかである。地理的な空想の産物たるこの手紙によって、ある政治的プロジェクトが徐々に強化されていくのである。写字生の想像力が召喚した幻霊が、アフリカおよびアジアへのキリスト教世界拡大の口実として、白人たちの味方をしたわけだ。それにひと役買ったのが、あらゆる種類の怪物が棲み、貴金属や荘厳な宮殿などの驚異に満ちた土地の描写であった。その一端は、本章後半のアンソロジーに引用した章句からも窺い知れよう。手紙の筆者は、東方の驚異を伝える古代の文献に通暁し、その1500年以上の歴史を誇る伝説を、修辞と物語の技法によって利用し尽くす能力をもちあわせていた。だがそれよりも重要なのは、読者が東方に特段の魅力を感じたという事実である。東方に隠された前代未聞の富と豊かさがそれほどの関心を集めえたのは、現実の世界が貧しさに支配されていたからにほかならないだろう《2》。

さて、この司祭の手紙だが、まるまる全部が嘘なのかといえば、実はそうでもない。想像の東方世界のステレオタイプを全部まとめて詰め込んだものであることは確かだが、他方で、事実を反映した部分もなきにしもあらずなのだ。中東とアジアに挟まれた地方には、司祭の王国こそなかったかもしれないが、キリスト教の共同体は実際にいくつも存在していたのである。しかも、これらの共同体はネストリウス派であった。

ネストリウス派は、コンスタンティノポリス総主教ネストリウス（381頃–451）の教義を奉じる教派である。イエス・キリストには人格と神格という2つの異なる位格が共存していると考え、マリアは人格の母ではあるが

《2》この手紙の各種ヴァージョンとそれぞれが辿った運命についてはZaganelli, 1990☆を参照

神の母ではないとする。この教義は異端とされたが、そのときにはすでに、ペルシアからマラバルおよび中国に至るアジア全土に、ネストリウス派の教会はその勢力を広げていた。

後で見るとおり、モンゴルやカタイにまで達した中世の大旅行家たちは、その旅の途上で、現地の人々から司祭ヨハネなる人物のことを聞かされている。そんな遠方の住民が司祭ヨハネの手紙を読んでいたとは考えられないから、手紙の内容はおそらくネストリウス派の共同体の間で流通していた伝説を反映したものなのだろう。異教徒の地でキリスト者として暮らしていくために、自分たちの高貴な出自を誇らかに語り、アイデンティティのよすがとしたのではないか。

司祭ヨハネの手紙がもつ魅力を構成する最後の要素は、ヨハネがレクス・エト・サケルドス、すなわち祭司王を自称したことにある。王と祭司の一体化は、ユダヤ・キリスト教における基本的な伝統であり、サレムの王にしていと高き神の祭司であり、アブラム自らが敬意を表した相手であるメルキゼデクにまで遡る。メルキゼデクが初めて登場するのは「創世記」(14: 17–20)である。「アブラムがケドルラオメルとその味方の王たちを撃ち破って帰って来たとき、ソドムの王はシャベの谷、すなわち王の谷まで彼を出迎えた。いと高き神の祭司であったサレムの王メルキゼデクも、パンとぶどう酒を持って来た。彼はアブラムを祝福して言った。『天地の造り主、いと高き神にアブラムは祝福されますように。敵をあなたの手に渡されたいと高き神がたたえられますように』。アブラムはすべての物の十分の一を彼に贈った」。

パンと葡萄酒を差し出すメルキゼデクの姿にはキリストが重なるが、実際パウロの謂いにはそのことを示唆する文言がいくつも見られ、イエスについて「永遠に、メルキゼデクと同じような祭司である」[「ヘブライ人への手紙」7: 17] としたうえで、彼の「王の王」としての帰還を宣告するのである。また現代でもヨハネ・パウロ2世が、1987年2月18日の一般謁見演説で次のように述べている。「ご存じのとおり、キリストという名は、メシアという語に対応するギリシア語であり、油注がれた者という意味ですが、ここには前回の教話でお話しした『王』としての性格に加え、旧約聖書の伝統によれば『祭司』としての性格も含まれます。(……) 両者の一体性の最初の表現、ほぼ元型であり先触れとでも言うべきものが、メルキゼデクに見られます。サレムの王であり、アブラムと同時代の謎に包まれた人物です」。

司祭ヨハネの手紙の書き手もまた、この祭司王ないし王祭司という観念を意識していたに違いない。だからこそ、この遠方の皇帝は司祭(プレスビュテル)と呼ばれたのである。

⁂

◉伝説と旅行家たち　東方の地を旅行しその記録を書き記した最初期の旅行家たちは、旅の途中で現地人から聞いた曖昧な伝聞情報ではあるものの、とにかく司祭ヨハネについての証言を遺している。

ヨハンネス・デ・プラノ・カルピニは1245年に（ポーランドからロシアを経て）モンゴル帝国に到達した人物である。著書『モンゴル人の歴史』には、チンギス・ハンが小インド征服のために息子を派遣したとあり、その地方の住民は肌の黒いサラセン人でエチオピア人と呼ばれていたと書かれている。その後、チンギス・ハンはさらに大インドへと軍を進めるが、そこで「一般にはプレスター・ジョン［司祭ヨハネ］と称されて」いたその地の王の抵抗を受ける。この王は銅でつくった人形の内部に火を入れ、これを馬の背中に乗せて、ふいごを持った兵士をその後ろにつかせた。敵と衝突すると後ろの兵士がふいごで空気を送り、敵の兵馬をギリシアの火で焼いたのだという（第5章12）［引用は『プラノ－カルピニのジョン修道士の旅行記――モンゴル人の歴史』、『中央アジア・蒙古旅行記』所収、護雅夫訳、光風社選書より］。

リュブルクのギヨームは1253年にモンゴルを訪問した人物だが、現地で聞いた伝説についてしばしば懐疑的な意見を述べている（「司祭たちはまた、本当のことだといって――もっともわたしは信じませんが――、カタイのむこうには或る国があり、そこに住めば何時までも、そこへ出かけたときの若さのままでいられる、と話してくれました」第29章49)。ナイマン人を支配下に置くネストリウス派の王ヨハネの話も聞き、この王について「実際の10倍以上にも噂」されていたとしている。というのも（彼の言によると）ネストリウス派の連中はありもせぬことを大きく言いふらすからである。ギヨームはその王の土地を通過したことは認めつつも、「かれについて一寸でも知っているものは、僅かのネストリウス教徒のほかは

「シルクロードの旅」（14 世紀）、カタルーニャ地図、パリ、国立図書館

誰ひとりおりませんでした」（第 17 章 2）と釘を刺している［以上、本段の引用は、すべて『ルブルクのウィリアム修道士の旅行記』（前掲『中央アジア・蒙古旅行記』所収）より］。

1271 年から 1295 年に東方を旅して中国に達した**マルコ・ポーロ**は『東方見聞録』の少なくとも 2 つの章で司祭ヨハネに言及しているが、おそらくマルコ・ポーロが拠ったのもリュブルクのギヨームが耳にしたのと同じ伝承だったものと思われる。マルコ・ポーロはさすがに司祭ヨハネの王国に足を踏み入れたなどとは言わず、旅の途上で聞いた話として紹介しているのだが、タンデュックという東に位置する土地があって、ここは司祭ヨハネの後裔の者が治めているが、当時すでに大ハンの支配下に入っていたという。またこの司祭ヨハネの後裔についても、参加した戦闘について少し触れているだけである。要するにマルコ・ポーロにとって、司祭ヨハネはもはや過去の人物にすぎなかったわけだ。

もうひとり懐疑論者を挙げておこう。1330 年に東方旅行から帰国したポルデノーネのオドリコは、次のように述べている。「このカタイの地を発っ

て西方へ向い、50日間多数の都市や地方を通過して、プレスター・ジョン［司祭ヨハネ］の地へ着いたが、プレスター・ジョンについては彼について噂されていることの100分の1も真実とはされぬ。その第一の都市はトザンと呼ばれているが、ヴィチェンツアがこのトザンよりは優っていると云われている。プレスター・ジョンは己が配下に多くの都市をおさめていて、また契約によって大汗の娘を常におのが王妃となしている」［オドリコ『ポルデノーネのオドリコ修道士の報告文』、『東洋旅行記』所収、家入敏光訳、桃源社より］。

司祭ヨハネの手紙が偽物だったとしても、このようにアジア諸国に似たような伝説が残っていたという事実は、少なくとも件の偽手紙には、現地

「貴婦人と一角獣」(1484–1500)、タペストリー、国立中世美術館（前クリュニー美術館）

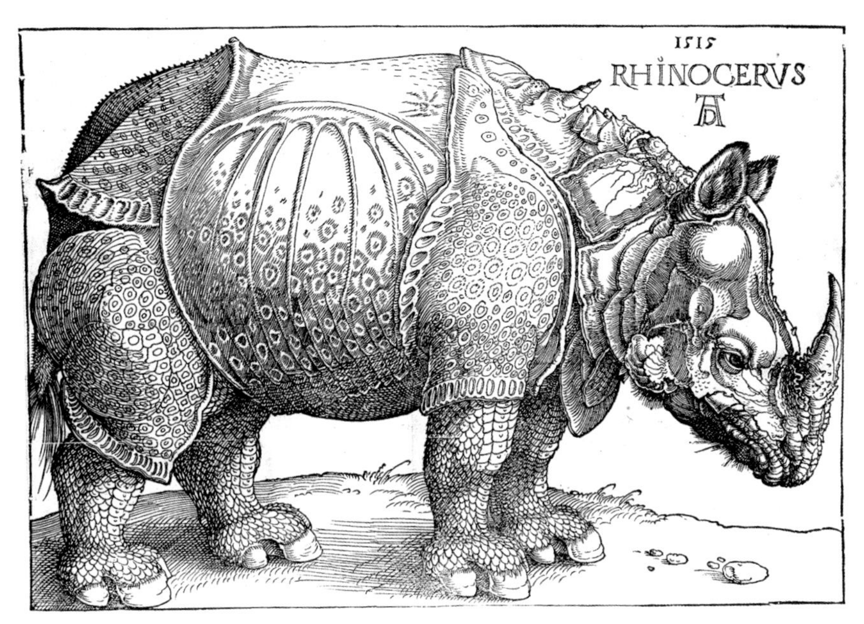

アルブレヒト・デューラー「犀」(1515)、木版、個人コレクション

で得られたなんらかの知識が反映されていて、東方世界の伝承を西方世界に伝える役割を果たしたということを告げているのではないだろうか。

いかにそれまで途方もない空想譚ばかり聞かされていたとしても、実際に現地を訪れさえすれば、そんなものには惑わされずに、自分の目で見たものに限って正確な報告をすることができるはずだと考える向きもあろう。しかし、いま挙げてきたような比較的信頼度の高い旅行家たちですら、出発前に聞かされていた伝説の影響力から完全に脱することはできなかったのである。

マルコ・ポーロの場合も、聞いていた話と実際に見たものとの間で筆が揺れている部分がある。典型例が、マルコ・ポーロがジャワ島で見たという一角獣（ユニコーン）である。中世の人々は一角獣の存在について疑問をもっていなかった。1567年にはエリザベス朝時代の旅行家エドワード・ウェッブがインドのスルタンの後宮で3頭の一角獣を目にし、またマドリードのエル・エスコリアル修道院でも再び目撃している（Shepard, 1930☆）。16世紀にはイエズス会宣教師フランシスコ・ロドリゲス・ロボがアビシニアで数頭の一角獣を、また1713年になってもジョン・ベルが1頭をそれぞれ目撃したという。マルコ・ポーロは、一角獣が額に長い角を1本生やした動物であること、色は白く、性質はおとなしく、処女のいるところに寄ってくることを、伝説を通じて知っていたはずだ。一角獣を捕まえるには、樹の下ブーシコーの画家によるブレミュアエ（胴面人）、スキアポデス（日傘足人）、キュクロプス（ひとつ眼人）の図、『驚異の書』（15 世紀）より、パリ、国立図書館

に処女を座らせておけばいいと言われていた。一角獣がやって来てその処女の膝に頭を載せたところで、狩人はその隙を突いて捕えればよいという寸法だ。ブルネット・ラティーニによると、一角獣は処女を見ると近くに寄ってその立派な頭を処女の膝にのせたい衝動に抵抗できなくなるのだという。

マルコ・ポーロが一角獣を探さなかったわけがないのである。実際、彼は一角獣を探し、そして見つけてしまった。伝承の目を通して物を見る習慣がそうさせたのだ。だがマルコ・ポーロの場合、ひとたび我が目にその動物を捉えると、ただちに過去の文化の軛(くびき)を逃れ、誠実な証人のごとく、エキゾティシズムのステレオタイプに対して批判的な態度で臨むことができた。彼は自分が見た一角獣について、イギリスの国章に描かれているような、螺旋状の筋の入った一本角をもち、毛並みの白い、鹿に似た動物とは少し違っていたことを認めている。種明かしをすると、マルコ・ポーロが目撃したのは犀(さい)だったのである。彼の言葉を聞いておこう。一角獣は「水牛のような体毛をはやし、象と同じく蹄のような脚を持ち」、角は黒く大きく、舌にはとげが生えていて、頭は猪に似ており、要するに「ひどく醜い格好をした獣で、乙女の裳裾の中でだけ捕らえることができると伝えられる例の一角獣とは似ても似つかず、むしろ正反対の獣である」というわけだ［以上、本段の引用は、マルコ・ポーロ『東方見聞録』、月村辰雄、久保田勝一訳、岩波書店より］。『東方見聞録』は全巻好奇心に貫かれてはいるものの、決して驚異に対する狂信的な思い込みに支配された書物ではないのである。

もちろん、ルプ砂漠で霊の声を聞いたり、鰐(わに)のことを前足のある蛇だと勘違いしたりしている箇所がないわけではない。だが砂漠の中で何週間も馬上にあればそういうこともあろうし[3]、鰐に近寄ってじっくり観察しろというのも無理な話ではないか。他方で、石油や石炭についての記述は実に正確である。

また、他の旅行家と同様、マルコ・ポーロ自身が伝説を創り出してしまっているように読めるところもある。例えば麝香について紹介している部分だ。これは極上の香料で、猫に似た動物の臍(へそ)の下にできる膿瘍からとれるとマルコ・ポーロは記している。しかし、この動物はアジアに実在するのである。学名モスクス・モスキフェルス（*Moscus moschiferus*）、すなわちジャコウジカは、マルコ・ポーロが記述したとおりの歯をもち、腹部の皮膚、

《3》「『極限環境』（山頂や砂漠など）にあると、正常な人でも神秘的な存在を近くに感じたり、幻視や幻聴を体験することがある」（Geiger, 2009☆）［邦訳、ジョン・ガイガー『サードマン——奇跡の生還へ導く人』がある］

包皮開口部の上から、非常に強い匂いを発する麝香を分泌する。しかも、「猫」に似た獣としているのはトスカーナ語版であって、オリジナルのフランス語版には正しくガゼルに似ていると書かれているのである。サラマンダーについて記した箇所を見ても、それが石綿でできた布であって、動物寓意譚に描かれるような、火の中に棲み火を浴びる動物ではないことを正しく指摘しているのである。「サラマンダーとはそのようなものであり、それ以外の話があれば冗談か作り話であろう」[マルコ・ポーロの前掲書より]。

このように、マルコ・ポーロは自分の想像力に歯止めをかけている。ところが、『東方見聞録』の後世版であり、現在はパリ国立図書館に所蔵されている『驚異の書』所収の彩色画を見てみると、少々様子が違うのに気づく。マラバル沿岸のコイラン王国について紹介する部分、胡椒や蘇芳(すおう)を集める民族について記述する箇所に付された挿絵には、マラバルの原住民たちが、ブレミュアエ(胴面人)、スキアポデス(日傘足人)、キュクロプス(ひとつ眼人)として描かれているのである。この写本を読んだ者は、まさにそこに描かれたとおりの生き物がその地に棲息していると思ったに違いない。マルコ・ポーロの文章そのものには、こんな怪物はまったく出てこない。せいぜい、コイランの住民は肌が黒いとか裸で暮らしているとか、黒いライオンや、全身が白く嘴だけ真っ赤なオウムや、それに孔雀が多く棲んでいるといったことを述べたうえで、彼の文章に特徴的な、良きキリスト教徒にとって少々異常に感じられる風習を報告するときの繊細かつ冷静な筆致で、この地の住民には少し道徳心に欠けるところがあり、従姉妹、兄弟の寡婦をも妻にする、と注記しているくらいである。

なぜこの画家は、こんな『東方見聞録』の世界には本来存在しない怪物たちを描いてしまったのか。それはまさに、画家が読者と同様に、東方の驚異(ミラビリア)を語る伝説に囚われていたからにほかなるまい。

他方、大旅行家たちが東方で見てきたとする宮殿についての描写が、実は司祭ヨハネの手紙での王宮の記述を模したものだったとする指摘がある(Olschki, 1937☆)。もちろん、その種の記述で最も目につくのは大量の宝石、黄金、水晶ではあろう。だがマルコ・ポーロの描く皇宮は、外観に関する限りは中国の資料に対応している一方、内部に関しては、彼自身も一瞬見た程度だったに違いないわけで、そうすると細部の描写については、マルコ・ポーロ自身か、彼の話を書き留めたルスティケロ・ダ・ピサかはわからないが、とにかく書き手の心にあった文学的モデルをもとに自ら構築しなければならなかったはずなのだ。宮殿の大広間に関して、ポルデノーネのオドリコは黄金の柱が23本あったとし、司祭ヨハネの手紙では50本という数字が挙がっているが、モンケ・ハンの宮殿についてのリュブルクのギヨームの描写には黄金への言及はなく、ただ2列の柱が並んでいたとのみあり、これは木製の柱に金箔を貼ったものだったと考えられる。オドリコを驚嘆させたのもこれと大差ないものだったのであろうが、しかし彼の心には司祭ヨハネの王宮が浮かんでいたのである。

アル＝ジャザリー『巧妙な機械装置に関する知識の書』(1206)に所収の揚水システム、イスタンブル、トプカピ宮殿博物館

⁂

◉自動機械　旅行記でしばしば話題になる驚異のひとつが自動機械である。自動機械はヘレニズム文化の特色とも言えるもので、アレクサンドリアのヘロン（後1世紀）の『気体装置（プネウマティカ）』には、祭壇に置いた水の入った容器を火で熱して蒸気にすると、それが地下の管を通って別の機構を起動し、それによって神殿の扉が開くといったものなど様々な機械が掲載されていて、自然動力（重りの下降や水の落下）と人工動力（熱した空気の膨張力）を組み合わせた自動機構に、当時から人々が大きな関心を寄せていた様子が見て取れる。そのすべてが実際に製作されたわけではなく、設計だけで終わったものも多かったと思われるが、ともかく、アレクサンドリア文化が生んだこの驚異は、ビザンツ世界とイスラーム世界の双方に大きな影響を与えることとなったのである。

ビザンツ世界で製作された自動機械の一例として、ガザの市場の時計塔についてプロコピオスが6世紀に記述したテクストが残っている。ティンパヌムにはゴルゴンの頭部が飾られ、打刻のたびにその両目が回ったという。その下には夜間の時刻を示す12の窓があり、また昼間の時刻を示す12の扉があった。その扉の前を太陽神ヘリオスが通り過ぎると扉が開き、ヘラクレスが現れて12の功業の様子が示されるという仕組みになっていた。中世の西洋人にとって、ビザンティウムは東方世界の一部だった。その驚異を目撃したひとりが、10世紀の**クレモナのリウドプランド**である。帝国の外交使節としてコンスタンティノポリスを訪問したリウドプランドは——一度はニケフォロス2世とその宮廷を辛辣な調子でこき下ろしたにもかかわらず——『報復の書』の文中で、壮麗な宮殿内で目にした驚異の玉

133

الجامات بالضو
وهذه صورة ما وصفته واضحة

（左）アル＝ジャザリー『巧妙な機械装置に関する知識の書』（1206）に所収の水時計、イスタンブル、トプカピ宮殿博物館

（右）ヴィラール・ド・オヌクール『画帖』（1230 頃）に所収の自動機構、パリ、国立図書館

座について感嘆の気持ちを隠さない。その玉座は、足元に立つ2頭の黄金の巨大な獅子像の咆哮を合図に自動的にせり上がり、気づくとそこに、いつのまにか新しい衣装に着替えた皇帝が座っていたという。

イスラーム世界でも自動機械への関心は高く、ヘロンの著作のアラビア語訳、バグダードのカリフ、アル＝マアムーンのもとにあった自動機構を備えた金銀の木、ハールーン・アッ＝ラシードがカール大帝に贈った、金属球が盆に落ちると時刻を告げる音が鳴り、12の窓から12人の騎士が現れる水時計と、挙げていけばきりがない。

1204年から1206年にかけて、機械の専門家でもあったアラブ人科学者アル＝ジャザリーは『巧妙な機械装置に関する知識の書』を書いた。そこに収められた図版を眺めてみれば、自動機械の設計がいかに進歩してきたかが一目瞭然である。

西方世界にも、自動機械の設計ができる職人がいなかったわけではない。伝承によると、教皇シルウェステル2世（在位999–1003）は、秘密の助言を呟く黄金の頭を造ったとされる。

ランツベルクのヘルラート『悦楽の園』（1169–1175）の19世紀版に所収の操り人形師、司教、対立教皇、床に就く王の図、ヴェルサイユ市立図書館

ティルベリのゲルウァシウス（13世紀）の『皇帝の閑暇』には、ナポリ司教区のヴェルギリウスなる人物が、ナポリの肉市場の肉に蝿を寄せ付けないために機械の蝿をつくったとあり、またアルベルトゥス・マグヌスについても、来客時に扉を開ける鉄のロボットのようなものをつくったという伝承がある。ヴィラール・ド・オヌクール（13世紀）の『画帖』には様々な自動機械の設計図が収められており、ストラスブール大聖堂にある14世紀作の時計にはマギが聖母子の前で頭を垂れる仕掛けが施されていた。各種の騎士道物語でも、自動機械の登場は定番であった。

自動機械がこれほどまでに人々の心を惹き付ける力をもっていたのだとすれば、それを驚異の東方世界に求めたくなるのも無理はない。なにしろ司祭ヨハネの手紙には、常軌を逸したそれらの品々が約束されていたのだから。ポルデノーネのオドリコは、黄金の輪で締め付けた翡翠の水壷の四隅から黄金の竜が現れ、その口から様々な飲み物が流れ出る様子を目撃した。オドリコはまた、人が手を叩くとまるで生きているように翼を羽ばたかせる黄金の孔雀も目にしている（そしてこれは悪魔の仕業か、それとも地下に仕掛けがあるのか、と想像を膨らませている）。リウドプランドがコンスタンティノポリスで見たのによく似た玉座を、こちらはおそらく自動ではなかったであろうが、プラノ・カルピニもまたタルタルの皇帝グユク・ハンの宮殿で見ている。この玉座は総象牙づくりで、黄金、宝石、真珠が散りばめられていたという（『モンゴル人の歴史』第9章、35）。

リュブルクのギヨームは、カラコルムのモンケ・ハンの宮廷で催された酒宴の様子を記述しているが、そこには根元に口から馬乳を出す4頭の銀獅子を置いた銀の大樹が登場する。この銀樹の頂きには、尾を幹に巻きつけた4匹の蛇が頭を垂れ、それぞれの口からは葡萄酒、馬乳酒、蜂蜜酒、米酒がほとばしったという。銀樹の頂きにはまた、この蛇に囲まれるように1体の天使像が設えられており、酒が切れると献酌人の長がこの天使にラッパを吹くよう命じる。天使像からは樹の下の穴蔵まで管が通っており、穴蔵に隠れている男がその管を吹くと、それが樹上まで伝わって天使がラッパを吹き鳴らす仕組みになっていた。これを受けて召使いたちがそれ

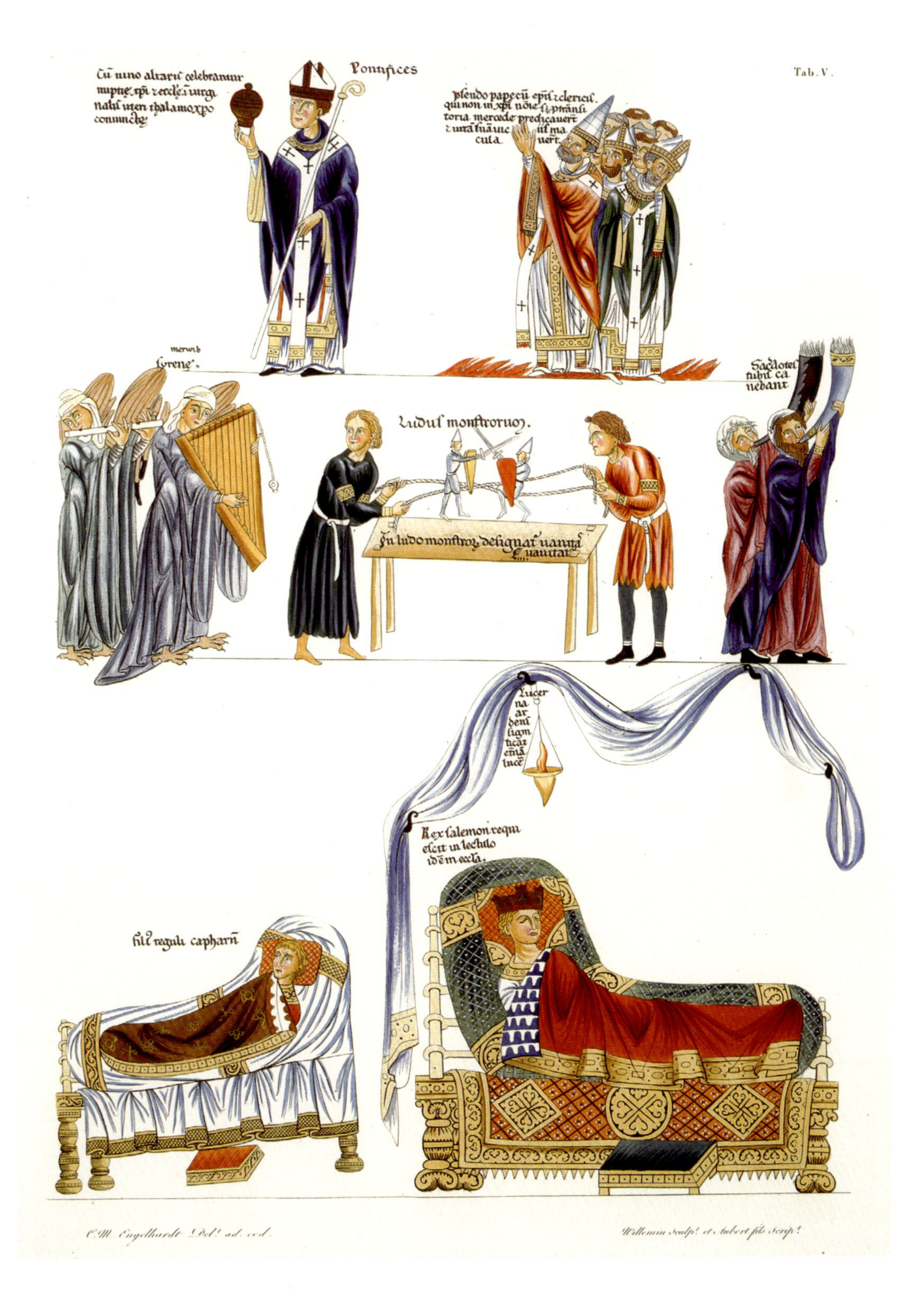
Tab. V.
Pontifices
Ludus monstrorum
Sacdotes tubis canebant
Lucerna ardens
Rex salemon requiescit in lectulo
fili reguli capharn
C.M. Engelhardt Del. ad. cod.
Willemin sculp. et Aubert fils Scrip.

ゲラルドゥス・メルカトル「プトレマイオス式世界地図」（1578）所収のタプロバネの島、ロンドン、地理学会

ぞれ専用の管に先の4種の酒を注ぐと、再び4尾の蛇から酒がほとばしり、酒盤に溜まった酒を献酌人が汲んで客人に振る舞うのである。まさに東方の驚異であるが、しかしギヨームは、この驚異を生み出したのがギヨーム・ブーシェなるフランス人の金匠であることを知っていた。東方の驚異の多くが実は西方に発するものであったこと、また当時の人々の間でもそのことが知られていなかったわけではないことの証拠であるが、しかしその事実自体は大きな意味をもたなかった。驚異の驚異たるゆえんは、それが空想の対象であった遥か彼方の地で目撃されることにこそあったからだ。

＊＊＊

◉タプロバネ　　神秘の東方世界について、古代から中世の人々がいかにいいかげんな観念を抱いていたかについて、ひとつタプロバネの島を素材として確認しておこう。

タプロバネへの言及は、エラトステネス、ストラボン、プリニウス、プ

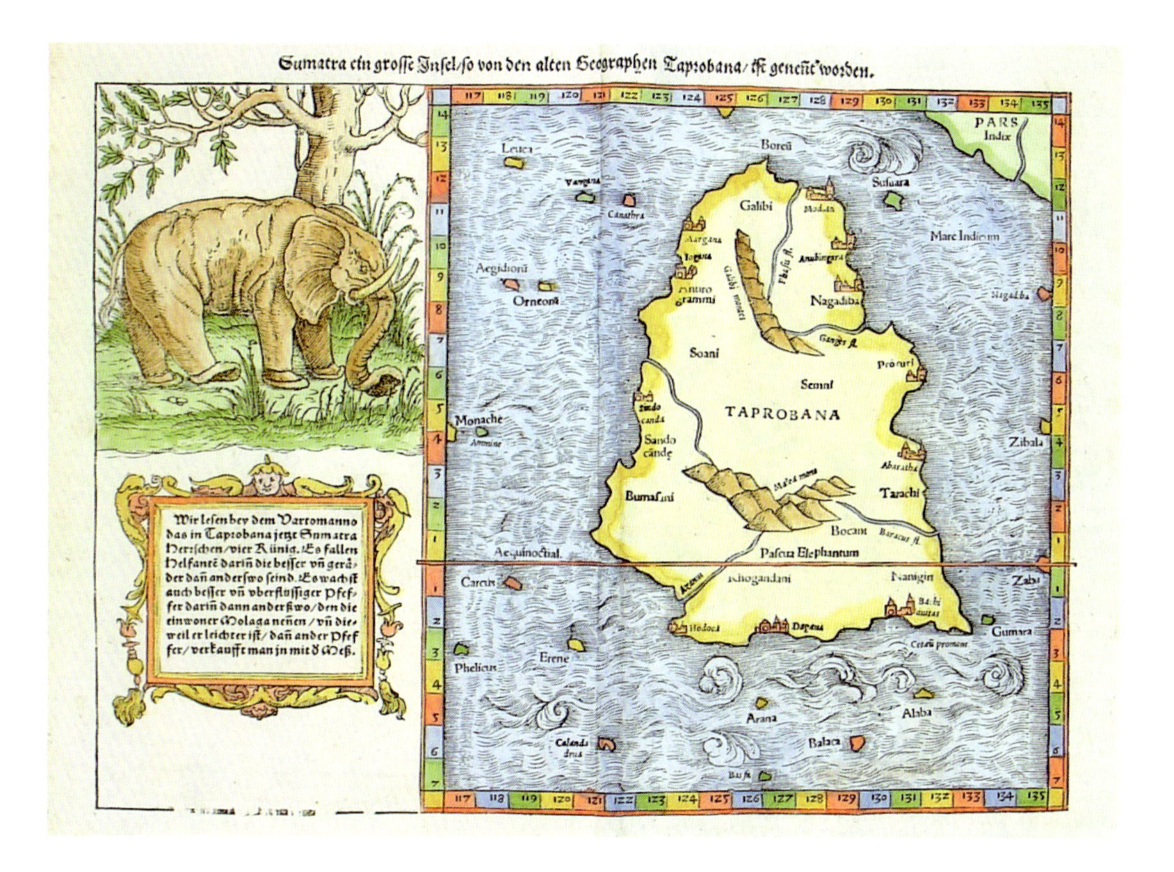

トレマイオス、コスマス・インディコプレウステスらに見られる。プリニウスを引くなら、タプロバネは古来アンティクトン人の土地と呼ばれ、「別の世界」と考えられていたが、アレクサンドロスの時代にこれが島であることが証明されたのだという。プリニウスの言う島とはセイロンのことであり、プトレマイオスの（少なくとも16世紀版の）地図にもタプロバネはセイロンとして描かれている。ポンポニウス・メラの地誌では、タプロバネが島なのか、それとも別世界の一部なのかについては判断を留保している。他方、東方の文献にはこれを島とするものが多く見られる。

セビリャのイシドールスもタプロバネの位置をインドの南方としている。彼自身の文章では、この土地は貴石を多く産し、夏と冬が2回ずつあるとしか述べられていないが、伝イシドールスの地図では、地球の最東端、すなわち〈地上の楽園〉があるとされる位置にタプロバネが描かれている。そして**アルトゥーロ・グラフ**の整理によれば、「セイラン（セイロン）」にはアダムの墓がある——という伝説がある——のだ。

ゼバスティアン・ミュンスターによる「タプロバネの島」、『宇宙誌』（バーゼル、1555）

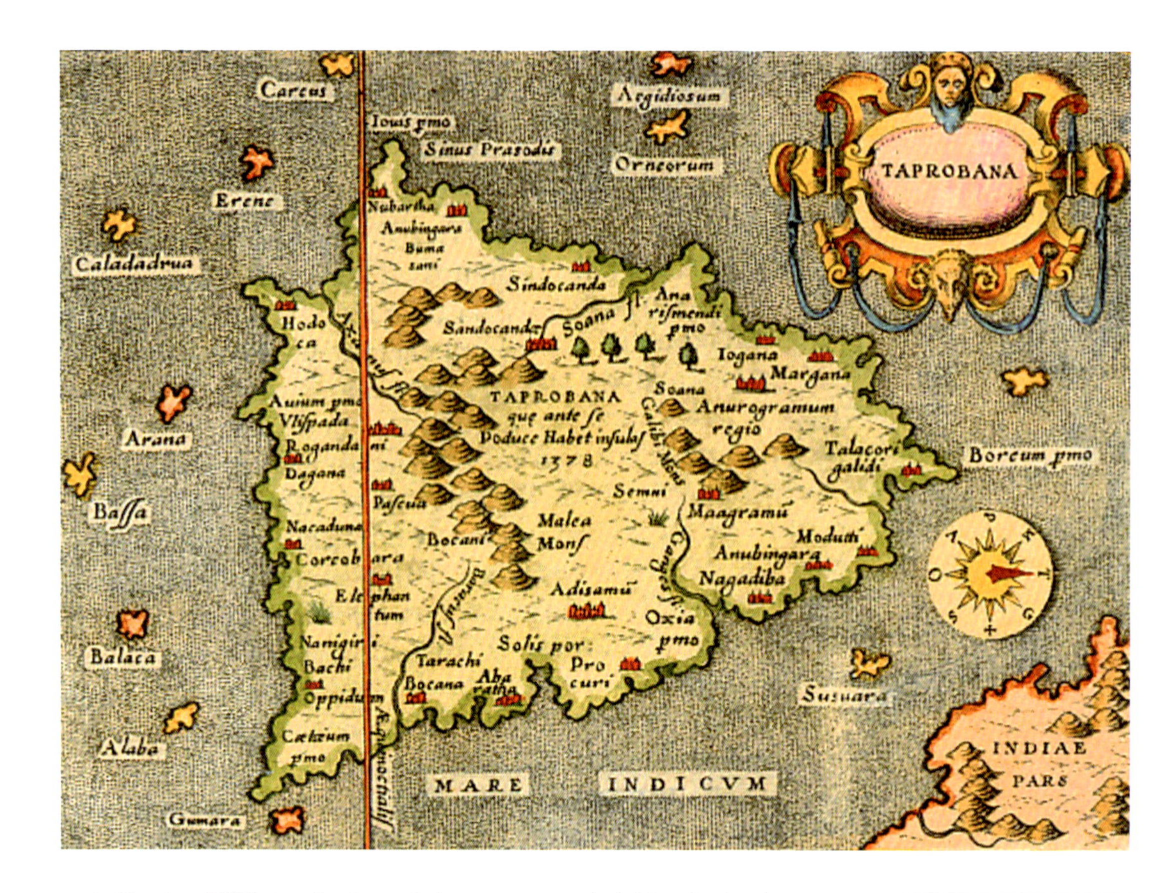

トンマーゾ・ポルカッキ『世界の最も有名な島々』（1590頃）所収のタプロバネの島の図、ヴェネツィア

ただひとつ問題は、タプロバネとセイロンは古来別の島だと考えられてきたことだ。**マンデヴィル**の『旅行記』でも、タプロバネとセイロンそれぞれに1章ずつ割かれている。マンデヴィルはセイロンの位置については曖昧にしたままで、その島は周囲が800マイルに及び、その土地には「蛇や竜、鰐が多く生息しているので、人は住もうとしない（……）。一種の大蛇とも言える鰐は黄味を帯び、背には縞があって、腿の短い4本足には大きな鈎爪がある。その体長は5尋、中には6尋、8尋、10尋に及ぶものまでいる」［ジョン・マンデヴィル『マンデヴィルの旅』、福井秀加・和田章監訳、英宝社より］としている。

他方、タプロバネについては、この島が司祭ヨハネの領内にあり、夏と冬が2回ずつあること、また巨大な蟻の守る巨大な金山が聳えていることを記している（詳しくは本章後半のアンソロジーを参照のこと）。

以降、地図に描かれるタプロバネは、まるで独楽（こま）のように、インド洋上を単独で、あるいはセイロンとともに行ったり来たりすることになる。15

世紀の旅行家ニッコロ・デ・コンティはタプロバネをスマトラに比定するが、スマトラとインドシナの中間、ボルネオ近くに位置づけたものもときに見られる。

トンマーゾ・ポルカッキ『世界の最も有名な島々』(1590)は、タプロバネには富が溢れ、象や巨大な陸亀が棲息すると記す一方、シケリアのディオドロスを引いて、この地の住民は一種の二枚舌をもっていたとしている(「舌が根元まで分かれていて、それぞれ別の人と話すのに使う」)。

ポルカッキは様々な伝承を紹介したうえで、しかしタプロバネの地理的な位置については正確な情報を得ることができなかったとして読者に謝罪している。「古来多くの文献がこの島を扱ってきたのは事実であるが、その境界を画定しえたものを見つけることはできなかった。この点において本書がいつもの水準に達しえていないとすれば、私もやはりお許しを乞わざるをえまい」。タプロバネをセイロンと同一視する説に対しては、ポルカッキも懐疑的である。その地は「(プトレマイオスによれば)最初はシムンドゥと呼ばれ、それからサリケ、最後にタプロバネと呼ばれるようになった。最近ではスマトラのことだとされる一方、タプロバネはスマトラではなくゼイランだと考える者がないわけではない。(……)しかし近年は、古代人の誰ひとりとしてタプロバネの位置を正しく特定しえた者はないと考える者もあり、むしろ彼らによれば、タプロバネが存在するとされてきたどの場所にも、それがタプロバネだと信じうるような島は存在しないというのである」。

こうして最初は一にして多なる島であったタプロバネは、次第に存在しない島へと変貌していった。その流れの先に、ユートピア島を「セイロンとアメリカのあいだ」[ルイ・マラン『ユートピア的なもの——空間の遊戯』、梶野吉郎訳、法政大学出版局より]に位置づけたトマス・モアや、太陽の都の所在地をタプロバネに設定したトンマーゾ・カンパネッラが登場するのである。

*

*

*

◉ヘロドトスの東方

■ヘロドトス（前484–425）
『歴史』
第3巻 99–102、104、105、107、108
（Erodoto, *Le storie*, III☆）

この種族の東方には遊牧をこととする別のインド人が住んでおり、生肉を常食し、パダイオイ人の名で呼ばれている。彼らの風習は次のようであると伝えられる。同族民の間で男女を問わず病にかかるものがあると、男の場合は彼と最も親しい男たちが、病やつれしてはせっかくの肉がまずくなると称して、その男を殺すのである。当人は病ではないといいはるが、友人たちは容赦せず殺してその肉を平らげる。病人が女の場合も、右と同じように病人に一番親しい女たちが、男たちと同じことをする。それというのも、この種族では高齢に達したものは殺して食う習いだからであるが、しかしそこまで生き長えるものの数はあまり多くはない。そこに至るまでに病にかかったものは1人残らず殺してしまうからである。

また、これとは違った生活様式をもつ別種のインド人もいる。彼らは生物は一切殺さず、農耕も営まず、住居を構える習慣ももたない。草を常食とし、またその地方に野生する、莢を被った粟粒ほどの大きさのものを集めてきては、莢ごと煮て食べるのである。（……）

右に列挙したインド人たちはみな、男女の交わりを畜生同様に公然と行ない、皮膚の色もみな同じく、エチオピア人によく似ている。彼らが女子の体内に射出する精液の色は、他の人種のごとく白色ではなく、膚の色と同様黒色である。（……）

この無人の砂漠地帯には、その大きさが犬よりは小さいが狐よりは大きいほどの蟻が棲息している。このように記すのは、ペルシア王の許にも、この地で捕獲したこの種のものがいるからであるが、さてこの蟻は砂を掻き上げては地下に巣を作り、そのやり方がギリシアで蟻のするのと全く同様で、その形状も酷似している。そしてこの蟻の掘り上げた砂が金を含んでいるのである。インド人はこの砂を目当てに無人地帯にでかけるのであるが、各自3頭の駱駝に軛をかけ、牝駱駝を真中に、左右に牡駱駝を1頭ずつ綱で曳くように配置する。自分は牝駱駝に乗るのであるが、その際この牝はなるべく仔を生んで間のないものを軛につけるように配慮する。実際彼らの用いる駱駝は、足の早さが馬に劣らず、その上荷を負う力は馬よりも遙かに強いのである。

（……）

さてインド人は右のような装備を整え駱駝を仕立てて金の採取に乗り出すのであるが、彼らは炎暑の最も激しい時刻に蟻から砂金を奪い取ることができるように計算を立てている。その頃には蟻が光熱をさけて地中に潜んで姿を現わさないからである。（……）

さてインド人は袋をもって目的地へ着くと、袋に砂を満たして大急ぎで引き返す。蟻は忽ち臭いをかぎつけ――とはペルシア人の話であるが――追跡してくるからである。その脚の速さは他のどの動物も及ばぬほどで、インド人たちは蟻が集結している間に先に進んでいない限り、1人も助からぬであろうという。牡の駱駝は牝よりも脚が遅いので、落伍すると途中で離されるが、2頭同時に離すことはない。牝駱駝の方は後に残してきた仔のことを想い出して決して速度をゆるめぬという。インド人はその金の大部分を右のようにして採取する、とペルシア人は語っている。そ

(左) ウリッセ・アルドロヴァンディ『怪物誌』(1698) 所収の怪物たちの図、ボローニャ、フェローニ

(右) ポール・ド・ランブール『ベリー公のいとも豪華なる時禱書』(15世紀) 所収の大天使ミカエルと竜が描かれたモン・サンミシェルの情景(部分)、シャンティイ、コンデ美術館

のほか、これよりも量は少ないが、この地方で採掘される金もある。

(……)

南方では、人類の住む最末端はアラビアで、乳香、没薬、カシア、シナモン、レダノンの生育するのは世界でこの地域のみである。没薬を除いてすべてのこれら香料の採取には、アラビア人は容易ならぬ苦労をする。アラビア人は乳香を採取するのに、フェニキア人がギリシアへ輸出しているステュラクス香を焚く。乳香を採るのにステュラクスを焚くというのはなぜかといえば、乳香を産する樹はそのどの株にも、形は小さいが色はとりどりの有翼の蛇が無数に群がってこれを衛っているからで、これはエジプトを襲う蛇と同類のものであるが、これを樹から追い払うにはステュラクスの煙をもってする以外に方法がないのである。

これもアラビア人の話であるが、かりにこの蛇の場合に蝮に起る事象と同様なことが起らなければ——蝮の場合は私も知っていることであったが——国中がこの蛇で充満するであろうという。思うになにか神の摂理の如きものがあって——それは当然叡知に充ちたものであるはずであるが——、性臆病で他の餌食とされるような生物は、食い尽されて絶滅するのを防ぐためにすべて多産に創り、獰猛で害毒を及ぼすようなものは、その繁殖力を弱められたのであろうか。

◉多くの人びとには驚くべきもの

■プリニウス(後23–79)
『博物誌』第7巻6–27(Plinio☆)

それらのうちあるものは、たしかに、多くの人びとには驚くべきもの、信じがたいものと見えよう。というのは、実際にエティオピア人を見ずして彼らのことを信じたであろうか。あるいは初めて知られたとき、まか不思議に思われないものがあろうか。どんなに多くのものが、それが現実に起るまでは不可能と判断されないであろうか。まったく、宇宙の性質の威力と尊厳とは、もしわれわれの心がその一部を捉え

（左）ウリッセ・アルドロヴァンディ『怪物誌』（1698）所収のスキアポデスその他の怪物たちの図、ボローニャ、フェローニ

（右）コンラート・フォン・メーゲンベルク『自然の書』（1482）所収の怪物たちの図、アウクスブルク

るだけで全体を捉えることがなければつねに信じ得ないのだ。クジャクとか、トラやヒョウの斑点のある毛皮とか、非常に多くの動物の種々の色どりとか、語るには小さ過ぎる事柄を述べることはさておいて、よく考えてみると、無限の広がりをもつもののひとつは、諸民族の言語、方言、言葉の多様性である。それはあまり多いので、外来者はほかの民族のあるものにとっては、ほとんど人間の数に入らぬであろう。（……）

　われわれはすでにスキタイ種族のあるもの、そして実際は非常に多くの種族が人体を食用にしていることを指摘した――こういう話はとても信じられないと思われよう。もしわれわれが、この驚くべき性格をもつキュクロペスとかラエストリゴネとかいうような種族が、世界の中心地域に住んでいたということ、つい最近まで、アルプスの向うの部分の種族は人身御供を行っていたが、これは人肉を食うのとさして違っていないということを考えないならば。しかしまた、これらに隣接した北の方、そこから北風が吹き起る現地、そして「大地の扉の門」と呼ばれているところで、そういう名をもった洞窟からほど遠くないところに住んでいる1種族について報ぜられている。それはわれわれがすでに語ったアリマスピ種族で、その人びとは眼が1つだけ額の真中にあるということで珍しい。多くの大家たち――もっとも著名なのはヘロドトスとプロコンネススのアリステアスであるが――はこういうことを書いている。これらの人びとは彼らの鉱山のまわりでたえずグリフォンどもと闘っている。このグリフォンは、一般に報ぜられているように、羽のある野獣であって、鉱山から金を採掘するのだが、この動物が鉱山を守備しており、アリマスピ族がそれを奪取しようとする。どちらもひどく貪欲なのだと。

　しかし、ほかのスキタイ食人種族の向う、ヒマラヤ山脈のある大渓谷にアバリモンという地域があって、そこの森林に住んでいる人びとは足が後向きに脚についていて、非常に速く走り、野獣ともに国中を徘徊している。(……)

インド、そしてエティオピアの各地はとくに驚異に富んでいる。最大の動物がインドで育った。たとえばインドのイヌはどこのイヌよりも大きい。実際、樹木も非常に高いから、それを越えて弓を射ることができない。そして——土地が肥沃であり、気候が温和で、泉も多いから起ることだが——もし信をおくならば、たった1本のイチジクの木陰に1個中隊の騎兵が待避できるという。一方アシが非常に高くなり、節と節の間の1区間で、3人の人間を運ぶカヌーをつくることができるという。こういうことも知られている。そこの住民の多くは背丈が5キュビトもあり、決して唾を吐かないとか、頭痛や歯痛や眼の痛みを患うことはない、そして身体のいずれかの部分でも痛むことはきわめて稀であり、太陽の温和な熱によって、そのように頑丈にできていると。またギムノソピストと呼ばれる彼らの聖者たちは、日の出から日没まで両眼でじっと太陽を凝視しながら立っていることができ、焼けつくような砂の上に終日交互に片脚で立っていることができると。またメガステネスの話ではヌルスという名の山には足が後向きについており、両足とも指が8本ある人びとが住んでいる。また多くの山々にはイヌの頭をもつ人間の種族がいて、それは野獣の皮衣を着、その言語は咆哮であり、獣や鳥の狩猟の獲物を食べて生きている。その狩猟のために彼らはその爪を武器として使うとも言っている。彼によれば、彼が本を出版したころはそういう人びとが12万人以上いたという。クテシアスは書いている。インドのある人種では、女は生涯にたった一度しか子を生まない。そして子供は生れるとすぐ白髪になりはじめると。また彼はモノコリといって脚が1本しかなく、跳躍しながら驚くべき速力で動く人びとの種類について述べている。またその種族は「傘足種族」と呼ばれるが、それは暑い季節には、彼らは地面に仰向けに寝て、その足の陰で身を守るからだと。そして彼らは穴居族から遠くないところに住んでいると。さらに西方には首がなくて眼が肩についている連中もいるという。またインドの東部（カタルクルディ地区と呼ばれている）の山の中にはサテュロスがいるが、それは非常に敏捷な動物であってときには4つ足で歩き、ときには人類同様まっすぐに突立って走る。その速度が速いので、つかまるのは老いたものか、病気のものだけである。タウロンがコロマンダという名を与えた森林の種族はことばはないが、恐ろしい叫び声をもっており、毛むくじゃらの身体で、鋭い灰色の眼と、イヌのような歯をしている。(……)メガステネスはインドの遊牧者の仲間で、ヘビのように鼻孔の代りにただひとつの穴しかなく、脚が鰐脚になっている種族について語っているが、それはスキリタエ族と呼ばれる人びとであるという。インドの東部いや果ての地域、ガンジス河の水源の近くには、彼によれば、アストミ種族というのがいて、彼らには口がなく、身体中毛に被われ、生棉をまとい、呼吸する空気と、鼻孔を通じて吸い込む匂いのみによって生きている。彼らには飲み食いということはなく、ただ根や花や野生のリンゴのいろいろな香気のみで生きている。やや長い旅行をするときは、香気の供給が切れないように、そういう品々を携えて歩く。彼は言う、その連中は普通より幾分強い匂いによって簡単に殺されると。それらの先、一番外側の山岳地域には3スパン人と小人族がいるが、彼らは背丈が3スパンを越すことはない。そこは北側が山脈によって守られているので、気候は健康的で常春のようだと。ホメロスは、この種族はまたツルに取巻かれていると記している。こういうことが報ぜられている。春になると全員隊を組んで、弓矢を帯し、雌雄のヤギに乗り、一隊となって海に下ってゆき、ツルの卵と雛を食べる。そしてこの遠出は3ヵ月かかる。こうしなければ彼らは生長するツルの群から身を守ることができなかった。彼らの家は泥と羽毛と卵殻でつくられると。

◉アレクサンドロスの冒険

■伝カリステネス
『アレクサンドロス大王物語』
第2巻第33節（3世紀）

（*Il romanzo di Alessandro*☆）

そこを出発して緑の濃い地方へやってきました。そこには巨人に似た野蛮な人間が住んでいて、からだ全体が丸く、ライオンに似た火のように赤い顔でありました。彼ら以外にもオクリタイと呼ばれる別の人間もいて、頭にはまったく髪がなく、背丈は4ペーキュスほど、身幅は槍のように細いのです。われわれのほうを見るとこちらへ攻めかかってきます。ライオンの毛皮を身にまとい、きわめて力が強く、武器なしでも戦う気構えでした。われわれが彼らを攻めると、彼らは木の棒でわれわれのほうにとびかかってきた。味方の多数が倒れました。彼らに打ち負かされるのではないかと恐れて、森に火を放つように命じました。火を見ると、剛力無双の彼らでさえも逃げていきました。殺された仲間は180人でした。

翌日、彼らの洞窟へ出掛けようと思いました。そこの戸口にはライオンのような動物がつながれていました。さらに、そこでは、われわれの国の蛙のような大きさの蚤が跳ねていました。そこを退いて、豊富な泉の湧き出ている地方に着き、そこに車をとめさせ、2カ月間とどまりました。

その地を出発して、メロパゴイの地に着きました。全身毛深くおおわれた大柄な人間に出会いました。わが味方の者たちがみな恐怖に捕われたので、その大男をつかまえるように命じ、とらえてみると、彼はわれわれのほうを恐ろしそうに見るだけです。はだかの女をひとりその者に近づけてみますと、女をつかむや、食ってしまおうとしたのです。兵士たちがかけよって女を引きはなそうとすると、自分だけの言葉でなにかぶつぶついっていました。他の仲間たちがこれを聞きつけるや、およそ1万もの数の人間が湿地から出てきて、われわれのほうに向かってきたのです。わが軍勢は4万いました。湿地に火を放つように命じると、彼らは火を見て、逃げていきました。追跡してそのうち3人を捕虜にしましたが、捕虜たちは食事に手をつけず、8日後には死んでしまいました。ただ犬のようにほえるだけで、彼らには人間のもつ知恵がなかったのです。

◉東方の怪物

■セビリャのイシドールス（560–636）
『語源』第11巻第3章（Isidoro di Siviglia☆）

ひとつの民族の中にも怪物と呼ばれる個人が出てくるように、人類全体の中にも、全員が怪物であるような民族がいくつかある。ギガンテス、キュノケファリ、キュクロプスなどである。ギガンテスという呼称の語源はギリシア語である。ギリシア人はギガンテスをゲーゲネイス、すなわち「大地から生まれたもの」と考えた。その巨体は、大地が自らに似せて生んだものだと神話が伝えているからである。(……)聖

『アレクサンドロス大王物語』(1338) 所収の鷲男のミニアチュール、オックスフォード、ボドリアン図書館

書を知らぬ人々には、大洪水の前に天使たちが共謀して人間の娘と交わって生まれたのがギガンテスであり、きわめて力が強くまた巨大で、地上に満ち満ちていたと誤って信じる者がある。キュノケファリ［犬頭］は頭部が犬で、その吠え声が人間というより獣のようであるためこう呼ばれる。インドで生まれたものである。キュクロプス［丸い目］もインド生まれで、額の中央に1つ目がついていると信じられていることからこの名で呼ばれる。別名をアグリオパギタイ［野獣食い］と言い、これは野獣の肉しか食わないためである。リビアに、頭部がなく胸に口と両目がついているブレムミュアエが棲むと信じる者もある。他に、首がなく肩に目がついていると言われる生物もいる。極東に怪物のような顔をした民族がいくつも存在すると書かれた記録もある。ある民族は鼻がなく顔全体がのっぺりと平らであり、また別の民族は下唇が非常に大きく、眠るときはそれで顔全体を覆って強い陽射しを避けるのだという。さらに口がなく、顔のその部分には小さな穴が開いているだけで、食事はその穴に麦わらを挿して吸うという民族や、舌がなく、会話は手振り身振りでのみ行なうという民族もある。スキュタイ人の土地には、全身をすっぽりと覆えるほど巨大な耳をもつパノティオスが棲むとも言われる。(……)アルタバティタエはエチオピアに棲み、羊のように4足で歩くと言われ、40歳を越えては生きられないと考えられている。サテュロスは鉤鼻で頭に角が生え、山羊のような足をもつ小人である。聖

アントニオスが独り砂漠にあるときにこれを見たと言われている。神の僕の問いかけに対し、「私は死を免れぬ者であり、砂漠に棲む者であり、異教徒の迷信によりファウヌスとかサテュロスと呼ばれる者です」と答えたという。森に棲む種類のものもあり、これをファウノス・フィカリオス［無花果のファウヌス］と呼ぶ場合もある。エチオピアにはスキアポデスの種族が棲むと言われる。1本足だが驚くほど機敏に動けるという。ギリシア人がこれをスキアポデス［陰足］と呼ぶのは、陽射しが厳しいときには地面に仰向けに寝転がり、巨大な足を日傘のように使うためである。リビアに棲むアンティポデスは足の爪先と踵の向きが逆についていて、両足それぞれに指が8本ずつある。スキュティアに棲むヒッポポデスは人間のなりをしているが足が馬である。インドにはまた身長が12ペース［約3.6メートル］に達するマクロビオイと呼ばれる種族が棲むと言われる。インドには身長が1キュビト［約45センチ］しかない種族もいて、これは先にも触れたがキュビト［肘］を意味する語からギリシア人にはピュグマイオスと呼ばれている。インドでも海に近い山地に棲んでいる。インドにはさらに、5歳で子を孕み、8歳を越えては生きられない女の種族もいるという。

◉バシリスク

■ブルネット・ラティーニ（1220–1294/1295）『宝典』第5巻第3章

バシリスクは蛇の一種で、全身に充満した毒液を体中のどこからでも噴出する。この毒液は直に触れずとも、その悪臭だけで遠近を問わず有害である。この悪臭によって空気が汚染され木々が枯れるからである。その姿を見れば空を飛ぶ鳥も死に、人間であっても毒に侵される。ただし古人の言うには、先に見た者には無害であるという。体の大きさ、足の形、背中にある白い斑点、頭のとさかは、雄鶏のそれにそっくりであり、1日の半分は直立して歩き、もう半分は他の蛇と同じように地面を這いずる。かくも畏ろしき獣も、イタチには殺される。またアレクサンドロスは、バシリスク対策のためガラスの器を作らせて配下の者たちに持たせた。これにより、こちらの姿を見られることなくバシリスクの姿を認め、これを射殺すことができた。この工夫により、彼の軍勢はバシリスクに悩まされることがなくなったという。以上が、バシリスクの性質である。

◉東方の驚異

■『東方の驚異の事物について』（6世紀）

(*De rebus in oriente mirabilibus*☆)

この驢馬は、その地に棲息するコルシアスと呼ばれる蛇の大群に追われて、バビロニアから紅海へとやってくる。この蛇は雄羊の角と同じ大きさの角を生やす。この蛇に打たれたり触れられたりした者は即死する。この地方は胡椒の産地なのだが、この蛇は胡椒の木を熱心に護る。胡椒を収穫する際には辺りに火を放ち、蛇が地中に逃れるのを待って収穫する。胡椒が黒いのはこのためである。（……）

この地方には他に、我々がコノポエナスと呼ぶキノケファリもいる。馬のたてがみと猪の牙と犬の頭をもち、その息はまるで炎のようである。（……）

ニルス［ナイル］は大河の中の王であり、エジプトを貫いて流れている。エジプトではこの川をアルコボレタと呼び、これは

ブーシコーの画家「胡椒の収穫」、『驚異の書』(15世紀)より、パリ、国立図書館

「偉大な水」という意味である。この地方には象が多く棲息している。

この地方には身長が15ペースで体が白く、1つの頭に2つの顔をもち、膝が赤く、鼻が長く、髪が黒い種族が棲んでいる。子を生むときは船でインドに渡り、そこで出産する。

ガリアのキコニアには、生まれたときから体が3色で、獅子の頭のような頭をもち、身長が20ペースにもなり、口が扇ほども大きい種族が棲んでいる。自分たちの土地によその者が入ってきたり、後をつけられたりすると、空を飛んで逃げる。(……)

その地方から東、ブリクソンテス川の向こうには、生まれたときから大きな体で、腿と脛で20ペース、脇腹と胸で7ペースある種族が棲んでいる。色は黒く、ホステスと呼ばれる。人を捕まえると必ずこれを喰らう。

(……)

ブリクソンテス川の中の島の1つには、頭がなく、胸に両目と口がついている種族が棲んでいる。(……)

このあたりには、胸まで髭を伸ばし、馬の皮で衣服をつくる女たちが棲んでいる。偉大な女狩人と呼ばれ、犬の代わりに虎や豹などの猛獣を飼い、山に棲むあらゆる種類の野獣を狩る。

この地方にはまた、猪の牙をもち、踵まで髪が伸びていて、尻から牛の尾を垂らした女たちが棲んでいる。身長が13ペースにもなり、体の色は大理石のような白である。駱駝の足と猪の歯をもつ。獰猛で汚いため、マケドニアのアレクサンドロス大王はこれを生け捕りにしようとしたが果たせず、多くを殺した。

◉司祭ヨハネ(プレスター・ジョン)の手紙

■『司祭ヨハネの手紙』(12世紀)

(*Lettera del Prete Gianni*☆)

神とわれらが主イエス・キリストの力と徳

により、支配者の中の支配者である私、司祭ヨハネが、ロマニアの指導者マヌエルに、つつがなきやのお伺いのご挨拶を申し上げ、またいや増すご繁栄を祈念いたしつつ、お便り差し上げます。

「われらが威厳」（陛下）におかれましては、貴殿がいかに「われらが卓越」（陛下）を尊重し、また「われらが高大」（陛下）の盛名が貴殿にまで及んでいる旨、承知しております。そしてまた、われらが使節をつうじて、貴殿は「われらが正義」（陛下）のお喜びになるような、なんらかの愉快で快適なるものをお贈りになりたいと望んでおられるとも、聞き及びました。たしかに私は、人間であるかぎり、それを喜んで受け取りましょうし、また貴殿にも、われらの使節をつうじて、なんらかの贈り物をいたしましょう。

と申しますのも、私は、貴殿が私同様、真実の信仰に従い、何にもまして、われらが主イエス・キリストを信じておられるのかどうか、知りたいと欲し、望んでいるからです。（……）

もし実際、貴殿が「われらが至高」（陛下）の「偉大」および「卓越」と、どの土地に「われらが権力」が及んでいるかを知りたいとお望みなら、私、司祭ヨハネが、支配者の中の支配者であり、天が下にあるかぎりの富、そして美徳と権力でも、世界中のすべての王たちにまさることを、理解し、疑うことなく信じてください。72人の王が私に貢納しているのです。（……）

「われらが壮麗」（陛下）は、3つのインドを治めておられますが、私どもの土地は、使徒聖トマスの遺骸が安らっている遠インドから、荒野を通り太陽の昇る地点まで進み、バベルの塔近く、見捨てられたバビロンの斜面へと下ってゆきます。（……）私どもの土地には、次の動物が生まれ育っております――象、一瘤駱駝、二瘤駱駝、河馬、鰐、メタガリナリウス、カメテテルヌス、ティンシレタ、豹、野生驢馬、白と赤のライオン、白熊、白い鶫、無声の蝉、グリフォン、虎、ラミア、ハイエナなど（……）野牛、ケンタウロス（半人半馬）、野人、有角人、森の精、サテュロス、女サテュロス、小人、犬頭人（キュノケファロイ）、40腕尺ある巨人、スキアポデス、隻眼巨人（キュクロペス）、そしてフェニックスという名の鳥、さらに天の下にいるありとあらゆる種類の動物たちがいます。（……）

私どもの国では、蜜が流れ、ミルクが溢れています。ここには危害をおよぼす毒は存在せず、かしこにはうるさい声の蛙もいません。そこには蠍はおらず、草むらに蛇が待ち伏せすることもないのです。いかなる有毒動物もこの国には住めず、誰かを傷つけるなど、なおさらできません。

私どもの州のひとつには、異教徒たちの間でのことですが、楽園から流れ下る河があり、イドヌス（インダス）河と呼ばれています。それは支流を分岐させて地域全体に広がり、そこには自然石、エメラルド、サファイア、ルビー、トパーズ、クリソリトゥス、縞瑪瑙、緑柱石、紫水晶、紅玉髄ほか、無数の宝石があります。

また同所にはアッシディオスという名の草が生え、その根を身に帯びれば、悪霊を追い払え、それが誰でどこから来てその名は何かを、白状させられましょう。そこから帰結するのは、いかなる悪魔的存在も、この地に近づくことさえあえてしないだろうということです。（……）

世界の最果ての南方には、私どもの領地に属する巨大で人の住めないある島がありますが、神は1年をつうじて毎週2回、そこにマンナをふんだんにお降らしになり、周辺住民はそれを取り集めて食べるのです。彼らはそれ以外の食べ物は、摂取いたしません。実際、彼らは耕さず、種蒔

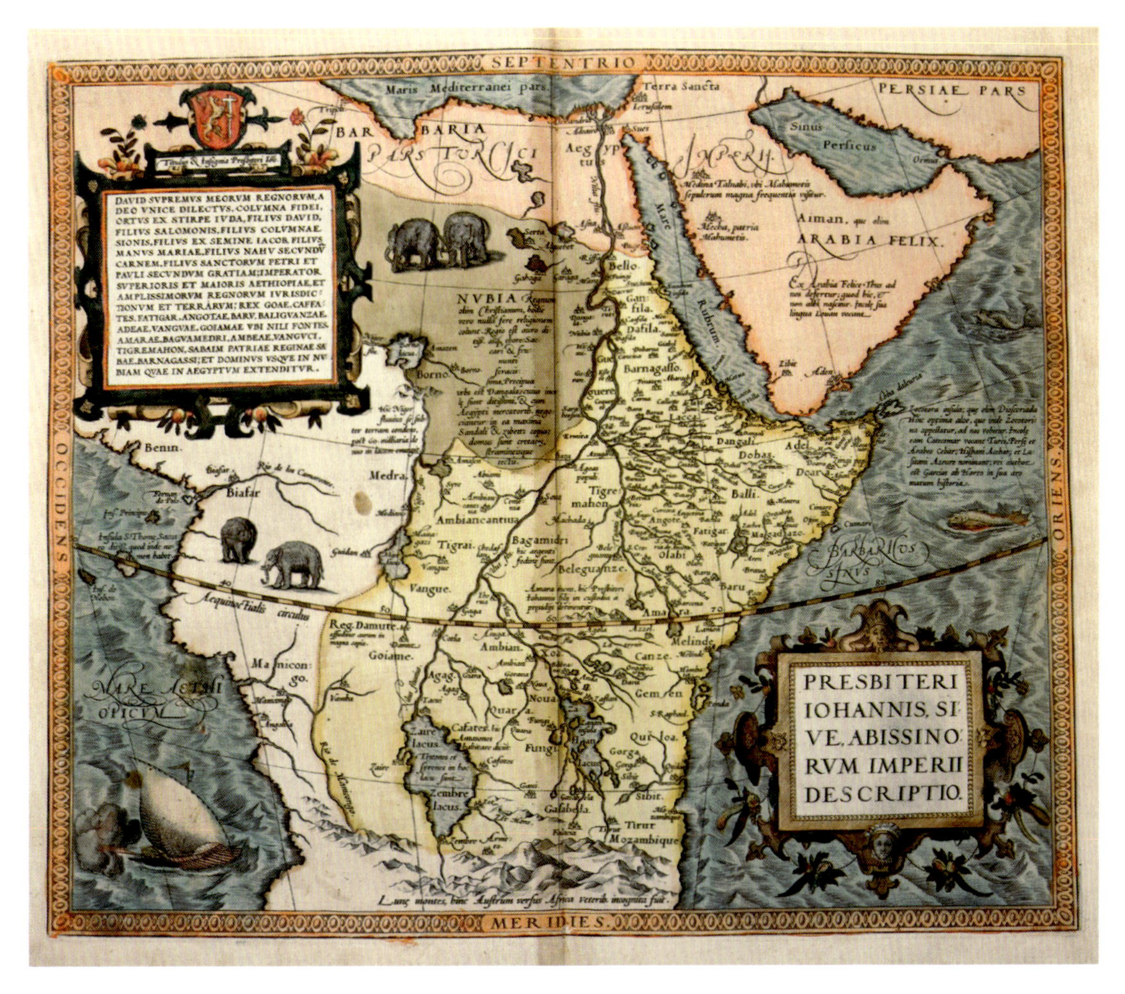

アブラハム・オルテリウス『世界の舞台』(1564) 所収の司祭ヨハネの帝国、バーゼル大学図書館

き・刈り取りもしませんし、またそこからきわめて豊穣な穀物を引き出すために、別の仕方で土地を掻き動かすこともないのです。実際このマンナは、彼らの口蓋には、出エジプトの際にイスラエルの息子たちの口蓋に感じられたのと、おなじ味に感じられるのです。

まことに、彼らは自分の妻以外の女を知りません。そこには嫉妬も憎悪もなく、皆、平和至極に暮らしており、たがいにもち物のために争うことはありません。彼らには、貢納徴収のために私どもが送り込んだ総督以外には、支配者はおりません。すなわち彼らは毎年、「われらが威厳」(陛下)に対して、至純のバルサム、宝石、最上質の金を積んだ50頭の象と、おなじだけ多くの河馬を貢ぎ物として贈るのです。またたしかにその土地の人々のもとには、貴重な宝石と最上質の黄金が溢れております。

その人々はかように、天のパンを常食としていて、皆500歳まで生き長らえます。それどころか、100歳になると、すべての人はある泉から水を汲み3回飲んで、それで若返り回春するのです。その泉はたしかに前述の島にあるのですが、そこに立っているある樹木の根のところからほとばしり出ています。そして、3回、そこからの水を摂取し飲むことによって、100歳の人間が、いわばその老齢を脱ぎ捨て、あるいは剥奪され、その結果、何のためらいもなしに30、40歳に若返り、それ以上の年齢ではないように見えるのです。かようにいつも100年に一度ずつ若返って、まるごと甦生するのです。

ところが、決められた500歳になると彼らは身罷り、この種族の風習にあるように、埋められる代わりに上述の島に運ばれ、そしてそこに立っている樹木のところにそっと安置されるのです。それらの樹木の葉は、けっして落葉せず、したがって密生しています。またそれらの木々の葉叢はまさに好ましい影をもたらし、その実は馥郁たる香りを放っています。これらの死人の肉は色あせることも、腐敗することも、湿ることもなく、ましてや灰になることも、粉末化することもなく、あたかも生きているかのように新鮮に色艶のよい存在でありつづけ、かように反キリストの時代まで無傷のままもちこたえることでしょう。それは、ある預言者の言の如くです。

(……)

この砂の海から3日行程の距離に、ある山々があり、その山々からは石の河が、おなじくまったく水なしで下っていて、それは私どもの土地を貫いて、たえず砂の海まで流れ込んでいるのです。それは1週間のうち3日だけ流れ、そして大小の石が滑り降りますが、一緒に樹木を砂の海まで引きずりこみます。河が海に注ぎ込んだ後、石と樹木はそこに飲み込まれて、もはや見えなくなってしまうのです。河が流れているかぎり、誰も河を渡ることはできません。それ以外の4日には通行は自由です。

(……)

宝石の河の彼方には、ユダヤ人の10の部族がおり、彼らはたとえ自分たち自身の王を戴いていても、やはり私どもに服属していることには変わりなく、また「われらが卓越」(陛下)に貢納しているのです。

乾ききった地帯に近接したもうひとつの州には、ある虫がいて、それは私どもの言葉では「サラマンダー」と名づけられています。その虫は火の中以外では生きることができず、また生糸を作る蚕のように、自分の周りにある種の皮膜を紡ぐのです。

この皮膜を用いて、われらが宮殿の奥方たちが入念に作業し、それは「われらが卓越」(陛下)のあらゆる用途にぴったりの布地と衣服に変容します。こうした布地は、ただ強火で熱せられた火の中でのみ洗われるのです。

「われらが晴朗」(陛下)は、金・銀・貴石、そして象・一瘤駱駝・二瘤駱駝・犬を豊富に有しています。

「われらが善良」(陛下)は、すべての異国の客人と巡礼者を歓迎します。私どもの間には、貧しい者が1人もいないのです。盗人や略奪者がわれらの領土で見出されることはなく、おべっか使いや貪欲者は、そこに居場所をもたないのです。私どもの間には、分裂は皆無です。われらの住民は、あらゆる財産をふんだんにもっています。

「われらが崇高」(陛下)の宮殿は、使徒トマスが、インド人たちの王グンドフォルスに命じた宮殿をモデルとしています。建物の内部構造から他の細部にいたるまで、すべてそれに類似しています。

(……)

私はもうひとつの宮殿を所有しており、それは今述べたものよりも長さでこそ勝りきりませんが、高さと煌めきで勝っており、その建築は、私が生まれる前に――彼のうちに驚異的に発揮された聖性と正義のゆえに――「クアシデウス」(擬似神)という名で呼ばれた私の父に届けられた幻視によって、命じられたものです。

啓示は、夢中で次のように語りました――「生まれてくる予定の、そして地上の王

コンラート・グリューネンベルク『紋章書』(1483) 所収の司祭ヨハネの図、ミュンヒェン、バイエルン州立図書館

の中の王、全世界の支配者の中の支配者になるだろう息子のために、宮殿を建てなさい。神はその宮殿に次のような特別な恩寵をお恵みくださるだろう。すなわち、そこでは誰も飢えに苦しむことも病気になることもけっしてなく、また、中にいる者は、彼がそこに入った日に死ぬこともないだろう。そして、焼けつくような飢えに苦しみ、または死病の淵にあるとしても、その宮殿にいったん入って、しばらく滞在すれば、彼は、あたかも100食分食べたかのように満腹になり、そして人生で病に苦しんだことなどけっしてなかったかのように快復して、出てくるだろう」と。

またその内部には、ひとつの泉が湧き出、それは他のすべてのものに比べて遥かに味がよく、香ばしいのです。そしてけっして宮殿の境界を越えることなく、湧き出ている隅の地点から宮殿の反対側(正面)の隅に向かって流れ、そこで大地がそれを飲み込みますが、それは、西方に沈んだ太陽が世界の裏を通って東方でふたたび現れるようにして、泉のところで再度湧出するのです。

その水を口に含む者には、彼がそのとき食べたり飲んだりしたいと考えているものの味がするのです。それはその馥郁たる香りで宮殿を満たし、もしそこであらゆる香料、香水、軟膏を押しつぶし、振り動かしたとしても、それ以上良い香りを発することはないでしょう。

もしある人が、3年と3ヵ月と3週間と3日、しかも毎日3時間、絶食状態で3回、この泉から水を飲めば、すなわち各時間の前でも後でもなく、これら3時間のおのおのの始めと終わりの間に飲む、というように心懸けたのなら、彼はたしかに、300年と3ヵ月と3週間と3日と3時間経つまでは死なないでしょうし、また、つねに瑞々しい青春の年齢でいられるでしょう。

(……)

もし貴殿が私について、万物の創造主が余人に優れてもっとも権能があり、もっとも栄誉溢るる者にされたのに、なぜ「われらが崇高」(陛下)は「司祭」よりも尊敬に値する名前によって自らが呼ばれることを許さないのか、とふたたび問われるとしても、貴殿の分別をもってすれば、驚かれることはありません。

すなわち、私の宮廷には、宗教上の地位に関するかぎり、より称賛に値する名前と職務を備えた多くの職員がおり、彼らは聖務においては、私よりもいっそう重職を任されているのです。そしてわれらが内膳係は首座大司教にして王と呼ばれ、われらが酌係は大司教にして王と呼ばれ、同様に、われらが蔵係は司教にして王、われらが厩長は王にして修道院長、料理長は王にして大修道院長です。見られるように、私どもの宮廷がふんだんに擁しているのとおなじ肩書きで呼ばれたり、おなじ階級の印を付けられることを、「われらが高大」(陛下)

がお望みにならなかったのは、そうした理由からです。反対に陛下は、謙譲への愛ゆえ、より地味な肩書きと低い地位の呼称を、むしろ喜んで受け容れたのです。

しかし今は、「われらが栄光」と「われらが権力」について、貴殿にこれ以上述べることはできません。しかしご光来の折には、私こそ全世界の支配者の中の支配者であると、すぐに承知されることでしょう。当座、次の些事をお心にお留めください。すなわち、私の領土は、ひとつの方面ではほとんど4ヵ月の歩行距離ほど広がっていますが、別の側では、どの範囲まで私の支配域が延び広がっているか、誰も察知できないということを。

もし貴殿が、天の星や海の砂を数えることができるのならば、どうか数えてみてください。それが私の支配域と権力の正確な大きさなのです。

◉マンデヴィルによる紹介

■ジョン・マンデヴィル（14世紀）
『旅行記』第31章（Mandeville☆）
［邦題『マンデヴィルの旅』］

プレスター・ジョン［司祭ヨハネ］は多くの王侯と島々、それに様々な身分の様々な民を多数支配下においている。その王国は非常に豊かだが、大ハーンの国土ほどではない。というのは、旅路が大変遠いので、商人たちは大ハーンの国に来るほど頻繁に商品を買入れにやって来ないからだ。それにまた、金襴や絹の織物、香料、各種の宝石類といった人の必要とするものはすべてカタイの島にある。従って、プレスター・ジョンの島では品物が安く手に入るが、遠路であることとその地域の海の危険を人々は恐れるのである。

というのは、海の至る所にアダマントという巨大な岩があって、それ特有の性質によって鉄を引きつける。それゆえ、鉄の箍や釘を使っている船は通らない。もし通ると、たちまちアダマントの岩石に引きつけられて、先へ進むことができない。私自身、はるか沖合に、木や低木、おびただしい茨や野茨の生い茂った大きな島のようなものを見たことがある。船乗りの話によると、それらは鉄を使っていたためにアダマントの岩によってそこへ引き寄せられた船だという。船中の朽ちたものから、灌木、茨や野茨、緑草などが生えており、帆柱や帆桁は大きな森か林のように見えた。このような岩石はこの辺りの多くの場所にある。そのため、ここの航路をよく知っているか良い水先案内がいないと、商人たちはこの辺りを通ろうとはしない。彼らはまた遠路も恐がる。（……）

プレスター・ジョンの国には、様々なものや立派な宝石が沢山ある。宝石は非常に大きいので、それで大鉢、皿、茶碗などの器が作られる。こには他にも多くの不思議なものがあるが、本に記述するにはあまりにも長大で、またあまりにも長い話になろう。（……）

この砂漠には、見るからに恐ろしい野蛮な人間が大勢住んでいる。角をはやし、言

『ジョン・マンデヴィル卿の旅』（14世紀）所収の怪物たちの図

葉を話さず、豚のようにぶうぶう捻るだけだ。また、野生の犬も大変多い。土地の言葉でプシタケという鸚鵡もたくさんいる。この鳥は、生まれつき言葉を喋り、砂漠を通る人々に挨拶し、まるで人間のようにはっきりと話す。上手に話す鳥には大きな舌があり、足には5本の指がある。他に足の指が3本しかない種類の違う鸚鵡もいるが、何も喋らないか、喋ってもわずかだ。この鸚鵡は鳴くことしかできない。

◉アルヴァレスによる報告

■フランシスコ・アルヴァレス
『エチオピア王国誌』(Alvarez, 1540☆)

みるとプレステ・ジョアン［司祭ヨハネ］が、実に豪華な装飾を施し、段が6つついている玉座の上に座っていた。

頭には大きな王冠をかぶり手には銀の十字架を持っていた。王冠は金と銀、つまり金の板と銀の板とを交互に上から下へと並べて作ったものであった。空色のタフタが口からひげのあたりを隠していたが、ときおりその布が下げられるので、その時には顔全体がみえた。しかし、布はすぐまた上げられてしまった。

プレステ・ジョアンの右側には絹の衣服を着た近習が1人ひかえ、平らな銀の十字架を手に持っていた。それにはのみで像が彫ってあった(……)

プレステは金襴の豪華な袖なしのマントを羽織り、ペロテに似た袖のひろい絹のシャツを着ていた。膝から下には、司教の法衣の前垂に似た豪華な布をゆったりとひろげていた。こうして帝王の尊厳をもって座っているプレステの姿は、よく壁に描いてある父なる神に似ていた。十字架をもった近習のほかに、彼の右側と左側に近習がひとりずつひかえ、それぞれ鞘をはらった刀を持っていた。

プレステは年齢、顔の色艶、体格から見てまだ若者である。肌の色はさほど黒くはない。栗色あるいはあまり色の濃くない山桃色と言うべきかもしれない。中背でなかなか風格がある。人びとの語るところでは23歳であるというが、たしかにそう見える。顔は丸顔で眼は大きく鼻は高い。髭は生え始めたばかりである。

(……)

彼が移動している数日間は、どこへ彼が行くのか誰にも分からなかった。人びとは白い天幕が張ってあるのを見つけるとそこに泊まった。(……)頭に王冠を載せただけで、ほかにはなにもつけず、背後と左右は赤い幕で囲ませているだけであった。幕はかなり長くしかも高かった。プレステは幕の中にいたが、その幕を支えている人は外側から棒で高く持ち上げていた。(……)プレステの前方をきちんと並んで徒歩で行くのはおもだった近習のなから選ばれた者で、優に20人はいた。さらにその前を、たいへん美しくまた豪華に飾り立てた馬が6頭進んで行った。(……)6頭の馬の前にはさらに6頭の騾馬がいた。どの騾馬も鞍をつけ、きれいに飾り立てられていた。これらの騾馬にもそれぞれ4人の人がつき、馬と同じような付き添いかたをしていた。この6頭の騾馬の前を、おもだった貴族のなかの20人がベデンを着て騾馬に乗って進んでいた。(……)

ほかの人たちは、たとえ馬や騾馬に乗っている人であれ、徒歩の人であれ、かなりの距離はなれていて、近づくことはしない。

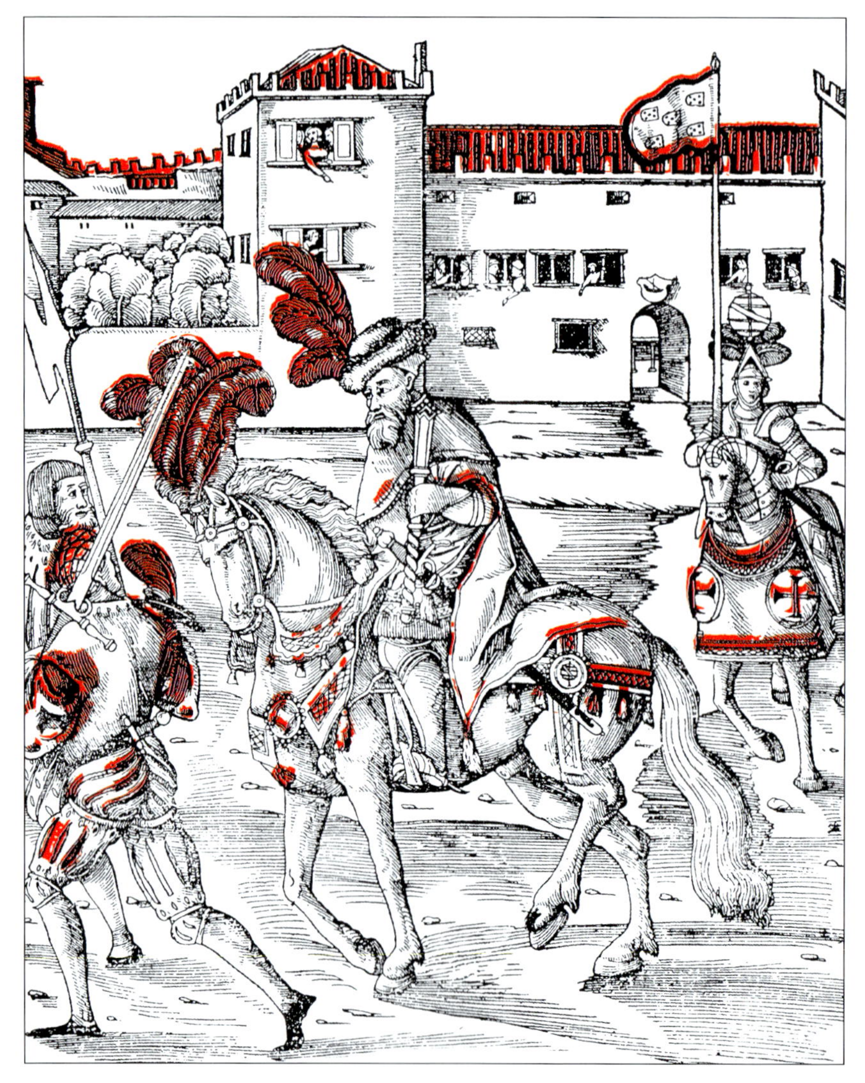

フランシスコ・アルヴァレス『エチオピア王国誌』(1540) 所収の司祭ヨハネの図、木版

◉マルコ・ポーロの証言

■マルコ・ポーロ（1254–1324）
『東方見聞録』63–67

カラコロンは3マイルの広さを持つ町で、タタール人が故地を出て最初に手に入れた町である。そこで私は、彼らが領土を征服し始めた時のことを、残らず皆さまにお話しておこう。実はタタール人は、北方、チオルチアの周辺に住んでいた。その地方には大きな平原が広がるばかりで、町や城のような集落はなに1つなかったが、素晴らしい牧草地と大きな川と多くの湖沼があった。それはきわめて美しく広大な地方であった。タタール人にはいかなる支配者もいなかったが、実はある領主に朝貢していた。その領主は彼らの言葉でユヌ・カンというのだが、フランス語ではプレートル・ジャン［司祭ヨハネ］にあたる。皆がその広大な領地について話題にしている人物である。彼がタタール人から得ていた税は家畜10頭につき1頭であり、また、あらゆる財産についても10分の1税を徴収していた。

さて、ある時タタール人が非常に増えたことがあった。彼らが大民族になったのを知ったプレートル・ジャンは自分に害をなすのではないかと恐れ、彼らを幾つかの地域に分割しようと、臣下の1人を派遣した。タタール人はそれを知ると非常に憤り、皆一緒になって故地を離れると、きわめて剣呑な荒野をずいぶん北方に移動したので、プレートル・ジャンが手を出すことはできなくなった。こうしてタタール人たちは公然とプレートル・ジャンに反旗を翻し、年貢も納めず、しばらくの間その地に留まることになった。

さて、キリスト生誕後の1187年、タタール人はチンギス・カーンという人物を自分たちの王に選んだ。彼は偉大な能力と分別と勇気を備えた人物であった。彼が王に選ばれたことを耳にすると、その地方に散らばっていたすべてのタタール人が彼のもとにやって来て、主君と認めた。彼はきわめて巧みに統治した。実際、驚くほど多くのタタール人がやって来たのであって、チンギス・カーンはこれほど多くの人々が自分のもとに集まったのを見ると、彼らがふだん用いる弓矢や槍などの武器を大量に作らせて周辺の土地の攻略を始め、やがて8つの地方を征服した。彼は征服しても、住民にはなんら危害も損害も与えなかった。他民族の住む地方には自分の部下のなにがしかを留めて、残りの部下を率いると別の地方の征服に向かい、こうして多くの地方を征服したのであった。征服された人々は、彼がきわめて立派な君主として自分たちを保護し、なんら損害を与えることがないのを知ると、すすんで彼の許に駆けつけ、忠実な部下となった。

チンギス・カーンは世界中が覆われるほど多くの人々が集まったのを見て、世界の大部分を征服しようと考えた。キリスト生誕後1200年、彼はプレートル・ジャンに使者を送り、その娘を自分の妻に迎えたいと伝えた。プレートル・ジャンはチンギス・カーンが自分の娘を妻に求めているのを聞くと、ひどい侮辱だと思い、使者に答えた――「私の臣下であり奴隷であることを十分に承知の上で、なお私の娘を妻に望むとはなんという厚かましさであろう。だから戻って伝えるがよい。お前の妻に与えるくらいなら、むしろ娘を焼き殺したほうがましだと。それから、主君に反抗するからには、お前を不忠の裏切り者として殺すことだってできるのだと」。プレートル・ジャンは使者に向かい、すぐさま立ち去って再び姿をあらわすなと命じた。使者はこれを聞くと立ち去り、何日もかけて旅を続けて主君のもとに戻った。そしてプレートル・ジャンが言ったことをなにも隠さずに語った。

チンギス・カーンはプレートル・ジャンの卑劣な言葉を聞くと、怒りで心臓がふくれ上がり、危うく張り裂けんばかりであった。というのも、彼はすでに広大な領土を有する君主であったからである。彼はややあってから、自分に対して投げかけられたこの侮辱を、いまだかつてないほど手ひどく晴らさぬうちは、自分はけっして領土を治めぬつもりである、と言った。さらに、自分が彼の奴隷であるかどうか、近いうちに目にものを見せてくれよう、とも言った。それもきわめて大きな声であったので、周りにいたすべての臣下がこの言葉を耳にしたのであった。

チンギス・カーンはすべての軍隊と臣下を呼び集め、これまで見たことも聞いたこともないほど大がかりな準備を命じ、プレートル・ジャンに対しては、戦備を調えて待つようにと伝えさせた。プレートル・ジャンはこれを聞くと、つまらない冗談であると思った。また、チンギス・カーンなど戦士ではないと広言してもいたのだが、それでも自分の軍隊を呼び集め、準備を命じた。大がかりな準備を進めたのは、もしチンギス・カーンが来たら捕まえて殺すという心づもりであったからである。実際のところ、世界最大の驚異とも言えるほど、プレートル・ジャンはさまざまな国の兵士をきわめて多数集めた。さて、こうして両軍の準備が調ったのであるが、手短かに語るとすれば、チンギス・カーンは全軍を率い、プレートル・ジャンの領土でタンデュックと呼ばれる広大な美しい平原まで進み、そこに陣を布いた。お断りしておくが、その数が分からないほど多数の人数であった。彼は、プレートル・ジャンが進軍して来るという知らせを聞くと非常に喜んだ。というのも、そこは戦闘をおこなうのに十分広くかつ素晴らしい場所であったからである。彼はその場所で喜んで敵を待ち構え、敵の到来を望んだ。しかしチンギス・カーンと彼の軍勢についての話はしばらくおいて、プレートル・ジャンと彼の軍勢の方に移ろう。

さて、物語によれば、チンギス・カーンが軍勢を率いて襲来するのを知ると、プレートル・ジャンはこれと会戦すべく全軍を率いて進み、タンデュックの平原に着くと、相手の軍勢から20マイル離れた場所に布陣した。両

アル＝ジャザリー『巧妙な機械装置に関する知識の書』（1206）所収の揚水システム、イスタンブル、トプカピ宮殿博物館

軍は2日休息して英気を養い、戦闘に備えた。(……)

さて、こうして軍勢が十分に休息を取った2日の後、両軍はともに準備を調えて激しく戦った。それはかつて見られたなかでも最大の戦闘であり、双方からきわめて多数の死者が出たが、最終的に戦いを制したのはチンギス・カーンであった。この戦いでプレートル・ジャンは殺され、この日以降、その領土はすべて失われた。

◉ビザンツの自動機械

■クレモナのリウドプランド(10世紀)
『報復の書』第6巻第5章(Liutprando da Cremona☆)

コンスタンティノポリスの大宮殿の隣に、実に壮麗な宮殿があり、ギリシア人はこれをマグナウラと呼ぶが、(……)マグナ・アウラ[強い風]を想起させる響きである。コンスタンティノスは、このたび初めてこの地を訪れるスペイン使節、それにリウテフレドゥスと私のために、この宮殿を見事に整えるよう命じた。皇帝の玉座の前には金箔を貼った青銅製の木が1本立っていて、やはり青銅に金箔を施した枝々には、大小様々の鳥が何羽もとまり、種類によってそれぞれ異なる歌声を発していた。皇帝の玉座は技巧を凝らしたつくりになっていて、速やかに上下に動き、かなり高いところまであっという間に移動した。皇帝を護るように立っている巨大な2頭の獅子像(木製か黄銅製かは不明だが、いずれにせよ黄金で覆われていた)は、尾で床面を叩き、咆哮を発し、舌を動かすことができた。私は2人の宦官の肩に支えられてこの場所に案内され、皇帝に拝謁したのだが、私が入ってくるや、獅子が咆哮を発し、鳥たちがそれぞれに歌声を上げた。そのとき私が特段恐怖を覚えたり感嘆したりしなかったのは、これらの仕掛けをよく知る者から事前にすべて話を聞いていたからだった。皇帝への拝跪が三度終わって頭を上げると、先ほどは地面からそう離れていない高さにいた皇帝が、違う服に着替えてほとんど宮殿の天上のあたりにいるのであった。どうやったのかわからなかったが、丸太を持ち上げるのに使う種類の滑車で持ち上げたのではないかと思う。

◉セイロンのアダムの墓

■アルトゥーロ・グラフ
『中世における神話、伝説、迷信』より
『地上の楽園の神話』第3章(Graf, 1892–1893☆)

東西を問わずかつて広く信じられており、東方では現在でも信じられている異説に、楽園を追われたアダムとエヴァはセレンディブ島、またの名をセイラン[セイロン]島に住み着いたとするものがある。これは疑いなくムハンマド教に由来する説である。あるいは、元来は仏教の伝承であったものがムハンマド教によって変形されたものである。

仏教の伝承ではセイロン島——本土のバラモンにはランカ島として知られる島——に、一時仏陀が滞在して瞑想生活を送ったのち昇天したが、その際、岩の上に足跡を遺したと言われる。この足跡は誰でも見ることができる。古い伝承が受け継がれていく際にはよくあることだが、この話の主人公はムハンマド教徒によって仏陀からアダムへと置き換えられ、2つの伝承が並行して存在することになった。この件について興味深い証言をしているのがマルコ・ポーロの旅行記である。それによると、セイロン島にはとても高い山がひとつあり、鎖を伝って登らなければ頂上に達することができないが、この頂にひとつ墓があって、サラセン人の言うところではそれはアダムの墓であり、他方、偶像崇拝者(仏教徒のこと)の説ではそれはサガモン・ボルカンの墓だというのである。その後に続く説明を読めば、このサガモンが仏陀のことを指しているのは明らかである。仏陀がキリスト教の伝承においても同様の変形を経て聖ヨサファトとなっているのはよく知られているところであろう。アラブ人はこの山をラフードと呼び、彼らの書き手でこの伝承に初めて言及したのはスレイマンであったようだ。1154年にシチリアのルッジェーロ2世の宮廷で地理書を書いたイドリーシーは、エフェソスの7人の睡眠者の洞窟を訪れ、アロエ、没薬、樟脳にまみれた彼らの——死んでいたのか再び眠っていたのかははっきりしないが——体を見たと主張した人物であるが、かの山のことも書いていて、そこではエル=ラフークという名で呼んでいる。彼の説明によると、バラモンたちは、この山の頂にはアダムの足跡があり、それは長さが70キュビトもあって、明るく輝いていると言っているそうだ。アダムは、2日から3日はかかるはずの海まで、この頂上からひと跨ぎで達した。ムハンマド教徒はまた、アダムは楽園を追放された後、このセレンディブ島に流れ着き、後にメッカが建設される場所への巡礼をすませると、この島で死んだと言っている。この山についての記述は、イブン＝バットゥータの旅行記にも見られる。

この伝説は東方から西方へ、ムハンマド教徒からキリスト教徒へと伝わり、セイロン島のかの山は後にポルトガル語でピコ・デ・アダムと呼ばれて有名になった。アレクサンドリア総主教エウティキウス（940没）は、アダムはインドのある山へと追放されたとのみ述べているが、この山というのはやはりセイロン島のかの山のことである。ポルデノーネのオドリコもこの山に簡単に触れ、頂上には湖が1つあるが、これは島民によればアベルの死を嘆くアダムとエヴァが流した涙からできたものだとしている。これらと較べるとマリニョーリのジョヴァンニによる記述は詳細かつ具体的である。主の天使がアダムをセイロン島の山頂に連れてきたとき、大理石にアダムの足跡が残るという奇蹟が行なわれた。この足跡の長さは2.5パルムスであった。この山から4日ほど離れたところにもう1つ山があり、ここはエヴァが天使に連れられてきたところだという。2人の罪人は離れ離れにされ、40日間嘆き悲しんだ後、天使が絶望したアダムのもとへエヴァを連れていった。第1の山の、先の足跡の隣には、右手を西方へ伸ばした坐像とアダムの家があり、まったく濁りのない水の湧く泉があったという。この泉水の源は楽園であり、泉の中には数々の宝石が見つかったというが、島民によるとこの宝石はアダムの涙でできたものと言われる。また、素晴らしい実をつける果樹でいっぱいの園もあったという。この聖地を巡礼する者は多かったと言われる。17世紀後半のヴィンチェンツォ・コロネリも、この山の頂上にアダムが埋葬された墓と、アベルの死を嘆くエヴァの涙でできた湖があると述べている。また別に、この説と矛盾する、それほど広くは知られていないであろう伝承がある。前述したシオンの丘のブルヒャルトは、ヘブロンの谷にある山の中腹に、アダムとエヴァが100年間にわたってアベルの死を嘆き続けた洞窟があり、そこには2人が使っていた寝床と、2人が水を飲んでいた泉がまだ残っているとしている。このように、アダムの墓はセイロンの山頂にあると信じられている一方、この墓があるとされる場所は他にも多いのである。

◉マンデヴィルのタプロバネ

■ジョン・マンデヴィル（14世紀）
『旅行記』第34章（Mandeville☆）

［邦題『マンデヴィルの旅』］

プレスター・ジョン［司祭ヨハネ］の領土の東部にほど近くタプロバネと呼ばれる大きな良い島がある。この島は大変立派で産物も豊かである。この島の王はとても裕福で、プレスター・ジョンに臣従している。ここでは王はいつも選挙で選ばれる。この島では夏と冬が二度あって、年2回穀物を収穫する。四季を通じて庭はよく繁っている。住民は善良で思慮分別があり、キリスト教徒も多く、皆自分の財産をどうしていいか分らないほどに裕福である。(……)

この島の近く東の方に2つの島がある。1つはオリレと呼ばれ、もう1つはアルギテと呼ばれている。いずれもその全土は金銀の鉱床である。これらの島はちょうど紅海と大洋の分かれ目に位置している。ここでは星は他の場所のようにははっきりとは見えない。唯一カナポスと呼ばれる明るい星しか姿を見せないからだ。月も全月期を通じて上弦の月しか見えない。

タプロバネ島にも大きな金山があって、蟻が勤勉に守っている。蟻は純良な金を精選し、不純なものは捨てる。これらの蟻は犬ほども大きいので誰も金山に近づけない。蟻がたちどころに攻撃して貪り食ってしまうからである。そんな訳で、なにびとも一大策略を用いないでその金を手に入れることはできない。大変暑い時は、蟻は夜明けから午後の3時ごろまで地下に潜って休む。すると住民は、ふたこぶ駱駝やひとこぶ駱駝、馬などの動物に乗って金山へ出かけ、大急ぎで金を積みこむ。そのあと動物の足の許すかぎり急いで逃げていく。でないと蟻が地中から出てくるからだ。ほかに、それほど暑くな

「ピコ・デ・アダム」(1750)、銅版

く蟻も地中で休まない時は、次のような巧妙なやり方で金を手に入れる。子馬のいる雌馬に特製の空の容器をつけて連れだす。容器はすべて口を上にして、それを低くぶら下げておく。この雌馬たちを金山のそばへやって草を食ませ、子馬は家で手元にとどめておく。蟻はこれらの容器を見るとすぐに飛び込む。蟻には、どんなものも空にしておけず、見つけるとすぐ手あたり次第にものを詰め込む習性があるので、蟻はこれらの容器に金を詰め込む。そろそろ容器が一杯になったころを見計らって、すぐに子馬を放ち、嘶いて母馬を呼ばせる。その声を聞くや雌馬は金の荷を積んで子馬の方へ戻ってくる。それで馬の荷を下ろす。こんな巧妙なやり方で金をたっぷりと手に入れるのである。これというのも蟻は、人間は絶対に容赦しないが、獣が自分たちの所にきて草を食むのは許すからだ。

第5章

地上の楽園、浄福者の島、エルドラード

IL PARADISO TERRESTRE, LE ISOLE FORTUNATE E L'ELDORADO

*

（左）ロンバルド派の画家「愛の園、あるいは若返りの泉のある庭園」（15世紀）、モデナ、エステンセ大学図書館

（右）ヤコブ・デ・バッケル「エデンの園」（1580頃）、ブリュージュ、グルーニンゲ美術館

*

*

*

東方の驚異のひとつに〈地上の楽園〉がある。ユダヤ・キリスト教文化の場合、聖書の「**創世記**」に、アダムとエヴァが楽園に置かれ、そして原罪を犯して追放される様子が記されている。神は「アダムを追放し、命の木に至る道を守るために、エデンの園の東にケルビムと、きらめく剣の炎を置かれた」[「創世記」3: 24]。こうして〈地上の楽園〉は、誰もが追い求め、しかし決して辿り着くことのないノスタルジアの対象となったのである。

いまは失われてしまったが、世界の始まりの頃に人が至福と無垢の状態で暮らしていた土地――この類いの夢想は多くの宗教に共通して見られる

ジャイナ教の宇宙モデル（1890頃）、テンペラ画、ワシントンDC、議会図書館

もので、しばしば〈天上の楽園〉の手前にある前室のごとき表象を与えられている。

ジャイナ教、ヒンドゥー教、そして仏教では、須弥山という聖山から4つの川が流れ出し（なおエデンの園からもピション、ギホン、ティグリス、ユーフラテスの4本の川が流れ出している）、山頂には神々の居所と人の古（いにしえ）の祖国があるという。叙事詩『マハーバーラタ』でインドラ神がつくる都インドラローカには、エデンの園との共通点が非常に多い。

道教の伝説（『列子』、前300頃）には、夢の中で、主従の別なく万事が自然のままの国を訪れる話がある。この国の民は水に入っても溺れず、鞭打っても傷ひとつつかず、空中を地面の上のごとく歩くのである。至福の時代への言及はエジプト神話にもあり、ここではおそらく人類史上初めてヘスペリデスの園の夢が登場する。シュメール人の楽園はディルムンと呼ばれ、そこには病も死もないという。道教における〈地上の楽園〉は崑崙山にあるとされ、他方、中国と日本の神話で共通して言及されるのは蓬莱

ルーカス・クラナハ（父）「黄金時代」（1530頃）、ミュンヒェン、アルテ・ピナコテーク

パオロ・フィアミンゴ「黄金時代の愛」（1585）、ウィーン、美術史美術館

山である（場所は伝説ごとに様々である）。蓬莱山には苦痛も冬も存在せず、米椀と酒盃は空になることがなく、仙果が万病を癒し、もちろんそこに棲む者は不老にして不死である。ギリシア人とラテン人はそれぞれ、クロノスないしサトゥルヌスが天空を統べる黄金時代を語っている（**ヘシオドス**によると、この時代、人々は心に労きなく、老いに見舞われることもなく、苦労を知らず、大地がもたらす豊かな稔りを享受し、そして眠りに打ち負けるように死んでいったという）。

ピンダロスにはすでに（中世以降発展を遂げる）〈浄福者の島〉への言

ルーカス・クラナハ（父）「地上の楽園」（1530頃）、ドレスデン、アルテ・マイスター絵画館

及が見られ、これは魂から不正を遠ざけたまま地上の生を三度終えた人々の行く場所とされる。他方、ホメロスと**ウェルギリウス**の詩行には、浄福者はエリュシオンの野に住むとある。ホラティウスは内戦後のローマ社会への懸念を表明しつつ、不快な現実からの逃避としてエリュシオンに言及している。

クルアーンで描かれる〈天上の楽園〉は、美酒の川が流れ、あらゆる種類の果物が実る悦楽の園に、浄福者が美女に囲まれて暮らすというもので、西洋の伝統でいう〈地上の楽園〉によく似ている。イスラームの優れた庭園建築――小川のせせらぎが聞こえる涼やかな庭――はこの楽園のイメージに触発されたものにほかならない。

結局いかなる文化でも、現実の日常世界が過酷で苦痛に満ちたものであるだけ、その反動として、かつて人のものであった、そしていつの日か人が還れるはずの、至福の地が夢想されることとなったのである。アルトゥーロ・グラフの古典的な〈地上の楽園〉研究で指摘されているとおり（Graf, 1892–1893☆）、研究者の中には、エデンの神話に「土地所有制成立以前の原

エプシュトルフ図（1234頃）における「地上の楽園」（画面左側）

始的な社会的条件についての薄れゆく記憶」が反響しているとする者もあったほどだ。

さて、ここで再び聖書のエデンに戻ると、当初からエデンは東方、それも日出ずる極東にあるとされていたのだが、この設定には必ずしも問題がないわけではない。エデンが極東にあると考えるわけにはいかない事情があるからだ。すなわち、エデンの園からは4本の川が流れ出ているとされるが、そのうち2つはティグリスとユーフラテスなのである。この2つの川が流れているのはメソポタミアなのであって、極東どころか、世界のほぼ中心を貫いているのだ。だが、ティグリスとユーフラテスも源流まで辿っていけば世界の周縁まで延びていると考えることはなお可能であり、そのため中世の地図ではエデンの園を、当時まだ得体の知れない遠隔の地であったインドに置いている（**アウグスティヌス**と**セビリャのイシドールス**のテクストを参照）。

コスマス・インディコプレウステスの地理の知識が怪しいことはすでに指摘したとおりだが、彼のものとされる地図には、既知の世界を取り囲む

ヤコポ・バッサーノ「地上の楽園」(1573)、ローマ、ドーリア・パンフィーリ美術館

ドメニコ・ディ・ミケリーノ「ダンテ、『神曲』の詩人」(15世紀、部分)、フィレンツェ、ドゥオーモ

大洋（オケアノス）のさらにその先に未知の陸地を描いたものがある。そして、それこそが大洪水以前に人間が暮らしていた土地であり、現在でもその地には〈地上の楽園〉が存在しているというのだ。中世の地図はそのほとんどが、大洋に取り囲まれた円の内部に楽園を置いている（一例として『シロスの黙示録［ベアトゥス黙示録註解］』を参照）が、14世紀のヘレフォード図は、人の住む世界の最果てに円形の島をひとつ描いている。

これに対しダンテは、楽園を煉獄山の頂上に置いた。つまりダンテは楽園の所在を、当時の人々には依然未知であった南半球に求めたのだ。

さらに、楽園はアトランティス（この失われた大陸については第6章を参照のこと）にあるとした者や、浄福者の島にあるとした者まである。一方、大言壮語を身上とするはずの**マンデヴィル**だが、このエデンの謎に関しては、自分は「そこへ行ったことがない」と素直に認めている（そう言っている部分が少なくとも1ヵ所ある）。

14世紀にタルタル人の大ハンのもとへ使節として派遣されたマリニョーリのジョヴァンニは『ボヘミア年代記』において、セイロンから楽園まで

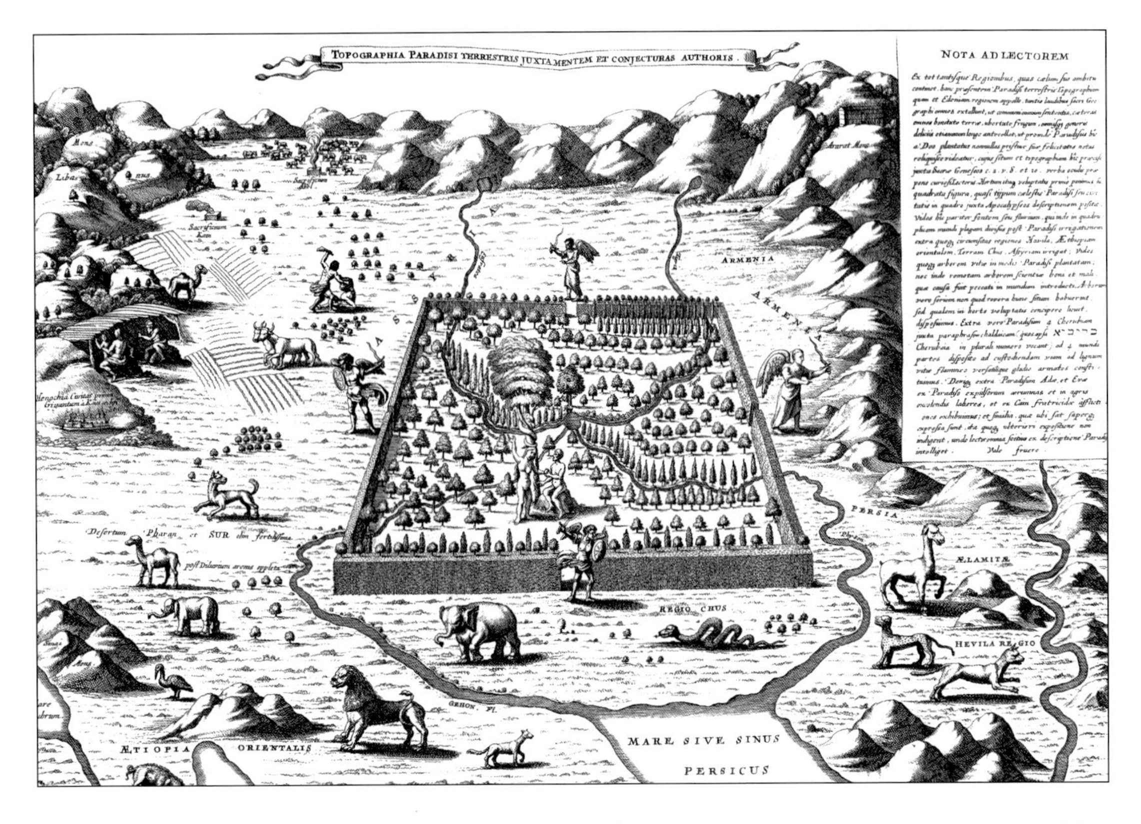

アタナシウス・キルヒャー『ノアの方舟』(アムステルダム、1675) 所収の「楽園の地誌」

の距離は40マイルで、楽園の泉から落下する水音がセイロンにまで届くとしている——実際これは多くの楽園論者に共通する点で、楽園から流れる川の水はきわめて高所から落下するために、近隣住民の耳を聾するほどの轟音をたてると言われる。

幻視譚、すなわち夢の中で、もしくは現実に冥界を訪れた人の体験を綴ったテクストでもエデンの園は定番の舞台であり、様々な幻視譚が残されている——『ローマの聖マカリウス伝』、『3人の聖修道士の地上の楽園への旅』、**『サーキルの幻視』**、『トゥヌクダルスの幻視』、**『聖パトリキウスの煉獄譚』**など——が、その多くはダンテ・アリギエリの冥界旅行に先んじて成立したものである。『聖パトリキウスの煉獄譚』は、いわゆる「聖パトリックの井戸」伝説として知られるもので、(アイルランドの) 騎士オウェインなる人物が最初は罪人のための拷問場を訪れ、次に義人が——浄罪の苦痛を癒しつつ——天上の楽園に上がる日を至福に包まれて待ち暮らすエデンの園に辿り着くという話である。

ところで楽園が熱帯——すなわち既知の世界とは別の場所——にあるの

ピエール・デセリエの地図(1546)に描かれた聖ブレンダン、マンチェスター大学図書館

か、それとも穏やかな気候を享受できる温帯にあるのかについて、テルトゥリアヌスからスコラ学者に至るまで長い論争があった。一般に優勢だったのは温帯説で、トマス・アクィナスは(『神学大全』第1部問102で)この見解を支持している。「楽園が赤道下にあると説くひとびとは、赤道下には最も気候温和な地域が存在するという見解をとっているのであって、それは、昼と夜とがそこでは如何なるときにも均分なのだからという理由に基づく。のみならず、太陽が彼らからひどく遠ざかって彼らのもとに過剰な冷気を生ぜしめるというようなことは決してないのであるし、さらにはまた、ひとびとのいうには、彼らのところでは過剰な熱気も存在しない。というのは、太陽は彼らの頭上を通り抜けるとはいえ、それでいて然し、そのような姿勢のままでいつまでもそこにとどまっているわけではないのだからである——。アリストテレスは、然し、(……)はっきりと、その地域は熱さのために居住不能であると述べている(……)[。]こうしたことは如何ようであるにしても、我々は、楽園が、赤道下にもせよ、その他のところにもせよ、要は最も気候のよい場所に設けられたものなることを信じたい」[トマス・アクィナス『神学大全』、山田晶監訳、高田三郎訳、創文社より]。

いずれにしても、エデンが非常に高い場所に位置しているというのは共通の見解だった。そうでなければ楽園といえども大洪水の際に壊滅してしまったはずだからである。さてこの、エデンが高所にあるという見解からは、クリストファー・コロンブスによる奇妙な結論が導かれることにもなるのだが、それは後で改めて取り上げることにする。ちなみに楽園を最も高いところに置いたのは**アリオスト**の『狂えるオルランド』で、この作品では神学的な解釈などにはおかまいなく、アストルフォがヒッポグリフに跨って地上の楽園まで飛んでいき、さらにそこから月へと向かうのである。

⁂

◉聖ブレンダンの島　〈地上の楽園〉を西方ないし北方に置く伝説もある。これは10世紀に成立した『聖ブレンダンの航海』に発する、もしくはこのテクストによって強化された伝承で、6世紀頃のアイルランド人修道士**聖ブレンダン**が、仲間の修道士らとともにカラハと呼ばれる粗末な舟(木製の骨組みに革を張った舟)で西の海へと乗り出す物語であるが、この聖ブレンダン一行がアメリカに到達したとか、アトランティスを発見したと

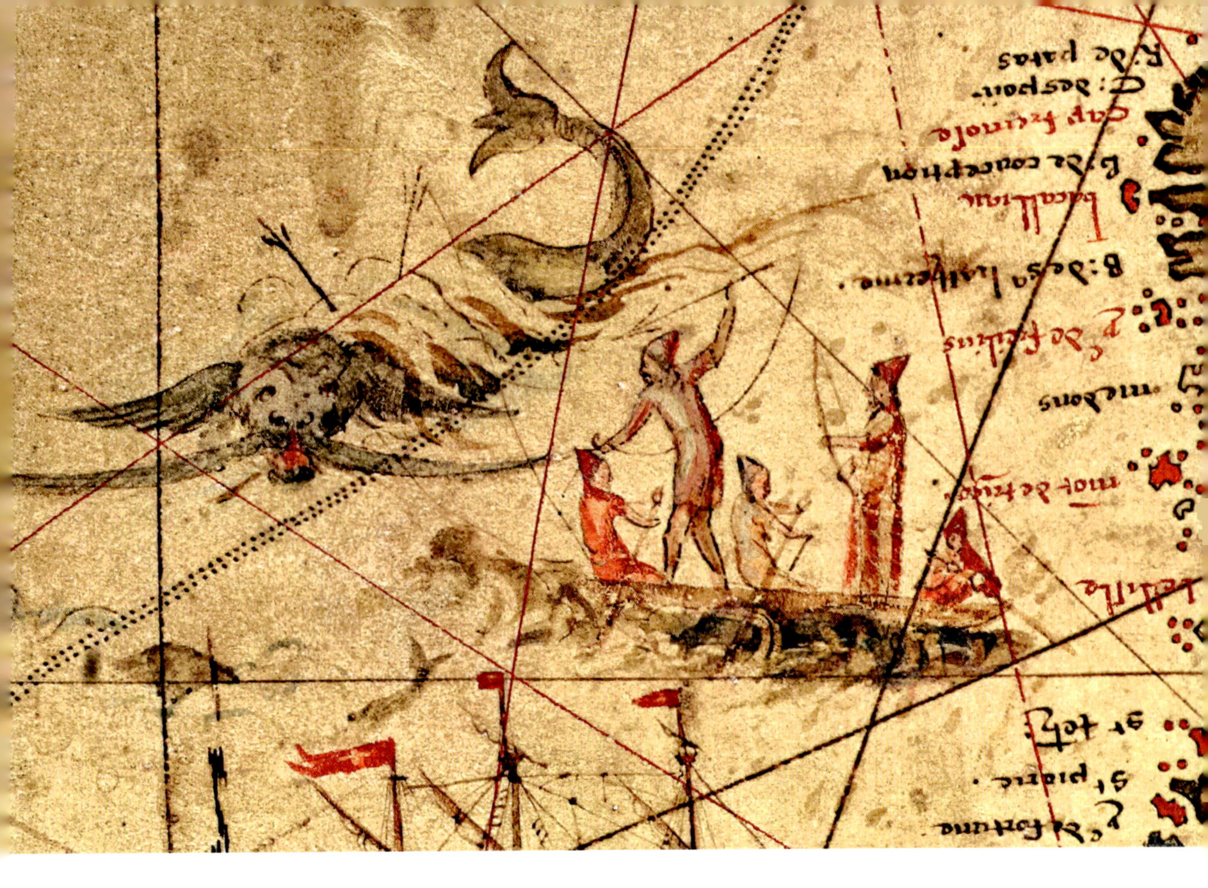

いった説もあるのである。

聖ブレンダン一行の前には様々な島が待ち受けている。鳥の島があり、ユダが地獄の責め苦を受ける小さな孤岩があり、かつてシンドバードが騙された偽島も登場する。この偽島の話は次のようなものだ――旅の途上、船はとある島に上陸する。日が落ち、一行が火をおこすと、突然島が揺れ動き始める。実はそれは島ではなく、イアスコニウスという恐ろしい海の怪物だったのである。

しかし後世の人々の想像力を最も刺激したのはやはり〈浄福者の島〉であった。あらゆる歓喜と甘美に満ちたこの島に、聖ブレンダン一行は7年にも及ぶ苦難の旅の果てに到達するのである[1]。

〈浄福者の島〉はとめどない欲望の源泉であった。だからこそ中世を通じ、またルネサンス期に入った後も、人々はこの島の存在を固く信じていた。エプシュトルフの世界地図にも、トスカネッリからポルトガル王に送られた地図にも、この島が描かれている。アイルランドと同緯度に描かれることもあるが、最も時代を下った地図だと、南方のカナリア諸島、別名「幸運諸島」と同緯度に描かれている（この幸運諸島はしばしば聖ブレンダン

《1》聖ブレンダンは「聖人たちの約束の地」と言うのみで、それが〈地上の楽園〉だと明言しているわけではないが、中世の各俗語版ではこの島が〈地上の楽園〉と同一視されている。Scafi, 2006☆を参照

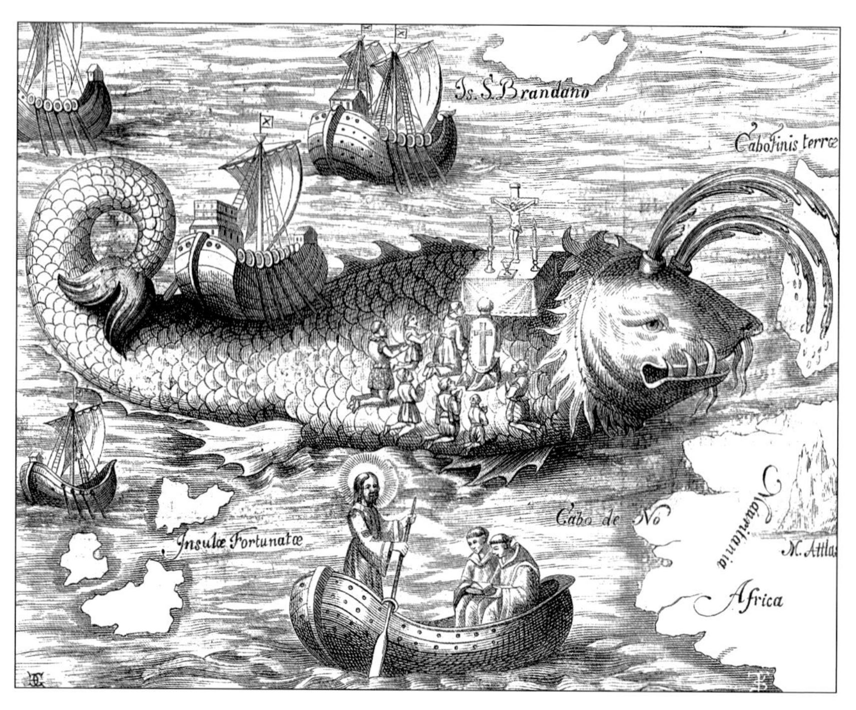

島と間違われたイアスコニウス（1621）

の島に比定される）。他にも、マデイラ諸島とされることもあれば、ペドロ・デ・メディナ『航海術』（16世紀）が伝説上の島アンティリアに比定したように、別の存在しない島を持ち出してきてそれと同一視する説もあった。マルティン・ベハイムの地球儀（1492）ではこの島をもっと西方の赤道付近に位置づけ、「失われた島」を意味するペルディタ島と名付けている。

オータンのホノリウスによる『世界の像（イマーゴ・ムンディ）』は、このペルディタ島をこのうえなく快適な島として描いている。「大洋にペルディタなる島あり、その美と豊穣は地上のあらゆる地を凌駕する。偶々見つけたりとも、ひとたび見失えば再びまみゆることなし。ペルディタと呼ばるる所以なり」。14世紀のペトルス・ベルコリウスはこの島を幸運諸島（インスラエ・フォルトゥナタエ）の名で呼び、その理由を「偶然と幸運によってしか見つからず、ひとたび見失えばもう二度と見つからない」ためとしている。

二度と見つけることのできない〈失われた島〉――だが、特に喜望峰とアメリカの発見以降、多くの探検家がこの島を目指して船を出し、その位置を特定したと主張する者さえ現れるに至る。1519年6月4日、ポルトガル王マヌエル1世が（エヴォラ条約により）カナリア諸島に対する全権利を放棄してスペインに譲渡した際には、その権利放棄の対象に、〈失わ

《2》第12章後半のアンソロジー所収のゴッザーノによる一節を参照

れた島〉ないし〈隠された島〉もまた明示的に含まれていた。ゲラルドゥス・メルカトルが1569年に作製した地図にもまだこの島が描かれている。

現代世界において、〈未知の島〉に対するノスタルジアを見事に表現してみせたのは、詩人グイド・ゴッザーノであった[2]。

⁂

◉新世界における楽園　1492年のアメリカ発見とともに中世が終わるとするのが定説であり、それゆえコロンブスは誰よりも先に近代世界に突入した人間だと考えられている。実際、コロンブスこそは世間の常識に真っ向から挑戦して「この大地は球体だ」と主張した最初のひとりだといまだに言われているのである。だがこういう言い方がナンセンスであることは、第1章ですでに見たとおりだ。大地球体説はギリシア人の間ではとっくの昔から常識で、中世文化でも（少なくとも学識者には）普通に受けいれられていたのである。さて、コロンブスは大地球体説を信じていたと同時に、当時の誰もがそうであったように、その地球は宇宙の中心にあって動くことがないとも信じていた。なにしろコペルニクスが『天体の回転について』で太陽中心説［地動説］を世に問うのは、アメリカ発見から50年以上も後のことなのだ。しかも、地球の寸法についてのコロンブスの計算は間違っていた。スペインから西に発って極東に達するまでの距離はとても船で行けるほど小さなものではないとして彼を批判した側のほうが、実際には正しかったのだ（もちろん、まさかその予定の海域にアメリカ大陸が見つかろうとは、コロンブス自身を含めて誰ひとり思いもしなかった）。

さて世界最初の近代人とされるこの人物も、実際には最後の中世人と言ったほうがしっくりくる側面をもっていた。コロンブスは聖書に書いてあることを逐一頭から信じ込むタイプの人間だったのである。すなわち、このジェノヴァ出身の船乗りを極東への航海に駆り立てた執念の背後には、自らの目で〈地上の楽園〉を発見したいという念願があったのだ。

コロンブスに大きな影響を与えた1冊の書物がある。枢機卿ピエール・ダイイの著した『世界の像（イマーゴ・ムンディ）』だ（コロンブス自身が余白に書き込みをした個人蔵書が現存している）。ダイイの書の内容は凡百のエデンの園伝説と大差ないのだが、**コロンブス**の航海記には、果実がたわわに実る森に覆われ、極彩色の鳥が棲む島を見つけては、それを約束の地に比定する場面が何度も出てくる。それだけではない。コロンブスは約束の地は空に手を触れることができるほど高い位置にあると信じて疑わなかったため、スペイン王室に対し、地球は完全な球ではなく、自分が発見した部分は他のところよりも長く伸びていて、全体としては洋梨形をしているという驚くべき論を説いているのである。

コロンブスから〈地上の楽園〉がアメリカ大陸にあるとの説を引き継いだのが、アントニオ・デ・レオン・ピネロ『新世界における楽園』(1556)である。新世界の発見以後、アメリカ原住民の起源について厖大な論争が生まれていた。大勢は、その他にノアの子孫が移り住んだのが彼らの父祖となったという説に傾いていたが、ピネロは彼らが地中海からアメリカ大陸に渡った種族の子孫だとは認めず、むしろアメリカ原住民は大洪水以前からアメリカ大陸で暮らしていたと主張した。ノアはその地で方舟（2 万 8125 トンのガレー船）を建造し、これが大洋を渡ってアルメニアのアララト山に漂着したというのである。それは 1625 年 11 月から 1626 年 11 月にかけて（なおこれらの数字は西暦ではなく創世の時点から経過した年月を表している）、アンデス山系から中国のどこかに達してアジア大陸へと入り、そこからガンジス川を経由して最後にアルメニアに至る、全部で 3605 リーグの航海だったという。この説が正しいとすれば、もう〈地上の楽園〉は新大陸にあると考えるしかない。ピネロは〈地上の楽園〉から流れ出る 4 つの川についても、聖書で名前が挙がっているのは誤りで、正しくはラプラタ川、アマゾン川、オリノコ川、マグダレナ川だとしている。

だがそれ以後現在に至るまで、新大陸に〈地上の楽園〉を求める説は絶えて久しい。ヴェスプッチなどはコロンブスよりもはるかに慎重で、あるとき非常に肥沃な土地を発見したものの、もし〈地上の楽園〉なるものがあるとすればその地から「程遠くはあるまい」と言うに留めている。

⁂

◉パレスティナにおける楽園　以後、楽園の所在地の候補はアフリカからアジアにかけてのどこかに限られるようになった。ピエール＝ダニエル・ユエは『地上の楽園の位置について』(Huet, 1691☆) で、その当時までに提出されていたあらゆる説を批判的に検討している。その中には、アルトワ地方のエダンこそがエデンだ（なぜなら名前が似ているから）という珍説も含まれていた。ユエ自身の結論はメソポタミア、特にティグリス川東岸説に傾いており、著書には周辺の詳細な地図も付されている。

カルメ師の『旧約新約註解』(Calmet, 1706☆)では、楽園はアルメニアにあるとされている。

だがやはり最も魅力的な説は、エデンを唯一無比の〈約束の地〉パレスティナに置く説であろう。イザーク・ド・ラ・ペイレール『アダム以前の人々』(Peyrère, 1655☆)は、東方の年代記を辿っていくと世界の創造は聖書に書かれているよりはるか以前に遡ることになると指摘し、アダムの創造にせよキリストの降誕にせよ、中東地域にのみ関わる事柄であって、世界の他の地域ではそれより何千年も前からそれぞれ独自の歴史が繰り広げられていたのに違いないと説く。だとすれば〈地上の楽園〉の所在地をあまり遠方の地にまで拡げて考えるのは無意味であり、探索はエジプトからユーフラテス川までの範囲に限定すべきだというのである。だが、未踏の地であれば非常に広大な場所を想像することも可能なのに対し、中東と限定されてしまってはどうだろう。中東といえば砂漠と海に囲まれた土地なのであって、ならば仮にエデンがそこに実在するとしても、これはかなり小規模なものでしかありえない。一方、もしアダムが罪を犯さなければ、エデンはその後に生まれてくる全人類を収容していたはずの場所である。実際、神はこの人類最初の男に「産めよ、増えよ、地に満ちよ」と命じているのである。果たして、数が厖大になったアダムの子孫たちはいったいどこに住むことになっていたのだろうか。数が増えればエデンから追い出される運命だったのだろうか。聖書の解釈論ではこうした大問題が多くの紙幅を費やして争われたのだった。

ピエール＝ダニエル・ユエ『地上の楽園の場所』(パリ、1691)の口絵

エデンはその後、19世紀半ばに、神話というものの力を見せつけるような形でアフリカに再び現れる。アレッサンドロ・スカフィによる〈地上の楽園〉史の記念碑的な著

書には（Scafi, 2006☆）、ナイル川の水源探索に多大な貢献を果たした探検家――ただし宣教師の側面のほうが強かった――リヴィングストン卿の動機の背景に、この〈地上の楽園〉伝説があったことが記されている。リヴィングストンはもしナイルの水源が見つかったなら、それは〈地上の楽園〉を発見したのと同じことになると信じていたというのだ。

⁂

◉エルドラード　中東は自然の恵み豊かな土地とは言いがたい。そのため、楽園を求める罪深き人間の欲望は、ユートピア主義者に加え、探検家やら冒険家やらといった人々をやはり新世界へと惹き付け、ここにもうひとつの神話が成立することになった――世俗のエデンたるエルドラードの伝説である。

〈地上の楽園〉伝説では、そこに住む者は不死であったり、少なくとも非常な長寿であったりするのが定番である。また永遠の若さを授ける泉というモチーフが多出する。ヘロドトスに、エチオピアにあるという泉の話が出てくる（エチオピア人および中央アフリカの住民は一般に非常に長寿だと信じられていた）が、後世の伝説にはエデンの園の泉がよく登場し、この泉水は万病を癒し、浴びれば若返りの効果があると言われる。『アレクサンドロス大王物語』には、暗黒の地の先にあるという神話上の泉〈生命の水〉が登場するほか、アラビアの各地でもアレクサンドロスは行く先々で不思議な泉に遭遇するのである。

　中国の説話には奇跡の泉の話が頻出するし、朝鮮民話でも、2人の貧農が偶然見つけた泉の水をひと口飲むと即座に若返ったという話がある。このモチーフは中世を通じて存続し、その後アメリカへと渡る。この地で不老長寿の泉の虜となった男の名は、フアン・ポンセ・デ・レオン。コロンブスの航海に同行し、ヒスパニオラ島（現在のハイチ）に到達した彼は原住民から、ある島に若返りの泉があると聞かされるのだが、島の正確な位置はわからず、南米北岸からカリブ諸島を通ってフロリダに至る海域のどこかだという。ポンセ・デ・レオンは1512年から1513年にかけてその海域を探索するが島は見つからず、その後再度試みるも成果はなく、1521年にフロリダ沿岸で原住民の矢を受けた後、感染症に罹ってキューバで没した。

ムルシド・アッ＝シラージによる「命の泉のほとりに座るヒズルとエリヤ」を描いた紙葉、ニザーミー『ハムセ』(1548) より、ワシントン、スミソニアン図書館

（次頁）ニコラ・プッサン「春、あるいは地上の楽園」(1660–1664)、パリ、ルーヴル美術館

だが、ポンセ・デ・レオン死すともこの泉の神話は死せずで、イングランドの**ウォルター・ローリ卿**はこのエルドラードを目的とした探検を何度も行っている。

エルドラード探索への人々の関心が次第に薄れていくと、今度はこの題材をアイロニカルに利用して世の中を批判する作品が現れる。**ヴォルテール**の『カンディード』である。

この泉のモチーフは、〈鎖(とざ)されし園〉（ホルトゥス・コンクルスス）――アダムの追放後に閉鎖され、その歓喜に満ちた姿を永遠に保ち続けるエデン――について、実に様々な空想を喚起した。他方エデン神話の残響は、官能的で悪魔的な異教の寓話へと形を変え、例えば**トルクァート・タッソ**『エルサレム解放』では、リナルドが甘美な悦楽に溺れるアルミーダの園として、再び我々の前に現れるのである。

*

*

*

ジャン＝オーギュスト＝ドミニク・アングル「黄金時代」(1862)、マサチューセッツ州ケンブリッジ、フォッグ美術館

◉世界の始まり

■「創世記」2: 7–15、3: 23–24

主なる神は、土（アダマ）の塵で人（アダム）を形づくり、その鼻に命の息を吹き入れられた。人はこうして生きる者となった。主なる神は、東の方のエデンに園を設け、自ら形づくった人をそこに置かれた。主なる神は、見るからに好ましく、食べるに良いものをもたらすあらゆる木を地に生えいでさせ、また園の中央には、命の木と善悪の知識の木を生えいでさせられた。エデンから1つの川が流れ出ていた。園を潤し、そこで分かれて、4つの川となっていた。第1の川の名はピションで、金を産出するハビラ地方全域を巡っていた。その金は良質であり、そこではまた、琥珀の類やラピス・ラズリも産出した。第2の川の名はギホンで、クシュ地方全域を巡っていた。第3の川の名はチグリスで、アシュルの東の方を流れており、第4の川はユーフラテスであった。主なる神は人を連れて来て、エデンの園に住まわせ、人がそこを耕し、守るようにされた。(……) 主なる神は、彼をエデンの園から追い出し、彼に、自分がそこから取られた土を耕させることにされた。こうしてアダムを追放し、命の木に至る道を守るために、エデンの園の東にケルビムと、きらめく剣の炎を置かれた。

「亡き娘オクタウィア・パオリーナに捧げるエリュシオンの園の情景」(3世紀、部分)。魂の導者ヘルメス、亡き娘、子供たちがバラを詰んでいる。ローマのイポジェオ・デリ・オッターヴィで発見された漆喰に描かれたフレスコ画、ローマ国立博物館(マッシモ宮)

◉黄金の時代

■ヘシオドス(前7世紀)
『労働と日』109–126(Esiodo☆)

オリュンポスの館に住む不死なる神々は、まず初めに、
言葉持つ人間の黄金の種族を作った。
これはクロノスが天空を支配していた時代の人々で、
心に労きとてなく、苦労も悲哀も知らず、
神々の如く暮らしていた。惨めな老いに
見舞われることもなく、手足はいつまでも元のままで、
あらゆる災厄を離れて、宴を楽しみ、
眠りにうち負けるようにして死んでいった。彼らには
あらゆる福分が備わり、豊穣の大地はひとりでに、
豊かに惜しみなく稔りをもたらし、人々は福分に囲まれて、
争いもなく、思うまま生り物を享受した。
羊に富み、至福なる神々に愛されていた。
だが、大地がこの種族を覆い隠した後は、
偉大なゼウスの計らいによって、彼らは善き神霊となり、
地上にあって、死すべき人間を見守り、
靄に身を隠して、地上を隈なく渡り歩きつつ、
裁きと無慚な所業を見張り
富を授けてくれている。王にも等しいこんな特権を帯びているのだ。

◉エリュシオンの園

■ウェルギリウス(前1世紀)
『アエネーイス』第6巻633–647(Virgilio☆)

(……) 2人は足並みをそろえ、暗い道を抜ける。
途中の場所を急いで過ぎ、門へと近づく。
アエネーアスは入り口に達するや、体に真新しい
水を振りまいてから、枝を正面の敷居の上に差す。

これをなし終え、女神への捧げ物を果たして、ようやく

辿り着いたのが、喜ばしき場所、心地よい緑が満ちた
浄福の森、幸福な住まいであった。
ここでは、上空がより広く、緋紫の光で野を包み、
住人は自分たちの太陽、自分たちの星を知っている。
芝生の格技場で体を鍛える者がある。
試合をして競い、黄土色の土俵で組み合っている。
足で拍子を取って踊る者、歌を歌う者がある。
裾の長い衣をまとったトラーキアの神官も
調べに合わせて7つの音階を弾き分けている。

ミール・ハイダールによるトルコ語の写本『昇天の書』（15世紀）所収の、地上の楽園を訪れるムハンマドの図、パリ、国立図書館

同じ音階をいま指で弾いたと思うと、今度
は象牙の撥で響かせる。

◉クルアーンの楽園

■『クルアーン』［コーラン］47:15（*Corano*☆）

敬虔な信者に約束された楽園を描いて見ようなら、そこには絶対に腐ることのない水をたたえた川がいくつも流れ、いつまでたっても味の変らぬ乳の河あり、飲めばえも言われぬ美酒の河あり、澄みきった蜜の河あり。その上、そこではあらゆる種類の果物が実り、そのうえ神様からは罪の赦しが戴ける。

◉アウグスティヌスの楽園

■アウグスティヌス（354–430）
『創世記注解』第8巻

楽園に関して、多くの人が多くのことを語ってきたことをわたしも知らないわけではない。ところでこの事柄に関しての、いわば一般的な考えは3つある。これらのうちの1つは、楽園をただ物体的にだけ理解しようとするものである。もう1つの考えは、ただ精神的にだけ理解しようとするものである。第3の考えは、楽園を両方の面で受け取り、ある面で、物体的に、また他の面で精神的に理解しようとするものである。端的に言えば、わたしには第3の考えが好ましく思えることを認めよう。(……)

このアダムと同じように、神がアダムをそこに置かれた楽園も、地上の人間が住まう地上のある場所以外のものとは解されえまい。(……)

これらの川について、これらは現実の川であり、現実でないものが単に名として何か他のものを指し示して、象徴的に言われているのではないと確言すること以上にまだなさねばならないことがあろうか。これらの川は、それらが流れる地域に極めてよく知られており、ほとんどすべての国民の間で有名だからである。いやむしろ、これらが実在することは明らかなのであるから――これらのうち2つは、時がたつうちに名をかえた。ちょうどかつてアルブラと呼ばれていた川がティベル川と言われるようにである。ギホンというのは、現在ナイルと言われる川そのものであり、ピションと言われるのは、現在ガンゲンと呼ばれる川である。これに対して他の2つ、チグリスとユーフラテスは古えの名を保っている。

◉イシドールスの楽園

■セビリャのイシドールス（560–636）
『語源』第14巻（Isidoro di Siviglia☆）

パラディスス［楽園］とはアジアの東方に位置する場所である。この名称は「庭園」を意味するギリシア語［パラデイソス］からラテン語に持ち込まれたものである。一方、ヘブライ語ではエデンといい、これは「悦楽」という意味の語である。この2つの名称が結びついて「楽園」という表現が生まれた。そこには、あらゆる種類の樹木と果樹が生え、その中には生命の樹も含まれる。寒くなることも暑くなることもなく、空気は常に温暖である。中心には泉があって木々に水を与え、これが分かれて4つの川の源流となっている。人の堕罪以後、この園はきらめく剣の炎によって閉ざされた。すなわち、天まで届く炎の壁によって囲まれたのである。また炎の剣の上にはさらにケルビム、すなわち悪霊の接近を防ぐ天使の守備隊が置かれた。このように、炎が人を追い払い、天使たちが悪しき天使を追い払うため、罪を犯した者は肉であれ霊であれ楽園に入ることを許されないのである。

◉マンデヴィルの楽園

■ジョン・マンデヴィル（14世紀）
『旅行記』第34章（Mandeville☆）
［邦題『マンデヴィルの旅』］

楽園については、私はまともに話すことはできない。そこへ行ったことがないからだ。それは遥か遠い所にある。行かなかったことは悔まれるが、私にはそこへ行く資格もなかったのである。だが向うの賢者から聞いたことを喜んで話そう。

賢者がいうには、地上の楽園は世界中で一番高い場所で、きわめて高いので天を運行する月輪に触れそうである。あまりに高いので、全世界の大地を周りも上も下も覆いつくしたはずのノアの洪水も近づけないほどだった。この楽園は周囲を壁で固まれているが、それが何でできているのか誰にも分らない。壁は一面苔で覆われているようだ。それは天然石でも、普通壁に用いられる他の材料で作られているのでもないらしい。この壁は南から北に延びていて、入口は1つしかなく、それも燃えさかる火で閉ざされている。それで死を免れえぬ人間は誰一人としてそこへ入っていくだけの勇気ある者はいない。（……）

ちなみに、死を免れえぬ人間はなにびとたりともあの楽園に近づくことはできない。砂漠には野獣がおり、高い山々や巨大な岩壁が行く手を阻み、至る所に暗黒地帯があるために、陸路で行くことはできない。また川を遡って行くこともできない。川の水は高所から猛烈な勢いで流れ落ち、大波を立てて流れているので河水は荒々しい激流となって、船の櫂も帆も歯が立たない。水は轟々と捻り、轟音をたてて荒れ狂っているので、あらんかぎりの力を振り絞ってできるかぎりの大声で叫んでも、船の中では他人の声が聞こえない。

◉サーキルの幻視

■マシュー・パリス（13世紀）
『大年代記』第2巻

大聖堂の中には見事な邸宅が立ち並び、義人の魂がそこで暮らしていた。彼らの魂は雪よりも白く、その顔と光輪は黄金の光線を浴びたかのごとく輝いていた。毎日決まった時間に天から音楽が聴こえたが、それはまるでありとあらゆる楽器が和音をなしたかのようで、その甘美な響きは、このうえなく美味なる料理のごとく、聖堂内に暮らすすべての魂を慈しみ、生彩を与えた。これに対し、聖堂の入口に留め置かれたままの魂には、この天上の音楽の悦びに与る許しが依然与えられてはいなかった。

サーキルは聖堂の東に広がる平原の方に導かれ、やがて素晴らしい場所に辿り着いた。そこには色とりどりの花々が咲き乱れ、草木や果物から甘い香りが放たれていた。澄んだ水の湧く泉があり、そこから互いに色の異なる4つの川が流れ出していた。泉の上には無数の枝を伸ばした大木が天高くそそり立っていた。この木にはありとあらゆる種類の果実が生っていて、嗅覚と視覚を楽しませてくれた。その根もと、泉のほとりに体が大きく見目麗しい男がひとり立っていた。男の体は足の先から胸

「楽園追放」、ミュンヒェン、バイエルン州立図書館

元まで、最高の技巧を凝らして織られた多彩色の法衣で覆われていた。片方の目は笑っているようで、もう片方の目は泣いているように見えた。

「あそこにおわすのが」と聖ミカエルが言った。「人類最初の父、アダムである。片方の目が笑っているのは、おのが子孫のうち救われる者の得も言われぬ栄光を思って覚える悦びを表しており、もう片方の目が泣いているのは、おのが子孫のうち神の裁きによって拒まれ地獄に落とされる者のことを思って覚える悲しみを表しているのだ。身にまとう法衣はいまだ完全ではない。あれこそは不死と栄光の法衣であり、神の意志に逆らったために剥ぎ取られたものである。しかし彼の子のうち正しき息子であったアベルの時代より今日に至るまで、連綿と続く正しき子の行いにより、あの法衣は少しずつ作り直されているのだ。そしてその選ばれし子らは様々な徳により輝くため、あの法衣も多彩な色で織られているのである。そして選ばれし子の数が満ちたとき、栄光と不死の法衣もまた完成し、そのとき世界は終わるのだ」。

◉聖パトリックの井戸

■ヘンリクス
『聖パトリキウスの煉獄譚』第19章
（1190頃）

眼の前に、大地から天空高く聳える巨大な壁が現れた。その壁は見事で、無比の装飾が施された石造りであった。壁には、1つの閉じられた扉が見え、それは多様な金属と貴石で飾り立てられ、見事な光で輝いていた。

騎士が近づくと、まだ半哩の距離が離れていたが、その扉が彼に向かって開かれ、扉を抜けて妙なる芳香が流れ出て、彼の方へ漂ってきた。その香しさたるや、世界すべてが香料に変じたとしても、この芳香の強さには及ばぬであろうと思われるほどであった。この芳香から得られる活力は、これまで耐えてきた責め苦にも、もう苦慮せず持ち堪えられると思えるほどに大きかった。

扉の中を覗き見ると、太陽の光輝をはるかに凌駕する明かりで照らされた、園が見えたので、騎士は無性にその中へ入りたくなった。（……）

かの土地は光の明るさに秀で、ランプの灯りが太陽の光輝の前に隠れてしまうように、昼間の太陽の明るさが、この土地の光の驚嘆すべき輝きによって霞んでしまうほどであった。

この園の境界線はその極端な広大さゆえに、扉を通して入って来た例の部分を除いては知り得なかった。この園じゅうが、美しく緑覆う野のようで、色とりどりの花々、様々な形態の植物と木々の果実で飾り立てられ、その芳香たるや、繰り返すが、そこに留まることが許されるのなら、いつまでも暮らしていたいと思うほどであった。

◉地上の楽園のアストルフォ

■ルドヴィコ・アリオスト
『狂えるオルランド』第34歌51–55

開けた台地の真ん中に燃え立つ炎に
映えているかと見紛うばかりの宮殿聳え、
あたりを圧して光り輝くそのさまは、
あらゆる人の経験を超絶するほど。

アストルフォ、周囲が30哩にも
余るかの、その宮殿に向け、

ヒエロニムス・ボス「地上の楽園と祝福された者の昇天」(15世紀)、ヴェネツィア、パラッツォ・グリマーニ

乗った天馬をゆっくり駆りつつ、
ここかしこからその壮麗な眺めに見とれた。
その輝くばかりの、目にも楽しいあでやかさ、
それに比すれば、われらが住まう穢れた地上の
眺めは、まるで天や自然の憎しみを
買うたごとくに醜悪きわまるものに思えた。

輝くばかりのその宮殿に近づくにつれ、
アストルフォ、仰天をした。
壁はそっくり、ルビーにも増し、

ギュスターヴ・ドレ「ヒッポグリフに乗るルッジェーロ」、『狂えるオルランド』(1885) のための挿絵

赤く光った宝石で出来ていたゆえ。
(……)

その晴れやかな宮殿のきらきら輝く
玄関口から、鉛丹よりも赤いマントと、
牛乳よりもなお白い長衣を纏い、
髪白く、ふさふさとした白髯を
胸まで垂らした1人の翁が
公子の方へとやって来た。
その顔いかにも神々しくて、
その楽園の選ばれし者の1人と思われた。

パラディンの騎士、敬意を払って、馬から
　下りれば、
その翁、にこやかに、かくは言う、
「おお、神意によって、ここなる
地上の楽園に上り来たった騎士どのよ。
そなたの旅のそのわけも、そなたの望みの
まことの意図も、たとえそなたに分からぬ
　までも、
北半球からはるばるそなたが
やって来たのは、貴き神のみ心と知れ」

◉聖ブレンダンの島

■『聖ブレンダンの航海』(10世紀)
(*La navigazione di san Brandano*☆)

雲の中を1時間ほど進み、ようやく船が雲を抜けると、一行の前にまるで太陽のようなまばゆい光源が現れた。それは黄色に輝く透き通った光輪にも似ていた。近づくと光はさらに輝きを増し、一同を驚かせた。空には星々がどこよりもはっきりと見え、7つの惑星の運行も見えた。これほどの光が空にあるのなら、太陽など不要と思えるほどだった。聖ブレンダンはこんなにも明るいあの光源はいったい何なのか、いったいこの辺りには、我々のものよりも大きく美しく明るい別の太陽があるのかと問うた。すると相手はこう答えた。「この辺りであれほど偉大に現れるあの光の源は、天に現れるしるしの中から我々を照らすあの太陽には似ていないもう1つの太陽です。そしてこの光を放っている太陽は定まった位置から動くことがなく、我々の周りを回るあの太陽よりも高く、1万倍も明るいのです。月が太陽の光で輝くように、世界を照らしているあの太陽は、このもうひとつの太陽に照らされて輝いているのです」(……)

さらに船を進めると、一行はどこよりも美しい空を見た。空気はどこよりも清浄で、辺りはどこよりも明るかった。鳥たちが様々な声で様々な歌を優しくうたうのが聞こえた。聖ブレンダンとその一行は、視覚と聴覚と嗅覚にこのうえない歓喜と慰撫を覚え、まるで体から魂が抜け出てしまいそうになった。(……)

一行は神を讃えると島に上陸した。そこは他のどこよりも美しい土地で、また島にある物は他では決して見られぬほど見事で優美で甘美であった。どこよりも甘くさわやかでたおやかな水の流れる清浄で優美な川、極上の果実をつける極上の木々、そして薔薇や百合や菫などの花々に、甘く芳しい香草、(……)

小鳥たちの甘く優しい歌声を聴いていると春が来たような気になってしまうほどだった。大小の道はどの点からも周到に設えられていて、色とりどりの宝石は、見るものの心を躍り上がらせるほど見事だった。動物は家畜か野生かを問わず好きなように歩きまわったり休んだりしていて、互いに見事な調和をなし、他の動物に害を及ぼそうとするものは決してなかった。(……)

蔓棚には葡萄の蔓が這わせてあり、きわめて香りのよい葡萄の実が年中生ってい

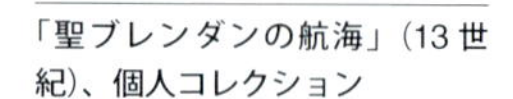

「聖ブレンダンの航海」（13世紀）、個人コレクション

た。（……）

ブレンダンがなぜこの地にはこれほど多くの美しく素晴らしいものがあるのかと尋ねると、世話人はこう答えた。「神は創世の際にこの場所を地上で最も高いところに創られたのです。その高さのために、大洪水の水もここまでは届きませんでした（……）それに、天体や星々の環は、他所ではありえないほどこの地の真上を通ります。（……）そのため、ここには暗闇というものが存在しません。太陽の光はすべてこの地に直接届きます。（……）大小を問わず罪を犯す者、すべきでないことをする者は、ここにはひとりとしていません」。

◉洋梨型の地球

■クリストファー・コロンブス
『第3次航海の報告』、
スペインのカトリック王宛の書簡

（Colombo, 1498☆）［邦題『全航海の報告』］

私は今まで、世界は、大地も海も含めて1つの球形であると、書物で読んで参りましたし、またこのことは、トロメオ〔プトレマイオス〕やその他の学者もすべて同じく、月蝕や、東から西にわたっておこなったその観察や、あるいはまた北極星が北から南に上ることなどから、権威をもってのべて

ウィリアム・フェアフィールド・ウォレン『見出された楽園』(1885) 所収のコロンブス考案による洋梨形の地球の図

いるところであります。しかし私は、すでにのべましたように、この世界が非常にいびつになっていることを発見したのであります。私は、この世界は今まで書かれているような円形ではなく、梨のようにへたがついている箇所が高くなっていることを除いては真ん丸い形であり、これを言いかえれば、それは円い球の半分に、女の乳をつけたような形であると考えるものであり、その乳首のある部分が一番高くなっていて、一番天に近く、そしてその下を赤道が通っており、大洋及び東洋の終わりがここにあるものと思うのであります。(……)

このことは、神が太陽を作られた時、これを東の端に置かれ、そしてこの太陽はこの地球の最も高い地点である東から、その最初の光を投げかけたことからでも明らかなのであります。

アリストテレスは、南極、またはその下方にある地が、地球の最も高いところであり、また最も空に近いところであるとしておりますが、他の学者はこれに反対して、最も高いところは北極の下の方にあるのだと申しております。こういう議論からみて、彼らは地球の一部が他の部分より高く、したがって天に近いと理解していた模様でありますが、それが私がすでにのべましたように赤道の線の下にあることには気づかなかったのであります。

しかしそれは、彼らがこの半球については、ほんの漠然とした消息や想像以外には、たしかな知識を誰も持ち合わせていなかったことからいっても、別に驚くことではないのであります。(……)

私はラテンの文献でもギリシアの文献でも、地上の天国がこの地球のどこにあるかを明らかにしたものを、未だかつて読んだことがありませんし、また、この地上の天国の位置を、証拠をあげ、権威をもって示した世界地図も未だ見たことがないの

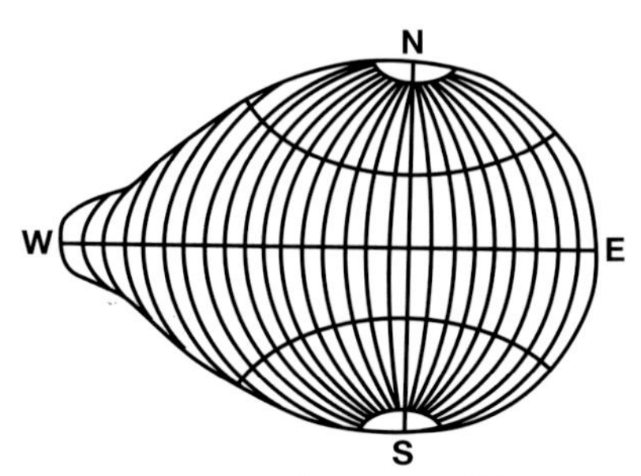

であります。ある人は、この天国がエティオピアのニロ河の源にあるとしておりますが、この地方を歩いた者は、気候の点でも、空への高さの点からも、これに合致するところを発見することができず、ここここそ彼の地だと言い得るところも、また大洪水の時の水が来たと思われるところも見出すことができなかったのであります。(……)

この半球で私が発見したことや、この半球の形については、すでに申し上げましたが、私がもしも赤道の下を通り、この半球の最も高いところにまで到達しておりましたのならば、もっとおだやかな気温に接し、また星についても、水についても、もっと大きな変化を見出していただろうと思います。しかしながら私は、この最も高いところまでは航海できるものとも、またそこまで水があるとも、またそこまで登れるものとも思っておりません。と申しますのは、彼の地こそは地上の天国であり、彼の地へは神の御意志による以外は誰も到達できないものと考えているからであります。(……)

私は、地上の天国は、それに関する書物にのべられているような、険しい山の姿をしているのではなく、すでに申しましたように梨果の突起部に当たる頂点のように高くなっているもので、これへは遠くから少しずつ歩いて登っていけるものと考えております。しかし、これもさきにのべましたように、誰もこの頂点に到達すること

はできないでありましょう。そして私は、この水も、遠くからではありますが、結局彼の地より流れてきているものであり、その水が、私の参りましたところまで流れきたって、この湖を形成しているものと考えるのであります。これらのことは、位置についても、聖にして、賢である神学者達の意見と一致しており、それはこの地が地上の天国であることの大きな証左であります。また、その様子もまったく符合しておりますが、私はかつて、このように多量の淡水が流れこんで、塩水と一緒になっているのを見たこともなければ、またこういうことを読んだこともないのであります。

◉ウォルター・ローリによる エルドラードについての報告

■ウォルター・ローリ
『ギアナの発見』（Raleigh, 1596☆）

私はスペイン人がエルドラードと呼んでいるギアナの首都マノアを自分の目でみたスペイン人たちから、次のような証言を得ている――偉大さと豊かさと立地条件のすばらしさという点では、世界（少なくともスペイン人が知っている限りでの世界）のどの首都をもはるかに凌駕するものである。その都は、カスピ海のような南北の長さ200リーグの鹹水湖の中に設けられている。ペルーの都のことを考え、フランシスコ・ロペスその他の人の報告を読みさえすれば、これは十二分に信じられる話だということが分かろう。一方によって他方を判断することも不可能ではない。よって私はロペスの『インディアスの歴史』の第120章の一部をここにかかげてみるのがふさわしいように思った。その中でロペスはギアナの皇帝の先祖であるグァイナカパの宮廷とその壮厳さのことを述べているが、それをことば通り引用してみる。すなわち「皇帝の住居、食卓、台所のすべての食器類は、金と銀でできており、もっとも卑近なものでも、強さと堅さを求めて銀か銅で作られている。皇帝の更衣室には、まるで巨人のようにみえる中空の黄金の彫像があり、この地球〔地方〕が産するあらゆる獣、鳥、樹木、草本、それにこの帝国の海や水域で育つあらゆる魚類を、形も大きさも実物そっくりに黄金で象ったものが置かれている。また金銀で作った綱、袋、かご、桶などがあり、さらにまるで薪束のように積み重ねてある黄金の棒もある。要するに、かの国にあるもので皇帝が金でその複製を有していないものは1つとしてなかった。さらにこういうことも言われている。インカ族はプナの近くの島に快楽の園を有しており、海の空気に接したいときにはそこへ保養に行く。そこには金と銀で造られたありとあらゆる草本、花弁、樹木があるが、まことに前代未聞の壮麗な考案だった。以上のほかに皇帝はクスコで細工をするための銀と金とを無尽蔵に所有していたが、それはワスカルの死とともに行方が分からなくなった。どうやらスペイン人が金銀を奪ってはスペインへ送るのを目のあたり見ているものだから、彼らはそれを隠してしまったらしいのである」
（……）

あの好戦的な女族について、実在するとかしないとか意見が分かれているので、この際是非その真実を探りたいと思った。（……）このアマゾン族はまたあの金の延板を豊富に貯えている。彼女らは、それを主として一種の緑色の石――スペイン人がピエドラス・イハダス〔肝臓の石〕と呼び、我々がスプリーン・ストーン〔脾臓の石〕として用いるもので、イギリスでは結石の疾患にも効ありとされている――との交換

テオドール・ド・ブリ「大航海」(フランクフルト、1590)

で手に入れるのである。この緑色の石を私はギアナでしばしばみかけた。通常どの王も首長も1個は所有しており、それを身につけるのは大概奥方たちであるが、貴重な宝石とみなされている。

◉エルドラードのカンディード

■ヴォルテール
『カンディード』第17章、第18章
(Voltaire, 1759☆)

彼は、最初に見つけた村の近くでカカンボとともに舟を下りた。村の数人の子どもがぼろぼろに破れた錦の服を着て、村のはずれで石投げをして遊んでいた。別世界から来た2人は面白がって子どもたちの遊びを眺めた。子どもたちの遊ぶ平たい石は、かなり大きな丸いもので、黄色や赤や緑と色とりどりだったが、どれも独特な輝きを放っていた。旅人たちはそのいくつかを拾ってみたくなった。するとそれは、金やエメラルドやルビーだった。それらの石のどんなに小さなものでも、ムガル皇帝の玉座のもっとも大きな装飾になったにちがいない。

「間違いないな」と、カンディードは言った。「あの子どもたちはこの国の王子で、小石で遊んでいるのだ」

そのとき、村の学校の先生が子どもたちを学校へ戻そうと、姿を現した。

「ほら、あれは王家の師傅なのだよ」

ぼろをまとった子どもたちは、石や遊びに使ったものを残らず地面に放り出すと、すぐに遊びをやめた。カンディードはそれを拾い、師傅のところへ駆けて行き、うやうやしく小石を差し出し、王太子殿下たちがご自分の金や宝石をお忘れになったことを手振り身振りでわからせようとする。村の教師は苦笑しながら、石を地面に投げ捨て、一瞬カンディードの顔をさも驚いた様子で眺め、すたすた歩きつづけた。(……)

金襴の服を着て、リボンで髪を結んだ2人の若者と2人の娘が、すぐさま彼らを定食用のテーブルに着くよう案内する。それぞれに2羽の鸚鵡が添えられた4皿のポタージュ、目方が200リーヴルもあるコンドルのゆで肉、えもいわれぬ味の2匹の猿の丸焼き、そして1枚の皿には300羽の蜂鳥、もう1枚の皿には600羽の蜂鳥がテーブルに並べられた。料理の味を引き立てる薬味は申し分なく、菓子は美味このうえなく、どれも天然水晶のような皿に盛り付けられていた。宿屋の若者と娘たちは、砂糖キビから作られたいく種類ものリキュールを注いでくれた。

(……)

カカンボとカンディードは食事を終えると、道端で拾った金のかけらを2つ定食用のテーブルにぽんと投げ出し、それで自分たちの支払いを充分にすませたと思った。宿屋の主人夫妻は吹き出し、辺り構わず長いこと笑っていた。ようやく落ち着きを取り戻すと、主人は言った。

「お客さま、お見受けするところ、あなた方は外国からいらしたのですね。わたしどもは外国の方にお会いする習慣がないのです。あなた方がこの国の街道に転がっている小石を勘定の支払いに差し出されたので、つい笑い出してしまいました。どうかお許しください。あなた方はもちろんこの国の貨幣をお持ちではありませんね。でも、ここで昼食をするのにお金をもっている必要はないのです。商取引の便宜を図るために建てられた宿屋の経費は例外なく、政府が弁済してくれます。あなた方はここで粗食を召し上がりましたが、それはこの村が貧しいからです。しかし、ほかならどこへいらしても、あなた方にふさわしいもてなしを受けられることでしょう。

(……)

わたしたちがいま住む王国はインカ族の昔からの母国ですが、インカ族はたいへん無謀にも故国を出て世界の一部を征服しようとして、結局、スペイン人に滅ぼされました。

王族の中で生国にとどまった王子たちのほうが賢明でした。彼らは種族の同意を得て、住民はなんぴとといえどもこの小さな王国を決して出てはならない、と命じました。わたしたちの純粋で幸福な状態がこれまで保たれてきたのは、そのおかげです。スペイン人はこの国について漠然と知っていたので、黄金郷（エルドラード）と呼んできました。ローリ騎士というイギリス人が、100年ほど前にこの国の近くにやって来たことがありました。しかし、私たちは登攀不能な岩と絶壁に囲まれているため、これまでずっとヨーロッパ諸国の貪欲の餌食にならずにすみました。ヨーロッパの国々の連中ときたら、この土地の小石や泥に途方もない欲望を抱いていて、それを手に入れるためならわたしたちを最後の1人までも残らず殺すにちがいありません」

◉アルミーダの園

■トルクァート・タッソ
『エルサレム解放』第16歌9–27（1581）

入り組んだ迷路を脱け出してしまうと、／嬉々とした風情の美しい庭園が開けて、／淀みつつ漲る水や、流れゆく水晶の煌きを、色々な花々や、様々な木々や、種々の草々を、／陽射に照り映える丘や、薄闇に沈む谷を、／木立や、洞穴を、一望のもとに晒して見せた。／そしてそれらの作品の美と価値を高めているもの、／すなわち芸術の技は、すべてを作りながら、少しも露わでない。

必ずや思えよう（かくも巧みに作為が無為に紛れているので）／風景にせよ地形にせよ、ひたすら自然のままであると。／まるで自然が作りあげた芸術のようなのだ、何しろ慰みとして／みずからの模倣者を戯れに模倣するがごときなのだから。／しかし微風さえもが、他は勿論のこと、魔女の仕業なのである、／木から木へと花を咲かせてゆく微風さえもが。／ゆえに常しえの花々と共に常しえに果実が結びつづけ、／一方が綻びつつあるうちに、他方が熟れてゆく。

まったく同じ幹に茂るまったく同じ葉叢には／生まれつつある無花果の近くで別な無花果が老いてゆき、／1本の同じ枝に揺れているのは、片や黄金色の果皮の、／片や緑色の、それぞれ未熟の、爛熟の、林檎の実であり、／上へ上へと這い登りつつ鬱蒼と生い茂ってゆく／捩れた葡萄の蔓は庭のとりわけ陽当たりのよいあたりで、／こちらには熟しきらぬ実を花蔭に下げ、こちらには金や／紅に染まりすでに甘露で膨らんだ房を稔らせている。

愛らしい小鳥たちは緑の梢のそこかしこで／競いあうように悩ましい調べを奏でているし、／微風がしきりに囁きかけては、葉擦れや漣の音を／騒めかせている、千変万化に吹き寄せながら。／小鳥たちが黙するときに朗々と響きわたる風は、／小鳥たちが歌うときにことさら優しく戦いで、／偶然にせよ故意にせよ、あるときは伴奏し、あるときは／交替するのである、鳥たちの囀りに妙なる風の音が。

他の鳥たちに混じって飛んでいる1羽は翼の模様に／さまざまな彩りがあり、緋色の嘴を持っており、／舌を伸びやかに操っては、分節させながら／声を発するので、わたしたちの言葉かと聞き紛うほどだ。／その鳥がそこでそのときあまりにも巧みにひとしきりの／お喋りをしてみせたから、感嘆すべき怪異であった。／他の鳥たちは口を噤んで一心に耳を傾けたし、／風も虚空での囁き声をいっさい止めてしまった。

（……）

「(……) 薔薇を摘みましょう、麗しい朝未だきのうちに、／今日という日に、あの輝きはたちまちに失せてしまうのですから。／愛の薔薇を摘みましょう、愛しあいましょう、／愛しつつ愛し返されることのできるいまのうちにこそ」

歌声が止んだ、するといっせいに小鳥たちのコロスが、／同意すると言わんばかりに、すぐさまその歌を復唱する。／番の鳩はたがいの口づけを幾度も幾度も繰り返し、／あらゆる動物が愛する思いを掻きたてられてゆく。／見るところ堅い樫の木や穢れなき月桂樹の木ですらも、／ましてや豊かに葉を茂らせる樹木の類はことごと

く、／そして大地や水面までが見るからに、醸し出し漂わせている、／このうえなく甘い愛の情念とその息吹とを。

かくまで世俗的な旋律の只中を、あまりにも／心を唆し惹きつけるさまざまな魅惑の只中を、／あの２人連れは進んでゆく、厳しく揺るぎなく／快楽への誘いの数々から頑におのれを守りながら。／かくしてついに、茂れる葉叢と葉叢の透き間を前へ前へと眼差が／忍びこんでゆくと、見えるのである、あるいは見えるようなのである、／やはり確かに見えるのである、色男とその情婦とが。／しかも男は女の腹部を、女は若草を、茵としているではないか。

女は胸の前でヴェールを開けさせていて、／長い髪は乱れるままに夏風に靡かせている。／嫋やかにしどけなく横たわる女の、その火照る頬を／白露のごとく美しい汗の滴がさらに艶やかにさせ、／あたかも水面に射しこむ光のように、微笑みが煌めく、／潤んだ瞳のなかで艶めかしく揺らめきながら。／女が男の上に俯く。すると男は女の柔らかな腹に／頭を乗せたまま、その顔をあの顔のほうに向けて、

そして餓えたような眼差を飽くことなく／あのなかで貪らせつつ、なおも切なく焦がれてゆく。／さらに屈みこむと彼女は、甘い口づけをしきりに浴びせる、／あるいは瞼を味わってみたり、あるいは唇を吸ってみたり。／するとその刹那には彼の洩らす溜息が聞こえてきて／そのあまりの深さゆえに思えてしまう。《いまや魂は逃れ出て／よろめきつつ移りゆくのだ女のな

ジョヴァンニ・バッティスタ・ティエポロ「アルミーダの魔術にかかるリナルド」（1753）、バイエルン宮殿庁、ヴュルツブルク・レジデンツ

かに》身を潜めたまま／見つめているのである、2人の戦士はその愛の営みを。

(……)

その言種にアルミーダは微笑むが、だからと言って止めはしない、／わが身に見惚れることも、わが身への粧いの仕事も。／その豊かに長い金髪は編んで纏めながら／艶めかしい乱れ髪を優美なさまに結いあげると、／後れ毛を縮らせて巻き毛にして、そこかしこに、／黄金に鏤めた七宝さながらに、色とりどりの花を散らした。／そして美しい胸元には摘みとったばかりの薔薇の蕾を／生まれつきの白百合のその肌に添えて、そしてヴェールを整えた。

あの高慢な孔雀ですら、かくも艶やかに誇らかに／拡げはしない、数多の眼を配した華麗なる尾羽を。／そしてあの虹でさえ、かくも美しく金色や緋色に染めはしない、／雨露に濡れた弓形の懐を、陽光に照らされても。／ところでどの飾りをも凌いで美しく締めている帯は／裸身を晒すときにも解かぬのを彼女は常としている。／形のないものに彼女は形を与えた。つまりその帯を作るときに、／他の誰にも混合が許されぬさまざまな成分を混ぜ合わせた。

柔らかな怒りと、穏やかで物静かな／拒絶と、愛らしい媚態と、晴れやかな和解、／含み笑いの睦言と、甘やかに滴り落ちる／涙の雫と、掠れぎみの溜息と、蕩けるような口づけ。／それらの事どもをすべて溶かして、融合させてしまうと、／とろ火で燃えつづける炉に架けて煮つめていった。／そしてそこから作りあげたかくも見事なあの帯を／美しく括れた腰に彼女は巻きつけていたのである。

見惚れることについに終止符を打つと、彼女は／彼に暇乞いをして、口づけを1つ残すや立ち去ってゆく。／彼女のほうはいつも昼日中には出かけていって閲するのである、／魔法の文書のあれこれを、みずからの職務として。／彼のほうは留まるのである、何しろ彼には許可されていないから、／他の界隈に足を踏み入れたり瞬時なりとも過ごしたりすることは。／ゆえに獣の群れや木立のあいだを漫ろ歩くばかりなのだ、／彼女と共にいないかぎりは、ひたすら孤独な恋人として。

けれども暗闇が恋の味方の静寂と共に／抜け目ない恋人たちを忍び逢いへと誘うころ、／彼と彼女は夜もすがら満ち足りた時を過ごすのである、／あの緑苑に取り囲まれた1つ屋根の下で。

第6章

アトランティス、ムー、レムリア

ATLANTIDE, MU E LEMURIA

＊

（左）アタナシウス・キルヒャー『地下世界』（アムステルダム、1664）所収のアトランティスの図

（右）アルフォンス・ド・ヌヴィルによるジュール・ヴェルヌ『海底二万里』（1869–1870）第9章「アトランティス」のための挿絵

（次々頁）アトランティスの滅亡を描いたトマス・コール「帝国の推移――壊滅」（1836）、ニューヨーク歴史学会コレクション

＊

＊

＊

伝説の地と呼ばれるものは数多あるが、なかでもアトランティスは格別である。哲学者に科学者、そしてもちろん世の好事家たちが、古来より現代に至るまでこの失われた大陸に魅せられてきた（本章後半アンソロジーの**アンドレア・アルビニ**のテクストを参照のこと）。かつて実在した大陸が跡形もなく海の底に消えてしまい、その後誰ひとりとしてその姿を見た者はない――この設定こそが、アトランティス伝説がここまで人を惹き付けてきた理由だが、しかし大陸が消失するというのは必ずしもまったくの出鱈目ではない。1915年にアルフレート・ヴェーゲナーが提唱した大陸移動

説によると、2億2500年前には地球の全陸地は唯一の大陸パンゲアで成り立っていたのだが、それが（2億年ほど前に）次第に分裂を始め、その結果、今日見られるような諸大陸が形成されたというのである。その過程で多くのアトランティスが生じ、そして消えていった――その可能性は大いにある。

だがまずは、**プラトン**の手になる2つの対話篇『ティマイオス』と『クリティアス』を見ておこう（ただ残念ながら後者はアトランティス消失の事情をまさに語りだそうというところで途絶している）。

プラトンによると、それは太古の神話であり、かつてソロンがエジプト人の神官から聞いた話だという。またヘロドトス（前5世紀）には――「アトランティス」そのものではないが――北アフリカにアトランテス人という菜食で夢を見ない種族が住むとの記述がある。だがアトランティスについてのまとまった解説としては、実質的にはやはりプラトンによる2つのテクストに拠るほかない。

ここでは内容が簡潔な『ティマイオス』のほうを見てみよう。プラトンによると、〈ヘラクレスの柱〉（近年では異論もあるが古来ジブラルタル海峡に比定されてきた海域）を抜けて外洋に出たところに、「リビュアとアジアを合わせたよりもなお大きな」島があった。この島こそがアトランティスであり、驚くべき巨大勢力をなし、〈柱〉のこちら側では「リビュアではエジプトと境を接するところまで、またヨーロッパではテュレニアの境界に至るまでの地域」を支配していたという［以上、本段の引用はプラトン『ティマイオス』、全集12巻所収、種山恭子訳、岩波書店より］。以下、しばらくエジプトの神官による説明に耳を傾けてみよう――

「実にこの全勢力が一団となって、あなた方の土地も、われわれの土地も、否、海峡内の全地域を、一撃のもとに隷属させようとしたことがあったのだ。さあその時に、ソロンよ、あなた方の都市の力は、その勇気においても強さにおいても、全人類の眼に歴然と映じたのであった。すなわち、あなた方の都市は、その盛んな意気と戦争の技術とであらゆる都市の先頭に立ち、ある時にはギリシア側の総指揮に当たっていたが、後に他の諸都市が離反するに及んで自ら孤立を余儀なくさせられ、危険の極に陥りながらも、侵入者を制圧して勝利の記念碑を建て、未だ隷属させられていなかった者についてはその隷属を未然に防いでくれたのだし、その他の者に対しては、とにかくヘラクレスの境界内に居住する限りのわれわれ仲間すべてについて、これを、惜しむことなく自由の身にしてくれたのであった。しかし後に、異常な大地震と大洪水が度重なって起こった時、苛酷な日がやって来て、その一昼夜の間にあなた方の国の戦士はすべて一挙にして大地に呑み込まれ、またアトランティス島も同じようにして、海中に没して姿を消してしまったのであった。そのためにいまもあの外洋は、渡航もできず探険もできないものになってしまっているのだ。というのは、島が陥没してできた泥土が、海面のごく間近なところまで来ていて、航海の妨げになっ

ジュリオ・ロマーノ派の画家「馬の間――水中迷宮の上のオリュンポス山」(16世紀)、マントヴァ、ドゥカーレ宮殿

ているからである」[プラトンの前掲書より]。

このアテナイとアトランティスの戦争が、プラトンが愛する本来のアテナイと、ペルシア戦争後に帝国主義的な強国と化してしまったアテナイとの対比を示唆するものだとするのがヴィダル=ナケの解釈である(Vidal-Naquet, 2005☆)。だが本書は――他の各章での方針をここでも採用して――テクスト解釈の問題には立ち入らず、伝説の進展に伴ってアトランティスの所在地が次第に想像もつかないようなところへと移動していくさまをひたすら観察することとしたい。

プラトンの語る話はただちに多くの反応を引き起こすこととなった。アリストテレスはアトランティスにこそ言及していないが、後にコロンブスにも影響を与えることになる『天界について』(第2巻第14章)で、大地球体説を根拠に〈ヘラクレスの柱〉はインドと繋がっているとし、大洋を挟んで遠く隔たった2つの土地がかつてひとつであったことは、どちらの土地にも象がいることによって証明されると述べている(プラトンにもア

J・オーガスタス・クナップ「アトランティスの謎の神殿の理想的な描写」、マンリー・P・ホール『象徴哲学体系』(1928) のための挿絵

トランティスには象が棲息していたとの記述がある)。また『気象論』(第2巻第1章)が〈ヘラクレスの柱〉の外側の海域は泥土のために浅くなっているとするのは、『ティマイオス』に、アトランティス島が沈むと海底に泥土が積もったとあるのを想起させる。

その後、**シケリアのディオドロス**(前1世紀)に**プリニウス**(後23–79)、そしてこの2人とほぼ同時期に活躍したアレクサンドリアのフィロンが、プラトンのアトランティス譚を取り上げている。プルタルコス(後1–2世紀)の『ソロン伝』には、『クリティアス』はこれから面白くなるというところで途絶しているのが残念だとの感想が付されている。

この神話はテルトゥリアヌスらキリスト教神学者にも取り上げられた。一方、3世紀の**アイリアノス**『ギリシア奇談集』(第3巻第18章)は、プラトンの同時代人であったキオスのテオポンポスの伝える話として、普通人の2倍の身長と2倍の寿命をもつ人間が棲むメロピスという土地を紹介しているが、これは『クリティアス』のパロディにほかならない。

5世紀のプロクロス『ティマイオス註解』(76.10)は、自らはアトランティス実在説を採りつつ、他方で「アトランティスは現実性の欠けた虚構であり寓話だという者」があったとしても、その神話には「永遠の真理の徴(しるし)」が含まれており、「隠された意味」があるのだと述べている。

6世紀にはコスマス・インディコプレウステスが(『ティマイオス』に依拠して)アトランティスに言及しているが、どうやらその後は、中世全体を通じてこの伝説への関心がそれ以上高まることはなかったようである。アトランティスへの関心が再燃するのはルネサンス期に入ってからで、マルシリオ・フィチーノ、ジローラモ・フラカストロ、ジョヴァンニ・バッティスタ・ラムージオ(Ramusio, 1556☆)が揃ってアトランティス=アメリカ説を唱え、またフランシスコ・ロペス・デ・ゴマラ『インディアス全史』(López de Gómara, 1554☆)は、新大陸の地勢がいかにプラトンの記述と合致するかを示し、アトランティス人とはアステカ人のことだったとの説を唱えている。**フランシス・ベーコン**『ニュー・アトランティス』(Bacon, 1627☆)でも、太古のアトランティスがアメリカであったことを、ペルーおよびメキシコの名を出しながら明言している。

他方、**モンテーニュ**の慧眼は、当時アメリカは未踏の地であったこと、またアメリカは島ではなく大陸であることを指摘して、アトランティス=ア

メリカ説を否定している。

またバルトロメ・デ・ラス・カサスはアトランティスをイスラエルの失われた部族と結びつけ、アトランティス＝パレスティナ説の先鞭をつけた（Las Casas, 1551–1552☆）。この説は以後相当の支持者を得ることとなり、バエル『古代アトランティスについての歴史的・批判的試論』（Baër, 1762☆）は、アトランティスの海とは紅海のことであり、アトランティス文明の壊滅とはソドムとゴモラの滅亡にほかならないと主張するに至った。

アトランティスに言及しているものを端から挙げていくときりがないが、とりあえずこの島について最も有名な地図を描いたアタナシウス・キルヒャーは外せまい。キルヒャー『地下世界』（Kircher, 1665☆）の説では、アトランティスは現在のカナリア諸島付近に置かれ、滅亡の原因は海底火山の噴火とされる。

さて、オラウス・ルドベック『アトランティカ、あるいは人類の祖国』（Rudbeck, 1679–1702☆）に至ると、それまでになかった新しい要素が付け加わった。ルドベックはれっきとした研究者で、博物学者にして解剖学者であり、ウプサラ大学の学長を務め、デカルトの文通相手でもあった。そして著書『アトランティカ』はニュートンの関心をも惹いた――ニュートンは当時すでにオカルト研究に手を染めており、没後に出版された『古代王国年代記』（Newton, 1728☆）にはアトランティスへの言及が多数見られる――のである。ルドベックの説は、アトランティスはスウェーデンにあったとするもので、ヤペテの息子、すなわちノアの孫にあたるアトランテという人物がスウェーデンに移住して開いたのがアトランティスなのだという。北欧のルーン文字はフェニキアのアルファベットよりも歴史が古いとされ、この議論によってルドベックは極北人（ヒュペルボレイオス）を選ばれし民として言祝ぐ伝統の嚆矢となった。アーリア人の優越性をめぐる様々な神話はここに始まるのである（これについては第7章を参照のこと）。

ルドベックの説は**ジャンバッティスタ・ヴィーコ**による嘲弄の格好の餌食となった（Vico, 1744☆）。当時の言論界には、自分の国の言葉がアダムの言語の直系であるとか、むしろ自国語こそがアダムの言語の祖型であるといった主張が氾濫しており、ヴィーコはそれを一網打尽に斬り捨てたのである[1]。しかしアンジェロ・マッツォルディは、ヴィーコの民族神話批判などどこ吹く風とばかりにアトランティス＝イタリア半島説を唱えている

《1》Eco, 1993☆［ウンベルト・エーコ『完全言語の探究』、上村忠男、廣石正和訳、平凡社ライブラリー］を参照

世界中の智者にアトランティカを説明するオラウス・ルドベック（父）、『アトランティカ』（ウプサラ、1679）の口絵

（Mazzoldi, 1840☆）。

ルドベックに始まるアトランティス＝北欧説は、ジャン＝シルヴァン・バイイがヴォルテールに宛てた書簡（Bailly, 1779☆）においてさらなる展開を遂げる（ただしヴォルテールはこの手紙の到着を待たずに没している）。バイイはアトランティスの位置をスウェーデンよりもさらに北方に求め、アイスランド、グリーンランド、スピッツベルゲン、スヴァルバルド、ノヴァヤゼムリャのいずれかであろうと推測した。他方、論争相手たるヴォルテールはといえば、『諸国民の風俗と精神について』（Voltair, 1756☆）において、もしアトランティスが実在したならばそれはマデイラ島であっただろうと述べている。

17から18世紀はまた、アトランティスの位置をめぐる議論に新風が吹き込んだ時代でもあった。チャルディ曰く「アトランティスの第2の青春」たるその議論の主役は、ほかならぬ〈科学〉であった。化石と地層を調査することで地球の年齢を推定しようという試みが当時始まったばかりで、これが聖書年代学と真っ向から対立していた。このアプローチでは、プラトンの神話は太古の昔に生じた地表の様子を変えるほどの大地殻変動の記録として読まれることになり、ネプチューン派とプルートー派の論争（アトランティス滅亡の原因は大水か、それとも火山の噴火かをめぐる争い）が起こった。

こうしてアトランティスは神話の手を離れて地質学と古生物学へと引き渡され、ビュフォン、キュヴィエ、アレクサンダー・フォン・フンボルト、そしてダーウィンといった科学者たちの関心を惹くことになるのだが、再び伝説のほうに戻ることとしよう。

科学者がプラトンのテクストを丹念に読み直す作業にかかったのと対照的に、オカルティストや好事家の類いは、自らの想像力をどこまでも自由に羽ばたかせ続けた。

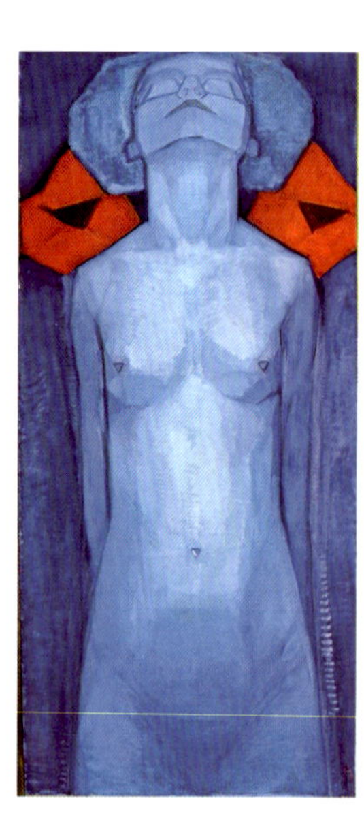
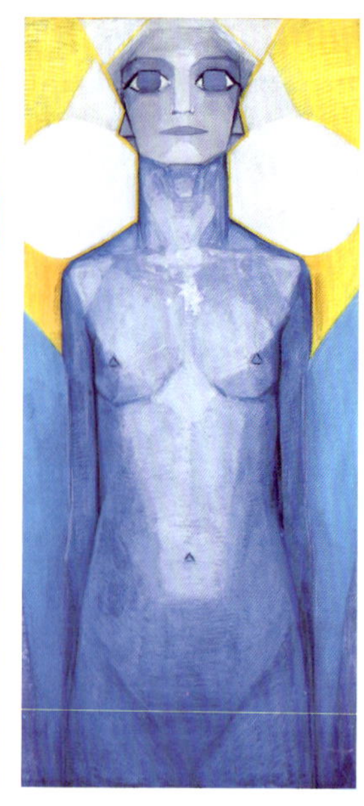
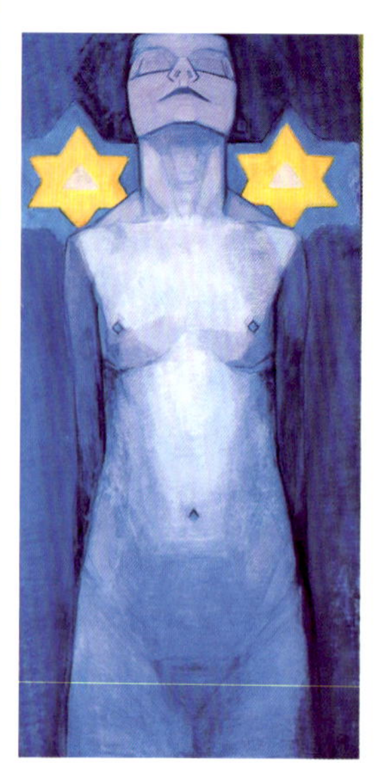

ブラヴァツキー夫人の著書に喚起されたピエト・モンドリアン「進化」(1911)、デン・ハーハ市立美術館

ウィリアム・ブレイクは、イングランドこそはアメリカとともにアトランティスの継承者であり、イスラエルの失われた部族の家郷だと信じた。また19世紀秘教主義（エソテリシズム）の大物ファーブル・ドリヴェ（第7章後半のアンソロジーを参照)、それに神智学者**ブラヴァツキー夫人**の『ベールをとったイシス』(Blavatsky, 1877☆）を見れば、アトランティスを素材とした途方もない妄想の一端を垣間見ることができる。

他方、あくまでも冒険小説を標榜しつつ、どんな秘教論者のテクストよりも含蓄に富み、プラトンの想像力をほぼ完全に引き継いだと言えるのが、**ジュール・ヴェルヌ**の『海底二万里』(Verne, 1869-1870☆）に登場する、海の底に沈んだ世界を主人公らが発見する場面であろう。

だが、アトランティス神話に新たな血を通わせたという点で最も注目に値するのは、今日でも神話愛好家の間で絶大な人気を誇るイグネイシャス・ドネリーの『アトランティス』(Donnelly, 1882☆）であろう。彼は数年後に出版した『大いなる暗号』(Donnelly, 1888☆）でも、いわゆる「ベーコン＝シェイクスピア論争」に参戦してその名を轟かせることになる。この論争はシェイクスピア劇の著者がフランシス・ベーコンであったとする説の当否をめぐるもので、ドネリーはシェイクスピアのテクストには、自分こそが真の著者であると示す暗号がベーコン自身の手で組み込まれていると考え、その目眩いがするような解読作業に没頭している。

とすれば、アトランティス論のほうにも期待しないわけにはいかない。以下、ドネリーの著書の冒頭部分をそのまま引用するので、ぜひ著者自身の言葉を味わってほしい。

1. かつて地中海の口の向こう、大西洋（アトランティック・オーシャン）に存在した大島は、大西洋大陸（アトランティック・コンティネント）の名残であり、古代世界にアトランティスとして知られていた。
2. プラトンによって描かれたこの島のことは、長い間一片の寓話と考えられてきたが、実はまぎれもない史実である。
3. そのアトランティスとは、人類が未開状態から初めて文明状態となったところである。
4. 時代を経るにつれて、アトランティスは大人口を擁する強国となった。その過剰人口が流出することにより、メキシコ湾岸、ミシシッピ川沿岸、アマゾン川沿岸、南米の太平洋岸、地中海沿岸、ヨーロッパやアフリカの西岸、バルト海沿岸、黒海沿岸、カスピ海沿岸に文明国家が築かれた。
5. これこそまさに「大洪水以前の世界」にほかならない。エデンの園、ヘスペリデスの園、エリュシオンの野、アルキノオスの園、メソンパロス、オリュンポス、そしてアースガルド。これら古代の国々の伝説の楽園は、はるか遠い昔に人類が平和と幸福のうちに長い時代にわたって暮らしていた大いなる国土の普遍的な記憶を示すものである。
6. 古代ギリシア人、フェニキア人、古代インド人、古代スカンディナヴィア人などの崇拝した神々や女神は、アトランティスの王や女王や英雄たちにほかならなかった。神話の中で、これらの神々や女神が行ったとされていることは、実際の歴史的事件が混乱して伝わったものである。
7. エジプトやペルーの神話は、太陽崇拝であったアトランティスの根源の宗教を示している。
8. アトランティス人によって建設された最古の植民地は、おそらくエジプトであった。その文明はアトランティス島の文明の引き写しであった。
9. ヨーロッパの「青銅時代」の器物は、アトランティスに由来するものであった。アトランティス人はまた最初の鉄器製造者でもあった。
10. すべてのヨーロッパのアルファベットのもとになったフェニキアのアルファベットは、アトランティスのアルファベットに由来するものである。これはまた、アトランティスから中米のマヤ人に伝えられた。
11. アーリア系民族もしくは印欧語族、それにセム系民族、さらにおそらくはツラン人も、アトランティスをその発祥地としている。
12. アトランティスは恐るべき自然の大異変によって壊滅した。この異変の際、全島が、ほとんど全住民とともに海中に沈んだ。

船団の出発を描いたティラ島アクロティリ遺跡のフレスコ画（前1650–前1500、部分）、アテネ、国立考古学博物館

13. この恐ろしい大災厄を逃れて、わずかな人々が船や筏に乗り、東方や西方の国々へと運ばれた。この大災厄の記憶は、旧世界および新世界のさまざまな国々に、大洪水、大氾濫の伝説として、今に至るまで伝えられている※。

※本引用部分は、ライアン・スプレイグ・ディ・キャンプ『プラトンのアトランティス』、小泉源太郎訳、ボーダーランド文庫への採録をもとに、固有名詞、漢字、ルビ等を調整した

ドネリーは自説に科学的な価値を与えるため、有史以来の大災厄と言える規模の地震と海没現象、またアイスランド、ジャワ、スマトラ、シチリアのそれぞれ近海とインド洋で津波が島々を飲み込んだ事例、それに18世紀の有名なリスボン地震について徹底的に調べ上げた。アトランティスが海底に沈む以前には、アトランティスと一方ではヨーロッパ、他方ではアメリカを繋ぐ島々が存在したという。

ドネリーの影響かどうか定かではないが、20世紀に入ると、アトランティスやその植民地の遺跡を発見せんとして、タルテッソス（かつてイベリア半島にあった古代都市。聖書やヘロドトスに言及がある）やサハラ砂漠を掘り返す試みが行われたが、碌な成果は出なかった。またアトラス山脈のベルベル人の肌が白くて金髪碧眼であったことから、彼らこそアトランティス滅亡を生き延びた人々の末裔だとする説が出されたかと思えば、民族学者のレオ・フロベニウスはさらにニジェールまで南下してこの地にア

トランティスを求めた。また前15世紀に火山の大爆発で水没し、現在サントリーニ島としてその一部が残るかつてのテラ島こそがアトランティスだったとする説も現れた。

1513年にトルコの提督ピリ・レイスがガゼルの皮に描いた地図も、この話題ではもはや定番である（Polidoro, 2003☆所収のCuoghiによる論文を参照）。世界地図の歴史においてきわめて重要な資料であるのとは別に、そこに（当時提督が知っていたはずのない）南極が描かれていると言って騒ぐ人が多いのだ。もちろん「アトランティス学者」らもアトランティスが——アメリカ大陸南端のティエラ・デル・フエゴとその未知の大陸（テラ・インコグニタ）の間に——描かれていると言って騒いでいるのだが、そう解釈すべき根拠と呼べるほどのものは特に挙がっていない。

消えたアトランティスの謎と、いわゆるバミューダ・トライアングルの謎を結びつける説もある。その海域で飛行機や船舶が頻繁に消えるという、よく知られた現代のミステリーである（ただし専門家に言わせれば、飛行機や船舶の交通量の多い他の海域と較べて、バミューダ・トライアングルでの事故数が特に多いというわけではないそうだが）。どういう説かというと、海底に沈んだアトランティスの遺跡では現在もエナジーソースが活きていて、それが飛行機なり船舶なりの航行に影響を及ぼしているのだとか、かつてアトランティスを滅ぼした地殻の大変動により、電磁気の乱れだか重力異常だかが引き起こされているのだとか、まあそういった類いのものである。この海域の深海に海底都市があって、そこにアトランティスの生き残りが潜んでおり、その連中が飛行機や船を海底に引きずり込んでいるという説もあるが、なぜアトランティス人がそんな海賊みたいな真似をしなければならないのかについての説明は特にない。

ピリ・レイス提督の世界地図（1513）、イスタンブル、トプカプ宮殿図書館

プラトンに発する〈失われた大陸〉への強迫的な憧憬は、アトランティスに留まらず、他にも様々な仮説を派生的に生み出してきた。そのひとつがレムリアで、ドネリーによればこれは人類のもうひとつの発祥地なのだそうだ。ともかくこのレムリア大陸はかつて、オーストラリア、ニューギニア、ソロモン諸島、フィジーの間に存在していたとされる一方、「レムリア学者」の中には、いやレムリアはアジアとアフリカを繋ぐ位置にあったとする者もいる。なお科学者の見解は、太平洋であろうとインド洋であろうと、レムリア仮説に対応するような地形は一切存在しないということで一致している。

ここでもあのブラヴァツキー夫人が黙っているはずはなく、レムリア人を秘教主義者（エソテリシスト）たちが求めてやまない「偉大なる秘儀参入者（グレイト・イニシエイト）」に数えている。

レムリア大陸の係累にムー大陸がある（同じ大陸の別名とされることも珍しくない）。事の始まりは19世紀、シャルル・エティエンヌ・ブラスール神父という人物が、16世紀にディエゴ・デ・ランダが考案した（実はまったく出鱈目な）マヤ文字解読法を用いてある古写本の翻訳にとりかかったことだった。読み始めてすぐ、神父はその古写本が地殻の大変動で海底に沈んだ大陸について記したものであることに気づいた（というか、そう思い込んだ）。しかしさらに読み進むうち、どうしても解読できない文字が出てきた。彼はしばらく悩んだ後に、それが「ムー」と読めることに思い至った――こうして誕生した「ムー大陸」は、まずオーガスタス・ル・プロンジョ

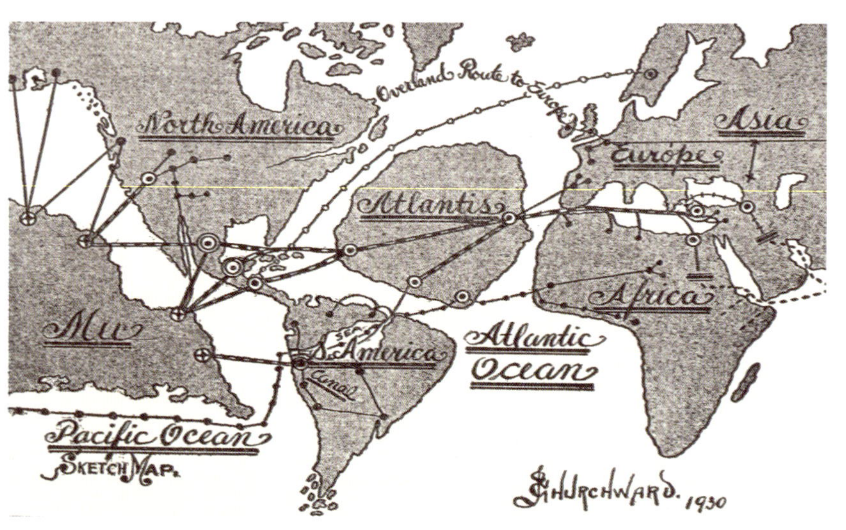

ジェイムズ・チャーチワード『ムー大陸の子孫たち』（ニューヨーク、1931）所収の地図

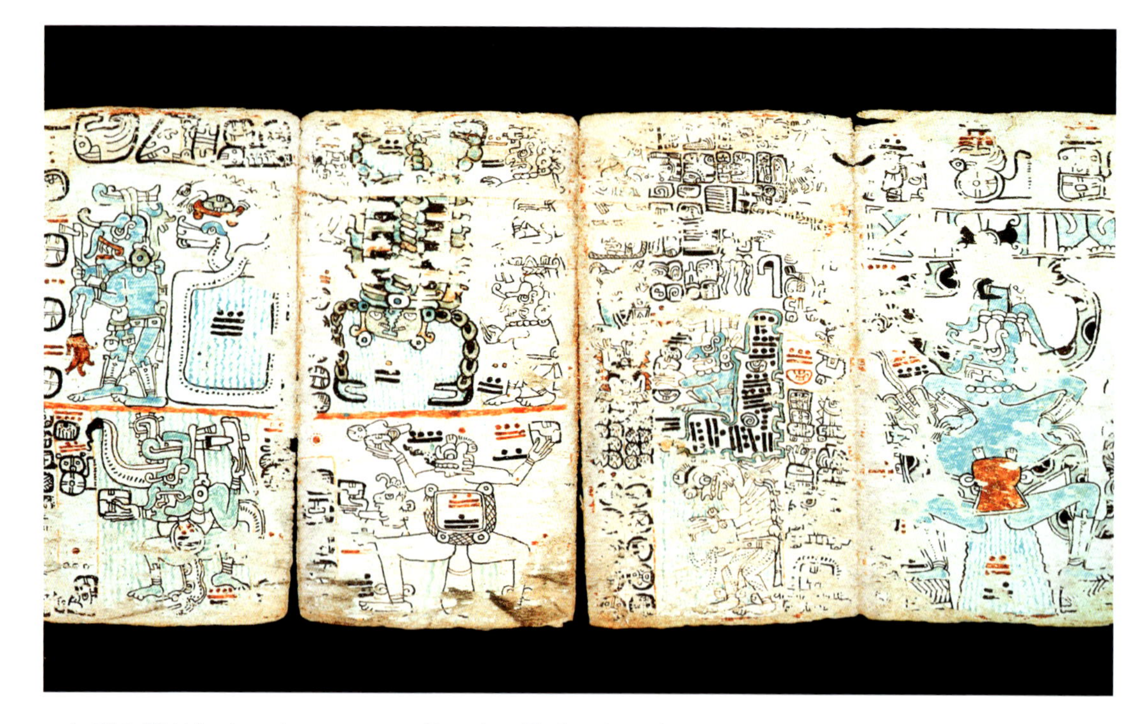

ンに引き継がれ（Le Plongeon, 1896☆）、その後ジェイムズ・チャーチワード大佐の『失われたムー大陸』（Churchward, 1926☆）で世界中の人々に知られるようになる（同書は現在も読み継がれている）。チャーチワードはあるとき、インドの高僧に古代の粘土板を見せてもらう。それは人類の起源について記したもので、東南アジアの母大陸から来た「聖なる兄弟」がこれを書いたのだという。

この粘土板を含む各種資料の解読結果から、チャーチワードは次のような結論を導き出している――ムー大陸こそは人類発祥の地であり、様々な部族がラ・ムーと呼ばれる国王の統治下で暮らしていた。住民の大半を白人種が占め、彼らが科学、宗教、商業を世界に広めた。母なる大陸の例に漏れず、ムーもまた火山の爆発と津波によって1万3000年前に海に沈んだ。なお、それからほんの1000年後には（ムーの植民地のひとつであった）アトランティスも沈むことになる。

最後に、トロイア遺跡発掘で名高いハインリヒ・シュリーマンの孫を自称したパウル・シュリーマンなる人物のことを紹介しておこう。このパウルは、1912年10月20日付の『ニューヨーク・アメリカン』紙上に、アトランティスを発見したという告白記事を発表したのだ。だがまもなくこ

マドリード（トロ＝コルテシアヌス）絵文書（900頃－1521）の断片、マドリード、アメリカ博物館

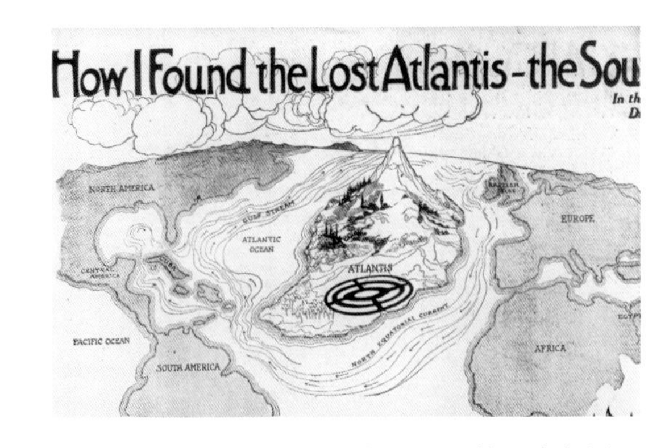

パウル・シュリーマンの告白記事、『ニューヨーク・アメリカン』（1912年10月12日）

れは捏造であったことが発覚し、そもそも偉大な考古学者の孫という自称自体が怪しいという結論に落ち着いたのであった。

この種の妄想の根本には、エジプトのピラミッドや中東のジッグラトが、アジアやアメリカ先住民など他の文化圏でも見つかるという事実がある……のではあるが、やはり論理の飛躍は否定できない。なぜなら、盛り土を基礎とした構造物というのは風の作用で砂が山積した様子を表したものであり、また階段状の構造物はしばしば自然な浸食作用の結果であり、柱状の構造物は立ち並ぶ樹木から発想されうるものであることを思えば、似たような形の構造物が異なる文化で互いに独立に発達することは十分ありえるからである。だがミステリー愛好家にそういう理屈は通用しない。彼らにかかれば、巨石を用いた構造物の遺跡が、南米、エジプト、レバノン、イスラエル、日本、中米、イングランド、フランスの各所で見つかるという事実は、それらがすべて同一の古代文明の遺産である証拠以外の何物でもないことになってしまうのである。

アトランティスはナチスの周辺に集まった多くのオカルティストをも魅了した。彼らについては第7章で詳しく紹介するが、ここでもさしあたりいくつかの事例を挙げておこう。まず、ハンス・ヘルビガーは独自の宇宙永久氷説に基づき、アトランティスとレムリアの水没は地球が月を軌道に捕らえたことが原因だと主張している。カール・ゲオルク・チェッチュ『アトランティス、アーリア人の原郷』（Zschaetzsch, 1922☆）は「ノルディック・アトランティック」ないし「アーリア・ノルディック」なる支配的な人種類型を考案しているが、これは後に、ナチス人種主義最大の理論家たる**アルフレート・ローゼンベルク**に引き継がれる。1938年にハインリヒ・ヒムラーが組織したチベット探検隊は、アトランティス人の末裔たる白人種の探索を目的とするものだったと言われている。極北に原郷を求めたいまひとりの理論家ユリウス・エヴォラは、「北極人種（ボレアル）」が北から南へ、そして東から西へと移動する様子を辿り、アトランティスを極のイメージの中枢に据

「アトランティード」(1932)、ゲオルク・ヴィルヘルム・パープスト監督

えた。彼は、南はレムリアの方角であり、「黒人種たる南方の民族を、その大陸の最後の微かな痕跡と考えることができる」と主張し、より一般的な表現では、「俗世の悪魔崇拝の奴隷と化し、獣性と交わった下等人種との遭遇によって生じる争闘の記憶が神話化された形で表現されるに至り、そこでは光すなわち神の類型（ボレアル起源の1要素）と闇すなわち悪魔の類型との対照が際立つ」と述べる（Evola 1934☆）。

要するに聖杯（第8章を参照）と同様に、アトランティスは長い年月を経る中で、当初は想像もしえなかったような場所へと次第に移動していったのだ。アゾレス諸島から北アフリカへ、アメリカからスカンディナヴィアへ、南極からパレスティナへ……。さらにサルガッソー海へ、ボリビアへ、ブラジルへ、アンダルシアへ——専門家と素人とを問わず、かつて〈失われた大陸〉が栄えた場所を求める者がいる限り、アトランティスはやむことなく移動し続けるのだ。

最近の説だと、セルジョ・フラウが〈ヘラクレスの柱〉とはジブラルタル海峡ではなくシチリア海峡のことであり、したがってアトランティスとはサルデーニャ島だったとする説を唱えている（Frau, 2002☆）。実際、Trshsh と綴られるフェニキア文字の語がこの島で見つかっており、それが「タルテッソス」と読めるというわけで、神話においてアトランティスの植民地とされるタルテッソスもまた、このサルデーニャに移される。アトランティスは消失したはずなのにサルデーニャ島は現存しているではないかという批判はもっともだが、フラウのほうでも反論は用意してあって、サルデーニャにはかつて巨大津波の被害に遭った史実があり、海に呑まれて滅亡したとの伝説はそれがもとになって生まれたのではないかということである。他方、ギリシア人がシチリア海峡より外には出ていないとするなら、『ティマイオス』と『クリティアス』が書かれた当時にはまだ健在だっ

アンリ・モランによるジョルジュ＝ギュスターヴ・トゥードゥーズ『イスの小さな王様』(1914) のための挿絵

たこの島について、プラトン自身は十分な知識をもっていなかったという結論も導かれることになろう。

海に沈んだ文明についての伝説は他にも多くあり、アトランティス神話はそれらに対する関心をも惹起してきた。ひとつ挙げるなら、ブルターニュ地方で様々に語り継がれてきた〈イスの都〉(ブルトン語ではケル＝イス) の伝説である。ドゥアルヌネ湾にあったとされるこの都市は、グラドロン王の娘と住民の犯した罪への罰として海に沈んだと言われる。この伝説は出自を異にする複数の要素が組み合わさって成立している。「イス」という名称が用いられ始めたのはブルターニュのキリスト教化以降のことだが、文献史料はないもののこの語は元を辿れば異教起源らしい。

様々なヴァージョンがある中で、本章のアンソロジー用としては、**ジョルジュ＝ギュスターヴ・トゥードゥーズ**による子供向け冒険小説『イスの小さな王様』(Toudouze, 1914☆) を収録することとし、海中都市を題材とする**エドガー・アラン・ポー**の詩行も末尾に挙げた。

アトランティス (もしくはムー) を素材にした物語、小説、映画はそれこそ山のようにあって枚挙に暇がない。だが、8000年の長きにわたり海底に住み続けてきたアトランティス人との邂逅を描くSF冒険活劇、アーサー・コナン・ドイル『マラコット海淵』(Conan Doyle, 1929☆) は外せまい。アフリカのジャングルを舞台にターザンが様々な冒険をするエドガー・ライス・バロウズの「オパル」ものもぜひ紹介しておきたい。この連作では

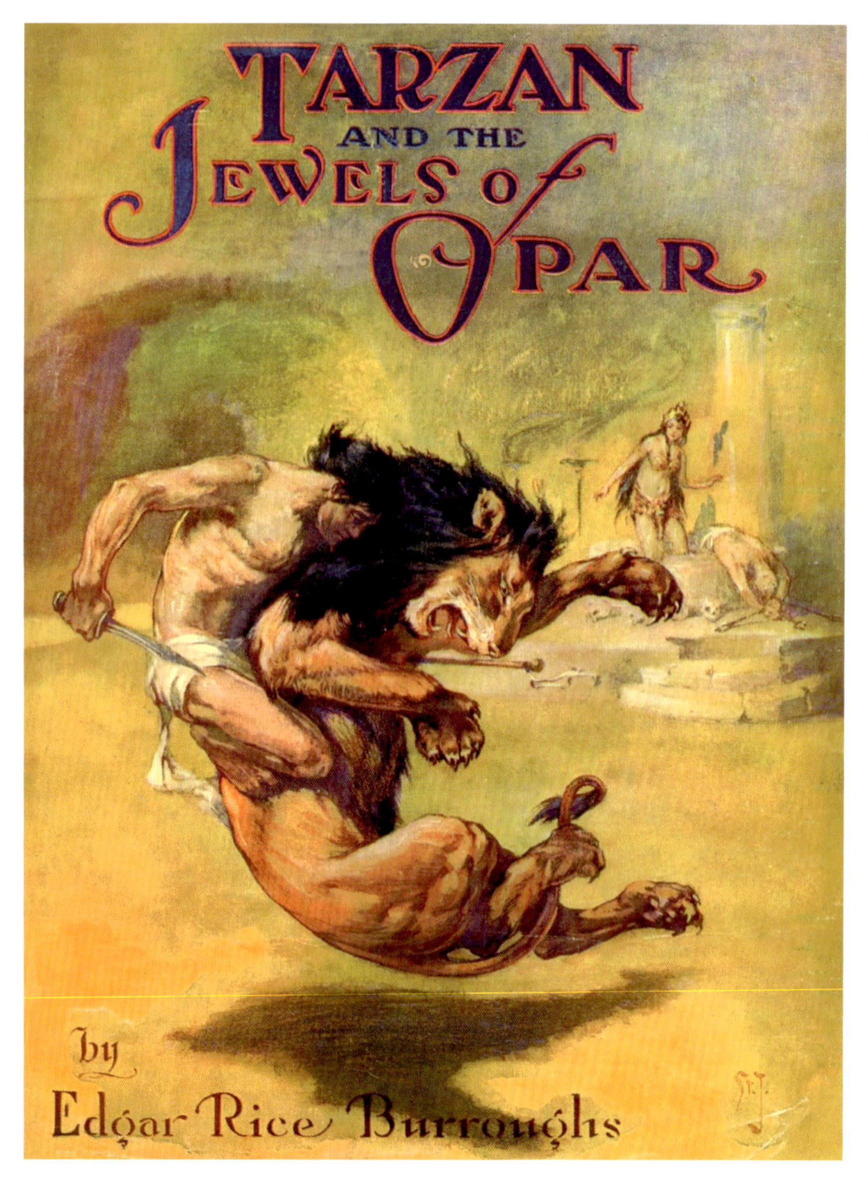

エドガー・ライス・バロウズ『ターザンとオパルの宝石』（A. C. マックラーグ版、1918）［邦題『ターザンとアトランティスの秘宝』］のカバー装画

オパルはジャングルの奥地にあり、女は美女ばかり、男は類人猿ばかりが住んでいる都市で、これが、かつてはアトランティスの植民地だったという設定なのである。ヘンリー・ライダー・ハガードの『洞窟の女王』（Haggard, 1886–1887☆）には、麗しくも残忍な女王が統治する、古代エジプトよりも長い歴史をもつ謎のアフリカ文明が登場する。

ただ『洞窟の女王』にはアトランティスが出てこないので、代わりにピエール・ブノワによる大人気小説『アトランティード』（Benoit, 1919☆）を挙げよう。当時、『洞窟の女王』を剽窃したとして非難された因縁の作品である。サハラ砂漠はかつて海であり、そこに島がひとつあったが、

「コルト・マルテーゼ」シリーズ最後の作品となるウーゴ・プラット『ムー』(1988–1989) 所収の「ムーの島」の地図

一帯が砂漠と化したいま、その島は地下都市へと変貌を遂げていた。この都の統治者として、やはり麗しくも残忍な女王アンティネアが登場する。彼女は自分の許を訪れる者を——その美貌の虜にして——黄金の像に変えるのである。この小説を原作とした映画は数本作られているが、ひとつ挙げるとすればパープスト監督のもの(1939)が適当だろう。『アトランティード』は何度かコミック化もされている。

アトランティスもしくはムーを題材としたコミック作品には他にも有名なものが多数あるが、ここはライマン・ヤング『ティム・タイラーの幸運』の1エピソード「女王ロアーナの神秘の炎」、モルティメール教授が活躍するジャコブズ『アトランティスの謎』(1957)、そしてウーゴ・プラットによる「コルト・マルテーゼ」シリーズのひとつ『ムー　失われた都』を挙げるに留めておく。

*

◉アトランティス書誌学のために

■アンドレア・アルビニ
『アトランティス——テクストの海の中で』
(Albini, 2012☆)

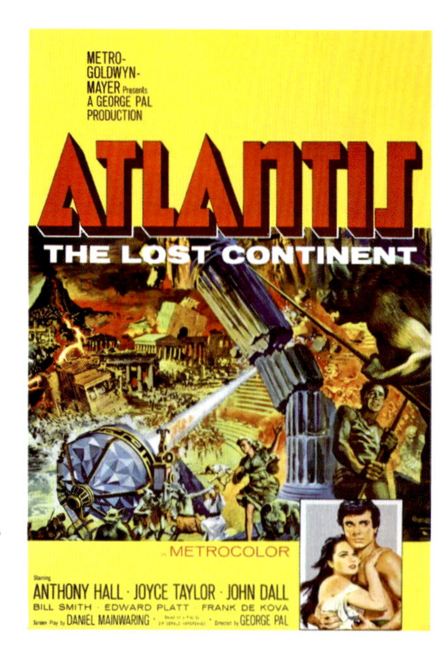

「謎の大陸アトランティス」(1961)、ジョージ・パル監督

これまでアトランティスについては、おびただしい数の書籍、論文、文書が書かれてきた。2004年に研究者のシャンタル・フクリエが調べたところでは、アトランティスについて書かれたウェブサイトは合計9万ページにも上ったという。しかし当時でも、実数はもっと多かったに違いない。2010年5月に検索エンジンGoogle上で行われた調査では、インデックスのついたウェブページの数が、英語のものだけでほぼ2300万件、スペイン語のものが約120万件、ドイツ語が180万件、イタリア語が46万3000件、フランス語が38万件だった。(……)印刷物の出版点数も馬鹿にならない。1841年に『プラトン『ティマイオス』の研究』を出したT・アンリ・マルタンは、アトランティス関係の文献をリストアップしているが、挙がっているのは数十点である。彼は純粋な研究文献しか数えていないため、もっと奇特なタイプの出版物も数に入れていれば、点数はもう少し増えただろう。書き手の数に関して言えば、ライアン・スプレイグ・ディ・キャンプが、1954年に出版された批判的アトランティス研究の古典とも言える著書の中で、いわゆる「アトランティスト」を216人分、ABC順に列挙して、それぞれの専門と執筆年、およびアトランティスについての結論をまとめている。そのうち、アトランティスは「架空」の土地である、あるいはその実在が「疑わしい」、あるいはそれは「寓話」であるという結論に達したのは37人にすぎず、残る全員がアトランティスは実在すると結論づけたうえで、その場所を特定している。古典学や歴史学、哲学におけるプラトン研究では、そもそもアトランティスの話が真剣な議論の的になることはなく、せいぜい簡単な言及に留められる程度であることを考えれば、アトランティスの「地理的特定」に挑む論者がこれほどの数に上るというのが、いかに偏った事態であるかがわかってもらえるだろう。クロード・ルーとジャン・ガットフォッセは、1926年に発表した「アトランティス関連記事」目録に1700件の記事を含めているが、その主題領域は地理誌、民族誌、古代の民族移動、洪水、古代の伝承、大陸移動など様々だった。プラトン自身の記述が主題化しているところに照らせばかなり幅広い範囲のトピックが挙がったものだが、大事なのは、繰り返し現れるものもあるとはいえ、この主題の拡散というのがアトランティス本には常につきまとうという事実である。一例を挙げると、フランスのエッセイストで海底に眠る宝を探すトレジャーハンターでもあるピエール・ジャル

ナックは、1989年に、アトランティス関連の本を全部集めるだけで蔵書数5000冊の書斎がつくれると書いている。

◉クリティアスの語る話

■プラトン（前5–前4世紀）
『クリティアス』113b以下（Platone☆）

さきほどぼくは神々の国土分配について、「神々は全大地を大小さまざまの地域に分配され、自分のために社と生贄を準備された」とお話ししたが、ポセイドンもまた同じようにしてアトランティス島を受け取りたまい、人間の女に生ませた自分の子どもたちを、この島のつぎのようなところに住まわせたもうた。

すなわち、海岸から島の中央部にかけて平野があって、それは世界中のどの平野よりも美しく、たいへん地味の肥えたところだったという。さらに（海岸から）島の中央に寄っておよそ50スタディオンの距離をへだてた平野のなかには、どこもそれほど高くない山があった。で、この山に、大地から生まれた原住民の1人、エウエノルという名の男が、妻のレウキッペといっしょに住んでいた。この夫婦には、クレイトオというひとり娘があった。

両親が世を去ったとき、この娘はもう婿をとる年ごろになっていた。そこでポセイドンは彼女への欲望に駆られ、いっしょになりたもうて、彼女の住む丘のまわりの大地を砕きとられ、海水と陸地からなる大小の環状帯を交互にめぐらして丘のまわりをお囲みになった。つまりポセイドンは、島の中央を軸として、2つの陸地環状帯と3つの海水環状帯とを、いわば轆轤づくりの輪のようにぐるりとめぐらされたわけだが、これらの環状帯はどこも等しい幅となるようにつくられていたから、人間どもは真ん中にある島（クレイトオの住い）へは渡って行けなかったのである。なにしろ、その当時は船もなかったし、航海術も知られていなかったのでね。

次にポセイドンは、神だから当然のことではあるけれども、地下から2つの泉——その一方は源より温水が、他方は冷水が湧きでるものだが——をもちだしてこられたり、大地にありとあらゆる作物を豊富に実らせたりして、この中央の島をいとも容易に飾られたのであった。

（……）

さて、アトラスの一族には数多くのすぐれた人物が出たが、つねに最年長の者が王として君臨し、いつのばあいにも最年長の子に王位を譲りながら、何代にもわたって王権を維持していた。そしてかれらは、かつていかなる王の権力をもってしても集められたことがないほどの、またこれからもなかなか集められそうもないほどの莫大な富を所有し、およそ都市その他の地域で必要とされる施設はこれをことごとくそなえつけていたのであった。

このようにかれらが莫大な富を所有し諸施設を完備しえたのは、かれらの支配権のゆえに海外諸国からかれらのもとに多量の物資が寄せられたからであるが、しかし生活に必要な諸物資の大部分をこの島でじかに産出しえたからでもある。なによりもまず、この島では硬・軟両質の地下資源がことごとく採掘された。いまはただ名のみとなっているが、当時は実際に採掘されていたオレイカルコスの類いは、そのころ金につぐひじょうに貴重な金属であって、島内のいたるところに分布していた。木工材としての森林資源についても、あらゆる種類のものが豊富にあったし、家畜や野生動物も多数生息していた。他の動物、たとえば沼や湖や川のほとりにすむ動物

イグナツィオ・ダンティによるリグーリアの地図（1560、フレスコ画）に描かれたポセイドン、ヴァチカン市国、ヴァチカン美術館、地図の間

とか山地や平地にすむ動物にとって豊富な餌があったばかりでなく、生まれながらにして巨大かつ大食のこの動物にとっても、同様に豊富な餌があったからである。（……）

かれらはこれらすべての恵みを大地から受け取って神社、宮殿、港、造船所その他、それぞれの地域で必要とされる施設のすべてを建設していったのであるが、これらは次のように秩序正しく配置されていたのである。

はじめに、かれらはむかしの中央都市（メトロポリス）を囲む海水環状帯に橋をかけ、王宮に出入りする道をつくった。それから、はじめはポセイドンとかれらの先祖が居所と定められたちょうどその場所に宮殿を建てたのだが、これは、代々の王が先王からこれを承け継ぐたびに、先王をしのごうと力を尽していろいろな付属施設を整備したので、しまいにはその規模の大きさといい出来ばえのすばらしさといい、驚くほど見事な住まいに仕上げられていったのであった。すなわち……

かれらは、外海を起点として幅3プレトロン、深さ100プースで長さ50スタディオンの水路を掘り、これを一番外側の海水環状帯に連絡させた。そしてどんな巨船でも楽に入れるほどの広さに水路口をきり開いて、外海からその海水環状帯へと向かう船舶のいわば港のような役割をはたさせた。さらにまた、海水環状帯のあいだを走る〔2本の〕陸地環状帯には、橋のつけねのところで、三段櫂船が1隻航行できるほどの水路を掘って、海水環状帯がたがいに連絡するようにし、その上をおおって、このトンネル内を船が通るようにした。なぜなら、陸地環状帯のふちが、海面よりかなり高かったからである。なお、水路によって外海へ連絡している最大の海水環状帯は幅3スタディオン、すぐ次の陸地環状帯の幅もこれに等しかったが、その内側をはしる2番目の環状帯のほうは、海水帯の幅が2スタディオン、陸地帯のそれも、その前にある海水帯の幅と同じ2スタディオンで、中央島をじかに囲んでいる環状帯は幅1スタディオンであった。そしてこの中央島は――ここに宮殿があったのだが――直径5スタディオンであった。

さて、以上の工事を終えると、かれらはこの中央島と陸地環状帯と1プレトロンの幅をもった連絡橋の両側を石塀でぐるりと取り囲み、各連絡橋の外海へ向かう出口の両側には櫓を建て、門をつくった。これらの石塀に使用した、白、黒、赤など、色とりどりの石材は、中央島の周辺や内外の環状帯から切り出されたが、かれらはこれらの石材を切り出すと同時に、そこにできた洞穴の中に岩石をじかに天井とする2つのドックをつくった。

なお、それらの建築物には1色の石材を用いて建てたものもあり、美しく見せるために各種の石材を混ぜて色どりを工夫し、建物におのずと魅力がそなわるように配慮したものもあった。それにまた、かれらはいちばん外側の陸地環状帯を囲む石塀のまわりを塗料でぬりつぶしたようにびっしりと銅板でおおい、内側の陸地環状帯の石塀のまわりには錫板を、アクロポリスをじかに囲む石塀には炎のようにさんぜんと輝くオレイカルコスをかぶせたのである。

(……)

当時のアトランティスの国々は量質ともにかくもすぐれた力をもっていたのだが、神はその力を1つにまとめられ、こんどは、このわれわれの住むアッティカへお移しになったのである。それは話によると、なにか次のような理由からであった。

何代もの長い歳月にわたって、かれらのなかで神の性が指導的な地位を占めているあいだは、かれらはもろもろの掟にしたがい、神に縁のあるものにたいしては鄭重な態度をとってきた。すなわち、かれらは日々偶然にめぐり合う出来事にたいしてもたがいの交わりに対しても思慮深い穏やかな態度で接するほど、非のうちどころのない高邁な精神の持主だったので、徳以外のものはすべて軽視し、自分たちの所有物にこだわるようなことはせず、莫大な黄金その他の財産のいわば重荷のようなものにも容易に耐えて、富ゆえの贅沢に酔って自制心を失い、われとわが身を滅ぼしてしまうというようなことなど、なかったのである。自己を律するにきびしいかれらは、これらはすべてたがいに友愛を分ちあい徳をもって交わることによって殖えるものであり、あまりにも熱をあげてこれらを追い求め大切にしすぎると、かえって財そのものを減らし、同時に徳までも滅ぼしてしまうことになるということを、鋭く見ぬいていたのである。

かれらはじつにこのような考えの持主であり、神に縁のある性をとどめてもいたから、その所有する富はどれも、さきに説明したとおり、莫大なものとなって殖えていった。しかしかれらに宿る神の性が、多くの死すべきものどもとのたびかさなる混合によって、その割合を減じ、人間の性が優位を占めてくると、とうとう財の重荷に耐えかねて、見苦しい振舞いをするようになり、人を見る目のある者には、「破廉恥な奴らよ」と思われるようになってしまった。それは、かれらが数ある貴重なもののなかからもっとも大切なものを失ってしまったからである。だが、真実の幸多き生を見ることのできぬ者たちにとっては、この時代こそかれらがいつの時代にもましてすばらしく、祝福に満ちた生をおくっているように思われたのであった。それは、かれらがよこしまな欲望を満足させ、その力をほしいままにしていたからである。

神々の神、掟を司る神ゼウスは、このようなありさまをさだかに観る力をもっておられたので、このすぐれた血をひく者たちが世にも哀れな姿となっているのにみ心をとめたまい、かれらが懲らしめを受けてもっとましな姿になるように、罰をあたえようとお考えになった。そこでゼウスは、神々のもっとも尊敬する住い、すなわち全宇宙の中心に位置を占め、世に生ずるすべてのことを照覧したもうあの住まいへと神々を残らずお集めになり、神々が集まって来られると、申された……。〔以下、中断〕

◉アトランティス人

■シケリアのディオドロス（前1世紀）

『歴史叢書』第3巻56［邦題『神代地誌』］

本書でアトランティオイ族のことにふれた際、諸神の誕生についてこの族民の間に伝わってきた神話を、述べて行くのは適切だと見なした（……）

アトランティオイ族は、大洋オケアノス沿いの諸地域に住みつき、肥沃な土地に分かれ住みながら、神を拝み異郷からの客に親切なことでは、近隣諸地方よりはるかに優れているように思えた。その地での話によると、諸神の誕生は自分たちの間で起きた。そして、この族民によると自分たちの説明内容には、ギリシア人の間の詩人のなかでも一番際だっている詩人も同調し、その詩行のなかでヘラ女神を導入して語らせ——

というのは、これから養いゆたかな大地の涯へ、神々さまの
祖でおいでのオーケアノスと、テーテュース小母さまに逢いに伺うとこですの。

この族民の伝える神話によると、自分たちの間で最初ウラノスが王となると、人間たちが散在して住んでいるのを市の周壁のなかへ集めた。そして自分に服従する人びとに無秩序と動物並みの暮しを止めさせ、そのために果樹栽培の利用と貯蔵そのほか暮しに役立つ物を、かなり数多く発見した。さらに自分は人の住む世界のほとんど、とりわけ西寄りと北寄りの諸地域をも、支配下に置いた。

星座を注意深く観察しながら、宇宙の下で将来起る出来ごとを、数多く予言していた。また、大衆のため、太陽の運行を基に1年を、月からは1月の数を、さらに1年ごとの季節の区分を、それぞれ教えた。

それゆえ、大衆の方も、星座の恒久的な配置のことを知らないため、予告どおりの出来ごとが起るのに驚異をおぼえ、これらの知識をもたらした人は神の本性を分有していると思っていた。そこで、この王が人間のため功労を尽したのと、星座についての（予言）知識を具えていた結果、王が人間界から（神界へ）移って後は、不死の栄典を付与した。そして、王の呼び名を宇宙へ移した。これは、ひとつには星座の出没そのほか宇宙をめぐる出来ごとに、この名が向いていると思われるのと、さらにこれほど大きな栄典を捧げれば、王が尽した功労を凌ぐほどの価値があるからで、このため大衆は万世の後までも、王を万有の王と呼び名することとした。

■プリニウス（後23–79）

『博物誌』第2巻204–205（Plinio☆）

また自然がシチリヤをイタリアから、キプロスをシリアから、エウボエアをボエオティアから、アタランテスとマクリアスをエウボエアから、ベスビクスをビテュニアから、レウコシアをサイレン岬から引き裂いたときには、それは自然が島をつくったいまひとつの方法である。

さらに自然は、島々を海から奪い取ってそれを陸地にくっつけた。(……)

海によって完全に掠め取られた例は、まず第一に(もしプラトンの話を信ずるなら)大西洋におおわれている広大な地域(……)だ。

■アイリアノス(2–3世紀)
『奇談集』第3巻18

ヨーロッパとアジアとリビアは島であり、その3つを取り巻いてオケアノス〔大洋〕が流れ、オケアノスに囲まれたこの世界の外側にあるもののみが大陸なのである。その大陸の大きさは無限で、巨大な生物が棲息しているが、そこに住む人間もこちらの世界の人間より2倍も大きく、寿命もわれわれと同じではなく倍生きる。大きな都市が多数あって独特な生活様式をもち、法律もわれわれのところとは正反対のものが制定されている。(……)

敬虔国［エウセベース］の住民は豊かな富と平和に恵まれて生活し、犁も牛も用いずに大地の稔りを取り入れるが、耕したり種蒔きをする必要はない。一生健やかで病気を知らず、笑いと愉楽の裡に生を終えるという。彼らはまた進んで正義を守るので、神々もしばしば快く彼らの国を訪れて下さる。他方、好戦国［マキモス］の住民は戦争の虫とも言うべく、生まれながらに武具を着け、戦争に明け暮れ、隣国を屈服させて、一国でおびただしい部族を支配している。200万人を下らぬ住民は病気で死ぬようなこともあるにはあるが、それは稀で、大半は戦場で石や棍棒で殴られて命を落とす。(……)

さて、この者たちがある時、われわれの住む島々へ渡ってこようとしたことがあったという。そして、1000万人ほどがオケアノスを漕ぎ渡り、ヒュペルボレオイ〔極北人〕の国までやってきたが、こちらの世界の中ではそれが最も幸せな民族なのだと聞かされ、そのみすぼらしく貧しい生活ぶりにあきれかえって、それ以上先へ進んでもつまらないと思った、というのである。

◉新しいアトランティス

■フランシス・ベーコン
『ニュー・アトランティス』
(Bacon, 1627☆)

ペルー(そこには丸1年滞在した)を発った私たちは、南海経由で、中国と日本を目指して出帆した。12ヵ月分の食糧を携え、5ヵ月余りの間は、東からの弱く穏やかな良風に恵まれた。ところがそのあと風向きが変わって何日も西風が吹き、ほとんど前進できなくなり、ときには引き返そうかと考えるほどだった。(……)

するとちょうどその翌日の夕方、前方北の方角約20マイルの所に、厚い雲のようなものが見えてきた。陸地かもしれぬという希望が人々の胸に浮かんだ。何しろ南海のこのあたりは、まったく未知の領域なので、これまで知られていない島や大陸があるかもしれない。そこで私たちは、陸地らしい方角に進路を定めて、一晩中進んだ。次の日の夜明けには、それが陸地であることは明らかになった。見たところ平たく、厚い茂みに覆われているため、いっそう黒

フランシスコ・バイェウ・イ・スビアス「オリュンポス――巨人の墜落」(1764)、マドリード、プラド美術館

ずんで見える。さらに1時間半の帆走のあと、美しい街の港となっている停泊地に入った。市街は大きくはないが、建物は立派で、海からの眺めは好もしかった。(……)

身分の高い（と思われる）人がやってきた。広い袖の付いたガウンを身につけていた。波紋の山羊のふんわりした毛織地で、われわれのよりは、ずっと光沢があり、色は鮮やかなるり色だった。その下の服は緑色、帽子も緑で、ターバンの形をしているがきゃしゃな作りでトルコのターバンほど大きくなく、縁からは巻毛が垂れていた。見るからに高貴な方だった。(……)

翌日、10時頃、再び館長が現れ、挨拶の後「お邪魔します」と親しげに言いながら椅子を求めて腰をおろし、私たちも、10人ほどが（他は身分が卑しいか、外出中だった）同席した。私たちが席に着くと、こう切りだした。「私どもベンサレムの島(彼らの言葉ではそういう名だった）の住民は隔絶した位置にあり、旅行者には機密保持の法律が課せられ、またぬったに異邦人を受け入れぬために、私どもはこの世界の居住可能の地について、たいてい知っていますが、私どもについては知られていません。(……)

「昨日閣下がおっしゃった事ですが、この私どもがいまいる幸せの島を知る人はほとんどいないのに、あなた方は世界の大部分の国々を知っていらっしゃるということは、皆様がヨーロッパの諸言語に通じ、私どもの状況や活動はよくご存知なので、本当だとわかったのですが、私どもヨーロッパにいて(近年の遠隔地の諸発見や諸航海にもかかわらず）この島のことを耳にした人、目にした人のことを、僅かなりとも聞いたことがないというのはたいへん不思議だと思うのです。(……)」

これを聞くと館長は穏やかな微笑を浮かべながら言った。「あなた方が、今のご質問をされるのにあらかじめ許しを乞われたのは、結構なことでした。と言いますのは、ご質問によれば、あなた方はこの地を、まるで魔術師の国、全地に空中の霊を遣わし、よその国の情報と機密を集めさせているとでもお考えのようですから」(……)

「ぜひともおわかりいただきたいのは（もしかするとあなた方には到底信じられないかも知れませんが）約3000年、あるいはそれ以上前には、世界の航海は（特に遠洋航海は）今日より盛んだったのです。(……)その当時から1世紀かそれ以上にわたって、大アトランティスの住民は栄えていました。あなた方の中の偉人の1人は、ネプチューンの子孫がそこに定住したと語り、壮大な神殿、宮殿、街並み、丘陵、（その街と神殿を鎖の輪のように幾重にも囲む）船の通れるほど大きな無数の河による入り組んだ水路、「天の階梯」のように神殿に向かって登る幾段もの階段のことなどを詩的に、空想を交えて記述していますが、確かなことは、このアトランティスという国は、当時コヤと呼ばれたペルー、ティランベルと名付けられていたメキシコと同じように、軍備、船団、豊かな資産を誇る強大な国だったことです。(……)

しかし、これらの傲慢な企てに対する神の復讐がほどなく彼らに下されました。百年も経たぬ内に、大アトランティスは完全に破壊され、消滅しました。例の方は大地震によると言っていますが（その地方一体はめったに地震の起こるところではありません)、大洪水、大氾濫が原因です。これらの国々は、現在でも、旧世界のどこよりも大きな河と高い山があり、水を押し流すのです。

フランシス・ベーコン『大革新』の口絵（1620）

◉モンテーニュの見解

■ミシェル・ド・モンテーニュ
『エセー』第1巻第30章
「人食い人種について」
（Montaigne, 1580–1595☆）

ソロンが、エジプトのサイスの町で神官から聞いた話というのを、プラトンが紹介している。それによると、その昔、洪水以前に、ジブラルタル海峡の口のところに、アトランティスという名前の大きな島があって、アフリカとアジアを両方合わせたよりも広い土地を占めていたという。（……）しかしながら、このアトランティスの島が、われわれが最近発見した新世界なのだという感じはあまりない。というのも、その島はスペインとほとんど接していたのだから、それが現在のように、ぐっと1200リュー以上も後退したとすれば、それこそ信じられないほどの洪水の作用だということになってしまう。それにまた、近年のさまざまな航海によって、その新世界が島ではなくて（……）大陸であることが、ほぼ明らかにされたという事実も存在する。

◉ヴィーコの懐疑

■ジャンバッティスタ・ヴィーコ
『新しい学』第2巻第4章（Vico, 1744☆）

ここでわたしたちはこの問題の議論に入らなければならないのだが、これまでに展開されてきた多くの意見についてはごく一部の見本を紹介するにとどめたい。それらの意見はいずれも不確かなものであるか、軽率なものであるか、適切さを欠いたものであるか、うぬぼれに満ち満ちたものであるか、嘲笑すべきものであるかのいずれかであって、数こそおびただしい量にのぼるとはいえ、黙殺されてしかるべきものばかりなのだ。紹介する見本とはつぎのようなものである。ふたたび戻ってきた野蛮時代に、スカンディナヴィアもしくはスカンツィアは諸国民のうぬぼれによって〈ウァーギーナ・ゲンティウム〉〔万民の子宮〕と呼ばれ、世界のそれ以外のすべての地域の母であると信じられていた。こうしてまた、学者たちのうぬぼれによってヨハンネス・マグヌスとオラウス・マグヌスは、自分たちゴート人は世界が創始されて以来、アダムによって神的な仕方でもって発明された文字を保存してきた、と主張した。この夢想はすべての学者から嘲笑されたが、ヨハンネス・ファン・ゴルプ・ベカンがそれを受け継いで発展させるのを押しとどめはしなかった。かれは自分の母語であるキンブリア語（それはサクソン人の言語とさほど変わらない）を地上の楽園からやってきたものであって、他のすべての言語の母であると主張したのだった。この見解については、ジュゼッペ・ジュスト・スカリージェロやフィリップ・カメラリウスやクリスティアン・ベックマンやマルティン・スホークによって作り話がつくり出された。そして、このようなうぬぼれはさらに膨れ上がっていって、ついにはオローフ・ルードベックの『アトランティカ』という著作のなかで破裂するにいたる。それによれば、ギリシア文字はルーン文字から生まれたものであって、ルーン文字が裏返しになったのがカドモスによってヘブライ文字に類似する配列と音価をあたえられたフェニキア文字であり、そして最後にギリシア人がそれを定規とコンパスによって真っ直ぐにしたり曲げたりしたのだという。また、文字の発明者はスカンディナヴィア人のあいだでメルクロウマンと呼ばれているが、これはエジプト人のために文字を発明したメルクリウスがゴート人であったことを意味している、と。文字の起源をめぐってのこのような言いたい放題の意見は、わたしたちがここで言おうとしていることが新しくもたらすものをただ無関心に眺めるだけでなく、それらを注意深く考察して、それらを異教世界の神と人間にかんするすべての知識の原理として受けとるよう、読者に気づかせるにちがいない。

■ヘレナ・ブラヴァツキー
『シークレット・ドクトリン』第2巻
(Blavatsky, 1888☆)

そのため、予想される混乱を避けるために、本書で繰り返し言及される4つの大陸については、教養ある読者により馴染みのある名称を採用するのがよいだろう。そこで第1人種が神聖な祖先の力で進化することとなった第1の大陸——第1のテラ・フィルマ——を
Ⅰ．「不滅の聖地」
と呼ぶことにしたい。

この名称を採用する理由は次のとおりである。この「聖地」——詳しくは後述する——は他の大陸とは決して運命を共にすることがないと言われている。というのも、この土地のみが、各ラウンドを通じマンヴァンタラの始めから終わりまで存続すると定められているからである。この地こそは、最初の人間の揺籃の地であり、最後の半神族の住処であった。(……)この神秘の聖地について述べられることはほとんどないが、とある注釈書の中で「大いなる息吹の「日」の明け方から黄昏の終わりまで北極星が見守る」と言われているのは、おそらくこの地のことだろう。
Ⅱ．第2の大陸のために選ばれた名称が「ヒュペルボレアン」である。この地は北極点から南方および西方にそれぞれ突き出た岬を有し、第2人種が住んでいた。(……)
Ⅲ．第3の大陸は、「レムリア」と呼ぶことにしよう。(……)現在のアフリカの一部がかつてこの大陸に含まれていたとはいえ、インド洋からオーストラリアまで達していたこの巨大な大陸のその他の部分は、すでに太平洋の海中に消えてしまい、ところどころに標高の高い山頂の部分が島として見えているにすぎない。(……)
Ⅳ．第4の大陸は「アトランティス」である。古代人の伝承にもっと注意が払われていれば、この大陸こそが歴史に登場する最初の土地となったはずである。プラトンにこの名で呼ばれる有名な島があるが、それはこの偉大な大陸のごく一部を指したものにすぎない。
Ⅴ．第5の大陸はアメリカであったが、これは対蹠地に位置していたため、インド＝アーリア系のオカルティストによって第5の大陸とされてきたのは、アメリカとほぼ同時期に成立したヨーロッパおよび小アジアであった。彼らの教えが各大陸の地質

的、地理的な出現順序に従ったものであるならば、この分類は修正を要するであろう。しかし、大陸の並べ方は第1人種に始まり第5人種すなわち我らがアーリア根源人種に至るまでの人種進化の順序に従ったものであるため、ヨーロッパは第5の偉大な大陸と呼ばれなくてはならない。シークレット・ドクトリンは島嶼や半島は考慮に入れず、現在の陸地と海の地理的配置にも従うものではない。(……)

肉体をもった人間の最初の者が、第3紀以前の巨人であって1800万年前に存在していたという主張は、もちろん近代知の崇拝者、信奉者には馬鹿げたものに見えるはずだ。生物学者たちは、第2紀の第3人種たるティターンが、当時の陸海空にいた巨大な怪物どもと戦うのに適した体軀であったという説を総力を挙げて退けにかかるだろう。(……)

現代の人類学者は、神学者が人の祖先がサルであるという説を嗤ったのと同じく聖書のアダムを嗤うが、我らがティターンもその嘲笑を免れえまい。(……)いずれにせよ、オカルト科学は、ダーウィン人類学や聖書神学と較べて、求めることが少なく与えるところが多い。それに何者も秘教年代学を恐れることはない。数字に関して言えば、当代きっての権威であっても定説には辿り着けておらず、それは地中海の波のように不安定で定まらないものなのだ。

◉ネモ船長とアトランティス

■ジュール・ヴェルヌ
『海底二万里』第2部第9章

(Verne, 1869–1870☆)

数分のうちに装備の装着は完了した。背中には空気のたっぷり入ったタンクを背負わされたが、電灯は準備されていなかった。わたしはそのことをネモ船長に指摘した。

「わたしたちには役に立ちません」彼は答えた。

わたしは聞きちがえたかと思ったが、指摘を繰り返すことはできなかった。なぜなら、船長の頭はすでに金属のカプセルを被せられて見えなくなってしまっていたからである。わたしの装備も完了し、鉄の棒を手に握らされた。そして何分かのち、いつもの操作を経て、わたしたちは大西洋の海底を踏みしめていた。水深は300メートルだった。

真夜中が近づいていた。水は深い闇だった。しかしながらネモ船長はわたしに、遠くに見える1つの赤みがかった点を指し示した。それは、ノーチラス号から2マイルほどのところで光っている大きな明かりのようなものだった。その明かりが何なのか、何を燃料にしているのか、なぜ、どのようにしてそれが水の中で消えずに燃え続けていられるのか、わたしにはわからなかった。とにかくその光は、ぼんやりとではあるが、わたしたちを照らしていた。(……)

半時間歩くと、地面は石でごつごつしてきた。クラゲやごく小さな甲殻動物やウミエラが燐光を放ち、それをかすかに照らしていた。何百万という植虫と海藻の茂みに覆われた石の山がいくつか目に入った。このぬるぬるした海藻の絨毯の上では、しばしば足が滑った。もし鉄の棒がなかったら一度ならず転んでいただろう。振り返ると、あいかわらずノーチラス号の白っぽい照明灯が見えたが、それも遠ざかるにしたがってぼんやりと霞んでいった。

今述べた石の堆積は、大洋の海底で何らかの規則性をもって並べられていたが、それが何であるかはわからなかった。わたし

アルフォンス・ド・ヌヴィルによるジュール・ヴェルヌ『海底二万里』(1869–1870)のための挿絵

はかなたの暗闇に消えていく巨大な畝道を見つけた。その長さははかり知れないほどだった。ほかにも特異なものが見られたが、それを判別することはできなかった。重い鉛の靴底は、なにか敷きつめられた骸骨を砕いているようで、それが乾いた音をたてて割れていた。わたしがこうして歩きまわっているこの広大な平原は、いったい何なのだろう？(……)

朝の1時になっていた。わたしたちは山の第1の斜面にさしかかっていた。しかし、そこに達するには、広大な雑木林の困難な道を危険を冒して通らねばならなかった。

そうだ！　それは、葉もなく樹液もない死んだ木々、水の作用で鉱物化した木々の雑木林で、そのあちこちには巨大な松が聳えていた。それはあたかも、崩れた土に根でしがみついている、立ったままの炭鉱のようだった。その枝葉模様が、黒い紙の繊細な切り抜きのように水の天井にくっきりと描き出されていた。山腹にしがみついたハルツの森が水没したものを想像していただきたい。小道は海藻とヒバマタで埋まり、そのあいだには甲殻動物の群れが蠢いていた。わたしは岩をよじ登り、倒れた木の幹をまたぎ、木から木へとぶら下がっているツタのような海藻をかきわけ、枝から枝へと泳ぎまわる魚たちを驚かせながら進んだ。すでに経験を積んでいるので、疲れも感じなくなっていた。(……)

(……)わたしたちは第1の台地に来ていた。そこではさらに別の驚きが待っていた。そこには、創造主でなく人間が作ったものであることがわかる趣き深い廃墟が見えていた。石を積んだ広大な風景が広がり、城や教会の形がぼんやりと見分けられた。それらは花盛りの無数の植虫に覆われ、ツタではなく海藻やヒバマタの厚い植物性のマントをまとっていた。

それにしても、大変動により沈んだこの地球の部分はどこなのだろう？　いったいだれが、岩や石をこんなふうにまるで先史時代のドルメンのように並べたのだろう？　わたしはどこにいるのだろう。ネモ船長の気まぐれは、わたしをどこにつれてきたのだろう？

わたしは船長に聞いてみたかったが、それができなかったので、彼を引き止めた。わたしは彼の腕を取った。しかし彼は頭を振り、山の最後の頂上を指し示しながらわたしに言っているように見えた。

「来るんだ！　まだまだ！　ほら、来るんだ！」

わたしは最後の力をふりしぼって彼のあとについていった。そして数分で、この岩塊全体から10メートルほど上方に聳えている頂上をよじ登ってしまった。わたしは越えてきたばかりの側を見た。山の高さは平地から700ないし800ピエにすぎなかった。しかしその反対側の斜面では、大西洋の海底の底からの高さが2倍もあった。視界が遠くまで開け、激しい閃光に照らされた広い空間が見わたせた。じっさい、この山は火山だった。頂上から50ピエ下方では、石や火山滓が雨と降るなかに大きな噴火口があって溶岩の奔流を吐き出しており、それが火の滝となって水中に散っていた。このような位置にあることからこの火山は、巨大な松明のごとく下の平原を地平線のはてまで照らしていたのである。

海底の噴火口から溶岩が出ていると言ったが、炎は出ていなかった。炎が出るためには空気中の酸素が必要で、炎は水の中では立つことができないのである。しかしながら、溶岩の流れはそれ自体の中に白熱要素を持っているので、赤く灼熱し、水と戦って勝ち、触れると蒸発するのである。早い流れがもろもろのガスの拡散を引き起こし、溶岩の急流は、もう1つのトッレ・デル・グレコの上に降るヴェスヴィオス火山の噴出物のごとく山の下まで滑り落ちるのだった。

じっさいわたしの眼下に、破壊された街が、廃墟と化し、損壊し、打ち倒された姿を現わした。屋根屋根は崩れ落ち、寺院は打ち倒され、アーチは解体し、柱は地面に横たわっていたが、そこにはまだ、トスカナ風建築を思わせるしっかりした均整美が感じられた。より遠いところには、巨大な水道橋の残骸が見える。こちらにはアクロポリスのように漆喰で塗り固めた小高い丘があり、パルテノン神殿のごとく空中に浮かぶ形をしている。あちらには波止場の跡が見える。あたかも、かつて消え去った大洋の海岸で商船や3段オールの軍艦を収容していた古代のどこかの港のようだ。さらに遠くには、崩れ去った長い城壁の線、人けのない広い道が見える。あたかもネモ船長が、水に沈んだポンペイをわたしの目の前に蘇らせたかのようだった。

わたしはどこにいるのだろう？　どこにいるのだ？　何としてもそれが知りたかった。話がしたくて、頭を閉じ込めている銅の球をかなぐり棄てたい思いだった。

しかしネモ船長がわたしのところにやってきて、身振りでそれを制止した。それから、白亜質の石を1つ取って黒い玄武岩のほうへと歩いていき、ただ一言だけ書いた。

アトランティス

◉ローゼンベルクの説

■アルフレート・ローゼンベルク
『20世紀の神話』（Rosenberg, 1930☆）

地質学者によると、北米とヨーロッパの間に大陸地塊があり、今日のグリーンランドとアイスランドはその名残であるという。他方、極北海域の列島（ノヴァヤ・ゼムリャ）には、現在よりも100メートル高い位置に太古の水位線が見られるともいう。このことから、どこかの時点で北極点の移動が起こったと考えられ、現在北極地方と呼ばれている地域は、かつては今よりはるかに温暖な気候であったとする説が説得力をもつ。以上を踏まえると、太古のアトランティス伝承について新たな見方が可能になる。すなわち、今日、大西洋の波濤がとどめき、巨大な氷山が浮かぶ海域に、かつては花盛りの大陸が存在し、その上で創造的な人種が大規模な文化をつくり、我が子らを船乗りとして、また戦士として世界中に送り出していたという説が、まったくありえないものではないことになるのである。そして、仮にこのアトランティス仮説そのものは反駁される運命にあったとしても、先史時代の極北地域に、何らかの文化的中心地が存在していたという仮定はやはり置かざるをえないだろう。

◉イスの秘密

■ジョルジュ＝ギュスターヴ・トゥードゥーズ
『イスの小さな王様』第3章（Toudouze, 1914☆）

「ああそれなら！」コランティーヌ号の小さな船長は訳知り顔で言った。「昔イスの都があったところでしょう……知ってますよ。よく見ま――」

ジョビックは思わず言葉を切った。みんなの反応が意外なものだったからだ。モルナンとジェローム・トロティエなどは飛び上がらんばかりだった。

「知っている……見たことがある？」モルナンがつっかえながら言った。

ジョビックは驚き、ごく当たり前のように言った。「もちろんですよ！……このへんの人なら誰でも知ってます。遠い昔に、イスという名前の都が海に飲み込まれたんです。住民が犯した罪に罰が下されたんです。ブルトン語の歌まであるんですよ。訳すとこんな内容です。『聞いたか、もう聞いたか、神の人がイスのグラドロン王に言った言葉を――』」

「ああなんだ。もっと別の話かと思ったよ。じゃあ君はその歌を知っているというだけなんだな。このあたりの人なら誰でも知っている歌を……他には何も知らないんだな？」

「いえそうじゃなくて、歌以外にも知ってますよ。この歌は農家の人とか屑拾いの連中がよく歌うんですが、僕が言ってるのはその都そのもののことです。海に沈んだ

「女郎蜘蛛」［原題「アトランティード」］（1921）のポスター、ジャック・フェデール監督、ピエール・ブノワの原作小説の映画化

都のことですよ」

　モルナンはジョビックに近づき、その両肩に手を置いた。それから落ち着きを装った声でゆっくりと言った。

「注意して聞いてくれ、ジョビック。いまから君に非常に重要なことを尋ねる。それに対する君の答えは、君には想像もつかないほどの価値をもっている可能性があるのだ。私がここに来た目的はほかならぬイスの都の探索なのだ。私はこの都は絶対に存在すると固く信じている。おそらくこのあたりのどこか、湾の海底に、都の遺跡が眠っているはずなのだ。この探索のために、これから数週間、必要なら数ヵ月をかけるつもりだ。だから、慎重に考えて答えてほしい。君はこの都のことを知っていると言うんだな？」

　ジョビックもまた非常に真剣な顔になり、立ち上がると誓いを立てるように片手を上げた。それから相手の目をまっすぐに見て答えた。

「はい。イスの都のこと、知っています」

「それは、学校で習ったとか、誰かに聞いたということかね？　何か物語や伝説のようなものを」

「知っているのは、この目で見たからです」

「絵か何かで見たのか？」

「海で、水の中にあるのを見たんです」

「先に話を聞いていたから、見たと思い込んだんじゃないのか？」

「この目で20回は見ました。網にかかって海底から引き上げられた建物の破片の石を触ったこともあります。おじさんに連れていってもらったんです。海底の壁に引っかかるといけないからここには海老壺を沈める

エヴァリスト＝ヴィタール・リュミネ「グラドロン王の逃走」(1884頃)、カンペール美術館

なって。そのときに教えてもらいました。遠い昔に――」

「そう、5世紀のことだ」

「そうなんでしょうね。フランスがフランスになる前のことです。おじさんが言うには、その頃はドゥアルヌネの湾はまだなくって、シェーヴル岬とラ岬の間にイスという名の、海側を防波堤に守られた壮大な都市があり、グラドロンという老賢王が治めていたんだそうです。この王様には性悪の娘がいました。名前をアーエスとか――」

「それはブルトン語の名前だ。フランス語ではダユーという」トロティエが口を挟んだ。

「そうじゃないとは言ってませんよ」ジョビックが動じずに言った。「ある夜、グラドロンが寝ている隙に、アーエスは宮廷の舞踏会である男と出会います。男はアーエスを唆して、父王のもつ黄金の鍵を盗み出し、その鍵で水門を開けるよう言いました。この男は悪魔だったんです。アーエスが鍵を盗み、水門を開けると、大海の水がイスの都に一気に流れ込みました。友人の聖グウェノレに起こされたグラドロンは馬に飛び乗り、娘を抱えて逃げますが、押し寄せる海水は彼のすぐ後ろにまで迫り、そのとき『お前が抱えているその悪魔を後ろに投げ捨てろ！』という叫び声が聞こえます。アーエスは馬から落ちて波に飲み込まれましたが、波はプラージュ・デュ・リで止まりました。グラドロンはランデヴェネックまで逃げ延び、こうしてドゥアルヌネ湾ができたということです」

ジェローム・トロティエが両手を擦り合わせながら言った。「素晴らしい民話に仕立てられたものだが、実際にはイスを滅ぼしたのは大地震なんだ。地震に伴う現象として、イスは数分のうちに100メートル海底に沈み、地盤沈下によってこの見事な湾ができたというわけさ」

◉海中の都市

■エドガー・アラン・ポー
『海中の都市』(Poe, 1845☆)

見よ、それは「死」が自分のためにこさえた王座だ
おぼろげな「西」の海の底に
ひとつだけ在る不思議な都——
そこでは善も悪も、最低も最上も、みんな
永遠の憩いにくつろいでいる。
あまたの寺院も宮殿も塔も、
(時を経てなお揺るがぬ塔も!)
われらの世間にはけっして見られぬ不思議な形だ。
まわりには、空を吹く風に忘れられた海がひろがる——
あきらめたように大空のもと、
もの憂げにひろがっている。

この都は長い夜の支配するところだから
聖らかな天国からの光は差しこまぬ。
しかし輝く海からの光は
尖塔の群の間に静かに流れこみ
散立する小塔を輝かせ
円屋根にあがり——塔に——壮麗な廊下に——
神殿に——バビロン風の壁に——
蔦や花々を彫りこんだ古びた小亭に——
さらに数々の寺院のひとつずつに入りこむ——
その飾りとなった浮彫りには
提琴(ヴァイアル)やすみれ(ヴァイオレット)や蔓草(ヴァイン)が織りこまれている

大空の下、あきらめたように
物憂げに海の水はひろがる、
そこに塔の群とその影がまざるから
すべてが空中に漂うもののように見え、
いっぽうこの都にある高い塔からは
「死」が堂々と見おろしている。

そこでは扉を開いた神殿や口をあけた墓が
光ってよせる波とならんで欠伸している
神像のダイヤ入りの眼となった財宝も
華やかな宝石で飾られた死人の誰も
その床に水をさそったりしない
だから、ああ、水はさざ波ひとつ立てず、
ただ鏡のようにひろがるのみなのだ——
もっと遠くの幸福な海では風が吹くと
告げるうねりもなく
もっと沈鬱でない海では風が
さわやかに吹くと告げる波濤もない。

だが、見よ、空中になにかがゆらめく!
波がおきた——あそこに動きがあるのだ!
まるであの塔の群は少しずつ沈みながら
潮の流れを押しのけるかのようだ——
まるでその塔の頭はみな、うす曇った空の中に
穴をあけるかのよう。いまや波は
赤らんだ光を放ちはじめた——
時間の吐息は低くかすかになり——
そして、なんの嘆きも呻きも発せずに都市が
さらに下へと、沈みはじめる時、
「地獄」が、千の王座から立ちあがり
その都市に敬礼する。

HVITSARK
ISLANDIA
Falcones albi
Corui albi
Vrsi albi
Vestrabord
Isafiord
Nix perpetua
Scalholdin
Chaos
Mons Sanctus
Iokel
Hanafiord
Saxa
Holensis
Vallen
Butirum
Berghé
Cripto porticus
Ostrabord
Bremen
Hamburgen.
Scoti
Lubicenses
Pistrum siue Phiset
Hordero
Sudero
FARE
Eclea
Mulse
Moschus
Stremb
Ziphius
Monstrum 1537. visum
TILE
BALENA
ORCA
ORCADES XXXIII
HETLANDIA
Ecclesia S. Magni
Fledero
Pomona

第7章

ウルティマ・トゥーレとヒュペルボレイオイ

L'ULTIMA THULE E IPERBOREA

*

*

*

*

◉トゥーレ　トゥーレ（Thule; Θούλη）の初出はギリシア人探検家ピュテアスの旅行記で、そこでは北大西洋に位置する太陽の沈まない火と氷の地だとされている。このほか、エラトステネス、ディオニュシオス・ペリエゲテス、**ストラボン**、ポンポニウス・メラ、プリニウス、ウェルギリウス（『農耕詩』第1歌30に「最果てのトゥーレ」と見える）が言及しているのに加え、アントニオス・ディオゲネスは『トゥーレの彼方の驚異』（2世紀）なる冒険譚を書いている。トゥーレの神話はマルティアヌス・カペッラによって再び取り上げられた後、ボエティウス、ベーダ、ペトラルカと中世を通じて伝承された。近代に入ってからはさすがに本気でこの土地を探す者はなくなったが、他方で詩的な神話としてはその後も用いられ続けた。この過程でトゥーレに比定された実在の土地は、アイスランド、シェトランド諸島、フェロー諸島、サーレマー島と多岐にわたる。だがこの不確かな地理情報こそが、最果て（ウルティマ）のトゥーレの神話を生んだのである。

この伝説の島の姿を描いたもののうち最もよく知られているのは、オラウス・マグヌスによる地図『カルタ・マリナ』（1539）であろう。ただし島の名称はトゥーレではなくティーレ（Tile）となっている。

とはいえ、14世紀にはすでに極北の島々への航海が行われていたという記録もある。ひとつの例が、フリスランダやエストランダに上陸したとするニコロ・ゼンとアントニオ・ゼンの兄弟であり、1558年にはこの2人の子孫にあたるニコロ・ゼンによって『ゼン2兄弟によるフリスランダ、

オラウス・マグヌス『カルタ・マリナ』（1539、部分）に描かれたトゥーレ、個人コレクション

「マティルダ女王のタペストリー」（1027–1087）に描かれたノルマン人の船団、バイユー、タペストリー美術館

エスランダ、エングロウエランダ、エストティランディア、イカリアの発見』という書物が出版されている。また、メルカトルの地図にもフリスラントとドロゲオが、オルテリウス『世界の舞台』（1570）所収の「北方の記述」にもフリスラント、ドロゲオ、イカリア、エストティラントがそれぞれ描かれている。ニコロ・ゼンの著書は、英国王室から重用されていたイングランド人のオカルティスト、ジョン・ディーにも影響を与え、それが太平洋への北回り航路開拓を目的としたマーティン・フロビシャーによる探検任務へと繋がることになる。

⁂

◉極北人　その後、トゥーレ神話は極北人神話と融合することになる。極北人、すなわちヒュペルボレイオイ（「ボレアスの彼方に住む人々」の意で、ボレアスは北風の擬人化）とは、古代において、ギリシアから遥か北の地――6ヵ月に一度しか太陽の沈まない完璧な地――に住むと信じられていた民族である。

ミレトスのヘカタイオス（前6世紀）はヒュペルボレイオイの土地を、（既知の土地を環状に取り巻く）大洋オケアノスとリパイオス山脈（所在地不明で、極北地方ともドナウ川河口付近とも言われる山脈）の間の極北地域に位置づけている。

アブデラのヘカタイオス（前4–前3世紀）は**シケリアのディオドロス**の伝える断片において、ヒュペルボレイオイは大洋オケアノスに浮かぶ「シケリア島に負けない」大きさの島に住むとしている。この島からは月が間近に見えるのだという。

ヘシオドスはヒュペルボレイオイについて、「エリダノスの激湍」の近くに住むと書いている。だがこのエリダノスは一説にはポー川［イタリア北部を流れる川］のことだされており、だとするとこれを極北と言うのは近すぎる気もする。あるいは、ヘシオドスの目にはポー川がかなり神秘的なものに見えていたのかもしれない。他方、ギリシア世界ではエリダノスの位置についても諸説あり、北方の大洋に流れ込むとする文献もないわけではない。ピンダロスはヒュペルボレイオイの土地はイストロス川（現ドナウ川）の「暗い泉」沿いであるとし、アイスキュロスは『解き放たれたプロメテウス』の一節でイストロス川の源はヒュペルボレイオイの土地とリパイオス山脈にあると述べている。そしてシゲイオンのダマステスによると、リパイオス山脈は黄金を護るグリュプス［グリフォン］より北方にあるという。

ヘロドトスはプロコンネソスのアリステアスによる失われた叙事詩の概要を伝えているが、それによると、このアリステアスはアポロンによって神懸りとなって旅立ち、イッセドネス人の国に行ったが、その「向こう」にはひとつ眼のアリマスポイ人がおり、怪鳥グリュプスがおり、そしてヒュペルボレイオイが住むのだという。

地理的な位置については諸説あったものの、古代世界ではヒュペルボレアを選ばれし種族の発祥地とする発想はまったくなかった。ところが、ナショナリズムの高まりとともに各国語の起源論が猖獗をきわめるようになってくると、極北こそが言語と人類の原郷であるという議論が興ってくる。ローランド・ジョーンズ『ゴメルの環』（Jones, 1771☆）は、ケルト語こそが原初の言語であるとし、「最初の普遍言語にここまで似ている言語は英語のほかになく（……）ケルトの言葉と智慧はトリスメギストス、ヘルメス、メルクリウス、ゴメルのいずれかの環に由来する」と述べる。またバイイは、スキュタイ人こそは最古の民族のひとつであり、中国人はもちろん、アトランティス人もスキュタイ人の後裔だと述べている。要するに、文明の発祥地は北方にあり、その地から母なる種族が南へ下って様々

トマス・エンダー「氷河」(1830頃)、ブレーメン美術館

な民族に分岐したというのである。論者によっては、その過程で人類は堕落したと考える者もある。アーリア人種の起源を極北人に求め、唯一アーリア人種のみが堕落を経験しなかったとする議論もそうしたもののひとつである。

極北神話には様々な解釈があり、北方の寒冷な気候こそが文明を育み、地中海やアフリカの温暖な気候は劣等人種を生んだとするものもあれば、北方に生まれた文明がアジアの温暖な地域へと南下したことで完全な発展を遂げたとするものもある。また先史時代の極北地方は温和な気候だったとする説もあって、例えばウィリアム・F・ウォレンは——彼はボストン大学の学長まで務めた人物だが——北極こそが人類揺籃の地であり〈地上の楽園〉の座であると主張した『楽園の発見』(Warren, 1885☆)において、正統な反ダーウィン主義者の面目躍如とばかりに、現生人類が下等生物から進化したなどという説は真っ赤な嘘であり、元来極地に暮らしていた種

（次頁）アブラハム・オルテリウス「アイスランドの地図」（16世紀）

族は美麗かつ長寿であったのが、大洪水と氷河期到来のためにアジアへと移動した結果、現在の劣等な種族へと退化してしまったのだと説明している。先史時代の北極は陽光の輝く温暖な土地だったのであり、中央アジアの寒冷なステップ気候こそが種の退化を引き起こしたというのである。

元始、北極は温暖であった――この説を支えるために必要とされたのが（現在でもオカルト業界や似非科学で大人気の）、地軸移動（ポールシフト）で気候の大変動が起こる、という理論である。この関係では、どの程度科学的に妥当かは措くとして、とにかく大量の文献が存在し、これがあまりにも膨大なため、ここで要約するのはいささか難しい。いずれにせよ本書のテーマはあくまで伝説なので、ここでは北極温暖説についてもその文脈で言及すべきもののひとつであるという指摘に留めておいて、先を急ぐことにしよう[1]。

かろうじて学者の良心を残していたウォレンは、さすがに地軸移動説に与（くみ）することを潔しとしなかった。アジアに辿り着いた極北人は、夜空の見え方が北極にいた頃とはまったく違っていることに気づいたが、彼らの子孫の世代になると、悲しいかなもう知能が退化してしまっていたために、星の見え方に関する誤った説を信じ込んでしまった。この謬説こそが地軸移動説だというのである。いずれにせよ、後にアーリア主義の神話を生むことになる「極北人」の優越性とアジアや地中海の人々の劣等性という図式が、この時点ですでに成立していることは注目に値しよう。

アーリア人の起源をめぐっても、やはり無数の仮説が提出された。カール・ペンカは北ドイツおよびスカンディナヴィアだと言い（Penka, 1883☆）、オットー・シュラーダーはウクライナだとしている（Schrader, 1883☆）。そもそも聖書の伝承に反し、人類発祥の地を別の大陸に求める議論は18世紀啓蒙主義に始まり、当時ヴォルテール、カント、ヘルダーはそれをインドだと考えた。またドイツ・ロマン主義では、カエサルの侵攻を逃れてローマ蛮族文明を興し、中世の聖堂建築においてゴシック文化を開花させたチュートン（ゲルマン）諸族こそが、人類の父祖に直接連なる民族だと考えた。あとはこの北方民族とインド文明との繋がりを見出せば完成だが、この課題はサンスクリット語こそが人類の母語であるとする言語学者らの研究が担うことになった[2]。

彼らは自らの研究がいったい何をもたらすことになるのか自覚していたわけではないが、結局この一連の流れの先にアーリア主義の神話が誕生す

《1》これらの「極地」神話について詳しくはGodwin, 1996☆［ジョスリン・ゴドウィン『北極の神秘主義』、松田和也訳、工作舎］を参照

《2》Eco, 1993☆［ウンベルト・エーコ『完全言語の探究』、上村忠男、廣石正和訳、平凡社ライブラリー］を参照

ISLANDIA.
Priuilegio Imp. et Belgico decennali
A. Ortel. excud. 1585
Almingar
Adalvig
Langabak
Grumavig
Isfiord
Glama.
VVESTFIORDVNG
Perpetuæ nives
BLOE
Skagin
Bald Iokul
Arnarfiord
Dyrafiord
Breidevig
Occidens
Flatey
Breydafiordur
Sneuels Iokul
Staps
Stadarsted
Ondvertnes
Londranga
Haffiordrey
Hafnarfiord
Skeriford
Eldey
Rykianes
Keflavig
Grunda vig
Geir fuglasker
Tangi
Scala milliarium Islandicorum
B
C
D
E
F
G
H

Grims ey
Rauda gnupur
Rolsker
Flat ey
Lundey
Langanes prom.
Grimelsfiord
Midfiord
Finnafiord
Sandvig
Digranes
Strand
Hof
Iokus a
Balanes
Reydar fiord
Skirdu closter
Fliotzdallr
Garavig
Pap ey
Oriens
AVSTLENDIN GAFIORDVNG
Aradal
NORDLEN DINGAFIOR DVNG.
Munke tuere closter
Mokrufeld
Bardur dalur
Muli
Sand Iokul
Arnafelds Iokul
Fodinæ sulphureæ præstantissimæ
His notis distinguitur limes inter vtramq; dioecesim
SVNDLEN DINGAFIOR DVNG.
Hekla perpetuis damnata estib. et niuib. horrendo boatu lapides evomit
Mydals Iokul
Eyafialla Iokul
Solheima Iokul
Medalland
Oddi
Kirkebar closter
Hierskeyd
Breid
Horn
Brolangs eyer
Ingols hofdi
Vaccæ marinæ
Corui, et falcones albi
Eldor
WESTMANNA EIAR
ILLVSTRISS. AC POTENTISS. REGI FREDERICO II DANIAE, NORVEGIAE, SLAVORVM, GOTHORVMQVE REGI, ETC. PRINCIPI SVO CLEMENTISSIMO, ANDREAS VELLEIVS DESCRIBEB. ET DEDICABAT.

るに至るのである[3]。

さらに、オカルティストの伝承もまた、この神話の成立に大きな影響を与えた。ブラヴァツキー夫人は——アトランティス関係で先に紹介した——『シークレット・ドクトリン』(Blavatsky, 1888☆)において、ヒマラヤ以北の地に暮らしていた完璧な種族が、大洪水の後に移動を開始し、はるかエジプトまで移住してきたという説を唱えた(この点をもって、ブラヴァツキーの主張は少なくとも人種差別を意図したものではないとする者もある)。ブラヴァツキーが展開する空想人類史では、ヒュペルボレアとは現在のグリーンランドからカムチャツカにまで広がる極北大陸であり、ここに両性具有の怪物的な巨人たる第2根源人種が出現したのだという。

フリードリヒ・ニーチェ『反キリスト』(Nietzsche, 1888☆)は「我々は極北の民(ヒュペルボレイオイ)である」とし、頽落的なキリスト教とは対照的な、この北方の古代民族が備えていた徳性を称揚している。

ジョスリン・ゴドウィンの『北極の神秘主義』(Godwin, 1996☆)には、ヒュペルボレアの位置についてこれまで提出された全部で15個の説が一覧できる地図が収録されている。仮に「ヒュペルボレア＝人類の原郷」という図式になにがしかの真実が含まれていて、この地図の中に正解が描かれているのだとしても、当然ながら正しいのは15個の説のうちひとつだけであり、あとの14個は出鱈目だということになる。いずれにせよヒュペルボレイオイは、聖杯と同じく、長い年月をかけてまるでウナギのごとく地図上をのたくってきたのである。

アーリア人種＝ヒュペルボレア起源説は、**ファーブル・ドリヴェ**ら19世紀のオカルティストの間で好評を博すのだが(Fable d'Olivet, 1822☆)、この神話が大々的に全面展開するには、さらに汎ゲルマン主義とナチズムの到来を待つ必要があった。

⁂

●極北神話とナチズム　ヒトラーが権力を掌握する以前のナチ党には、オカルト科学の関係者が多数出入りしていた。幹部党員のうち誰が実際にその種のセクトに所属していたか、またそうした文化風土にヒトラー自身がどの程度関わっていたのかについては、現在でも論争が継続中である[4]。だがいずれにせよ、1912年に「アリオゾフィ」(アーリア人の優越性を説

《3》「アーリア人」という名称は、1819年にシュレーゲルが考案したものである。アーリア主義の神話については名著たるOlender, 1989☆［モーリス・オランデール『エデンの園の言語』、浜崎設夫訳、法政大学出版局］を参照のこと

《4》Galli, 1989☆ や Goodrick-Clarke, 1985☆などを参照のこと

ジョスリン・ゴドウィン『北極の神秘主義』(1996) 所収の、アーリア人の起源についての様々な仮説を示した地図

く哲学）を奉じるゲルマン騎士団が結成されたこと、また1918年にゼボッテンドルフ男爵が、このゲルマン騎士団の分派として、人種主義的な傾向性を強くもった秘密結社トゥーレ協会を設立したこと、これらは紛れもない歴史的事実である。スワスティカ（鉤十字）はこのトゥーレ協会のシンボルマークであった。

これらに先立つ1907年には、ヨルク・ランツなる人物が新テンプル騎士団を設立しているが、どうやらヒムラーはここから、アーリア人種至上主義を是とするSS（親衛隊）の着想を得たらしい。ランツは劣等人種について、去勢する、不妊手術を施す、マダガスカルに追放する、神への犠牲として焼却するといった案を推奨している。なお、これらの提案は——細部の修正を経たうえで——すべてナチスによって実施されることになるのである。

1935年には、ヒムラーが民族遺産研究教育協会(アーネンエアベ)を設立する。これはゲルマン人種についての人類学的・文化的な歴史研究を専門とする研究機関で、古代ゲルマニアの住民の偉大さ、すなわちナチスが奉じる優等人種の起源を明らかにすることを目的としていた。この協会はオットー・ラーン（第8章を参照）の強い影響のもと、世界各地に散らばる聖遺物の発掘蒐集に尽力したと言われるが、もちろんこれはキリスト教の信仰心に発する活動だったわけではなく、むしろこれらの聖遺物が北方の異教信仰の真なる後継者がもつべき力の源であるという信念に基づく活動であった。ヒムラーはさらにアリオゾフィの影響も強く受けている。これは（ナチズムの擡頭を待たずに没したが、熱心な信奉者を多く残した）ギード・フォン・リストによる一種の学説で、古代北欧のルーン文字を非常に重視する。リストの説くところによれば、ルーン文字は単なる文字ではなく、魔術的な象徴であって、これを用いる者はオカルト的な力を獲得し、占いや魔術を実践し、魔除けを作り、全宇宙を満たす微小なエネルギーを循環させ、そうすることでこの世の事象を思いのままに操ることができるという。なお、ナチスの鉤十字がルーン文字から着想を得たものであったことも忘れてはなるまい。

トゥーレ協会の紋章（1919）

ローマでSSの指揮を執っていたカール・ヴォルフ将軍は、晩年に行われたテレビ・インタビューで、ヒトラーから教皇ピウス12世を拉致してドイツに連れ帰るよう命令されていたことを告白しているのだが、その際、ヴァチカン図書館からルーン文字の写本を押収せよと下命されていたことも明かし、その写本はヒトラーにとってなにがしかの秘教的価値をもっていたようだと述べている。ヴォルフはこの拉致計画について、写本の正確な位置を事前に知るのが困難であるなど、様々な口実を並べて結局実行しなかったとい

■理想的なアーリア人

■その実像

（左）「Gerade du（君だ）！」、『シグナル』誌より模範的アーリア人

（右）アドルフ・ヒトラーの肖像写真（1923）

（左）アルノ・ブレーカー「覚悟」（1939）

（右）集会でのヨーゼフ・ゲッベルス（1931）

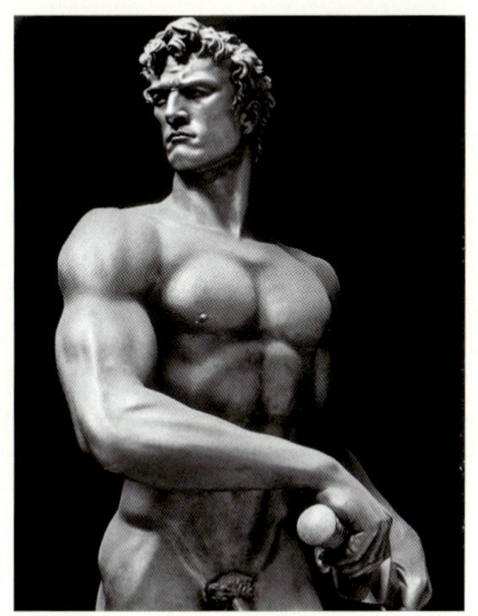

（左）ヨーゼフ・トーラク「同胞」（1937）、アーリア人の美の理想

（右）ハインリヒ・ヒムラーの肖像写真（1945）

う。この話がどこまで真実なのかは（少なくとも教皇拉致計画については記録文書があるものの）定かでないが、いずれにせよオカルティズム、汎ゲルマン主義、ユダヤ起源と言われる近代科学への反感、純粋にゲルマン的な科学への狂信的な執着――こうしたものがナチス周辺には終始漂っていたのである。

ナチズムに強い理論的影響を与えた人物として、もうひとり、アルフレート・ローゼンベルクの名を挙げておこう。著書『20世紀の神話』（Rosenberg, 1930☆）は、ドイツで100万部以上が売れ、ヒトラーの『わが闘争』に次ぐ大ヒットを記録した。そしてその文中にはもちろん、北方人種の神話に加え、アトランティスやウルティマ・トゥーレへの言及も見られるのである《5》。

最後にもうひとり、**ユリウス・エヴォラ**によるヒュペルボレア文明論のテクストを2つ、本章のアンソロジーに載せておくのでご覧いただきたい。

⁂

◉宇宙氷説　真剣なだけに馬鹿馬鹿しさが際立つというのがナチス周辺の思想や決定の特徴だが、その着想源となったのはヒュペルボレアの神話だけではない。ここではもうひとつ、妄想の爆発度においてはさらに上をいく一種の地質天文学を紹介しておこう。1925年以降ナチスにお墨付きを与えられたことで知られるオーストリアの似非科学者ハンス・ヘルビガーの「宇宙氷説（ヴェルトアイスレーレ）」（略称WEL）である。なお、この学説はフィリップ・ファウトの著書『氷宇宙論』（Fauth, 1913☆）の中で発表されたものだが、同書の大半はヘルビガー自身の執筆になるものである。さてこの宇宙氷説、当初はローゼンベルクやヒムラーらの歓心を買った程度だったが、ヒトラーが権力を握ると科学者の間でもヘルビガー説を真剣に扱う者が現れ始めた。レントゲンとともにX線を発見したフィリップ・レーナルトもそのひとりである。

ヘルビガーに言わせれば、宇宙とは火と氷の果てしなき争いの舞台である。そこには進化というものはなく、ただ繰り返される周期だけがある。かつて、太陽の数百万倍の大きさを誇る超高温の天体が、これまた巨大な宇宙氷の塊と衝突した。氷塊はこの灼熱の天体に取り込まれ、それから数億年の間この天体の内部で蒸気として作用していたが、ついにはこの蒸気

《5》ローゼンベルクのテクストについては第6章後半のアンソロジーを参照

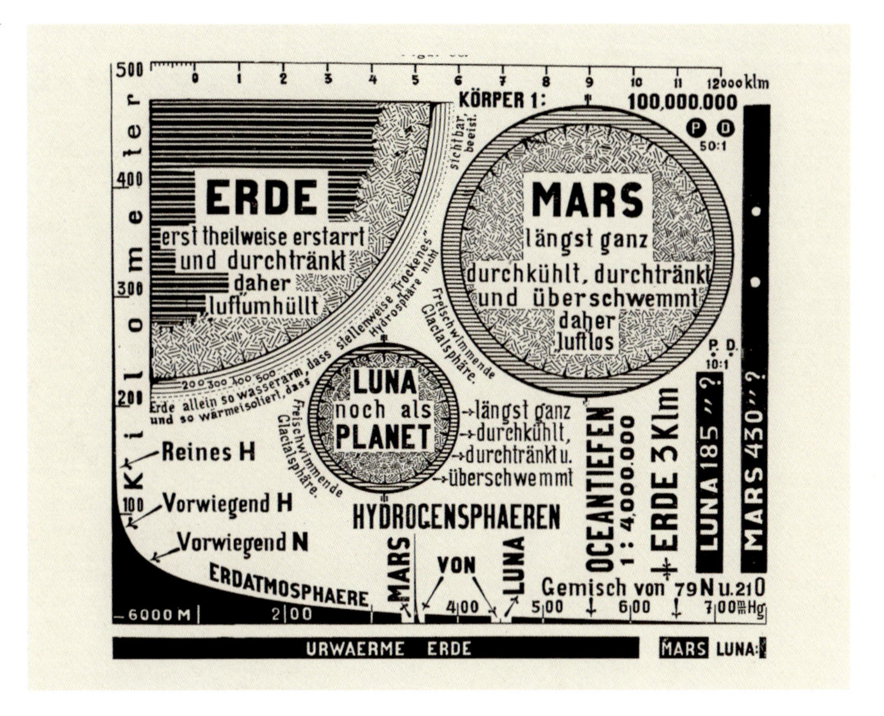

フィリップ・ファウト『氷宇宙論』（1913）の図版

が原因となってこの天体は大爆発を起こす。このとき吹き飛ばされた大小様々の破片には、凍結空間にまで達するものもあれば、中間領域に留まるものもあり、この後者において太陽系が形成されるに至ったのである。

月、火星、木星、土星の表面は凍結した氷で覆われ、銀河は氷塊が連なってできた環（わ）である。もちろん、伝統的な天文学では銀河は恒星の集まりだとされるが、ヘルビガーはそれを写真によるトリックにすぎないと一蹴し、さらに太陽の黒点は木星から分離した氷塊が太陽の表面に落下してできるものにほかならないと言ってのける。

現在は、始原の爆発によって生じた力が弱まったことにより、各惑星は——楕円軌道を描いて公転しているというのが科学の定説だがそれは誤りで——自分より大きな他の惑星の周りを、その重力の作用を受けて（観測不可能なほど）微妙に螺旋状の軌道を描いて回っている。現サイクルが終わりに近づくにつれ、月は徐々に地球に近づく。それに従って海面上昇が起こって熱帯は水没し、最も標高の高い山々だけが海面上に残る。地表に降り注ぐ宇宙線が強くなり、遺伝子の突然変異が引き起こされる。そのうち月が爆発し、氷と水とガスの環となって地球に落下する。さらに火星の影響による様々な事象が続いた結果、地球もまた1個の氷球と化し、最終的には再び太陽に吸収される。それからまた新たな爆発が起こり、宇宙は新たな始まりを迎える。なお地球そのものも、過去すでに３つの月を吸収している。

この宇宙発生論には、古代の神話や叙事詩で定番の永劫回帰の発想が見られる。だがナチスの言う伝統知とは、結局はリベラルでユダヤ的な――とナチスが思い込んだ――近代科学への反感に発するものにすぎなかった。加えて、宇宙氷説は北方的・アーリア的な性格を強くもつものでもある。ポウェルスとベルジエは、ロシアの冬に対するヒトラーの楽観の背景にこの宇宙氷説があったとする一方、ナチス・ドイツが戦況逆転の切り札と考えたV–2ミサイルの実験が、発射時における宇宙氷の反応を確認する作業によって度々中断させられ、結果として開発が遅れたことも指摘している（Pauwels, Bergier, 1960☆）。

エルマール・ブルックは、宇宙氷説は地上の事象と宇宙の力の深い繋がりを説明するものであり、ヘルビガーこそは20世紀のコペルニクスであると賞賛し、民主主義的＝ユダヤ的な現代の科学がヘルビガーを黙殺しているのは凡人に特有の典型的な陰謀だと結論づけている（Brugg, 1938☆）。

⁂

◉地中海の極北人という矛盾　　フランス人、イタリア人、さらにイングランド人も含め、地中海人は、当初の理論ではアーリア人とは見なされていなかった。ところが人種主義的な論調が猖獗をきわめるにつれて、次第に全ヨーロッパ民族をアーリア人としなければ辻褄が合わないことになってきた。例えばファシスト人種主義の雑誌『人種の防衛』は、「極北人」というにはあまりに小柄で色黒の地中海人を、それでもこのモデルに当てはめようと必死で頭を絞った結果、鷲鼻のダンテ・アリギエリをアーリア人とするために「鷲鼻人種」の理論を思いついたのである。これで後は心置きなく非アーリア人を、すなわちセム人（ユダヤ人）を排除できるというわけである。

もうひとつの問題は、そうやってアーリア人ないし「極北人」の範囲を拡大するのであれば、結局あらゆる民族の中で最も地中海的な民族であるギリシア人を無視するわけにはいかなくなることだった。なにしろギリシアこそが西洋文明揺籃の地だというのがドイツ・ロマン主義の常識であり、

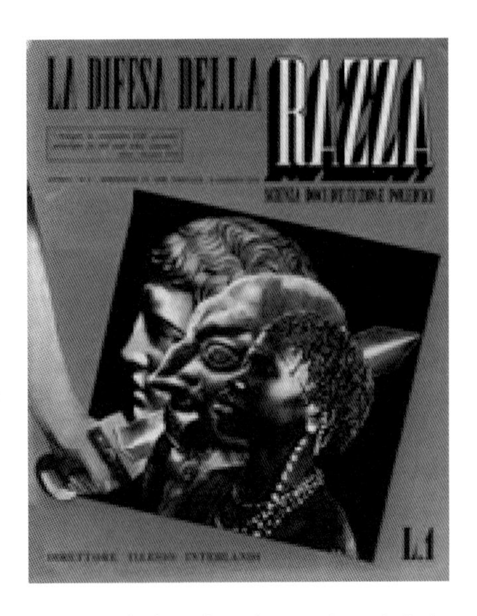

レイシズム誌『人種の防衛』(1938年8月5日創刊号)の表紙

20世紀に限っても、ナチスの賛同者だったとされる哲学者ハイデガーが、ドイツ語かギリシア語でなければ哲学することはできないと語っているのである。

こうして20世紀に至り、ギリシア人も晴れてアーリア人の仲間入りを果たすこととなった。曰く、ギリシア文明は印欧語族が地中海に侵入して興ったものだというわけである。このテーゼは論争の的となり、説得的な議論が出てきていないわけでもないのだが、本書ではこれ以上立ち入らない。さしあたり19世紀から20世紀において「極地」のイメージがいかに蔓延していたかを確認するだけで十分である。実はここからさらにもうひとつの「極地」伝説、すなわち地球空洞説が生まれてくるのだが、それについては第13章で改めて取り上げることとしたい。

*

*

*

*

*

*

*

*

◉トゥーレ

■ストラボン（前64–後19）
『地誌』第4巻第5章

［邦題『ギリシア・ローマ世界地誌』］

トゥレ島については僻遠の地だからその報告はなおさらはっきりしない。人びとはこの島を地名のついた土地のなかでも一番北にあるとしている。（……）住民は、きびとそのほかの野菜、果実、根類を食べている。穀物と蜂みつが出来る地域の住民はこれらから飲物を作っている。

■シケリアのディオドロス（前1世紀）
『歴史叢書』第2巻第47章

［邦題『神代地誌』］

本書では、アジアのうち北へ向いた諸区域については、記録するに足ると思っているので、ヒュペルボレオイ民についての神話の内容を述べても、場ちがいとは思わない。古代神話について記録している作家のなかでも、ヘカタイオスそのほか何人かによると、大洋オケアノス方面でケルト地方と向かいあう位置に、ひとつの島があって、その大きさはシケリア島に負けない。この島は北寄りにあって、「ヒュペルボレオイ」が住みつき、この族民の名は、居住地が北風ボレアスよりもっと遠くに位置することに、因んでいる。しかし、島は地味が豊かな上にどのような作物でも育ち、その上格段に温暖な場所で、収穫を年に二度あげる。

神話作者たちによると、島のなかにレト女神がお出になったことがあり、それゆえ島民の間では、アポロンをほかの諸神よりとりわけ大事にして祀る。島民たちはまるでアポロンの祭司のようで、その証拠に、この神は日ごと島民から賛歌を歌ってもらいつづけ、格段に大事に祀ってもらう。島にもアポロンの壮麗な神苑と、加えて、話しがいのある神殿があり、神殿は数多くの奉納物で飾られ、その形が円形をしている。

市もこの神に捧げられ、市の住民はほとんどがキタラ琴奏者、神殿内で琴を爪弾きながらこの神に賛歌を吟誦し、歌のなかでこの神の功業を厳かに称える。

ヒュペルボレオイ民は一種独特な言語を使う。ギリシ

プッリャ出土の混酒器（前340、部分）に描かれたグリュプス、ベルリン、ベルリン美術館古代美術コレクション

(次頁)「玉座のオーディン」(19世紀)、カラー印刷

ア人とこの上なく親近関係にあり、とりわけアテナイ、デロス島両住民とはそうで、両住民とも古くからこの好意を受けてきている。神話作者によると、ギリシア人のなかにも、ヒュペルボレオイ民の許へ赴いた人びとがいて、高価な奉納物にギリシア語の銘を刻んで残した。

おなじようにして、古くはこの北の民のなかからも、アバリスがギリシアの地へやって来て、デロス島民への好意と類縁関係を復活させた。話によると、月もこの島からだと、明らかにほんのわずか大地から離れ、月面には大地にも似て一種突き出た（山地状の）ところがはっきり見える。

話によると、この神も19年ごとにこの島へ下りて来るし、星の周転もこの周期をもって完了に向かう。そしてこのため、ギリシアではこの周期をメトンの1年と名付けている。

この神はこのようにして姿をお見せになる際、御自分のなさった仕事がうまく行ったのに上機嫌となって、夜どおし琴を爪弾き歌舞を演じ、これが、春分の日からはじまってすばる星が昇ってくる頃までつづく。王としてこの市と神苑を支配するのが「ボレアダイ」家で、ボレアスの子孫にあたり、終始この系譜に従って統治権を継承する。

◉ヘロドトスと極北人

■ヘロドトス（前484–425）
『歴史』第4巻13

またプロコンネソスの出身でカユストロピオスの子アリステアスは、その作詩した叙事詩の中で、ポイボス（アポロン）によって神懸りとなり、イッセドネスの国へいったこと、イッセドネス人の向うには1つ眼のアリマスポイ人が住み、その向うには黄金を守る怪鳥グリュプスの群、さらにその向うにはヒュペルボレオイ人（「極北人」）が住んで海に至っている、と語っている。ヒュペルボレオイ人を除いては、アリマスポイ人をはじめとしてこれらすべての民族は、絶えず近隣の民族を攻撃し、イッセドネス人はアリマスポイ人によって国を追われ、スキュタイ人はイッセドネス人に追われ、さらに南方の海に近く住んでいたキンメリア人は、スキュタイ人の圧迫をうけてその地を離れたという。

◉極北人種

■フリードリヒ・ニーチェ
『反キリスト』（Nietzsche, 1888☆）

——私たちおたがいの顔を見つめあってみよ。私たちは極北の民である——私たちがどれほど世を離れて生活しているかを、私たちは十分に承知している。「陸路によっても海路によっても汝は極北の民にいたる道をみいだすことなからん」、このことをピンダロスは私たちについて知っていたのである。北方の、氷の、死のかなたに——私たちの生が、私たちの幸福がある……私たちは幸福を発見してしまった、私たちは道を知っている、私たちはたっぷり数千年もまよいぬいた迷路からの出口を見いだした。私たち以外にこの出口を見いだした者が誰かあろうか？——たとえば近代人？——「私は途方にくれる。途方にくれるもののすべて、それが私だ」——近代人はこう嘆息する……このような近代性に私たちは病んでいた、——姑息な平和に、臆病な妥協に、近代的な然りと否の有徳的な不潔さの全部に。すべてを「理解する」がゆえにすべてを「許す」ところの、

このような寛容や心の広さは、私たちにとっては熱風（シロッコ）である。近代的な諸徳やその他の南風のもとで生きるより、むしろ氷のうえで生きるにしかず！……私たちは十分勇敢であり、おのれをも他人をも甘やかしはしなかった。しかし私たちは長いこと知らなかった、私たちの勇敢さをたずさえてどこへゆくべきであるのかを。私たちは陰鬱となり、人は私たちを運命論者と名づけた。私たちの運命——それは、力の充実、緊張、鬱積であったのである。私たちは電光と実行を渇望し、弱者の幸福からは、「忍従」からは最も遠ざかっていた……私たちの大気のうちには雷雨があった、私たちの自然の本性は暗澹となった——なぜなら私たちはたどるべきなんらの道をももっていなかったからである。私たちの幸福の定式は、すなわち、1つの然り、1つの否、1つの直線、1つの目標……

——善とは何か？——権力の感情を、権力への意志を、権力自身を人間において高めるすべてのもの。

劣悪とは何か？——弱さから由来するすべてのもの。

幸福とは何か？——権力が生長するということの、抵抗が超克されるということの感情。

満足ではなくて、より以上の権力。総じて平和ではなくて、戦い。徳ではなくて、有能性（ルネサンス式の徳、virtù、道徳に拘束されない徳）。

弱者や出来そこないどもは徹底的に没落すべきである。これすなわち、私たちの人間愛の第1命題。そしてそのうえ彼らの徹底的没落に助力してやるべきである。

なんらかの背徳にもまして有害なものは何か？——すべての出来そこないや弱者どもへの同情を実行すること——キリスト教……

（……）

キリスト教を装いたてたり飾りたてたりしてはならない。キリスト教は、こうした高級の人間典型に決戦をいどんできた、この典型のすべての根本本能を追放してきた、この本能を蒸溜して、悪を、悪人そのものをつくりあげてきた、すなわち——典型的に唾棄すべき者、「極悪の人間」としての強い人間。キリスト教は、すべての弱いもの、低劣なもの、出来そこないのものの味方となってきた、強い生の保存本能に対する抗弁から1つの理想をでっちあげてきた。それは、精神的に最強の本性の持ち主すらの理性をも頽廃せしめてきたのである、精神性の至高の価値を、罪あるものとして、惑わすものとして、誘惑として感じとるよう教えることによって。最も気の毒な実例は、すなわちパスカルの頽廃であり、彼は原罪によるおのれの理性の頽廃を信じていたが、実はこの理性は彼のキリスト教によって頽廃せしめられていたにすぎない！——

（……）

北ヨーロッパの強い種族がキリスト教的神を拒否しなかったということは、その宗教的天賦にとってはまことに不名誉なことである、——趣味についてはともかくとして。デカダンスから産みおとされたこのような病弱で老衰したものとは、彼らは片をつけざるをえなかったはずである。しかし、彼らがそれを片をつけておかなかったので、彼らはその呪いをうけている。彼らは病気を、頽齢を、矛盾を、おのれのあらゆる本能のうちへ取りいれてしまったからである。

■アントワーヌ・ファーブル・ドリヴェ『人間の社会的状態、あるいは人類史についての哲学的見解』第1部第1巻第1章（Fable d'Olivet, 1822☆）

この目的のために、我々が生きているこの時代からすれば遥か昔の時代に我が身を置き、長い間の予断により弱められてきたやもしれぬ我が心眼を鍛え直し、我ら白色人種が世界の舞台に登場したその瞬間を、諸世紀の無明の中に見定めようと思う。いつのことかは後に明らかにするつもりだが、ともかくこの時代、白色人種はいまだ弱く野蛮で、法も技芸もいかなる種類の文明ももたず、記録をほとんどつけず、希望をもつだけの知性すらもちあわせていなかった。彼らは発祥の地たるボレアルの極の周辺に住んでいた。地上を支配していたのは黒色人種で、彼らは白色人種より先に地上に現れ、科学と権力をその手に握っていた。アフリカ全土とアジアの大部分は彼らのもので、黄色人種は彼らの奴隷として抑圧されていた。赤色人種のうち、先の大災害を生き延びた者たちは、アメリカの最高峰の頂きに隠れ棲んでいた。この弱き生き残りのことは他では知られていなかった。彼らを含む赤色人種が西半球を手にしたのはその少し前のことだった。黄色人種は東半球を手に入れた。当時至高の存在であった黒色人種は南進し、その勢力は赤道にまで達した。白色人種は、前述のとおりいまだ興ったばかりで、ボレアルの極の周辺に留まっていた。

これら4つの主要人種とその混血から生じた無数の変種が、〈人間の王国〉を構成する。（……）この4つの人種は互いに衝突し戦い、そのつど相分かれ、しばしば交じり合い、世界の覇権をめぐって何度も争った。（……）秩序が実現する以前の混乱状態については、詳細に分け入ったところで我が目的にとっては労多くして益少なしであるから深入りはせず、我ら白色人種がボレアルの極の周辺に発祥した時代より後の歴史の概略を描くことに集中したい。白色人種は彼の地より集団で下り、各地を支配する他の人種を襲撃し、また自分たちが覇権を握った後には、白色人種同士で相争った。

この起源についての微かな記憶は、激動の時代をそのつど生き延びた末に、ボレアルの極を人類の揺籃の地と呼ばしめるに至った。極北の民を意味するヒュペルボレイオスという言葉も、彼らにまつわる様々な寓話も、すべて元を辿ればここに至る。オラウス・ルドベックをしてプラトンのアトランティスをスカンディナヴィアに比定させた伝承も、バイイをしてスピッツベルゲンの霜で白くなった不毛の岩場に世界中のあらゆる学問、あらゆる技芸、あらゆる神話の揺籃の地を発見せしめた伝承も、すべてはこの記憶に由来するのである。

もちろん、白色人種あるいはヒュペルボレイオスがどの時点で文明化による統一を果たしたのかを特定するのはまったく容易ではないし、それより先、彼らが発祥した時点を確定するのはさらに困難である。『ベレシト』の第6章で彼らをギボレアンなる時間の深遠において実に高らかなる名で呼んだモーセは、彼らの起源を世界の第1時代まで辿っている。古代人の書いたものにはヒュペルボレイオスの名が幾度となく出てくるが、実証的な見地から検討したものはひとつとしてない。シケリアのディオドロスによれば、彼らの国は月に最も近い地方にあるという。これは彼らの居住していた極地の標高によるものと理解することができる。アイスキュロスは『プロメテウス』で彼らの土地をリパイオス山中としている。プロコンネソスのアリステアスなる者は、この種族について1篇

コンラート・ディーリッツ「竜ファフニールを殺すジークフリート」（19世紀）

の詩をなし、その中で自ら彼らの土地を訪れ、それは今日シベリアと呼ばれる上アジアの北端の国であったと述べたと言われている。アブデラのヘカタイオスは、アレクサンドロスの時代にものした著書において、さらにその先、エリクソイアなる島でノヴァヤゼムリャの白熊たちとともに暮らしているとしている。純粋な真実は、我々の時代より5世紀も前に［つまり紀元前5世紀に］ピンダロスが言ったように、この種族の国が奈辺にあったのかについては誰にもわからないということである。太古の伝承の収集にあれほど熱心であったヘロドトスですら、スキュタイ人に彼らのことを問いただした挙句、確たる結果は何ひとつ得られなかったのである。

◉北極のシンボリズム

■ユリウス・エヴォラ
『近代世界への反抗』第2部第3章
（Evola, 1934☆）

「極地」のシンボリズムについてはすでに論じた。極地は島や大陸として表象され、「水」の偶然性に対する霊的な安定性（超越者、英雄、不死者の座）を象徴するか、山や「高い場所」として表象され、オリュンピアに関わる意味を連想させるかのいずれかである。古代の伝承では、これら2つの表象は、世界の至高の中枢、すなわち語の全き意味におけるあらゆる種類の「支配」の元型に適用される「極」のシンボリズムと、しばしば結びつけられた。

極地のシンボルに加え、北方に島、大陸、もしくは山が存在することを示す伝統的なデータも存在するが、これはしばしば第1時代の場所と混同されている。つまり我々は、霊的な意味と現実的な意味を同時に有し、象徴が現実であり現実が象徴であって歴史と超歴史がいまだ分かたれておらず互いに他を反映する2つの部分であった時代を指し示すひとつのモチーフを眼前に見ているのである。まさにこの点において、時間によって条件づけられた出来事の中へと入っていくことが可能になる。伝承では、黄金時代ないし「神霊」の時代に対応する太古の先史時代には、象徴的に島ないし「極地」とされる地域は北極圏に実在する場所、すなわち今日の北極点に相応するあたりであったとされる。そこには神霊たちが住んでいて、彼らこそが、後に前述のシンボリズムによって表されるようになる（黄金、「栄誉」、光、生命によって特徴づけられる）人間を超えた霊性によって、ウラノス的伝統を純粋状態において体現した種族をつくりだしたのであった。そしてこの種族こそは、この伝統が他の種族や文明において生み出した様々な形態や顕現の中枢的かつ最も直接的な源泉だったのである。

◉ヒュペルボレア
――アーリア人の白い島

■ユリウス・エヴォラ
『聖杯の謎』（Evola, 1937☆）

黄金時代のオリュンピア文明の中枢ないし始原の座はボレアル地方ないしノルディック・ボレアル地方にあったが、後にそこは住む者のない土地となった。元々のオリュンピアのものであれ、英雄の時代に形を変えて再登場したものであれ、極北人起源の伝統こそが、氷河期末期から新石器時代を通じてユーラシア大陸に広がっていった種族によってなされた建国や文明化の基礎をなしていたのだ。これら種族の

ヘンリー・フューズリ（ヨハン・ハインリヒ・フュースリ）「ミズガルズの大蛇を打つトール」（1790）、ロンドン、王立芸術院

中には、北方から直接来たものもあったであろうが、西太平洋の大陸につくられた北方の中枢の複製のごときものを母国とするものもあったようだ。様々な象徴や記録に、北極大陸ないし西大陸とされる陸地への言及が共通して見られるのはこのためである。

極北人の中枢を指す語は多数存在するが、中でも大西洋の中枢にも用いられるようになったのがトゥーレ、もしくは「白い島」ないし「輝きの島」（ヒンディー語では「シュヴェータドヴィーパ」、ギリシア語では「レウケ島」、古代イラン語では「アーリア人の原種」すなわち「アイリヤネム・ヴァエージョ」）、それに「太陽の地」、もしくは「アポロンの地」すなわち「アヴァロン」である。印欧系の伝承には必ず、氷河時代ないし大洪水の後にこの座が消失したとの記録がある（それが後に神話化される）。それこそが、これまで様々な形でほのめかされてきた、ある時期に始まりその後失われてしまった、あるいは跡形もなく隠れてしまった何かの、歴史的で現実的な正体である。これもまた、例の「島」ないし「生者の地」（ここでいう「生者」とは始原の神族のこと）、すなわち有名な世界の至上の中枢の象徴群が示唆する土地が、しばしば「死者の国」と取り違えられる理由である（この場合の「死者」とは絶滅した種族を指している）。例えばケルトでは、人類の始祖は大洋の彼方の国に住む死の神（ディスパテル）とされ、ドルイドの教えでは先史時代のガリアに住んでいた民族はこの「彼方の島々」から直接やって来たものだと言われる。さらに古典時代の伝承は、かつてこの大地を支配していた黄金時代の王クロノス＝サトゥルヌスは、その後王位を簒奪され去勢されたとする（つまり新しい子種に生命を与える力を奪われたのである）。この王は死んだわけではなく、極北地方のある場所で眠っている。そのすぐ側には北極海があり、この海は別名クロニデスの海ともいうのである。

以上のことは様々な混乱の原因となりはしたが、潜在的もしくは不可視の現実ないし中枢の種族を扱う以上、極北人に関わる観念の超歴史においては、この種の転訛は基本的に常に起こっているのである。

（左）『人種の防衛』（1938年9月20日号）所収の人種的特徴を遺す女性像

（右）ヨハン・ハインリヒ・ヴュエスト「ローヌ氷河」（1795頃）、チューリヒ美術館

第8章

聖杯の彷徨

LE MIGRAZIONI DEL GRAAL

＊

（左）アーダーの聖杯（8世紀初頭）、ダブリン、アイルランド国立博物館

（右）ダンテ・ゲイブリエル・ロセッティ「聖杯の乙女」（1874）、個人コレクション

＊

＊

＊

改めて確認しておくと、本書のテーマは伝説の地、そして伝説の場所である。聖杯とアーサー王伝説を扱うにあたり、いわゆる「ブルトンサイクル」［ブルターニュを舞台とするアーサー王関連の作品群］に属する厖大な数の作品群を相互に比較しつつ取り組もうとするならば、これは何百頁あっても紙幅が足りない。だが、場所に限定して論じるのであれば、話はかなり単純になる。なにしろ対象がたった2つに絞られるのである。すなわち、円卓のあるアーサー王の城と、聖杯を安置する伝説のアヴァロンである。

⁂

◉アーサー王伝説　最初にアーサー王伝説の主要なテーマを簡単にまとめ

ておこう。ブルトンサイクルの作品群は厖大で、しかもテクストごとに——主要登場人物に限っても——キャラクターとその言行についての記述がまるで違う。そもそもアーサーの人物像からして神話の霧に包まれているのである。6世紀のウェールズ語のテクストには武人の首領として登場し、830年頃にウェールズ人の修道士ネンニウスが書いたとされる『ブリトン人の歴史』には「アルトゥルス・レクス」の名が見える。アーサーは6世紀の聖人伝の類いにも登場しているが、王族として言及しているのはモンマスのジェフリーによる『ブリタニア列王史』だけである。これに対し、ブルトンサイクルの作品群に改めて登場する際には、アーサーは魔術師マーリンの庇護下にある若者で、石に刺さった剣をただひとり引き抜きえたことでログレスの王となるのである。

各種のテクストや伝承が交錯するモチーフとして、エクスカリバーと呼ばれる剣の問題を考えてみよう。これを若かりし日のアーサーが岩から引き抜いた剣と同一視する解釈もあるが、実際には——この剣に言及した最古の文献であるロベール・ド・ボロンとクレチアン・ド・トロワにおいては——この（後にペリノア王との戦闘の際に折れてしまう）剣はエクスカリバーの名では呼ばれていない。トマス・マロリー『アーサー王の死』には、エクスカリバーという名称が登場するものの、アーサーはこれを湖の乙女ヴィヴィアンによって与えられる——湖面から突き出た1本の腕から手渡される——のである。

エクスカリバーの銀の鞘には魔力があり、身につける者は傷を負うことがない。ところが（アーサーの異父姉）モルガンの策謀でこの鞘は失われ、そのために致命傷を負ってしまったアーサーは、エクスカリバーを再び湖中に沈めるよう命じるのである。こうして、かの聖剣は永遠に失われてしまった——はずなのだが、そう簡単には片付かないのが伝説の伝説たるゆえんで、シエナ近郊の聖ガルガーノ修道院でエクスカリバーが発見されたという話が昔から何度も出ている。確かにこの修道院には石に刺さった剣があって、聖ガルガーノが十字架に見立てて突き立てたという話が伝わっているのではあるが、そもそも聖ガルガーノとアーサー王伝説を結びつけるのはかなり無理のある説だし、仮にこの問題を措いたとしてもなお、この2本の剣を同一視するのはよほど好意的に見てやらないと不可能である。というのも、ガルガーノの剣は戦争への抗議の意を込めて石に突き立てら

（左）オーブリー・ビアズリーによるトマス・マロリー卿『アーサー王の死』（1893–1894）のための挿絵、リトグラフ、個人コレクション

（右）ウォルター・クレイン「石から剣を抜くアーサー」、ヘンリー・ギルバート『アーサー王の騎士たち』（1911）の挿絵、カラーリトグラフ

れたものであるのに対し、アーサー王の場合は――彼の言行を記した作品群の内容を信じるなら――敵陣の中で自ら剣を振り回して相手の首を刎ね飛ばし、あるいは幹竹割（からたけわり）に斬り捨てるといった大活躍を演じたのだから《1》。

同様に伝承によって相矛盾する性格づけを施されているのが魔術師マーリン（メルラン）の人物像である。悪魔の息子であるマーリンは、多くの場合アーサーの良き助言者として描かれているが、中にはこれを邪悪な存在とする伝承もあるからだ。

⁂

◉聖杯とはなんだったのか　ブルトンサイクルの主役とも言える「聖杯（グラアル）」、実はこれがまた正体のはっきりしない代物なのである。グラアル（Graal）とはなんだったのか。一説には、それは瓶や盃や皿の類いだと言われる（上等な料理を載せる器のことを「グラダール（gradale）」と言ったらしい。**エリナン・ド・フロワモン**のテクストを参照）。「グラアル＝器」説の内訳もまた様々で、十字架上のキリストから流れ出た血を受けたものだとか、〈最後の晩餐〉でキリストが使った盃だとか諸説あるのだが、そもそもグラア

《1》この剣の真贋問題に関しては Garlaschelli, 2001 ☆の研究を参照［巻末の参考文献で指示された URL は既にリンク切れのため、書題で別途検索されたい］

ルとはそうした器の類いではなく、キリストの脇腹を刺したロンギヌスの槍のことにほかならないとする説もある。一方ヴォルフラム・フォン・エッシェンバハ『パルチヴァール』では、グラアルとは石であり、ラプジト・エクシルリース（lapsit exillis）なる名で知られるものだとされている（聖杯伝説が展開していく中で、これがラピス・エクシルリース（lapis exillis）に転訛し、様々な語源論と解釈論を生むことになる）。

（左）アーサーとパルジファル、オトラント大聖堂の身廊床面のモザイク画（1163）

（右）伝ウォルター・マップ（ゴーティエ・マップ）『湖のランスロ卿の書』（15世紀）に所収の「円卓の騎士たちの前に現れる聖杯」、パリ、フランス国立図書館

クレチアン・ド・トロワの『聖杯の物語』（1180頃）では「グラアル」は普通名詞としてしか登場せず、この語が固有名詞として用いられるようになるにはブルトンサイクルに属する別の作品を待つ必要がある。

クレチアン・ド・トロワには〈キリストの血〉への言及は見られないが、少し後に成立したロベール・ド・ボロン『アリマタヤのヨセフ』にはこのモチーフが登場する。この作品では、グラアルは元々〈最後の晩餐〉で用いられた盃なのだが、アリマタヤのヨセフは十字架上のイエスから流れ落ちる血を受けるのにこれを用いるのである。その後、ヨセフは西方に移り住み、様々な苦難の末、グラアルはアヴァロンに安置される。これを委ねられた漁夫王は謎の傷を負っており、これを癒やすため、最も純粋な騎士（ロベール・ド・ボロンの作品ではペルスヴァル）がアヴァロンに来（きた）り、グラアルの謎についてある儀式的な問いを発する日を待ち受けるのである。

本章のアンソロジーには、各作品における**グラアル出現**の場面を並べて引用しておいた。テクストごとに相異なる場面描写がなされており、比較して読めば謎がますます深まること請け合いである。実際、**ロベール・ド・ボロン**以降、グラアルは象徴的な意味を強めたと言える。それを持つ者は、イエスがヨセフにだけ啓示した秘密――教会をつくった「公認」の弟子たちには知らされていない秘密――を知る選ばれし者の一員となるのである。

だからこそ、今日に至るまで聖杯伝説はグノーシス派やらオカルティストやらを惹き付けてやまない魅力の源泉となっている。聖杯という神秘的な象徴の陰に隠れ、決して語られることのない永遠の秘密を求めて、彼らは日夜血道を上げているわけだ。

ユリウス・エヴォラは聖杯について、それは「通常の意識の限界を超えた」何かであるというが（Evola, 1937☆）、いずれにせよエヴォラにとって聖杯はキリスト教的伝統に対抗すべき北方的（ノルディック）な伝統に連なるものである。ジェシー・ウェストンは、聖杯をケルト神話に由来する豊穣の象徴と解する（Weston, 1920☆）《2》。他方ルネ・ゲノンは、聖杯とは近代が消し去ってしまった伝統的な〈真理〉を――あらゆる時代の秘教主義者を惹き付けてやまない古代の知識を――象徴するものだと考える（Guénon, 1950☆）。すなわち聖杯こそは、あらゆる解明の試みをすり抜け、だからこそ人を魅了するあの「空虚」な秘密の原型だというのである。

⁂

◉聖杯は何処に　いずれにせよ、ロベール・ド・ボロン以降、聖杯はアヴァロンに置かれ、円卓の騎士――パーシヴァル、ラーンスロット、ガラハッドら――の聖杯探索行が始まり、彼らこそがブルトンサイクルにおける最重要登場人物となるのである。ちなみに後世の伝説では、円卓の騎士といえばか弱き乙女の窮地を救うのが仕事のように描かれるものだが、ブルト

《2》Weston, 1920☆［J・L・ウェストン『祭祀からロマンスへ』、丸小哲雄訳、法政大学出版局］の解釈こそは、T・S・エリオット『荒地』の着想の源となったものである

ンサイクルの作品群では乙女たち自身がそれほどか弱い存在ではないし、騎士たちについても、名のある騎士がいると聞けばコーンウォールにでも出かけていって、ときには命の取り合いにまで発展する決闘を申し込むといったことを、純粋に騎士の嗜みとして行うというような性格づけが施されていることを註記しておこう。

果たしてアヴァロンはどこにあったのか。様々な伝承がある中、現在、何千人もの観光客と聖杯マニアを惹き付けてやまない場所がひとつある。英国はサマセットに位置するグラストンベリーの街である。

なぜグラストンベリーが伝説の聖地とされるのか。ひとつ大きな理由となっているのは、1191年に当地の修道士たちが、古い教会の近くで次のような内容の（ラテン語の）碑銘の施された石を発見したという伝承である――「ここアヴァロンの島に、世に知られたるかのアーサー王、第2の妃グィネヴィアとともに眠る」。

ジョージ・アーナルド「グラストンベリー修道院の廃墟」（19世紀）、個人コレクション

ウィンチェスター城の大ホールに掲げられたアーサー王の円卓（とされるもの、1290頃）

現在その場所に立てられている看板には、アーサーとグィネヴィアの遺体が1278年にエドワード1世の立ち会いのもとでこの修道院内の教会に移葬されたものの、1539年の修道院解体の際に逸失したと書かれている。実際、ロベール・ド・ボロンの記すところによれば、妃グィネヴィアの裏切りと最愛のガーウェインの死に深く落胆したアーサーは、最後の戦闘で致命傷を負いながらもすぐには死なず、異父姉モルガンに傷を癒してもらうためアヴァロンへと運ばれたとされる。このときアーサーは帰還を約束するのだが、その後の消息は不明である。いずれにせよ、グラストンベリーが臨終の地だというのが真実ならば、残念ながら祈りを捧げるべき墓は永遠に失われてしまったわけだ。

キャメロット城の所在地についてはどうだろうか。アーサー王伝説を語る最初期のテクストにはこの名は見られず、初出は12世紀のフランス語作品（クレチアン・ド・トロワ『荷車の騎士』）である。ロベール・ド・ボロンの作品ではアーサーの王国をログレス（Logres）としているが、これはウェールズ語でイングランド全体を指す由来不明の古名スロイグル（Lloegr）から来たものであろう。その後「キャメロット」の使用例は徐々に増え、例えば**トマス・マロリー**『アーサー王の死』では何度も登場している。

《3》この件に関してはPolidoro, 2003☆を参照

描写の内容にはウィンチェスターを想起させる部分があり、実際ウィンチェスター城には現在も大広間に円卓が置いてあるのだが、近年、炭素14による年代測定が実施された結果、この円卓に用いられている材木は13世紀に伐採されたものであることが（また現在の塗装は15世紀から16世紀のものであることが）判明している《3》。一方、『アーサー王の死』を出版したキャクストンは、キャメロットの所在地をウェールズとする説に傾いていた。

要するにキャメロットは聖杯マニアの間ですら、アヴァロンにもましてその場所が不分明なのである。しかし伝説のキャメロットについて、多くの人が一定のイメージを抱いているのも事実である。そうしたポピュラーイメージを広めるのに貢献したのは（マーク・トウェインの小説『アーサー王宮廷のコネティカットヤンキー』（1889）もさることながら）なんといっても映画とテレビであろう。アーサー王の居城については――映画「パルジファル」（1904）から、世界的な大ヒットを記録したミュージカル「キャメロット」（1960）を経て現在に至るまで――実に多くの作品がつくられてきたのである。

ところで、聖杯の物語を記すテクストには、フランス語と英語に加え、ドイツ語のものもある。当然ながらドイツの作家はアングロ＝ノルマン文化を称揚することには関心がなかったらしく、例えば**ヴォルフラム・フォン・エッシェンバハ**の『パルチヴァール』（13世紀）では、前述のようにグラアルの設定を盃から石に変えたほか、不具の王にアンフォルタスなる名を与え、この石（ラピス）の安置される城を所在地不明のムンサルヴェーシェとしている。アルブレヒト・フォン・シャルフェンベルクの『若きティトゥレル』では、このムンサルヴェーシェはガリシアに置かれ、聖杯（グラアル）が安置されるのは巨大な円形神殿グラルスブルク（聖杯城）である。ずいぶん遠くまで移動したものだが、それは措くとしても、注目すべきはこの神殿がエルサレム神殿を想起させることであり、実はこれは偶然ではない。というのも『パルチヴァール』において、聖杯を護る騎士たちはほかならぬテンプル騎士団だからである。ヴォルフラムの時代のテンプル騎士団は各地に拠点を築き、財務的にも安泰な地位を確保しており、まだ殉教だの秘密結社だのといった怪しい側面はもっていなかったが、時代を下るにしたがい、この2つの神話――聖杯伝説とテンプル騎士団――は融合していく。また『ティ

ギュスターヴ・ドレ「キャメロット」（1860頃）、アルフレッド・テニスン『国王牧歌』（1856–1885）のための挿絵、個人コレクション

トゥレル』ではグラアルが司祭ヨハネ［プレスター・ジョン］の国にまで運ばれるのだが、この側面においては、聖石の神話と司祭ヨハネの王国の神話が見事に融合している。

アンソニー・フレデリック・オーガスタス・サンディス「モルガン・ル・フェ」（1864）、バーミンガム美術館

ラピス・エクシルリース（lapis exillis）については、これをラピス・エリクシール（lapis elixir）すなわち〈賢者の石〉と読み換える錬金術的解釈に加えて、ラピス・エクス・コエリス（lapis ex coelis）すなわち〈天から降ってきた石〉と読み、地上に落ちルシファーの冠を飾った石のことだとする解釈も存在することを付言しておこう。

⁂

◉ロマン主義における聖杯神話の復興　聖杯物語を調べていて気づくのは、中世末期でブルトンサイクルの作品群は途絶え、ルネサンス、バロック、啓蒙主義の時代を生きた人々にとって聖杯は関心の対象ではなくなったという事実である。しかしロマン主義の時代に至ると、この神話は再び脚光を浴びるようになる。

19世紀前半にフリードリヒ・シュレーゲルと妻のドロテーア・メンデルスゾーンがマーリンの物語を取り上げているほか、イングランドでは**テニスン**がアーサー王伝説に取材した作品をいくつもつくっている。例えば『シャロット姫』は、マロリー『アーサー王の死』で語られた次のような挿話を元にした韻文詩である。——キャメロット近郊に住むシャロットの姫君は、悪女モルガンにより、キャメロットの方角を見ると死んでしまう呪いをかけられてしまう。そのため姫君は塔に閉じこもり、外の世界はといえば鏡に映して眺めるばかりである。ところがそんなある日、姫君は鏡に映ったラーンスロットの姿に狂おしいほどの恋心を抱く。だが彼女は、その騎士が王妃グィネヴィアを愛していることも知ってしまう。姫君は死ぬと知りながら、愛する男からできるだけ遠くへ離れようと小舟に乗り込む。舟はアヴォン川の流れによってキャメロットへと引き寄せられ、姫君は歌いながら息絶えるのである。

円卓の騎士をめぐる物語群を最も艶めかしく描き出したのは、中世的な霊性への回帰を目指したラファエル前派の画家たちであった。フリーメイソンや薔薇十字団の儀式には聖杯のイメージが再現された。19世紀末にはジョゼファン・ペラダンという奇矯な作家が「聖堂と聖杯の薔薇十字団」

（左）エドワード・コーリー・バーン＝ジョーンズ卿「アヴァロンで最後の眠りに就くアーサー」（1891–1898）、プエルト・リコ、ポンセ美術館

（右）ダンテ・ゲイブリエル・ロセッティ「ガラハド卿、ボールス卿、パーシヴァル卿が聖杯で饗せられるが、途中でパーシヴァル卿の姉が死ぬ」（1864）、ロンドン、テイト・ギャラリー

を結成している。

最後に、ブルトンサイクルの作品群は、バイエルンのノイシュヴァンシュタイン城のフレスコ画にも素材を提供することになった。この冗談のような城の建築を命じたバイエルンの狂王ルートヴィヒ２世はヴァーグナーの懐古主義に強い影響を受けていたのだが、ヴォルフラム・フォン・エッシェンバハの作品はまさにこのヴァーグナーによって、「ローエングリン」、「トリスタンとイゾルデ」、そして（聖杯の探索を明示的に主題とする）「パルジファル」といった楽劇へと生まれ変わったのである。聖杯が保管される場所がモンサルヴァートの城となっているのも、おそらくはヴォルフラムのムンサルヴェーシェからきたものだろう。

⁂

◉そしてモンセギュールへ　　ではそのモンサルヴァートとはどこのことか。一説にはモンセギュールのことだと言われる。これはピレネー山中にあったカタリ派の拠点で、同派全滅前の最後の砦であった。オカルティストの間では昔から、カタリ派はただの異端ではなく、グノーシスすなわち秘密の知識の守護者だったというのが常識で、聖杯の秘密とカタリ派の秘密は当然のように結びつくことになる。両者の融合は19世紀にはすでに見られ、提唱者としてはクロード・フォーリエル（Fauriel, 1846☆）やウジェーヌ・アルー（Aroux, 1858☆）が挙げられる。特に後者は薔薇十字団所属の奇抜な

オカルティストであり、カタリ派の異端に近い――そしてダンテが所属していたことで知られる――フィデリ・ダモーレ（「愛の信徒」）という教派について、また聖杯、カタリ派、プロヴァンス地方の間の関係についての著述（『中世における騎士道とプラトン的愛の謎』）をものする一方、フリーメイソンとの繋がりもあったらしい。

この種の噂は、20世紀前半に至ってプロヴァンスで盛んに吹聴されるようになる。背景にはおそらく地域振興なり観光地としての売り出しなりの目論見があったのだろう。だがここにひとり、特に注目すべき人物が登場する。ドイツの研究家にして登山家ないし洞窟探検家であり、後にはSSの隊員にもなる**オットー・ラーン**である。

オットー・ラーンは、ヴァーグナー的神秘主義の観点からヴォルフラム・フォン・エッシェンバハを読み、カタリ派の「純潔」の理想から同じく純潔を旨としたテンプル騎士団を連想し、他方ではカタリ派こそは古代のドルイドの有していた「極北的（ヒュペルボレア）」知識の継承者であると考えていた。ここにナチ党勃興期に生まれつつあったアーリア的純粋性の理想が組み合わさったことで、ラーンは1928年から1932年にかけて、スペイン、イタリア、スイス、そしてラングドックとモンセギュール遺跡への一連の調査旅行を敢行することになる。

その過程でラーンは、モンセギュール陥落の前夜、3人のカタリ派信徒がメロヴィング朝のダゴベルト王の遺物を持って脱出したという伝承を仕入れ、その遺物の中には聖杯が含まれていたに違いないと考えた。彼はこれに先んじて、ドルイド、カタリ派、テンプル騎士団、円卓の騎士の間の密接な繋がりをすでに確信していたからだ。

ラーンはここから一気に、モンセギュールのカタリ派はマニ教に改宗したドルイドの子孫であった、との結論に至る。マニ教の司祭がカタリ派の「完（まった）き人」に似ているという事実こそが――少なくともラーン自身にとっては――その証明であった。カタリ派の秘密の智慧は、その後トルバドゥールの歌の中に隠された。彼らの歌は――表面上は貴婦人への愛に捧げられたもののように見えるが――その実はソフィア、すなわちグノーシス派の智慧のことを指しているのだ。

ラーンはモンセギュールとその周辺の土地を探索し、秘密の地下道と洞窟を発見している。彼はそこにテンプル騎士団の象徴とカタリ派の紋章で壁が覆われた部屋がいくつもあったと主張し、ここで聖杯の秘法の儀式が行われたに違いないと考えた。槍の絵が描かれているのを見ると、ラーンは即座にロンギヌスの槍を想起し、聖杯のシンボリズムとの関係を改めて強調するのであった。

こうして（といっても聖杯とカタリ派のそれぞれについて神秘主義の観点から調べている研究者からは、カタリ派の現存テクストの中に聖杯への言及は皆無であるという指摘はあるのだが）聖杯はついにラーンの手で発見され、第2次世界大戦が終結するまで、当時SSの拠点であったパーダーボルン近郊のヴェーヴェルスブルク城に保管されていたという伝説が生まれることとなる。

1933年以後、ラーンはベルリンで聖杯の研究を進めた。原始宗教たるべき〈光の宗教〉につい

オットー・ラーンが撮影したモンセギュールの遺跡の写真

ての探究はSS隊長ハインリヒ・ヒムラーの目にとまり、ラーンはその説得を受けて公式にSS入隊を果たすことになる。

しかし1937年にはナチ上層部の不興を買い（同性愛の嫌疑をかけられ、ユダヤの出自を指摘された）、規律改善を目的にダッハウの強制収容所での任務に就かされる。その効果のほどは定かでないが、いずれにせよ1938

再生と豊穣のケルト神「グリーンマン」の写真、スコットランド、ロスリン礼拝堂

年から1939年の冬にラーンはSSを除隊し、数ヵ月後、雪のチロル山中で死体となって発見される。その死の謎（事故か、自殺か、ナチ上層部による口封じか、反体制活動への処罰か）は現在も謎のままである《4》。

この、いわゆる「ピレネー系」聖杯神話（Zambon, 2012☆）の虜となったのは、実はナチスだけではなかった。1930年代のフランス南部でも「モンセギュールと聖杯の友の会」（Société des amis de Monségur et du saint Graal）という団体が設立されているのである（ただしラーンの場合とは異なり、こちらの団体では聖杯は可視的な実体というよりは神秘的な概念であった）。これはオック語の霊性の名の下にナチズムへの対抗を旨とする団体であった。このように独仏それぞれ方向性こそ正反対であったにしろ、現在のモンセギュールに、近郊のルルドに勝るとも劣らない規模の巡礼者が押し寄せているのは、グラストンベリー詣での盛況や、グラルスブルクを求めてガリシア地方ををあてどなく彷徨う巡礼行が依然後を絶たないことを思えば、まさに聖杯神話のなせるわざと考えて間違いはあるまい。

⁂

◉聖杯の彷徨　マーリンとモルガンの事績のうち、その多くが舞台としていたのはイングランドではなくフランスのブロセリアンドの森——現在のレンヌ近郊パンポンの森とされる場所——だったとする、それなりに有力

《4》ディ・カルペーニャによると、ル・ペンの国民戦線から、クー・クラックス・クランの儀式、さらには2011年にノルウェーで大量虐殺（死者92人）を引き起こしたアンネシュ・ベーリング・ブレイヴィクによる狂信的な新テンプル騎士団の主張に至るまで、多くの民族主義的・伝統主義的な極右運動に聖杯神話の要素が見られるという（Di Carpegna Falconieri, 2011☆）

トリノ、グラン・マードレ・ディ・ディオ教会にある像

な伝承もある。残念ながらブロセリアンドを聖杯と結びつける伝承は存在しないのだが、聖杯が隠されたとされる土地は——ジゾールの城、プッリャ州のカステル・デル・モンテ、(聖杯とフリードリヒ伝説が結びついた) カラブリア州のロゼート・カポ・スプリコ城、(少なくともダン・ブラウン『ダ・ヴィンチ・コード』の想像力の産物として) スコットランドのロスリン・チャペル、カナダ、カフカス山脈のナルタ・モンガ、トリノのグラン・マードレ・ディ・ディオ、サン・フアン・デ・ラ・ペーニャなどなど——他にいくらでも存在する。現在のところ聖杯が最後にその姿を垣間見せたのはレンヌ・ル・シャトーにおいてであり、実はこの地はモンセギュールの影で覆われている。しかし本書は伝説の地の「歴史」を標榜しているのであるから、叙述も年代順を尊重する必要がある。そのためレンヌ・ル・シャトーの話題は——実在するにもかかわらず壮大な捏造のために伝説の舞台と化してしまった場所を扱う——第14章に回すことにする。そこでは、ひと口に伝説と言っても必ずしも遠い過去に遡るわけではなく、騙されてくれる買い手がいる限り日々新たに生み出されるものであることが明らかにされるはずだ。

*

*

モデナ大聖堂の北側のポルタ・デッラ・ペスケリア（魚市場門）に設えられた、アーサー王伝説の一場面をあしらった飾り迫縁（1100）

◉グラダリス

■エリナン・ド・フロワモン（13世紀）
『年代記』、『ラテン教父全集』212（814–815）

この頃ブリタニアにて、ある天使により、とある隠者が素晴らしい幻視を体験した。それは聖ヨセフ、すなわち主の御体を十字架から下ろした議員と、主がその使徒らと晩餐をされた聖皿（せいべい）に関わるものであった。この話を当の隠者が書き遺しているのであるが、それがGradalisについての物語と名付けられている。Gradalisあるいはガリア語でGradaleというのは、広口でやや深めの器のことで、これによって上等の料理が、少量ずつ何度も（gradatim）貴顕の士の前に供されるのである。これが俗語ではgraalzと呼ばれ、一方では銀などの貴金属でできたこの器で食事のできることのために、他方ではそこに盛られる内容、すなわち延々と続く豪華な食事のために、これを用いた食事はありがたく楽しいものとなる。この話をラテン語で書いたものは見つからなかった。ただ少数の貴人の手にあったガリア語のものが見つかったばかりであり、それにしても完全な形ではなかった。

◉マーリンがアーサーに語った話

■ロベール・ド・ボロン（12–13世紀）
『メルラン』（Boron, *Merlin*☆）

メルラン［マーリン］が言った。「アルチュ［アーサー］、そなたは神の御加護により王となった。父君のユテル［ユーサー・ペンドラゴン］は偉大な男だった。円卓も彼の時代につくられたものだ。主がユダの裏切りを予言した聖木曜日に座っていた卓を象徴するもので、正邪が分かたれたときに聖杯のためにつくられたヨセフの卓を象ったものだ。（……）聖杯は捕われの身であったヨセフに託された。主御自らが手渡されたのだ。牢から解き放たれると、ヨセフは多くのユダヤの民を連れて砂漠へと入った。（……）ヨセフは主に何をすべきか教えを乞おうと、彼の器の前で祈りを捧げた。すると聖霊の声が響き、卓をつくれと告げた。ヨセフはそのとおりにし、準備が整うと彼の器をその上に置いた。それから人々に座るよう言った。罪から解き放たれた人々は卓に着き、罪に捕らわれたままの人々はその近くに居続けることができず去っていった。卓にはひとつだけ空席があった。かつて主のものであったその場所には誰も座るべきではないと、ヨセフは信じていたからだ。（……）よいか、主がつくられたのが第1の卓であり、ヨセフがつくったのは第2の卓である。そしてそなたの父君ユテル・パンドラゴンの時代に、私が第3の卓をつくらせた。偉大なる栄光を運命づけられた卓だ。世界中の人々が、そなたの時代にこの卓に集まる騎士たちの話を伝えるだろう。そし

「円卓の騎士たち」（13 世紀）、紙に描かれた絵、パリ、国立図書館

て、聖杯を託されたヨセフは、死に臨んでこれをブロンという名の義理の兄弟にあたる者に遺した。ブロンには12 人の息子があったが、そのうちのでぶのアランという者に、ブロンすなわち漁夫王は他の息子たちの後見を委ねた。アランは主の名により、ユダヤの地を離れ、西方の島々を目指し、そして彼の民とともに我らがこの国に辿り着いた。漁夫王はアイルランド島、すなわちこの大地に存在する中で最も美しい場所のひとつにいる。だが漁夫王自身は、人が知る中で最も悪い状況にある。大病を患っているのだ。だが約束しよう、いかに年老い、いかに衰えているとしても、円卓の騎士のうち誰かひとりが、戦争と騎士道において――槍試合と冒険において――十分な事績を残し、世界で最も有名な騎士となるまでは、漁夫王は決して死ぬことはない。その騎士がそれだけの栄誉を得て、富める漁夫王の宮廷を訪れる機会をつかみ、これまで、そしていまこのときに、いかなる目的のために聖杯が供されるのかと問うたとき、王の患いはたちどころに癒え、その騎士に主の秘密の言葉を明かした後、生を失い死を得るのだ。そしてこの騎士はイエス・キリストの血を護る役割を得、ブリタニアの地にかけられた呪いは破られ、預言は余すところなく実現するのである。

◉聖杯（グラアル）の出現

■クレチアン・ド・トロワ（12 世紀）
『聖杯の物語』（Chrétien de Troyes☆）

室内は、館の中を蠟燭のあかりで照らしうる最大限の明るさで、とても明るかった。2 人があれこれと話し合っている間に、とある部屋からひとりの小姓が、白銀に輝く槍の、柄の中程を持って入ってきて、炉の火と寝台に座っている 2 人との間を通った。そして、その場に居合わせた人たちはみな、銀色の槍、銀色の穂尖を見、1 滴の血が槍の尖端の刃尖から出てきて、小姓の手のところまでその赤い血は流れ落ちた。その夜そこへ来たばかりの若者は、このふしぎを見て、どうしてこんなことが起るのか、尋ねることを差し控えた。というのも、思い出したのだ、あの騎士がかれに与えた忠告、あまり喋りすぎぬよう気をつけなさいと、教え諭されたあの忠言を。それで、もし質問したりしたら、無礼と思われはせぬか

と恐れたのだ。そんなわけで、問いを口に出さなかった。

そのとき、また別の2人の小姓が入ってきた。手にはそれぞれ、純金で、黒金象眼を施した燭台を捧げていた。この、燭台を持ってきた若者たちは、大変に美しかった。それぞれの燭台には少くとも10本ずつの蠟燭が燃えていた。

両手で1個のグラアルを、ひとりの乙女が捧げ持ち、いまの小姓たちといっしょに入ってきたが、この乙女は美しく、気品があり、優雅に身を装っていた。彼女が、広間の中へ、グラアルを捧げ持って入ってきたとき、じつに大変な明るさがもたらされたので、数々の蠟燭の灯もちょうど、太陽か月が昇るときの星のように、明るさを失ったほどである。

その乙女のあとから、またひとり、銀の肉切台を持ってやってきた。前を行くグラアルは、純粋な黄金でできていた。そして高価な宝石が、グラアルにたくさん、さまざまに嵌めこまれていたが、それらはおよそ海や陸にある中で、最も立派で最も貴重なものばかりだった。まちがいなく、他のどんな宝石をも、このグラアルの石は凌駕していた。さきほど槍が通ったのとまったく同じように、行列は寝台の前を通りすぎて、1つの部屋から次の部屋へと入って行った。

若者は、それらが通りすぎるのを目にしながら、あえて訊ねようとしなかった、グラアルについて、誰にそれで食事を供する

ヴィルヘルム・ハウシルト「聖杯の奇蹟」(19世紀)、ノイシュヴァンシュタイン城

のかを。というのも、心の中にやはり、あの賢い騎士の言葉があったからだ。

■ロベール・ド・ボロン（12–13 世紀）
『ペルスヴァル』（Boron, *Perceval*☆）

一同が席に着き、最初の料理が運ばれてくるや、別の部屋から、きわめて優雅な装いをした乙女が入ってきた。乙女は首に布を巻き、両手に小さな銀の器を２つ持っていた。その後ろに槍を１本持った小姓が続いたが、その槍の穂先から血が3滴したたり落ちた。そして乙女と小姓は、ペルスヴァルの目の前の部屋へと入っていった。それから、またひとり小姓が入ってきた。小姓はその両手に、主が牢のヨセフに与えた器を高々と捧げ持っていた。ペルスヴァルはそれを見てたいそう驚き、その器について主人に訊いてみたく思ったが、煩わすのを恐れて質問はしなかった。その後もずっとこのことが気になってはいたが、ペルスヴァルの脳裡には、喋りすぎてはいけない、質問すぎてはいけないという母の言葉が思い出された。こうしてペルスヴァルは慎みを守り、質問をしなかった。王は何度も質問をしてもよいことを遠回しに仄めかしたのだが、ペルスヴァルは結局何も言わなかった。むしろ２晩続けて眠っていないために眠くてたまらず、あやうく卓に突っ伏して眠りこけてしまうところだった。そのとき、聖杯を持った小姓が戻ってきて、それから再び先ほどと同じ部屋に入った。槍を持った小姓も同じことをし、さらに先ほどの乙女もこれに続いた。しかしペルスヴァルは何も訊かなかった。漁夫王ブロンはペルスヴァルが何も質問する気がないのを見てとり、非常に悲しんだ。このようにこの城に滞在するすべての騎士の前にそれを示したのは、主イエス・キリストが漁夫王に対し、騎士のうちのひとりがなんのためにそれが供されるのかと問うまではその患いが癒えることはなく、かつその騎士は世界一の騎士でなければならぬと告げていたからであった。そしてペルスヴァルこそは、その問いを発すべき騎士だったのである。もし彼が問いを発していたら、王の患いは癒えていたのである。

■『ペルレスヴォー』第 6 章（13 世紀）（*Perlesvaus*☆）

すると見よ、２人の乙女が礼拝堂から出てきた。ひとりは両手に大きなグラアルをもち、もうひとりは槍をもっていたが、槍の穂先からは血が聖杯の中へしたたり落ちていた。２人の乙女が広間の中央を並んで歩くと、卓についた騎士らとゴーヴァン卿のもとに甘く聖なる薫りが届き、一同は食べるのを忘れるほどだった。ゴーヴァン卿はグラアルに目を遣った。元々は中に盃が入っていたようだが、いまは何もないようだった。それからグラアルの中へと赤い血のしたたる槍の穂先を見ると、２人の天使が蠟燭の無数についた黄金の燭台を持っているのが見えた気がした。２人の乙女はゴーヴァン卿の前を通り過ぎて、もうひとつの礼拝堂へと入っていった。ゴーヴァン卿は考え込んだが、大きな愉悦が湧き起こり、頭の中は神のことしか考えられなくなった。騎士らはみな顔を曇らせ、悲しげな目をゴーヴァン卿のほうに向けた。すると見よ、乙女たちが部屋から出てきて、再びゴーヴァン卿の前に来た。ゴーヴァン卿の目には、先程は2人しかいなかった乙女がいまは3人いるように見え、グラアルの中央に幼子の姿が見えた気がした。（……）見上げると、グラアルが宙に浮いていて、その上に冠をつけ、十字架に釘打たれ、脇腹に槍が深く刺さったままの王が見えた気がした。ゴーヴァンはその様子を見てひどく心を痛め、この王の受けている苦痛のほかは何も考えられなくなった。

■『聖杯の探索』（13 世紀）（*La ricerca del santo Graal*☆）

全員が席につき、静かになったとき、宮殿全体が崩れるかと思われたほど大きな、驚くべき雷鳴が近づいてくるのがきこえた。そしてひとすじの太陽の光がさしこんで、室内をそれまでの７倍も明るくした。室内の人々はまるで聖霊の恩寵に照らし出されたようで、お互いに顔を見あわせはじめた。なぜなら、この光がどこから来るのかわからなかったからだ。しかもこのとき、その場の誰ひとり、その口から１語たりとも発することができなかった。大きな者も小さな者もみな、口がきけなくなっていた。長いあいだこうして誰もものを言うことができず、まるで言葉を失った獣のように互いに顔を見あわせていたとき、そこへ白い錦繡で蔽われた聖杯が入ってきた。けれども誰ひとりそれを捧げ持っている人物を見る

エドワード・コーリー・バーン＝ジョーンズ卿「成就――ガラハド卿、ボールス卿、パーシヴァル卿への聖杯の顕現」(1894)、バーミンガム美術館

ことのできた者はいなかった。聖杯は広間の大扉から入ってきた。そして聖杯が入ってくるとたちまち、広間はまるでこの世のありとあらゆる香料がまきちらされたとでもいうように、すばらしい芳香でみたされた。聖杯は食卓のまわりを、広間の端から端まで、めぐっていった。そしてそれが食卓の前を通ると、その食卓はたちどころにどの席もめいめいの望む食物でみたされていった。そしてみんなに食物が供されると、聖杯はたちまち見えなくなり、それがどうなったのか誰もわからず、それがどこへ行ったのか誰の目にも見えないのだった。(……)

「伯父上」とゴーヴァン卿が言う、「他にも、伯父上の御存知ないことがございます。と申しますのは、ここで誰ひとり、自分が心に願い、欲した食物を何でもすべて与えられなかった者はいないということでございます。そして、このようなことは、かつていかなる宮廷にも起こったことはございませぬ――かの〈不具の王〉のところを除いては。ただしそのときはまことに不幸なことに、それをはっきり見ることができず、その真のすがたは、みなの者の目から匿されていたのでした。そこで私は、ただちに、次のような誓いを立てます。明朝私はただちに〈探索〉に出発し、1年と1日、必要ならそれ以上でも〈探索〉をつづけるであろう、と。何事が起ころうとも、あれを今日ここで見たよりもっとはっきり見るまでは――もし何とかして私にそれを見ることが可能なら――決してこの宮廷へ戻ってはこないつもりです。そして

もしそれが不可能なら、引返してくることになるでしょう。」

■ヴォルフラム・フォン・エッシェンバハ（1170–1220）『パルチヴァール』第9巻454（Eschenbach☆）

この異教徒のフレゲターニースは、星がどのように沈みまた現れるか、そして星が元の位置に達するまで、どれほどの期間周行するかを、我々に立派に教えることができた。この星の運行に全人類が結びついている。異教徒のフレゲターニースは、これについては彼は控え目に言っているが、自分の目で隠れている秘密を星座の中に見たのだ。それは「グラール」［既訳「聖杯」を改訂］と言う「物」で、星座の中に間違いなくこの名を読みとったと、彼は言った。さらに続けて言っている、「天使の群れがそれをこの世に持ち来たり、ふたたび星空の上高く舞い戻られた。天使はその汚れのない清らかさゆえにこの罪の世界をいとわれて帰って行かれたのであろうか。それはともかく、以後洗礼を受け、天使と同じように汚れのない心の人が、この聖杯を守護しなくてはならないのだ。それゆえ聖杯の奉仕に召される人間は、いつも高貴な人である」

■ヴォルフラム・フォン・エッシェンバハ（1170–1220）『パルチヴァール』第9巻469（Eschenbach☆）

ではそこに住んでいる彼ら一団の勇士の食べ物のことから話そう。彼らはある1つの石によって養われている。その石の種はまじり気のない純なるものだ。それについてご存じなかろうから、ここでまず名前を教えよう。その石はラプジト・エクシルリースというのだ。（……）ところでこの石はまたグラールとも言われている。

■トマス・マロリー

『アーサー王の死』第13巻第7章（Malory, 1485☆）

［邦題『アーサー王物語』］

それから王は、キャメロットにみなとともに帰ると、夕べの祈りを捧げるために僧院に行った。その後で夕食となり騎士たちは前と同じように、それぞれ前もって決められた席についた。

すると間もなく雷のものすごい響きが鳴り渡り、宮殿が砕けるかと思われた。嵐のなかに一条の光線が射し込んだが、われわれが日中に見ているより7倍も明るい光だった。そしてすべての者がみな聖霊の恩恵に浴したのであった。騎士たちはおたがいに他の者を見つめ合っていたが、前よりもみな美しく見えるのであった。騎士たちは一言も口をきけないま、顔を見合わせていた。

そして広間に白い絹に覆われた聖杯が入って来た。だが聖杯は誰の目にも見えず、それを捧げ持っている人の姿も見えないのであった。だが広間全体に良い香りがいっぱいに漂い、騎士たちはこの世でもっとも好きな食べ物や飲み物を味わえたのであった。聖杯は広間をぬけて運ばれていったと見る間にとつぜん消え去ってしまい、その行方を知る者は誰一人としていなかった。それからようやく人々は口がきけるようになった。

すると王は神が与えたもうたこの恩恵に感謝するのであった。

「今日この聖霊降臨祭を祝して、主イエス・キリストがお示しくださったこの恩恵に対して、われわれは感謝しなければならない」

「さて」とガーウェイン卿は言った。「われわれは今日、思いつくかぎりの食べ物や飲み物をご馳走になった。だがわれわれに叶えられない1つのことは、聖杯がわれわれの目に見えず、大事に包み隠されていたことだ。なのでわたしはここに誓いをたてる。もう一刻も猶予せずに、聖杯探求の旅に出かけたい。12か月と1日、あるいは必要ならもっと探し歩いて、ここで見たよりもっとはっきりと聖杯を見るまでは、再びこの宮廷には戻って来ないだろう。だがもし事が達成できなかったあかつきには、わが主イエス・キリストの御心に逆らえぬ者としてここに帰ってこよう」

ガーウェイン卿がこう言うのを聞いて、円卓の騎士はほとんど全員立ち上がって、ガーウェイン卿と同じ誓いをたてるのであった。アーサー王はこれを聞いて、騎士たちの誓いに反対できないとわかっているので心が重かった。

◉聖杯は1ヵ所に留まらない

■ユリウス・エヴォラ

『聖杯の謎』（Evola, 1937☆）

ピンダロスによると、極北人の地には陸路でも海路でも到達することはできず、その地を発見できるのはヘラクレスのような英雄のみだという。中国の伝承では、最北の地の果てに、霊魂の飛翔によってのみ達しうる島があるという。チベットの伝承に登場するシャンバラは、アヴァターラのカルキに関係する神秘的な北の座であり、「我が魂に宿る」と言われる。聖杯物語群にもこの主題が見られる。聖杯城は、『聖杯の探索』では「魂の宮殿」、『ペルスヴァル』では（霊魂が棲むという意味で）「魂の城」と呼ばれている。（……）またプルタルコスが、睡眠状態にあるときに極北の座にあるクロノスの幻視を体験したと語っているのに対し、『アーサー王の死』では瀕死のランスロが聖杯を幻視する。さらに『聖杯の探索』でも、ランスロは夢うつつの状態のときに、負傷した騎士が聖杯へと這いよって苦痛を癒す様子を幻視するのである。これらはいずれも、通常の意識の限界を超えた体験である。

（左）ウォルター・クレイン「アーサー王の宮廷に導かれたガラハド卿」（1911頃）、個人コレクション

（右）エドウィン・オースティン・アビー「ガラハドと聖杯」（1895）、個人コレクション

（次々頁）アウグスト・フォン・シュピース「アンフォルタスの宮廷のパルジファル」（1883/1884）、ノイシュヴァンシュタイン城、歌人の間

この城はしばしば目にも見えなければ辿り着くこともできないものとして描かれる。選ばれし者のみが、それもまったくの偶然や魔法の呪文によってのみ、この城を見つけることができる。それ以外は、この城は探索者の目には映ることがない。（……）

聖杯の座は常に城や要塞化した王宮として描かれ、教会や寺院として描かれることは決してない。聖杯の祭壇や礼拝堂が登場するのは後世のテクスト、すなわち伝承の中でもキリスト教的な解釈を施されたもののみであって、その行き着く先では、聖杯は最後の晩餐で用いられた盃と見なされることになる。しかし最も古い時期のものを見てみれば、この種の解釈はまったく出てこない。そこに見られるのは聖杯と剣や槍、王や高貴な性質をもった人物との密接な関わりばかりであって、この点だけとってみても、後のキリスト教的解釈がいかに外在的なものであるかが明らかである。「血の最後の一滴まで」護らなければならない聖杯の座は、教会やキリスト教のような、前述のとおりこの神話群を無視し続けてきた連中はもちろんのこと、より一般的に、宗教や神秘の中枢などとは、いかなる関係ももちえない。2つの尊厳、すなわち王たることと祭司たることの分かたれぬ統一に従って、太古の遺産を受け継いできたのは、むしろ或る秘儀の中枢なのである。

◉シャロット姫

■アルフレッド・テニスン
『シャロット姫』（1842）

川の両岸に広がるは
果てしなく続く大麦やライ麦の畑、

それは広々とした平野となり、地平のかなたに続く。
畑中を走る一筋の道の通ずるは
　　　　多塔のお城キャメロット。
人々はしげく行き交う、
咲き開く睡蓮を見やりながら
眼下なる島のまわりで、
　　　　かのシャロットの島の。

柳は白み、ポプラは震える。
そよ吹く風は川面にかげりを起こし、漣をたてる、
川の流れはとこしえに
川中の島をめぐりて
　　　　キャメロットへと流れゆく。
灰色の城壁は四方をめぐり、灰色の塔は四本聳え、
見下ろすはただ一面の花畑、
静かなる小島に住むは
　　　　シャロットの姫君ぞ。

(……)

館にて夜となく昼となく姫の織るは
彩あざやかな魔法の織物。
姫はある囁きを耳にしたのだ、
それはある呪いが姫に降りかかるとのこと、
　　　　姫がじっとキャメロットを見下ろし続ける
　　　　ならば。
その呪いがいかなるものか姫は知る由もない、
それゆえ姫は絶え間なく織り続ける、
ほかにわずらうこともなく
　　　　シャロットの姫君は。

一年じゅう姫の前にぶら下がる
澄んだ鏡に映るのは
この世の出来事のうごく影。
鏡に映るは大道の一筋、くねくねと曲がりつつ
　　　　キャメロットへと通じゆくさま。
川の流れに渦が巻き、
村の男たちは愛想なく、
赤い外套羽織る市場の女たち、
　　　　みんな揃ってシャロットを過ぎてゆく。

(……)

しかしいつも嬉々として姫が織物に織りなすは
鏡に映る異様な景色の数々、
夜の静寂の中をいくたびも
葬儀の列が羽根飾り、松明、
　　　　そして楽の音に伴われてキャメロットへと
　　　　向かうのだ。
また月が頭上に輝く夜半に
結ばれたばかりの若い恋人ふたりがやってきた。
「わたしは半ば影の世界が嫌になったわ」と言った、
　　　　シャロットの姫君は。

姫の部屋のひさしから矢の届くほどのところを
大麦の束の間を縫ってかの人が駆けてきた。
太陽は木の葉越しに目も眩むばかりの輝きを放ち、
真鍮の脛当てに燃えていた、
　　　　雄々しいラーンスロット卿の脛当てに。
胸に赤い十字架を掛けた騎士がとこしえに
一人の貴婦人に跪いていた卿の楯模様、
その楯は黄色に熟れた麦畑に輝きを放った、
　　　　人里離れたシャロット城のほとりで。

(……)

卿の広い、色艶のよい額は日の光を受けて輝くばかり、
磨きの利いたひづめの軍馬に跨る卿は
兜の下から流れるごとき黒髪を垂らし
歩みを進めていた、
　　　　キャメロット目指して馬を駆けるとき。
川の岸辺から、そして川の水面から
卿の姿が澄んだ鏡の中に映えて輝いた。
「ティラ・リラ」と川のほとりで
　　　　ラーンスロット卿は歌うのだった。

姫は織物の手をとめ、機から離れた。
部屋の中を三歩あるいた。
睡蓮が咲いているのが見えた。
兜と羽根飾りが見えた。
　　　　姫はキャメロットのほうを見下ろした。

飛び散る織物、あちこちに広がり、
端から端までひび割れる鏡。
「あの呪いがわたしに降りかかったのだ
　わ」と叫んだ、
　　　　シャロットの姫君は。

嵐ぶくみの東風に枝は曲がり、
薄黄色の森はいよいよ光芒を失っていた。
広い流れは堤にあたって、盛んに水しぶき
　をあげ、
雨雲低く垂れ込めた空からは雨が激しく
　注いでいた。
　　　　多塔のお城キャメロットに。
姫は城を抜け出て、小舟が一艘
柳の木の下に繋がれているのを見つけた。
そのへさきに姫が書いた文字こそ
　　　　「シャロットの姫」。

ほの暗く広がる川面を下り
さながら夢うつつにある豪胆な予言者の
　ごとく、
己が身の上の不運を一切見据えて——
顔には表情ひとつとてなく
　　　　姫はキャメロットのほうを見
　　　　やった。
そして一日の暮れ果てるころ
姫は小舟の鎖を解き、身を横たえると、
幅広き流れにのってはるばると運ばれる、
　　　　シャロットの姫君は。

(……)

かなしげな、聖なる歌は
声高く、また声低く歌われた。
やがて姫の血はおもむろに凍えゆき、
両のまなこもすっかり暗黒の世界と化し、
　　　　多塔のお城キャメロットへと
　　　　向けられた。

ジョン・ウィリアム・ウォーターハウス「シャロットの姫」(1888)、ロンドン、テイト・ギャラリー

流れに身を任せて漂う姫君が
水路ぎわの初めての家に着くその前に
姫は己が歌をうたいつつ息絶えた、
シャロットの姫君は。

塔やバルコニーの下、
庭の塀や回廊のそばを、
姫はほのかに光る白装束の姿で流れ過ぎた、
聳える館の間を縫い、蒼ざめた死者の態で、
粛々とキャメロット城へと入ってきた。
人々は波止場に集い群がる、
騎士も市民も、領主も貴婦人も、
そして小舟のへさきに読めた名前こそ
「シャロットの姫」。

この女は誰なるか？　何が起こったのか？
明るく点された近くの城壁の中では
さんざめく王の宴もはたと止んだ。
恐怖のあまり十字を切る騎士たち、
キャメロット城のすべての騎士が。
しかし、ラーンスロットは、しばし瞑想し、
言った。「この姫の顔の何という美しさ、
神よ、亡き姫の霊に慈悲を垂れたまえ、
シャロットの姫君に」

◉オットー・ラーンの説

■オットー・ラーン
『ルシファーの廷臣』(Rahn, 1937☆)

手許にある『パルチヴァール』の編者は、ヴォルフラムの描く聖杯城はピレネー山脈にあったはずだという。この仮説のきっかけになったのは、どうやらアラゴンやカテランゲン（カタロニア）といった地名のようだ。これでいくと、ピレネー地方の農民たちがモンセギュールの古城を聖杯（サン・グラアル）の城としているのも不当ではない。そして聖杯探索者パルチヴァールがついに救済の城へ達せんとして馬を進ませた雪道は、ピレネーの雪であったかもしれない。ヴォルフラムが聖杯城に唯一与えている「ムンサルヴァチェ(Munsalvatsche)」という名称は、すでに多くの指摘があるように、「野生の山（Wildenberg)」という意味である。元になっているのはフランス語で「野生」を意味する「ソヴァージュ（sauvage)」で、これはラテン語のシルウァティクス（silvaticus）に対応する（「シルウァ」が「森」という意味)。森なら——モンセギュールの辺りに限って言えば——いくらでもである。加えて、この地方の方言では「野生の山」を「ムン・サルヴァチェ（Moun salvatgé)」という。——『ローエングリン』と『パルジファル』の作曲家であるリヒャルト・ヴァーグナーは、自らの身元保証人たるヴォルフラムに反して、聖杯城を「モンサルヴァート（Montsalvat)」と呼んでいる。これは「救済の山」という意味である。

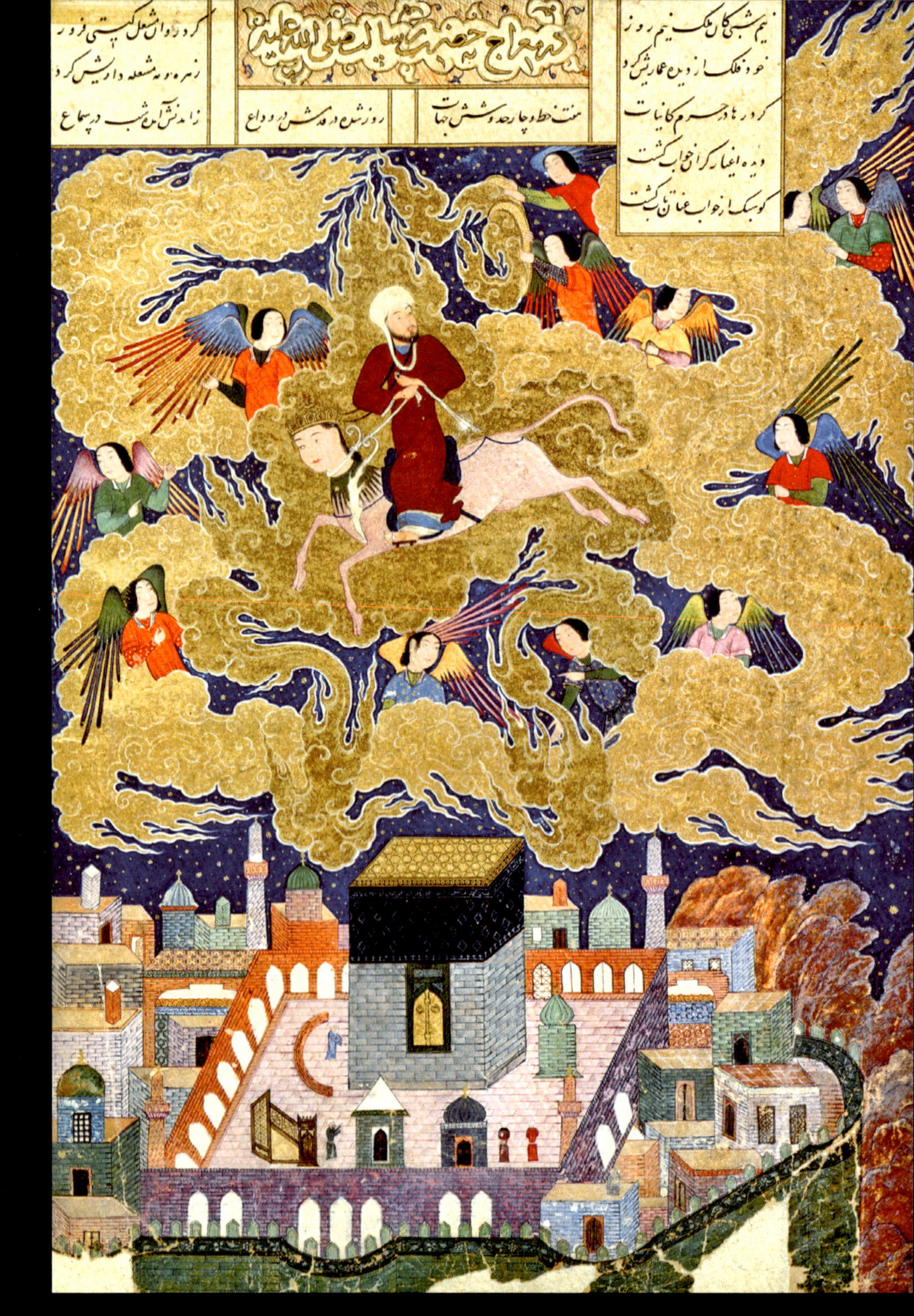

معراج حضرت رسالت صلی الله علیه
نیم شبی کان ملک نیم روز
کرد روان مشعل گیتی فروز
نه فلک از دیده عماریش کرد
زهره و مه مشعله داریش کرد
کرده رها در حرم کاینات
هفت خط و چار حد و شش جهات
روز شده در قدمش در وداع
زاهدش آمد شب در سماع
دیده اغیار گران خواب گشت
کوکبش از خواب عنان تاب گشت

第9章

アラムート、山の老人、暗殺教団

ALAMUT, IL VEGLIO DELLA MONTAGNA E GLI ASSASSINI

*

*

*

*

前章本文の最後でレンヌ・ル・シャトーに少し触れたが、そもそもここは実在の（それゆえ今日でも実際に訪れることのできる）場所であって、それがしばしば政治的な理由から伝説化してしまった事例というのはそれほど珍しいわけではない。かつてカスピ海の南西にあった——そして現在も遺跡の一部が残る——アラムートの城砦も、そうした場所の一例である。

アラムートとは、すなわち「鷲の巣」である。1256年にモンゴル軍に屈し破壊されるまであらゆる敵の侵入を阻み続けてきたこの城砦は、その前に立つ者にとってはまさに威容であった。伝説によれば、長さが400メートル、幅が場所によっては数歩分、最大でも30歩分しかない切り立った尾根に、この城砦は立っていたという。アゼルバイジャンへと通じる道を行く者は、遥か彼方に、陽光の中で白く輝く天然の防壁を見た。黄昏時には鮮やかな青にその色を変え、夜明け前は蒼白く、それから曙光を浴びて血のような赤に染まった。日によっては雲の中にその姿を隠し、ときに稲光を映して煌めいた。茫として現れる四辺形の輪郭にかろうじて人為の痕跡が見え、真下からふり仰げば数百メートルの上空まで延々と険しい岩が連なってこちらを見下ろしているように感じる。比較的なだらかな斜面には大小の石が無数に転がっていて足元が滑り、とても登れるものではない。入口は岩を繰り抜いた秘密の螺旋階段がひとつあるのみで、守りは弓兵がひとりあれば十分であったという。まさしく鷲の背に跨ってしか侵入できないと言われる所以である。これが伝説のアラムートであり、この難攻不

ムハンマドの昇天（1494/1495）、ペルシアのミニアチュール、ロンドン、大英図書館

اندک غباری شده و حضرت شیخ سفر حجاز اختیار کرده
اسمعیل به طبیب گیلکی رفته و امیر اسمعیل جنابد رابدو
که داروغه باشد و امیر اسمعیل بدان جهت مستولی
شده و بر ملاحده که بعضی دانایان الزام کرده بودند در سلسله

庭園の人々（17 世紀）、ペルシアのミニアチュール、ニューデリー、国立博物館

落の城砦の主こそ、本章の主役たる暗殺教団（アサシン）であった。

暗殺教団の歴史は、ティールのギヨーム、ストラスブルクのゲアハルト、**リューベックのアルノルト**といった十字軍と関係の近い年代記作家ら、そして**マルコ・ポーロ**により、中世を通じて書き継がれてきた。近代の文献でひとつ挙げるなら、なんといっても**ヨーゼフ・フォン・ハンマー＝プルクシュタール**の『暗殺教団の歴史』（Hammer-Purgstall, 1818☆）がその影響力において最大であろう。

アラムートの内部では何が行われていたのか。この城砦の初代頭目は名をハサン・サッバーフという魅力にあふれ神秘的で、そして恐ろしい男であった。彼はこの砦に自分の信奉者を集めた。もっと正確に言えば、ハサンは幼児の頃に連れてきた子供たちを砦内でフィダーイーユーン（「命を捧げる者」）へと育て上げ、彼らを使って暗殺を行っていたのである。

近代の研究者はハサン伝説の真偽の検証を種々試みてきたが、結局この伝説は今日まで生き延びることになった。殺人者のことをイタリア語で assassino と言ったり、政治的な理由から公人を殺害すること、すなわち暗殺を英語で assassination と言い、暗殺者のことを assassin と呼んだりするのは、すべてこの暗殺教団（アサシン）に由来するのである（なお、大麻を指す「ハシシ」がこの「アサシン」の語源であるとする説をめぐっては論争がある）。頭目に対する彼ら暗殺者たちの従順さを示すエピソードとして、説話集『ノヴェッリーノ』に次のような話が収められている――あるとき、皇帝フリードリヒ 2 世がアラムートにハサンを訪ねた。この恐ろしい老人は自らの力を誇示するため、塔の頂上に立つ 2 人の従者を指さして示し、それから自分の顎鬚を触った。すると先の 2 人は虚空へと飛び出し、そのまま地面に激突して死んだ。

伝説ばかり語ってもしかたがないので、歴史的な事実として判明している事柄についても簡単に確認しておこう。アラムートを拠点としていたのはシーア派、すなわちイスラーム最大の分派の信徒である。分派が生じたのは、ムハンマドの真の後継者はカリフ位を獲得したアブー＝バクルでもなければ、ムハンマドの娘婿でやはりカリフ位を継いだウスマーンでもなく、アリー（ムハンマドの従弟で、ムハンマドの娘ファーティマの夫）だけだと考える信者の一派がいたことに端を発する。派閥間の内紛と戦闘が続き、結局アリーは暗殺されてしまうが、以後、アリー支持の人々は（正

統を称するスンナ派に対抗して）シーア派をつくり、真のイマーム（指導者）として、戦士として、聖人としてアリーを称え続けた。アリーこそがイスラーム世界の支配者たるべき救世主であり、神に連なる出自をもつ者だというのである。

その後、カイロに都を置くファーティマ朝において、カリフ位にあったアル＝ムスタンシル・ビッラーの没後、イマーム位が、継承を予定していた兄のニザールではなく、弟のムスタアリーに与えられたことで後継問題が生じ、ニザールに与する人々は分裂してペルシア・イスマーイール派をつくった。これを率いたのが――一連の霊的体験を経て熱心なイスマーイール派となっていた――ハサン・サッバーフであり、ハサンはこれに先立つ 1090 年から 1091 年に、アラムート城砦を手中に収めていた。

アンリ・コルバンは、十字軍、マルコ・ポーロ、そしてもちろんハンマー＝プルクシュタール、加えて「アサシン」の由来がハシシ常用者を意味する「ハッシャッシーン」だなどと言い募るシルヴェストル・ド・サシ（Sacy, 1838☆）らがでっち上げた「ノワール小説」によって、イスマーイール派の名は曇らされてきたのだと自著『イスラーム哲学史』（Corbin, 1964☆）で主張している。実際には暗殺教団伝説の情報源にはイスラーム側の資料も多いのだが、この問題にはこれ以上立ち入らないこととし、ノンフィクション的な事実の確認に戻ろう。

コルバンが言いたいのは、ハサンの説教と改宗が、秘教的な原理に発する純粋に霊的なものだったということのようだ。しかし、ハサンが霊的な指導者に留まる人物ではなく、政治的な側面も持ち合わせていたことは、各種の史料から確認できる歴史的事実である。自らの宗教原理を護持するためには周辺地域に支配を及ぼす必要があり、そのためにハサンは少しずつ一連の城砦群を築いていったのである。アラムートは、アゼルバイジャンとイラクの双方へ通じる経路を支配するという意味で、最も重要な城砦だったのだ。ハサン・サッバーフはこのアラムートに暮らし、忠実な従者らに見守られて死ぬまで、城砦の外に出ることはなかった。こうしたことを語る史料を、コルバンは見逃しているのではないだろうか。

ハサンはカリスマ的な資質をもった指導者であると同時に、我が子を 2 人まで――ひとりは葡萄酒を飲んだ罪で、もうひとりは人を殺した罪で――死刑に処すほどの厳格さの持ち主でもあった。ハサンが暗殺を政治手法

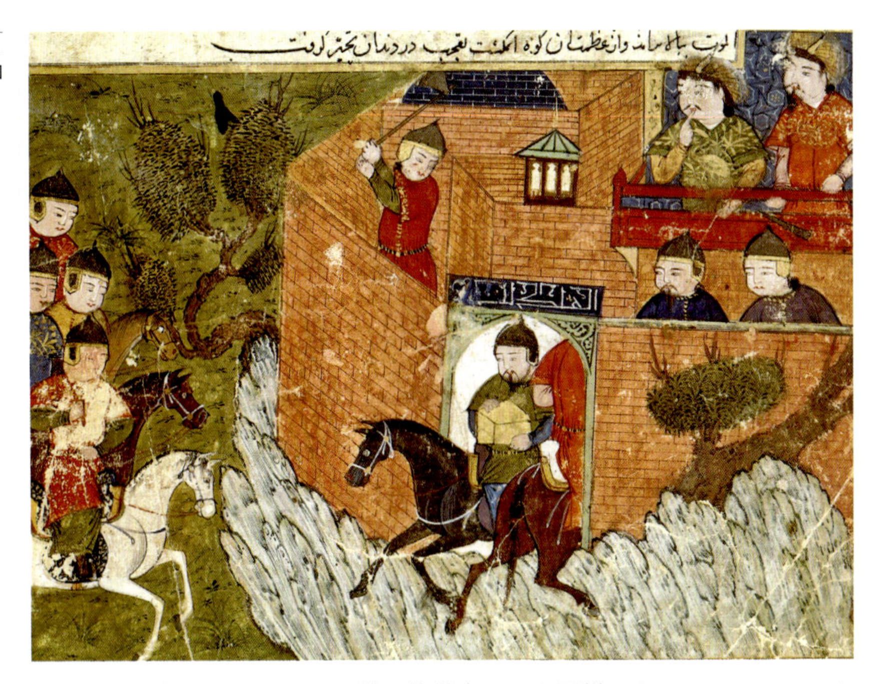

「アラムートの攻略」(1113)、ペルシアの写本、パリ、国立図書館

として多用していたのは確かな事実であり、これは彼の後継者たちも同様であった。シナーンもそのひとりで、〈山の老人〉とはこのシナーンのことなのだが、伝説の展開に伴ってハサン自身も〈山の老人〉の名で呼ばれるようになる。現存する中世の関連テクストで最古のものはハサンの死（1123）より後、ちょうど聖地周辺の十字軍諸国とサラディンの双方がシナーン配下の暗殺教団と関係をもっていた時期のものだが、そこには、十字軍がまだエルサレム奪還を目指して戦っている頃の話として、スルタンの宰相ニザームルムルクが、ハサンの命を受け修道僧（ダルヴィーシュ）に扮した暗殺者に刺殺された旨が語られている。他方、モンフェラート侯コラードの殺害についてはシナーンの名前が挙がっている。伝承によると、シナーンは異教徒の習俗と言語を身につけた２人の暗殺者を兵士として十字軍に潜入させたという。この２人はさらに修道士に変装し、ティール司教が催した晩餐会に何も知らない侯爵が現れたところを殺害したのだとされている。ただしこれは事実でない可能性がある。コラード殺害については、十字軍側の内部抗争によるものとする伝承があり、さらにリチャード獅子心王関与の可能性を示唆する噂まであったからである。ことほどさように伝説と史実の間に明確な線を引くのは難しいのだが、シナーンがサラディンと十字軍の双方から恐れられていたのは確かだろう。もうひとつ付け加えておくと、シナーンには（ここがオカルティストの食い付きどころなのだが）どうやらテンプル騎士団との間にも秘密の取引関係があったらしいのである。

ここでそろそろ伝説のほうに移りたい。スンナ派系のアラブ人作家や、キリスト教徒の年代記作者らの伝えるところでは、〈山の老人〉は配下の者を自分の命を投げ出してでも任務を遂行する

「プリンス・オブ・ペルシャ　時間の砂」(2010)、マイク・ニューエル監督

無敵の戦争機械に改造するために、次に述べるような実に残酷な方法を用いていたという。すなわち、少年たちを（一説によると生まれたばかりの赤ん坊を）誘拐してくると、城砦の中に造られた美しい庭園に住まわせ、葡萄酒に美女に花々で彩られた享楽の虜とし、さらにハシシで骨抜きにしてしまう。そうして少年たちがこの虚構の楽園の猥褻な至福なしには一時(いっとき)も耐えられなくなった頃合いを見計らい、そこで初めて彼らにごく普通の退屈きわまりない生活を経験させ、そのうえで次のような選択肢を与えるのである――「いまから言う者を殺してこい。成功すれば失われたあの楽園は再び、そして永遠におまえのものとなろう。だがもし失敗すればこの惨めな生活に逆戻りだ」。

こうしてドラッグ漬けにされた男たちは自ら命を差し出すようになり、死をも恐れぬ暗殺者が完成するわけだ。

そう考えてみると、詩、小説、映画と、アラムートの伝説から着想を得た作品が――今日でも――いかに多いことか改めて気づかされるのである。

*

*

*

◉暗殺教団

■リューベックのアルノルト（1150–1211/1214）『スラヴ年代記』第7巻

ダマスクス、アンティオキア、アレッポが境を接する山岳地帯に、その地の言葉でヘイセッシーニ（Heyssessini）、すなわち「山の王」と呼ばれる種族がある。この種族の暮らしぶりは実に無法で、サラセンの戒律に背いて豚肉を喰らい、己が母であろうと姉妹であろうと、女とあれば見境なく誰とでも交わる。山岳地帯に住み、堅固な城塞に立てこもるため、ほぼ難攻不落である。土地が痩せているため、家畜を殺して食べている。彼らの頭目は遠近を問わずあらゆるサラセンの君主から非常に恐れられており、また近隣のキリスト教国の君主からも恐れられている。というのは、彼らは驚くべき方法で人を殺すからである。その方法とは次のようなものである。この頭目は山の中に、このうえなく美しい宮殿を無数にもっている。この宮殿は非常に高い壁で閉ざされており、中に入るための扉はごく小さいものがひとつあるだけで、しかも厳重な警備下に置かれている。頭目は領内の農民の息子を集めてきては、幼児の頃からこの宮殿で育てる。この男児たちは、ラテン語、ギリシア語、ロマンス語、サラセン語など様々な言語を教わる。彼らは幼児期から成人するまで、この地の頭目の言葉と命令には絶対服従たること、またそうしていれば、あらゆる現世の神々の支配者たる頭目によって、楽園の愉悦を与えられることを、教師によって叩き込まれる。また当地の頭目の意志に逆らった者は、いかなる事情があろうと永遠に救済を得られなくなるとも教わる。彼らは幼い頃に連れてこられて以来、教師や師匠以外の人間と接することはなく、他の教えを得ることもないまま成長するが、ある日頭目の御前に呼ばれ、これこれの人間を殺してこいと命じられるのである。

■マルコ・ポーロ（1254–1324）『東方見聞録』

ムレットはかつて山の老人が住んでいた地方である。ムレットはフランス語では「地上の神」を意味する。マルコ・ポーロ殿はこの地方の人々から話を聞いたのであったが、私はそのマルコ殿の語った通りにこの老人のことをお話ししてみたい。彼は土地の言葉でアロアディンと呼ばれ、2つの山のあいだの谷間に、かつて見たこともないような、世界中のあらゆる果物が実る大きく美しい庭園を作り、その中に、これもかつて見たこともないような、金で飾りたてられた美しい家屋と宮殿を建てた。そこには、葡萄酒とミルクと蜜と水の豊かに流れる水路がしつらえられ、さらにこの世で最も美しい婦人と娘たちが大勢いて、あらゆる楽器を奏で、素晴らしい声で歌い、目にするだけでも喜ばしいほど上手に踊った。老人は、この庭園こそが楽園なのだと思わせた。マホメットによれば、楽園とは葡萄酒とミルクと蜜と水の流れに溢れ、悦楽をもたらす美しい女性たちに満ちた素晴らしい庭園なのであるが、老人はその通りにこの庭園を作ったのであり、人々もまたそれが楽園であると信じたのであった。彼は、暗殺者に仕立てようと思う男以外、誰ひとりとして中に入れなかった。入口には城があって、誰も陥落できないほど堅固であったし、そこを通らなければこの庭園には入れなかった。老人は、戦士になるつもりのあるこの地方の12歳の少年たちを宮殿に連れて来ては、マホメットが述べた楽園とはこれこれしかじかであると言って聞かせる。すると彼らはサラセン人が信じるように信じてしまうのである。この老人は少年たちを10人または6人または4人一緒にして庭園の中に連れ込むのだが、その際、あらかじめある飲み物を飲ませ、眠り込ませておく。それから庭園に連れ込むのだが、少年たちは目が覚めるとすでに庭園の中にいるという次第である。

庭園の中で目を覚まし、これほど美しい場所にいることを知ると、少年たちは本当に楽園にいるのだと信じる。婦人たちや娘たちが常に思うさま慰めてくれるのである。少年たちはみずからの意志によっては、そこから決して出ようなどとはしないだろう。山の老人は宮殿を豪華で壮麗に維持し、周囲の単純な人々に自分が偉大な預言者であると思わせたし、人々も実際にそう信じた。そして、暗殺者をある場所に送り込む必要が生じると、庭園の中にいる誰かに例の飲み物を飲ませ、宮殿に連れて来させる。目が覚め、楽園の外の城の中にいるのを知ると、彼は非常に驚き、居心地の悪い思いをするのであるが、老人の前に呼ばれると、老人を真の預言者と思って平伏する。そこで老人がどこから来たのか尋ねると、彼は自分が楽園から来たと、また、その楽園はマホメットが教えの中で語っている通りであると答える。まだその楽園を見たことのないほかの者たちは、これを聞けばそこに行きたいと強く望むのである。ところで山の老人は、誰かある君主を殺したい時には、彼に向かって次のように言う――「これこれの人物を殺しに行け。もし戻って来られたら、天使に言ってお前を楽園へ運ばせよう。もしお前が死んだとしても、天使に頼んでお前を楽園に戻してやろう」。老人は彼にこのように信じ込ませる。そこで彼は、楽園に戻りたいという強い欲求のために、どんな危険にもひるまず、老人の命令を実行するのである。このようにして、山の老人は命じた通りにあらゆる人物を殺害してきた。君主たちは老人に非常な恐れを抱いたので、平和と友好を求めて老人に貢ぎ物をした。

■ヨーゼフ・フォン・ハンマー＝プルクシュタール『暗殺教団の歴史』第4巻

（Hammer-Purgstall, 1818☆）

暗殺教団のペルシア地方およびアッシリア地方の中心地、すなわちアラムートとマシアートには、周囲を高い壁に閉ざされた領域内に、華やかな庭園――まさしく東方の楽園――があった。花壇と果樹の間を水路が縫い、木陰の小道と緑の草地には輝く小川が流れ、足下からせせらぎが聞こえる。薔薇垣の四阿（あずまや）に葡萄園。豪華な広間に、ペルシア絨毯とギリシアの品々で装飾されたタイル貼りのキョシュク［いわゆるキオスク（小ぶりな庭園建造物）］。金や銀や水晶の器が金や銀や水晶の盆の上で輝きを放つ。ムハンマドの楽園の処女（フーリー）や稚児のごとき艶やかな少女らと耽美な少年らの黒い瞳の誘惑は、かれらが休むクッションのように柔らかく、かれらが供する葡萄酒とともに人を酔いへと誘う。（……）そこでは誰もが、悦楽と官能と歓喜の雰囲気を味わうのだ。

頭目は、若者たちの中から強さと度胸の点で暗殺任務に適した者を選んで会食に招待し、ヒュオスキュアモス（ハシシ）でつくった阿片で酔わせて庭園に運ばせる。目を覚ました若者は、夢見心地のまま自分は楽園にいるのだと思う。辺りの情景が、特にフーリーたちが、言葉と肉体でそう信じ込ませるのである。預言者が死後に約束したとおりの愉悦と快楽を心ゆくまで堪能し、フーリーの輝く瞳から魂の抜けるような歓びを、また輝く盃から心を沸き立た

テオドール・シャセリオー「テピダリウム」(1853)、パリ、オルセー美術館

せる葡萄酒を飲み干した若者は、気怠い疲れと阿片の効果で微睡みに落ち、数時間経って目覚めたとき、再び頭目の側にいる自分に気づくのである。頭目は彼に、おまえは肉体的にはずっと自分の側にいたが、魂だけが楽園に入り込み、至福者が死後に味わうはずの快楽をひと足早く堪能してきたのだと告げる。そして、死後に再びそこに行くには、信仰の任務と上の者の命令とあれば命をも投げ出す忠実さが必要だと説くのである。若者はもう頭に血が上っているため、自ら進んで盲目的に殺人の道具となり、かりそめの命を犠牲にして永遠の生を得るための機会を貪欲に求めるようになる。

(……)

今日でも、コンスタンティノープルとカイロの様子を見れば、ヒュオスキュアモス製の阿片がトルコ人の眠たげな怠惰をいかに魅惑しているか、またアラブ人の想像力をいかに燃え立たせているかがわかるはずだし、この植物由来の陶酔薬(ハシシ)の享楽を求め、そのためならなんでもやれると思い込んだ件の若者たちについても納得がいくだろう。この薬物を服用する者のことをハシシンといい、これがギリシアおよび十字軍の世界で転訛してアサシンという名称が生まれたのである。

Le Ciel est à la place de la terre.
Der Himmel ist an der Stelle der Erde.

L'enfant donne la bouillie à la maman.
Das Kind gibt der Mutter den Brei.

La bonne est maîtresse.
Die Magd ist Hausfrau.

Le Mouton est berger et les hommes moutons.
Das Schaaf ist Hirde und der Mensch Schaaf

Le Dindon conduit les enfants au champ.
Der Welschhahn führt die Kinder auf's Feld.

Le Poisson pêche l'homme.
Der Fisch fängt den Menschen.

Le Chien est à table, le maître mange les os.
Der Hund sitzt am Tische, sein Herr nagt d. Knochen.

L'âne conduit le Meunier au moulin.
Der Esel führt den Müller zur Mühle.

Le Cheval monte l'homme
Das Pferd steigt auf den Menschen.

L'Ours fait danser son maître.
Der Bäre läßt seinen Herren tanzen.

Les Hommes sont en cage, les animaux regardent.
Die Menschen sind im Käfig die Thiere Zuschauer.

Les Femmes font la patrouille.
Die Frauen machen die Patrouille.

Le Bœuf tient le soc de la charrue.
Der Ochse führt den Pflug.

Le Conserit enseigne les Généraux.
Der Rekrute unterrichtet die Generäle.

Robert Macaire et Bertrand condu isent les Gendarmes
Robert Macaire und Bertrand führen die Gendarmen.

Le Chien chasse son maître dans la baraque.
Der Hund jagt seinen Herren in den Stall

第10章

コカーニュの国

IL PAESE DI CUCCAGNA

*

*

*

*

伝説に登場する〈地上の楽園〉は、もっぱら物質的な豊かさを表象していることが多い。コカーニュの国などはその典型例である。アルトゥーロ・グラフが指摘しているように、「この2つの想像力の間に明確な線は引けない。両者の間には漸次的な程度の違いしかないのである。楽園はときにコカーニュの国より少し高貴で少し霊的であるが、コカーニュの国にほんの少し理想をまぶしてやるだけでときにそれは楽園となるのである」(Graf, 1892–1893☆)。

古代ギリシアの作品には至福の国というモチーフがある。富と快楽に満ちたアリストパネスの鳥の国もそうだし、**ルキアノス**が（冒頭で全部嘘と断っている）『本当の話』で語る、どこもみな黄金づくりで麦の穂に籾粒ではなくパンが生(な)る——そして言うまでもなく愛の悦楽が充溢した——町もそうだ。4世紀のギリシア語テクストが後に *Expositio totius mund et gentium* という書名のもとにラテン語訳されて読まれた『全世界と全民族の記述』にも、病気を知らず、空から降ってくる蜂蜜とパンを食べて暮らす至福者の国が登場している。

中世におけるコカーニュの初出は10世紀の韻文詩『ウニボス』で、これは小作人のウニボスが自分に害をなそうと追ってくる3人の男を海の底には至福者の王国があると騙し、3人が飛び込んでいる隙にまんまと逃げおおせるという話である。他方、東方にもこのモチーフは存在し、ペルシア説話にはしばしばシャドゥキアムという至福の国が登場する。グラフは

「逆しまの世界」(1852/1858)、大衆向け印刷物、マルセイユ、ヨーロッパ・地中海文明博物館

ジョン・ウィリアム・ウォーターハウス「デカメロン」(1916)、リヴァプール、国立美術館

12世紀の放浪学僧(ゴリアール)の詩に「コカーニュの僧院長」が登場すること、また1188年の地図にコカーニュのヴァルネリウスという人名が見えることを指摘している。現存最古の文学作品は13世紀の韻文笑話(ファブリオ)**『コカーニュの笑話』**である。この作品では、語り手が罪の償いのために教皇の命でコカーニュの国に遣わされ、その地でありとあらゆる驚異を目にするのだが、この作品には、以降様々な形をとるコカーニュ伝説のモチーフがすべて詰め込まれていると言っていい。

フランチェスコ・フルヴィオ・フルゴーニの『ディオゲネスの犬』(Frugoni, 1687–1689☆)に登場するコカーニュの島は煮汁の海にあり、「白い霧に覆われて、まるで柔らかなリコッタ［後出のマスカルパ、マルゾリーノと同様、チーズの一種］のよう。(……) 川にはミルクが流れ、泉にはモスカデッロ、マルヴァジア、アマービレ、ガルガーニコ［すべてワイン］が湧いている。チーズの山にマスカルパの谷。木にはマルゾリーノとモルタデッラ［ソーセージ］が生っている。嵐の日にはコンフェット［砂糖でくるんだアーモンド］、雨の日には肉汁が降る」。

コカーニュの所在地について伝承は一定しない。**『デカメロン』**でマーゾがカランドリーノに語る驚異の地――葡萄の樹をソーセージで縛ってあるような土地――ベンゴーディは、バスク人の土地にあって、フィレンツェからは1000哩(ミッリャ)も離れたところにあるという。

ドイツのある宗教劇では「シュララッフェンラント」(コカーニュのド

イツ語名）はウィーンとプラハの中間にあるとされ、またグラフの指摘によると『シエナのアレッサンドロとその相棒バルトラーミョによるコカーニュの街の新しい歴史』には、コカーニュまでは船で28ヵ月の海路を行き、それから陸路を3ヵ月進まなければならないとあり、またテオフィロ・フォレンゴによればコカーニュは「遠く世界の果て」にあるという（Graf, 1892–1893☆）。13世紀から14世紀に成立したある英語の詩ではコカーニュ（コケイン）の国はスペインの西、沖合はるかにあるとされ――食べ物が果物しかなく飲み物も水しかない楽園などより、よほど良い所だと言われている。この比較はなかなかどうして軽々には侮れない重要な知見を含んでいる。幸福と無垢への切望が敬虔なる魂において〈地上の楽園〉という観念を生んだのと対照的に、貧しく飢えた人々にとってコカーニュの歓楽は、現実の苦しい生活から逃れ、より動物的で利那的な欲望を満たしたいという世俗の願望を喚起するものだったのである。語り手はしばしば貧民らに対し、ついにおまえたちにも贅沢ができる時が来たのだと告げる。コカーニュの伝説は神秘主義の土壌から生まれたのではなく、長年飢えに耐えてきた大衆の中から生じてきたものなのだ。

コカーニュで手に入る自由には、祝祭的な空間におけるそれと同様に、小作人が司教をからかうなど、役割の顛倒が伴う。実際、コカーニュとはまさに――牛が人に犂（すき）を牽かせ、粉挽きがロバの代わりに荷鞍を背負い、魚が漁師を釣り、檻に入れた2人の人間を獣たちが眺める――逆しまの世界である。文章の内容自体は大変厳（いかめ）しい中世の写本でも、ふと余白に目を転じてみれば、そこに――兎が猟師を追い回している落書きが見つかるなど――逆しまの国が垣間見えることもある。その関係でよく印刷されて出回っていたのが、鼠の軍勢に攻囲された猫の城というモチーフの絵であった。

ラビ文学でも「私は逆転した世界を見た。力の強い者が下に、卑しき者が上に」（バビロニアのタルムード、ババ・バトラ）と言われるが、**グリム兄弟**による童話にも、コカーニュ幻想と逆転世界のイメージとの融合が見られる（Grimm, 1812☆）。

貧しき者こそが天国に行けるという福音書の約束も、やはり逆転世界の記述を狙ったものである。金持ちが地獄で苦しんでいる間ごちそうに舌鼓を打つでもなく、ただアブラハムの隣に座って満足しているラザロは、む

鼠に包囲され襲撃される猫の城（19世紀）、大衆向け印刷物、ロンドン、大英博物館

しろ例外なのである。楽園幻想が霊的な水準で育んできた正義の夢を、身体的な水準に翻訳したものこそがコカーニュ幻想だったのだ。

コカーニュの夢は現実を遠ざけ、とめどない快楽の追求は人を獣にしてしまう。このことを、**コッローディ**は教訓話風に説いている。堕落したエデンとしてのベンゴーディ。ピノッキオはそこに滞在するわずかな間に、罪と罰をともに味わうことになる。

ピノッキオの楽園は、まさに〈地上の楽園〉の否定なのだ。この名高い操り人形を襲った最後の試練への言及をもって、永遠に失われたエデンの歴史語りを、ここで終えることにしよう。

*

*

*

◉夢の島

■ルキアノス（2世紀）

『本当の話』第2巻（Luciano☆）

すこしたつとたくさんの島が眼界に現われたが、近く左手のほうのはさっきの人らが駆けつけたキルクの島で、これは大きな球形のキルクの上に建てられた国であった。さらにもっと遠方の右手のほうにずっと寄って、ずいぶんと大きくまた高くそびえた島が5つもあり、そこから火がどんどん燃え上がっているのが見えた。

また舳のほうにあたっても広々として平らかな島が1つ現れ、その幅が23里の余もあろうかと思ううち、近所まで寄ってゆくと、はやなにかふしぎな風の息吹きが漂いわたり、その気持よく香りのいいこと、あの歴史家のヘロドトスがアラビアの仙郷から匂いおこすと伝えるのも、かくやとばかりのありさまである。ばらの花や水仙や、ヒヤシンスにゆりの花に匂いすみれと、そのうえにまた桃金嬢（ミルテ）だの桂だのぶどうの花だの、それがいっしょに入りまじったような薫りがこちらへと襲ってくるのだ。そこでわれわれも快いその匂いにひきつけられ、かつは長いあいだの辛労のすえの仕合せを待ちもうけて、今はおいおいと島の近くに寄り添ってゆくほどに、と見ればいかさま島をぐるりと取り巻いてたくさんな入江がひろびろと波もなく打ちつづき、すきとおった河水が幾所もおだやかに海へと流れ入ってるのであった。その上には牧原だの森や林がそこここに見え、また声のよい鳥があるいは浜辺の砂に、あるいは群をなして木々の葉ぞえに歌いさえずっており、あたり一面には軽やかなかぐわしい雰気が漂いあふれて、いずこともなく気持のいい微風が吹いてきてはさらさらと森の葉をゆするけはいに、ゆらゆらと揺れ動くその小枝さ枝からは楽しい楽のさざめきが絶えずもれ落ちて聞こえわたり、ちょうど人もない曠野で横笛の音をでも聞くような工合であった。なおそのうえにも人のよぶ声がいっしょに入れまじって響いてくるのが、いかにもただの騒がしさでなく、酒宴のさいにでも立つ物音のように、笛をふくらしいのやそれに合わせて歌をうたうらしいのや、あるいはまた笛や琴の音につれて手を叩き拍子を取るらしい音などがするのであった。（……）

ところでこの町というのがどこもみな黄金づくりで、それを取りまく城壁はエメラルドで出来ており、そこにある7つの門はみな肉桂（キンナモン）の一枚板であった。またいっぽうその町の土台や城壁の内側の地面は象牙で出来ていて、神社という神社は碧玉（ベリル）をもって築き上げられ、そのなかにある祭壇はまたとても大きな紫水晶の一つ石で、その上で百牛の贄が献げられるというわけである。またこの町を取り巻いて最上の香油（ミュル）の河が流れわたり、その幅は170尺深さが85尺にも余って悠々と泳げるほどであった。その住人の浴場としては別に大きな玻璃の建物があり肉桂の木を薪に燃やして、ただ水の代りに湯槽には熱くした露がためられていた。

またその国で着物に着るのは細かな蜘蛛の糸布で紫色をしており、また人間そのものもからだといってはべつになく、ただ透きとおって身のない、つまり形というものの姿ばかりが見えているわけながら、しかも実体のないまま立っていて歩いたり物を考えたり声を出したり、ちょうどその人たちの魂ばかりがそこにいて、からだとそっくりなものを身に着けて歩きまわってるようであった。まったく実際に手で触

（次頁）「人の愚かさ、あるいは逆しまの世界」（18世紀）、大衆向け印刷物、マルセイユ、ヨーロッパ・地中海文明博物館

LA FOLIE DES HOMME

Ce grotesque desseins en un Glôbe tracé,
Fait voir en racourci le Monde renversée.

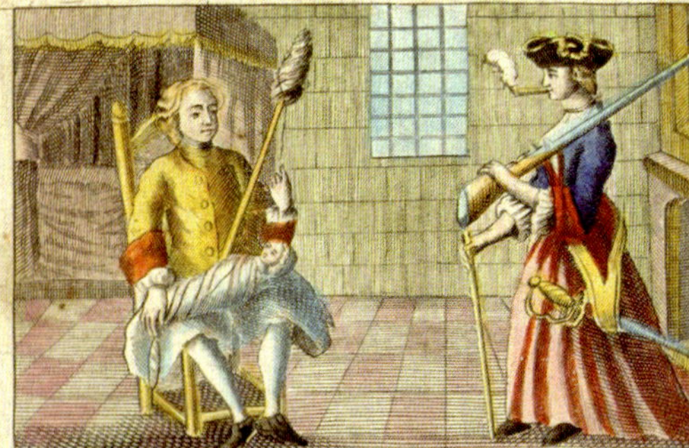

La Femme a de Mousquet la quenouille l'Epoux
Et berce pour surcroix l'Enfant sur ses genou

Qui peut sans s'etonner voir forger les Chevaux,
Et de l'Homme ferre devenir Maréchaux,

Quel plaisir de Chasser aux Lievres sur la Mer
Et de voir les poissons voler dedans les Airs.

Voyez pour se vanger de celui qui l'Ecorche,
Jean Lapin à son tour tourne l'Homme à la broche,

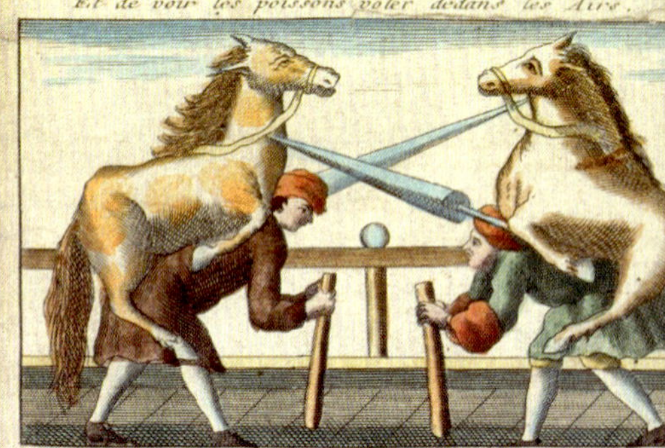

Voici le plus affreux des Combats singuliers,
Ses Hommes portant Chevaux devenus Chevaliers,

Pendant que l'Oiseau prend au filet deux Amans,
Le Mary voltigent se vient prendre dedans.

Les Cochons affamez par des Traits inhumains
Egorgend font griller dépiecent les Humains.

a Paris chez Mondhard

U LE MONDE A REBOURS.

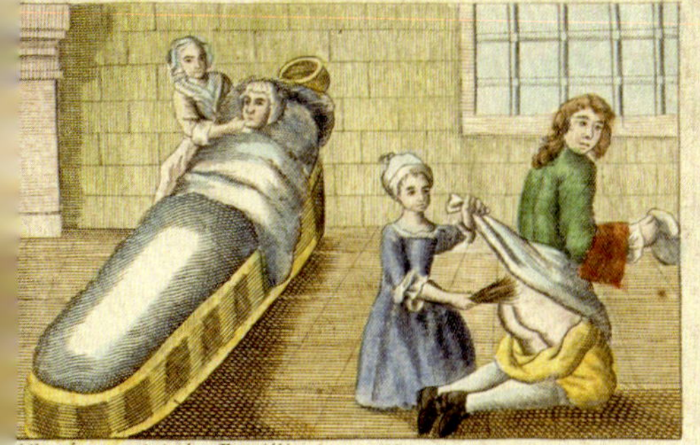

Elle donne ici la Bouillie à sa Mere,
ils a coups de foüet apprend a vivre à son Pere.

Deux hommes attelez entrainent la Charrue,
Le Bœuf est Laboureur et sur leurs dos se rue.

Asne, de l'Homme étoit autrefois la monture,
mme porte au moulin a present la mouture.

Ici l'Homme étrillé s'attache au Ratelier,
Le Cheval a son tour devient Palfrenier.

n pas grave un Baudet se quarrand dans la Ville,
à son Jardinier porter Choux et Lantille.

l'Homme autrefois prenoit a la ligne un poisson,
Le poisson aujourd'huy prend l'Homme à l'hameçon.

el Objet plein d'horreur un Boeuf tout en furie
t d'un Homme écorché Sanglante boucherie.

Les Villes tout a coup s'elevant dans les Nuës
Sont au plus haut des Cieux en Toute suspendues,
Et pour combler l'horreur d'un tel renversement,
Les Astres détachez tombent du Firmament.

à l'Hôtel de Saumur.

れて見なかったら、そこに見えてるのが実体のないものだとはけしてさとり知ることができないだろう。それはいってみれば、あたかもまっすぐに立った影の、墨色でなく彩色のあるものとでもいおうか。またその国では年を取るということもなく、だれでもそこへ来た時の年のままでいつまでも変わらずにおり、さらにふしぎなのは暗い夜ともずっと明るい真昼間ともつかず、いつもちょうど明け方のまだ太陽が昇り出さないすぐまえの薄明りといった、そんな光がいつも大地にさしているのであった。他方また1年にはただ1つの季節しか知られていない、というのはその国は年じゅうが春になって、吹く風もひとつ西の微風（ゼフュロス）だけという工合である。またその郷にはあらゆるたぐいの花が咲き、あらゆる植木が蔭深く生い茂って、たとえばぶどうは1年に十二度収穫があり、1月ごとに実を結ぶという次第、ざくろだのりんごだのその他の木の実は十三度も収穫があるとの話だった。というのはその国で「ミノースの月」と呼ばれる時には月に2回も実がなるからだ。さらに麦の穂は籾粒のかわりに食べるばかりのパンを、ちょうど蕈みたいに穂の先に結ぶということである。この都を取りまいてある泉のうち、365は清水のでまた同数の蜜の泉が別にあり、香油（ミュル）を出すのは500もあったが、それらは少々形が小さく、河としては乳のが7つとぶどう酒のが8つとあった。

ところで例の饗宴の場は都の外の、いわゆるエリュシオンと呼ばれる原にもうけられていたが、これはこのうえもなく見事な牧の野で、まわりにはあらゆるたぐいの樹木が欝蒼と茂ってそこに横たわる人らに蔭をそなえ、敷物には花々をつみ重ねて下に置くというわけである。また給仕万端の役には風がその世話にあたっていたが、酒つぎばかりは入り用がなかった、というのは饗宴場をめぐって大きな玻璃の木が立ち並び、それがかげひとつないガラスでできているところ、その枝からあらゆるかたち、あらゆる大きさのさまざまな杯が実になって下がり、だれでもこの饗宴に加わる人は、こうした杯を1つ2つ摘み採って前に置きさえすれば、それがすぐとぶどう酒でいっぱいになるという仕組みであった。また花冠の代りにはうぐいすだのそのほかの声のよい鳥々が、近所の牧原からくちばしで花束を摘んできては、それを雪みたいに歌いながら上を飛び回りつつ降らせてゆくので、そいからまた香油（ミュル）のかけ方には、泉だの河から香油を吸い集めて凝り固まった密雲が饗宴の場の上にかかり、吹く風の圧し搾るまにまに、露みたような細かい薫りしずくを降りしきらせるのであった。

また食事のさいにはいつも歌や音楽が奏でられ、ことによくホメロスの詩が朗誦せられたが、そのご本人がまたこの饗宴につらなっていて、オデュッセウスの上席に横臥してるといったわけだ。（……）この少年少女の歌舞団が歌をすますと、つぎには鵠やつばめやうぐいすなどの歌群が進み寄り、その番も終わると今度は森じゅうの木々がいろんな風の指揮の下にいっせいに笛の音を奏ではじめるという仕掛けである。

しかしこのさい皆々の歓興にいちばん大切なとっときのものがある、というのはこの饗宴の場所のかたわらに「笑い」と「楽しみ」との、2つの泉があって、ご馳走のはじまるおりにはだれもがこのどちらからも1杯を汲んでほし、それからはずうっと楽しく笑いながら時を過ごすというわけになっていた。

◉コカーニュの国

■『コカーニュの笑話』（13世紀）

(Li Fabliaus de Coquaigne☆*)*

あるときローマの教皇に／赦しを求めに行ったらば／とある国へと遣わされ／驚く物事を見聞きした。／それをこれからお話ししよう／その国の人々の暮らしを。／神とあらゆる聖人が／他の何処の国よりも／祝福された神聖な／コカーニュの国と人はいう。／眠れば眠るほど金が貯まり／（……）／家々を眺めてみればどの家も／壁は鱸に鮭とそして鰊／梁は蝶鮫、屋根はハム／木摺はソーセージでできている。／どこにいっても愉しく嬉しいこの国は／畑の垣が焼き肉にハム。／太った鵞鳥の丸焼きが／表を歩きそのあとを／大蒜ソースがついてくる。／大小問わずどの道も／食卓の用意がされていて／ごちそうがみんなを待っている。／白い卓布の席につけば／誰であろうとお咎めなしに／魚も肉も好きなだけ／飲み食い自由でほしいまま。／持って帰りたいならそれもよし／荷車一杯に載せていけ。／鹿もあるし鳥も

ピーテル・ブリューゲル（父）「コカーニュの国」（1567）、ミュンヒェン、アルテ・ピナコテーク

ある／焼くも美味けりゃ煮るもよし。／ところで御代は心配無用／飲み食いからは金をとらぬ。／それこそ古来この国の／しきたりであればこそ。／さてこれは紛れなき真実なるが／この祝福されし国を貫いて／葡萄酒の川が流れている。／（……）／心の卑しい者はひとりとなく／気高く上品な人ばかり。／月には週が6つあり／年に四度の復活祭／年に四度の夏至祭／年に四度の収穫祭／毎日が祝日か、／そうでなければ日曜日／年に四度の万聖節に、年に四度のクリスマス／年に四度の聖燭祭と／年に四度の謝肉祭／ただ四旬節は20年に一度だけ／その断食も実に愉しく／みんな進んでやりたがる／朝起きてから9時になるまで／神の遣わすものを食う／肉に魚になんでもござれ／咎めるものなどいやしない。／冗談と思われるかもしれないが／高きも低きも誰もかも／働き暮らす者はない。／1週のうちに三度ほど／空から熱いパイが降る／髪があろうとなかろうと／誰の上にも降ってくる／食うに困る者などいやしない。／これだけ豊かな国だから／どこのと言わずあらゆる国の／金貨の詰まった巾着が／表にいくらでも置いてある。／持って行っても構わないが／物を売り買いする者はなし。／淑女も処女も誰もかも／女はみんな美しく／しかも男の言いなりで／好きに選んで持ち帰り／好きなだけ楽しむもよし。／女が責められる故はなく／むしろ誉れが高まるばかり。／淑女が男を気に入って／欲する心が目覚めたら／その場で男をつかまえて／好きなように致してよい。／（……）／驚くことはまだあって／これは他では決して聞けぬ。／こんこんと湧く泉がありて／これが不老長寿の泉なり／そして話はこれでおしまい。

◉カランドリーノとエリトローピア

■ジョヴァンニ・ボッカッチョ
『デカメロン』第8日第3話（1349–1353）

わたくしどものフィレンツェの市（まち）には昔からいつも風変わりな仁（じん）や奇妙な人が沢山いるが、さほど遠からぬ昔にカランドリーノという名の、薄のろで、けったいな画工がいた。この男はたいてい、1人はブルーノ、もう1人はブッファルマッコという2人の画工とつきあって、一緒に時間を過ごしていた。この2人はなかなか抜目がなくて、はしこいが、たいへん愉快な仲間であった。が、しばしばカランドリーノのけったいな、間抜けさ加減を笑いものにしては、打ち興じていた。ところで同じ頃フィレンツェにこれまたたいへん面白い、何をさせても見事にやってのける、目から鼻へ抜けるような才子でマーゾ・デル・サッジョという若者がいた。彼はカランドリーノが薄のろだという噂を2、3聞きつけると、ひとつこの男を肴に、なにか奇妙奇態な事を信じ込ませて、世間の笑いものにしてやろうと考えた。

ある日サン・ジョヴァンニの教会でたまたまカランドリーノを見かけた。カランドリーノは熱心に、その教会の祭壇の上につい先ごろ安置された壁龕の薄肉彫と絵とを見つめている。それを見てマーゾは好機到来と思った。仲間の1人に自分が今なにをやらかそうとしているかを告げると、2人してカランドリーノがただ1人腰掛けている場所の側に近づき、カランドリーノがいることに気づかぬような振りをして、2人でいろいろな宝石類の効能やご利益を議論し始めた。こうした事にかけてはマーゾはそれは口が達者で、聞いている人の耳にはその道の大家の弁のごとくに聞こえた。カランドリーノはその話に耳をそばだてた。しばらくすると立ち上がり、別に秘密の相談でもない様子だから、2人の仲間に加わった。それを見てマーゾはしめたと内心ほくそ笑んだ。マーゾがさらに語をつぐと、カランドリーノは話をさえぎって、
「一体どこでそうした効能のある宝石は見つかるのですか」
と問うた。マーゾは答えた、
「大概はバスク人の土地のベルリンゾーネで見つかる。そこのベンゴーディという名の地方だ。そこでは葡萄の樹々や枝をソーセージでもって縛っている。そこでは鵞鳥の値段は1羽1デナイオだ。それに雛のおまけが1羽つく。削ったパルメザン・チーズですっかりできた小山もある。その山の上にいる人はマカロニとラヴィオリを拵える以外はなにもしない。それを去勢した雄鶏の汁で茹でてはそこから周囲に大盤振舞している。誰でも拾えるだけ麺を拾った者が勝ちだ。勝手にご馳走になって構わない。その近くにはヴェルナッチャが小川となって流れている。かつて口にした中で極上の辛口の葡萄酒だ。一滴の水も割ってない」
「おお」
　とカランドリーノはいった、
「それはいい土地ですな。でその茹でた雄鶏の方はどうするのです？」
　マーゾが答えた、
「バスク人がみんな食べてしまう」
　するとカランドリーノが聞いた、
「いつかそこへ行ったことがあるのですか？」
　それに対してマーゾが答えた、
「いつか行ったって？　一度どころか千度も行った」
　カランドリーノがさらに聞いた、
「ではここから何哩ぐらい離れているのです？」
　マーゾが答えた、
「そうさな。一晩中歌っても追いつけない、1000哩以上は離れているな」
　そこでカランドリーノがいった、
「するとアブルッツィよりも遠いというわけですか」
「もちろんだとも」
　とマーゾが答えた、
「たいしたこともないがね」
　カランドリーノは性単純で、マーゾがこうした話を笑いもせず、真面目くさった顔で話すのを見て、世にも明白な真実を信じるのと同じように、彼の言分を本当と取って頭から信じた。
「それは私にとっては少し遠過ぎますね。それがもっと近ければ、誓って言いますが、あなたとご一緒して一度そこへ出掛けてマカロニが転がり落ちてくる様だけでも是非見たいものです。そして腹一杯食べてみたい。し

ヒエロニムス・ボス「7つの大罪」(15世紀後半)、マドリード、プラド美術館

かしもし宜しければ教えていただけませんか。そんな遠くでなくこの近辺ではそうした効能のある宝石は1つも見つからないものですか？」

それに対してマーゾが答えた、

「非常に効能のある宝石が2種類この近辺で見つかる。1種類はセッティニャーノとモンティーシの玉石だ。それを使って碾き臼を作れば、それで粉を挽くことができる。それでこの辺りでは「神様の御意思からお恵みは来る、モンティーシの石から碾き臼は出来る」と言うのだ。しかしこの玉石はあまりに沢山あるから、世間は別に珍重しない。ちょうど彼の地の人にとってのエメラルドと同じだ。彼の地にはモンテ・モレルロよりも大きなエメラルドで出来た山々があるからだ。その山々は真夜中でも光り輝いている。神様のご加護がありますように。そしていいか、玉石に穴を開けるより前に綺麗に輪に通し、サルタン様のところに持参すれば、思いのままに巨万の富が獲られる。もう1種類の石は俺たち宝石細工人が血宝石（エリトローピア）と呼んでいる石だ。これは大した効能がある石で、それを身につけていると、それを持っているかぎり、その人の姿はその人がいなければ、他人の目には見えなくなる」

そこでカランドリーノは言った、

「それは大したご利益ですね。この2番目の宝石はどこにあるのです？」

それに対してマーゾはムニョーネ川の辺りでよく見つかると答えた。

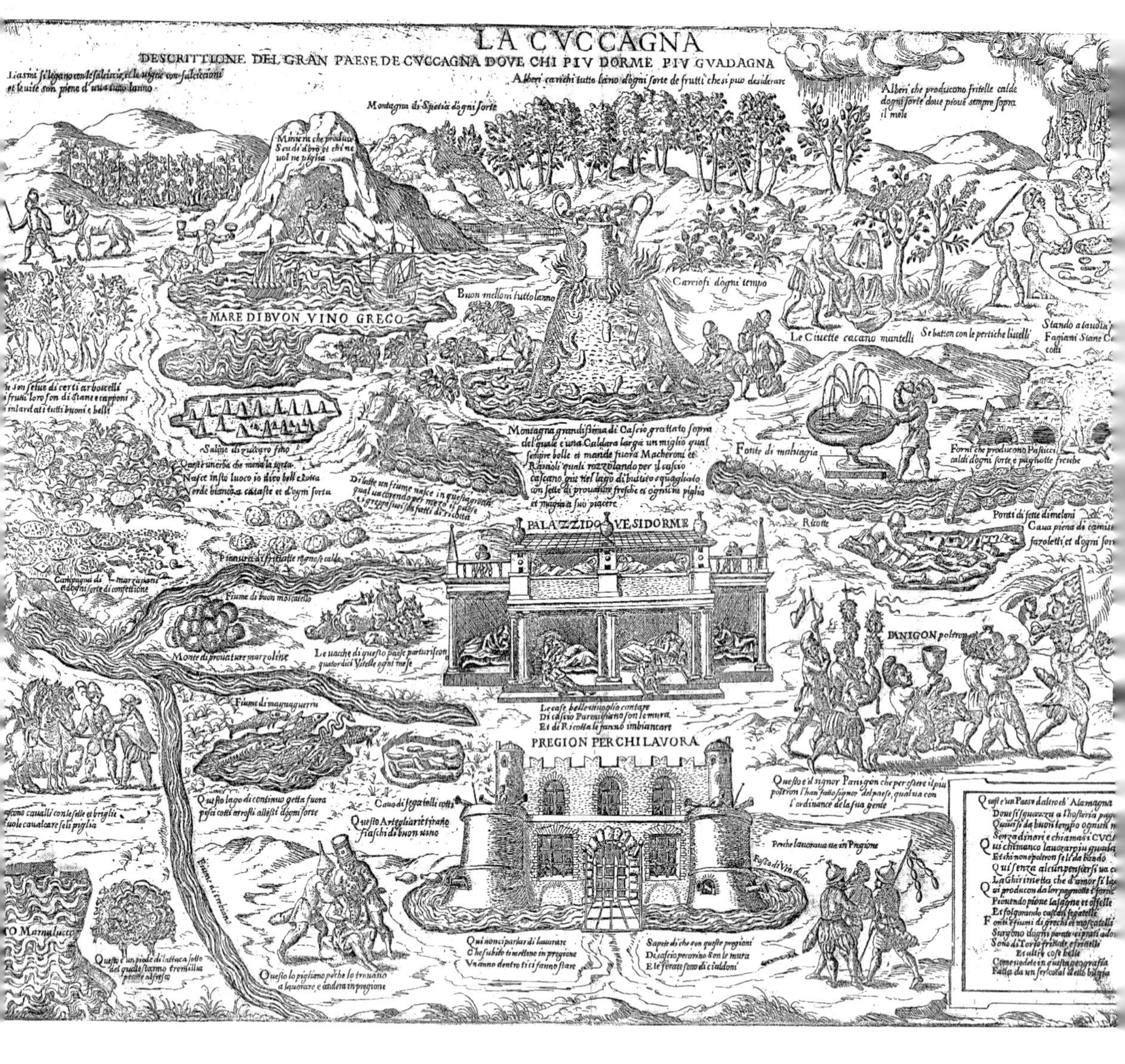

カランドリーノが言った、

「その石はどのくらいの大きさですか？　どんな色ですか？」

マーゾが答えた、

「大きさは様々だ。あるものは大きいしあるものは小さい。だがどれもこれも黒っぽい色をしている」

カランドリーノはこうした事すべてを頭にしっかりたたみこむと、ほかに用事があるような振りをして、マーゾのもとを離れ、内心この宝石をひとりで探してやろうと思った［。］

◉あべこべのコカーニュ

■ヤーコプ・グリム、ヴィルヘルム・グリム
『グリム童話』（Grimm, 1812☆）

のらくら者のさかえていたころ、わたしが行ってみると、ローマとラテラノが、細い絹糸にぶらさがっていた。そして、足のない男がいて、そいつが速足の馬を追い越した。それから、切れ味するどい刀が橋をまっぷたつに切った。それから、銀の鼻のロバの子がいて、足の速い2羽のうさぎを追いかけていた。それから大きな菩提樹があって、あつあつのパンケーキがなっていた。それか

「コカーニュ、最もよく眠る者が最もよく稼ぐ国」(1575/1590)、大衆向け印刷物、ロンドン、大英博物館

ら、やせこけた老いぼれ山羊を見た。その山羊は、荷馬車100台分の脂と60台分の塩を背中にしょって運んでいた。うそも、これくらいで十分じゃないかね？　それから、馬も牛もいないのに、鋤がひとりで畑を耕しているのを見た。それに、1歳の子どもが、石臼を4つ、レーゲンスブルクからトリアーまで投げ、トリアーからシュトラースブルクまで投げているのを見た。それから大鷹がライン河を泳いで渡っていったが、こんなのは、驚くにあたらない。それから、魚たちが大騒ぎを始めるのが聞こえたが、その騒ぎは天までとどろいた。それから、甘い蜂蜜が水のように深い谷から高い山へ流れていった。どれもこれも変わった話だろ。それから、からすが2羽、牧草地の草刈りをしていた。それに、2匹の蚊が橋をかけているのを見た。それから、2羽の鳩が狼を引き裂いていた。ふたりの子どもが2匹の子山羊を投げ飛ばし、2匹のかえるが穀物を脱穀していた。2匹のねずみが司教さまを祝福し、2匹の描が熊の舌をひっかき出しているのを見た。そこでかたつむりが1匹かけてきて、獰猛なライオンを2頭、打ち殺した。床屋が立っていて、女の人の髭を剃っていたし、ふたりの乳飲み子がお母さんをあやして、おとなしくさせていた。それから、2匹の猟犬が川の中から臼を引き上げると、老いぼれ馬が立っていて、それでよろしい、と言った。中庭には、4頭の馬がいて、力いっぱい穀物の脱穀をしていた。そして、2頭の山羊がかまどに火を起こし、きつね色の牛がパンをかまどに入れた。すると、にわとりが、
「コケコッコー！　お話はおしまい、コケコッコー！」と鳴いた。

◉富の国

■カルロ・コッローディ
『ピノッキオの冒険』第30章－第31章
(Collodi, 1883☆)

“ランプの芯”は、学校一のなまけ者で、ひどいいたずらっ子なのだ。しかし、ピノッキオは彼が大好きだった。それで、明日の大宴会にはぜひ彼を呼んでやろうと、家まで出かけていったのだ。が、どこにもいない。あいだをおいて、もう一度行ってみたが、やっぱりいない。三度目も、ムダ足だった。

いったいどこにいるんだろう。ピノッキオは、あちらをさがし、こちらをさがししているうちに、やっと“ランプの芯”を見つけた。彼は、ある農家の納屋のかげに、隠れていたのだ。
「そこでなにしてるんだよ」近づきながら、ピノッキオはたずねた。
(……)
「ある国に行って、そこで暮らすんだ。……この世で、いちばんすばらしい国なんだぜ、そこは。正真正銘、この世の楽園てやつさ」
「なんていう国なんだい？」
「《おもちゃの国》っていうんだ。おまえも、いっしょに来いよ」
「ぼく？　それはダメだよ」
「バカだなあ、ピノッキオ！　おまえ、行かないと、あとで後悔するぜ、ほんとに。おれたち子供にとって、こんないい国はほかには絶対ありっこないんだ。学校も、先公も、本もないんだ！　そのステキな国じゃ、勉強なんかいっさいしなくていいんだよ。1週間のうち、6日が木曜日で、あとの1日は日曜日〔当時のイタリアでは、学校は木躍が休みだった〕。それから、いいか、

秋休みは、1月1日からはじまって12月の最後の日までなんだぜ。こういう国こそ、俺のお気に入りだよ。真の文明国ってのは、こうでなくっちゃ」
「だけど、その《おもちゃの国》では、なにをして暮らすんだい?」
「朝から晩まで、楽しく遊ぶんだ。で、夜になったらベッドに行って、翌朝起きれば、また遊ぶのさ。どうだい、すごいだろう?」
「ふうん」と、ピノッキオはかるく頭をふった。まるで、『そんな生活なら、もちろんぼくだってしてみたいよ』といっているみたいだった。
(……)
夜明けには無事《おもちゃの国》にたどりついた。
この国は、世界中でいちばん変わった国だ。住んでいるのは、子供ばかりで、いちばん年上でも14歳。いちばん小さい子は、やっと8歳になったばかり。
通りという通りが、めちゃくちゃににぎやかで、ぎゃーぎゃーわめく声や金切り声で、頭がくらくらしてくるほどだ。そこらじゅうで、いたずらっ子どもが走りまわっている。クルミ遊びに、おはじきに、ボール投げ。自転車を乗りまわす者や、木馬にまたがっている者。こっちで、目かくし鬼をしているかと思えば、あちらでは追いかけっこをしている。ピエロの服装をして、燃える麻くずを口に入れている子、大声で芝居のセリフをしゃべる子、歌を歌っている子、とんぼ返りをしている子、さかだちして歩きまわる子、輪投げをする子。中には、将軍みたいな服を着て、紙のヘルメットに厚紙の刀で身をかためている子供もいた。大声で笑う者、どなる者、だれかを呼んでいる者、拍手する者、口笛をふく者。たまごをうむ時の、メンドリのけたたましい声をまねしている子までいる。
要するに、とんでもないバカ騒ぎが、そこらじゅうでくりひろげられているのだ。耳にわたでも詰めておかないと、鼓膜がやぶれてしまいそうだった。
どの広場にも芝居小屋があって、朝から晩まで子供たちで満員。家々のかべは、落書きだらけ。炭で黒々とかかれたそれらの落書きは、実にもう大変なものだった。〈ばんざい!　おもちゃ!〉と書くべきところを、〈ばんざい!　おもち!〉。〈学校なんて大嫌い!〉が、〈かこうなんて大きりっ!〉。〈くたばれ算数!〉は、〈くたばれ草数!〉。とまあ、見事なありさま。
ピノッキオも“ランプの芯”も、小男と旅をしてきたほかのすべての子供たちも、町に足を踏み入れるやいなや、この騒ぎのまっただ中にさっさと飛びこんでいった。そして、あっというまになじんで、町中の子供たちと友だちになった。なんてしあわせで、なんてうれしい、夢のような場所!
こうして、毎日を遊びほうけて暮らしていると、1時間が、1日が、1週間が、いなびかりのようなすばやさで過ぎていく。
「ああ、なんてステキな人生なんだろう!」“ランプの芯”に、町でひょっこり会うたびに、ピノッキオはいった。

アッティーリョ・ムッシーノ「おもちゃの国」、『ピノッキオ』(1911) のための挿絵

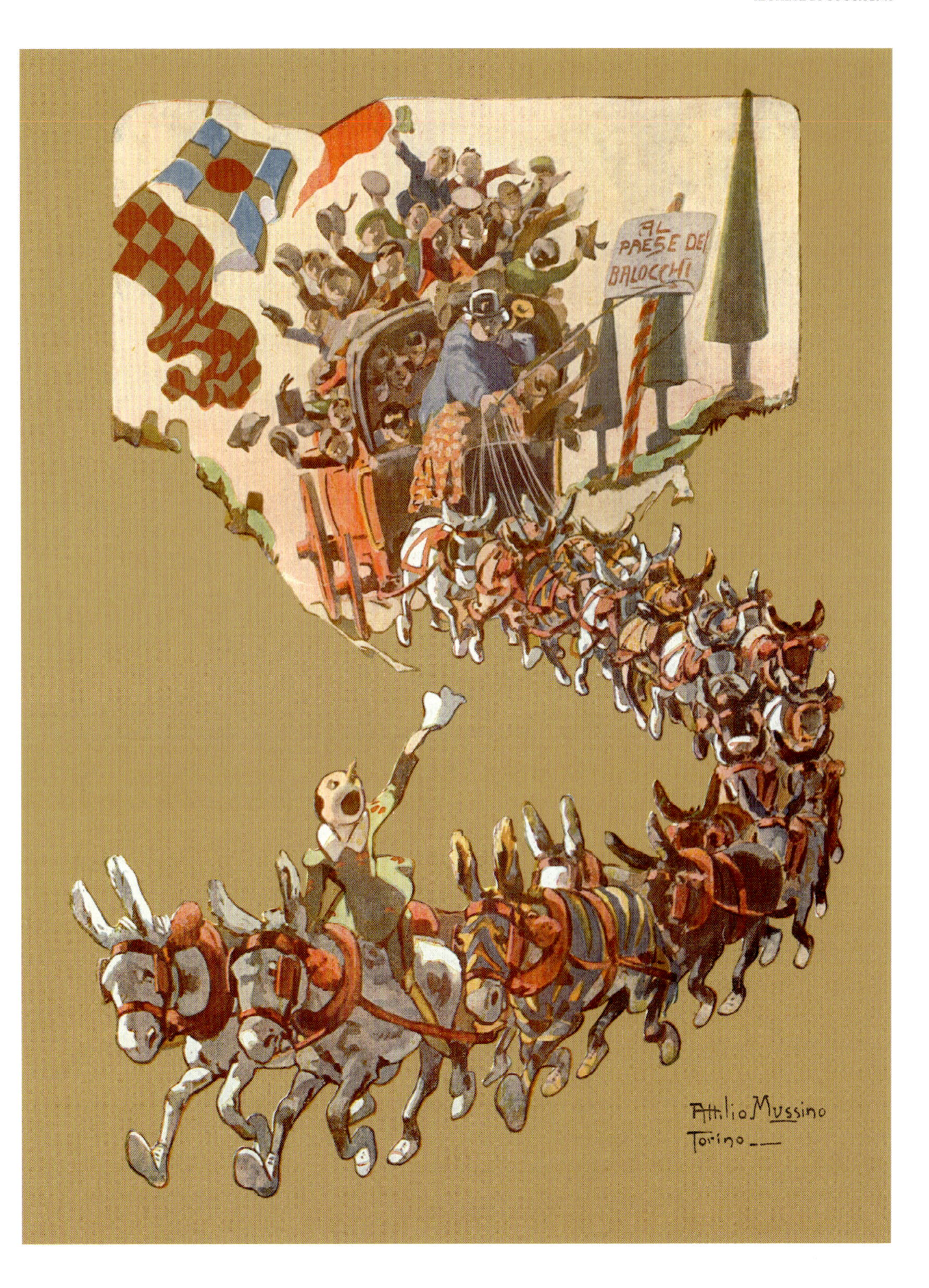
AL PAESE DEI BALOCCHI
Attilio Mussino
Torino

Ciuitas Amaurotū
Fons anydri
Ostiū anydri

第11章

ユートピアの島々

LE ISOLE DELL'UTOPIA

*

*

*

*

ユートピア（utopia）とは「場所」を意味する“topia”に否定辞の“u–”をつけた言葉で、原義は「どこにもない場所」である。他方、“u–”の代わりに“eu–”をつけてeutopiaとし、「良い場所」や「素晴らしい場所」

（左）ユートピア島の木版地図、トマス・モア『ユートピア』初版（1516）の口絵、ロンドン、大英図書館

（右）アンブロシウス・ホルバインによる木版地図、トマス・モア『ユートピア』第3版（1518）、ロンドン、大英図書館

アーサー・ラッカム「ガリヴァー」(1904)、ジョナサン・スウィフト『ガリヴァー旅行記』のための挿絵

「リリパット国のガリヴァー」(1876)、ジョナサン・スウィフト『ガリヴァー旅行記』のための挿絵、ストックホルム、ランズクローナ美術館

とする解釈もあり、そもそも最初に「ユートピア」という新語をつくった**トマス・モア**自身が、著書『社会の最善政体について、そしてユートピア新島についての楽しさに劣らず有益な黄金の小著』、すなわち『ユートピア』(More, 1516☆)で実在しない理想国家について語る際にこの両義性を意図的に利用したと見る向きもある。

理想社会というだけであれば、それこそプラトンの『国家』や『法律』のような前例があるものの、それをあたかも実在の島にこれまた実在する都市であるかのごとく、市中に建物の立ち並ぶ様を具体的に描き出したのは、やはりモアをもって嚆矢とする。そしてこれが後に、例えば**トンマーゾ・カンパネッラ**『太陽の都』(Campanella, 1602☆)へ、また**フランシス・ベーコン**『ニュー・アトランティス』(Bacon, 1627☆)へと引き継がれることになるのである。

いわゆるサイエンス・フィクションでも、また政治的な文献にも、理想文明の描写が出てくる作品は非常に多い。重要なものを以下に列挙しておこう。シラノ・ド・ベルジュラックの『月の諸国諸帝国』(1657)および『太陽の諸国諸帝国』(1662)、ジェイムズ・ハリントン『オシアナ共和国』(1656)、ドニ・ヴェラス『セヴァランブ物語』(Vairasse, 1675☆)、フォワニ『南大陸ついに知られる』(Foigny, 1676☆)、フォントネル『哲人共和国、またはアジャオ人物語』(Fontenelle, 1768☆)、レティフ・ド・ラ・ブルトンヌ『飛行人間による南半球の発見』(Restif de la Bretonne, 1781☆)《1》、またジョナサン・ス

《1》ヴェラス、フォワニ、ラ・ブルトンヌについては第12章でも取り上げる[本段および次段リストの邦訳は以下:シラノ・ド・ベルジュラック『日月両世界旅行記』、赤木昭三訳、岩波文庫/ハリントン『オシアナ』(抄訳)、『世界大思想全集　社会・宗教・科学思想篇2』所収、田中浩訳、河出書房新社/ドニ・ヴェラス『セヴァランブ物語』、『啓蒙のユートピア』第1巻所収、田中良知、野沢協訳、法政大学出版局/ガブリエル・ド・フォワニ『南大陸ついに知られる』、『啓蒙のユートピア』第1巻所収、三井吉俊訳、法政大学出版局/フォントネル『哲人共和国、またはアジャオ人物語』、『啓蒙のユートピア』第1巻所収、白石嘉治訳、法政大学出版局/レティフ・ド・ラ・ブルトンヌ『南半球の発見』、『啓蒙のユートピア』第3巻所収、植田祐次訳、法政大学出版局/スウィフト『ガリヴァー旅行記』、平井正穂訳、岩波文庫/サミュエル・バトラー『エレホン』、山本政喜訳、岩波文庫/ウィリアム・モリス『ユートピアだより』、川端康雄訳、岩波文庫/ジョージ・オーウェル『一九八四年』、高橋和久訳、ハヤカワepi文庫/チャペック『ロボット(R.U.R.)』、千野栄一訳、岩波文庫/オルダス・ハクスリー『すばらしい新世界』、黒原敏行訳、光文社古典新訳文庫/ロバート・シェクリイ『七番目の犠牲』、『人間の手がまだ触れない』所収、ハヤカワ文庫SF/レイ・ブラッドベリ『華氏451度』、伊藤典夫訳、ハヤカワ文庫SF/フィリップ・K・ディック『アンドロイドは電気羊の夢を見るか?』、浅倉久志訳、ハヤカワ文庫SF]

リチャード・レッドグレイヴ「ブロブディンナグ人の農夫の見せ物にされるガリヴァー」(19 世紀)、ジョナサン・スウィフト『ガリヴァー旅行記』より、ロンドン、ヴィクトリア＆アルバート博物館

ウィフト『ガリヴァー旅行記』(1726) におけるフウイヌム国の平和で合理的な社会、そして当時の資本主義社会への対抗としてユートピア社会主義を提唱したアンリ・ド・サン＝シモンとシャルル・フーリエの諸著作——ただ少なくともフーリエに関しては、19 世紀を通じてその「ファランステール」のアイデアを実現に移そうとする試みが見られたわけで、その意味でユートピアと言い切ってしまうことはできないが——さらに共産主義社会を予示したエティエンヌ・カベ『イカリア旅行記』(1840)、サミュエル・バトラー『エレホン』(Butler, 1872☆) ——書題 Erewhon は「どこにもない場所」を意味する英語 nowhere のアナグラム——そしてウィリアム・モリス『ユートピアだより』(Morris, 1891☆) である。

ユートピアはときにディストピアの形をとって負の社会を物語ることがある。早期の作品にはホール『別世界』(Hall, 1607☆) があるが、20 世紀に

チャールズ・ヴァーシューレン、連邦劇場計画製作によるマリオネットシアター公演『R.U.R.』(1936–1939) のためのポスター、ニューヨーク

入ってからは、オーウェル『1984年』(1949)、カレル・チャペック『R.U.R.』(1920)、オルダス・ハクスリー『すばらしい新世界』(1932)、ロバート・シェクリイ『七番目の犠牲』(1953)、レイ・ブラッドベリ『華氏451度』(1953)、フィリップ・K・ディック『アンドロイドは電気羊の夢を見るか？』(1968、リドリー・スコット監督「ブレードランナー」の原作) と実に豊富である。フリッツ・ラング監督「メトロポリス」や「猿の惑星」など、映画にはディストピア系の傑作が多い。

「伝説」とは何かある対象の実在を示唆する物語である。その意味で、ユートピアの都市なり島なり土地なりというものは、伝説の場所や伝説の土地を扱おうという本書の企図にはそぐわないようにも見える。なにしろユートピアとは定義上「どこにもない場所」なのだ（書き手自身の意図としてはそうした状況がいつの日か実現しうる、もしくは実現すべきだと言いたいのだとしても、である）。それにスウィフトの場合が典型だが、ユートピアには作家によって創作された虚構であることが明らかなものも多く、実在を信じる人々が探索行に乗り出すような類いのものではそもそもない。しかし一方で（ユートピア島、太陽の都、『ニュー・アトランティス』のベンサレムのように）実在を信じる者はいないにせよ、望ましい場所だと思う者が大勢いるような場合も少なくない。つまりはラテン語であれば

utinam（ウティナム）――「天が望むには……」とか「願わくば……」とか「……でさえあれば」といったニュアンスの接続詞――が前につく類いの思考である。そしてこの願望が希望へと変わるとき、その対象は単なる現実よりもいっそう強固な現実性を帯びることになる。預言者、幻視者、カリスマ的な説教師、煽動家によって、心に楽園到来のヴィジョンを植え付けられた人々が、その未来への希望のためであれば、死をも含む多大な犠牲を厭わなくなる事例は決して少なくない。

ディストピアについても同様で、日常生活の中にそうした物語で示される陰鬱なペシミズムに合致する状況が見出されるのは珍しいことではなく、ディストピアはそのたびに真実味を増していくのである。

他方で、ユートピアとして推奨された社会のすべてが、誰もが自分も住みたいと思えるような場所であるとは限らないのも事実である。この種の社会はしばしば、自由を奪って幸福を押し付ける独裁制に類似するからである。例えばモアの『ユートピア』は言論・思想の自由や宗教的寛容を説くが、その対象は信仰をもつ者に限られ、無神論者は公職から追放され排除される。また「もし許可もなくまったく自分勝手に自分の州の境界外をうろついていてみつかり、市長の証明書を持っていないのが分ると（……）厳重に処罰される。二度と同じ過ちを犯すと、今度は罰として奴隷にされてしまう」［トマス・モア『ユートピア』、平井正穂訳、岩波文庫より］とも言われる。加えて、ユートピア文学の作品は、どれをとっても少々画一化されている感がある。結局のところ、人が望ましい完璧な社会を想像する場合、おおむねパターンは決まってくるものなのだ。しかし本書の関心は、ユートピア系の作品が推奨する生き方や、作者による現実社会へのときとしての明示的な批判ではなく、その作品によって記述されている場所そのものにある。

とはいえ、本書で取り上げるべきユートピアは、それほど数が多いわけではない。数多あるユートピア文学のうち、そもそも場所を特定しているものは一部にすぎず、また集合的想像力に刷り込まれて伝説化するほどのものともなるとごく少数に限られるからだ。

前述のとおりユートピア文学はどれも画一的になりがちだが、そこで描かれる都市の描写もやはり互いによく似通っている。これは作者がどの程度意識しているかはともかくとして、やはり一定のモデルがあるからである。そうしたモデルの中でも代表的なもののひとつが「黙示録」に登場する幾何学的に美を備えた正方形の神の都であり、いまひとつが本書第2章で扱ったソロモン神殿の夢である。実際、**ヨハン・ヴァレンティン・アンドレーエ**『クリスティアノポリス』（Andreae, 1619☆）で描かれる理想都市は、明らかに「**黙示録**」に登場する天上のエルサレムをモデルとした新たな地上のエルサレムなのである。

最初はユートピアとして構想され、しかし後に実際に建設されるに至った都市もある。ここではルネサンス期の建築家によって設計された理想都市をいくつか紹介しておこう。例えば、周囲を壁と濠で囲まれ、中央部に置かれた六角形の広場で6本の道路が交差する九芒星の都市パルマ

ゲオルク・ブラウン、フランツ・ホーゲンベルク『世界の都市』(1572–1616) 所収のパルマノーヴァの地図、ニュルンベルク

ノーヴァである。またキプロスのニコシアは、ヴェネツィア領であった当時、トルコ軍の攻撃に対抗するため、少なくとも外敵からの防御という点では理想的に設計されたもので、中世以来の古い伝統を誇るこの都市に、周囲を円形に取り巻く防壁と、その各部に配置された 11 の塁壁が堅固な守りを与えたのであった。

しかし、モアやカンパネッラらユートピア作家の着想源は、もう少し時代を遡るものだったかもしれない。というのも、15 世紀にはすでにフィラレーテが『建築論』(1464 頃) でスフォルツィンダの設計を手がけているからである。これは正方形の上にもうひとつ正方形を重ねて 45 度回転させることで、ひとつの円にぴったりと内接する八芒星を得、すべての城門、すべての塔から中心に向かって 1 本ずつ直線道路が延びるように設計された都市構想であった。

現代的な関心に最も近いユートピアを描いたのは、おそらくフランシス・ベーコンだろう。ベーコンのユートピアでは、各種の科学的知識によって平和で快適な暮らしが実現されている。ありとあらゆる知識と技術を保管する「サロモンの家」は、その過剰さにおいて、やはり17世紀に珍品奇品の類いを集めて「驚異の部屋（ヴンダーカンマー）」を作り上げた蒐集家らの異常な知識欲を髣髴とさせるものがある。

しかし、ユートピア文学がその本領を最大限に発揮するのは、どこにもない場所についてのありもしない伝説を作中で創り出すときである。これをやってのけたのが**ホルヘ・ルイス・ボルヘス**による短篇『トレーン、ウクバール、オルビス・テルティウス』なのだが、作中このオカルトじみた厄介な場所が「1人の隠れた大天才にひきいられた天文学者、生物学者、技術者、哲学者、詩人、化学者、代数学者、倫理学者、画家、幾何学者などの秘密結社の創造物」だとされているのは、もちろんベーコンのベンサレムを想起させるのだが、それに留まらずこの作品では「ドイツの神学者」が「17世紀の初葉に薔薇十字という空想の共同体について記述し」、「この共同体は彼が予測したところにならって、他の人びとによって設立された」事例が明示的に引かれている［以上、本段の引用はボルヘス『トレーン、ウクバール、オルビス・テルティウス』、『伝奇集』所収、鼓直訳、岩波文庫より］。そしてこの「ドイツの神学者」こそは、やはりどこにもない（ユートピア）都市としてクリスティアノポリスを構想したアンドレーエその人にほかならないのである。

＊

ルイジ・セラフィーニ『コデックス・セラフィニアヌス』(1981)の図版、ミラノ、フランコ・マリア・リッチ

◉ユートピア島

■トマス・モア

『**ユートピア**』(More, 1516☆)

ユートピア島は島の中央部の一番幅の広い所で、その幅は200マイルある。この幅は島の大部分を通じてそのままであるが、ただ、両端に近づくに従って次第に狭くなってゆく。この両端は500マイルにわたる環状の線を描いており、したがって全島の形状はちょうど新月のような形になっている。この2つの端の間から海流が内部へ流れ込んでおり、両岸は約11マイルほどへだてられている。内部は一面の広々とした内海となっていて、周囲がすべて陸地で囲まれ、風から守られているために、荒れもせず大波もたず、静かな海の流れはいわば大きな淀んだ湖のような様相を示している。陸地の腹部に当る所はこういうわけで殆んどすべて湾のような恰好になっており、したがって船舶は陸地のあらゆる地点に投錨することができ、住民のうける便宜は大変なものである。この2つの岬の前浜、つまり磯辺は浅瀬や砂洲があったり岩礁があったりして、よほど注意しないと危険である。ちょうど岬と岬の中間にも海面から大きな岩が突きでているが、これはすぐ目につくからたいして危険ではない。この岩の頂上には立派な、しっかりした塔が築かれていて、常に守備兵が守っている。このほか、海中に没している岩礁はたくさんあるが、これは外から見えないだけいっそう危険である。水路はユートピア人だけしか知らない。したがって異邦人はユートピア人の案内を受けないかぎり、この港には入ってくることはまず不可能である。ユートピア人自身でも入ってこようとする時海岸にたっている航路標識に導かれないかぎり、危険な目にあうのは必定である。そこで、この標識を他の場所にずらしたり動かしたりすれば、敵がどんな大海軍だろうとこれを全滅させることができる。島の外側にも港は多い。しかし上陸地点の防備が、そこでは天然の要害をなしているせいもあり、また人工の粋を尽したせいもあって、非常に強固なものになっている。したがって、僅かの守備兵で多勢の敵軍を撃退できるのである。

しかし人々の話や土地のたたずまいが示しているところからみると、この島は初めから四面海をもって囲まれていたわけではなかったらしい。この島の名称の起源となった、征服者ユートパス王は、——昔はこの島はアブラクサ島といわれていた——粗野な住民の教化に努力し、その生活様式や文化や市民的教養を現在殆んど世界に類を見ないくらい高度なものに引き上げた人であるが、最初この国にやってきて勝利をうるやいなや、まず第1に着手した事業は、海岸からずっと奥まった内陸の土地を、15マイルほどの幅にわたって開鑿し、海をもって一面にこの島をとりかこむことであった。彼はこの工事に単にこの島の住民を使ったばかりでなく、自分のすべての兵士たちも使った。それは、自分たちを侮辱してこき使うのだという感じを住民に与えないためであった。かくして作業は夥しい数の作業員の間で分けられ、驚くほどの速さで完成した。それがどんなに速いものであったかは、初めこれを見て無駄なことだなどといって嘲り笑っていた隣国人が完成を見るやいなや忽ち笑うどころか驚嘆するにいたった、いや、恐怖さえ懐くにいたったことを見ても分る。ユートピア島には54の壮麗な都市(あるいは州都)があり、すべて同じ国語を用い、生活様式も制度も法律もみな同様である。これらの都市はみな場所や地形が許すかぎり、同じような位置を占め、すべての点で同じように作られている。

◉太陽の都

■トンマーゾ・カンパネッラ

『太陽の都』（Campanella, 1602☆）

すでにお話しましたように、私は世界を1周し、タプロバーナ島に着いたとき、そこに上陸せざるをえなくなり、それから原住民をおそれて密林に身を隠し、やがて赤道直下の大きな平原に出ました。

（……）

私はすぐ、おおぜいの武装した男女に出会ったのです。かれらの多くは私の国のことばを理解し、私を「太陽の都」に連れていきました。

（……）

都はひじょうに大きな7つの環状地区に分けられ、それぞれに7つの惑星にちなんだ名前が付いています。これらの地区に出入りするには、東西南北4つの門を通ります。都はこのようにできていますので、いちばん外側の第1の環状地区を攻略しても、第2の地区を攻略するにはさらに苦労をせねばならず、第3、第4と、ますます苦労が大きくなります。こうして、都全体を征服するには、7回も攻略をくりかえさねばなりません。しかし私の思いますには、第1の地区を攻略するのさえむずかしいでしょうよ。城壁は、大量の土を盛って要塞化した巨大なもので、砦、塔、砲台をそなえ、外側には堀がめぐらされているのです。

さて、北門からはいりますと、この門には鉄でおおわれた扉があり、巧みなしかけで上下するようにできていますが、第1の城壁とつぎの城壁とのあいだに幅50歩ほどの平地が見えます。それにつづいて〔大きな〕建物が立ちならんでいますが、それらの建物はみな城壁によって環状に連結され、まるで1つの建物のようになっています。それらの建物の上部には外に突き出た防塞があり、この防塞をささえて円柱が立ちならび、まるで僧院の回廊のようにみえます。この防塞に通じる下の入口は、建物の後ろ側にしかありません。部屋はどれも美しく、前面の壁にも後ろ側の壁にも窓があり、部屋と部屋は薄い壁で仕切られています。壁の厚さは、前面の壁だけは8パルモ、後ろ側の壁は3パルモ、仕切り壁は1パルモ強です。

それから第2の平地に出ます。これは第1の平地より2、3歩せまく、そこから見える第2の城壁には、そとに突き出た防塞と通路があります。この城壁の内側にはもうひとつの周壁があり、この2つの周壁にはさまれて建物が立ちならんでいます。そして内側の周壁の下部は、円柱の立ちならぶ回廊になり、上部には美しい絵が描かれています。

このようにして頂上の平地にまでたどりつきますが、いつも平地を通っていくことになります。ただ、それぞれの環状地区の外側の周壁と内側の周壁に2重に設けられている城門をくぐるときだけは階段を登るのですが、それと気づかないような造りになっています。と言いますのも、階段は斜めに通じていて、1段1段の高さはほとんど見わけられないくらいなのです。

丘の頂上は広い平地になっていて、その中央には、大きな、すばらしい神殿が建っています。

（……）

神殿は完全な円形で、とりかこむ周壁はなく、そのかわり、たいへん美しい巨大な円柱にささえられて建っています。大きな丸屋根の頂上部分にはさらに、小さな丸屋

バルトロメオ・デル・ベーネ『真理の都』(1609)のための挿絵

根があり、そこに明かりとりの天窓が付いていますが、それはちょうど、神殿の中央にひとつだけ置かれている祭壇の真上にあたっています。円柱の列は300歩以上も連らなり、丸屋根をささえる列柱の外側には幅8歩の回廊があります。この回廊は、外側の低い壁の内側に沿って、ぐるりと椅子が並べてありますが、壁の高さは椅子よりすこし高いくらいです。(……)

祭壇の上には、天球全体を描いた巨大な天球儀と、地球を描いた地球儀があるだけです。そして丸天井には、天のおもな星が残らず描かれています。星のひとつひとつには短い詩句が3行ずつ書きつけられていて、それぞれの星の名と、星が地上の事物におよぼす働きとが記されています。天球の極や経線・緯線も描かれていますが、全部ではありません。丸天井は下半分が欠けていますからね。しかし、祭壇の天球儀と照らしあわせると、完全な姿で見られます。祭壇には、7つの惑星にちなんで名をつけた7つの灯明があり、いつも火がともっています。

神殿の頂上の小さな丸屋根のまわりには小さな部屋がならび、さらに回廊の上にも大きな部屋がたくさんあって、そこに40人ほどの聖職者が住んでいます。

小さな丸屋根の上には、風の方向をしめす風見があって、36もの風向を知ることができ、どの風が吹いても、どのような天候をもたらすかがわかります。風見のしたにはまた、ひじょうに重要なことがらを記した書物が1冊しまってあります。

(……)

住民のあいだにひとりの統治者がいます。聖職者で「太陽」と呼ばれています。私たちのことばでいえば「形而上学者」にあたります。この人が、精神面でも世俗面でも全住民の指導者で、あらゆる政務が最終的にはかれによって決定されます。かれには補佐役として3人の副統治者がいます。「ポン」「シン」「モル」で、「力」「知

ジャコモ・フランコ「ニコシアの地図」(1597)

恵」「愛」という意味です。

「力」は、戦争・和平・軍略をつかさどります。軍事においては最高指導者ですが、「太陽」にまさるものではありません。武官、戦士、兵士、軍需、築城、攻城を管轄します。

「知恵」は、あらゆる学問を管轄し、自由学芸や技術的学芸の学者やこの分野の役人を監督します。そして「知恵」の部下には、学問の数だけ多くの文官がいて、それぞれの学問を所管します。つまり、「占星学者」「宇宙学者」「幾何学者」「論理学者」「修辞学者」「文法学者」「医学者」「自然学者」「政治学者」「倫理学者」などがいるのです。そして「知恵」は、あらゆる学問について述べた 1 冊の書物をもち、各文官に命じてこの書をピュタゴラス派流に、全人民のために講読させます。この「知恵」は、どの環状地区の内側の周壁にも外側の周壁にもことごとく、また上部の防塞部分にまで、あらゆる学問を絵に描かせました。

神殿の外壁にも、聖職者が説教するとき声が散らないように下ろす垂れ幕にも、あらゆる星が整然と描かれ、どの星にも 3 行の詩句が書き添えてあります。

第 1 の環状地区の内側の周壁には、数学のあらゆる図形や数式が、ユークリッドやアルキメデスの書き残したものよりも多く、それぞれ壁面に見合った大きさで描かれています。外側の周壁には、世界地図が描かれています。それからあらゆる地方の地図が描かれ、そこにはそれぞれの地方の風俗習慣や法律が書きこまれ、さらに各国語のアルファベットも、都の住民のアルファベットの上に並べて順序よく書きつらねてあります。

第 2 の環状地区の内側の周壁には、あらゆる宝石や普通の石、鉱石、金属が、標本と図版で展示され、それぞれに 2 行の詩句で説明が付けてあります。そして外側の周壁には、あらゆる種類の湖沼、海洋、河川が描かれ、ぶどう酒、油、その他の飲料、それらの効能や原産地や性質が記されています。そこにはまた、100 年も 300 年もたったさまざまな薬酒を入れた瓶が並んでおり、これらの薬酒でほとんどすべての病気を治します。

第 3 地区の内側の周壁には、世界中のあらゆる草や樹木が描かれていますが、防塞の上に並んだ素焼きの鉢には実物もいくらか植えられており、それぞれの原産地や効能のほか、それぞれの草木と星や金属や人体各部との類似性、草木の薬物としての使用法も説明されています。そして外側の周壁には、河川や湖沼や海洋に棲むあらゆる種類の魚が描かれ、その能力、生態、生殖や生育のしかた、〔私たち人間や社会にとっての〕効用、人工の所産と自然の所産とを問わず天地のさまざまな事物との類似性、なども説明されています。そんなわけで、「司教」「鎖」「釘」「星」などという名の魚も見つけましたが、私たちのあいだでそう呼ばれている人や物とそっくりの姿かたちをしているのにはびっくりしました。また、うに類、貝類、脊椎動物類、そのほか（水中に棲むもので）知るにあたいするあらゆるものが、おどろくほど巧みに、絵に描かれ、文章で説明されています。

第4地区では、内側の周壁に、あらゆる種類の鳥が絵に描かれ、その性質、大きさ、習性などが説明されています。そして不死鳥は、太陽市民のあいだでは実在の鳥とみなされています。そして外側の周壁には、あらゆる種類の爬虫類、蛇、竜、うじ虫、そして昆虫、はえ、あぶなどが絵に描かれ、それぞれの特徴、毒性、効用が説明されています。その数は、私たちの考えているよりもはるかに多いのです。

第5地区では、内側の周壁に、おどろくほど多くの種類の地上の動物が、本物そっくりの姿で描かれています。私たちの知っているのはその1000分の1にも足りません。しかし、動物の数があまりにも多いし、からだも大きいので、外側の周壁にも防塞部分にまで描かれています。馬だけでもなんと種類の多いことでしょう！　しかも、なんと美しい姿に描かれ、また的確に説明されていることでしょう！

第6地区では、内側の周壁に、あらゆる技術的学芸が描かれ、それぞれの発明者、世界各地でのさまざまな利用法も描かれています。外側の周壁には、立法者、学問の創始者、武器の発明者がひとり残らず肖像に描かれています。

◉サロモンの家

■フランシス・ベーコン『ニュー・アトランティス』

(Bacon, 1627☆)

約1900年前にこの島を治めておられた王を、私どもは誰にもまして敬愛しておりますが、といっても盲目的に崇拝しているのではなく、人間ではあっても、神の御用をされた方だからです。ソラモナという名の王様で、わが国の法を制定された方として尊敬されています。王は善を求める「測り難く広い心」を持っておられ、王国と国民の幸福をひたすら願われました。この国は、外国の援助がまったくなくとも、十分自給自足できること、周囲は5600マイル、大部分が稀にみる肥沃な土地であり、船舶は、漁業及び沿岸の諸港と近くのわが国の王権と法の下にある小さな島々を結ぶ海運業に活用できること、当時この島が、幸福と繁栄のただなかにあり、変わるとすれば、悪くなる可能性は山ほどあるとしても、これ以上良くなる道はほとんど考えられぬこと——そのようなことを考慮された王は、いまの時代に幸いにも確立されているものを（人知の予見し得る限り永く）永続させることこそ、崇高なる意図を達成することに他ならぬと考えられたのでした。それ故にこの王国の基本的な法律の1つとして、現在もある、あの異邦人の入国に関する禁令を布告されたのでした。当時（アメリカの大災害の後でしたが）しばしば異邦人が到来したので、新奇なものの流行や風俗習慣の混乱を怖れられたのです。

（……）

わが学院の目的は諸原因と万物の隠れたる動きに関する知識を探り、人間の君臨する領域を広げ、可能なことをすべて実現させることにある。

設備と器具は以下のごとくである。われわれはさまざまな深さの大きな洞窟を有している。もっとも深いものは600尋〔約1100メートル〕に及び、あるものは大きな岡や山の下を掘って作られている。従って岡の高さと洞窟の深さを合計すれば（あるものは）3マイル以上〔約4800メートル〕の深さを有することなる。平面からの岡の高さと洞窟の深さの双方が、同じように太陽と空からの光線と大気を遠ざけるからである。これらの洞窟をわれわれは下層界と呼び、諸物体の凝固、硬化、冷却と保存のために使用する。またこれを天然の鉱坑の代用として用い、われわれの使用する合成物と原料をそこに長年貯蔵し、新しい人工金属を生産するのに役立てる。洞窟は時に（異様と思われるかも知れぬが）ある種の病気の治療のため、またその中ですべての必需品をあてがわれて暮らすことを選んだ、隠者の生命を延ばすためにも用いられる。隠者は極めて長命で、彼らよりわれわれは多くを学ぶ。

われわれはさまざまな土質の所に穴を掘って埋蔵所を設けている。中国人が陶器を埋蔵しているように、さまざまな種類のセメントを埋めている。セメントは陶器よりは種類も多く、上質のものもある。土地を肥沃にするための肥料、堆肥の類も豊富である。

高い塔も設けられている。最も高いものは高さ約半マイル、高い山頂に立てられた塔もあり、山の高さを加えれば、最高3マイル以上の高さに達する。このような高所をわれわれは上層界と呼び、高地と低地のあいだの空間を中層界と呼ぶ。塔は、それぞれの高さと設置場所に応じ、日光乾燥、冷却、貯蔵のため、また風、雨、雪、雹、それに流星など種々の大気現象を観察するために用いる。いくつかの塔には隠者が住み、われわれは時折彼らを訪ね、何を観察すべきかを指示する。

われわれは淡水、塩水の大きな湖を有し、魚類、鳥類を放している。湖はまた時に動植物の埋葬にも用いる。地中、あるいは地下の大気の中に埋められたものと、水中に葬られたものでは違いがみられるからである。池では塩水から淡水を濾し出したり、人工的に淡水を塩水に変えている。われわれはまた海中の岩と、湾岸を利用し、大気と海の蒸気を必要とする作業を行う。同様に急流と滝は多くの動力に活用される。風力を倍加し、強化してさまざまの運動を惹き起こすための装置も持っている。

われわれはまた幾つもの人工の井戸と泉を、自然の湧き水や鉱泉を模して作っている。これらは硫酸塩、硫黄、鉄、銅、鉛、硝石、その他の鉱物質を含んでいる。さらにまた多くの物質を注入するための小さな井戸が多数ある。鉢、水盤などより井戸の方が水は速やかに、よく物質を溶かす働きがある。その中に、「楽園の水」と呼ぶ水がある。これはわれわれが手を加えた結果、健康維持と長命に絶大な効果がある。

われわれはまた広壮な館を所有し、そこでさまざまな大気現象、雪、雹、雨、水ならぬ液体の雨、雷、稲妻等を人工的に作り出す。また蛙、羽虫、その他さまざまの動物を大気中に発生させる。

われわれはまた「健康室」と称する部屋を有し、そこの空気を、さまざまな病気の治療と健康の維持に適切な効果を持つよう調節する。

われわれはまた清潔で広い浴場を持ち、その水に数種の成分を溶かして、病気を治療し人体の水分欠乏を回復させる効果を持たせている。また筋肉、内臓、人体の精髄である体液を強壮にする浴場もある。

また種々の大きな果樹園、菜園があり、美観よりもさまざまな樹木と草本の生育にふさわしい地形、地質を配慮して作られている。葡萄園の他、さまざまな種類の飲料を作るための草木を植えた広大な場所もある。そこでわれわれは、果樹のみならず野生の樹木についても、接ぎ木、芽接ぎ等あらゆる種類の実験を行い、多くの成果をあげている。また同じ果樹園、菜園において、木や花が（人工的に）季節よりも早く、あるいは遅く芽生え、自然の速度より早く成長し、実を結ぶようにしたり、手を加えて自然よりはるかに大きく成長させ、より大きく、甘く、天然産とは異なる味、香り、色、形の実を結ばせる。その多くを薬用に供するための処置も行う。

われわれには、さまざまな植物を、種からではなく土壌の混合によって発生させる手段がある。同様に普通種とは異なる新種の植物を作ったり、ある草木を別種の草木に変える術を知っている。

われわれはまたあらゆる種類の獣、鳥のための園と檻を有している。珍しいものを人に見せるためだけではなく、解剖と実験のためであり、それによって人体にどのような処置を施すことができるかを理解するためである。それによって例えば、身体の重要と思われているさまざまな部分が朽ち、切除されても、生命は維持されること、一見死んだと思われたものが再生するなど、多くの不思議な成果を得ている。また内科的、外科的に、毒物や、薬物を試験的に投与し、異常に大きく、高く成長させたり、反対に矮小にしたり、成長を留めたり、標準以上に多産にしたり、反対に不毛にし、仔を産まぬようにする実験を行う。また色、形、動作等々を変える手術もする。われわれは異種間の混交、交配の方法を知っており、それによってすでに多くの新種を得ている。しかもそれらは通説と異なり、繁殖力を有する。われわれは腐敗物より数種の蛇、毛虫、羽虫、魚を作る。それらが発達して（結局は）完全な動物である鳥や獣となり、雌、雄の区別が生じて繁殖するに到る。これは偶然にそうなるのではなく、われわれはいかなる原料と混交からいかなる種類の生物が生ずるかをあらかじめ知って行うのである。

（……）

優れた特別の効能を持つさまざまの飲料、パン、料理を作る醸造所、製パン所、厨房などについては、話を簡単にして、長くお引き留めするのは止めよう。葡萄酒もあれば他の果汁や穀物、草木の根、また蜂蜜、砂糖、マンナ、乾燥し、煮つめた果実を混合して作った酒もあり、樹液、木の傷口から滴る汁、黍類の髄からも酒を作る。これらの酒は年代物で、なかには40年間も寝かせたものがある。数種の薬草、根菜、香料、さらには白身、赤身の肉類を混ぜて醸造した酒もあり、飲料と食料を兼ねた働きをするものもある。これは多数の人々、特に老人が愛用し、これ以外パンもおかずもほとんど口にしない人もいる。われわれが何より力を入れているのはごく薄い酒で、ひりひりするような刺激も違和感もなく、身体中に滲みとおるような酒である。実際ある物は、手の甲に塗るとたちまち掌にまで滲みとおり、しかも口当たりが良い。同様な方法で熟成した水もあり、滋養分が豊富な優れた飲料なので、大勢の人がそれだけを常用している。（……）

調合所、すなわち薬局もある。ここには

あなた方のヨーロッパよりも多種多様な植物があり動物がいるので（ヨーロッパの生物のことは良く承知している）、薬草、内用、外用の薬品の類もはるかに豊富であることは、容易に想像されるであろう。薬の年代、長い発酵熟成期間もさまざまである。薬の調合のために、あらゆる種類の精巧な処理、特にとろ火と、固形物を含むさまざまな濾過器を用いての濾過による蒸留、分離ができるばかりでなく、ほとんど自然の薬草と変わりのない化合物を作る完璧な合成方法を知っている。

工芸に関しても、あなた方の持ち合わせぬさまざまな技術と製品を持っている。紙、麻布、絹、織物、見事な光沢のある精巧な羽毛細工、優れた染め物等々である。また庶民に使われる物だけでなく、一般には使われない品物を作る工房がある。いま述べた品々の中、王国各地で使われるようになった物も多いが、われわれの発明によって作られた品である以上、見本、原型としてここに保存しているのである。

われわれには立派なさまざまの炉もあり、色々な種類の高温状態を作り出している。激しく急速なもの、強力で一定の高さのもの、柔らかで穏やかなもの、噴出するもの、静かなもの、乾いたもの、湿ったもの等々である。しかし特筆すべきは、太陽、その他の天体の熱に似た熱を作り得ることである。この熱はさまざまに変化し（いわば）周期的な変動を示し、前進、逆行によって、驚くべき効果を発揮する。さらに糞尿の熱、動物の腹部と胃の腑、血液と身体の熱、干し草と湿らせた草の熱、放置した生石灰の熱等がある。運動によってのみ熱を発する機械、更に強い太陽熱に曝される場所、天然または人工により熱を発する地下の場所もある。これらさまざまの熱をわれわれの意図する作業が要求するところに従って活用する。

われわれはまた光学研究所を持っている。そこではすべての光線と放射線、すべての色彩を現出させ、無色透明の物体からあらゆる色を別々に発色させることができる。それも宝石やプリズムのように〔連なった〕虹の色でなく、それぞれ独立した個々の色である。また光を増幅させて遠くに届かせ、小さな点と線を見分けられるほど強烈にさせる。またあらゆる光の着色作用の実験、形、大きさ、動き、色彩に関する、あらゆる眼の幻覚と錯覚、あらゆる陰影の表出も可能である。われわれはまたさまざまな物体を発光させる、あなた方にはまだ知られていない方法を見いだしている。天空など遠く離れたところにある物体を見る手段も獲得し、近いものを遠く、遠いものを近く、距離を欺いて表示することもできる。また現在用いられている眼鏡やレンズよりはるかに視力を助ける装置がある。通常見えない小さな羽虫、蛆虫の形と色、宝石の濁りと瑕など、小さく細かな物体を完全に明瞭にみられる手段とレンズがあり、他ではできぬ尿や血液の観察も可能である。人工の虹、暈、光輪を作り、物体から発する可視光線のあらゆる型の反射、屈折、増幅を行う。

われわれはまたあらゆる種類の宝石を所有し、その多くは極めて美しく、あなた方の知らぬものである。水晶についても同じであり、ガラスも種類が豊富でその中には金属を溶化したものや、通常のガラスの原料以外の物質がある。他にあなた方の所にはない数種の岩石、不完全な鉱石、おそるべきほど強力な磁石、その他天然、あるいは人工の珍しい石がある。

また音響研究所ではあらゆる音を実際に発生させ実験している。われわれにはあなた方にはない和音、4分の1音やそれ以下の微妙な違いの音によるハーモニーがある。同じくあなた方の知らぬさまざまな

ドメニコ・レンプス「好奇の戸棚」(1690頃)、フィレンツェ、ピエトレ・ドゥーレ博物館

楽器があり、あるものはあなた方のどの楽器も及ばぬ甘美な音色を出す。典雅な音を奏でる鐘、鈴の類もある。小さな音を大きく、深く響かせ、大きな音を弱め、鋭くすることも、本来は渾然一体である音を震わせ、揺るがせることも、あらゆる明瞭な音声と文字、獣の咆哮、鳥の歌声を模倣し、表現することもできる。耳に装着して聴覚を大いに助ける器具もあれば、音声を、鞠でも投げ返すように、何度も反響させて、種々の奇妙な人工木霊を作り、来た音声を前より大きくして返したり、高くも低くもする装置もある。あるものは、もとの綴りとも発音とも明らかに違う音声に変えてしまう。筒や管を用い、奇妙な経路を経て遠くに音声を運ぶ手段もある。

香料研究所もある。そこでは味覚の実験も併せて行う。異様に思われるかも知れないが、匂いを増幅したり、本物に似た匂いを作り、本来その匂いを出す物質とは違う混合物からあらゆる匂いを発散させる。同様にさまざまな味を模倣した食品を作り、人の味覚を欺く。この研究所には菓子製造所もあり、あらゆるたぐいの干菓子、生菓子、良質の葡萄酒、牛乳、だし汁、サラダを作るがその種類はあなた方のよりもはるかに豊富である。

われわれはまた動力研究所を持っている。そこではあらゆる種類の運動のための動力機械が作られ、あなた方の持っているマスケット銃や他のどんな機械が起こす運動よりも早い運動を起こすために、模擬実験を行う。車輪その他の手段を用いて、運動をより容易に、小さな力で増幅させ、あなた方に負けぬ強烈な運動を作り出し、あなた方の最大の大砲、臼砲をしのぐに到っている。戦争のための火器その他の兵器、各種の機械もあれば、新しく混合し、合成した火薬、水中でも燃える消火不可能な燃料、観賞、実用、両方に供する花火類もすべてある。我々はまた鳥の飛翔を模倣し、ある程度空中を飛ぶことができるようになった。水中を進んだり、荒波にも耐える大小の舟、ボート、遊泳帯や浮袋もある。さまざまの精巧な時計、その他同様の往復運動や、永久運動をする物もある。われわ

れはまた、人形、獣、動物、魚、蛇の模型を使い、動物の動作を模倣する。その他、驚くべきなめらかさ、洗練度、複雑さを持つ多くのさまざまな運動を実現している。

数学研究所では、精巧に作られた、幾何学のみならず天文学のあらゆる器械を保有している。

錯覚研究所なるものもある。そこではあらゆる奇術、妖怪、詐欺、幻影の類が実演され、その騙しの手口が明らかにされる。あなた方も容易に信じていただけようが、われわれの所には、まったくありのままでありながら、おのずから驚嘆せずにはいられないようなものが、たくさんあるので、もしそれに仮装を施し、この世に有りうべからざるものに仕立てあげたとしても、ほんとうだと思いこませることができる場合は数限りないほどある。しかしわれわれはあらゆる詐欺と虚偽を憎む故に、わが国においては、自然の働き、自然の産物を、飾るなり誇張するなりして奇をてらい、ありのままの純粋な姿を隠す者は、例外なく不名誉の烙印と罰金を科せられるのである。

これらが（わが子よ）「サロモンの家」の財宝である。

◉クリスティアノポリス

■ヨハン・ヴァレンティン・アンドレーエ『クリスティアノポリス共和国の記述』第7章（Andreae, 1619☆）

まずはこの都市の外観を描いてお見せするのが間違いのないところであろう。都市全体の形状は、1辺が700ペースの正方形で、4つの塔と城壁によって堅固な守りを得ている。したがってこの都市からは四方が見渡せる。他に市中に非常に強固な塔が8基配置されており、都市の守りをより強化している。加えて、これよりは小型の塔がさらに16基あって、これも侮るべきではない。市の中心に位置する城塞はほぼ難攻不落である。（……）市内の様子はどこもほぼ同じで、華美に走り過ぎるところもなければ、不潔な地区もない。市中どこでも新鮮な空気と通風が得られる。ここに約400人の市民がこのうえない水準で平和な信仰生活を送っている。

ヨハン・ヴァレンティン・アンドレーエ『クリスティアノポリス共和国の記述』（1619）のための挿絵

◉天上のエルサレム

■「ヨハネ黙示録」21: 12–2

都には、高い大きな城壁と12の門があり、それらの門には12人の天使がいて、名が刻みつけてあった。イスラエルの子らの12部族の名であった。東に3つの門、北に3つの門、南に3つの門、西に3つの門があった。都の城壁には12の土台があって、それには小羊の12使徒の12の名が刻みつけてあった。

わたしに語りかけた天使は、都とその門と城壁とを測るために、金の物差しを持っていた。この都は四角い形で、長さと幅が同じであった。天使が物差しで都を測ると、1万2000スタディオンあった。長さも幅も高さも同じである。また、城壁を測ると、144ペキスであった。これは人間の物差しによって測ったもので、天使が用いたものもこれである。都の城壁は碧玉で築かれ、都は透き通ったガラスのような純金であった。都の城壁の土台石は、あらゆる宝石で飾られていた。第1の土台石は碧玉、第2はサファイア、第3はめのう、第4はエメラルド、第5は赤縞めのう、第6は赤めのう、第7はかんらん石、第8は緑柱石、第9は黄玉、第10はひすい、第11

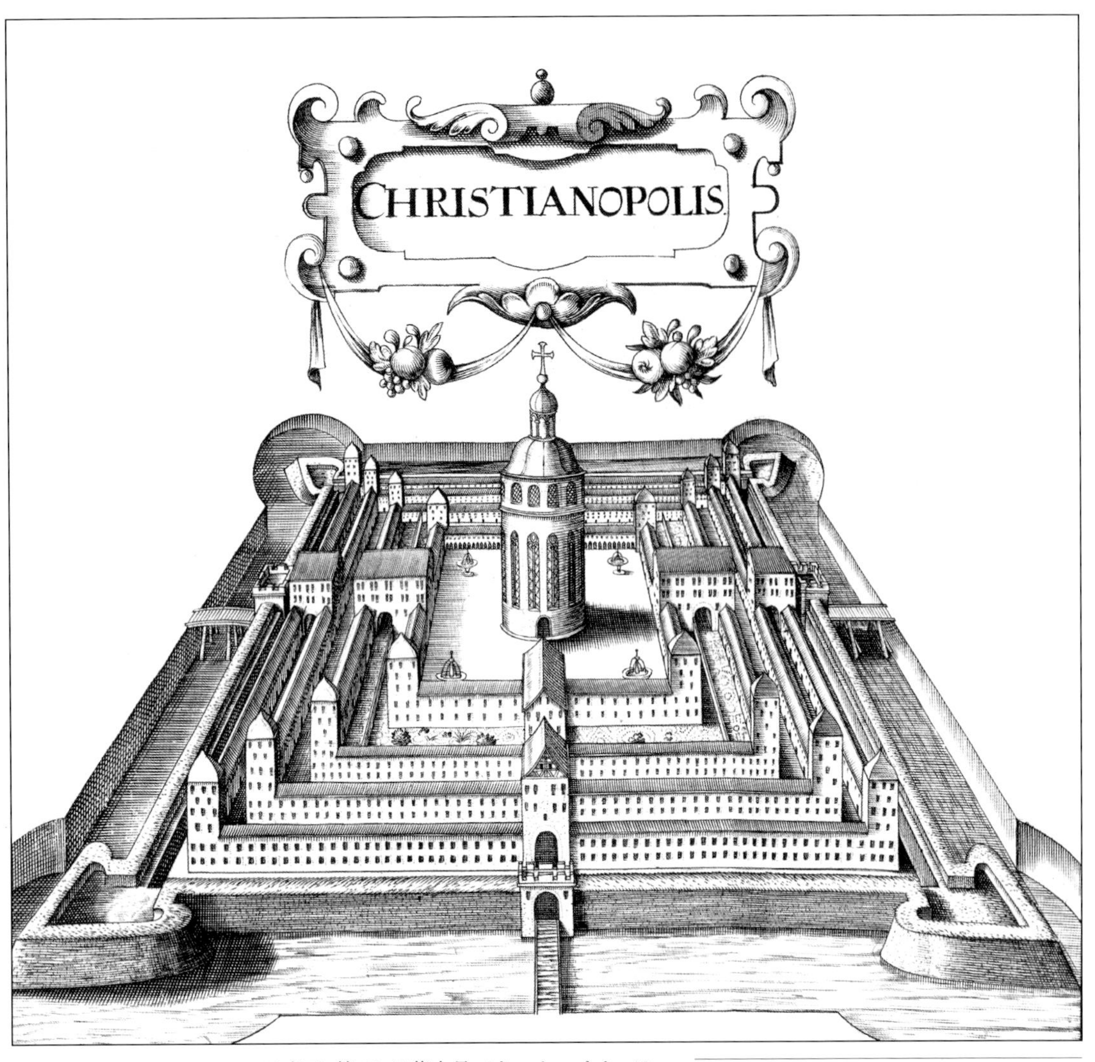

は青玉、第12は紫水晶であった。また、12の門は12の真珠であって、どの門もそれぞれ1個の真珠でできていた。都の大通りは、透き通ったガラスのような純金であった。

◉どこにもない場所

■ホルヘ・ルイス・ボルヘス
『トレーン、ウクバール、オルビス・テルティウス』(Borges, 1940☆)

わたしのウクバール発見は、1枚の鏡と1冊の百科事典の結びつきのおかげである。(……) 話は5年ほど前にさかのぼる。その夜、ビオイ＝カサレスと夕食をともにしたあと、わたしは彼を相手に長ながと議論

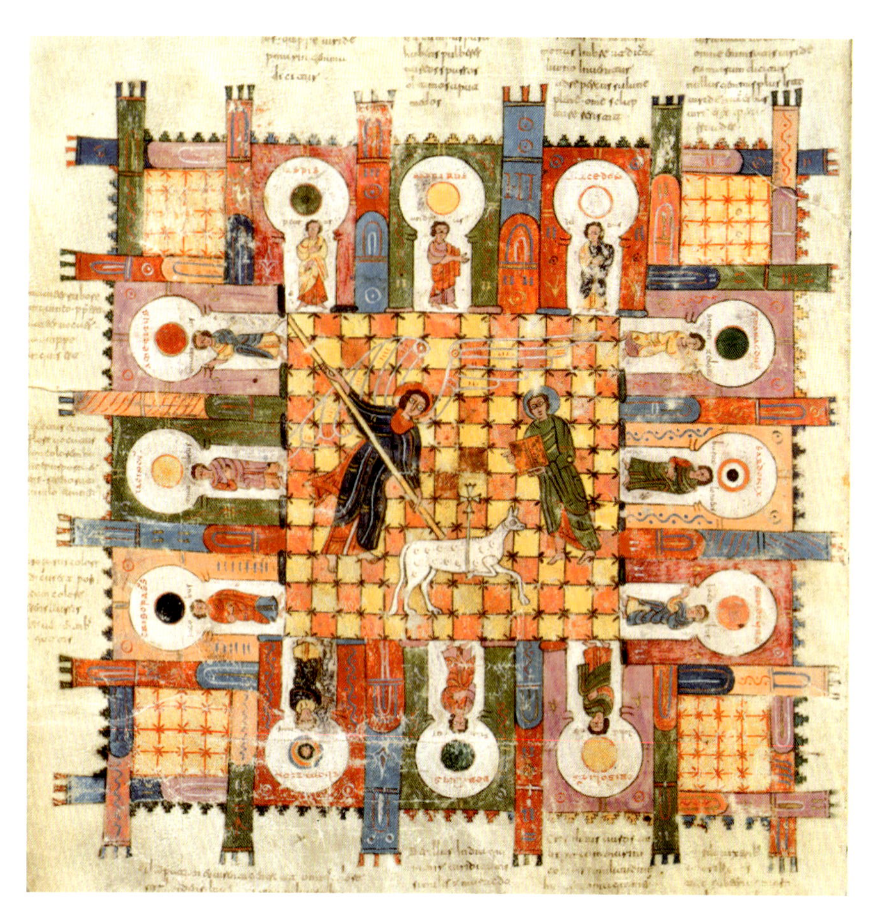

リエバナのベアトゥス『黙示録注解』(950 頃) 所収の天上のエルサレムの図、ニューヨーク、ピアポイント・モーガン図書館

していた。語り手が事実を省略もしくは歪曲し、さまざまな矛盾をおかすために、少数の読者しか――ごく少数の読者しか――恐るべき、あるいは平凡な現実を推測しえない、1 人称形式の小説の執筆についてである。廊下の遠い奥から、鏡がわたしたちの様子をうかがっていた。(深夜には避けられない発見だが) わたしたちは鏡には妖怪めいたものがあることに気づいた。そしてビオイ＝カサレスが、鏡と交合は人間の数を増殖するがゆえにいまわしい、といったというウクバールの異端の教祖の 1 人のことばを思いだした。この記憶に値することばの出所を尋ねると、『アングロ・アメリカ百科事典』のウクバールの項にのっている、と彼は答えた。(じつは家具付きで借りたのだが) 別荘にもこの事典が 1 セット置かれていた。46 巻の末尾にウプサラの項が、47 巻の始めに「ウラル・アルタイ語」の項があったが、しかしウクバールにかんするものは一語もなかった。ビオイはいささか当惑して、数巻もの索引にあたった。思いつく綴り――Ukbar, Ucbar, Ookbar, Oukbahr……――をすべてあたってみたが、徒労に終わった。辞去する前に彼は、それはイラクか小アジアの一地方である、といった。告白するが、わたしは少々むっとしながらうなずいた。(……)

翌日、ビオイはブエノスアイレスから電話してきた。その話によれば、『百科事典』の第 46 巻のウクバールの項をいま見ているという。教祖の名前は明らかでないけれども、その教義については記述があり、それはビオイが引いたものとほぼおなじことばで成り立っていた、文学的には（どうやら）おとっているが。ビオイが思いだしていったのは、交合と鏡はいまわしい［Copulation and mirrors are abominable］、だった。『百科事典』の文章ではこうである。それらグノーシス派に属する者にとっては、可視の宇宙は、幻想か、（より正確には）誤謬である。鏡と父性はいまわしい［Mirrors and fatherhood are abominable］、宇宙を増殖し、拡散させるからである。（……）

わたしたちは、すこし丁寧にその項目を読んでみた。（……）くり返し読んでいるうちに、わたしたちは、その厳密な文章のかげに重大な曖昧さがひそんでいることに気づいた。地理の部に出てくる14の名前のうち、わたしたちに分かったのは3つ——クーラサン、アルメニア、エルズールス——だけで、これらは曖昧なかたちで本文に組み入れられていた。歴史上の名前では、むしろ隠喩として引かれているのだが、いかさま師で魔術師のスメルディス1人だった。文章は一見、ウクバールの境界を正確に示そうとしているようだが、そこに述べられていることは曖昧で、その地方に存在する河、火山、山脈にすぎなかった。（……）

2年ほど前、わたしはある海賊版の百科事典の1巻のなかに、架空の国についての簡単な記述を発見した。そしていま、偶然はより貴重で、より手ごたえのあるものをわたしに授けた。未知の天体の全歴史の厖大でしかも秩序だった断片が、わたしの手中にあるのだ。その建造物やトランプ、その神話の恐怖や言語のひびき、その皇帝たちや海域、その鉱物や鳥類や魚類、その代数学や火、その神学および形而上学の論争などをふくめて、それらのいっさいは明確で、首尾一貫していながら、教義的な意図、あるいはパロディー的な調子はうかがわれなかった。

第12章

ソロモンの島と南大陸

L'ISOLA DI SALOMONE E LA TERRA AUSTRALE

*

*

*

*

長い歴史の中で人はまだ見ぬ土地を夢想し、その有り様を記述し、その所在地を探し求め、地図に記録してきた。年月の経過とともにその土地は地図から消え、そもそもが始めから実在しなかったことを誰もが知るに至る。そうした事例は史上いくつも見られるものの、とはいえすべてが無為だったわけではない。かつて司祭ヨハネ［プレスター・ジョン］の国が文明の発展に対して果たしたユートピア的機能を、これら伝説の土地も有していた。ヨーロッパ人は伝説の土地を求めてアジアやアフリカを探検し、その過程で当初の目的とは異なるものを次々と発見していったのである。

そうした土地のひとつとしてテラ・アウストラリス、すなわち南大陸が挙げられる。南大陸の観念はアリストテレス（『気象論』第2巻第5章）からプトレマイオスに至る古代ギリシアにまで遡り、しばしば対蹠地（アンティポデス）の観念（本書第1章を参照）と混同されている。ピュタゴラス派の伝統からはアンティクトンすなわち「反対側の大地」の観念が生まれた。これは既知の世界（エクメーネ）と対称的な位置にあるとされる大陸で、両者の間で均衡が保たれることで地球は転覆せずにすんでいるのだとされる※。ポンポニウス・メラは、タプロバネ島を南大陸の突端としている。

近代に入ってからも、フェルディナンド・マゼラン［フェルナン・デ・マガリャンイス］がこの大陸を（自ら発見したと考え）「最近発見されたが完全には知られていない南大陸」と呼んでいる。

南大陸とはなんだったのか。その理解を深めるために、まずは2点の古

ヘンリー・ロバーツ「レゾリューション号」(1775頃)、水彩画、シドニー、ミッチェル図書館、ニューサウスウェールズ州立図書館

※第1章「対蹠地」の項（p.23–）に登場した、中心火を挟んで地球の対称に位置する別の惑星（対地星）としてのアンティクトンとは異なる、派生的な用法

地図を見てみよう。1点はマクロビウスによる地図［5世紀、本書35頁］で、これが製作された当時はアメリカ大陸の存在すらまったく知られていなかった。もう1点はオルテリウスの地図［16世紀、上図］で、そこにはアジア、アフリカ、アメリカの各大陸がかなり正確に描かれている。この2点の地図を見較べて気づくのは、現在オセアニアと呼ばれる大陸については何ひとつ記載がないことである。当時オーストラリアはまだ発見されておらず、その付近には地球の南端をあたかも襁褓（むつき）のように覆う巨大な未知の大陸があって、その土地には生物が何も棲んでいないか、いるとしても猛獣ばかりだろうと考えられていたのである。

マゼランは南米大陸南端の、現在彼の名を冠せられている海峡を通過する際、左手に、木々が鬱蒼と茂り、頂上に雪をかぶった山が連なる島々を目にしている。これは実際のところティエラ・デル・フエゴだったのだが、彼はそれを未知の大陸（テラ・インコグニタ）の先端だと考えた。以後、南大西洋、南インド洋、南太平洋に船を進めてテラ・インコグニタを探す試みが続くことになる。

とりわけ、アメリカ大陸沿岸から西に吹く貿易風を利用して史上初めて

（左）アブラハム・オルテリウス『世界の舞台』（1606）所収の「太平洋の地図」、ロンドン、王立地理学会

（右）コルネリス・デ・ヨーデ「ニューギニアとソロモン諸島の地図」、ヘラルト・デ・ヨーデ『世界の鏡』（1593、アントウェルペン）より、キャンベラ、オーストラリア国立美術館

（次々頁）ウィリアム・ホッジズ「ニューヘブリディーズ諸島のタンナ島に上陸するジェイムズ・クック」（1774）、グリニッジ、国立海洋博物館

Septentrio
Arcipelago di S. Lazaro.
Baixos de S. Bartholome
I. de S. Petro.
OCCIDENTALIS.
Corral de Pracelas
I. de Pracelas
Barbudas
I. de Don Alonco
I. de Pacaros
I. de los Nadadores
Islas de Salamon.
La Carimana
La Bardada
De la Madre de Dios
La Redon
Baixos de Candelore
Nombre de Ihesus
Malartu
De la Aquada
S. Xpoual
S. Thiago
I. de los Tubarones
S. Nicolas
Nova Guinea.
Sic a nautis dicta, quod littora illa, conditioq; terræ, Guineæ in Africa multum similia sint. Continens'ne ad terrã Australẽ, an Insula sit, incognitũ est.
Oriens.
Tropic. Capricorni.
Meridies.
NOVÆ GVINEÆ Forma, & Situs.

太平洋航海を実現したのはスペインで、以後アルバロ・デ・サアベドラがニューギニアに達した（彼はそこをテラ・インコグニタの一部と信じた）ほか、1542年にはルイ・ロペス・デ・ビリャロボスがカロリン諸島を経てフィリピン諸島に到達した。スペイン船はマリアナ諸島にも達し、1563年にはペルーを出港したフアン・フェルナンデスが、今日彼の名を冠せられている2つの島、すなわちマサフエラ島（「より遠く」の意）とマサティエラ島（「陸地（おか）近く」の意）に到達している（この2島はそれぞれ現在のアレグザンダー・セルカーク島およびロビンソン・クルーソー島である）。だがそれでもなお、南大陸（テラ・アウストラリス）は依然として未知（インコグニタ）のままであった。

実は当時、太平洋航海を著しく困難にしていたある事情があった。その詳細についてはひとまず後回しとし、まずは典型的な事例として、ソロモン諸島の発見をめぐる物語を紹介しておこう。ソロモン諸島こそは、南大陸と結びついたもうひとつの伝説の地なのである。もちろん、南大陸が結局のところ実在しなかったのに対し、ソロモン諸島のほうは現実に存在する島嶼（とうしょ）群であり、さあればこそ人の目によって実際に発見することができた。ところがこの島々は、ひとたび発見されたもののその直後に再び失われてしまった。それが、ソロモン諸島を伝説の地たらしめた所以である。

話は1567年、スペイン人の探検家アルバロ・デ・メンダーニャ・デ・ネイラが、太平洋のとある島々に到達したところから始まる。彼はこの島々こそが聖書に登場するオフィルだと確信した。エルサレムのソロモン神殿を飾った黄金の柱は、ここから船で運ばれたのに違いない。だとすれば、周辺の島々にはいまでも財宝が大量に眠っているはずだ。彼はそう信じ、古(いにし)えの王の名をとってその地をソロモン諸島と名付けた[1]。

財宝の存在を示す証拠が何か見つかったわけではないが、とにかくメンダーニャはこの朗報を本土［スペイン植民地だったペルー］に持ち帰り、1595年、ようやくスペイン政府を説き伏せて、第2回航海に出発する許可を得た。この背景には、スペインの誇る無敵艦隊がイングランド海軍に敗れて壊滅し、英蘭仏が太平洋への進出を開始していた事情も働いた。もし本当にそんな財宝の眠る島が太平洋にあるのだとすれば、どこよりも先に到達し、先取権を獲得する必要があったのである。再び太平洋へと船を出したメンダーニャは、この第2回航海でマルケサス諸島を発見するのだが、結局彼がソロモン諸島に再び到達する日が訪れることはなかった（ブーガンヴィルがソロモン諸島を再発見するのは、それから実に150年後のことなのである）。

一旦見つけた島を再び見出すことがなぜそこまで困難なのか。これには当時ならではの事情があった。広大な大洋上の一点にすぎない島に再び到達しようと思えば、正確な座標を知る必要がある。つまり、緯度と経度の両方を知らなくてはならない。このうち緯度については、太陽と星の位置を――専用の航海具を用いて――測定すれば、現在位置のそれを容易に知ることができた（また、緯度がわかれば時刻もわかった）。ところが経度については、これを測定するための手段が――その後ほぼ200年間にわたり――知られていなかった。仮にニューヨークとナポリが同緯度であることがわかっていたとしても、両地点それぞれの経度がわからない限り、この2つの都市の間の距離がいかほどになるかを知ることは不可能である。

セルバンテスが定点(プント・フィホ)［セルバンテス『犬の会話』、『スペイン中世・黄金世紀文学選集5　模範小説集』、牛島信明訳、国書刊行会より］と呼んだこの問題（これはよく誤解されているようにあらかじめ固定された点を探すことではなく、どこであろうと「その点を定める」ことにほかならない）の解決に対しては、16世紀以降まずスペインのフェリペ2世が高額の懸賞金を設定し、それをフェリペ3世が賞金6000ドゥカートおよび終身年金2000ドゥカートにまで増額し、一方オランダ議会は3万フローリンの懸賞金を定めた。

洋上で現在位置の経度を測定するための唯一の方法は、現在位置での時刻と、まさにその瞬間における母港での時刻を比較することである。ある時点において、2地点の間に時刻1時間の差があれば、それは経度にすれば15度に対応する。そのため、この方法を用いれば、母港を基準として自分が経度何度分を移動した地点にいるかがわかるのだ。しかし問題は洋上にありながら母港の時刻を知ることだった。そのためには激しく揺れる船上でも狂わない時計が必要だが、そ

(前頁)《1》ソロモンとオフィルについては本書第2章「ソロモン、シバの女王、オフィル、神殿」の項を参照のこと

ケネルム・ディグビー『共感の舞台』(ニュルンベルク、1660)所収の「共感の粉の適用の各段階」

れが利用できるようになるのは18世紀に入ってからなのである。

そこで、洋上で現在位置の経度を知るための代替手段として、ありとあらゆる可能性が検討された。潮流、月の満ち欠け、羅針盤の針の傾斜、木星の衛星の観察(これはガリレオがオランダに提案したもの)など、様々なアイデアが提出されたが、実用に耐えるものはひとつとしてなかった。

本書は伝説を扱う本なのであるから、ここでもはなはだしく型破りな案を取り上げておこう。17世紀の人々は「共感の粉」とか「武器軟膏」と呼ばれるものの効能を信じていた——武器による負傷者が出た場合、まだ血に塗れているその武器、あるいは傷口から流れる血に浸した布に、この共感の粉をまぶす。すると、血液の原子が共感の粉の原子を付着させたまま空気中に飛び出す。他方、負傷者の傷口から出た血液の原子も、周囲の空気中に飛び出す。こうして、布や武器から出た血液の原子と、傷口から出た血液の原子とが空気中で出会い、ともに傷口へと引き寄せられる。これにより血液の原子に付着していた共感の粉の原子が傷口から体内に入り、その効果で治癒が早まる。その効き目は、負傷者が遠く離れた場所にいる場合でも変わらない(Digby, 1658☆およびDigby, 1660☆を参照)。

仮にこのとき武器にまぶすものを、共感の粉ではなく、非常に刺激性の強い物質にした場合、以上とまったく同じ原理で、負傷者はその瞬間激痛に襲われることになるはずだ。

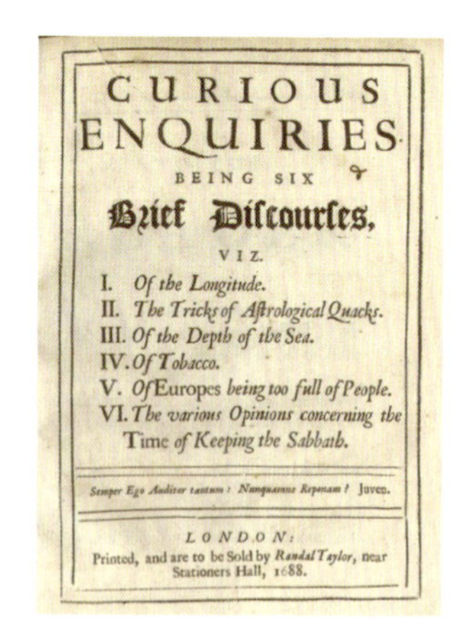

CURIOUS
ENQUIRIES
BEING SIX
Brief Discourses,
VIZ.

I. *Of the Longitude.*
II. *The Tricks of Astrological Quacks.*
III. *Of the Depth of the Sea.*
IV. *Of Tobacco.*
V. *Of* Europes *being too full of People.*
VI. *The various Opinions concerning the* Time *of Keeping the Sabbath.*

Semper Ego Auditor tantum? Nunquamne Reponam? Juven.

LONDON:
Printed, and are to be Sold by *Randal Taylor*, near Stationers Hall, 1688.

というわけで、これで経度の問題も解決である（と考えた者がいたらしいのだ）。まず犬を1匹捕まえてきて重傷を負わせ、外洋に出る船に乗せる。ここで大切なのは傷口が閉じてしまわないようにすることだ。そのうえで毎日、あらかじめ決めておいた時刻に、母港で待機する者が、犬に傷を負わせるのに用いた武器に刺激物質をつける。すると犬は即座に激痛を覚えて吠えるはずだ。これで経度の基準となる母港での現在時刻がわかるから、あとは船上の時刻を調べて引き算してやれば、洋上現在位置の経度が計算できるという寸法である。この方法が実際に用いられたかどうかについては定かでない。匿名著者によるパンフレット『奇妙な研究』（1688）にこの事例が掲載されてはいるが、この冊子はどうやら共感の粉に関する珍説奇説の類いを集めて嘲笑する目的で書かれたものらしい。

結局どの方法も無益だったわけで、経度の測定は、ジョン・ハリソンが海洋時計を発明し、母港の現在時刻を船上で確認することが可能になるまで待つほかはなかった。1735年に最初のモデルを製作した後も、ハリソンはさらに改良を重ねた。1772年にはキャプテン・クックが第2回航海でハリソンの海洋時計を利用している。クックは第1回航海ですでにオース

（左）シドニー・パーキンソン「あるニュージーランド人の肖像」（1770頃）、ロンドン、大英図書館

（右）『奇妙な研究』（1688）、フィラデルフィア・ライブラリー・カンパニー

ジョージ・カーター「ケアラケクア湾におけるキャプテン・クックの死」(1783)、ホノルル、バーニス・パウアヒ・ビショップ博物館

トラリア沿岸に到達していたのだが、英国海軍本部はさらに南大陸の探索をクックに求めたのだった。もちろん第2回航海でもその幻想の大陸を発見するには至らなかったが、その代わりにクックはニューカレドニアとサンドウィッチ諸島を発見し、南極近海を航行し、トンガとイースター島にまで達している。これらの地点の正確な座標を記録することができたのも、ハリソンの海洋時計があったればこそだが、ともあれこのクックの探検をもって、南大陸の神話は終焉を迎えたのである。

探検家にとっての南大陸は、こうして永遠に失われてしまった。だがその神話はユートピア作家たちの想像力に火をつけてもいた。彼らは南大陸で理想の文明が発見される物語を、競うようにして書いたのである。主な作品として、**ドニ・ヴェラス**の『セヴァランブ物語』《2》、**フォワニ**の『南大陸ついに知られる』、レティフ・ド・ラ・ブルトンヌの『飛行人間による南半球の発見』、**セリマン**の『エンリコ・ワントンの未知の南大陸への航海』を挙げておこう。彼らの描く南大陸は完全な創作だったが、それだけこの神話に魅力があった証拠と言えるだろう。ジョゼフ・ホールの『別世界』がそうであったように、ユートピアがしばしばディストピアの姿をとりえ

《2》Denis Vairasse, *The History of the Sevarites or Sevarambi*, London, Brome, 1675（第1巻のみ英語で、続巻は仏語）。冒頭に内容が真実である旨書かれているため多くの読者が現実の旅行記だと思い込み、学術誌『ジュルナル・デ・サヴァン』に書評が掲載されるに至った

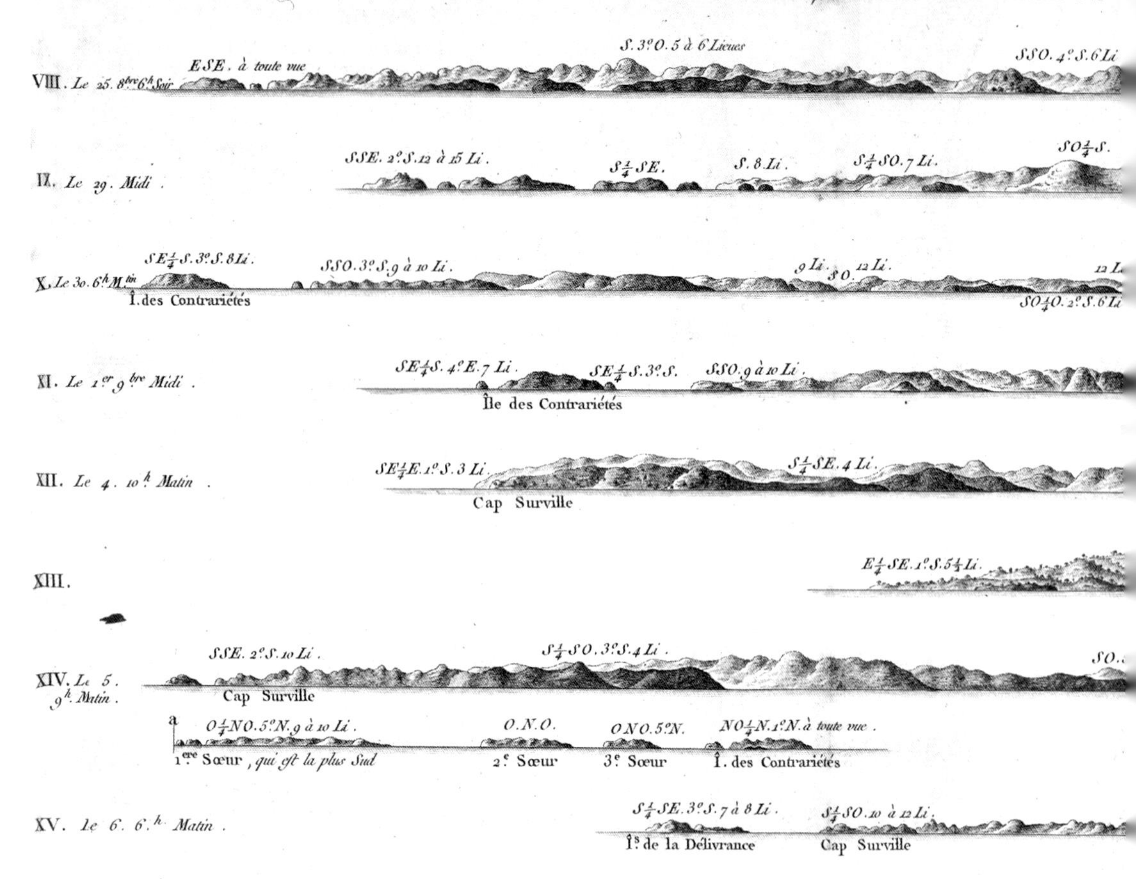

たとしても、である。

どんなに探しても見つからない未踏の地への憧憬は、**グイド・ゴッザーノ**の手で明るく哀しい一篇の詩となった。見つけたと思った刹那に消えていく島を書き記すその詩行からは、詩人の手もとには18世紀の航海術指南書所収の地図があったらしいことが窺われる。虚しい幻のごとく消える島というモチーフは、読む者を再び経度問題が解決される以前の時代に引き戻す。海の只中に現れた島が自分の目指す島かどうかを、当時の人々はどうやって確かめていたのか。頼りにできるものといえば、最初の発見時に描かれたその輪郭の素描だけだ。遠方に島影が見える——その瞬間、（どんな地図にも載っていない）その島をその島たらしめるもの、それは今日の米国の都市がそうであるように、大空を背景に浮かび上がるスカイラインしかない。だがもし、エンパイアステート・ビルと（いまは失われた）ツインタワーを擁する都市がもうひとつあったとしたら。求める島とそっくりな輪郭をもつ島がもうひとつあったとしたら——当時の人々は別の島だと気

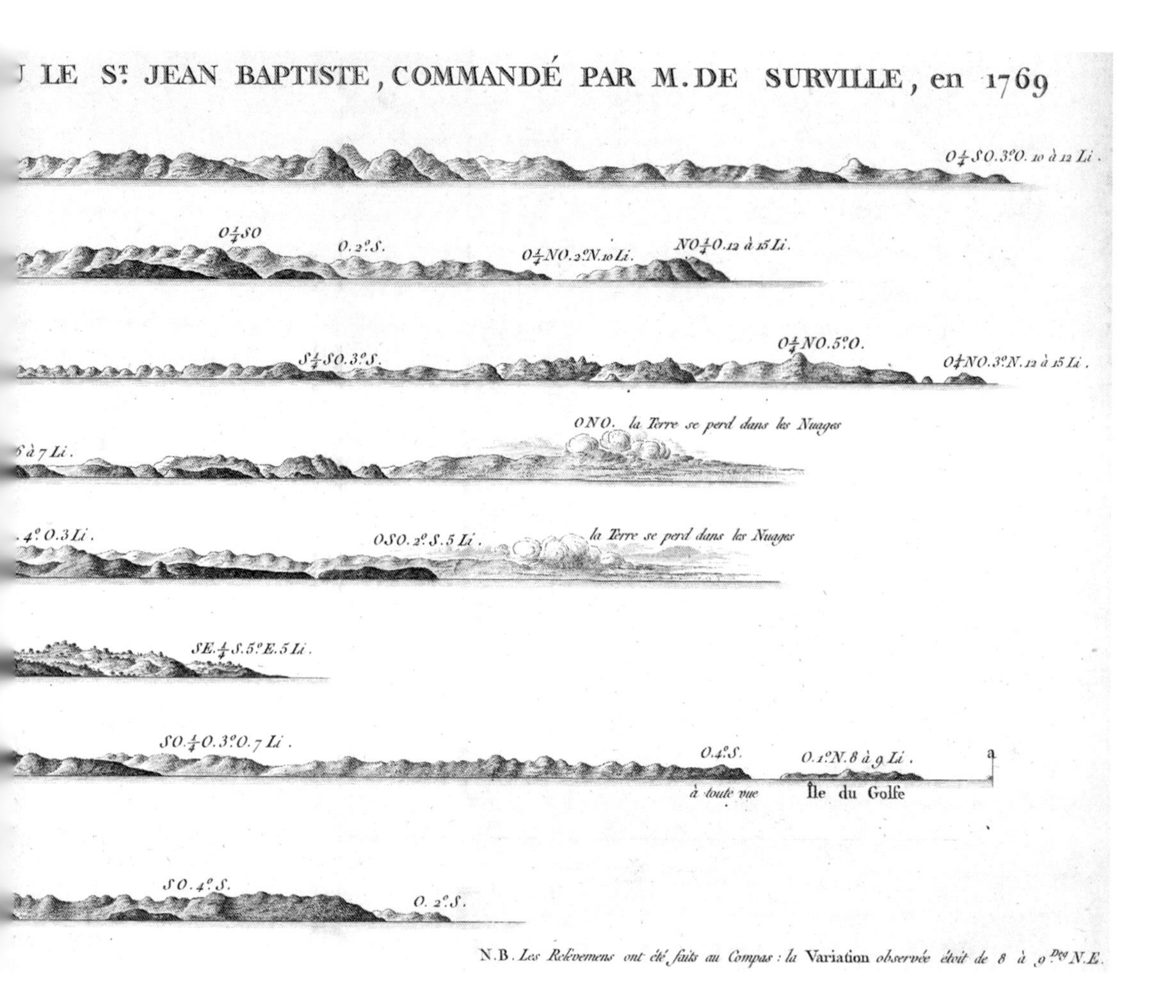

シャルル＝ピエール・クラレ・ド・フルリュー『1768年および1769年におけるニューギニア南東でのフランス人による発見』所収の各島の島影

づかずに喜んで上陸していたに違いない。果たしてこの種のことが何度あっただろう。いまとなっては知る由もない。

そのうえ海に浮かぶ島というものは、空の色や霧や時間帯によっても往々にしてその姿を大きく変える。季節が変われば森の様子ですらまったく違うものになるかもしれない。遠方からは青く見えた島が、夜の闇や霧の中ではその色調を失うかもしれない。雲が低く垂れ込めた日であれば山の輪郭も捉えがたい。島影しか手がかりがないときに、目当ての島を見つけるのは至難の業だ。地図も座標もない状態で大海原のどこかにあるひとつの島を探し出すのは、アボット『フラットランド』の世界に入り込むようなものだ。次元が2つしか存在しないその世界では、物は厚みのない線のように、前から見ることしかできない。つまり高さも奥行きもないのである。物を上から見ることができるのはフラットランドの外部にいる者だけである。

実際、マデイラ島、パルマ島、ゴメラ島、イエロ島の住民はしばしば、雲や蜃気楼に欺かれて、はるか西の海と空の間に〈失われた島〉の姿を垣間見たという［Graf, 1892–1893☆を参照］。

そんなふうにして、あるはずのない島影を水平線上に見てしまうこともあれば、逆に、まったく別の島を目的の島だと思い込んでしまうこともあっただろう。

プリニウス『博物誌』（第2巻96）にも、絶えず漂泊し続ける島々についての言及が見られる。

他方、21世紀の、しかも最も権威ある世界地図上にすら、幻島（ファントムアイランド）はしばしば現れている（もちろん、かつて南大陸があるとされていた海域に、である）。2012年、シドニー大学の研究チームが、複数の地図で南太平洋のニューカレドニアとオーストラリアの間に描かれていたサンディ島が、実際には存在しないことを突き止めた。しかも、ただ目当ての島が見つからなかったというだけでなく、その辺りに島など絶対にありえないことまでわかってしまった。サンディ島が存在するとされてきた座標の周辺海域は、そのときの海洋調査によると水深が1400メートルもあったのだ。同様のことが（19世紀半ばから20世紀初頭にかけて、ツアモツ諸島と仏領ポリネシアの間にあるとされていた）マリア・テレジア島とエルネスト・ルグヴェ島についても報告されているほか、ジュピター島、ワチュセット島、ランギティキ島は存在を証明できた者が誰ひとりいないにもかかわらず、現在でも複数の地図に残っている（例えばワチュセット島は『ナショナルジオグラフィック世界地図』の2005年版でもまだ描かれている）。

プリニウスには思いもよらなかっただろうが、地図もまた常に漂泊の途にあるのだ。

南大陸は存在しなかった。とすると、果たして伝説の地の歴史はここで終わってしまうのだろうか。さにあらず、代わりに南極大陸《3》が見つかった。その全貌はまだ完全に判明しているわけではなく、だからこそミステリー愛好家の目は南極点に開いた穴の伝説に注がれた。地表上では失われてしまった何かを、彼らは地球の内奥に求めたのである。

《3》南極大陸については次章を参照

＊

オロンス・フィネ『全世界に関する最新の記述』(1534) 所収の世界地図、パリ、国立図書館

●南大陸

■ドニ・ヴェラス
『セヴァランブ物語』(Vairasse, 1675☆)

未知の南大陸と普通呼ばれる第3大陸の沿岸沿いに帆走した人は少なくありませんが、わざわざそこを訪れて記述した人はありませんでした。確かにその海岸だけは地図に載っていますが、記載はあまりに不完全で、ひどくおぼろげな知識しか得られません。見た人、いや上陸した人すら少ないので、こうした大陸があることは誰も疑いませんが、大方は自分の意に反してそこへ流れ着いたために、あえて奥まで進んでみる気はなく、薄っぺらな記述しかできなかったのです。

ここで世に問う物語は、この欠陥を充分補ってくれましょう。書きかたは実に飾りけがないので、内容の真実性を疑う人はいるまいと思います。実録としての特徴を全部そなえていることは、読者もすぐおわかりでしょう。それでも、この物語に多大の信用と権威を与えるいくつかの理由をここでお知らせしておくべきだと思います。

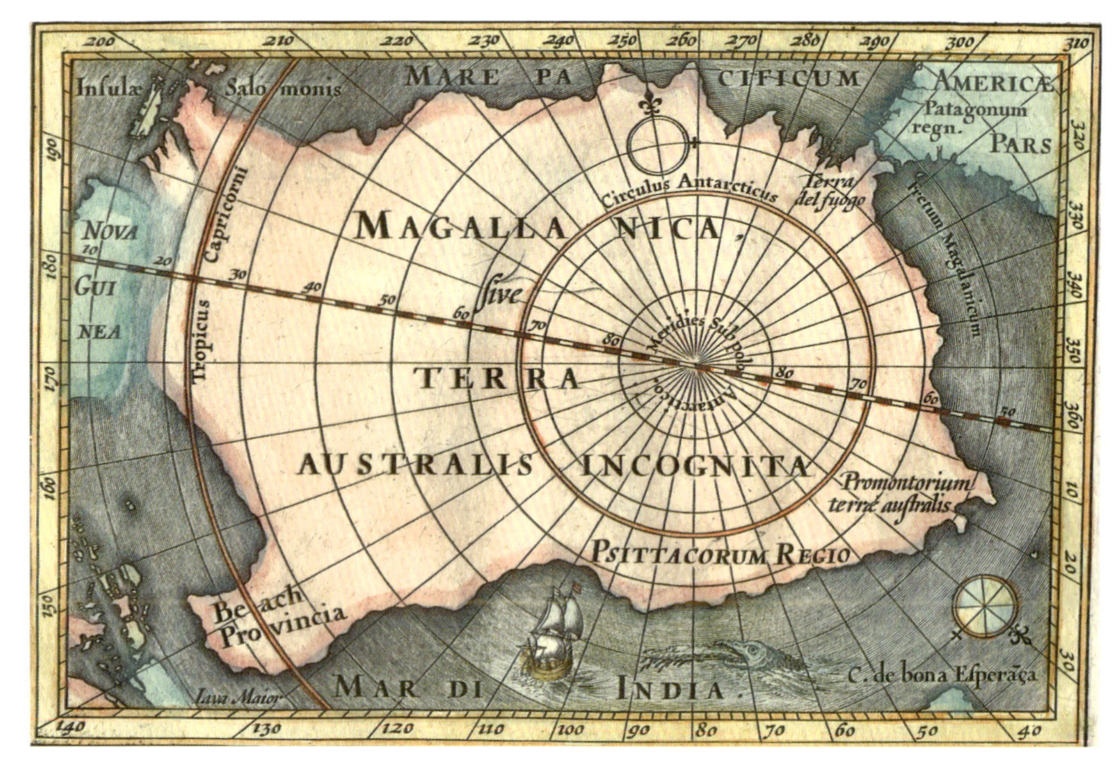

ペトルス・ベルティウス「南大陸の記述」、『地図集』7 巻（1616、アムステルダム）より、歴史地図コレクション、プリンストン大学

◉南大陸人の言語

■ガブリエル・ド・フォワニ
『南大陸ついに知られる』（Foigny, 1676☆）

南大陸人は考えを表現するのに、ヨーロッパでも用いられる 3 つの手段、つまり身振りと声と文字を用いる。とりわけ身振りはよく使われる。彼らが何時間もいっしょにいて、話し合う際に身振りしか使わないのを私は見かけたことがある。「活動するのにわずかなもので足りるなら、さまざまな方法を用いるのは無駄である」という大原則に南大陸人はのっとっているからである。

したがって彼らは、1 つの弁論をまとめたり、いくつもの命題を長くつなぎ合わせたりする必要があるときにしかしゃべらない。南大陸人の言葉はすべて単音節で、活用はみな同一である。たとえば、af は「愛する」を意味するが、その現在形は、la, pa, ma「私は愛する、おまえは愛する、彼は愛する」となり、lla, ppa, mma「私たちは愛する、おまえたちは愛する、彼らは愛する」となる。過去形は私たちが完了形と呼ぶものしかなく、lga, pga, mga「私は愛した、おまえは愛した、など」となり、llga, ppga, mmga「私たちは愛した、など」となる。未来形は、lda, pda, mda「私は愛するだろう、など」となり、llda, ppda, mmda「私たちは愛するだろう、など」となる。南大陸人の言葉で「働く」は uf というが、これは lu, pu, mu「私は働く、おまえは働く、など」、lgu, pgu, mgu「私は働いた、など」となる。

彼らの言葉にはどんな曲用も冠詞もなく、名詞の数もごく少ない。複合されていない事物は、1 つの母音によって表わされる。複合された事物は、その構成要素である主要な単体を意味するいくつかの母音によって表わされる。彼らは5つの単体しか認めていない。もっとも高貴な第1の単体はaによって表わされる「火」である。次はeによって表わされる「空気」、第3はoによって表される「塩」、第4はiと呼ばれる「水」、第5はuと名づけられる「土」である。

個物を区別するためにこれらの母音に、ヨーロッパ言語よりはるかに豊富なさまざまな子音を付け加える。母音により示される物に適合する性質を、その各々の子音が表わしている。こうして、bは「明るい」を意味し、cは「熱い」を、dは「不快な」を、fは「乾いている」を示す、という具合である。南大陸人は物の名称をこのような表現法によって完璧に作り上げているので、それを聞いただけですぐに命名された物の説明と定義とが理解できる。彼らは星をaebと呼ぶが、この語によって、星は火と空気から構成され、明るさを持っていることが説明される。また太陽はaabと名づけられている。鳥はoefというが、この語は鳥が堅牢であること、空気を含んだ乾いた素材からできていることを示している。人間はuelというが、この語は人間の実体が空気と湿った土とからなることを意味している。ほかの言葉も同様である。このような発話法には、初歩の知識を学ぶだけで哲学者になれるし、この国では物の名称を言うだけで同時にその本性を説明できる、という利点がある。この目的のために南大陸人が用いる秘密を知らない人には、これはまるで奇蹟だと思えるだろう。

◉犬頭人の島

■ザッカリア・セリマン

『エンリコ・ワントンの未知の南大陸、猿の国、犬頭人の国への航海』第5章、第7章

(Seriman, 1764☆)

自分たちが何処の国に着いたのか定かではなかったが、嵐に巻き上げられた風の性質からして、我々はこの地こそが南大陸であろうと判断した。これは後に、星の観測によっても確かめられた。ロベルトはヨーロッパ人で南大陸に上陸したものはひとりもいないことをよく知っていたが、この判断に異を唱えることはなかった。実は南極点の高度から彼は自分の結論に確信をもっていたのだが、いつの日かその辺の浜辺に船が上陸してこの砂漠から我々を救い出してくれるという幻想を私から奪ってしまわないために、何も言わずにいたのだった。(……)

我々はそちらに向かった。建物の扉に近づくと、奇怪な形をした灰色の猿が雄と雌1匹ずつ、玄関脇の長椅子に座っているのが見えた。その時の我々の驚いたことといったら！　雌のほうは腰に粗布のスカートを穿き、上半身も同じ素材の上着で覆っていた。のみならず、頭には棕櫚の葉でできた帽子のようなものをかぶっていた。雄のほうは、首から足元まですっぽりと覆う服装で、頭には何も着けていなかった。我々の姿を認めると少し驚いたようで、椅子から立ち上がり、我々のほうを仔細に観察した。深刻な雰囲気にこれは何か大変なことになるのではと思っていると、2匹の獣は突然箍が外れたかのように爆笑し始め、私の繊細な自尊心は少なからず傷つけられた。特に雌のほうがしきりに我々を嘲ったため、ロベルトが低い声で諫めて

くれなかったなら、私は憤慨した態度を露わにしてしまうところだった。ここで自分たちの尊厳を守って抵抗するならば、さらなる恥辱を受けることになるばかりか、命を危険に晒すことにもなろうというのがロベルトの言い分だった。そこで私は自分を抑え、この2匹の卑しい獣に道化扱いされる身分に甘んじて耐えた。ひとしきり嗤い終えると、雌のほうが何か言葉らしき音を発し、それを合図に、あらゆる年齢を含む猿の群れが、家畜の飼育場として使われているらしき中庭の戸口に集まってきた。場は混乱の極みに達した。ある者は我々の姿を見て笑い、ある者は我々の金髪の鬘を自毛と思って丹念に調べ、ある者は我々の衣服の裾を持って何やら自分たちだけで言葉を交わし、といった具合だが、全員に共通するのは、神経の弱い者が新しい物を目にしたときにしか見られない種類の、嘲りと驚きがないまぜになったような反応だった。子供のうちのひとりが手に棒を持ち、その年頃の通常の本能に従って、我々の脚や腕をつつき始めた。その様子はまさに、人間の子供が猿に対してやるのとそっくりだった。

◉未知の島

■グイド・ゴッザーノ（1883–1916）
『最も美しいもの！』

でも何より美しいのは未知の島
スペイン王がいとこのポルトガル王から
署名と封印とゴシック文字のラテン語の
教皇の勅書によって譲り受けたもの

ザッカリア・セリマン『エンリコ・ワントンの未知の南大陸、猿の国、犬頭人の国への航海』（1749、ミラノ）のための挿絵

夢の王国目指して王子は船を出し
イウノニア、ゴルゴ、ヘラの幸福諸島
サルガッソーに暗闇の海を見た
彼の島を探して……でも島はどこにもない

帆に風をはらんだ丸腹のガレオン船も
船首を武装したカラベル船も無駄だった
畏れながら教皇様、島はどこかへ消えました
ポルトガルとスペインが探し続けるあの島は

かの島は実在する。ときどき遠くに垣間見る
テネリフェとパルマの間に、神秘の謎に包まれて
「……未知の島だ！」良きカナリア人が他所者に
テイデの山頂から指差してみせる

海賊の古地図には記されている
……未知の島？……漂泊の島？……
海の上を滑ってゆく魔法の島
ときに船乗りたちは間近に見る……

その至福の海岸に船をつけると
花々の合間に棕櫚の高木がそよぎ
神聖にして豊かな森は芳香を放つ
カルダモンは涙を流し、ゴムの木には樹液が滲む……

香水で気を引くところは娼婦のよう
未知の島……でも船がそこに向かうと
速やかに消え失せる様は幻のよう
そして島は蒼い海の彼方に……

第13章

地球の内部、極地神話、アガルタ

L'INTERNO DELLA TERRA, IL MITO POLARE E AGARTTHA

＊

＊

＊

＊

地球の中心部はどうなっているのか。古来、大地の奥深くには死者の国があるとされてきた。ホメロスやウェルギリウスの冥界（ハデス）しかり、ダンテの地獄篇やこの傑作に先立つ様々な死後世界幻視譚しかり、『昇天の書』をは

（左）ニコロ・デッラバーテ「アウェルヌス湖の中へと降りていくアエネーアス」（16世紀）、モデナ、エステンセ美術館

（右）ティントレット「辺獄に降りるキリスト」（1568）、ヴェネツィア、サン・カッシアーノ教会

ヨアヒム・パティニール「ステュクス川を渡るカロン」(1520–1524頃)、マドリード、プラド美術館

ミニアチュール「天使ガブリエルと地獄へ降りるムハンマド」、『昇天の書』（15世紀、トルコ）、アラビア語写本、パリ、国立図書館

じめムハンマドの地獄行を伝える各種アラビア語テクストしかり、である。

また義人の魂が暮らすエリュシオンの野、ゼウスがティタン神族を封じ込めたタルタロスもまたしかりで、このタルタロスなどは、地表から金敷を投げ込めば9昼夜かかってようやく底に達すると言われるほどだ。他方、地獄が地下ではなく天上にあるとしたのはトバイアス・スウィンデンただひとりであった。彼の『地獄の本性および場所の研究』（Swinden, 1714☆）は地獄が地球の中心に存するなど不可能であり、それはむしろ宇宙で最も高温の部分、すなわち太陽の中心にこそ存するのだと説いている。

カエムワセト（前1184–前1153、ラムセス3世の王子）の墓に描かれた守護神（部分）、テーベ

しかし地下世界は生者をも惹き寄せた。天上世界を探検するのはまず無理だが、地下であれば穴を掘るだけでいい。実際、地下の坑道は太古の昔から存在した。

地球の中心へ、地表を覆う地殻のその下へ、という発想は、古来人類を魅了してきた。人が洞窟、裂け目、地下道に向けるこの執着に母胎回帰願望を読み取る議論まである。誰しも子供

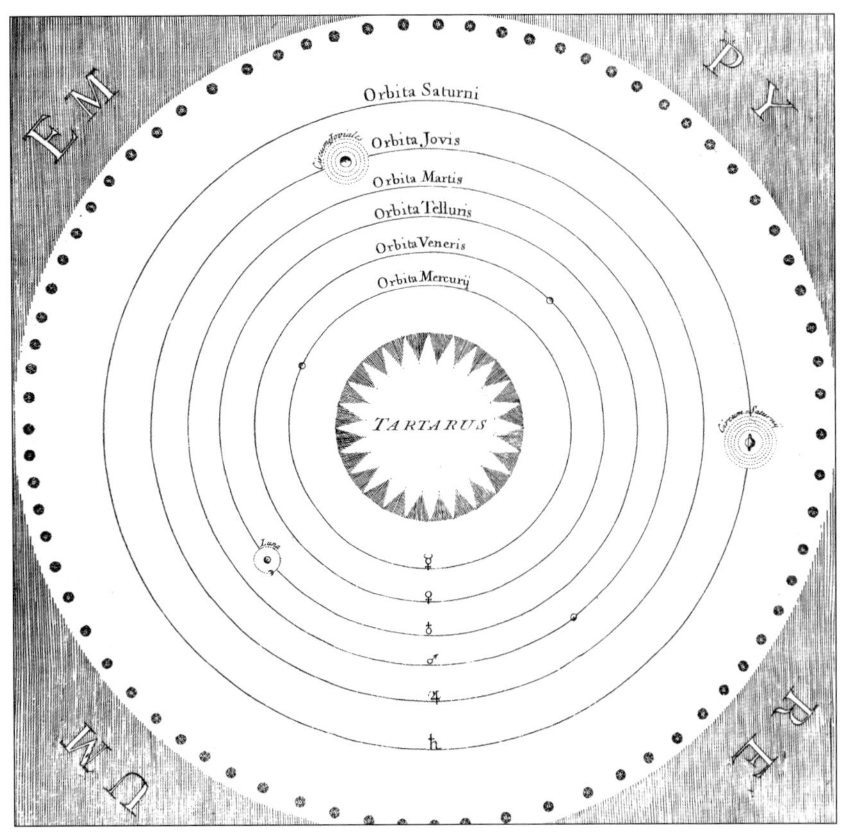

トバイアス・スウィンデン『地獄の本性および場所の研究』(1714)のための挿絵、ロンドン、テイラー

ゲオルギウス・アグリコラ『金属について』(バーゼル、1556)所収の採鉱場の様子

ジョヴァンニ・バッティスタ・ピラネージ「牢獄」（1761頃）、ロサンゼルス郡立美術館

（左）ジャン・ポール・ル・シャノワ監督「レ・ミゼラブル」（1957）より、パリの下水道の素描、パリ、シネマテーク・フランセーズ・コレクション

（右）アゴスティーノ・トファネッリ「聖カリクストゥスの地下墳墓」（1833）、水彩版画、個人コレクション

の頃、夜寝る前に布団を頭からかぶって自分だけの世界をつくり、空想の地底旅行を楽しんだ経験があるはずだ。洞窟の奥には地底の怪物が潜み、地表での抗争に敗れ地下に逃げ延びた太古の種族が隠れ暮らす。地底に眠る莫大な財宝、そこに棲む小人などの地下生物を、人は様々に想像してきた。イエスは馬小屋ではなく洞窟で生まれたとする伝承も多い。芸術家や小説家の想像力は、ピラネージの牢獄や、後のモンテ・クリスト伯が14年間幽閉されるシャトー・ディフの獄房、そしてユーゴー『レ・ミゼラブル』や「ファントマ」シリーズで知られるパリの下水道など、暗黒の場所をいくつも創造してきた。

トーマス・バーネットは『地球の神聖理論』（Burnet, 1681☆）において、

トーマス・バーネット『地球の神聖理論』（1681）のための挿絵

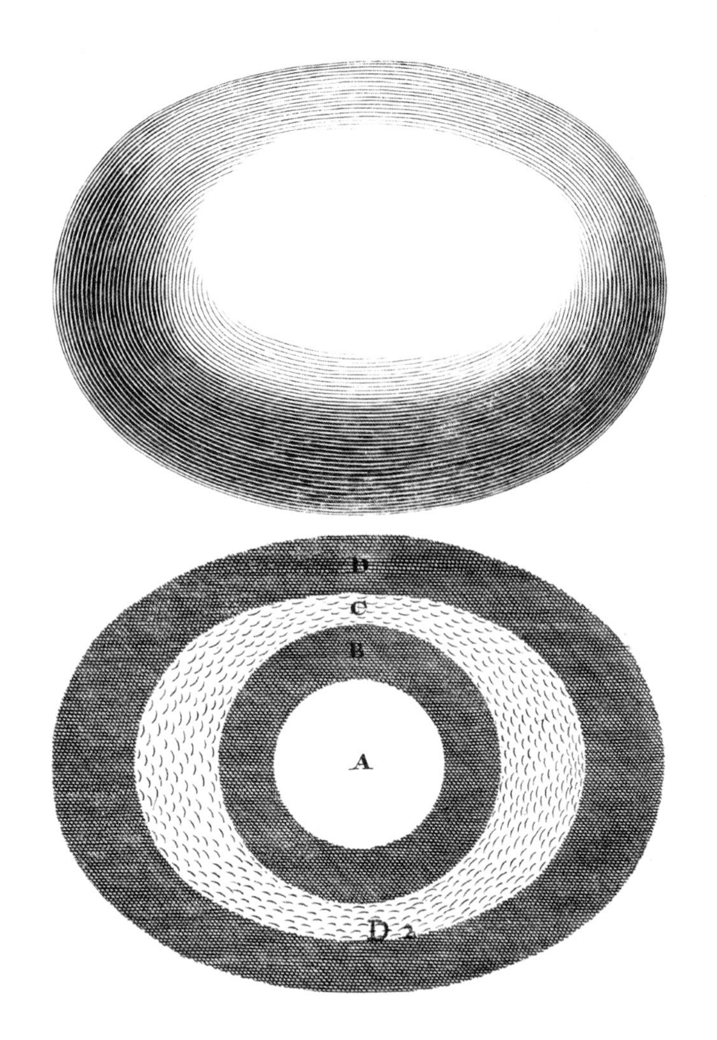

大洪水によって地表全部が水没するには大洋６つから８つ分の量の水が必要だったはずだと計算し、この矛盾に対して次のような説明を編み出した——大洪水以前の地球は薄い地殻で覆われた内部に水が充満しており、その中心には灼熱物質の核があった。また地軸の角度が現在とは異なっていて、それにより常春の気候を享受していた。ところがその後、地殻が割れて内部の水が地表に溢れ出た。これが大洪水であり、この水が引いた後、地球は現在我々が知るような姿となったのである——。

しかし、大地の下に洞窟なり地下道なりの存在を想定する場合でも、地球の内部をまるまる空洞とする説はごく一部のものにすぎなかった。巨大な漏斗型の地獄を想像するダンテですら、その周囲については地球を固い

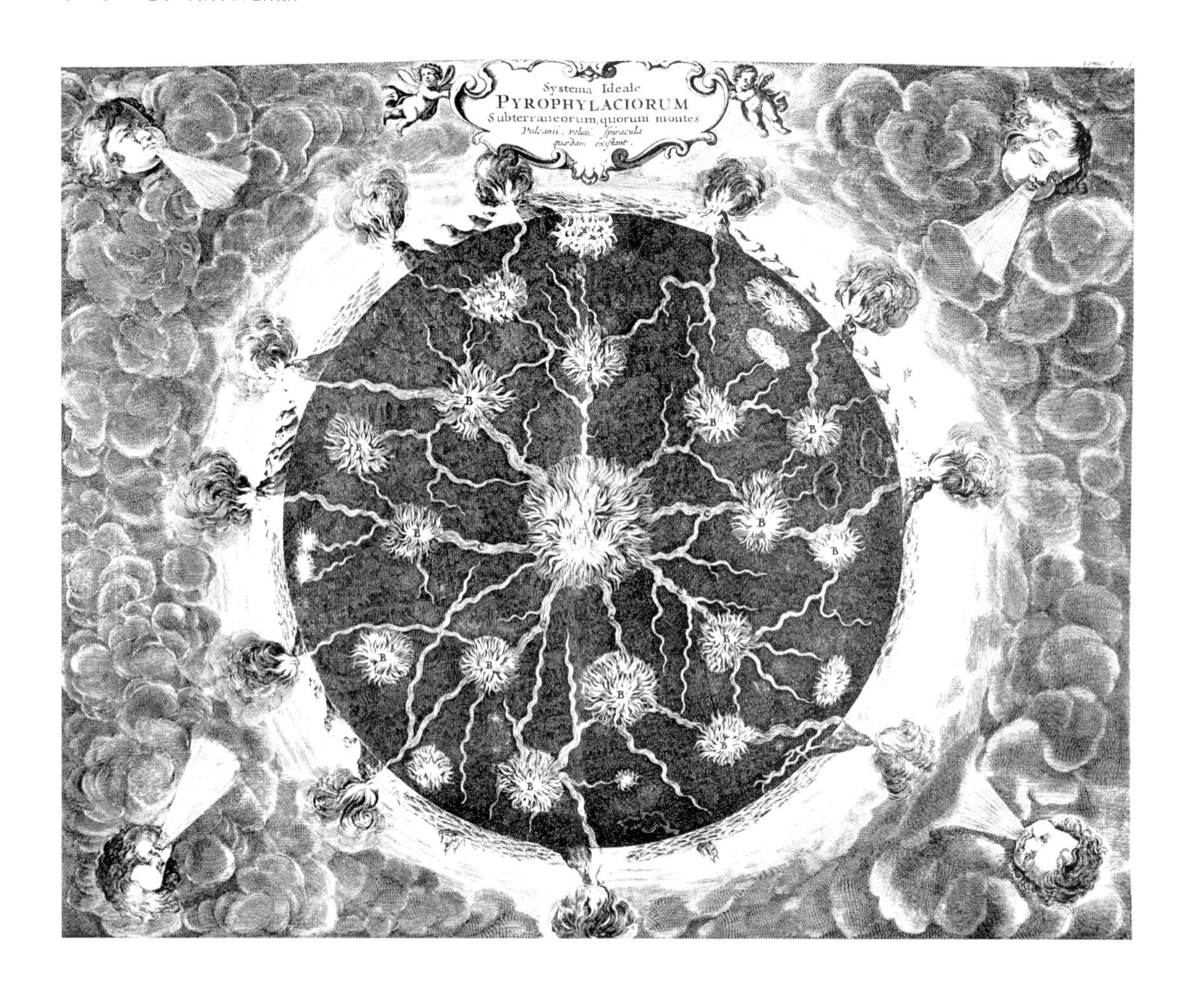

アタナシウス・キルヒャー『地下世界』(1665)のための挿絵

岩盤状であると考えている。つまりダンテの地獄は、球体に円錐状の穴を彫ったものとして表象されているのである。

アタナシウス・キルヒャー『地下世界』(Kircher, 1665☆)もまた、最初期の火山研究の知見に拠りつつ、地球の内部の記述を試みている。キルヒャーが思い描いた地球の中心は、どろどろの熔岩が流動する場所であると同時にドラゴンのごとき生物の棲処でもあり、ここには科学と空想科学が奇妙な形で共存している。

⁂

◉地球空洞説　地球の内部が完全に空洞だという説の初出は、ハレー彗星で知られる科学者のエドモンド・ハレーである。一部に、大数学者レオンハルト・オイラーも同様の説を提唱していたとする見解もあるが、これに

マイケル・ダール「エドモンド・ハレー」(1736)、ロンドン、王立協会

ついてはオイラーのテクストを検討した議論によって疑問の余地なく否定されている。しかしハレーのほうは実際、ロンドン王立協会の機関誌に発表した論文の中で、次のような説を唱えている（Halley, 1692☆）——地球の内部には同心球状に配された3つの中空の層がある。各層の間は地殻で遮られていて互いの連絡はできない。地球の中心にはやはり球状の熱核がある。各層を隔てる球状の地殻はそれぞれ自転しているが、外側へ行くほど回転速度が遅く、この違いが磁極の移動する原因となっている。地球内部の大気は発光性で、内部の大陸には生物が棲む。極地で観測されるオーロラは、地球内部の発光性ガスが極地に開いた穴から排出されて生じる——。

ハレーの説は当時の科学界では相手にされなかったが、ピューリタンの神学者で科学者でもあった——そして何よりニューイングランドの魔女狩りに影響を与えた人物として悪名高い——コットン・マザーが、著書『キリスト教哲学者』（Mather, 1721☆）でこの説を採用している。いずれにせよ、ハレーの説では地球の内部に空洞はあるとされるものの、地表からそこに入っていくのは不可能とされていた。

本書ではフィクションについては扱わないことを原則にしているが、地球空洞説に限っては例外扱いとせざるをえない。というのは、一方ではフィクション作品でハレーの説や——後で紹介する——ジョン・クリーヴス・シムズの説の影響を受けたものがあり、他方では科学を称する理論の中にフィクション作品の影響を受けたものが多く見られるからである。一概にフィクションといっても、暗い洞窟や地下通路で怪物や原始人と遭遇するといった類いのものばかりではない。作品によっては、地表の裏側が青空になっていて、その下に文明が形成されているといった設定のものも見られるのである。

その種の小説作品で最も早い時期のものとして、匿名作家による『北極点から世界の中心を通って南極点に至る旅行記』（1721）が挙げられる。その後に刊行された、シャルル・ド・フィユーの『ラメキス』全8巻（Fieux, 1734☆）には、地底世界に隠遁するエジプト人の賢者、地下神殿、地底怪物が登場している。この伝統の先に、この分野で最も著名な作品と言えるジュール・ヴェルヌの『地底旅行』（Verne, 1864☆）、さらには1945年から1948年にリチャード・シャープ・シェイヴァーが連載をもったSF専門誌『アメイジング・ストーリーズ』が連なる。シェイヴァーの連作では、先史時代より地球内部の空洞で生き延びていた優越人種が登場し、古代種族が遺した不思議な機械を使って地上人を散々苦しめるのだが、連載を読んだ読

マーシャル・B・ガードナー『地球内部への旅』（1920）のための挿絵

エドゥアール・リウーによるジュール・ヴェルヌ『地底旅行』(1864) のための挿絵

者からは編集部宛てに、実際地中から怪しい声が聞こえたとの手紙が何千通も届いたという。

だがハレーの地球空洞説から着想を得た最初期の作品で最も重要なものは、**ルードヴィク・ホルベルク**の小説『ニルス・クリムの地底旅行』(Holberg, 1741☆) である。ホルベルクはスウィフトをも上回る想像力とユーモアで、地下に存在するユートピア社会を描くのだが (その意味でこの作品は道徳、科学、男女平等、宗教、政府、哲学についてのパロディ空想譚でもある)、そこに留まらず、この地球の内部に太陽系がまるまる1個入っているという奇想天外な設定を置いて、その様子を詳しく描写してもいる。

ホルベルクの小説の影響を受けて書かれたもののうち最大の駄作といえばジャコモ・カザノヴァ『イコザメロン』(Casanova, 1788☆) であろう。当時すでに老境にさしかかり、ボヘミアのヴァルトシュタイン伯爵の司書に成り下がっていたヴェネツィア出身のこの山師は、文学者としての名声と経済的な成功を夢見て、この最高にお粗末な小説を書き上げたのであった。しかし実際にはこの作品はなんの反響も得られず、カザノヴァは結局わずかに残っていた財産を印刷費で使い果たしてしまう結果となった。

カザノヴァの小説は、話の筋もそれなりに奇抜な冒険譚ではあるが、この作品で最も注目すべきは、地下世界に辿り着いたエドワードとエリザベ

下降するニルス・クリムを描いたルードヴィク・ホルベルク『ニルス・クリムの地底旅行』（1767年版）のための挿絵

スの兄妹が近親相姦を通じて多くの子をなし、生まれた子同士がまた近親相姦で子を産み……と、地下世界に地上人の王朝をつくり上げていくという設定である。作者の意図としては、エドワードとエリザベスをアダムとエヴァに擬しているわけだ。だがこの作品で見るべきところはせいぜいそのくらいであり、この種の冒険譚において物語の核心をなすはずの、若い兄妹が地球の中心へと降りていく場面、そして再び地上へと戻る場面に関して、カザノヴァは地質天文学的な正当化を試みてさえいないのである。

19世紀の作品としては、悪魔学者として有名な**コラン・ド・プランシー**の作とされる『地球の中心への旅』（Collin de Plancy, 1821☆）、それから（後で

地下世界の生物を描いたルードヴィク・ホルベルク『ニルス・クリムの地底旅行』(1767 年版) のための挿絵

再び取り上げる) **エドワード・ブルワー＝リットン**『来るべき種族』(Bulwer-Lytton, 1871☆) を挙げておく。

20 世紀に移ろう。まずはウィリス・ジョージ・エマーソン『スモーキー・ゴッド』(Emerson, 1908☆)［邦題『地球内部を旅した男』］が挙げられる。これはオラフ・ヤンセンというノルウェー人漁師とその父親が、釣り船で地球内部の大陸に辿り着き、2 年間にわたって地底王国の都市で暮らし、その後、南極点から地表へと戻る物語である。

だが地底世界を舞台とする作品で最もポピュラーなものをひとつ挙げるなら、やはりエドガー・ライス・バロウズが生み出した「ペルシダー」シリー

（左）カール・グスタフ・カールス「フィンガルの洞窟」（19世紀）、ペンと水彩、個人コレクション

（右）アラン・リーによるJ・R・R・トールキン『ホビット』［邦題『ホビットの冒険』］（2003年版）のための挿絵

ズだろう。バロウズはこの連作で、ターザン的なストーリーと、ヴェルヌ的な地底恐竜、先史時代の猛獣、そして知能優秀な地底人種が同居する荒唐無稽な世界をつくりあげた。舞台となる地球内部は、中心に浮かぶ小型の太陽とその周りを公転する小型の惑星のために常に昼のように明るい。第1作の『地球の核で』（Burroughs, 1914☆）［邦題『地底世界ペルシダー』］の後も続刊が何点も出ており、特に2作目のタイトルはずばり『ペルシダー』（Burroughs, 1915☆）［邦題『危機のペルシダー』］である。

ロシアの地質学者ヴラディーミル・アファナーシェヴィチ・オーブルチェフが書いた、先史時代の野獣が多数登場する空洞地球譚『プルトーニア』（Obručev, 1924☆）［『地底世界探検隊』という訳題で抄訳がある］は、おそらくバロウズかヴェルヌの影響を受けたものであろうし、ヴィクター・ルソー『バラモクの眼』（Rousseau, 1920☆）の、直視した者を死に至らしめる地下の太陽という設定はバロウズに連なるものだろう。

空洞地球の神話から着想を得たフィクション作品を全部列挙しようと思ったら紙幅がいくらあっても足るまい。シンシア・ウォードは英語圏のものを約80タイトル挙げているが（Ward, 2008☆）、各国語の作品をコメン

（左）フランク・フラゼッタによるエドガー・ライス・バロウズ『ペルシダー』（1978）のカバー装画

（中）ローレンス・スターン・スティーヴンズによるヴィクター・ルソー『バラモクの眼』のカバー装画

（右）巨大キノコの森を描いたエドゥアール・リウーによるジュール・ヴェルヌ『地底旅行』（1864）のための挿絵

ト付きで列挙したギ・コストとジョゼフ・アルテラックのリストでは、2200を超えるタイトルが挙がっている（Costes, Altairac, 2006☆）。だが実のところ、その多くはフィクション的な想像力の産物というより、むしろ真剣に提唱された学説から着想を得たものなのである。1818年、**J・クリーヴス・シムズ**大尉なる人物が、世界中のありとあらゆる学会、そして米国連邦議会の全議員に宛てて、地球の内部が空洞になっていること、そこには人類が居住可能であることを証明する準備ができているという内容の手紙を送り付けた。曰く――毛髪や骨、植物の茎を見てみれば分かるとおり、自然の万物は内部が空洞なのであって、地球もまた例外ではない。地球の内部は5つの同心球でできており、どの層についても外側と内側の双方に人が居住可能である。南北両極には氷の環で囲まれた円形の穴が口を開けていて、その氷の環を越えた先には温暖な気候が待ち受けている――。

シムズ自身が著作活動に携わることはなかったが、彼はその代わり全米を飛び回って一連の会議を開催した。フィラデルフィアの自然科学アカデミーには現在も、シムズ説を表した木製の地球儀が展示されている。

シムズの理論は出鱈目以外の何物でもなかったにもかかわらず、一笑に付されて終わりというわけにはいかなかった。1812年の対英戦争の英雄だったことが効いたのか、いずれにせよシムズには無数の同調者が現れ、彼の説をもとに多数の論文や記事が書かれた。なおその一部は息子――アメリカス・ヴェスプシアス・シムズ［この名前Americus Vespecius はアメリゴ・ヴェスプッチのラテン語表記と同じである］――の筆になるものである[1]。

シムズの説に着想を得たフィクション作品として、ウィリアム・ブラッドショー『アトヴァタバールの女神』（Bradshaw, 1892☆）、それにジョン・ウーリ・ロイド『エティドルパ』（Lloyd, 1895☆）を挙げておこう。この『エティドルパ』――書名（Etidorhpa）はアプロディテ（Aphrodite）の逆綴り――は、ヴェルヌの『地底旅行』に出てくるのとそっくりの、高々と聳えるキ

《1》ところで一説によると、シムズの妄想のきっかけになったのはエドガー・アラン・ポーの短篇『ハンス・プファールの無類の冒険』（初出1835）だったという。主人公が気球で月へ行く話だが、上空から北極点を見下ろす場面がある

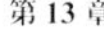

J・オーガスタス・クナップによるジョン・ウーリ・ロイドの小説『エティドルパ』（1897）のための挿絵

ノコの森がやはり地底世界に登場する、とにかく奇態な小説である。この作品は最近再刊されたのだが、そのときのネット広告の惹句を見ると、いかに地球空洞説が現在でも根強く残っているかがよくわかる——「フィクションだって？　とんでもない。無知な者がそう言い募っているだけだ。著者はオカルティズムの真摯な研究者であり、この驚くべき作品で著者は、自ら発見したとんでもない事実を読者に明かそうというのだ。この地球と、その上で、その内部で、その彼方で暮らす存在についての、途方もない事実を！」

シムズとよく似たアイデアを理論化していたのがウィリアム・リードである。彼は『極地の幻影』（Reed, 1906☆）で、実は極点はまだ発見されていないのだ、なぜなら極点なるものは存在しないからだ、と主張した。リードの言い分では、極点があるとされている地点には地球内部の大陸へと通じる巨大な穴が開いているというのである。マーシャル・ガードナー『地球内部への旅』（Gardner, 1913☆）は、地球の内奥には太陽があると主張する。氷河期の地層からマンモスの死骸が完全な保存状態で見つかることがあるが、ガードナーに言わせれば、氷河期から現在までそんな無傷の状態でいられるわけはなく、発見されたマンモスはごく最近死んだばかりのものとしか考えられない。つまり、それは地球の内部に現在も棲息しているマンモスが、たまたま地表に迷い出てきて死んだものだというのである。なおリードもガードナーも、氷山が塩水ではなく淡水の氷でできているのは、氷山が地球内部の大陸から流れ出る川の水が凍ったものであることの証拠だとしている（実際には、氷山が淡水なのは、そもそもそれが氷河に由来するものだからであることが知られている）。

リードとガードナーの説は1964年になって、**レイモンド・バーナード**の『地球空洞説』（Bernard, 1964☆）によって再び取り上げられた。この自称博士の説によると、UFOは地球内部の大陸から飛んでくるのであり、環状星雲は地球内部に空洞世界が存在することの証拠なのだそうだ。バーナードの著書は、それまで何十年間も言われ続けてきたことの焼き直しでしかなかったにもかかわらず大好評をもって迎えられ、今日でもまだ増刷がかかっている。ちなみにこのバーナードだが、南米で地球内部へと通じるトンネルを探索しているときに肺炎で死んだそうだ。

シムズの説は、シーボーン大尉なる人物による小説『シムゾニア』（Seaborn, 1820☆）にも引き継がれた（シーボーン大尉をシムズと同一人物視する説もある）。この作品には、地球の内部を詳細に描いた図も収録されている。

シムズの地球空洞説では、我々（シムズ自身も含む）が地球の外地殻の上、つまり凸面になった地表上に暮らしていることは疑われざる前提であった。ところが、人類は最初から地球の内部に、つまり外地殻の裏側、凹面の地表に暮らしていたのだとする突拍子もない説を唱える者があった。それが、**コレシュ**ことサイラス・リード・ティードである。ティードによれば、我々が天空だと（「無知なコペルニクスによる途方もなくグロテスクな誤謬」とアングロ＝イスラエルの擬似科学のために）思い込まされているものは、実際には地球の内部に充満し、明るく発光する部分をもったガスの塊なのであって、太陽、月、星々は天体ではなく、様々な現象が引き起こす視覚上の錯覚にすぎないのである（Koresh, 1927☆）。後に、ティードは「コレシャン・ユニティ」なるセクトを設立した。ここに集まったコレシュ主義の信徒らはフロリダ沿岸で「レクティリニエイター」なる器具を用いた実験を行い、それによって地球の表面が凹面状であることを実証したと主張するに至った。

カスパー・ダーヴィト・フリードリヒ「リューゲン島の白亜の断崖」(1818)、ヴィンタートゥール、スイス、オスカー・ラインハルト・コレクション

ディ・キャンプとレイが指摘するように（De Camp, Ley, 1952☆）、虫食いのリンゴさながら至るところ穴だらけの地球という想定も、空洞地球の概念も、とても科学的な批判に堪えるような説ではない。現実問題として、地表から数キロも地下に潜れば、その辺りの岩石は熱と圧力のために可塑性を有するのであって、そんなところに少しでも空隙があれば、樹脂の塊に穴を開けたときのように、圧力で即座に押しつぶされてしまうはずなのだ。またアイザック・ニュートンがすでに指摘していることだが、中空の球体の内部では全方向に対して等しい引力が働くため、水、陸地や岩石、そして人間と、あらゆる物体が無重力のなかで空中に浮き上がり、無茶苦茶なカオス状態を引き起こすことになるのに加え、他方で遠心力と潮汐力の働きによって地殻が破壊され、球体の形状をとり続けること自体が不可能なのである。

しかし、傍から見れば支離滅裂な説に、にもかかわらず狂信的に執着している人々の場合、その説の破綻がどれだけ明らかなものであったとしても、当人たちはその程度のことでは絶対に考えを変えようとはしないものである。それは、奇蹟を乞うて祈る信仰者にとって、実際に奇蹟が起こらなかったという事実が信仰を捨てる理由にならないのとまったく同様である。

例えば、ティードは多くの信者を獲得した後、1908年に死んだのだが、生前、自分の遺体は腐朽することがないと主張していた。結局、ティードの遺体はしばらくそのまま保管され、処理せざるをえないのが明白な状態になって初めて埋葬されることとなったのだが、そんなことがあったにもかかわらず、1967年になってもまだコレシュ州立公園（現在のコレシュ州立史跡）がつくられたりしているのである。

ドイツでは第1次世界大戦後、ペーター・ベンダーとカール・ノイパートにより地球空洞説（ホールヴェルトレーレ）が紹介され、オカルト的雰囲気がすでに蔓延していた政権上層部の歓心を買いたい海軍および空軍の高官らに、この理論は熱心

に受けいれられた。ベンダーについての情報は錯綜しており、ノイパートと同一人物だったとする説もある[2]。

しかしグドリック＝クラーク（Goodrick-Clarke, 1985☆）、レイ（Ley, 1956☆）、ガードナー（Gardner, 1957☆）によると、ベンダーは——最初ティードの説に、その後マーシャル・ガードナーの説に影響を受けて——垂直発射式ロケットの建造を試みている。もし地表が凹面ならば、地面から真上に発射されたロケットは地球の反対側の地表に着弾するはずであり、それを確かめようというのである。しかしロケットは発射地点から数百メートル離れた地点に落下し、実験は失敗に終わった。またベンダーはドイツ海軍に、（バルト海の）リューゲン島に遠征して強力な望遠鏡を一定の角度で空に向けて設置するよう提案している。地表凹面説が正しいならば、これにより赤外線で英国艦隊の位置を捕捉できるはずだというのだ[3]。このリューゲン島にはどうやらドイツ・ロマン主義の感性に訴えるものがあったようで、1801年の夏にこの島を訪れたカスパー・ダーヴィド・フリードリヒもまた、その自然の美しさ、特に白い岸壁に心奪われている。結果、フリードリヒは何点もの美しい風景画を残すことができたが、ドイツ海軍には何ひとつ得るものがなかった。どうやらナチスは時間の無駄遣いをさせられたことに憤慨したらしく、ベンダーは強制収容所に送られ、結局そこで死ぬこととなった。

これに較べれば、ノイパートのほうはまだ堅実だった。1949年に没するまで多数の著作を刊行し、専門誌『ゲオコスモス』の発行は彼の没後も協力者であったラングが引き継ぎ、1960年まで継続された。

ノイパートの説も、やはり地球は内部が空洞で、人類はその内側の凹面上に暮らしており、その頭上を太陽、月、そして「幻の宇宙」——我々が星だと思っている小さな輝点を表面に散りばめた濃紺色の球体——が動いているというものだった。光が直線的に進むと思い込んだのがコペルニクスの誤謬で、実際には光は屈曲して進むのだという。

ポウェルスとベルジエの説では、V–2の発射実験が失敗続きだったのは、地表が凸面ではなく凹面であることを前提に弾道計算を行ったからだという。もしこの想像力豊かな2人の著者の言うことが事実なら、妄想の天文学にも歴史を動かす力があったことにもなろうか。本当にそうならまさに神の配剤である。

《2》ポウェルスとベルジエはベンダーには言及しているが、ノイパートの名前は挙げていない（Pauwels, Bergier, 1960☆）［ルイ・ポーウェル、ジャック・ベルジェ『神秘学大全』（抄訳）、伊東守男編訳、学研M文庫］。ガッリはロベルト・フォンディ（Fondi, s.d.☆）によるものとしてこの説に言及している（Galli, 1989☆）

《3》この件はカイパーが詳査確認しているが（Kuiper, 1946☆）、ベンダーには触れていない

ナチス周辺できわめて真面目に扱われていたフィクション作品としては、ブルワー＝リットン『来るべき種族』も重要である。この作品では、地底世界にアトランティスの滅亡を生き延びた人々がつくる巨大な共同体が存在しており、彼らは「ヴリル」と呼ばれる一種の宇宙エネルギーにより驚異の能力を有している。ブルワー＝リットンは（彼の小説『ポール・クリフォード』の書き出し「暗い嵐の夜だった」は、「スヌーピー」でパロディとして用いられたことでよく知られるようになった［チャールズ・M・シュルツ『スヌーピー＆暗い嵐の夜だった』、谷川俊太郎訳、太田出版］）、おそらく最初の意図としてはSFを書こうとしていたのだろう。しかし英国のオカルティスト結社〈黄金の夜明け（ゴールデン・ドーン）〉の一員だった関係から、ブルワー＝リットンの影響はドイツのオカルティスト方面にも及び、ナチズム擡頭の10年前にヴリル協会ないし「光の兄弟のロッジ」が結成された。ヴリル協会には、先にトゥーレ協会の設立者として触れたルドルフ・フォン・ゼボッテンドルフも関わっていた。ここに集まった会員たちは、ブルワー＝リットンが描く驚異の力と美を備えた〈来るべき種族〉が地球の奥底から再び地上に現れる日を待ち望んだのである。

比較的近年に至ってから地球空洞説を再び取り上げたものとして、数学者モスタファ・アブデルカデルの論文が挙げられる（Abdelkader, 1983☆）。彼はきわめて複雑な計算を駆使して、凹面世界の幾何学と太陽の日周運動の両立可能性を模索しているのだが、結論としては、光線が直線上を進むという前提をはずして光線は曲線を描いて進むと仮定してやれば、後は球体外部の任意の点をそれぞれ球体内部の1点へと写像する特別な数学的操作を施すだけで、コペルニクス的な外宇宙をまるごと地球内部のジオコスモスへと投射することが可能になるという。

この議論は地球中心説に新たな形を与えただけだとする意見も出ているが、アブデルカデルの提案が専門家の間に惹起した議論と論争に深入りするのはやめておこう。もし我々が暮らしているのが空洞地球の内部で、その中心に太陽があるのだとしたら、地球の外部に無限の宇宙は存在しないことになるわけで、だとすれば地球が内部の太陽の周りを回っているのかその逆なのかは、基準とすべきパラメータが存在しない以上、考えること自体が無意味になるからだ。あるいはアブデルカデル自身の言葉を借りるなら、「外宇宙はすべて空洞地球の内部に閉じ込められ」、「銀河やクエーサーなど、数十億光年の彼方にある天体は微視的なサイズにまで縮小される」のである。

さらに、アブデルカデルによると、空洞地球の内部でも、凸面の地表上で得られるのとまったく同じ観測結果を得ることができる。「あらゆる天体の形状、方角、距離についての観測と推定は、観測者が地球の外部にいようと内部にいようと同じ結果を与える」のであり、したがって経験的な観測に基づいて凹面地表説を斥けることはできないのだ[4]。

幸いなことに、アブデルカデル曰く、この結論を導く諸仮定は、数学的には可能だが、物理学的には不可能とのことだ。つまりアブデルカデルの論文は、地表を凸面と考えた場合の観測結果が凹面地表を仮定した場合でも利用できるという既存の議論に対し、一定の仮定のもとでならその主張が成り立つことを証明してみせるという、一種の理論的エクササイズだったわけだ。だからこの結果は地球の地殻上での我々の暮らしにはなんの影響も与えないのであって、天文学者からも、仮にこの議論を認めたとしても、それで今後の宇宙研究のあり方に何か変化が生じるなどということはありえないと指摘されている。

《4》北極から真下にトンネルを掘っていき、地球の中心を通って1万2742キロメートルほど進んだところで南極点に到達して再び地表に顔を出すことができたならば、コペルニクス説の正しさが証明されたことになるはずだと思われるかもしれないが、そう簡単にはいかない。仮に我々が地球内部の地殻の上で暮らしているとすると、真下に向かって穴を掘り進めるに従って我々の体は大きくなっていく。地表から無限遠まで離れたところで我々の体も無限の大きさに達するが、さらに進もうとすると今度は体が縮小し始め、最終的には最初に穴を掘り始めた地点とは点対称の位置に当たる位置から再び地表に戻ることになるのである

***

◉極北神話　ナチス・ドイツに蔓延していた様々なオカルト妄想の中でも最大の信用を勝ち得ていたのが、第7章でも触れた極北神話である。この「極北」モデルには、西洋文明の起源は極北にあり、と言うに留まらず、西洋文明は極北に回帰すべし、との主張も含まれていた。しかし北極圏といえば極寒の地である。この指摘に対し、極北信者たちは次のように答えるのである――北極点には巨大な穴が開いていて、そこを通って地球の内部に入れば、温暖な気候と豊かな植生をもった新大陸が見つかるであろう。

この発想自体はそれほど新しいものではない。メルカトルの地図（16世紀）でも、北極は巨大な空洞になっていて、周囲の海の水がそこから地球内部へと流れ落ちていく様子が描かれている。極北地域についてのこうしたイメージは、中世の事典類における記述に遡るもので、それらによると、北極の中心には周長が33レウカの山が聳え（この山はメルカトルの地図にも描かれている）、大洋の海水が怒濤のごとく流れ込む大渦巻があるとされる。

ゲラルドゥス・メルカトル『北極地方の記述』(1595、デュースブルク) 所収の北極圏の地図

17世紀のアタナシウス・キルヒャー『地下世界』は、海の水はベーリング海峡を通過して北極の渦の中へと流れ込み、「未知の窪みと曲がりくねった水路」［ゴドウィン『北極の神秘主義』、松田和也訳、工作舎より］を通って地球の内部を進み、南極から再び地表に流れ出していると（わかりやすい銅版画を付して）説明している。要するに、人体を血液が循環するのと同様に、地球の表面と内部で海水の循環が起こっているという発想である。人体における血液循環をウィリアム・ハーヴィが発見したのは、キルヒャーがこの本を書く40年前のことだった。

20世紀に入ると、「極地の穴」説に対抗して、北極に未知の大陸があるとする説が登場した。1904年、米国沿岸測地測量局のハリス博士という人物が、1本の論文を発表し、次のように主張したのである──グリーンランド北東の北極海域に未発見の大陸がある。これはエスキモーの伝承で北方に存在するとされてきた巨大な陸塊のことである（しかしエスキモーの伝説を科学的な議論の根拠としていいのだろうか）。アラスカ北方における潮流の異常は、この塊の存在によってのみ説明しうる──。

「イグルー」(19 世紀半ば)、トロント、オンタリオ王立博物館

その後、現代的な極地探検が行われるようになったものの、「穴」の存在についても、未知の陸塊の存在についても、それを支持するような証拠は見つかっていない。その一方で、広く知られるようになったのがバード少将の伝説である。

リチャード・バードは米国の偉大な極地探検家であった。1926 年に航空機による北極点到達を成し遂げ（ただしその真偽については異論もある）、1929 年には南極点上空飛行に成功、1946 年から 1956 年には重要な南極調査計画の指揮を執り、米国政府から名誉勲章を授与されている。だが一方で彼は様々な伝説の主役でもあった。バードが書いたとされる日記に、北極点の先に緑の大地と沃野を見つけたとの内容が劇的な調子で綴られていることが判明し、これは古来の極北伝説の正しさを証明するものではないかと騒がれたのである。ただ話はそれだけに留まらず、日記には北極点に巨大な穴が開いているとか、その内部に未知の種族が棲んでいるとか、空飛ぶ円盤はその地の底から飛んでくるのだといったことまで書かれていた。さらに、この事実が誰にも知られていないのは、米国政府が軍事上の安全保障に関わる諸理由から、この件に関する情報を厳しく統制しているからにほかならないとまで主張しているのである。

バードが1947年に南極探検についてのラジオ放送で「極点の彼方の地域は、大いなる未知の中心なのだ」と発言し、また別の探検旅行から帰還した際には「今回の遠征では新たに広大な土地を発見した」と語っていること、それ自体は紛れもない事実である。しかしこれらの発言には十分合理的な解釈が可能である。用いられた言葉は「極点の彼方（beyond the pole)」であり、これは普通に考えれば「極点を越えた」とか「極点の先の」という意味だろう。もちろん――ごくごく好意的に解釈するならば――「極点の内部の」と読めないこともない（かもしれない)。いずれにせよ、自分たちにとって最も都合の良い解釈をとるというのは妄想家たちの常套手段である。しまいにはバードの随行員らが極点の彼方で目撃したとする怪獣について妄想をこねくり回す者まで出てくる始末である。

バード伝説が広まる契機となったのはフランシス・アマデオ・ジャンニーニ『極点の彼方の世界』(Giannini, 1959☆) だったようだ。このジャンニーニは妄想癖のある人物で、長年にわたって地球空洞説などよりはるかに突飛な自説を提唱していた。その説によると、この大地は球体ではなく、極点の彼方はさらに延々と宇宙空間まで大地が続いている。そして我々が知る大地はそのごく一部にすぎないというのである。いずれにせよ、1947年にバードが極点の彼方に何かを発見したという知らせは、ジャンニーニにとって実に歓迎すべきニュースだったわけだ。

前出の**バーナード**も、バードの言葉尻をとらえて妄想を逞しくしたひとりである。だが本書の読者におかれては、やはり**バード**が記したとされる日記を直接堪能していただくのがよいだろう。

この日記の真贋をめぐっては、全貌を把握しがたいほど大量の本や記事が書かれている。またインターネットを見てみれば、真作説をとっているサイトのほとんどは地球空洞説の支持者が運営するものであるのに対し、公式の経歴（ブリタニカ百科事典などを参照）はこの日記に触れてもいない。もちろん信者からすれば、公式の記録にこの日記についての記述がないのは、当局がこの発見を隠蔽しているからにほかならない。また、1947

（次頁）ウィリアム・ブラッドフォード「北極の氷山」(1882)、個人コレクション

リチャード・E・バード少将、シガレットカードの装画、アレンツ・コレクション、ニューヨーク公共図書館

年の南極探検についても、この事実自体を否定するテクストがある一方、やはり1947年にバードは南極にいたと指摘するテクストもある。では信者はどう考えているかといえば、南極にいることになっていたその日、彼は――もちろん極秘で――北極での任務についていたというのである。

最大限慎重な態度で臨むなら、この日記はヒトラーやムッソリーニの偽造日記と同じく偽書として扱うべきであろう。だが、バード自身が私的な楽しみのために空想を働かせて書いた可能性は否定できない。また彼があるフリーメイソンのロッジの一員であったことや、それゆえ（おそらくは）オカルティズムにある程度の関心があったであろうことも忘れるべきではない。加えて、1926年の最初の極地探検に関してデータ改竄で告発されていることを踏まえ、その後の探検に際しても同様の操作があったと考えてもおかしくはないとの指摘も出されている。

この問題に関しては、現在のところ噂ばかりが先行し、実在する文書史料に基づく情報の検討がなおざりになっているきらいがある。しかしバードは米国政府が認める英雄であり、間違いなく勇敢な探検家であった。その名声に惹き寄せられて、妄想に囚われた信者たちが勝手に神話をつくりあげた可能性はある。結局のところ、バード伝説における極北の地は、いまや聖ブレンダンの島やピーター・パンのネヴァーランドと似たようなものでしかない。なにしろ現代では極地に関する地理的知識がすでに十分蓄積されており、想像力を働かせる余地はもはや存在しないからである。

⁂

◉アガルタとシャンバラ　しかし地下世界を夢想するのに、地球は空洞だとか、我々は地球の裏側に暮らしているのだとか、そこまで極端なことを言う必要はない。この地面の下には巨大な地下都市がいまも存在しているのだと考えるだけでも、十分想像は広がる。実際どの時代にも地下都市は存在していた。クセノポンの『アナバシス』を繙けば、アナトリアには地面の下を掘って、そこに家族、家畜、その他の生活必需品を収容できる広さの家を作って暮らす民族がいるとの記述が見られる。カッパドキアに観光に行けば、現在でもデリンクユ遺跡（の少なくとも一部）に実際に入ることができる。これは地面の下を繰り抜いてつくった巨大な集住施設で、カッパドキアには他にも2層3層になった地下都市が数多くあるが、デリンクユの場合は11層もあり、しかもその多くは現在もまだ発掘作業が終わっていない。深さにして約85メートルにも及ぶと見積もられるこの遺跡には他の地下都市との間に何マイルもの長いトンネルが渡してあり、3000人から5万人を収容できたという。このデリンクユは、初期のキリスト教徒が、宗教的迫害やイスラーム教徒の襲撃から逃れて身を隠すための場所でもあったらしい。

19世紀の空想作家らがこの種の実在した地下都市の知識に基づいて創りだしたのが、ほかならぬアガルタの都の伝説である。

アガルタ伝説の直接の典拠とされるのは東方の伝承であったりインドの聖人の言葉であったりするのだが、一方でこの神話にはヒュペルボレアやレムリア、アトランティスなどの先行するオカルティズムに拠るところも大きい。いずれにせよ、アガルタ——テクストによってアガルティ、アガルディ、アスガルタとも——とは、地底にひろがる広大な土地の上に、複数の都市が相互に連結されてできた真正なる王国であり、人智を超える知識を蓄積した世界であり、これを統治するのが至高の権力を有する〈世界の王〉で、世界中のあらゆる事件の裏にはこの王の力が働いていると言われる。アガルタはアジアの地下に広がっているとされるが、ヒマラヤの真下とする説もある。さらに、この王国へ通じる秘密の入口は、例えば赤道直下のクエバ・デ・ロス・タジョス、ゴビ砂漠、コルキスのシビュラの洞窟、ナポリ近郊のクマエのシビュラの洞窟のほか、ケンタッキー、マト・グロッソ、北極および南極、クフ王のピラミッドの近く、さらにはオーストラリアのエアーズ・ロック近辺と、至る所にあるらしい。

アガルタという言葉の初出は**ルイ・ジャコリオ**の作品に求められる。このジャコリオはなかなか個性的な作家で、ヴェルヌやサルガーリに連なる冒険譚をいくつか書いているほか、とりわけ彼を有名にしたのがインド文明に関する多数の著書だった。『世界の心霊論』(Jacolliot, 1875☆)では西洋オカルティズムの起源をインドに求めている。もっとも、それはさほど困難な作業ではなかった。というのも、当時のオカルティズムでは――実在の文献にあたるか典拠を捏造するかはともかくとして――東方神話に依拠するのが常道だったからである。ジャコリオは『アグルシャダ・パリクシェ』*Agrouchada-Parikchai* なる、専門家にも知られていないサンスクリット語のテクストを参照しているのだが、これはジャコリオ自身が、ウパニシャッドその他の聖典のテクストを流用し、そこに西方のフリーメイソンの要素をまぶして捏造した偽書であった。またサンスクリット語の書かれた粘土板(ただし存在自体が疑われている)に、インド洋に呑み込まれたルータスなる土地についての記述があったというのだが、後の著書では実はインド洋ではなく太平洋だったと修正し、かつルータスとはアトランティスのことだと強弁する始末である。誰もが、アトランティスは大西洋(アトランティック・オーシャン)にあったはずでは――という疑問を抱くだろうが、すでに見たように、アトランティスの所在地は世界中ありとあらゆるところに求められてきたのだから、これもそう珍しいことではない。さて、肝心のアガルタだが、これは『神の子』(Jacolliot, 1873☆)の中で、インド亜大陸の地下に広がるバラモンの都「アスガルタ」として登場している。

実際問題として、ジャコリオの話は――とにかくなんでも頭から信じてしまうブラヴァツキー夫人を除けば――ほとんど誰からも相手にされなかった。しかしごく一部にきわめて強い影響を受けた者もあり、そのひとりが『ヨーロッパにおけるインドの使命』(Saint-Yves d'Alveydre, 1886☆)を書いた**アレクサンドル・サン゠ティーヴ・ダルヴェードル**侯爵であった。1877年、サン゠ティーヴは、様々なオカルト系サークルと交流のあったマリー゠ヴィクトワール・ド・リズニッチ゠ケレル伯爵夫人と結婚する。出会ったとき、サン゠ティーヴのほうはまだ30代だったが、伯爵夫人は50歳を越えていた。若い夫に爵位を与えるため、伯爵夫人は某ダルヴェードル侯爵領の土地を買い取った。収入の心配がなくなったサン゠ティーヴは長年の夢に打ち込むようになった。その夢とは、いまよりもずっと調和的な社会、つまりアナーキーとは正反対のシナーキーを実現するための政治的な道筋を見つけることだった。サン＝ティーヴのいうシナーキーとは、経済界、法曹界、精神界（つまり教会と科学者）の3つの権力を代表する3つの議会が統治するひとつのヨーロッパ社会のことである。啓蒙された人々によるこの寡頭制によって、右派と左派、イエズス会とフリーメイソン、資本家と労働者はすべて統一され、そうして階級闘争は消滅するというのがサン＝ティーヴのアイデアだった。

この構想はアクシオン・フランセーズのような極右集団の関心を惹き、その結果、左派からはヴィシー政権はシナーキーの陰謀だと見られることになった。しかし他方で、右派からもシナーキーはユダヤ＝レーニン主義の陰謀を表現したものだという指摘が現れ、さらに第3共和政の転覆を狙うイエズス会の陰謀だとか、ナチスの陰謀だ、フリーメイソンの陰謀だ、いややはりユダヤの陰謀だと、諸説乱立する始末となった。

いずれにせよ、左派も右派も、何か世界規模の陰謀を企てている秘密結社があるらしいという見解では一致していたわけだ。

1895年に妻が死ぬと、サン＝ティーヴは最後の仕事『アルケオメートル』（Saint-Yves d'Alveydre, 1911☆）にとりかかった。アルケオメートルとは複数の同心円を組み合わせた道具で、各同心円にはそれぞれ別種の記号——黄道十二宮や惑星を表す記号、色、音符、さらにヘブライ語、シリア語、アラビア語、アラム語、サンスクリット語、謎のヴァッタン語、印欧語の原言語のそれぞれを表す神聖文字——が書かれており、各同心円をそれぞれ別々に回転させることで、膨大な数の記号の組み合わせを生み出すことができた。

閑話休題。そろそろアガルタの話に戻らねばなるまい。サン＝ティーヴは『インドの使命』を書くにあたり、ハジ・シャリフなる謎のアフガン人の訪問を受けたと言っている。しかしハジ・シャリフは明らかにアルバニア系の名前だから、アフガン人というのはありえないだろう（それに唯一現存する写真では、バルカン・オペレッタの衣装を着ているのである）。しかしいずれにせよ、この男がサン＝ティーヴにアガルタ、すなわち「発見できないもの」）の秘密を明かしたのだという。

着想の元と見られるジャコリオの場合と同様、サン＝ティーヴのアガルタも複数の地下都市から成る国であり、これを治めるのが5000人の

L'ARCHÉOMÈTRE
Rapporteur synthétique des Hautes Études
Planche I
Copyright
Breveté déposé
Reproduction interdite
Les III lettres de construction : A, s, Th.
Adamique
Nombres
Français
Syriaque
Assyrien
Samaritain
Kaldéen
Soulbha
Arabe

アレクサンドル・サン＝ティーヴ・ダルヴェードルの「アルケオメートル」(1903)

賢者（パンディット）である。アガルタの中央ドームは一種の鏡によって上から照らされているのだが、この鏡は「あらゆる色を、音楽にたとえれば半音よりずっと小さい細分律に相当する色階に分けて通過させ、これに較べればわれわれの物理学の太陽光線のスペクトルなど全音階にすぎない」という。アガルタの賢者たちは、いずれは普遍言語ヴァッタンに到達せんとして、あらゆる神聖言語を研究している。深遠な謎に没頭していると、賢者の体は空中に浮かんでしまうため、同僚が掴んで地面に引き下ろさないと、ドームの天井に頭をぶつけて頭蓋骨を砕くことになる。この賢者こそが雷を準備し、「両極間や赤道間の流体の循環的流動を堰止め、その進路を地球のさまざまな緯度や経度の地帯に誘導し」［以上、本段の引用はアレクサンドル・サン＝ティーヴ・ダルヴェードル『インドの使命』、ルネ・ゲノン『世界の王』所収、田中義廣訳、平河出版社より］、種を選抜改良し、体は小さいが異常な形態と肉体的能力を備えた動物を創り出している。その動物の背中は亀の甲羅のようなもので覆われ、そこには黄色の十字架がついており、その各先端にそれぞれひとつの目とひとつの口をもつ。ここに至り、世を統（す）べるひとつの〈精神〉という観念が浮上してくる——サン＝ティーヴが、過去と未来のあらゆる歴史的事件の背後に〈未知の上位者〉の存在を想定するフリーメイソンの教義の影響を受けているのは間違いなかろう。

　サン＝ティーヴの着想の源に、シャンバラ王国に関する東方の伝承に由

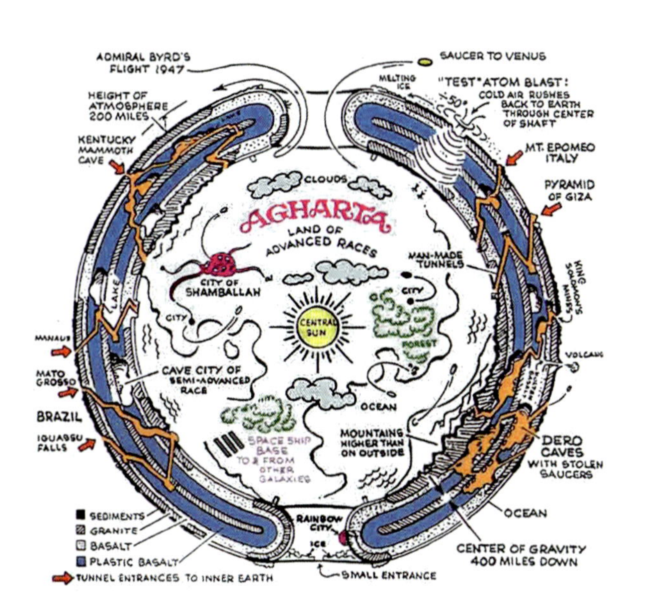

マックス・ファイフィールドによるレイモンド・バーナードの著作に基づくアガルタの想像図

（左）ロブ・コーエン監督「ハムナプトラ3　呪われた皇帝の秘宝」(2008) より、シャングリラの入口

（右）「シャンバラの楽園」(19世紀)、絹絵、パリ、ギメ美術館

来するものがあった可能性は否定できない。アガルタとシャンバラの関係はオカルティストの間でも見解が一定しないが、地球空洞説の信者が描いた空想地図では、地下大陸アガルタに位置する1都市のことをシャンバラとしたものが多い。

シャンバラをムーと同一視する議論もあるが、ムーを地下大陸とする議論はない。それは措くとしても、重要なのは、東方の伝承でシャンバラが地下にあるとするものは皆無であり、むしろシャンバラは（険しい山脈で人界から隔てられてはいても）美しい沃野、丘陵、山地に広がっているとされていることである。ジェイムズ・ヒルトンが小説『失われた地平線』（Hilton, 1933☆）で創造したシャングリラの神話は、このシャンバラから着想を得たものである（なお、この小説を原作としてフランク・キャプラが撮った同名の映画はよく知られている）。

ヒルトンはシャングリラを、ヒマラヤ山脈の西端、時間がほとんど止まってしまったような、平穏で静謐な地としている。そしてこのシャングリラもまた、一方ではオカルティストの業界を魅了し、他方では観光業界の投機家たちを惹き付けた。アジアからアメリカまで、至るところに観光客目当てのシャングリラもどきが次々と造られ、2001年には中国の中甸（ちゅうでん）県がなんと本当に香格里拉（シャングリラ）県に改名してしまった。

初めて「シャンバラ」という概念を西洋世界に伝えたのはポルトガルの宣教師団だが、当初はカタイ、すなわち中国のことと考えられていたようだ。最も信頼に足る典拠は（インドのヴェーダの伝統に連なる）聖典

『時輪（カーラチャクラ）タントラ』で、シャンバラを壮麗で神秘的な地として描く着想はここに発するものである。チベット仏教およびインド仏教の伝承でも、シャンバラ王国の物理的実在を信じたのはごく一部の信徒に限られ、所在地もパンジャーブ、シベリア、アルタイなど様々な地方に置かれて一定しない。だが一般には、霊性、浄土、悪の力に対する最終的な勝利の約束を象徴するものと受け取られている。

シャンバラとアガルタを（少なくとも仏教の伝統では）同一視すべきでないことについては、1980年にダライ・ラマ・テンジン・ギャツォが次のように明言している。「かつてダライ・ラマは、東洋人らしい親しみやすさと高位の霊性に発する礼儀正しさをもって、アガルタないしアガルティという言葉の意味に踏み込み、霊的顧問との短いやりとりの後、そのような言葉はこれまで聞いた覚えがなく、ましてや霊的な地下王国のことなど一切耳にしたことがないと断言した。ただ最後に、もしかすると『偉大なるシャンバラの謎』との混同があるのかもしれないとも付け加えた。とはいえダライ・ラマによれば、シャンバラとは『神々の世界と悪魔の世界の中間に位置する、超感覚的ではあるが実在の王国』であり、『難行を乗り越えた苦行者だけが』至りうる、『到達することのきわめて困難な』場所であるという」（Baistrochhi, 1995☆）。

19世紀には、ハンガリーの研究者シャンドル・クールシ・チョマが、シャンバラの所在地について、北緯45度から50度という説を唱えている。どんなに不確かな情報にでもすぐ飛びつき、2次文献のいいかげんな翻訳を典拠とすることで知られるブラヴァツキー夫人は、当然のごとく『シークレット・ドクトリン』（Blavatsky, 1888☆）でシャンバラを扱っている（しかしなぜかアガルタについては一切触れていない）。ブラヴァツキー夫人はチベットの関係者からテレパシーで情報を得たらしく、それによるとアトランティスの生き残りがゴビ砂漠に位置する聖なる島シャンバラに移住したという（これにはクールシ・チョマの影響もあったかもしれない。ゴビ砂漠は彼が主張した北緯45度から50度の範囲に含まれるからである）。

シャンバラは、想定される所在地の地理関係のためもあってか、その象徴としての意義を政治的に利用されることが少なくなかった。例えばアグワン・ドルジーエフは、英国と中国によるチベット侵攻への対抗策として、ロシアの援助を求めるようダライ・ラマを説き伏せるにあたり、ロシアこそは真のシャンバラであり、ロシア皇帝は古代のシャンバラ王たちの末裔だと説いたのだが、それが実際ロシア皇帝に対して奏功し、サンクトペテルブルクに仏教寺院が開設されるに至った。モンゴルでは、白軍（皇帝派）側に立って赤軍（革命派）と戦ったフォン・シュテルンベルク男爵——彼はユダヤ人は全員ボリシェヴィキだという信念の持ち主だった——が、白軍の兵士たちを狂信者に変えようと、死ねばシャンバラの軍人に転生できると約束した。モンゴル侵攻後の日本も、モンゴル人に対し、本来のシャンバラは日本にほかならないと説いている。

ナチス上層部にどの程度シャンバラ信仰が浸透していたのかは不明だが、トゥーレ協会の内部では、極北人（ヒュペルボレイオイ）がアトランティスやレムリアへ集団移住した後、最後にゴビ砂漠に到達してこの地にアガルタを建設したとする説が広まっていた。名前が似ていることから、アガルタと北欧神話で神々の棲まう地とされるアースガルドとの間にはなんらかの関係があるに違いないと考えられたのである。このあたりから話は錯綜し始める。というのは、かつてアガルタが滅亡した際、「良き」アーリア人の集団は南下してヒマラヤ山脈の地下に新たにアガルティを建設したのに対し、もうひとつの集団は北上して堕落し、その地に悪の王国シャンバラを建設したという説まで登場してきたからである。こんなふうにして支離滅裂になっていくのは実にオカルト地理学ならではの展開である。他方、1920年代には、ボリシェヴィキの秘密警察上層部に〈地上の楽園〉と〈ソヴィエトの楽園〉を融合させんとしてシャンバラ探索計画がもちあがったという話もある。これに連なる話として、1930年代にハインリヒ・ヒムラーとルドルフ・ヘスがチベットに——もちろん純粋人種の起源を求めて——遠征軍を派遣したという噂もある。

ロシアの著名な探検家にして熱心なオカルト愛好家であり、しかし画家としての才能は平凡であったニコライ・レーリヒは、1920年代にシャンバラを求めてアジア各地を旅し、その記録を著書『シャンバラ』（Roerich, 1928☆）として出版している。レーリヒはシャンバラには如意宝珠（チンタマニ）と呼ばれる秘石があり、それはシリウスから来たものだと主張する。レーリヒによればシャンバラは聖地であり、アガルタとも関係があって、両者は地下道で結ばれているという。残念ながら、レーリヒのシャンバラ探索行の証拠として残っているのは、彼の手になる拙い絵画がほぼすべてである。

ニコライ・レーリヒ「シャンバラ」(1946)、個人コレクション

この辺で再びアガルタの話に戻ろう。サン＝ティーヴからかなり時代を下った1923年、ポーランドの冒険家**フェルディナンド・オッセンドフスキー**が、中央アジアを旅行した記録を『獣、人、神々』(Ossendowski, 1923☆) として出版し、これが大いに売れた。オッセンドフスキーはこの著書の中で、モンゴル人から聞いた話として、アガルティ王国——つまりアガルタ——はモンゴルの地下にあるが、地下道で世界中に通じており、数百万人を数える臣民を〈世界の王〉が統治していると紹介している。

実際にオッセンドフスキーを読んでみれば、彼の本の多くの頁が、サン＝ティーヴからの——まともな感覚をもった批評家であれば誰もが「剽窃」と呼ぶであろう——借用から成り立っていることは一目瞭然である。ところがこの分野の第一人者であった思想家**ルネ・ゲノン**をはじめ、アガルタ神話の信者らは、サン＝ティーヴなど読んだことがないというオッセンドフスキーの言葉を信じてしまった。それが嘘でない証拠として、『インドの使命』の初版は破棄され、わずか2部しか現存しないと言われるのだが、しかし実際には——なぜかゲノンの頭からはすっぽり抜け落ちている事実として——『インドの使命』は著者の死後にドルボン社から再刊されているのである。オッセンドフスキーがこれを読んだ可能性は大いにある。

しかしゲノンはオッセンドフスキーこそは疑問の余地のない権威であると確信していた（他方でジャコリオについては——ブラヴァツキー夫人とは反対に——信用できないと断じている）。この高い評価は、ゲノンが『世界の王』(Guénon, 1925☆) でその名を広めることになる〈世界の王〉について、オッセンドフスキーの著書の中で言及があったことによる。他方、アガルタが物理的に実在するのか、それとも（仏教のシャンバラと同様）何かの象徴なのかについては、ゲノンはあまり関心をもっていなかった。なぜなら、彼が語っているのは王と祭司の厳密な一体性をもたらす無時間的な神話にほかならないからである（そしてもちろんゲノンに言わせれば、この一体性が破れてしまっていることこそ、カリ・ユガすなわち暗い時代たる現代の悲劇なのである）。ゲノンによれば、〈世界の王〉という称号、「最も高く最も完全であると同時に最も厳密な意味でのこの称号は、本来、原初の普遍的な立法者マヌに与えられるものである。マヌの名は、さまざまな形で多くの古代民族の間に見られる」［ルネ・ゲノン『世界の王』、田中義廣訳、平河出版社より］。加えて言えば、王と祭司の一体性という観念は司祭ヨハネ［プレスター・ジョン］の神話にも典型的に見られるものであった。

キリスト教の伝統においてはイエスこそが真のメルキゼデクであるわけだが[5]、だからといってただちに、イエスとアガルタに何か関係があるということにはならない。にもかかわらずゲノンの小著では、とにかくありとあらゆる時代のありとあらゆる神話や宗教の要素を自由に——一切の論理を無視して——組み合わせているだけで、堅実な証明とはほど遠いものにしかなっていない。これも、あらゆる啓示宗教に先立つ原初的な伝統を僭称する議論にはありがちなことである。

地下世界や洞窟は伝統的に地獄を想起させるものであったわけで、ゲノンのようにそれを肯定的な意味を有する超自然的現実と結びつけるのには、やはり一定の困難が伴ったはずであり、実際そうした指摘はすでになされている。しかし見てきたように、地球の内部に空洞があるという空想には、論理などものともしない魅力があるのであって、何をどう言おうと信者は貸す耳をもつまい。そして地下のアガルタもまた、そうした人々の心の中で永遠に生き続けるのである。

*

*

*

《5》メルキゼデクと、キリストの人格における王と祭司の一体性の問題については、第４章を参照

◉ニルス・クリムの地下世界

■ルードヴィク・ホルベルク『ニルス・クリムの地底旅行』

（Holberg, 1741☆）

ところが10クデから15クデ〔5メートルから7.5メートル〕ほど降りたとたん、綱がちぎれてしまった。この不幸な出来事は、はじめ地上にいる者達の叫び声や騒然とした様子でわかったのであるが、その音は間もなく聞こえなくなってしまった。私はものすごい速さで落下していたのだ。王笏のかわりに鉤を手にしている点を除けば、まるでもう1人のプリュトン〔地獄の神〕のごとく私は、

深淵深く道開き

ながら突き進んでいた。

およそ15分くらい空中を進んだだろうか、とにかく深い暗闇の中を激しく揺れながら飛んでいた私にはそのくらいに思われた。と、朝焼けの光のような小さな明るみが見えてきた。光は次第に明るくなり、まもなく雲1つない澄みきった空が見えてきた。私は正気ではなかったのだろう。地下の大気の反動で、強い逆風が私を押し返し、洞窟が風の呼吸作用によって私を外へ吐き出したのだと勘違いした。しかしそこには太陽や青空も見知った星もなく、すべてが私達の世界の空にある星よりも小さく見えた。そこで私は、目の前に繰り広げられる空の様子は、私の混乱した頭の中で起こっていることであり、乱れた私の想像力が作り出しているのにすぎないか、あるいは私がすでに命を失い、天国に来ているのかどちらかだろうと考えた。しかし天国にしては、片手に鉤を持ち、まるで尻尾

地球内部の生物を描いたルードヴィク・ホルベルク『ニルス・クリムの地底旅行』（1767年版）のための挿絵

のように綱を後ろにくくりつけている私の姿は変であろうと思うと笑いがこみあげてきた。そのような装具を身につけて天国に行くはずもなく、私の姿は聖人達の気にいるどころか、オリンピア山を襲い、神々の平安を乱す新たなタイタンの如くに見えただろう。しかし落ち着いて考えて見ると、自分が地下世界にいることがわかった。従って地球が中空で地表の下には私達の世界より小さな世界があると信じている人達は間違っていなかったのだ。ことの成り行きは私の推測が正しかったことを示した。というのも、行く手に最初に現れた惑星ないし天体に近づくにつれて、私を下へ引っぱる衝撃力が弱まるのが感じられた。この惑星は少しずつ大きく見えるようになり、大気の層を通して山や海や谷がたやすく見分けられた。

海の女神アンフィトリテスが守り賜う
　岸辺の岩の
間に間に飛び交う1羽の鳥のごと
我は空と地の間を飛びにけり。

ところが空中を泳いでいると思っているうちに突然、それまで垂直に落下していた私は回転運動を始めた。私の髪の毛は逆立った。もはや助かるすべもないのか。私は一惑星と成り果てるのか、それとも目前に迫る惑星の衛星に成り果ててしまうのか。生涯、回転運動を続ける運命に陥るのだろうかと私は心配した。しかしよく考えてみれば、天体や衛星に姿が変わったとしても私の名誉が傷つくわけではない。飢えの中で死んでゆく哲学者になるのと同じような値打ちがあると合点がいき、私は勇気を取り戻した。しかも澄んだ空気のおかげで、お腹も減らず喉の渇きもおぼえなかったので、余計に勇気がわいた。とはいえ私はベルゲンの住人たちがボルケンと呼んでいる、楕円形というか細長型のパンのかけらをいくつかポケットにいれておいたことを思い出した。まだおいしいようであれば食べてみようと考え、私は1かけらを取り出してみた。しかし一口噛んでみるや、地上の食べ物がここでは吐き気しか催させないことがわかった。私はまるで無用のものといわんばかりにそれらを投げ捨てた。奇跡！　私の手を離れるや、そのパンは空中に留まるのみならず、私の周りを回り始めた。その時私は平衡状態に置かれた物体は回転するという真の法則に気付いた。(……)

私は3日間このままの状態だった。3日間と言ったのは、私は近くにある惑星の周りを旋回し続けていたのではっきりと昼と夜を区別することができたし、地底の太陽が昇り、沈み、そして視界から消えてゆくのを見ることができたからである。とはいえ地上の夜とはずいぶん違っていた。太陽が沈んでからも空は月と同じくらいの明るさを持っていた。そこで私は、私に見える光が地底の球状空間の中央に位置する太陽から来ているということは、私のいる場所が地表の裏に最も近い地下の天空もしくは地球の裏側の半球そのものだろうと推測した。この仮説を私はいかにも天文学に心得のある者らしくたてた。私は神々の幸福に手が届いたような気がした。今や私は隣の惑星の天文学者が、私の周りを飛んでいる衛星とともに星のカタログに入れるような重要な惑星なのだ。その時、翼のはえた巨大な化け物が追いかけてきて私の頭の周りをうるさく飛び回った。始め私はそれが地底の空の12の星座の1つではないかと思い、もしそうなら乙女座であってほしいと願った。しかしその物体が近づいてきた時、私に見えた物は世にも恐ろしい残忍そうなグリフォンだった。

私はすぐに死を前にしたような恐ろしさに捕えられた。動揺の中、無我夢中で手をポケットに入れると、私はそこにあった大学の卒業証明書を取り出し、敵に突きつけた。私はただ学生だっただけではない、いまや学士なのだぞ。論争においてはどんな相手も断固退けることができたのだと、目にもの見せてくれようと思った。しかし最初の興奮がさめて、我に戻ると、私は自分の考えの愚かさ加減を失笑せずにはいられなかった。とは言うものの、こんな怪物が何のために私に近づいてきたのだろうか。このグリフォンは敵か味方か。はたまた私の姿の珍しさに興味をひかれてただ私を見に来ただけなのか。そうかもしれない。手に金鉤を持ち、綱を尻尾のようにぶらさげて空中を回転している人間の姿は、さぞかし怪物の好奇心を刺激するだろう。後に知ったことだが、このような私の姿は私が周りを回っている惑星の住人にさまざまな臆説を産み出させたそうだ。哲学者や天文学者たちの意見では、私は彗星であり、後ろに伸びた綱は彗星のほうきということだった。また私をペストや飢僅や、あるいはそれらに劣らず恐ろしい災害

地球内部の生物を描いたルードヴィク・ホルベルク『ニルス・クリムの地底旅行』(1767年版)のための挿絵

を予告する異常な流星と考える者もあった。また他の者は遠くからでよく見えないままに私の体を絵にした。つまり私は、実際に到着する前から惑星の住人によって書かれ、考えられ、描かれ銅版画に彫られさえしたのだ。惑星に着き、地底の国の言葉を学んだ時、私はこうしたことを知って大いに楽しんだ。

(……)

雄牛から逃げる時に私がよじ登ろうとした木は、隣町の長官の奥方だったのだ。侮辱したのが身分の高い女性だっただけに私の罪も重くなる。もしそれが平民の女であれば、ことはそれほど重大ではなかったろうが、謙遜と慎みを誇りとするこの国においてはこれほど高位の貴婦人によじ登ろうとしたことはただ事ではなかった。

(……)

私の見たところ、彼らはただ単にこの惑星の住人であるだけでなく、理性をも兼ね備えているようだ。私は自然が産み出すものの多様さに感心した。背丈に関しては、彼らは私達の世界の樹木にかなわず、大部分は普通の木より小さかった。なかにはあまりに小さくて花や草のように思える者もいて、きっと子供だろうと私は考えた。

(……)

私はすぐ隣の国に入った［引用既訳が抄訳のため、この文以下、補訳］。ここはマルダク国と言い、住民はみな姿形は変わらないのだが、ただ目の数や形の違いでいくつかの部族に分かれていた。すなわち、長方形の目をもつ部族がいるかと思えば、正方形の目をもつ部族もいるし、ごく小さい目をもつ部族もいれば、ほぼ顔全体を占めるほど大きな目をもつ部族もおり、生まれつき2つ目の部族もあれば、生まれつき3つ目の、そして生まれつき4つ目の部族もあった。

(……)

中でも最も人口が多く、したがって最大の勢力を誇るのがナギル族で、長方形の目をもつ彼らには、見るものすべてが長方形に映った。議員や聖職者など、国の要職はすべて、この部族の出身者が占めていた。政府の一員となれるのは彼らだけで、他の部族出身者が公職に就くには、寺院の最も高いところに置かれ、太陽に捧げられた聖卓を見て、それが自分にもナギル族と同じく長方形に見えることを宣誓し、その宣誓の真なることを確認する必要があった。この聖卓は、マルダクの宗教では何よりも重要なものであり、それゆえ、いやしくもいかほどかの宗教的感情をもつ市民は、偽誓によって自らの良心を穢すよりは、公職から排除されることを望んだ。だがそれが彼らの不遇の最大というわけではなく、彼らはさらにひどい嘲弄と迫害に苦しんでいた。しかも、彼らがどんなに正直に見たままを誓言しても、そのことにはまったく注意が払われず、むしろ生まれつきのことであるにもかかわらず心掛けの悪さやわがままのせいにされてしまうのだった。

(……)

着いた日の翌日、なんの気なしに表を歩いていると、老人が1人、鞭打ち場の方に引っ立てられていくのに遭遇した。まわりには野次馬の垣ができ、口々にやっちまえと騒いでいた。いったい何をしでかしたのかと思って訊いてみると、異端の罪だという。なんでも、自分には太陽の卓が正方形に見えると、度重なる警告を無視して公然と発言したのだそうだ。そこで私も、太陽の寺院に行って、自分の目が正統なものであるかどうか確かめてみたい気持ちになった。聖卓を見上げてみたところ、果たしてそれは私の目には正方形に見えた。その晩、泊めてもらっている家の主人にそう言ってみると、最近判事に就任したばかりの主人は、あの卓は実は自分にも正方形に見えるのだが、そんなことを誰かに言おうものなら支配部族の不興を買ってせっかく得た職を降ろされてしまうかもしれないから、誰にも言うつもりはないのだと言った。

(……)

ポチュ国に戻った後、私はこの残虐なマルダク国の悪口を言わずにはいられなかった。ある日、仲良くしていたビャクシンの木を相手に、熱くなってマルダク人の非難をしていると、彼からこんな答えが返ってきた。

「確かに君が言うとおり、ナギル族のやり方はいつも、我々ポチュ人からすると過剰だし不正だと思うけれども、目の見え方の違うものに厳しくあたるというのは、君にとっては驚くほどのことではないだろう。だって、君たちヨーロッパ人にも、視力だけじゃなく理性についても、欠けるところのある人達に対し、火と鉄をもって遇するような支配部族がいて、そういうやり方は敬虔で政府にとって有益だと、以前君自身が言っていたじゃないか」

(……)

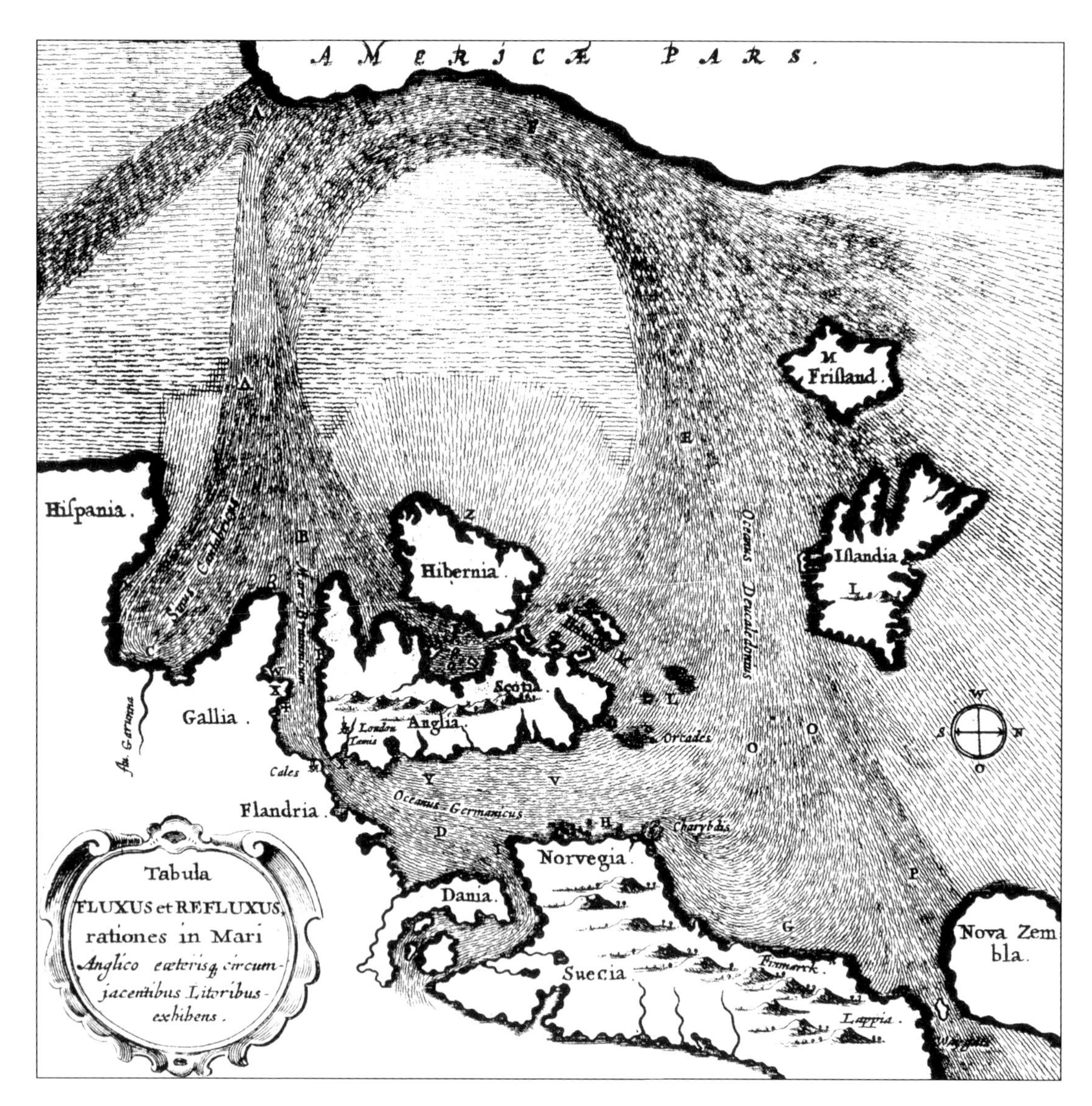

アタナシウス・キルヒャー『地下世界』（1665）所収の北極圏の図

私はコクレクの国に入った。ここの慣習は、我々ヨーロッパ人には受け容れがたいものだった。（……）住民は皆ビャクシンで、男と女の両性があった。しかし、料理その他の卑しくきつい仕事を担うのは男だけだった。戦時には男も従軍するが、兵卒以外の階級を得るのは稀で、少数ながら尉官にまで達する者はあったが、男ではそれが昇任の限界だった。それ以外の職位は、民間、軍隊、聖職者を問わず、すべて女が占めていた。以前、職務の分担において性による差別をまったく設けないポチュ人のことを嗤ったものだが、この国は本気で異常だと思った。腕力において勝りながら、このような無価値な軛に繋がれたまま何世紀も徒らに過ごしてきた男たちの怠惰が私には理解できなかった。その気になれば、このように恥辱に塗れた専制など、容易に打倒できたはずなのである。しかし男たちは慣習のために盲目となり、誰１人として抵抗を試みる者はなく、女が支配権を握って夫を打擲し、夫に粉挽きや家の掃除、縫い物、織り物などをさせる現在のあり方こそが自然の秩序の求めるところであると、すっかり信じこんでしまっているのである。女のほうでは、この慣習を正当化する理由づけを用意しており、それによると自然が男に肉体の力を与えたのであり、従って、きつくて卑しい仕事を男にさせることを自然が望んだのだというのである。(……)

他所の国では、だらしなく好色な女が公然と体を露出したり、金のために体を売ったりといった光景が見られるものだが、この国では、春を鬻ぐのは男のほうなのである。そのための娼館があり、表にはそれとわかるような看板がかかっていたり、扉にその旨が書かれていたりする。とはいえ、表立って堂々とやりすぎると、我々の国の売春婦と同様に、監獄に入れられたり鞭打ちの刑に処されたりする。これに対し、女たちは、少女も含めて、何も恐れることなく大手を振って歩き、男たちの顔をじろじろ眺め、合図をしたり、口笛を吹いたり、声をかけたり、からかったり、ドアに愛の詩を書き付けたり、自分の欲情を強調した喋り方をしたり、勝敗を数えたりして大いに楽しむのだが、これは我々の国で若旦那衆が物にした女の自慢話をするのとまったく同じである。この国では女が手紙や贈物で男を手に入れようとしても非難されることはないが、少年が一度求愛されただけで応えてしまうと白眼視される。(……)

私は彼らに、重要な職務というのは男性のするものであってそれが一般の法であり、世界中の民族の共感するところであるのに、この国では女が要職を占めていることに大変驚愕した旨伝えた。すると彼らが答えて言うには、私のほうこそ慣習や習俗というものと自然とを取り違えているというのである。すなわち、私が女の短所だと考えているものは教育の結果にすぎないのであって、そのことは男が独占したつもりになっている精神の良き性質の全部が女に備わっているコクレクの統治形態を見れば一目瞭然であり、その証拠にコクレクの女は真面目で思慮深く、落ち着いていて寡黙であるのに対し、男たちは軽薄でものを考えるということをせず、非常なお喋りだというわけである。この国には何かやりすぎた物事について「まったく男みたいなことを」と言ったり、考えなしに事を進める者に対しては「男のすることだからしょうがない」と言ったりする慣用句があるそうだ。

◉極点から地球の内部へ

■ジャック・コラン・ド・プランシー
『地球の中心への旅』
第1巻第11章–第12章

(Collin de Plancy, 1821☆)

15分ほど歩くと、例の巨大な黒い障害物の前に出た。極地の山脈はまだ先だが、これは見渡すかぎりどこまでも広がる森だった。灌木と高木でできた森で、こんなところにはまず見られないはずだ。しかし木々は松のように緑だった。

(……)

極地はもはや冬と死の帝国ではなかった。

(……)

クレランシーは試す前に先にその物質の正体を確かめておこうと考え(と後で聞いた)、狩猟用のナイフを抜いて岩に打ち付けた。ナイフの切っ先が割れ、鉄のような音が鳴り響いた。クレランシーがまた別の場所をナイフで何度か引っ掻いてみると、黒くきわめて固い地面と少し混じって鉄の色が現れた。「間違いない」彼はエドゥアールに言った。「これは本物の物理学者たちがよく話題にしているあの鉄の山だ」(……)

山の麓から頂上まで登るのに1時間半かかったが、その間は何も現れなかった。

しかし、山の頂上の、極を取り巻き、日光のような純粋な光に照らされた台地に到達したときには、ようやく平坦で広い地面に着いたという喜びに浸りつつ、全員が決して忘れることのないであろう感慨を覚えていた。

呼吸が楽になり、体が軽くなった気がした。足が地面から離れて体が浮いているような感じだった。そのまま仲間を探していると、いつのまにか台地の中ほどまで来ていた。光の波が沸き起こっている反対側の端まで、もうそう遠くない距離だ。離れたところから見たときはごく小さい柱にしか見えなかったのだが、近づいてみるとそれは計り知れないほどの大きさだった。トリスタンと私は、この極点は太陽と同じく光と熱の源ではないかと考えた。ウィリアムズとマルティネはこの火に呑み込まれるのを怖れ、我々はここで歩みを止めることにした……のだが、突然、我々の体は激しく前方へと引かれた。なすすべがなく、ここで我々は、実はこの山の頂上に足を踏み入れた瞬間から、自分たちが抗えぬ力によって極点へと引き寄せられていたことを悟った。(……) 崖際に達し、そこが眩い光に満ちた底なしの断崖であることを知ると、我々は恐怖で総毛立った。だが何かを考える暇もなく、我々は全員、激しく渦巻く空気に呑み込まれてしまった。(……)

我々はものすごい速さで深淵へと落ちていった。(……) そこが鈍い光に満たされた広大な空間であることに気付き、我々は形容しがたい驚きにとらわれた。(……)

「聞いてくれ」クレランシーが言った。(……)「18世紀初頭に、さる高名な物理学者がこんな主張をしたんだ。この地球は中身がぎっしりつまっているわけではないとね。そうでなければ、地球の直径3000リューのうち、少なくとも2900リューはなんの役にも立っていないことになってしまう。そこでその学者は、地球の内部には金属の核があって、それが地球の運行を制御していると考えた。当時は妄説として退けられたんだが、我々の冒険によってその真なることが証明されたというわけだ。それで、ここからは僕の説だが、表面に人が住み、周長9000リューに達するこの地球は、実はどの地点をとってみても厚さが50リューから100リューしかないんだ。地球の内部は空洞で、その中心にはひとつ球体がある。その球体の中心には核か、あるいは別の小さい惑星があって、この核は磁石でできているんだ。(……) 我々が落ちてきた磁石岩が大量に発しているあの蒸気は、極点の穴から直接放出されるんだ。自然の設計者は、あの穴が鉄の山の頂上になるように配置したんだ。きっと、南極点でも同じような地形が見られるはずだ。つまり、北極と南極にそれぞれ巨大な鉄の塊があって、この中心の惑星が発する磁石の蒸気をそれぞれ同じ強さで引きつけることで、完全な均衡が保たれているんだ。ここでは空を見ることができない。だって、どこを見回しても我々の頭上には大地が広がっているんだから。だが、表面は不透明で暗い我々の地球も、その内部は明るいのかもしれない。あるいは、我々を取り巻く空気が、実は頭上にあるはずの小球体の存在を覆い隠しているのかもしれない。ここに届いている光は、両極から無限の高さにまで上昇するあの磁石の蒸気が太陽の光を反射したものだと思う。オーロラもそれでできるんじゃないか」

◉地底の幻視

■エドワード・ブルワー＝リットン
『来るべき種族』第3章、第4章

(Bulwer-Lytton, 1871☆)

道路それ自体が幅広のアルプスの山道のようで、無数の岩山を縫うように続いていた。私が裂け目を降りてきたのもその岩山のうちのひとつだった。左手の遥か下方には広大な低地が広がり、驚いたことにそこには見紛うべくもなく技術と文化の証拠が見てとれたのだった。その平原は、地上では見たことのない種類の植物に覆われていた。色は緑ではなく、鈍い鉛色か、赤っぽい黄金色だった。

湖や小川もあり、川沿いには人の手で造られたらしい土手が見えた。真水のほか、原油溜まりのように表面が輝いているものもあった。右手には、岩の合間に峡谷が口を開けていて、その間を明らかに人工のものと見られる道が渡してあった。谷沿いに生えた樹木は巨大な羊歯に似た植物で、羽根のような葉は非常に多種多様で、幹の部分は棕櫚のそれにそっくりだった。砂糖黍に似た植物もあったが、地上のものより背が高く、大きな花房をつけていた。また、巨大な茸のような形をしたものもあり、これは短く太い茎の上にドーム型の屋根が乗り、そこから長細い枝が上に伸びたり下に垂れたりしていた。私の前後左右、目の届く限りの光景が、無数のランプによって明るく照らし出されていた。太陽のない世界のはずが、まるでイタリアの正午時のように明るく暖かく、それでいて空気に息苦しさはなく、暑すぎもしないのだ。また前方を見やると、人が住んでいるらしき様子もあった。湖や川の土手の上や丘の中腹に植物に取り囲まれた建物があるのが遠くからでも見えた。あれは人間の住居に違いない。そればかりか、かなり遠くではあるが、風景の中を人影らしきものが動くのも見えた。(……)頭上に空はなく、ただ洞窟の天井があるだけだった。この天井は前方へゆくほど高くなり、あるところから先は靄に隠れて見えなかった。

(……)

建物の全貌が見えてきた。巨大な岩をくりぬいたもので、人の手で造られたことに疑問の余地はなかった。建物の全面には巨大な柱が立ち、それが柱礎から上に行くほど細くなるような形であったためエジプト建築の最初期の形態かと思ったが、近づくにつれ柱頭の装飾と幻想的な優美さが、エジプト建築では到底不可能な水準であることがわかった。コリント式の柱頭がアカンサスの葉を模しているように、ここにある柱も、あるものはアロエ型、あるものは羊歯型というふうに、近隣に生える植物の葉を模していた。そしていま、この建物

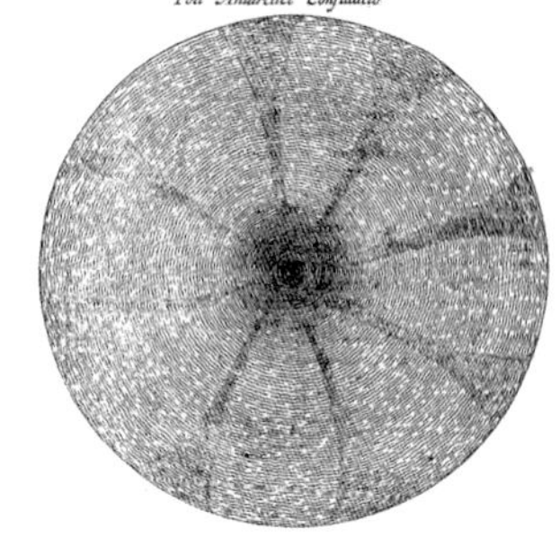

アタナシウス・キルヒャー『地下世界』(1665) 所収の両極の図

エリック・ブレヴィグ監督「センター・オブ・ジ・アース」(2008)の一場面

から人間のような形のものが出てきた。あれは果たして人間なのだろうか。その人間のようなものは広い道の上に立ち止まって辺りを見回し、私の姿を認めるとこちらに近づいてきた。距離が数ヤードにまで縮まり、相手の姿をはっきり目にした瞬間、私は形容しがたい畏れと慄きに襲われ、その場から一歩も動けなくなってしまった。私はエトルリアの壺や東方の墳墓の壁に描かれたゲニウスやダイモーンの——人の形を借りてはいるが人ならぬ種族の——象徴的なイメージを思い出していた。その人の形をしたものは、巨人というほどではなかったが、人間の中で最も背の高い者と同じ程度には背が高かった。

身につけている衣服は、まるで大きな羽根を胸の上で折りたたんだもののようで、それが膝まで達していた。その下には何か薄い繊維材でできたチュニックと脚絆をつけていた。頭に乗せた一種のティアラは輝く宝石で飾られ、右手には磨いた鋼のように光る金属製の細い杖を持っていた。だが、私に畏怖と戦慄を与えたのはその顔だった。人間の顔ではあるのだが、我々の知るどの現生人類とも異なるタイプの顔相だったのだ。その輪郭と顔立ちに最も近いのはスフィンクスの彫像の顔であろう。それほど、静謐で知的で神秘的な美しさを醸す、端正な顔つきだった。膚の色が独特で、人類の中では赤色人種に最も近いが、色相が遥かに豊かで優しい。目は大きくて瞳が黒く、深彫りで輝いている。眉は半円状のアーチを描いていた。顔に髭はなかったが、その点において名状しがたい何かが、穏やかな表情と美しい顔立ちにもかかわらず、虎や蛇を見たときに覚えるあの危険本能を喚起したのであった。この人のようなものは、人間にとって有害な力を有していると私には感じられた。それが近づいてくるにつれ、冷たい震えが私の体を貫いた。私はその場に膝をつき、両手で顔を覆った。

■ジョン・クリーヴス・シムズ（1779–1829）

『回覧状』（ゴドウィン『北極の神秘主義』〔Godwin, 1996☆〕より）〔末尾（　）のみ補訳〕

北アメリカ
ミズーリ州セントルイス
紀元1818年4月10日

全世界に告ぐ——
私はここに、地球が空洞であり、その内部は居住可能であることを声明する。地球は何層もの同心状の硬い球体から成り、南北両極で12度から16度開いている。私はここに、この真実を証明することを誓い、あわせて世界が私に援助の手を差し伸べるならば、自ら地球内部の探検をする用意があることを言明する。

元オハイオ州歩兵隊大尉
ジョン・クリーヴス・シムズ

注——私はこの原理を説明する論文を公表しようとしており、その論文において以上の見解を証明し、さまざまな現象を解説し、ダーウィン博士の「黄金の秘密」を説き明かしている。
（……）
私は装備の整った勇敢な100人の仲間を求める。秋にシベリアを出発し、トナカイと橇を用いて凍った海の上を行く。私は、北緯82度を1度でも越えれば、人間はいざ知らず、繁茂する植物と動物に満ちた暖かく豊かな土地を発見すると約束する。翌年の春には帰還の予定。

J.C.S.

（この回覧状には精神状態が健全であることを証明する書類が同封されていた。）

◉バーナードの仮説

■レイモンド・バーナード
『地球空洞説』（Bernard, 1964☆）

本書が立証しようとすること

1　地球は中空であり、一般に考えられているような中身のつまった球体ではないということ、そして、この内部空洞は2つの極の開口部によって地表と通じているということ。
2　合衆国海軍のリチャード・E・バード少将は、極の口の中へと進入を試みた最初の人間であり、北極および南極におけるこの探検飛行の距離は合わせて約6400キロになる。
その観察および発見は、他の北極探検家たちの観察がそうであるように、地球の構造に関して本書に述べる革命的な理論の正確さを立証するものであるということ。
3　地球の両極の部分は凸面ではなく、やや凹面をなしていて、地球の内部空洞へ通ずる穴があり、北極点および南極点というものは事実上存在しないために、そこへ到着することは絶対にできないということ。
4　地球内部に存在する未知の新世界の探検は、宇宙空間の探検よりもはるかに重要であるということ。バード少将の飛行機による探検は、そのような探検はどのようにおこなわれるべきかということを示唆している。
5　地球の内部空洞内に存在するこの新世界は、地球の表面の陸地面積よりも広い陸地面積を有している。バード少将の探検飛行のコースをたどり、想像上の北極点もしくは南極点を越え、北極もしくは南極の口の中へと入って行くことによって、そこへ到達することができると考えられるが、この新世界へ最初に到達することのできた探検家の属する国家は、世界最大の国となるであろうということ。
6　地球の表面上よりも温暖な気候を有する地球の内部空洞が動植物や人間のすみかになっていないとは考えられない。もしそうであるとすれば、謎の空飛ぶ円盤は、地球の空洞内部の高度な文明社会から飛来している可能性が非常に強いということ。

7　核世界戦争が起こり、地表上の人類が放射能降下物質によって根絶やしになったのち、生きのびることができるのは、地球の内部空洞のほかにない。この大災厄をわずかに逃れ得た者たちにとって、地球の内部空洞は理想的な避難場所であり、そこで人類は完全に滅亡することなく生き続けることが可能であるということ。

◉卵の中心

■コレシュ（サイラス・リード・ティード）『コレシュ宇宙論の基礎』(Koresh, 1927☆)

太陽、月、惑星、その他の星々は、巨大な天体だと思われているがそうではなく、ある力の焦点なのであり、実体ではあるが物質ではなく、物質化から脱物質化への変成が可能である。これにより燃焼が常時維持され、エーテル質の不断の生成放出が可能となる。(……)月と惑星は反射した光が視覚に映じたものである。月は地球の表面の、惑星は金属層の間に浮かぶ水銀の円盤の反射である。(……) この卵［宇宙のこと］のちょうど中心には、電磁気的に正負両方であるアストラル核から成る異常な運動量が存在し、それが物体としての中心星を構成している。(……) この星が、頂点が北を向き底面が南を向いたエーテル円錐の周りを回転運動する。

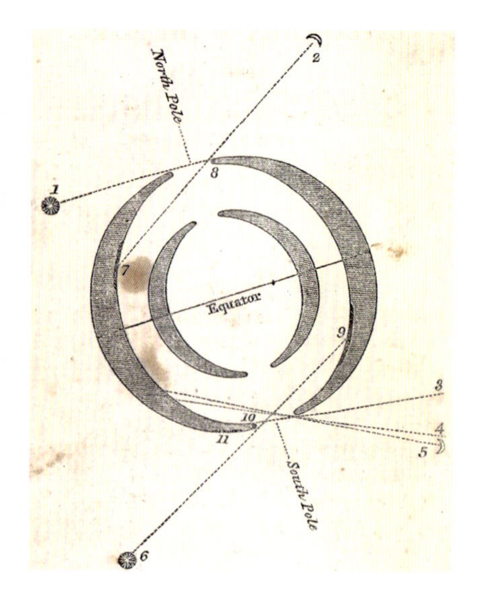

アダム・シーボーン『シムゾニア――発見の旅』（1820、ニューヨーク）のための挿絵

◉エスキモーの発祥

■レイモンド・バーナード『地球空洞説』(Bernard, 1964☆)

この問題について書いている人々の多くが、地球内部に住んでいる民族は、褐色の肌をした小柄な人種であるということを述べている。そしてまた、その民族的起源が地球上のどの民族とも異なるエスキモーは、この地底人種から出たものだと言うのである。(……)エスキモーの伝説には、非常に美しい北方の楽園の地の話もある。エスキモー伝説は語る。美しい永遠の光の園、そこには闇というものは全くなく、そして強過ぎる日射というものもない。(……)ガードナーは書いている。「エスキモーは、中国から追出された民族の後裔なのではないかと考えられがちだが、おそらくはそうではなく、エスキモーと同様、中国人もまた、元は地球の内部から来たものと考える方が正しいのではなかろうか」

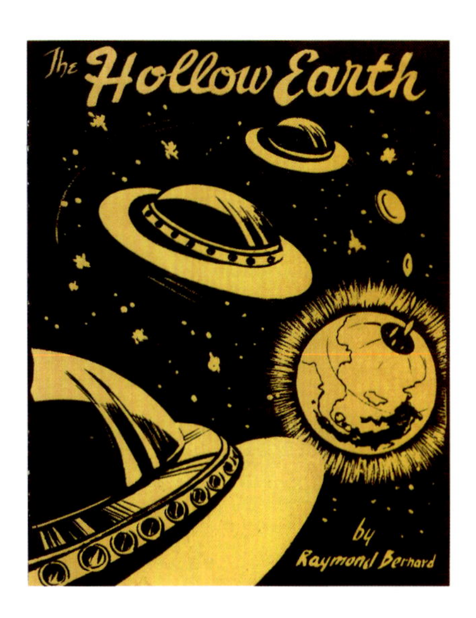

レイモンド・バーナード『地球空洞説』(1964) のカバー装画

◉いわゆる「バードの日記」

■リチャード・イヴリン・バード『日記』(1947)

この日記は非公開を前提に秘密裡に書かれねばならぬ。内容は1947年2月19日の北極飛行に関わるものである。人間の合理性が意義を失い、〈真理〉の不可避なることを認めねばならぬ日がいつか来る。この文章を公開する自由を私は与えられていない……だからこの日記が一般の目に触れることはないかもしれない。だが私は自らの義務として、いつの日かこれを読むすべての人のために記録を残さなければならない。貪欲と搾取の横行する世界において、人類の一部の者が真実を抑圧することはもはや可能ではなくなっている。

(……)

磁気コンパスとジャイロコンパスがともにぐるぐる回り始めたため、計器で進路を定めることができない。太陽コンパスで位置を確認したが、万事順調だ。操縦桿の反応が鈍いように感じるが、凍結の徴候は特にない。

(……)

山脈を最初に視認してから飛行時間29分が経過。幻覚ではない。やはり山脈だが、これまで見たことがないほど小さい。

(……)

小さな山脈の上を飛行中。確認できるかぎり、まだまっすぐ北に向かっているはずだ。山の向こうに谷のようなものがあり、その中央に小さな川か水流のようなものが見える。こんなところに緑の谷などあるはずがない！　絶対に何かがおかしい！　下は氷と雪の世界のはずなのだ！　左手、山の斜面に広大な森林が広がっているのが見える。計器類は依然としてぐるぐる回っており、ジャイロスコープは出鱈目に振れ続けている。

(……)

高度を1400フィートに変更し、下の谷の様子をよく見ようと左急旋回をする。緑色は苔か、密生した草によるもののようだ。光の具合がどうもおかしい。太陽がどこにも見えないのだ。再度左旋回したとき、眼下に何か大型の動物のようなものを見る。象のようだ！　いや違う！　あれはマンモスだ！　信じられない！　だが現実なのだ！

(……)

斜面の緑がうねりを帯びてきた。外気温計を見ると華氏74度［摂氏23.3度］だ。進路に変更はない。計器もいまは正常に戻っているように見える。頭が混乱してくる。基地に連絡を試みる。しかし無線が働かない！

(……)

地面の起伏が少なくなり、正常（と言ってよければ）に近づく。前方に都市のようなものが見える！　ありえない！　機体が軽くなった気がし、妙な浮力を感じる。操縦桿が言うことを聞かない！　大変だ！

当機の左右に1機ずつ、見たことのないタイプの飛行機が現れた。両側から急速に距離を縮めてくる！　その2機は形が円盤状で、しかも発光している。当機との距離が縮まるにつれ、その両機の機体に描かれたマークが見えてきた。あれは、一種のスワスティカ［鉤十字］だ！ 現実とは思えない。ここはいったいどこなのだ？　いったい何が起きたというのだ？

（……）

無線から雑音と、どうやら少し北欧かドイツ系の訛りのある英語が聞こえてきた！　内容はこうだ――「我らが領空へようこそ、少将。いまからきっかり7分後に着陸させる！　安心したまえ、少将。何も心配はいらない」。気づくと、自機のエンジンが停止している！　機体が何か見知らぬ力に操られ、ひとりでに旋回している。操縦桿はまったく効かない。

（……）

数人がこちらの機体のほうへと歩いてくる。背が高く、金髪である。遠くに、虹色の輝きを放つ大都市が見える。何が起ころうとしているのかまったく不明だが、近づいてくる者たちが武器を携帯している徴候はない。私を名指しし、貨物口を開けるよう命じる声が聞こえる。言われたとおりにする。

（……）

以下の出来事の記述はすべて記憶に基づくものである。想像は一切差し挟まない。書かれている内容はほとんど狂気の産物だと思われるだろうが、しかしすべて現実に起こったことである。

通信士とともに機外へ出ると、最大限の歓待を受けた。それから全員で小さな台の上に乗った。それは移動のための乗り物だったのだが、なんと車輪がなかった！　それに乗ったまま、我々はかなりの高速で輝く都市へと運ばれた。近づくにつれ、その都市が水晶のような物質でできているのがわかってきた。まもなく我々は、私がそれまで見たことのないタイプの巨大な建物に到着した。まるでフランク・ロイド・ライトのデザイン帖から抜け出してきたような、いやむしろバック・ロジャーズ［第1次世界大戦の復員兵が25世紀の世界で活躍するパルプ・フィクション］の舞台から飛び出してきたような建物だった。

（……）

「そうだ」マスターが微笑んで言った。「君はいま地球内部の世界、アリアンニの領内にいるのだ。我々としては君の任務をあまり遅らせるつもりはない。後で地表に出てその先まで、無事送り届けて差し上げよう。しかしまずは、少将、君をここにお呼びした理由を申し上げたい。我々がこの活動を開始したのは、君の種族が日本の広島と長崎で最初の原子爆弾を爆発させた直後のことだ。あれには我々も驚き、君の種族がいったい何をしでかしたのか調査す

ウィリアム・ブラッドショー『アトヴァタバールの女神』（ニューヨーク、1892）のための挿絵

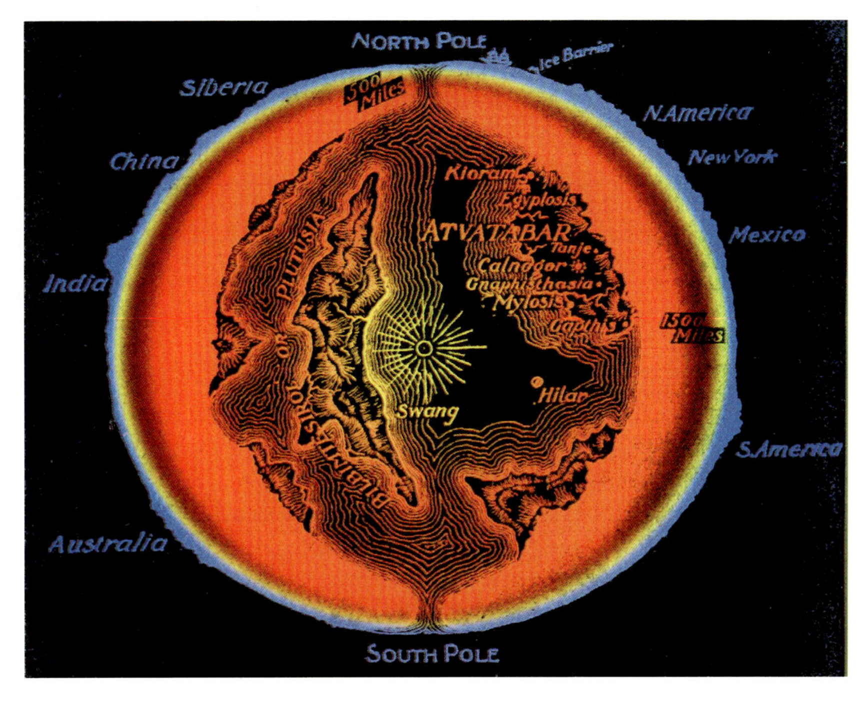

ウィリアム・ブラッドショー『アトヴァタバールの女神』（ニューヨーク、1892）所収の地球内部の世界地図

るために、我々の飛行機械「フリューゲルラート」を地表世界に送り込んだのだ。もちろん、いまとなっては過去の歴史ではあるな、我が親愛なる少将よ。だが私は続けねばならぬ。知ってのとおり、我々はこれまで君の種族の起こした戦争や蛮行に介入してはこなかった。だが今回ばかりは事情が変わってしまったのだ。君たちが人間のためのものではない力に手を付けてしまったからだ。つまり、原子力エネルギーのことだ。我々はすでに、君たちの世界の権力者たちに使節を送っているのだが、彼らは耳を貸そうとしない。そこで我々の世界を実際に見せ、その実在を証言してもらうことにした。君はその証人に選ばれたのだ」

（……）

マスターは話を続けた。「1945年以来、我々は君の種族に接触を試みてきた。だが我々の努力は敵意をもって迎えられた。彼らはフリューゲルラートを撃墜しようとしたのだ。悪意と憎悪にとらわれた彼らは、さらに君たちの戦闘機に追撃までさせた。よいか、ことほどさように、君たちの世界にはいま、大きな嵐が起ころうとしている。暗黒の憤怒が吹き荒れ、大惨事になるまでそう長くはかかるまい。君たちのもつ武器に答えはない。君たちのもつ科学に安全はない。君たちの文化の花がすべて踏みにじられ、大破局の中で人類が全滅してしまうまで嵐が収まることはない。先の戦争は、これから君の種族に訪れることの前奏にすぎなかったのだ」

（……）

「遠い未来、君の種族の廃墟から新世界が立ち上がり、かつて失われた伝説の宝物を求めるだろう。その宝はここで、我々のもとで安全に保管することになるだろう。そのときが来れば、我々は再び、君たちの文化と種族の再生のために手を貸すつもりだ。おそらくその頃には君たちも、戦争の不毛さを思い知っているはずだ……その後、君たちの文化と科学の一部が君たちの種族のもとに戻り、新たな出発を可能にするだろう」

(……)

1947年3月11日。いまペンタゴンでの幹部会議に出席してきたところだ。私の見聞したこと、そしてマスターからの伝言をすべて伝えた。すべて公式の記録に残った。大統領にも伝わった。現在私は数時間にわたって（正確には6時間39分）拘留されている。公安部と医療チームによる集中的な尋問も受けている。これは実に試練だった！　現在は米国の国家安全保障条項による厳重管理下に置かれている。この件については一切口外無用との命令を受けている。それが人類のためだというのだ！　無茶苦茶だ！　おまえは軍人なのであり、命令に従う義務があると改めて言われた。

(……)

最後に、私は今日まで、指示されたとおり忠実に秘密を守ってきた。それはまさに、自分の道徳的権利の価値が完全に否定され続ける日々だった。いま私は長い夜の到来を感じている。だがこの秘密が私とともに死ぬことはない。真実はいつか必ず勝利するものだ。それだけが人類の希望なのだ。私は真実を見た。それによって私の魂は目覚め、私は自由になったのだ！

(……)

私は北極の彼方の地を見たのだ。あの大いなる未知の中心を。

◉アスガルタ

■ルイ・ジャコリオ

『神の子』第8章（Jacolliot, 1873☆）

ブラフマトマは豪壮な宮殿で妻や側近らとともに暮らし、人前に出てくることはない。祭司や知事、バラモンやアーリヤに指示を出すときには伝令を使う。この伝令は、ブラフマトマ自らの手で彫り物を施した銀の腕輪をつけている。

ブラフマトマの役人が国内や属州の都市や農村を通る際には、怪物のごとき白象に跨がり、黄金飾りのついた絹の衣装を身につける。行列の前を先払いの者が「アホヴァータ！　アホヴァータ！」と神聖な掛け声を上げながら走っていくと、人民は道端や田畑に跪き、行列が見えなくなるまで決して顔を上げることはない。

(……)

ブラフマトマ自身が外出する際には、必ずカシミア、絹、黄金で織った御簾で閉ざされた御輿に乗る。この御輿を載せる白象はブラフマトマ専用で、他の者が乗ることは許されない。純金、ネパール絨毯、宝石に貴石の重さで、象の体は文字通りたわんでいる。象の鼻には名匠の手になる貴金属製の輪が何本もつけられ、その大きな耳には計り知れないほどの価値の巨大なダイヤモンドがいくつもぶら下がっている。御輿は白檀製で、黄金が散りばめられている。

この地上における神の代理が暮らす宮殿はあらゆる想像を絶するほど豪華で、アスガルタの宮殿についてバラモンらが書き遺しているものは、テーバイ、メンフィス、ニネヴェ、バビロンの驚異をはるかに凌駕している。いずれにしても、これらはその祖たるインドの諸都市の残響の名残にすぎないのである。

(……)

最後に、キリスト教を創始した者たちは、三位一体とその神秘、その顕現の名称と事績、処女懐胎、そしてこの後で見るように聖油、祭壇の火、聖水その他の儀式をブラフマトマの教えから模倣しているのである。それあたかも自らの出自を強調するかのごとく、その模倣追従の度合いはと

ブーシコーの画家「象の行進」、『驚異の書』(15世紀)より、パリ、国立図書館

(次頁)ジョン・マーティン「万魔殿」(1841)、パリ、ルーヴル美術館

どまるところを知らない。

イエス・キリストはイエゼウス・クリストナから、処女マリアは処女デヴァナーギーから、そして教皇はブラフマトマからつくられたものなのだ。

◉アガルタはどこにあるのか

■アレクサンドル・サン＝ティーヴ・ダルヴェードル『ヨーロッパにおけるインドの使命』
第1章－第2章

(Saint-Yves d'Alveydre, 1886☆)

[邦題『インドの使命』]

アガルタはどこにあるのか。正確に言っていかなる場所に所在するのか。そこに入りこむためには、どんな道を、どんな種族の間を通らねばならないのか。(……)

しかし、全アジアに拡がる西洋の勢力競争において、どこかの列強がそれとは気づかずに、この聖なる領土をかすめていることをわたしは知っている。また、将来起こりうる軍事衝突に際して、彼らの軍隊が、いやでもこの領土の中か近くを通るにちがいないことも知っている。だから、わたしがすでに始めた秘密暴露をこれからも恐れず続けるのは、ひとえにこれらヨーロッパの人々やアガルタ自身に対する人類愛ゆえなのだ。

地表と地中を含めたアガルタの領土の拡がりは、暴力や冒瀆の及ぶ範囲を超えている。未知の地下部分が太古の昔からアガルタに所属しているアメリカは別としても、アジアだけでも5億近くの人間が、多少なりともアガルタの存在と偉大さを知っているのだ。しかし、アガルタの神の議会、神々の議会、祭司の長、司法の中心の正確な位置を教えるような裏切り者は、彼らのうちにただのひとりも見つからないだろう。

(……)

わたしの読者諸氏としては、つぎのことを知っておけば十分であろう。ヒマラヤのある地域には、ヘルメスの22のアルカナとある種の聖なるアルファベットの22文字を表象する22の神殿が存在するが、アガルタは神秘的なゼロ、発見不可能なものを形成するのである。(……)アガルタの聖なる領土は独立しており、シナーキーによって組織され、2000万人に近い住民から成っている。

J. Martin

(……)

それ以前のサイクルの蔵書は、南大陸を呑みこんだ海の下にまで、大洪水以前の古代アメリカ大陸の地下建造物の中にまで、収蔵されている。

これからわたしが言うことや、もっと後で述べることは、千一夜物語風のお伽噺に思えるかもしれない。しかしこれ以上確実な事実はないのだ。

パラデッサの大学の真の文書は何千キロメートルも占めている。太古の昔から毎年、ある種の仕事の真の目的を知るものは、何人かの高位の秘儀精通者だけであった。彼らとて、ある地方の秘密しか所有していないのではあるが。彼らは、知識の総体を形成する4つのヒエラルキーに関連するあらゆる事実を、石のテーブルに未知の文字で刻みつけるのに、3年間を費やすことを義務づけられている。これらの学者の各々は、都市の下で、砂漠の下で、平原の下で、山の下で、いっさいの目に見える光から遠ざかり、孤独のうちにその作品を完成するのである。

読者諸君、思い浮かべてみられよ。巨大な碁盤の目が、地球のほとんどあらゆる地域の地下を通じて拡がっているさまを。これらの碁盤の目のひとつひとつに、人類の地上での年月の記録が存在するのだ。ある区画には百年単位の百科全書が、ある区画には1000年単位の百科全書が、そしてある区画には小ユガと大ユガ単位の百科全書が。

(……)

宇宙的秘儀の執行の期間中の大いなる祈りの時間には、地下の広大な奥の院では低い声で聖なる文句がささやかれるだけであるが、地上や空では奇妙な聴覚現象が生じる。日の光や夜の明かりを頼りに遠くまで遍歴する旅行者や隊商たちは、人も家畜も不安になり、聞き耳を立てて立ち止まる。(……)

アガルタの工房や研究所や天文台では、これらの科学や芸術やその他が、絶えず教えられ、実証され、実践されつづけている。化学と物理学はあまりにも発達しているので、わたしがここでそれを叙述しても、とても人々には認められまい。(……)

「毎年定められた時期に、聖なる魔術学校の長(プリンス)であるマハルシの指導のもと、高等部門の優等生たちはいまでも地下の都市を訪問しに降りていく」

「彼らが最初にしなければならないのは、身体がやっと通るくらいの曲がりくねった穴の中を滑って地中を潜り抜けることである。息は止まり、頭の上に手を組んだヨーギは滑り落ち、1世紀もたったような気がする」

「ついに彼らは果てしのない坂道につぎつぎと落ち、そこから彼らの本当の旅が始まる」

「下れば下るほど空気は呼吸不能になり、秘儀精通者の一群が傾斜した巨大な洞窟の内部に沿って列をなして進むのが、下からの明かりで見える。彼らはまもなくこの洞窟の底で、地獄を観察することになるのだ」

「予備の空気や食糧や断熱材を携帯してきたにもかかわらず、大多数の者が息を切らし、疲れはて、途中で脱落することを余儀なくされる」

「秘密の芸術と科学を実践し、できるだけ少なく呼吸できる者、そして、空気がどこでも含んでいる神聖で生命のもととなる元素を、肺以外の器官によっていかなる場所でも空気から吸収できる者、このような者だけが道を続けることができる」

「非常に長い旅を耐え忍んだ者はついに、地下に巨大な火事のようなものが燃えさかるのを遠くに見る」

(……)

「真っ赤な流体の海に下から照らされた巨大な地下都市が目の前に開ける。この赤さは遠くにある中心の火の反映であり、毎年この時期には、中心の火は収縮しているのである」

「このうえなく異様な種類の建築が無限に並んでいる。そこでは、あらゆる金属が溶けあい、空想と奇想に富んだゴシック様式、コリント様式、イオニア様式、ドーリア様式の芸術家ですら夢想だにしなかったようなことを、実現しているのである」

「火の身体をもち人間の形をした種族が、人間が侵入してくるのを見ていたるところで猛り狂っているが、秘儀精通者たちが近づくと押し返され、翼を使ってあらゆる方向に飛びのき、彼らの都市の壁に鉤爪でしがみつく」

「マハルシを先頭に、聖なる代表団の一行は、玄武岩と固まった溶岩の狭い道を進んでいく」

「遠くから聞こえるのは、春分や秋分時の大潮の波が砕ける音にも似た、無限に拡がるように思えるくぐもった物音である」

「この間ずっと歩きつづけながら、ヨーギたちは、これらの異様な種族や彼らの風俗習慣、彼らの恐ろしい活動、人間にとっての彼らの有用性などを研究するのである」

「宇宙的力の命令により、われわれを支える地下を調整するのは、彼らの仕事なのだ。われわれに必要な金属や類金属の地下の流れ、地球の爆発と大地震を防いでいる火山、われわれの山や谷や川の流水状況、これらを調節しているのは彼らなのだ」

「雷を準備するのも彼らである。地下で、両極間や赤道間の流体の循環的流動を堰止め、その進路を地球のさまざまな緯度や経度の地帯に誘導しているのも彼らなのだ」

「あらゆる胚種が実をもたらすために腐ったとき、それを食べてしまうのも彼らだ」

「これらの種族は中心の火の原住民である。イエス・キリストが再び天に昇る前に訪れたのも、彼らなのだ。それは、火の本能をもつものにいたるまで、キリストによる贖罪がすべてを純化するようにするためである。そこから、この世における物と生物の目に見えるヒエラルキーが発生しているのである」

(……)

この神殿の中に入ってみよう。カルデアのアブラハム派、サレムのメルキセデク、テーベやメンフィスやサイスやアモンの密儀祭司、これらの原型たるブラハトマを見出すだろう。

最高位の秘儀精通者を除いて、誰もアガルタの教皇と1対1で顔をつき合わせて会ったことがない。(……)

ブラハトマはコーカサス・タイプのエチオピア人種出身の老人である。この人種は、赤色人種のあと、白色人種の前に地球の支配権を握っていた。そして、エチオピアからエジプトまで、インドからコーカサスまで、今日でもいたるところで見出せるあのすばらしい町や建物をあらゆる山の中に建造したのだ。

◉世界の王

■フェルディナンド・オッセンドフスキー『獣、人、神々』(Ossendowski, 1923☆)

中央アジアへの旅の途上で、私は初めて「神秘の中の神秘」——他に呼びようがないのだ——のことを知った。最初はそれほどのものとは思いもしなかった。私がその重要性に気づくのは、あちこちに散在し、しばしば互いに矛盾する情報の断片を分析し、その意義を把握してからのことだ。

ロレンツォ・ロット「メルキゼデクの犠牲」(1545頃)、ヌマーナ、サンタ・カーザ・ディ・ロレート古宝美術館

アムール川沿岸の古老たちから古い伝説を聞いた。かつて、チンギス・ハンの誅求を逃れ、地下の国に隠れ住んだ部族があったというのだ。またその後、ノガン・クル湖の付近に住むソヨト人には、「アガルティ王国」への入口を成す煙の門を見せてもらった。かつてこの門を通って王国へと入った猟師がいたという。その男はその国から生還すると、そこで見聞したことを語り始めたため、ラマ僧らは「神秘の中の神秘」の話が外に漏れるのを防ぐため、男の舌を切り取ったのだそうだ。男は年老いてから再びこの洞穴の入口に戻り、地底の王国へと消えた。かつて訪れたときの記憶が、男の流浪の魂を飾り、その心に明かりを灯していたのだった。

ナラバンキ僧院のホトクト、ジェリブ・ジャムスラプからは、もう少し現実味のある話を聞くことができた。それによると、地底王国から強大なる世界の王が現れたのだという。彼はその王の姿形、その王がなした奇蹟、その王が告げた予言について語った。そして私は、そのとき初めて理解し始めたのだった。ここには――それが伝説、催眠、集団幻覚のいずれであろうとも――ただ神秘ばかりでなく、現実的で強大な力が秘められているのであり、その力はアジアの政治の向かう先に影響しうるほどのものなのだ。この瞬間から、私は自分でも調査を開始した。

チュルトン・ベイリ親王の寵愛を受けるゲロン・ラマと親王御自らからも、この地底王国の話を聞いた。

(……)

「この王国こそがアガルティである。この国は、ありとあらゆる地下通路によって全世界に拡がっている。支那の博識なラマがボグド・ハンに語るのを聞いたが、アメリカの地下空洞はどこも、かつて地底世界に消えた古代民族が住んでいるとのことだ。その痕跡がいまでも地上に見つかるという。この地下の民族とその空間を治める支配者たちは、みな世界の王に忠誠を誓っている。この話に、特に不思議とすべきことはない。かつて、東西の大洋にそれぞれひとつずつ大陸が存在したことは知っておろう。この大陸はいずれも海の底に沈んだが、そこで暮らしていた民族は地底の王国へと移り住んだのだ。地下の空洞には穀物や野菜を育て、人に無病長命を与える特殊な光が存在する。多種多様な民族と、多種多様な部族が存在する。かつて、ネパールの仏教の高僧が、神々の意志を果たそうとチンギスの古代王国――シャム――を訪れたときのことだが、この僧はその地でひとりの漁師に出会った。漁師は僧に命じて自分の舟に乗せると、海へと漕ぎ出した。3日目に2人はある島に辿り着いたが、そこには2つの舌をもっていて、それぞれ同時に別の言語を話すことのできる民族が住んでいた。かれらは僧に、足が16本あるひとつ眼の亀や、肉が非常に美味な大蛇、主人の命令で海に飛び込んで魚を捕らえる歯の生えた鳥など、様々な珍奇な動物を見せた。そして、自分たちは地底王国から出てきた民族であると告げ、その地下の国の様子を語って聞かせたのである」

◉地理的・歴史的事実が象徴的価値をもつ

■ルネ・ゲノン

『世界の王』(Guénon, 1925☆)

あらゆる伝統に符合する証言から、ひとつの結論がきわめて明瞭に浮かび上がってくる。それは、すぐれて「聖地」であるもの、他のすべての「聖地」の原型であるような「聖地」、他のすべての中心が従属する精神的中心が存在するという断言である。「聖地」はまた「聖者の地」であり、「至福者の地」であり、「生者の地」であり、「不死の地」であった。これらすべての表現は等価であり、これにプラトンがまさしく「至福者の地」に適用した「清浄な地」という表現も加えねばなるまい。普通これらの地は「不可視の世界」にあるとされる。しかし事の本質を理解しようと思えば、やはりあらゆる伝統が語っている「精神的(霊的)ヒエラルキー」についても事情が同じであり、それらのヒエラルキーは現実にはイニシエーションの段階を表していることを忘れてはならない。

われわれの地上サイクルの現在の時期、すなわちカリ・ユガにおいて、この「聖地」は「守護者」によって守られ、外部との一定の交流は保ちながら、俗人の目には隠されている。「聖地」は実際目に見えず到達不可能であるが、それはそこに入るために必要な資格をもたない者にとってのみそうなのである。さて、ある特定の地域における聖地の所在地は、文字通りの事実であるとみなすべきだろうか。あるいは同時にその両者であろうか。この質問にはたんにこう答えよう。地理的事実や歴史的事実は、他のすべての事実と同じく、われわれにとって象徴的価値をもつ。そしてこの象徴的価値はもちろん、これらの事実から事実としての固有の現実性を奪うのではなく、直接的現実性に加えて、高次の意味をこれらの事実に授けるのだ。

第14章

レンヌ・ル・シャトーの捏造

L'INVENZIONE DI RENNES-LE-CHÂTEAU

*

*

*

*

第8章では聖杯（グラアル）伝説が各地を転々と移動する様を紹介したが、そうやって聖杯が辿り着いた土地のひとつが、フランス南部のスペイン国境近くに位置するモンセギュールである。モンセギュール版聖杯伝説の第一人者オットー・ラーンによると、この地にはもともと聖杯信仰への奉仕を目的とし、秘教的な性格を強くもつ団体の拠点があったという。だから何かきっかけさえあれば、この地で伝説が再燃するのはごく自然な成り行きだった。そして、そのきっかけを与えたのが、本章の主役と言っても過言ではない司祭ベランジェ・ソニエールの物語なのである。まずはこの人物について、現在史実として認められている情報を余さず紹介することとしよう。

フランソワ・ベランジェ・ソニエールは、カルカソンヌから40キロほど離れた小村レンヌ・ル・シャトーで、1885年から1909年にかけて教区司祭を務めた人物である。家政婦のマリー・デナルノーとの間に愛人関係を疑われたこともあるが、これについては事実かどうか定かではない。確かなのは、ソニエールが村の教会を修復したこと、私宅としてベタニア荘を建てたこと、そして丘の上にエルサレムのダビデの塔を思わせるマグダラの塔を建てたことである。

この一連の建設計画には莫大な費用がかかった（当時の金額で20万フラン、田舎司祭の給料のほぼ200年分に相当する）。もちろん噂は広まり、やがてカルカソンヌ司教が調査に乗り出す事態となった。しかしソニエールは調査への協力を拒み、これを受けて司教は彼に別の教区への転任を命

レンヌ・ル・シャトーのマグダラ塔

じた。ソニエールはさらにこの転任命令を拒否して教区司祭の職を辞し、その後は1917年に没するまで貧しい生活を送ることになった。

この少々奇特な司祭の奇妙な生活に関して、はっきりしているのはここまでである。ここから先は多分に憶測混じりの話になる。教会の修復工事の過程で、ソニエールは次々と「何か」を発見したらしい。ただ、それがなんであったのか、確かなところはわからない。彼の日記には、教会の床下に墓を見つけたとの記述がある。これはおそらく大昔にこの地を治めていた領主の墓だろう。日記には他にも何か「貴重」な物が入った容器を発見したと書かれているが、しかしこれもおそらくは、フランス革命時にレンヌの教区司祭がスペインに逃げる前に遺棄した、おおむね無価値なものであろうと思われる。あるいは教会の聖別の儀式に用いられた羊皮紙片だったかもしれない。

ところがこうしたわずかな手がかりから、ソニエールがとてつもない財宝を発見したらしいという説がひとり歩きをし始める。しかし事実はそうではない。この狡猾な司祭は、新聞や宗教関係の雑誌に広告を出して寄附を募ったのである。その際、寄附の条件として、送金してくれた人には身近な故人を弔うためのミサを執り行うと約束したのだが、結果として数百回分のミサに相当する金額が集まったにもかかわらず、彼はこの約束を果たさなかった。この件でソニエールはカルカソンヌ司教によって教会裁判にかけられている。

最後にひとつ世知辛い話を添えておこう。ソニエールはその死にあたり、所有していた建物類を家政婦のマリー・デナルノーに譲渡したのだが、彼女はおそらくその遺産に付加価値をつけようとしたのだろう、レンヌ・ル・シャトーの財宝伝説にさらなる燃料を投下し続けた。マリーの死後、今度はノエル・コルビュという人物がその遺産を相続したが、彼はこの村でレストランを開き、財宝目当てのトレジャーハンターを村に呼び込もうと、地元の新聞に「億万長者の司祭」の謎に関する情報をばら撒いたのである[1]。

次にご登場願うのも、やはり奇人の類いで、名をピエール・プランタールという男である。サン＝ティーヴ・ダルヴェードルの「シナーキー」[2]を奉じる極右団体の政治活動家であり、反ユダヤ主義団体を立ち上げ、また17歳でアルファ・ガラートと称する政治団体を創設している。このアルファ・ガラートは、ヴィシーの傀儡政権に対して全面的に支持の姿勢を

《1》未知の財宝を求める人々の間で必携のロベール・シャルー『世界の財宝』(Charroux, 1972☆）にもレンヌ・ル・シャトーが載っている

《2》第13章「アガルタとシャンバラ」の項のサン＝ティーヴ・ダルヴェートルのくだりを参照。プランタールの特異な人生については、とりわけ Buonanno, 2009☆に目を通されたい

とっていたのであるが、フランスが解放されるとプランタールは即座に掌を返し、これがあたかもパルチザン的なレジスタンス組織だったかのように弁を弄するに至った。

プランタールは1953年12月、背任罪による6ヵ月の刑期を終えて釈放されると（なお後には青少年に対する淫行の罪で1年の刑を受けている）シオン修道会を設立した（この団体は1956年5月7日にサン＝ジュリアン＝アン＝ジュヌヴォワの役所に公式に登録されている）。これだけなら特段おかしなことはないのだが、問題はプランタールがこのシオン修道会は2000年前から存在すると言い出したことだった。そしてこの主張の根拠とされたのが、あのソニエールが教会を修繕しているときに発見したとされる（ただし後に捏造が判明することになる）文書だった。この文書はメロヴィング朝の王統が現在も存続している証拠とされ、プランタールは自らをダゴベルト2世の末裔だと主張したのである。

プランタールはさらに、シオン修道会とレンヌ・ル・シャトーの関係を示すとされる秘密文書の写本を、パリの国立図書館に寄贈してもいる（もちろんこれも偽造だったことが後に判明する）。

プランタールの主張と奇妙な符合を示したのがジェラール・ド・セードの著書である。ド・セードはジャーナリストで、逆説的な語り口を好むその文体は、かつてシュルレアリスムのサークルに所属していた経験に由来するものと考えられる。それはともかく、彼の著書は、ノルマンディ地方に位置するジゾール城の謎をテーマとしたものであった（De Sède, 1962☆）。ド・セードは文学の道を断念した後、この地方で養豚業に従事していたのだが、あるときロジェ・ロモワという、浮浪者と神懸りの中間のような人物に出会う。このロモワはド・セードに対し、自分はかつてジゾール城で庭師兼番人として働いていたことがあり、当時2年間かけて夜中に地下室の床下を（密かに、また危険を冒して）発掘した結果そこに大昔の通廊を発見したのだと語る。しかも、通廊の先には広い空間が開けていた。その様子については、ド・セードが記録したロモワ自身の言葉を引用しておこう――「そのとき見たもの、俺は一生忘れられないだろう。それくらい壮観だった。俺はルーヴシエンヌの石で造られたロマネスク様式の礼拝堂にいた。奥行きが30メートル、幅が9メートルで、円天井は一番高いところで大体4メートル50センチあった。入ってすぐ左手には、幕屋全体と

同じくやはり石造りの祭壇があった。右手には建物の残りの部分が広がっていた。壁の中程の高さのところに、石の持送りの上に、原寸大のキリスト像と12使徒像が立っていた。壁際の床の上には長さ2メートル、幅60センチメートルの石棺が並んでいた。それが全部で19個あった。身廊を照らすと、目を疑うような光景が現れた。貴金属製の箱が30個、10個ずつ3列に並んでいたんだ。いや、箱というよりワードローブといったほうがいい。それぞれ奥行きが2.20メートル、高さが1.80メートル、幅が1.60メートルあった」。

ド・セードの著書をきっかけに、その後何度もジゾール城の調査が行われた。その結果、確かに何本かの通廊が発見されはしたのだが、不思議なことにロモワが見つけたはずのこの部屋はどこにも見つからなかった。一方、その頃、ド・セードに対してプランタールから接触があった。その際、プランタールは、いまは残念ながら見せることができないが自分の手には秘密の文書があり、またこの謎の部屋の地図も持っていると主張したらしい。もちろんこの地図も、例によってプランタール自身がロモワの説明に従って捏造した代物だったのだが、ド・セードはこれを機に新たな本の執筆を開始した。ここで——この種の伝説では定番の——テンプル騎士団が話に絡んでくる。

1967年、ド・セードは『レンヌの黄金』(De Sède, 1967☆)を出版する（これはどうやらプランタールの草稿をド・セードがまとめ直したものらしい)。この著書はシオン修道会の神話、特に当時プランタールが複製して各地の図書館にばら撒いていた羊皮紙の偽写本に、メディアの関心が向け

((左)「ジゾール城」(19世紀前半)、銅版画、パリ、装飾芸術図書館

(右) ギュスターヴ・クールベ「エトルタの崖」(1869)、ベルリン、旧国立美術館

られるきっかけとなった。しかしプランタール自身が後に告白しているように、この写本群はフランスのラジオコメディアンで俳優でもあったフィリップ・ド・シェリゼが書いたものだった。シェリゼ自身が1979年に、この偽文書を作製したのは自分であり、写本のアンシァル体は国立図書館で見た写本類を模写したものだと認めている。また、シェリゼは**モーリス・ルブラン**によるアルセーヌ・ルパン作品に影響を受けていたらしい。

実際、ヤンナッコーネが指摘しているように、『奇岩城』でルパンは歴代フランス王の謎を解き明かすのである（Iannaccone, 2005☆)。「ルブランのこの作品を反カトリックという観点から読むなら、そこにはレンヌ・ル・シャトーの神話を構成する要素の多くがすでに含まれていることに気付く。それに、この作品でルパンはメシア的な〈大王〉として描かれている。ルブランはノルマンディ地方、それも民族主義的神秘主義の牙城たるジゾールの近くの出身であり、それゆえカトリックの予言伝承についてよく知っていた。この民族主義的かつ宗教的なイデオロギーは、革命期と同様のメシア的価値をフランスに与えたのである。ただ、今回は反革命を旗印に掲げていたのが前回とは違った」。

とにかく、ソニエールが発見したとプランタールが主張する文書の中に、ド・セードは多くの隠された暗号を発見するのだが、特にそのうちのひとつに、プッサンの有名な絵画に言及する不気味な文章が見出されたという。この絵画は「エト・イン・アルカディア・エゴ」（ET IN ARCADIA EGO）という文句の刻まれた墓を数人の牧人が発見する場面を描いたものである（グ

（左）グエルチーノ「われアルカディアにもあり」（1618）、ローマ国立古典絵画館

（右）ニコラ・プッサン「われアルカディアにもあり」（17世紀）、パリ、ルーヴル美術館

《3》（次頁）例えば『ローマ・ミサ典礼書』にも “Terribilis est locus iste: hic domus Dei est et porta caeli: et vocabitur aula Dei”（畏るべきかなこの場所、ここは神の家、天の門、神の庭と呼ばれるべき場所）とある

エルチーノにも同じモチーフの作品があり、そちらでは墓石の上に髑髏が乗っている）。この墓碑銘「我アルカディアにもあり」とは、我すなわち死が、幸いなるアルカディアにも存在する、という意味の言葉で、古典的な「死を想え（メメント・モリ）」である（ゲーテも『イタリア紀行』のエピグラフに用いている）。しかしプランタールは、この文言が13世紀から自分の家の紋章に書かれていたと主張する（プランタールの父親が給仕であったことを考えると俄（にわか）には信じがたい主張である）。また絵画に描かれた風景がレンヌ・ル・シャトーを想起させるとも言う（プッサンはノルマンディ出身だが、グエルチーノはフランスを訪れたことすらない）。さらにプランタールは、プッサンとグエルチーノが描く墓はどちらも、1980年代までレンヌ・ル・シャトーとレンヌ・レ・バンを結ぶ道路沿いに見えていた墓に似ているとも言うのだが、この墓は20世紀に入ってから建てられたものであることが残念ながらすでに確認されている。

いずれにせよこれをもって、グエルチーノとプッサンにこの絵を発注したのがシオン修道会であった証拠とされ、プランタールがプッサンの作品の複製を（本人しか知らない何かの証拠として）1点入手したのはそのためだったとド・セードは主張する。しかも解読作業はこれに留まらず、ついには “Et in Arcadia ego” の文字を並べ替えると “I! Tego arcana Dei”（立ち去るがいい！我は神の謎を隠す）となることが見出されるに至り、これこそは絵に描かれているのがイエスの墓であることの「証明」とされてしまったのである。

他方、ソニエールが修繕した教会に関しても、ド・セードはいくつかとんでもない推論を行っている。例えば教会の入口の上に刻まれた “TERRIBILIS EST LOCUS ISTE” という銘は、「ここは恐ろしい場所である」と読まれ、世界中のミステリー愛好家を震え上がらせた。実際には、これは「創世記」からの引用で、この句を壁に刻んでいる教会はいくらでもあるし、教会聖別のミサの入祭文として唱えられることも多い（ソニエール自身、当然このことは熟知していたはずなのだ）[3]。この文句が登場するのはヤコブが天まで届く階梯を幻視する場面である。ヤコブは夢の中で天使の姿を見、神の声を聴く。そして目覚め、こう言うのである――「ここは、なんと畏れ多い場所だろう。これはまさしく神の家である。そうだ、ここは天の門だ」[「創世記」28: 17]。ラテン語の “terribilis” には「畏敬に値する」という意味もあるのであり、この文句そのものには恐怖をや危険を感じさせるような要素はまったく含まれていないのである。

さて次なるは、聖水盤を支える「跪く悪魔」である。これはソロモンにエルサレム神殿の建設を手伝わされたと言われるアスモデウスと解釈されるが、この点についても、ロマネスク教会には悪魔像が置かれているところが少なくないことを、まずは指摘しておこう。このアスモデウスの上には４体の天使像があり、その下に “PAR CE SIGNE TU LE VAINCRAS”（この印にて彼に勝て）と銘がある。すぐに想起されるのはコンスタンティヌスの “IN HOC SIGNO VINCES”（この印にて勝て）であるが、ミステリー愛好家たちはそれでは満足せず、フランス語のほうは “LE”

（彼に）が余分に付いていることに注目し、文句全体の文字数を数えてみる。すると22文字である。これは墓地の入口に置かれた髑髏の歯の数とも、マグダラの塔の狭間胸壁の数とも、この塔に通じる2つの階段の段数とも一致する。さらに"LE"の2文字は文句全体の中の13番目と14番目にあたる。13と14を合わせると1314になるが、1314年といえば、テンプル騎士団の総長であったジャック・ド・モレーが火刑に処された年にほかならない。大ピラミッドの例でも見たとおり、ことほどさように数というのは恣意的な解釈に最適な素材なのである。

次は教会内に立つ聖人像に注目してみよう。全部で5人の聖人を象（かたど）った像があり、それぞれジェルメーヌ（Germaine）、ロクス（Roch）、隠者アントニオス（Antoine Ermite）、パドヴァのアントニオ（Antoine de Padoue）、そしてルカ（Luc）と名前が書いてある。この5人の頭文字をつなげると——GRAALになる。つまり聖杯だ。

こうした謎めいた符合は、やろうと思えばいくらでも見つけることができる。だがロマネスク修道院には怪物像が至るところにあるという事実（こういう無用の「驚異」に対しては聖ベルナルドゥスの痛罵※が有名）を踏まえるなら——もちろん敢えてそれを踏まえないのが良きオカルティストとしての面目躍如であるわけだが——こんなものは謎でもなんでもないのである。ソニエールが教会の修繕を思い立ったときにも、彼の頭にはこうした図像学的伝統があったに違いない。ソニエールに関して秘教主義の団体、特に当時の薔薇十字団との関係が指摘されているのは事実だが、だからといってこの種の胡散臭い暗号遊びをいくら積み重ねても、シオン修道会なりイエスのフランス亡命なりについて何かが証明される可能性は一切ないのである。

最後にもうひとつだけ妄想的解釈の例を紹介しておこう。ある像

※クレルヴォーのベルナルドゥス『ギョーム修道院長への弁明』、『中世思想原典集成10　修道院神学』所収、杉崎泰一郎訳、平凡社を参照

レンヌ・ル・シャトー教会の入口付近にある聖水盤のアスモデウス像

の台座に“CHRISTUS A.O.M.P.S. DEFENDIT”なる銘があるのだが、これが“Christus Antiquus Ordo Mysticus Prioratus Sionis Defendit”（古(いにし)えの神秘なるシオン修道会の秩序をキリストが護りたまう）と読めるというのだ。しかし実は、これと同じ銘はローマの教皇シクストゥス5世のオベリスクの台座にもあり、本来は“Christus Ab Omni Malo Populum Suum Defendit”と読むべきものであって、意味は単に「キリストはその民をあらゆる悪から護りたまう」なのである（Tomatis, 2011☆を参照）。

レンヌ・ル・シャトーの伝説も、本来なら時間の経過とともに消え去る運命にあったはずだ。ところが**ド・セード**の著書がジャーナリストのヘンリー・リンカーンの目にとまったことで、その後の展開は大きく変わることとなった。リンカーンはやはりオカルトミステリーを愛好するリチャード・リー、そしてジャーナリストのマイケル・ベイジェントの協力を得て、レンヌ・ル・シャトーを題材としたBBCのドキュメンタリー番組を3本制作し、さらにその成果を3人の共著として出版したのである。この『**聖血と聖杯**』（Baigent, Leigh, Lincoln, 1982☆）は直ちに大ベストセラーとなった。簡単に言うとこの『聖血と聖杯』［邦題『レンヌ＝ル＝シャトーの謎』］は、ド・セードとプランタールがまき散らした情報を残らず拾い集め、そこに小説のような筋書きを与え、あたかも全部が疑問の余地のない歴史的真実であるかのように示した本であり、最後に結論として、シオン修道会はイエス・キリストの子孫によって設立された団体であって、イエスは十字架上で死んだのではなく、マグダラのマリアと結婚してフランスに逃げ延び、そこでメロヴィング朝を興したのだと主張するのである。ソニエールが発見したのも財宝などではなく、イエスの血脈を証明する一連の文書だったとされ、この〈王の血〉すなわち“Sang Réal”が訛って“San Graal”すなわち聖杯となったのだという。ソニエールが得た富は、この恐るべき秘密を隠蔽するためにヴァチカンが支払った黄金によるものだったのだ。もちろんイエス、マグダラのマリア、シオン修道会、レンヌ・ル・シャトーの黄金をまとめてひと繋がりの物語とするついでに、テンプル騎士団とカタリ派も一緒に放り込まれている。さらにプランタールによれば、シオン修道会は類稀れな出自をもつだけでなく、歴代の会員にはサンドロ・ボッティチェッリ、レオナルド・ダ・ヴィンチ、ロバート・ボイル、ロバート・フラッド、アイザック・ニュートン、ヴィクトル・ユーゴー、クロード・ドビュッシー、

ジョット「マグダラのマリアのマルセイユへの旅」(1307–1308)、アッシジ、サン・フランチェスコ聖堂、マグダラのマリアの礼拝堂

ジャン・コクトーと錚々たる面々が名を連ねていたという。アステリックス［フランスの人気コミックシリーズの主人公］が入っていないのが惜しまれるところだ。

しかし彼らの妄想はここに留まらない。例えばジゾールの楡の木をめぐるエピソードに関して、まったくなんでもないような顔でさらりと妄想を混ぜてくる彼らの手つきは見事なほどだ。ジゾールがテンプル騎士団ゆかりの地であるという情報（といっても、テンプル騎士団がこの地に滞在したのは2、3年のことにすぎず、また当時フランス全土にテンプル騎士団の拠点があったことを考えればこれはごく当然のことである）を得たベイジェントらは、これこそジゾール城にまだ未発掘の地下室があり、そこに聖杯が眠っていると結論すべき決定的証拠となりうる事実だと考えた。そこで彼らはまず、中世の様々な伝説や年代記に当たり、12世紀にこのジゾールの城で起こったとされるある事件に着目する。これは（著者ら自身が「歴史や伝承は漠然としているので本当かどうかはわからないが」と認めているのだが）あるときフランス王とイングランド王の間で争いが起こり、両軍が衝突した結果、イングランド軍はジゾールの城内に逃げ込み、その間にフランス軍が近くの土地に生えていた楡の木を切り倒したという事件である。話としてはただそれだけなのだが、著者らはこの物語の「行間にあるよくわからない動機や説明は、なんらかの重要なことを暗示しているらしい」と言ってしまう。何を暗示しているのかについて何かあてがあるわけでもないにもかかわらず、彼らは無謀にもシオン修道会との関係を示唆するのである――「実際、いまの説明では納得できるわけもなく、なにかほかのこと、おそらく歴史では明らかにされずに見落とされてきたことが絡んでいたのだろう」［以上、本段の引用はマイケル・ベイジェント、リチャード・リー、ヘンリー・リンカーン『レンヌ＝ル＝シャトーの謎――イエスの血脈と聖杯伝説』、林和彦訳、柏書房より］。こうしてジゾールはシオン修道会と、したがって聖杯と結びつけられ、ミステリーを求める人々にとって新たな巡礼地となったのである。

すでに見たように、聖杯はガリシアからアジアまで、どこにでも現れると言って過言ではないような代物なので、ジゾールがフランス南部のモンセギュールやレンヌ・ル・シャトーから見れば国の反対側のオート・ノルマンディ地方に位置するという程度のことでこの著者らがひるむはずはなかった。そして観光名所も、2つから3つに増えることとなった。

ここまでナンセンスの塊のような話が真面目に信じられた（そして『聖血と聖杯』が空想歴史小説ではなくノンフィクションとして読まれた）こと自体がミステリーと言ってもいいくらいだが、いずれにしても同書によってレンヌ・ル・シャトーの神話が強化され、当地が人気の巡礼地のひとつとなったのは紛れもない事実である。結局この一連の法螺話を信じなかったのは捏造の当事者だけだった。ベイジェントらによって自説を虚構的に膨らまされたド・セードは、1988年の著書でそれまでの発言を全面撤回し、ソニエールの村をめぐってでっち上げられた数々の欺瞞や捏造を非難する側に回った（De Sède, 1988☆）。1989年にはピエール・プランタールも自らの全発言を否定し、シオン修道会は1781年にレンヌ・ル・シャトーで生まれたものだと、伝説の修正版を発表している。自作の偽文書にも修正を加え、シオン修道会の総長のリストにフランソワ・ミッテランの友人であったロジェ＝パトリス・プラの名前を追加した。しかし後にプラがインサイダー取引で告発されると、プランタールは証人として法廷に立ち、シオン修道会にまつわる話が全部でっち上げであったことを宣誓の上で認めた。家宅捜索を受けたプランタールの自宅からは、新たに複数の偽造文書が発見された《4》。

《4》プランタールが関係する訴訟事件についてはSmith, 2011☆およびIntrovigne, 2005☆を参照。またレンヌ・ル・シャトーとダン・ブラウンに関する文献を網羅したものとしてSmith, 2015☆を参照

こうして、プランタールの言うことを真面目に受け取る者はひとりとしていなくなった。そして2000年、イエスとマグダラのマリアの末裔を自称した男は、誰からも見放されたまま死んだ。

ところが2003年に至って、ダン・ブラウンの大ベストセラー『ダ・ヴィンチ・コード』が世に出てしまう。ブラウンは明らかにド・セードやベイジェント、リー、リンカーンその他多数のこの分野の専門書を参照してこの小説を書いているのだが、にもかかわらず彼は、自分が提供する情報は何もかも史実だと明言している（**ヤンナッコーネ**のテクスト〔Iannaccone, 2005☆〕を参照）。

もちろん、ルキアノスの『本当の話』からスウィフトその他を通じてマンゾーニに至るまで、小説を「この話は実在する資料に基づく」と書き出すのは作話上の常套手段であってそれ自体は特に問題ではない。ではブラウンの場合に何が問題なのかといえば、彼は小説の外部、つまり実生活においても、常々自分の話は史実だと言い募っているのだ。2003年5月25日のCNNのインタビューで、ブラウンは自分の作品についてこう語っている――「99パーセント真実です。建築、芸術、秘儀、歴史、これらは全部真実です。グノーシス的福音です。全部がフィクション……ではなくて、フィクションなのは、ハーヴァードにロバート・ラングドンという名の象徴学者がいるという部分だけです。彼の行動は全部フィクションですが、背景は全部真実なんです」。

もし彼の作品が本当に史実を再構成したものなのだとしたら、作中に散見される明らかな事実誤認についてはどう説明すればいいのだろう。例えば、シオン修道会は「ゴドフロワ・ド・ブイヨンというフランス王」によってエルサレムで創設されたとあるが、ゴドフロワが王位に就いた事実はない。あるいは、教皇クレメンス5世がテンプル騎士団を抹殺せんとして「命令を記した極秘の教書を発行し、ヨーロッパ全土の軍勢に対して、1307年10月13日の金曜日にいっせいに開封するよう働きかけた」というが、教皇ではなくフィリップ端麗王が、ヨーロッパ全土ではなくフランス王国内

ジョン・スカーレット・デイヴィス「サン＝シュルピスの内部」(1834)、カーディフ、ウェールズ国立美術館

の執行吏や家令に宛てて勅令を発したというのが史実である（そもそも教皇がどうやって「ヨーロッパ全土」に「軍勢」を保有しえたというのか）。また、1947年にクムランで発見された（「聖杯の真実」についても「キリストの伝道」についても一切言及のない）写本群［いわゆる「死海文書」］と、グノーシス派の福音書の含まれるナグ・ハマディ写本群との混同も見られる。さらに、パリのサン＝シュルピス教会の日時計（グノモン）についても「かつて異教徒の寺院が同じ場所に建っていた名残」だというが、この日時計が造られたのは実際には1743年なのである。最後に、この小説ではサン＝シュルピス教会はパリの子午線に対応するいわゆる「ローズ・ライン」上にあることになっている。そしてこのローズ・ラインはルーヴル美術館の地下、いわゆる「逆ピラミッド」の真下まで延びており、そここそが聖杯が最後に辿り着いた場所だとされるのである。その結果、ローズ・ライン目当てのミステリー巡礼者が世界中からサン＝シュルピスに押し寄せるようにな

り、あまりの人数の多さに難渋した教会はついに次のような声明を貼り出さざるをえなくなったのである——

「当教会の敷石に真鍮の象嵌として具象化された「子午線」は18世紀に造られた科学器具の一部です。この敷設工事は当教会の全面的な合意のもとに、当時新設されたばかりのパリ天文台の天文学者らによって行われました。彼らはこれを、地球の軌道に関する様々なパラメータを定義するのに利用しました。便宜上の理由から同様の設備が他の大規模な教会にも造られました。ボローニャ大聖堂もそのひとつであり、教皇グレゴリウス13世はここで現在の『グレゴリオ暦』制定のための準備研究を行わせました。最近、とあるベストセラー小説で当教会が異教徒の寺院の遺跡だとされましたが、それはあくまでも架空の設定です。この場所にそうした寺院が存在した事実はありません。この場所が『ローズ・ライン』と呼ばれたこともありません。パリを基準として東西の経度を測定するために用いられる子午線は、パリ天文台の中央を通って引かれるものですが、この線は当教会を通りません。この天文学の器具からは、創造主たる神が時の主人であると認めること以外に、いかなる神秘的な観念も導かれません。翼廊の両端の小さな丸窓に書かれた『P』と『S』の文字は、当教会の守護聖人であるペテロとシュルピスを表すものであり、架空の『シオン修道会』（Priory of Sion）を表すものではありません」。

だが最も興味深かったのは、リンカーン、ベイジェント、リーが剽窃の廉（かど）でブラウンを告訴したことである。ところで『聖血と聖杯』の序文を見ると、同書の内容はすべて史実である旨が書かれているが、著者らはその史実を発見したのが自分たちだけの功績だなどとはまったく主張していない。むしろその発見が先行する数々の著作——（著者らによれば）真実の種子を含んではいたが十分な検討を与えられてこなかった先人たちの仕事——に負っていることを、自ら認めているのである。もちろんこれを認めなければそれこそ詐称である。というのも、何度も言うように、この種の文献は愛好家の間では何十年も前から流通していたからである。

さて、誰かが何か歴史上の出来事（カエサルが3月15日に殺されたとか、ナポレオンがセントヘレナ島で死んだとか、リンカーンが劇場でジョン・ウィルクス・ブースに暗殺されたとか）について、それが真実であることを証明してみせた場合、その史実はそれが公表された瞬間から人類の共有財産となるのであって、後で誰か別の人が「カエサルは元老院で23ヵ所刺された」と書いたからといって剽窃として責められる謂(いわ)れはない。ところがベイジェント、リー、リンカーンはブラウンを剽窃で告訴した。つまり、自分たちの著書が排他的な知的財産権の対象だと主張したわけだ。これは要するに、彼らがいままで史実と称して売りさばいてきたものが、本当は全部空想の産物だったと公的に認めたということなのである。

ブラウンの莫大な財産を分けてもらえるとなれば、自分の実の父親は母のもとに通っていた何十人もの水夫のひとりだくらいのことを法廷で証言する者はいるかもしれず、その点でベイジェント、リー、リンカーンには心から同情するものである。しかしいっそう興味深いのは、公判に際して、ブラウンがリンカーンらの本を読んだことがないと主張したことである。これは、信頼できる情報源に依拠して書いたとする自らの主張と矛盾する抗弁ではないか（この点では『聖血と聖杯』の著者らの主張も同様の指摘を受けざるをえないが）。

この辺りでレンヌ・ル・シャトーの話も締め括ろうと思うが、ひとつ困るのは、この村はいまでもミステリー愛好家たちの巡礼地であり続けていることである。本書で扱った他の伝説の地についていえば、そもそも伝説の発祥自体が大昔の話であるため、例えばアトランティス神話がいかにして成立したかをプラトン以前に遡って調べたり、オデュッセウスのイタケ島の正確な位置を特定したりすることは端的に言って不可能である。そしてそれだけの歴史をもつことが当の伝説を、信憑性はともかくとしても一定の敬意に値するものたらしめているのも事実であろう。しかしレンヌ・ル・シャトー事件が教えるのは、何もないところに伝説を拵えることがいかに容易であるか、そしていったん定着してしまった伝説は、その後に歴史家なり裁判所その他の機関なりがその虚偽性を認定したとしても、そう簡単には消え去ってくれないということである。それにつけても思い出されるのはチェスタトンのものとされる次の警句である――「神を信じなくなった者は、何も信じなくなるのではなく、なんでも信じるようになる」。

*

*

◉アルセーヌ・ルパンがレンヌ・ル・シャトーを先取りする

■モーリス・ルブラン

『奇岩城』第8章–第9章（Leblanc, 1909☆）

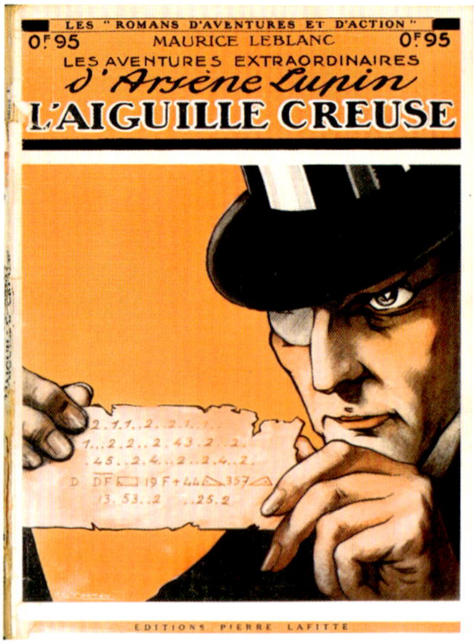

マルク・ベルティエによるモーリス・ルブラン『奇岩城』（1909）のカバー装画

ボートルレは腹ばいになったま、断崖に突き出た岬の突端までそっと這い進んだ。ようやくたどり着くと、伸ばした手の先で草むらをかき分け、崖のうえに顔をのぞかせる。

目の前には高さ80メートル以上もあろうかという巨大な岩山が、ほとんど崖のうえあたりまで、海から突き出るようにそそり立っていた。海面すれすれに広がる花崗岩の礎から、細い先端へと伸びるこの堂々たるオベリスクは、とてつもなく大きな海獣の牙を思わせた。色は断崖と同じ、くすんだ灰白色。燧石の跡を残す横溝が無数に走り、石灰質と砂利の層が何世紀にもわたって幾重にも重なったようすが見て取れる。

ところどころにあるひびや窪みには、少し土がたまって草や木が生えていた。

何もかもが目を見張るほど堅固で力強く、押しよせる波や嵐にもびくともしない威容を誇っている。何もかもが頑として動かしがたく、傍らにひかえた断崖絶壁にも劣らず崇高で、周囲に広がる空間にも劣らず広大だった。

（……）

ボートルレは突然目を閉じ、折り曲げた両腕を額に押しあてた。あそこに——と思う彼の胸は感動に打ち震え、喜びのあまり息がつまりそうだった——あそこに、エトルタの針岩のてっぺん近く、かもめがまわりを飛んでいるあたりに、うっすらと煙が立っている。目に見えない煙突でもあるかのように、裂け目から漏れ出たかすかな煙は、夕暮れの静かな空にむかってゆっくりと渦を巻いていた。

エトルタの針岩は空洞なのだ！

自然現象だろうか？　地殻の変動で穴があいた、あるいは波に洗われるか雨がしみこむかして、少しずつ浸食されたのかもしれない。さもなければケルト人かガリア人か、先史時代の人々が、超人的な努力で作りあげたものだろうか？　おそらく答えは、永遠に見つからないだろう。だが、そんなことはどうでもいい。大事なのは、針岩が空洞だということだ。

アヴァルの水門と呼ばれる雄大な石のアーチが、まるで巨木の枝のように、断崖のうえから海にむかってのび、海中の岩盤につながっている。そこから4、50メートルのところにある石灰質の巨大な円錐は、虚空に置いた石のとんがり帽にすぎなかったのだ！

何と驚くべき大発見だろう！　ルパンに続きボートルレも、2000年以上続く大いなる謎を解く鍵を、いま見つけようとしているのだ！　はるか昔、蛮族が馬に乗って古き世界を駆けまわっていたころ、その鍵は持ち主にとって計り知れないほどの貴重なものだった。巨大な石の隠れ家をひ

ジョゼフ・マイケル・ガンディ「ロスリン礼拝堂」（1810）、リトグラフ、個人コレクション。『ダ・ヴィンチ・コード』の舞台のひとつ

らく魔法の鍵！　いくつもの部族が敵から逃れ、そっくりそこに逃げ込むことができるのだ。決して破れない砦の扉を守る不思議な鍵！　それは力を与え、覇権をたしかなものにする威厳に満ちた鍵なのだ。

その鍵を手に入れたおかげで、カエサルはガリアを征服できた。その鍵を手に入れたおかげで、ノルマン人はあたりいったいをわがものとし、さらにはそこを拠点にして、隣のグレート・ブリテン島からシシリア、オリエントへと新たな世界を支配していった！

秘密を保持していたイギリス王家はフランスを屈服させ、国土を分割して、自らパリで戴冠をした。そして秘密を失ったとき、イギリス王家は敗退した。

秘密を受け継いだフランス王家は発展を遂げ、限られた領土を広げて徐々に大国を築き、栄華と威光に輝いた。けれども、やがてその秘密を忘れ、生かすことができなくなったとき、王家に待っていたのは廃位、亡命そして死だった。

陸地から5、60メートルほどの海にある、見えない王国……ノートルダム大聖堂の塔よりも高くそびえ、町の広場よりも大きな花崗岩の岩盤に立った、誰も知らない要塞……なんと強力で安全なことか！　パリからこの海までは、セーヌ川をつたって行ける。そして河口には、ル・アーヴルの町が作られた。なくてはならない、新たな町が。そこから30キロたらずのところに、《空洞の針（エギーユ・クルーズ）》はある。これこそ難攻不落の砦ではないか？

この砦はまた、絶好の隠し場所でもある。何世紀にもわたって蓄えられた王家の財宝——フランスが保有する黄金、人民から搾取し、聖職者たちから取りあげた品々、ヨーロッパ各地の戦場で集めた戦利品のすべてが、この巨大な洞窟に山積みになっているのだ。スー、エキュ、ドブロン、デュカ、フロリン、ギニー。きらきらと輝くこうした古い金貨や宝石、ダイヤモンド、装飾品がすべてここに詰まっている。誰がそれを見つけるのだろう？　計り知れない《針（エギーユ）》の秘密を？　そんなこと、誰にもできやしない。

ルパンをのぞいては。

◉ジゾールの秘宝

■ジェラール・ド・セード
『テンプル騎士団は我々の中にいる——あるいはジゾールの謎』(De Sède, 1962☆)

「そのとき見たもの、俺は一生忘れられないだろう。それくらい壮観だった。俺はルーヴシエンヌの石で造られたロマネスク様式の礼拝堂にいた。奥行きが30メートル、幅が9メートルで、円天井は一番高いところで大体4メートル50センチあった。入ってすぐ左手には、幕屋全体と同じくやはり石造りの祭壇があった。右手には建物の残りの部分が広がっていた。壁の中程の高さのところに、石の持送りの上に、原寸大のキリスト像と12使徒像が立っていた。壁際の床の上には長さ2メートル、幅60センチメートルの石棺が並んでいた。それが全部で19個あった。身廊を照らすと、目を疑うような光景が現れた。貴金属製の箱が30個、10個ずつ3列に並んでいたんだ。いや、箱というよりワードローブといったほうがいい。それぞれ奥行きが2.20メートル、高さが1.80メートル、幅が1.60メートルあった」。

◉イエスとマグダラのマリアの結婚

■マイケル・ベイジェント、リチャード・リー、ヘンリー・リンカーン
『聖血と聖杯』(Baigent, Leigh, Lincoln, 1982☆)
［邦題『レンヌ＝ル＝シャトーの謎』］

私たちの仮説にしたがえば、イエスの妻と子ども（17か18歳からの生存期間を考えると、何人かの子どもがいたかもしれない）は聖地を逃げだして南フランスへ避難し、その土地のユダヤ人共同体でイエスの子孫を守った。5世紀、この子孫がフランク人の王族と婚姻関係を結ぶことによってメロヴィング朝が創始された。紀元496年、おそらくこの家系の正体を知っていたローマ教会は、メロヴィング家の永続を保証する協定をこの王朝と結んだ。(……)

ローマ教会はイエスの血筋、せめてメロヴィング家だけでも抹殺するためにあらゆる手段を試みたが、うまくことは運ばなかった。この血筋の一部はカロリング家のなかに生き続け、王位の簒奪にローマ教会よりは罪の意識を感じていたカロリング家は、メロヴィング家の王妃たちとの王朝結婚により自分たちの正統性を訴えようとした。しかし、さらに重要なことは、メロヴィング家の血筋は、ダゴベルトの息子であるシギベルトの子孫が、セプティマニアのユダヤ王国の支配者ギョーム・ド・ジェローンとなり、さらにゴドフロワ・ド・ブイヨンにまで生き続けたという点で

ダンテ・ゲイブリエル・ロセッティ「マグダラのマリア」(1877)、ウィルミントン、デラウェア美術館

ある。ゴドフロワによる1099年のエルサレム征服は、イエスの子孫が旧約聖書時代に得た正当な権利のある遺産を奪回したことを意味していた。

十字軍時代、ゴドフロワの家柄が、ローマ教会の望むように秘密にされていたのかどうかは疑問である。ローマ教会の権勢を考えれば、その家柄が公然と語られることはなかったはずである。しかし、噂や伝承、伝説は衰えることはなく、これらの話がゴドフロワの謎の先祖のローエングリンや、当然、聖杯物語にも明らかに見出されるようになった。

私たちの仮説が正しければ、聖杯は少なくともふたつの意味を兼ね備えている。ひとつはイエスの血筋や子孫を意味する「サング・ラール (Sang Raal)」で、ここで「ラール」はプリウレ・ド・シオン団がテンプル騎士団を創設して守らせた「王家」の血筋である。聖杯のもうひとつの意味は、まさに文字通りイエスの血を受けた容器で、別の言い方をすれば、これはマグダラの子宮かマグダラ自身を指したのかもしれない。これが中世に広がることによってマグダラ崇拝が生まれ、さらにこれが聖母崇拝と混同されるようになった。たとえば、有名な母子を描いた多数の「黒い聖母」、つまり「黒マリア」は、初期キリスト教時代には聖母マリアでなく、マグダラを奉っていたと証明することができる。「ノートル・ダム（聖母マリア）」に捧げられた子宮を模したゴシック聖堂も、『ル・サルパン・ルージュ』によれば、聖母ではなく、イエスの配偶者を奉ったものと書かれている。

したがって、聖杯はイエスの血筋とその血筋の源となる子宮の持ち主マグダラを象徴すると考えられる。しかし、これはまた別のものも表わしている。紀元70年のユダヤ大反乱のとき、ティトス麾下のローマ軍はエルサレム神殿を略奪した。強奪された神殿の宝物は最終的にはピレネー山脈で見つかり、プランタールとの会話によれば、現在この宝物はプリウレ・ド・シオン団の手もとに保存されているらしい。しかし、エルサレム神殿にはティトス軍が略奪した財宝を超えるものがあった。(……)イエスが本当に「ユダヤ人の王」であれば、神殿には彼に関する記録が山のように保存されていたであろう。さらに、神殿には福音書に書かれた仮の墓から移されたイエスの遺体か墓そのものもあったのかもしれない。

(……)

私たちの得た証拠によれば、テンプル騎士団は、至急になにかを捜しだすために聖地に派遣されたのは確実である。さらに、この証拠によれば、彼らはその使命を果たしたらしい。彼らは探すように命じられたものを見つけだし、それをヨーロッパにもち帰ったと思われる。それがその後どうなったのかは謎である。テンプル騎士団の4代目総長ベルトラン・ド・ブランシュフォールの指揮のもと、レンヌ・ル・シャトー近郊になにかを隠すためにドイツ人鉱夫の分遣隊が派遣され、きわめて厳しい監視のもと、隠し場所の発掘や構築に従事したのはほぼまちがいない。そこに隠されたものは推測するしかないが、イエスのミイラ化した遺体かもしれないし、あるいはそれに等しい意義をもつイエスの結婚証明書や子どもの出生証明書などかもしれない。あるいは、これらと同じような一触即発の重要性をもつものであったのかもしれない。これらのなかには聖杯に関するものもあった可能性がある。これらの一部なり全部が、偶然か意図的かはわからないが異端カタリ派の手にわたり、モンセギュールの謎の財宝の一部になったと考えられる。

(……)

ソニエールの見つけた羊皮紙のうちふたつの文面は、そのままかどうかはわからないが写し取られて出版され、だれにでも入手できるようになった。しかし、ほかのふたつは注意深く秘密にされたままである。私たちとの会見でプランタールは、現在このふたつはロンドンのロイズ銀行の保管庫に預けてあると述べた。これ以上、この文書を追いかけることはできない。

◉レンヌ・ル・シャトーの議定書

■マリオ・アルトゥーロ・ヤンナッコーネ
『ダ・ヴィンチ・コードの裏側』
(『科学と超常現象』59号より)

(Iannaccone, 2005☆)

ダン・ブラウンはレンヌ・ル・シャトーの神話がでっち上げだと知っているにもかかわらず、自分の作品は「歴史的事実」に基づくものだと言い、他方でその内容を「実生活」でも擁護する。小説家としてのブラウンと論客としてのブラウンのどちらもが、シオン修道会の「検証可能」な実在の「証明」を利用している。彼の文学機構は、問題になっているデリケートな議論に鑑みて、文学的装置（定義上意味は曖昧である）ではなく、虚偽によって起動するのである。『ダ・ヴィンチ・コード』は小説の形をとってはいるが、実際には特定の意図をもったパンフレットなのだ。この点は多くの評者が指摘するところだが、ほとんどの人は笑って肩をすくめるだけですましてしまい、それによって彼の作品の「文学的手段」としての偽装を正当化してしまう過ちを犯している。多くの小説は（『いいなづけ』や『サラゴサ手稿』における「手稿」の役割を考えてみればいい）物語機構を、同様の手段に依拠して起動する。だがブラウンの場合は違っていて、テクストが曖昧さによって覆われていない。彼の創る物語世界は、現実と見えるように、もっと言えば真実と見えるように構築されている。シオン修道会の実在とその秘宝を証明するとされる、パリの国立図書館に保管された偽造の秘密書類は、ブラウンの著書の中では数多のぺてん本と同様に本物として呈示されている。ブラウンの所業は——文学的行為である以上それ自体が不法なわけではないが——要するにドキュメンタリー的な真実を騙っておいて、それをイデオロギー的、宗教的なプロパガンダに利用することなのである。だからブラウン（とその裏にいる輩）のやっていることは、無害でも無垢でもなく、虚偽をシニカルに利用して、「作者」の物語外での意見を強化することにほかならないのである。こうした真実と虚偽の濫用に関して、マリアーノ・トマティスが『シオン賢者の議定書』に言及したのは決して偶然ではない。本件のようなデリケートな主題についてのパンフレットは曖昧さで覆うべしというのが、過去の経験を踏まえた時代の知恵というものだろう。

近年は、レンヌ・ル・シャトーの神話も、相次ぐ捏造の発覚によりすっかり色褪せてしまったようではある。最近出たこれ関係のテクストを見ても、創造性が完全に欠如していてつまらない。製品をリニューアルして流れを刷新する必要があり、そこで原点回帰が求められた（ド・セードの1962年の作品『テンプル騎士団は我々の中にいる』）。そのために出版社が選んだのが、陰謀論者ダン・ブラウンだったわけだ。当時すでに『天使と悪魔』（これは世界規模の陰謀にヴァチカン内部の人間が関わっていたという話である）は出ていて、またブラウンは自分の目的を隠そうともしない人物である（彼の個人ウェブサイトを訪問してみればよくわかる）。それからハリウッドの大作映画となったことで、それまでも暗に進められていた文化闘争がさらに強化されることになる。すなわち、大衆誌並みの軽い手つきで歴史を書き換え、トークショー並みの饒舌で脚色すること——ただし、フォーラムに集まって、ついに歴史の「ラディカルな真実」が到来したのを歓迎する、多くの素朴な魂と小説のファンの気を害するのは極力避けつつ——である。

Jalousie
Dangier

第15章

虚構の場所とその真実

I LUOGHI ROMANZESCHI E LE LORO VERITÀ

*

*

*

*

序論で述べたとおり、実在はしないけれども多くのフィクション作品の舞台となった場所は無数に存在し、我々の空想（イマジネーション）世界の一部を形成するに至っている——ピノッキオのおもちゃの国、**シンドバード**がルフ鳥（ロック鳥）に遭遇した島、**ラブレー**の鐘の鳴る島、7人の小人が暮らす小屋、眠れる森の美女の城、赤ずきんのおばあさんの家、そして東西を問わず様々な説話に登場する磁石の山（**アルトゥーロ・グラフ**による要約を参照）などである。

他方で、実在していながらフィクションの素材となった場所も多い。例えば、ロビンソンの島は太平洋チリ沖のフアン・フェルナンデス諸島に実在する。デフォーは、この島に置き去りにされ苦難の年月を過ごしたアレグザンダー・セルカークの実話から着想を得たのである。また元々は実在の人物でありながら、後に**ブラム・ストーカー**の手で虚構のキャラクターへと変貌を遂げたのが、15世紀の公爵（ヴォイヴォダ）ヴラド・ツェペシュ、父親の名をとってドラキュラと呼ばれた男である。敵対者をしばしば串刺しにしたとは言われるものの、もちろん現実の彼は吸血鬼などではなかった。一方、怪盗紳士アルセーヌ・ルパンそのものはモーリス・ルブランが創り出した虚構の人物だが、ノルマンディ地方にエトルタの針岩は実在し、熱狂的なファンは同地を訪れ、内部の空洞に眠る歴代フランス王の財宝と、権力に酔ったルパンが世界征服を企む姿に思いを馳せている。前章で見たように、レンヌ・ル・シャトーの神話に魅せられた人々は、ルパンの物語を真に受け、この神話の一部に組み込みさえした。さらに、『レ・ミゼラブル』でジャン・

『薔薇物語』（15世紀）所収の嫉妬の城の図、ロンドン、大英図書館

L'ILE MYSTERIEUSE
PAR
Jules VERNE
154 Dessins
par J. FERAT

(左) ジュール＝デカルト・フェラによるジュール・ヴェルヌ『神秘の島』(1874) ための口絵

(右) ワラキアの串刺し公ヴラド3世の肖像 (1560頃)、インスブルック、アンブラス城

ヴァルジャンの苦難の逃避行の舞台となり、またファントマの物語に登場して伝説と化したパリの下水道、それに「第三の男」でハリー・ライムが最後に逃亡を企てたことで有名になったウィーンの下水道も挙げられるだろう。

フィクションの舞台として有名ではあるが実際には存在しない場所には——しばしばビジネス上の思惑から——後づけで造られることになったものも多い。例えば、シャトー・ディフ（実在）に造られたモンテ・クリスト伯の獄房（虚構）にはデュマのファンが大勢訪れているし、いまではロンドンのベイカー街にシャーロック・ホームズの家が、またニューヨークにはネロ・ウルフの家が「実在」している。このネロ・ウルフの家に関しては少々厄介な問題があった。作者レックス・スタウトはいつも西35丁目のこれこれの番地にある褐色砂岩(ブラウンストーン)の家と書くのだが、作品によって番地の表記が違い、少なくとも10個は異なる数字が挙がっているのである——しかも、現実の西35丁目には褐色砂岩の建物は存在しない。とはいえこの偉大な巨漢探偵のファンにしてみれば、巡礼先はどこかひとつに決まっていないと困る。そこで、1996年6月22日、ニューヨーク市とファン団体「ウルフ・パック」によって454番地が「本物」のネロ・ウルフの自宅に認定され、この番地に実在する建物にブロンズの飾り板を嵌め込む催しが行われた。どうしてもネロ・ウルフの家を訪れてみたいという人々の夢が、ついに叶えられるに至ったのである。ヴァンデンバーグ社「タウンハウス・エキスパーツ」は、いまでもインターネット上に次のような広告を載せている——「ネロ・ウルフのように、褐色砂岩の家に住んでみたいと思いませんか？　ヴァンデンバーグ不動産ではアッパー・ウェスト・サイドにタウンハウスの物件を多数売り出し中です」。

タッソのアルミーダの園、キャリバンの島、あるいは『ガリヴァー旅行記』

（上）エルジェ『タンタンの冒険――オトカル王の杖』（1947）

（下）「ファントムの国」、コミック『ザ・ファントム』シリーズ（1973年1月30日版）

に登場するリリパット国、ブロブディンナグ国、ラピュータ国、バルニバービ国、グラブダブドリッブ国、ラグナグ国、フウイヌム国、さらにヴェルヌの神秘の島、**コールリッジ**のザナドゥ（「市民ケーン」でオーソン・ウェルズが同名の豪邸を建てていたがこれもフィクション）、ソロモン王の洞窟、ゴードン・ピムが遭難した海域、モロー博士の怪物の島、アリスの不思議の国、トレマル＝ナイクの**黒い密林**――これらの所在地は、いまだに知られてはいない。

以上は文学作品だが、映画から例をとるなら、ルリタニア［「ゼンダ城の虜」］、パラドール［「パラドールにかかる月」］、フリードニア、シルヴァニア［以上「我輩はカモである」］、ヴァルガリア［「チキ・チキ・バン・バン」］、トメイニア、バクテリア、オスターリッチ［以上「チャップリンの独裁者」］、スロヴェツィア［「美容師と野獣」］、ユーフラニア［イギリス映画「シンデレラ」］、シュトラッケンズ［「ローヤル・フラッシュ」］の各公国、そしてタロニア［「三日姫君」］、カルパニア［「グレートレース」］、ルガッシュ［「ピンクの豹」］、クロプストキア［「進めオリンピック」］、モロニカ［三ばか大将「ナチのスパイめ！」］、シルダヴィア［「タンタンの冒険」］、ヴァレスカ［三ばか大将「美女に救われて」］、ザムンダ［「星の

マイケル・カーティス監督「カサブランカ」(1942) より

王子ニューヨークへ行く」]、マルショヴィア［「メリィ・ウィドウ」］の各王国、バルベルデ［「コマンドー」など］、ハタイ［「インディ・ジョーンズ　最後の聖戦」]、ザンガロ［「戦争の犬たち」]、イダルゴ［「ドクサベージの大冒険」]、ボルドゥリア［「タンタン」]、エストロヴィア［「ニューヨークの王様」]、ポッツィルヴェニア［「ロッキー&ブルウィンクル」]、ジェノヴィア［「プリティ・プリンセス」]、クラコウジア［「ターミナル」］の各共和国、最後に漫画『タンタン』シリーズのオトカル王の国の所在地もまた、いまだ知られてはいない。

さらに、キングコングの島も、トールキンの中つ国も、コミック作品『ザ・ファントム』のベンガリの深い森にある髑髏の洞窟も、フラッシュ・ゴードンが女王ウンディーナに捕らえられた惑星モンゴの海底世界も、ミッキーマウスとドナルドダックが暮らしている街も、ナルニアも、ブリガドゥーンも、ハリー・ポッターのホグワーツも、ブッツァーティ『タタール人の砂漠』のバスティアーニ砦も、ジュラシックパークも、コルト・マルテーゼのエスコンディーダ島も、その場所は知られていない。

『バットマン』のゴッサムシティはニューヨークを陰鬱な都市に描き直したものだとしても、『スーパーマン』シリーズで悪役のブレイニアックが縮小

アルベール・ロビダ「オペラから帰る2000年の人々」（1900頃）

してクリスタルの容器に閉じ込めたキャンダーや、あるいはスモールヴィル、メトロポリスについては、どこにあるのかまだ見つかっていない。

カルヴィーノの荘厳な〈見えない都市〉の実在を信じる者はいないだろうし、「カサブランカ」のリックス・カフェ・アメリカンは――商業的に造られたとてつもなく残念な出来の複製は存在したものの――今後も決して訪れることはできないのである。

他方、17世紀**マドレーヌ・ド・スキュデリ**『クレリー』における架空の国の地図「恋愛地図（カルト・デュ・タンドル）」に、実在の場所が描かれているなどと思う者はないだろう。

そして、ありとあらゆる場所の中で最大にして最も描写困難な場所、すなわち**ボルヘス**が階段の隙間から見たという、そしてそこから無限の宇宙を観察し記述を試みたという空間内の一点、すなわち〈アレフ〉についても、夢想する以外にはどうしようもない。

虚構の場所の中で、「いまだどこにもない場所」という括りを考えてみるなら、それは要するにSFの舞台ということになろう。19世紀にアルベール・ロビダが想像した2000年のパリなどが古典中の古典にあたる。この種の幻想はユートピア（あるいは内容や作者の意図によってはディストピア）に分類できるだろう。

ロバート・ルイス・スティーヴンソン『宝島』（1886）所収の地図と挿絵

いずれにせよ本章で扱っている（網羅したなどとは間違っても言えないくらい無数にある[1]）場所は、伝説的な幻想の場所ではなく虚構の真実である。違いは、これらの場所については（ロビンソンの場合ですら）その非実在性を我々の側で納得して受けいれている点にある。これはピーター・パンのネヴァーランドしかり、スティーヴンソンの宝島しかりである。聖ブレンダンの島の実在が何世紀もの長きにわたって信じられ、多くの人々がその発見を試みたのとは対照的に、これらの場所については誰ひとりとしてそれを見つけようとはしないのである。

虚構の場所に関しては、つい信じてしまうということがない。実在しないことを知りつつ、敢えて、あたかもそれが実在するかのようなふりをする——そうやって作者の提供するゲームに共犯者として参加する——それこそが、フィクション作品に接するときの約束事だからである。

現実の世界はひとつである。それは第２次世界大戦が起こった世界であり、人類が月面に着陸した世界である。しかしそれと並行して、想像力が生み出す無数の可能世界もまた存在するのである。そしてそのそれぞれに、白雪姫や、ハリー・ポッターや、メグレ警視や、ボヴァリー夫人が存在している。フィクションの約束事を受けいれる者は、その物語の舞台となる可能世界を現実として認めるのであり、だからその限りで、白雪姫が王子様のキスで眠りから目覚めたこと、メグレがパリのリシャール＝ルノワール通りに住んでいること、ハリー・ポッターがホグワーツで魔法の勉強をしていること、ボヴァリー夫人が服毒自殺をしたことを事実と見なさなくてはならない。だからこそ仮に白雪姫が二度と眠りから覚めなかったとか、メグレはポワソニエール通りに住んでいるとか、ハリー・ポッターがケンブリッジで勉強しているとか、ボヴァリー夫人は

《1》現時点で最も網羅的な事典は Manguel, Guadalupi, 1982☆［アルベルト・マングェル、ジアンニ・グアダルーピ『完訳 世界文学にみる架空地名大事典』、高橋康也監訳、講談社］である

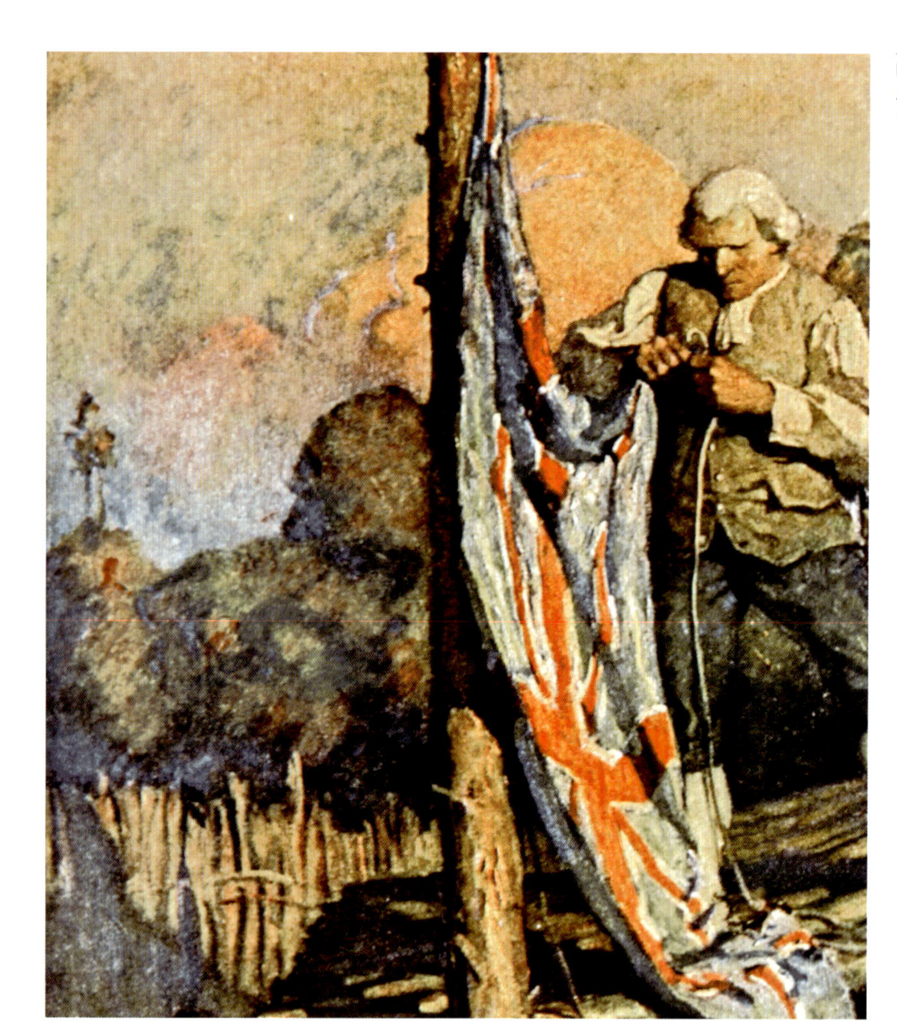

N・C・ワイエスによるロバート・ルイス・スティーヴンソン『宝島』（1911）の挿絵

死の間際に夫が施した解毒剤で助かったとか主張する人がいたら、それは違うと言いたくなるのである（彼らは「比較文学論」の試験にも通らないだろう）。

もちろん、フィクション作品は自らがフィクションであることを明示しておく必要がある。これは、表紙に「小説」と書いておくとか、冒頭の書き出しを「昔々あるところに……」にしておくといったことである。他方で、真実性の詐称によって書き出される作品というのも珍しくはない。次はその一例である――「レミュエル・ガリヴァー氏は（……）およそ3年前のことでしたが、（……）当時住んでいたレドリッフの家に物好きな人々が押しよせてくるのでそこが嫌になり、（……）ニューアークの近くに、手頃な家と共に小さな土地を購入し、（……）氏はレドリッフを立ち退く前に、私に原稿を渡し、適当に処理してほしい、万事お委せするとのことでありました。私は丁寧に原稿を三度ほど読みました。（……）真実味は全篇に漲っております。これは著者の世上まれ

アルベルト・サヴィーニョ「夜想」、ルキアノス『本当の話』(イタリア語版、ミラノ、1994)のカバー装画

に見る誠実さによるものだと思われます。レドリッフの住民の間では氏の誠実さは諺に用いられたほどで、これこそ絶対嘘ではないと言いたいときには、真実なることガリヴァー氏の言の如し、という言葉が用いられていたといいます」[ジョナサン・スウィフト『ガリヴァー旅行記』、平井正穂訳、岩波文庫より]。

ためしに『ガリヴァー旅行記』初版のタイトル頁を見てみれば、そこにはフィクション作品の作者たるスウィフトの名前はなく、あたかも実在するガリヴァーなる人物の自伝であるかのような表記になっているのである。しかし、それを読者が信じ込んでしまうのかといえばそんなことはない。過大なほどの真実性の主張は、ルキアノス『本当の話』から現在に至るまで、それがフィクションであることのサインにほかならないからである。

確かに、小説の読者が空想と現実を取り違え、虚構のキャラクターに手紙を書いたり、多くの

美しき魂が――ゲーテのヴェルターに関して起こったように――主人公の後追いで自殺してしまったりすることがときに起こるのも事実である。しかしそれは、読書はするが〈良き読者〉としての習慣（ハビトゥス）を身につけていない困った人の場合である。〈良き読者〉とは、『ある愛の詩』のヒロインの死について（読みながら）涙を流しはするものの、ひとたびその瞬間の感情が去ってしまえば、小説のジェニーは実在しないのだと、しっかり我に返ることのできる人のことを言う。

フィクション作品における虚構の真実性は、物語られる出来事の真偽に関する信念を超越する。現実世界では、アナスタシア・ニコラエヴナ・ロマノヴァがエカテリンブルクで家族とともに殺害されたとか、ヒトラーがベルリンの地下壕で死んだとかいう話の真偽について、我々は確実な知識をもっているわけではない。しかしアーサー・コナン・ドイルの小説を読むとき、読者は「ワトソン博士」という人名が出てくれば、それは『緋色の研究』でスタンフォードという人物に初めてその名で呼ばれる男性と同一人物であることに疑問を抱かない。ワトソンのことを考えるとき、ホームズと読者は同様にこの命名のエピソードを想起することになる。ロンドン市内にはこのワトソンと氏名および軍歴が同じ人物は2人といないという事実は――テクストが成りすましの物語や、『ジーキル博士とハイド氏』のような二重人格の物語を展開するためにそう語っているのでない限り――決して疑われることがないのである。

フィリップ・ドゥマンク『エマ・ボヴァリーの死に関する再捜査』(Doumenc, 2007[*]）は、ボヴァリー夫人は服毒死したのではなく、殺害されたのだと主張する。だがこの種の作品の面白みは、読者が現実には（つまり、フィクションの可能世界の現実においては）やはりボヴァリー夫人は自殺したということを知っており、何度読み返しても最後まで読めばそのことが確認できるという事実に依拠するものである。ドゥマンクのこの作品は、歴史改変物（ユークロニア）、つまり歴史が別様に進んでいたらどうなっていたのかを想像する物語として読むことが可能で、それはちょうど、例えばナポレオンがワーテルローで勝利していたらどうなっていたかとか、フィリップ・K・ディック『高い城の男』のようにヒトラーが勝っていたらどうなっていたかを描いた小説と同種の物語なのである。そして、ユークロニアを楽しむためには、現実はそうではなかったという知識が不可欠なのである。

したがって、物語の可能世界こそは、その内部で起こる出来事について絶対確実な知識を得ることのできる唯一の宇宙であり、この世界に入り込んでいる限り、我々は非常に強い〈真実〉の観念を手にすることができるのだ。

現実の世界については、エルドラードなりレムリアなりがどこかに存在していると頭から信じ込んでいる人々がいるかと思えば、そんなものが実在するわけがないと否定する懐疑論者もいる。しかし、スーパーマンの正体はクラーク・ケントであること、ワトソン博士はネロ・ウルフの相棒ではないこと、アンナ・カレーニナは列車に轢かれて死んだのであって王子様と結婚したわけではないことについては、誰にとっても疑問の余地はない。

誤謬と伝説、史実と誤情報に溢れるこの宇宙で、スーパーマンがクラーク・ケントであるという事実は絶対的な真実なのである。それ以外のことは、常に否定される可能性に開かれている。

いつの日か〈世界の王〉に会えるのではないか、地底世界から〈来るべき種族〉が地上に出てくるのではないかと狂信的に待ち望んでいる人々がいる。かつての幻視者たちは地球が空洞だと信じていた（そういう人は現在でもまだ若干いる）。しかし正常な者であれば誰でも、『オデュッセイア』の世界では大地は平板であり、またパイアキア人の住む島も存在することを、事実として知っているのである。

こうして最後にひとつの慰めが得られる。それは伝説の土地であっても、信仰の対象から虚構の対象へと変わった瞬間に真実になるということである。宝島はムー以上に真実であり、芸術的評価を抜きにして言えば、ピエール・ブノワのアトランティードには、多くの人々が探し求めてきたあの消えた大陸とは違って異論を差し挟む余地がない。そしてプラトンのアトランティスは、物語として読むならば（神話とは本来そのように読むべきものだが）、ドネリーのアトランティスとは異なり、そもそも論駁することが不可能な対象なのである。

本書の各章には、伝説の登場人物に消すことのできない実在感を与える物語が添えられている。それが我々の記憶の博物館の一部となるならば、仮に現実世界においてその人物や土地が消え去ってしまったとしても（あるいはそもそも存在しなかったとしても）、想像力によるその再現は決して否定されることがない。

〈地上の楽園〉だろうと〈天上の楽園〉だろうと、そのようなものは端から信じないという者であっても、ドレの「白い薔薇（カンディダ・ローザ）」の絵を見、彼に霊感を与えた**ダンテ**のテクストを読むならば、そこに幻視された光景が、まさに我々の想像力の現実（リアリティ）の一部をなしていることに気づくはずなのだ。

*

*

*

ギュスターヴ・ドレ「シンドバードとロック鳥」、『千一夜物語』（1865）のための挿絵

◉シンドバードとルフ鳥

■『アラビアン・ナイト』より
「海のシンドバードの第2航海の話」（10世紀）

それから、高い樹に攀じ登って、下の方を右へ左へと眺めわたしましたが、空や水、それから樹林や鳥類、島じまや砂浜などのほかにはなんにも見えませんでした。

ところが、瞳をこらして遠望していると、その島の中ほどに、何やらん巨大なつくりの真白な物体が見えてきました。それで、樹の上から下りると、そのものの方へと志し、ひたすらにその方角へと突き進みました。こうしてせっせと歩いているうちに、とうとう目的物のところに辿りつきましたが、なんとまあそれは、巨大な白い円屋根の建物で、それが高だかとそそり立ち、広びろとひろがっているのだったではありませんか。その建物に近寄り、周囲をまわって見ましたが、どこにも入口の扉も見つけることが出来なかったが、さりとてその壁面はあまりにもすべすべと滑らかで、ひらべったいため、上の方に攀じ上って行く体力もなければ、身軽さも持ち合わせておりませんでした。それで自分が立っている場所に目印をつけておいてから、円屋根の建物のまわりを1周し、その周囲の距離を測ってみたところ、なんと優に50歩の長さがあったではありませんか。

それから、なんとかして、その建物の内部にはいりこもうと、その手段を思いめぐらしておりましたが、すでに日も暮れかかって日没もま近くなってまいりました。そのうちに、太陽がかくれはじめ、大空もうす暗くなってきたと思うと、にわかに日輪は何かに被われました。わたくしはてっきり、雲がかかったのかと思ったのですが、折しもそのときは、夏の季節でした。これは何か変だぞと思い、頭を上げて、つらつらとそのものを視あげると、それは生まれ得て巨大、体軀雄大、双翼広大な鳥が虚空を飛翔しているのでした。太陽を目かくししてしまい、その光を島から遮ってしまったのは、なんとそやつのなせるしわざだったのですよ。わたくしは、もういよいよ驚きを増すばかりで、ふとひとつの物語を思い浮かべたのでした……

（……）

海のシンドバードは、かの島で目撃した巨鳥にいよいよ驚きを増し、ふと、ひとつの物語を思い浮かべましたが、それはむかし、旅行や航海を事としている人びとが話してくれたもので、数多い島じまの中には、体軀巨大な鳥があって、その名をルフといい、雛鳥どもに象を餌として与えているということだったのでした。それから

ギュスターヴ・ドレ「鐘の鳴る島のパンタグリュエル」、フランソワ・ラブレー『ガルガンチュアとパンタグリュエル』(1873)のための挿絵

シンドバードが話しますには、
……それでわたくしは、そこで見かけた円蓋造りの建物は、実にこのルフの卵のひとつに違いないと合点がゆきました。そうして、今さらのように、いとやんごとなくおわしますアッラーの造化の妙に感嘆するばかりでした。

わたくしがそんなありさまでおりますと、あれあれなんと巨鳥めが、かの円屋根の上に舞い下りてきて、翼で抱きかかえ、両脚を後方の地上にのばして、そのまま眠ってしまったではありませんか。……いつも眠ることなくおわしますお方(アッラー)を褒め称えたてまつりましょう！　この様子を見てとったわたくしは身を起こすと、頭に巻いていたターバンをほどいて、畳んだり、ねじり合わせたりしているうちに綱具みたようなものになりました。それを身体に巻きつけると、腰のところにしっかりと結びつけ、つぎにはかの巨鳥の脚に自分の身体を繋ぎとめ、結び目をしっかりと固くしておきました。そうしてから心の中で、
「ひょっとすると、こいつがおれを、いろんな都会があって住民のわんさといる国へ連れて行ってくれるかも知れん。こんな島でのんべんとしているより、そのほうがなんぼかましというもんだ」
などと弦いておりました。こうして、その夜はまんじりともせずに過ごしてしまいました。

それというのも、うっかり眠ってしまって、油断している間に、鳥がわたくしを連れて飛び立ったら大変だと、それを恐れたからでした。

そうこうしているうちに、黎明時となり、夜が明け放れますと、巨鳥はその卵の上で目をさまし、けたたましい叫び声をあげて啼いたかと思うと、わたくしを、大空高く運び上げました。そうして高く高くと上昇して行くので、わたくしは、こいつめ、み空の雲まで来てしまいやがったなと思いました。そのあと、わたくしをぶら下げたまま下降しはじめ、ついに大地に下り立ちましたが、とまったところは高く聳え立った山のてっぺんでした。

◉鐘の鳴る島のパンタグリュエル

■フランソワ・ラブレー
『ガルガンチュアとパンタグリュエル 第五の書』
第1章－第2章(1532)

われわれは、定めた航路を進み続けたが、3日間はなにも発見することなく航海した。そして4日目に陸地の姿

モーリッツ・ルートヴィヒ・フォン・シュヴィント「歌合戦」(1854–1855)、フレスコ画、アイゼナハ、ヴァルトブルク城の歌の間

を認めると、船長が「あれは鐘の鳴る島です」と教えてくれた。遠くから、騒々しい音がひっきりなしに聞こえてきて、まるで大きな祝祭日の、パリや、トゥールや、ジャルジョーや、ナントなどと同じであって、大中小の鐘がいっしょにガーンガーン、ゴーンゴーンと鳴り響くのを聞いているみたいだった。やがて陸地に近づくにつれて、鐘の音はさらに強く聞こえてきた。(……)

さらに近づいていくと、絶え間なく鳴り響く鐘の音にまじって、島の住民たちの疲れを知らぬ歌声が聞こえてきた。そこでパンタグリュエルは、鐘の鳴る島に上陸する前に、小舟で小さな岩礁に降りてみようと考えた。というのも、岩場のかたわらに、小さな庭のついた隠者の庵らしきものが認められたのである。(……)

われわれの断食が終了すると、隠者は、鐘の鳴る島のアエディトゥス先生ことアルビアン・カマなる人物宛の紹介状をくれた。けれども、パニュルジュはこの人に挨拶するとき、「アンティトゥス先生」と呼んだ。それは年寄りの、はげで、赤っ鼻、赤ら顔の小男だった。隠者の紹介もあったし、先に述べたように、われわれが断食を貫徹したと聞いて、彼は大いに歓迎してくれた。満腹になるまで食べさせてくれてから、彼はこの島の特異さについて説明した。それによれば、この島には最初はシティシーヌ族が住んでいたのだが、万物は変化するものであって、自然の摂理により、彼らは鳥類になってしまったのだという。(……)

その後、アルビアン・カマ先生は、鳥小屋や鳥の話しかしてくれなかった。どの鳥小屋も大きくて、りっぱで、豪勢で、驚くべき構造をしているというのだ。

鳥たちは、どれも大きくて、美しく、礼儀も正しくて、わが祖国の人々に似ていた。彼らは人間みたいに飲み食いし、人間みたいに糞をたれ、人間みたいに屁をこいて、眠り、交尾していた。要するに、みなさんだって、最初彼らを見たときには、これは人間だとおっしゃるにちがいないのである。しかし、アエディトゥス先生の教えるところでは、けっして人間ではないのだという。「彼らは俗世間にも、浮き世にも属しておらんのだ」と、先生は断言した。彼らの羽にも、われわれは見ほれてしまった。純白もあれば、漆黒もあり、灰色一色、白と黒が半々、真紅、白と青が半々などさまざまで、見るからに美しいのである。牡の鳥には、学僧鳥、修道士鳥、司祭鳥、修道院長鳥、司教鳥、枢機卿鳥、そして教皇鳥——これは1羽しかいない——と呼ばれていた。また先生は、牝の鳥を、女子学僧鳥、修道女鳥、女司祭鳥、女子修道院長鳥、女司教鳥、女枢機卿鳥、女教皇鳥と命名していた。しかしながら、彼のいうところでは、すべてを食い荒らすことしかしないスズメバチが、ミツバチに付きまとうのと同様に、300年ほど前から、どういうわけか月齢の5日目になると必ず、こうした楽しい鳥たちのあいだに、多数の乞食坊主鳥が飛び入りするようになったという。この連中は、島中を穢し、糞で汚しまくるところの、ひどく醜悪にして奇っ怪な存在であったから、だれからも毛嫌いされた。なにしろ、どいつもこいつも首がねじ曲がり、脚は毛がもじゃもじゃ、ハルピュイアのような爪と腹、ステュムパリデスのような尻をしていたのである。だが、連中を絶滅させるのは不可能だった——1羽が死ぬと、24羽が飛来するのだ。

◉磁石の山——東方の伝承

■アルトゥーロ・グラフ
『土地の神話——磁石の山』

(Graf, 1892–1893☆)

いま紹介した『千一夜物語(アラビアン・ナイト)』の挿話では、元々は山のもつ磁力こそが主題であったはずのところに、あとから異質な要素が付け加えられている。その結果、この山は自然的な性格をほぼ失い、代わりに魔力の用いる手段ないし道具のごときものとなっている。西洋の伝承でも同様に、この〈磁石の山〉の主題は他の形態の魔術と結びつき、この山には魔術師や妖精が棲むとされるわけだが、これを我々はどのように解釈すればよいだろうか。一例として挙げられるのが、13世紀末から14世紀初頭頃に成立した逸名作家によるドイツ語の叙事詩『ラインフリート・フォン・ブラウンシュヴァイク』である。この作品には、磁石の山に棲むゼブルンという名の魔術師に関する面白い挿話がある。この魔術師は、イエスが誕生する1200年も前に、星を読むことでキリストの到来を予知していた。ゼブルンはこれを阻止せんとして、黒魔術と占星術の書を何冊も書き、それがもとになって学術が誕生したという。さてキリスト生誕の直前、ウェルギリウスという博識で有徳の男がこの魔術師とその邪法のことを知り、船で〈磁石の山〉の断崖を目指す。彼は聖霊の助けを借りてゼブルンの宝物と書物を手に入れることに成功する。その後、予知された日が来ると、聖母は無事イエスを産むのである。ハインリヒ・フォン・ミューゲルンによる叙事詩には、ウェルギリウスが2頭のグリフォンの曳く船で、数人の貴族とともにヴェネツィアを出帆し、〈磁石の山〉を目指したとある。到着した山中で、ウェルギリウスは瓶に閉じ込められた悪霊を見つけ、出してやる代わりに魔術書を入手する方法を聞き出す。教えられた通り、山中の墓の内部で魔術書を見つけたウェルギリウスは、それを繙いてみる。すると眼前に8000人の悪魔が現れる。ウェルギリウスはこの悪魔らに命じて立派な道路を造らせ、同行者とともに無事ヴェネツィアへ帰還するのである。これらの伝説は『ヴァルトブルクの歌合戦』にも見出される。散文版の『ユオン・ド・ボルドー』には、〈磁石の山〉には5人の妖精が棲む壮麗な宮殿があると書かれている。『オジエ・ル・ダノワ』の後世版に見られる〈磁石の城〉もこれと同じものだろう。15世紀に成立したと見られるあるフランスの散文物語にも〈磁石の山〉ないし〈磁石の岩〉が登場するが、ここは魔術師の棲処となっており、呪いがかけられている。主人公はそこで見つけた碑銘の指示に従い、断崖の頂上にある指輪を海に投げ込むことで脱出に成功する。これらの物語は「第3の遊行僧の話」に似ていないだろうか。中世の鉱物誌には、磁力と魔術を結びつける東方の神話が多く取り入れられている。(……)

アルベルトゥス・マグヌスをはじめ、磁石の魔力について論じている者は他にもある。

以上のことを踏まえるならば、フランスの小説『マブリアン物語』が〈磁石の山〉を妖精の棲処とするに留まらずアーサー王自身の居所としたのも特段おかしなことではないし、『クードルーン』において〈磁石の山〉とジベール山すなわちモンジベッロを融合させたのも、決して理解できぬことではない。というのも、モンジベッロをアーサーの居所とし、至福者たちが黄金の宮殿で暮らす場所とする伝説もあるからだ。溢れんばかりの財宝に満ちているのも、この山には世界中から船を引き寄せる力があるという点を踏まえてみるとそれなりに説明がつくのである。

〈磁石の山〉にグリフォンを結びつけ、置き去りにされた船乗りのうち智慧と勇気をもつ者がこのグリフォンを使って脱出するという伝承は、東方起源のもののようである。ベニヤミン・デ・トゥデラは彼の言う「シナ海の災難」をこの伝承に拠って記述している。これは船が突然方向を見失い、結局針路を回復することができなくなるというもので、船員たちは食糧が尽きた後は餓死するしかない。ただし智慧のある者は船内に牛皮を持ち込んでおき、いざ針路を見失った際にはこの牛皮を自分たちの体に巻き付ける。そうすれば、巨大な鷲が餌だと思って船員らを捕まえ、安全なところまで運んでくれるという寸法で、この方法によって多くの者が助かったと言われる。この「災難」の中に〈磁石の山〉によるものが含まれていた可能性はある。磁石の岩、もしくは磁石の岩の暗礁によるものがあったのは確実だろう。巨大な鷲というのは、東方の説話に出てくるルクとかロクのことであろう。これが西伝する中でグリフォンに変わったのである。

西洋の説話では、『エルンスト公』や『若きティトゥレル』などが、〈磁石の山〉をどろどろの海に取り巻かれているとしている。他方、『クードルーン』では闇の海にあるとされる。荒海との結びつきはおそらく東方説話に由来するものだろうが、海上での危険をすべて一緒くたにしてしまおうというのはごく自然な想像力の働き方であって、その点は洋の東西を問うものではあるまい。西伝後の説話にセイレーンが登場するものが見られるのはこのためである。

これも東西共通だが、〈磁石の山〉は、他の点では事実的に正確な旅行記や地理誌、博物誌の中にひょっこりと顔を出していたり、空想や詩情の産物としては、韻文や散文の物語、特に遠方での冒険譚について語るものに突如として登場してきたりする。海を舞台とした物語で〈磁石の山〉が出てこないものはほぼありえないと言っていい。オデュッセウス一行の苦難の旅を語った古代の詩人の耳にこの〈磁石の山〉のことが入ってさえいれば、『オデュッセイア』には、どこか遠方の未知の海の只中にこの山が登場していたはずなのだ。

『千一夜物語』における「第3の遊行僧の

話」の最初の草稿がいつ成立したのかについては不明であるが、〈磁石の山〉が登場する西方最古の物語作品が書かれた時期については大体わかっている。それは、先ほど少し触れたドイツ語の叙事詩『エルンスト公』である。元にあったラテン語の写本は逸失しているが、それに拠って書かれたとされる韻文作品で、1170年から1180年頃にニーダーライン地方で成立したことがわかっているものがある。この作品は断片しか現存していないが、同内容のものが11世紀から12世紀頃に成立した逸名作家によるドイツ語の韻文詩（後でこれを典拠に〈磁石の山〉が登場する挿話を紹介するつもりである）、誤ってハインリヒ・フォン・ヴァルデックの作とされるまた別の韻文詩（成立は1277年から1285年頃）、オドーネなる人物によって書かれたラテン語の韻文詩（1230年以前）、ラテン語の散文物語、そしてドイツ語の散文で書かれた民衆本に見られる。

中世韻文詩でほぼ現存している最古のものによると、筋書きはだいたい次のとおりである。エルンスト公一行は、長く苦しい船旅の果てに、どろどろに淀んだ海面から険しく聳える山を発見する。その岸壁には膨大な数の船の帆がまさに林立している。水夫のひとりがこの山の正体に気づき、公爵らに向かって、この山の引力に逆らうのは不可能であり、自分たちはもうおしまいだ、あそこに林立している帆はどれも難破した船のものであり、この先は飢え死にするより他にないと告げる。この陰鬱な知らせを聞き、エルンスト公は観念する。公爵は配下の者らに対し、魂を神に委ね、これまでの罪を悔い、神の慈悲にすがって天国へ入ろうと優しく勧める。皆がその言葉のとおりにしている間も、船は速度を増して山へと引き寄せられ、しまいには朽ちかけた難破船の残骸の中に突っ込んでいく。突然、一行の乗る船は残骸の中を突っ切って断崖に衝突する。生き残った船員たちの目に、得も言われぬほどの膨大な財宝が飛び込んでくる。だが、こんな財宝がなんの役に立とう。この山は大海原の真ん中にあり、まわりを見渡してもどこにも陸地は見えないのである。徐々に食糧は尽き、生存者たちはひとりまたひとりと餓死する。するとグリフォンが現れて仔の餌とするためその死体をさらっていくのである。ついに公爵と配下の者7名だけが残り、食糧もパン半斤だけとなる。そのときヴェッツェル伯が妙案を思いつく。伯爵は、自分たちの体を牛皮で巻いて、あえてグリフォンにさらわれてはどうか、他に助かる道はない、と言う。この提案は一同に大歓迎される。そこで公爵と伯爵は武器を身につけ、他の者たちが2人に牛皮を巻き付ける。するとグリフォンが舞い降りてきて2人をさらい、海の向こうへと連れ去っていく。固い地面の感触を確かめると2人は剣で牛皮を切って飛び出し、助かる。同じ方法で残りの者たちも山を脱出するが、最後にひとりだけが残され、牛皮に巻いてくれる者がいないため逃げられず餓死する。脱出に成功した者たちは、今度はグリフォンに落とされた場所から逃れるため、筏に乗り、地下を流れる川を下るが、川床は一面宝石で敷き詰められていた。

カロリング時代の叙事詩の英雄ユオン・ド・ボルドーもまた、同様の危難を同様の方法で切り抜ける。(……)

これら西洋の説話は、「第3の遊行僧の話」に加え、同じく『千一夜物語』に所収の「海のシンドバードの第6航海」にもやはり酷似している。エルンスト公の場合と同じく、シンドバードの船もまた、ある山に抗い難く引き寄せられ、その麓に難破船の残骸と莫大な財宝が散らばっているのを見つける。仲間たちが次々と餓死していくなか、最後のひとりとなったシンドバードは、筏に乗り、宝石で煌めく地下水路を下って脱出するのである。西洋版の説話を見れば、それが東方版に余計なものが混入してできていったものであることがわかるのであり、したがって逆に、真にオリジナルな要素を復元する方法を示唆しているとも考えられよう。シンドバードは自分が難破した山を〈磁石の山〉と呼んでいるわけではないが、この2つが同一のものであることは、話の細部を先に紹介した他の説話と比較してみれば十分結論できるのである。『千一日物語』所収のアブルフアリスの物語にも、乗っている船が磨いた鋼のように輝く巨大な山に引き寄せられる場面が出てくる。これもやはり〈磁石の山〉であろう。

◉ドラキュラの城へ

■ブラム・ストーカー

『ドラキュラ』（Stoker, 1897☆）

街道は松林のなかを突き抜けて行く。暗がりのなかでは、松林の方がこちらに忍び寄って来るような気がした。そんな折りには、時としてあたりの木々を覆う巨大な闇の塊りが、不気味で厳粛な効果を生み出すことがあった。そのため、先刻、カルパティア山中の峡谷を絶え間なくつたって行く亡霊のようなはぐれ雲を、沈み行く夕陽が照らし出した折りに心に生じた不安や暗い妄想を、思い起こさせることとなった。街道の勾配があまりにも急すぎて、御者の先を急ぐ気持ちにもかかわらず、馬はゆっくりとしか進むことができないこともあった。（……）頭上には黒雲が流れ、雷鳴が轟きそうな重苦しい感じがした。まるで山並みがふたつの世界に分かたれ、我々は雷鳴轟く世界の方へと入り込んでしまったかのようだった。今度は私が、伯爵のもとへ案内することになっている馬車を探すことになった。今にも暗闇からランプの明りが現れるのではないかと待っていたのだが、あたりは暗闇のままだった。唯一の明りは乗り合い馬車の揺らめくランプだけだった。その明りのなかを走りづめの馬から、湯気が白い雲となって立ち上っていた。（……）その時、乗客の農夫たちが一斉にうめき声を上げ十字を切るなかを、4頭立ての幌付き馬車が乗り合い馬車に近づき、追いつき、そして横に止まった。乗り合い馬車のランプの明りで、その4頭の馬が漆黒の駿馬であることがわかった。幌付き馬車は背の高い男が御していた。その男は茶色の長い顎髭をたくわえ、大きな黒い帽子をかぶっていた。そのため、顔を見ることはできなかった。こちらを向いた時に見えたのは、唯一その目の光であり、ランプの明りのため赤くギラギラと輝いていた。（……）

まるで月の光がなにか特別な影響を与えたかのように、狼が突然一斉に吠え出した。馬は跳びはね、後足立ちになり、見るも痛々しげに目をぎょろつかせて、力なくあたりを見回した。しかし狼の生きた輪にすっかり包囲されており、必然的に馬はその輪のなかにとどまらざるを得なかった。私は御者に、戻って来るようにと呼びかけた。なぜなら、唯一助かる可能性は、この輪を破り、御者が戻るのを助けることだと思ったからである。狼が音に驚いて輪が破れ、そこから御者が戻って来れるかもしれないと思い、大声を張り上げ、馬車の横腹をたたいた。どうやって戻って来たのかわからない。だが御者の居丈高に命令する声が聞こえた。その声の方を見ると、道の中央に御者が立っていた。まるで目に見えない障害物を払い除けようとするかのように、長い腕をさっと払うと、狼はじりじりとあとずさって行った。ちょうどその時、厚い雲が月の面を隠し、再び我々は暗闇に飲み込まれた。

再びあたりが見えるようになった時、御者は御者台に上るところで、狼はすっかり姿を消していた。一連の出来事はあまりに奇妙で異様であったため、私はぞっとするような恐怖感に圧倒され、口をきくことも動くこともできなかった。流れる雲が月を隠してしまったため、あたりはほぼ完全な暗闇となった。その闇のなかを馬車は疾走した。その時間は際限なく続くように感じられた。馬車は登り続けた。時折り急に下ることもあったが、大体は常に登り続けた。突然私は、御者が荒廃した広大な城の中庭に馬を止めようとしているのに気がついた。その背の高い黒い窓からは一条の明りも漏れず、月夜の空に荒れ果てた胸壁の崩れかけた輪郭が認められた。

ベラ・ルゴシが主演したトッド・ブラウニング監督の映画「魔人ドラキュラ」(1931)の一場面

◉ザナドゥ

■サミュエル・T・コールリッジ『クーブラ・カーン』(1797)

ザナドゥにクーブラ・カーンは/壮麗な歓楽宮の造営を命じた。/そこから聖なる河アルフが、いくつもの/人間には計り知れぬ洞窟をくぐって/日の当たらぬ海まで流れていた。/そのために5マイル四方の肥沃な土地に/城壁や物見櫓が帯のようにめぐらされた。/あちらにはきらきらと小川のうねる庭園があり、/たくさんの香しい樹々が花を咲かせていた。/こちらには千古の丘とともに年経た森が続き/そこここで日の当たる緑の芝生を囲んでいた。

しかしおお、あの深い謎めいた裂け目は何だ、/杉の山肌を裂いて緑の丘を斜めに走っている!/何という荒れすさんだ所か。鬼気せまること/さながら魔性の恋人に魅せられた女が/三日月の下を忍んできては泣くような場所だ。/この裂け目は絶えずふつふつと煮えたぎり/さながらこの大地が/ぜいぜいとせわしなく喘ぐかのようであったが、/間をおいて力強い泉がどっと押し出された。/そしてその激しい半ば間欠的な噴出のさなか/巨大な岩片の飛び跳ねるさまは、たばしる霰か/連竿に打たれ、はじける籾粒のようだった。/そしてこの躍り跳ねる岩塊と時を同じくして/裂け目から聖なる河がほとばしり出た。／5マイルにわたって迷路のようにうねりながら／森や谷を抜けて聖なる河は流れた。／やがて人間には計り知れぬ洞窟に至り

◉黒い密林の謎

■エミリオ・サルガーリ
『黒い密林の謎』(1895)

トレマル＝ナイクは眼前の光景に驚愕し、立ち尽くしたまま動けなかった。
(……)
そこは巨大なドームの内部だった。壁には一面、奇妙な絵が描かれていた。まず目につくのはヴィシュヌの10の化身だ。これはインドにおける世界維持神で、ヴァイコンタを居所とし、乳海に浮かぶ蛇神アーディシェーシャの上に座っていると言われる。その周りには、世界の8地方をそれぞれ守護するデーヴァ、すなわちインド人が崇める半神が描かれていた。このデーヴァが住むスヴァルガは、カイラスすなわちシヴァの楽園に行けない者たちにとっての楽園である。ドームの中央には悪しき巨人族カテリの彫像が並んでいた。これは5つの部族に分かれ、非常に夥しい数の祈りを捧げないうちは、人に約束された幸福を得ることができず、ひたすら世界中を放浪するとされる。
仏塔の中央には青銅の女神像が立っていた。腕が4本あり、そのうちの1本に長剣を、別の1本に切断された頭部をもっている。
骸骨を数珠繋ぎにした長い首飾りが足のあたりまで垂れ、切断した腕に紐を通して腰に巻いている。
この気味の悪い女神の顔には刺青が施され、両耳に耳飾りをつけている。赤黒く血の色で塗られた舌が、恐ろしい笑みを浮かべた唇の間から突き出ている。手首には大きな腕輪をつけ、足を傷だらけの巨人の上に乗せている。
まるで、血に酔った女神が犠牲者の死体の上で踊り狂っているように見えた。
(……)
「これは夢なのか？」トレマル＝ナイクは口の中で呟いた。「いったいどうなってるんだ」
言い終わらないうちに、かすかに扉の軋む音が聞こえた。カービン銃を手に振り返ったものの、思わず先の怪女神像のところまであとずさった。あやうく声を上げてしまうところだった。
黄金の扉のところに、非常に美しい少女が立っていた。顔に恐怖が浮かんでいる。
年の頃は14歳ほどだろう。その立ち姿は実に優美だった。
どこか、古代人の純潔さを窺わせるものがあり、それがアングロ＝インド系女性の輝きでいやましていた。
たとえようもなく繊細な肌には赤みが差し、大きな黒い目はダイヤモンドのように輝いている。インド人らしからぬ通った鼻筋、驚愕のために開かれた珊瑚のような唇の間からは、白い歯が眩いばかりの輝きを放っている。褐色がかった長い黒髪は大きな真珠で飾られ、チャンパカの花で結ってあった。
「アーダ！……アーダ！……密林の幻覚か」トレマル＝ナイクは青銅の女神像に背中を押し付け、喘ぐように言った。
それ以上言葉を継ぐことができず、トレマル＝ナイクは息を呑んだままその場に立ち尽くした。恐怖に怯える目で自分を見つめる美しい少女を呆然と眺めるしかできなかった。すると突然少女が1歩前に足を踏み出し、地面にゆったりとした絹のサリーを落とした。幅広の青縞の縁取りがしてあるのが見えた。
彼女の体から放たれる強い光のために、思わず目をつむってしまう。
誇張でなく、少女の体は黄金と宝石で覆われていた。黄金の胸当てにはゴルコンダとグジャラートでとれる最高のダイヤモンドが埋め込まれ、中央には女の頭をもつ奇怪な蛇が彫られていて、それを銀の刺繍の施されたカシミアの腰巻きが隠している。首からはハシバミの実ほどの大きさの真珠やダイヤモンドを繋いだ首飾りが何本も垂れ、腕には宝石を埋め込んだ大きな腕輪をいくつもはめている。ゆったりとしたズボンは足首のところで細く締まり、このうえなく美しい赤珊瑚の飾りがついていた。細い穴から差し込む陽光が体を覆う大量の黄金と宝石に降りかかり、少女はまるで眩い光の海の中にいるようだった。

ジュリオ・フェラーリオ『古代と近代の服装』(フィレンツェ、1824)所収のエローラの地下神殿

「幻覚だ……これは幻覚だ……」トレマル＝ナイクは彼女の方に腕を差し出しつつ再び呟いた。「ああ！　なんと美しいのだ……」

(……)

「なぜだ？……聞いてくれ。この虎ばかり棲む密林で、初めて女性の顔を見たのだ。暮れる夕日を浴びた貴女の姿をムッセンダの茂みの中に見とめたとき、何もかもがわからなくなったのだ。天国から降りてきた女神だと思い、私の心は貴女に奪われたのだ」

「黙れ黙れ！」少女は両手で顔を覆って言った。

「黙れるわけがない、貴き密林の花よ！」トレマル＝ナイクは感極まって叫んだ。「貴女は私の心の一部を奪い去ったのだ。素面のときですら、貴女の姿が目の前に浮かぶのだ。血が滾り、顔が火照り、頭の中まで焼きつくされそうになるのだ。貴女の魔力が私を虜にしたのだ！」

「トレマル＝ナイク！」少女は不安げに呟いた。

「あの夜、私は一睡もできなかった」トレマル＝ナイクは構わず続けた。「体が熱く、貴女にもう一度会いたいと思った。なぜかは自分でもわからない。理由がわからない。こんな気持ちは生まれて初めてだ。そのまま2週間が過ぎた。日暮れ時になると、ムッセンダの向こうに貴女の姿を見た。そうしていると幸せだった。別の世界に入り込んでしまったような、自分が別人

エミリオ・サルガーリ『黒い密林の謎』コミック版（1937、A.P.I.）第1話のカバー装画

になってしまったような気分だった。貴女は何も言わなかったが、私のほうを見てくれた。それだけで十分だった。貴女の目がすべてを語っていた。貴女は……」

言葉に詰まったが、視線は少女から外さなかった。彼女はまだ両手で顔を覆っている。

「おお！」トレマル＝ナイクは苦悶の声を漏らした。「話をしたくないのだな」

少女は顔を上げ、涙で濡れた目で彼を見た。

「話してどうするというの」彼女は言葉に詰まった。「私たちの間には深い崖があるの。どうしてここへ来たの？　私の心に虚しい希望を喚び起こすため？　この場所は呪われているの。私の愛する人が来てはいけない場所なの」

「愛する人！」トレマル＝ナイクは歓喜に包まれて叫んだ。「もう一度、もう一度言ってくれ、貴き密林の花よ！　本当なのか、本当に私を愛しているのか？　毎夜ムッセンダのところに来てくれたのは、私を愛しているからだったのか？」

「命の危険があるの、トレマル＝ナイク！」少女は叫んだ。声に苦悶の響きが含まれている。

「命の危険だと？　何があるのか知らないが、貴女は私が守る。この場所が呪われていようと、貴女との間に深い崖があろうと、それがなんだというのだ。私は強い。貴女のためならこの寺院を壊すことだってできる。貴女が香水を供えているあの恐ろしい怪物を殺すことだってできる」

「どうしてそれを？　誰に聞いたの？」

「昨夜この目で見たんだ」

「昨夜ここに来たの？」

「そうだ。その、貴女の頭のすぐ上のところにあるランプにしがみついていた」

「誰がここへ連れてきたの？」

「運命だ、と言いたいところだが、実はこの呪われた地に住む連中に追われて来ただけさ」

「見つかったの？」

「狩られるところだった」

「ああ！　馬鹿、もう終わりだわ」少女は絶望したように叫んだ。

トレマル＝ナイクは彼女の許へ駆け寄った。

「いったいここはなんなんだ？」昂ぶる気持ちを抑えて尋ねる。「何をそんなに恐れているんだ？　なぜあの怪物に香水を供えている？　あの池の中で泳いでいる黄金の魚はなんなんだ？　貴方の胸当てに彫ってある女の頭を持つ蛇は？　仲間を絞め殺し地下に棲むあの連中は何者なんだ？　教えてくれ、アーダ。知りたいんだ！」

「何も訊かないで、トレマル＝ナイク」

「なぜだ？」

「ああ！　この恐ろしい運命からは逃れられないの」

「だが私は強い」

「どうやってあの連中に立ち向かおうというの？」

「無慈悲にぶっ潰してやる」

「貴方なんか葦の茎みたいに簡単にやら

れてしまうわ。イングランドの軍勢にだって抵抗しているのよ。トレマル＝ナイク、あいつらは強くて無慈悲なの。艦隊だって軍隊だって敵わない。あいつらの毒息で全滅するだけよ」
「いったい何者なんだ？」
「私の口からは言えない」
「頼んでもか？」
「断ります」
「私を……信じていないんだな！」トレマル＝ナイクは腹を立てた。
「トレマル＝ナイク！　トレマル＝ナイク！」不憫な少女の声には悲痛な色が滲んでいた。
　トレマル＝ナイクは腕組みをした。
「トレマル＝ナイク」少女が言葉を継いだ。「私はある恐ろしい刑に服していて、それは死ぬまで明けることはないの。勇敢なる密林の子、私は貴方を愛している。ずっと……でも……」
「ああ！　私を愛しているのだな！」トレマル＝ナイクが言った。
「ええ、愛しているわ、トレマル＝ナイク」
「そこにいるあの怪物に誓ってくれ」
「誓うわ！」少女は青銅像のほうに手を伸ばして言った。
「私の花嫁になると誓ってくれ！」
　少女の顔がこわばった。
「トレマル＝ナイク」彼女は虚ろな声で呟いた。「そんなことが可能なら、貴方の妻になるわ！」
「可能なら、というのは他に相手がいるのか」
「いいえ。私に言い寄るような無茶な男はいない。私は死の虜なの」
　トレマル＝ナイクは両手で頭を抱えるようにして2歩あとずさった。
「死、だと……」
「そう。私は死に捕らわれている。私が誰か男の人のものになる日がくれば、復讐の罠が私の命を奪うことになる」
「そんな、まるで悪夢じゃないか」
「いいえ、現実なの。そしていま貴方に話している女は、貴方のことを愛している」
「ああ！　なんということなのだ！」
「ええ、そうなの、トレマル＝ナイク。私たちの間にはどうにもならない深い裂け目がある……なんという運命！　それにしても、こんな不幸を背負わされるような何を私がしたというの？　いかなる罪のゆえに私は呪われなければならなかったの？」
　涙が溢れ、少女は言葉に詰まった。トレマル＝ナイクは怒りに襲われて呻き声を漏らし、骨が軋むほど強く拳を握った。
「何かできることはないのか？」心の底からそう思った。「貴女の涙を見るのは辛いのだ、貴き密林の花よ。どうしてほしいか言ってくれ。私はその命令に奴隷のごとく従おう。ここから逃してほしいのなら、この命を投げ出してでも逃してやるつもりだ」
「だめ！　だめよ！」少女は恐怖の叫び声を上げた。「そんなことをしたら２人とも死んでしまう」
「この地を去ってほしいのか？　貴女のことは愛しているが、貴女を守るためなら、我が心に生まれたこの愛を断ち切ってでも私は去ろう。永遠に続く地獄の苦しみを味わうことになるだろうが、それでもかまわない。さあ言ってくれ、私にどうしてほしいのだ？」
　少女は何も言わず、ただ涙を流し続けた。トレマル＝ナイクは彼女を優しく引き寄せた。それから口を開きかけたその瞬間、外からラムシンガの鋭い音が聞こえてきた。
「逃げて！　逃げて、トレマル＝ナイク！」少女が恐怖に襲われて叫んだ。「早く逃げて。じゃないと２人ともおしまいだわ！」
「忌々しいラッパだな！」トレマル＝ナイクが歯を噛み締めながら言った。
「もう来るわ！」少女が声を詰まらせながら言った。「見つかったら２人とも邪神の生贄にされてしまう。早く、逃げて！」
「嫌だ」
「私を死なせたいの！？」
「守ってやる！」
「だめ、逃げて！」
　トレマル＝ナイクはそれには答えず、代わりにカービン銃を取り上げて装填した。少女は男の決意を悟った。
「ああ、大変！」彼女は不安げに言った。「もう来るわ」
「迎え討ってやる」トレマル＝ナイクが言った。「貴女に手を出す男は密林の虎のみたいに殺してやると神に

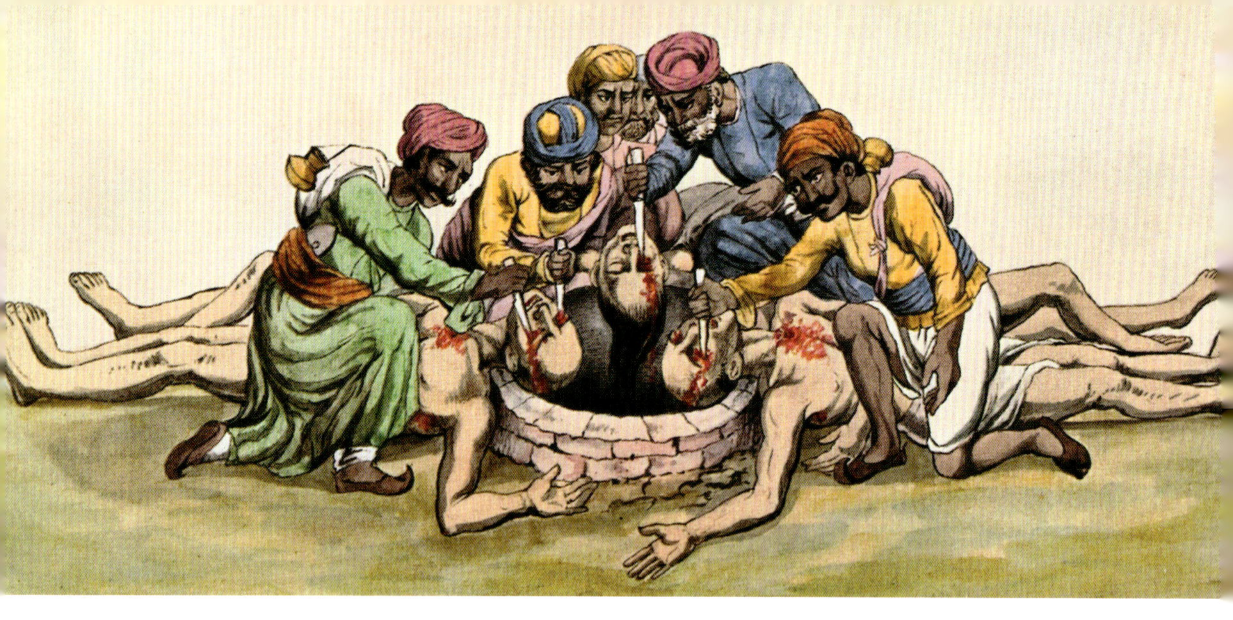

誓おう」

「じゃあ残って、断固たる密林の子よ。私が助けてあげる」

彼女はサリーを拾い上げると、先ほど入ってきた扉のほうへと歩いていった。トレマル＝ナイクは急いでその後を追った。

「どこに行くんだ？」

「こちらから出迎えて、ここに入って来られないようにするの。真夜中になったら戻ってくるから、その後で、もしそれが神々の御意志だというなら……逃げましょう」

「名前を教えてくれ」

「アーダ・コリシャント」

「アーダ・コリシャント！　なんと美しい名前だ！　さあ行ってくれ気高き者よ、真夜中にまた会おう！」

少女はサリーで体を覆うと、涙に濡れた目でトレマル＝ナイクを一瞥すると、すすり泣きながらその場を去った。

◉フェドーラ

■イタロ・カルヴィーノ

『見えない都市』（Calvino, 1972☆）

灰色の石の都フェドーラの中心には、部屋ごとにガラスの球をそなえた金属の宮殿がございます。その球をのぞきこむと、それぞれ中には空色の都市が見えますが、それはフェドーラのいま1つの雛型でございます。いずれもそれは、この都市が何かしらの理由で今日見られるとおりのものにならなかったならばそのさいに示したはずの姿なのでございます。いついかなる時代にも、フェドーラの有様を見て、これを理想の都市に改造しようとその方法を思いめぐらすものがいたわけでございますが、しかしその雛型をこしらえているあいだに、はやくもフェドーラは以前と同じものではなくなっており、昨日まではそのあり得べき未来であったものもそのときには単なるガラス球のなかの玩具にすぎないものとなっているのでございました。

今日そのガラス球の宮殿はフェドーラの博物館となっております。住民はそこを訪れては、それぞれ自分の望むところにふ

「絞め殺した旅行者の両目と体を刺して井戸に投げ込む準備をするタギー」（1829–1840 頃）、ロンドン、大英博物館

さわしい都市を選んで、それを眺めながらおのれの姿を想像するのでございます――運河の水をひきこむはずになっていた（その水を干してしまいさえしなかったなら）水母の養殖池をのぞきこんでいるところや、軒飾りの上から象専用にあてられた（今では象は街から追いだされておりますが）大通りを見渡しているところ、擬宝珠屋根の寺院の塔の（これはもう土台すら跡形もなくなっておりますのに）螺旋階段をすべりおりているところなど。

ああ、偉大なるフビライ汗さま、陛下の帝国の地図のなかには、灰色の石の大いなる都フェドーラも、またガラス球のなかの無数の小フェドーラも、ともどもにその場所を得ておらねばなりません。いずれも等しく現実であるというのではございません、いずれも等しく単なる虚構にすぎないからでございます。一方は必然として受け容れられておりながらその実はまだ必然とはなっていないものをその内部に閉じこめており、他方は可能なもののように想像されながらその１分後にはもはや可能ではなくなっているものを包含いたしておるのでございます。

◉恋愛地図

■マドレーヌ・ド・スキュデリ

『クレリー』（1654–1660）

ですからこの地図の一番下に「新しい友情」の町が描かれているのですし、他の町に行こうと思ったら、まず、「新しい友情」の町から出発しなければならないようになっているのです。クレリーの考えをもう少しわかりやすくご説明いたしましょう。次の３つのきっかけから出発すれば、いずれの場合も、「心の通いあう友情」にたどり着くことができるとクレリーは考えたのです。その３つのきっかけというのは、大きな尊敬の気持ち、相手への感謝の気持ち、自然に相手に引かれる気持ち、この３つです。そこで、クレリーは、「大きな尊敬の気持ち」の川、「相手への感謝の気持ち」の川、「自然に相手に引かれる気持ち」の川、の３つの川の流域に３通りの友情の町を描いたのです。「心の通いあう友情」が３種類あるわけですから、そこにたどり着くためには当然３種類の道筋が用意されたわけです。(……)

「自然に相手に引かれて」生まれる心の友情はそれ自体が充足しているため、他の条件は必要ないと考えたので、奥さま、ご覧になればおわかりのように、クレリーは、この川のほとりにはひとつの村も描かなかったのです。この川の流れはとても早いので、「新しい友情」から「心の通いあう友情」へとたどり着くまでに、途中で寄り道をしている暇はないのです。ところが、「尊敬からの友情の町」へたどり着くには、こうすんなりとはまいりません。「尊敬からの友情」を生み出すのに必要なことが、ささいなことから重大なことまで、村として地図の中に事細かに織り込まれているのです。ご覧になっておわかりの通り、「新しい友情」から、クレリーが「才気煥発」と名付けた村にまず立ち寄らなければなりません。「才気」のない相手を「尊敬」するなんてことは普通ありませんからね。「才気煥発」の村を過ぎると、今度は「美しい詩」の村、「気のきいた手紙」の村、「甘い手紙」の村といった楽しげな村が見えてきます。「才気」のある男性が女性とのつきあいを始める場合には、たいていこうしたことから入るものですから。この道をさらに進んで行くと、「偽りのない心」の村、「大きな勇気」の村、「誠実」の村、「寛大な心」の村、「相手を敬う心」の村、「まめまめしさ」の村、「気だてのよさ」の村が次々と行く手を遮ります。いくら相手を尊敬しているといっても、気立てのよさが伴わなければ何にもならないからです。気立てのよさという貴重な資質を備えていなければ、この方向から「心の通いあう友情」へ到達することはできません。

奥さま、もしよろしければ、「新しい友情」から「感謝からの友情の町」へはどう行くのかを次にご説明申し上げたいと思います。まずは、「相手の気持ちに合わせる」の村に向かわなければなりません。それから、「服従」と名付けられた小さな村へ。すぐ近くには「細やかな心遣い」という名前のとても感じのいい村があります。ご覧ください。そこからさらに、「こまめに顔を見せる」の村に抜けます。「細やかな心遣い」を数日間続ければ、たしかに大変感謝されます。でも、それだけでは充分ではありません。こまめに顔を見せ続けることが大切だという意味です。それから「はやる気持ち」の村を通らなければなりません。こちらからどんなに頼んでも、重い腰を一向にあげようとしないで、落ちつき払った人たちの真似をしてはなりません。相手に会いたくていてもたってもいられないというそぶりを見せられてこそ強く心を動かされるのですからね。次は「わが身を投げ打って尽くす」の村を通らなければなりませんが、これのできる男性はほんのひと握りであることから、この村は他の村よりも小さく描かれています。続いて「感受性」の村へと向かわねばなりませんが、これは、愛する者が感じるどんな小さな苦しみにも、無関心であることは許されないということを意味しています。それから「心の交流」の村を通らなければなりません。「心の交流」があってこそ、本物の友情が生まれるのですから。次は、「従順」の村です。相手が盲目的に自分に従っているのを目にすることほど心を打たれることはありませんから。そして最後に越えなければならないのは、「変わらぬ友情」の村です。ここを抜ければ確実に「感謝からの友情の町」にたどり着くことができます。

ところで、奥さま、どんな人でも道に迷ってしまうことがあるものですが、ご覧になればおわかりのように、クレリーが描いた地図でも、「新しい友情」から出発する時にちょっと右や左にそれてしまっただけで、道に迷ってしまうようになっているのです。たとえば、「才気煥発」の村を出た時に、そのすぐ横の「おろそか」の村に向かって進んだとします。ずっとこの方向にそれで行くと、次は「気分次第」の村へ。そのまま行くと、今度は「投げやり」の村、続いて「移り気」の村から「忘却」の村へと進んで行くことになります。こうなると、「尊敬からの友情の町」に出るどころか、ほら、地図のここにある「無関心の湖」に落ちてしまうでしょう。「無関心の湖」というのは、この湖にぴったりの名前です。この湖の表面に波が立つことはほとんどないのですから。反対に、「新しい友情」から出発してちょっと左にそれてしまうと、「慎みのない」村から、「裏切り」の村へ、「思い上がり」の村、「悪口」の村を抜けて「悪意」の村へと向かうことになってしまい、「感謝からの友情」の町に着くかわりに、「敵意」の海に落ちてしまいます。「敵意」の海に船出して生きて戻ってきた者はいません。「敵意」という激しい感情を、クレリーは、荒れ狂う波によって表現しようとしたのです。

このような地図を描くことで、クレリーは、自分と「心の通じあう友情」で結ばれようと思うなら、道筋に示されているような数えきれないほどの美点を備えていなければならないのですよというメッセージを送ったのです。それと同時に、自分の機嫌を損ねるような相手に対しては、憎しみの対象になるか、無関心の的になるかのどちらかなのだというメッセージもまた、この地図には込められているのです。また、この地図では、「自然に相手に引かれる気持ち」の川が「危険な海」へと流れ込んでいますが、これは、自分は今まで誰かに恋をしたこともなければ、これからも「心の通いあう友情」以上の気持ちを抱くこともないというクレリーの気持ちを表しているのです。友情の一線を一歩でも踏み越えてしまうと、女性にとっては大変な危険が待っているのです。「危険な海」の向こう岸には、私たちが「見知らぬ土地」と呼んでいる土地があります。この土地については、本当に何もわからないのです［。］

ルネ・マグリット「ピレネーの城」(1959)、エルサレム、イスラエル博物館

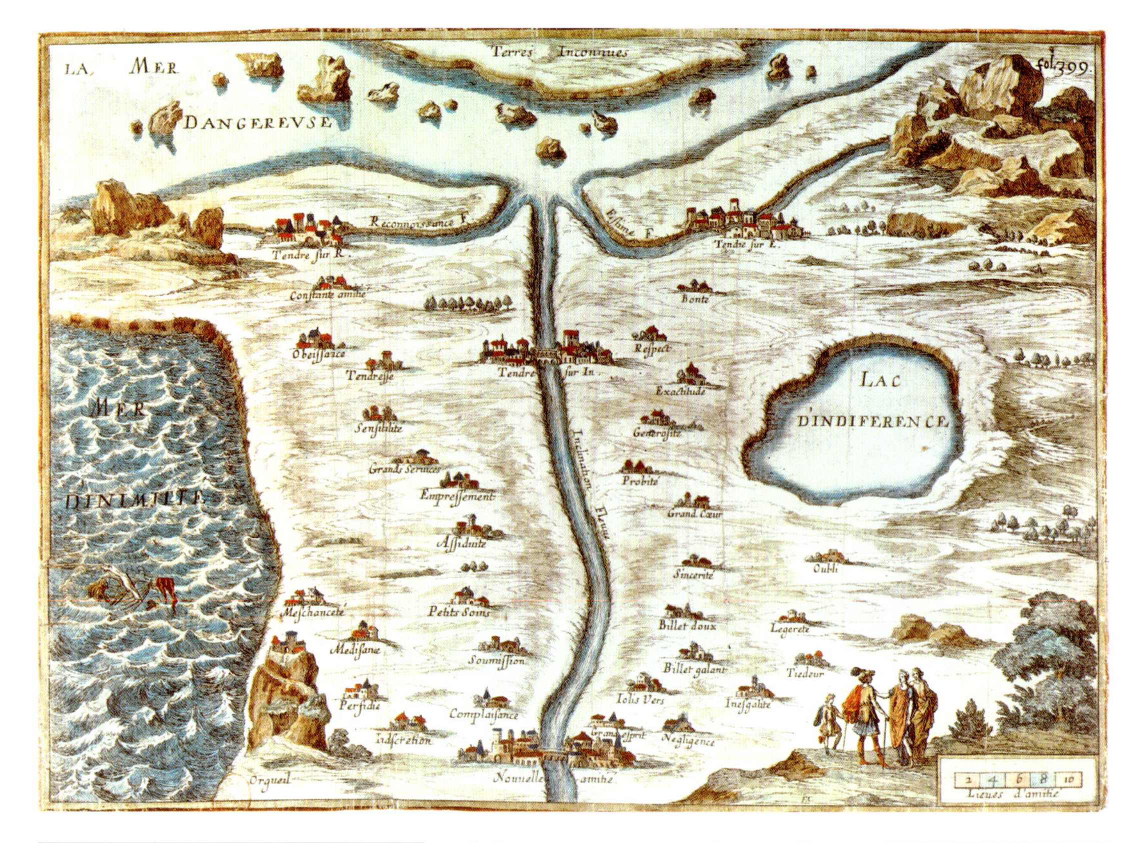

「恋愛地図」(1654)、マドレーヌ・ド・スキュデリが創作した架空の地図のフランソワ・ショヴォーによる銅版画

◉エル・アレフ

■ホルヘ・ルイス・ボルヘス
『エル・アレフ』(Borges, 1949☆)

ここから言葉ではうまく言い表せない私の物語の核心部分に入っていく。つまり、作家としての私の絶望がはじまる。あらゆる言語は象徴のアルファベットであり、それを使うということは対話者がひとつの過去を共有しているということが前提になる。そうだとすれば、私のおぼつかない記憶ではとらえきれない無限のエル・アレフをどのようにしてほかの人に伝えればいいのだろう？(……) その途方もなく大きな瞬間において、私は心楽しい、あるいはぞっとするほど恐ろしい何百万という行為を目にした。しかし、何よりも驚いたのは、すべてが重なり合うことも、透明になることもなくひとつの点に収まっているということであった。私はすべてを同時に見た。言語は継起的なものなので、私がここに書き写すものもそうならざるをえないが、それでも多少はとらえることができるだろう。

階段の下の方、右に寄ったところに耐えがたいほど強い光を放っている虹色の小さな球体が見えた。最初、それが回転しているとばかり思っていたが、しばらくしてその運動が中に閉じ込められている目くるめくような光景が生み出す幻影だということに気がついた。エル・アレフの直径は2、3センチメートルだったと思うが、その中に宇宙空間がそのままの大きさですっぽり収まっていた。1つ1つの事物が

（いわば鏡面のように）無限になっていた。というのも、私は宇宙のあらゆる視点からそれをはっきり見ていたからだった。私は大勢の人でごった返している海を見た、夜明けとたそがれを見た、アメリカの群集を見た、黒いピラミッドの中心にある銀色のクモの巣を見た、壊れた迷宮（それはロンドンだったが）を見た、鏡を覗き込むように私の様子をうかがっている無数の目を間近に見た、地球上のすべての鏡を見たが、そのどれにも私は映っていなかった。ソレール街の中庭で、30年前にフライ・ベントスにある家の玄関で見たのと同じタイルを見た、ぶどうの房を、雪を、タバコを、鉱脈を、水蒸気を見た、熱帯の凸面状の砂漠とその砂の1粒1粒を見た、インヴァネスで決して忘れることのできない1人の女性を見た、彼女の乱れた髪の毛を、目印然と背筋を伸ばしたその身体を見た、胸にできた癌を見た、以前木が植わっていた歩道の円形の乾いた土を見た、アドロゲーの別荘を見た、プリニウスの最初の英訳（フィリップ・ホランドの訳）を見た、各ページの1つ1つの文字を同時に見た（子供の頃、1冊の本に閉じ込められた文字が夜の闇に混ざり合い、消えてしまわないのが不思議でならなかった）、夜と昼を同時に見た、ベンガルのバラの色を映し出しているようなケレタロの夕陽を見た、誰もいない自分の寝室を見た、アルクマールの書斎で2枚の鏡によって無限に増幅されている地球儀を見た、明け方のカスピ海の海岸をたてがみを乱して走る馬たちを見た、手のほっそりした骨格を見た、戦闘で生き残ったものたちが絵葉書を送っているところを見た、ミルザプルのショーウインドーにあったスペインのカードを見た、温室の床に斜めに影を落としているシダを見た、虎やピストン、バイソン、波のうねり、それに軍隊を見た、地上のすべてのアリを見た、ペルシアの天体観測儀を見た、机の抽斗にベアトリスがカルロス・アルヘンティーノに宛てて書いた卑猥で詳細な信じがたい手紙を見た（その文字を見て私の身体は震えた）、チャカリータ墓地の敬愛されている慰霊碑を見た、かつていとしいベアトリス・ビテルボであった人のぞっとするような遺骨を見た、体内を流れる私の黒い血を見た、恋のもつれと死による変化を見た、あらゆる角度からエル・アレフを見た、エル・アレフの中に地球を、ふたたび地球の中にエル・アレフを、エル・アレフの中に地球を見た、自分の顔と内臓を見た、君の顔を見た、私はめまいを覚え、泣いた、というのも私の目は人間によってその名を不当にも奪われはしたが、誰1人実際に見た人のいない秘められた推測上の物体、すなわち想像もつかない宇宙を見たのだ。

◉虚構の場所
——フィクションの登場人物たちが住む世界

■ウンベルト・エーコ

『小説の森散策』第6章（Eco, 1994☆）

ウィーン、1950年。あれから20年が過ぎたが、サム・スペイドは、いまだにマルタの鷹を手に入れることをあきらめていない。目下の連絡係はハリー・ライムだ。ふたりはウィーン・プラーター公園の観覧車のてっぺんで人目を忍んで話し込んでいる。観覧車を降りると、ふたりはカフェ・モーツァルトに入っていった。片隅ではサムが、竪琴（チター）で『アズ・タイム・ゴーズ・バイ』を弾いている。奥の小テーブルには、渋くしかめた唇の端に葉巻を咥えたリックが座っている。ウガルテから示された書類のなかに手掛かりを見つけ、サム・スペイドにウガルテの写真をみせる。「カイロとはな！」と私立探偵はつぶやく。リックは説明を続ける。ド・ゴールに続いてルノー隊長といっしょにパリに凱旋したとき、秘密警察がマルタの鷹の追跡を命じたドラゴン・レイディ（おそらくあの女がスペイン内乱の最中にロバート・ジョーダンを殺したのだ）という存在を知ったのだ。女は今すぐにもやってくるはずだった。ドアが開いて、女がひとりすがたを見せた。「イルザ！」とリックが叫ぶ。「ブリジッド！」とサム・スペイド。「アンナ・シュミット！」とライム。「ミス・スカーレット！」とサム。「お戻りになったんですね！　もうボスをひどい目にあわせたりしないでくださいよ！」

バーの暗がりから、冷たい微笑みを口に浮かべた男の姿が浮き上がる。フイリップ・マーロウだ。「行こうか、ミス・マープル」と女に言う。「ベイカー・ストリートでブラウン神父が待っている」

（左）アブドゥル・マティ・クラーワインによる「アレフ・サンクチュアリ」（1963–1970）、ホルヘ・ルイス・ボルヘス『エル・アレフ』から霊感を得たインスタレーション

（右）ギュスターヴ・ドレ「白い薔薇」（1867）、ダンテ・アリギエリ『神曲　天国篇』第31歌のための挿絵

◉白い薔薇

■ダンテ・アリギエリ（1265–1321）
『神曲　天国篇』第31歌

それゆえ、純白に輝く薔薇の形をとって／キリストがその血によってご自身の花嫁となした／聖なる軍が、我が前に現れていたのだ。

しかし別の一軍は、飛翔しながら／彼らを恋い焦がれさせる方の栄光と／彼らを美しく飾るその善を見て歌いつつ、

まるで一度花にもぐりこむと次には／その働きが蜜となって甘くなる巣に戻る／蜜蜂の列のように、

数多の花びらで飾られている大いなる花の中に／降りては、そこから／彼らの愛が常に宿る場所に昇っていくのだった。

皆の顔は鮮やかな炎に輝き、／翼は黄金で、その他の部分は純白だった、／どのような雪もそれほどまでには白くならぬほどに。

彼らが花の中に降りていく時、／両翼をはばたくことで手に入れた／平和と情熱を段から段へと分け与えていた。

訳者あとがき

本書はUmberto Eco, *Storia delle terre e dei luoghi leggendari*, Bompiani, 2013の全訳である。イタリア原版の他、米国、英国、独、仏、スペインの各国で訳書が刊行されており、出版予定も入れると中国、東欧、北欧をふくむ世界35ヵ国で紹介されることになるそうだ。そして今回、新たに日本版も加わる運びとなった。この魅惑の書を日本の読者にお届けできることを訳者として嬉しく思う。

原題は直訳すれば『伝説の土地と場所の歴史』である。やはり世界的に好評を博した『美の歴史』、『醜の歴史』、『芸術の蒐集』(いずれも邦訳は東洋書林)の3部作に続く作品で、このシリーズ同様、本書もまた重厚にして美麗なのが特徴である。重厚というのは何よりもまず物理的な意味であって、それはいま本書を手に取ってこのあとがきを読んでいる読者には先刻ご承知のところだろう。だが収録されている300点近い図版は実に色鮮やかで、上質な紙と印刷がこれを可能にしていることを思えば、多少「重厚」になるのも必然、というかその紙の手触りと重みそのものが他に替え難い読書体験の一部であることを納得していただけるはずだ。

美麗な図版の合間に配置されたテクストは、エーコ自身の執筆になる本文と、各主題に関連する様々な文献のアンソロジーで構成されるが、本文の筆致は軽やかで読みやすく、アンソロジー部分は、本文を補う資料としての役割はもちろん、読者を知の沃野へと導く扉ともなっている。

エーコが本書で辿るのは、不在の世界についての実在の歴史と、実在する世界についての不在の歴史である。パラドックス的な表現を避けるなら、それは不在の(未見未踏の)世界と不在の(反事実的な)歴史に託された想像力の歴史である。ときに歴史を動かす原動力となったこの人間の想像力を、エーコは一概に良いものと奉るわけでも、一概に悪しきものと断じるわけでもない。所々つっこみを入れつつも基本的に歴史叙述を指向するその筆致から読み取れるのは、人間の想像力とその産物がとにかく「面白い」ということなのだ。

本書のいまひとつの特徴は、『薔薇の名前』(東京創元社)、『フーコーの振り子』、『前日島』(以上、文藝春秋)、『バウドリーノ』(岩波書店)といったエーコ自身の小説作品の各所に散りばめられた歴史ネタが、著者自身の手で体系的に解説されていることである。エーコ作品をまだ読んだことがないという人にも、歴戦のエーコ読みにも、本書は予習・復習に恰好の一書となるだろう。自身の創作技法について直接論じた箇所はないものの、やはり不在の歴史を作中に盛り込んで大ベストセラー『ダ・ヴィンチ・コード』を生み出したダン・ブラウンの扱い方などから、対照的にエーコの創作に対する態度を読み取ることもまた可能だと思う。

翻訳は、まずは英語版をもとに訳出し、その後イタリア語原書との照合を網羅的に行った。結果、英語版には多くの省略箇所と幾つかの看過しえない誤訳が見つかったので、これらについては原書に準拠して補完修正した(その過程で発見された原書自体の誤記・誤植の類いについても適宜修正してある)。また、引用部で独自訳としたものについては、できるだけ原典にあたるよう努めている。

2013年に刊行したローター・ミュラー『メディアとしての紙の文化史』に続き、今回もまた加藤修さんに編集をご担当いただいた。(大変だが)楽しい仕事の機会を与えてくれたことに感謝している。

2015年9月　三谷武司

《附　録》

■作家名索引（50音順）

■図版作者名索引（50音順）

■図版一覧（掲載順）

■映像作品一覧（掲載順）

■邦訳参考文献（作家名50音順）

＊引用の際は掲載頁番号に◁を付した

アイリアノス『ギリシア奇談集』、松平千秋、中務哲郎訳、岩波文庫　…189, 209◁
アウグスティヌス『神の国』、著作集14、大島春子、岡野昌雄訳、教文館　…33, 34◁
アウグスティヌス『創世記注解』、著作集16、片柳栄一訳、教文館　…167◁
アボット、エドウィン・アボット『フラットランド』、冨永星訳、日経BP社　…337
『アラビアン・ナイト』、前嶋信次訳、東洋文庫　…442◁
アリオスト、ルドヴィコ『狂えるオルランド』、脇功訳、名古屋大学出版会　…154, 170◁, 173
アリストテレス『気象論』、全集5所収、泉治典訳、岩波書店　…189, 326
アリストテレス『形而上学』、出隆訳、岩波文庫　…30◁
アリストテレス『天界について』、新版全集5所収、山田道夫訳、岩波書店　…19, 27◁, 28◁, 31◁, 187
アリストパネース『鳥』、『ギリシア喜劇全集』2所収、久保田忠利訳、岩波書店　…289
アルヴァレス、フランシスコ『エチオピア王国誌』、池上岑夫、長島信弘訳、岩波書店　…137◁, 138
アントニオス・ディオゲネス『トゥーレの彼方の驚異』、鎌田邦宏訳、『兵庫県立大学環境人間学部研究報告』7（2005）…223
ヴィーコ、ジャンバッティスタ『新しい学』、上村忠男訳、法政大学出版会　…213◁
ウェストン、J・L『祭祀からロマンスへ』、丸小哲雄訳、法政大学出版局　…253
ヴェラス、ドニ『セヴァランブ物語』、『啓蒙のユートピア』1所収、田中良知、野沢協訳、法政大学出版局　…307, 335, 339◁
ウェルギリウス『アエネーイス』、西洋古典叢書、岡道男、高橋宏幸訳、京都大学学術出版会　…165◁
ウェルギリウス『牧歌／農耕詩』、小川正広訳、西洋古典叢書、京都大学学術出版会　…23, 223
ヴェルヌ、ジュール『海底二万里』、朝比奈美知子訳、岩波文庫　…182, 192, 215◁, 217
ヴォルテール『カンディードまたは最善説』、『カンディード　他五篇』所収、植田祐次訳、岩波文庫　…161, 177◁
エーコ、ウンベルト『完全言語の探究』、上村忠男、廣石正和訳、平凡社ライブラリー　…190, 227
エーコ、ウンベルト『小説の森散策』、和田忠彦訳、岩波文庫　…459◁
エッシェンバハ、ヴォルフラム・フォン『パルチヴァール』、加倉井粛之、伊藤泰治、馬場勝弥、小栗友一訳、郁文堂［訳語を一部改訳］…252, 257, 271◁, 277
エマーソン、ウィリス・ジョージ『地球内部を旅した男』、田中雅人訳、5次元文庫　…357
エリオットT・S『荒地』、岩崎宗治訳、岩波文庫　…253
オーウェル、ジョージ『一九八四年』、高橋和久訳、ハヤカワepi文庫　…309
オドリコ『ポルデノーネのオドリコ修道士の報告文』、『東洋旅行記』所収、家入敏光訳、桃源社　…108◁
オーブルチェフ『地底世界探検隊』、『少年少女世界科学冒険全集』30所収、袋一平訳、講談社　…358
オランデール、モーリス『エデンの園の言語』、浜崎設夫訳、法政大学出版局　…230

ガイガー、ジョン『サードマン――奇跡の生還へ導く人』、伊豆原弓訳、新潮文庫　…112
カエサル、ユリウス『内乱記』、國原吉之助訳、講談社学術文庫［度量衡を適宜改訂］　…88◁
カサーノヴァ『イコザメロン』、『ユートピア旅行記叢書』14所収、川端香緒里訳、岩波書店　…355
カルヴィーノ、イタロ『見えない都市』、米川良夫訳、河出文庫　…454◁
カンパネッラ、トンマーゾ『太陽の都』、近藤恒一訳、岩波文庫［度量衡を適宜改訂］　…307, 314◁
ギヨーム、リュブルクの『ルブルクのウィリアム修道士の旅行記』、『中央アジア・蒙古旅行記』所収、護雅夫訳、光風社選書　…106◁
クセノポン『アナバシス』、松平千秋訳、岩波文庫　…375
グリム兄弟『のらくら者の国』、『初版　グリム童話集』5所収、吉原高志、吉原素子訳、白水uブックス　…300◁
クレチアン・ド・トロワ『ペルスヴァルまたは聖杯の物語』、『フランス中世文学集』2所収、天沢退二郎訳、白水社　…252, 267◁, 272
ゲーテ『イタリア紀行』上－下、相良守峯訳、岩波文庫　…414
ゲノン、ルネ『世界の王』、田中義廣訳、平河出版社　…379◁, 384, 385, 407◁
ゲルウァシウス、ティルベリの『西洋中世奇譚集成　皇帝の閑暇』、池上俊一訳、講談社学術文庫　…118
クレチアン・ド・トロワ『ランスロまたは荷車の騎士』、『フランス中世文学集』2所収、神沢栄三訳、白水社　…255
コウルリッジ、サミュエル『クーブラ・カーンあるいは夢で見た幻想――断章』、『対訳コウルリッジ詩集』、上島建吉訳、岩波文庫　…449◁
コッローディ、カルロ『ピノッキオの冒険』、大岡玲訳、角川文庫　…292, 301◁, 302, 431
ゴドウィン、ジョスリン『北極の神秘主義』、松田和也訳、工作舎　…227, 230, 231, 369◁, 394◁
コナン・ドイル、アーサー『緋色の研究』、日暮雅通訳、光文社文庫　…440
コナン・ドイル『マラコット海淵』、斎藤伯好訳、ハヤカワ・SF・シリーズ　…201
『コーラン』、井筒俊彦訳、岩波文庫　…167◁
コルバン、アンリ『イスラーム哲学史』、黒田壽郎、柏木英彦訳、岩波書店　…282
コロンブス、クリストファー『全航海の報告』、林屋永吉訳、岩波文庫　…174◁
サン＝ティーヴ・ダルヴェードル、アレクサンドル『インドの使命』、ルネ・ゲノン『世界の王』所収、田中義廣訳、平河出版社　…377, 379◁, 384, 401◁
シェクリイ、ロバート『七番目の犠牲』、『人間の手がまだ触れない』所収、ハヤカワ文庫SF　…309
ジェフリー『ブリタニア列王史』、瀬谷幸男訳、南雲堂フェニックス　…250
シーガル、エリック『ラブ・ストーリー――ある愛の詩』、板倉章訳、角川文庫　…440
『司祭ヨハネの手紙』、『西洋中世奇譚集成　東方の脅威』所収、池上俊一訳、講談社学術文庫　…101◁, 131◁
ジャン・ド・ジョワンヴィル『聖王ルイ――西欧十字軍とモンゴル帝国』、伊藤敏樹訳、ちくま学芸文庫　…102
シュルツ、チャールズ『スヌーピー＆暗い嵐の夜だった』、谷川俊太郎訳、太田出版　…367
ジョイス、ジェイムズ『ユリシーズ』全4巻、丸谷才一、永川玲二、高松雄一訳、集英社文庫　…7, 71
スウィフト、ジョナサン『ガリヴァー旅行記』、平井正穂訳、岩波文庫　…7, 306–308, 434, 439◁
スキュデリー嬢『クレリー』、『モリエール全集』2所収、秋山伸子訳、臨川書店　…436, 455◁
スティーヴンスン、ロバート・ルイス『ジーキル博士とハイド氏』、村上博基訳、光文社古典新訳文庫　…440
ストーカー、ブラム『ドラキュラ』、新妻昭彦、丹治愛訳、水声社　…448◁
ストラボン『ギリシア・ローマ世界地誌』、飯尾都人訳、龍溪書舎　…238◁
『聖杯の探索』、天沢退二郎訳、人文書院　…269◁, 272
セルバンテス『犬の会話』、『スペイン中世・黄金世紀文学選集』5、牛島信明訳、国書刊行会　…332◁
タッソ、トルクァート『エルサレム解放』、鷲平京子訳、岩波文庫　…161, 179◁
ダンテ・アリギエリ『神曲　天国篇』、原基晶訳、講談社学術文庫　…12, 152, 460◁
チャーチワード、ジェームス『失われたムー大陸』、小泉源太郎訳、ボーダーランド文庫　…198
チャペック、カレル『ロボット（R.U.R.）』、千野栄一訳、岩波文庫　…309
ディオゲネス・ラエルティオス『ギリシア哲学者列伝』、加来彰俊訳、岩波文庫　…28◁
ディオドロス『神代地誌』、飯尾都人訳、龍溪書舎　…208◁, 238◁
ディ・キャンプ、ライアン・スプレイグ『プラトンのアトランティス』、小泉源太郎訳、ボーダーランド文庫［訳語を一部改訂］　…194◁
ディック、フィリップ・K『アンドロイドは電気羊の夢を見るか？』、浅倉久志訳、ハヤカワ文庫SF　…309
ディック、フィリップ・K『高い城の男』、浅倉久志訳、ハヤカワ文庫SF　…440
テニスン、アルフレッド『シャロット姫』、『テニスン詩集』所収、西前美巳訳、岩波文庫　…258, 273◁
伝カリステネス『アレクサンドロス大王物語』、橋本隆夫訳、国文社　…99, 128◁, 129, 160
トウェイン、マーク『アーサー王宮廷のヤンキー』、大久保博訳、角川文庫　…257
トマス・アクィナス『神学大全』、山田晶監訳、高田三郎訳、創文社　…154◁
トールキン、J・R・R『ホビットの冒険』上下、瀬田貞二訳、岩波少年文庫　…358, 435
ニーチェ、フリードリヒ『反キリスト者』、全集14所収、原佑訳、ちくま学芸文庫　…239◁
パウサニアス『ギリシア案内記』、『明治大学人文科学研究所紀要』36（「パウサニアス研究II――パウサニアス『ギリシア案内記』5「エリスA」――「古代ギリシアの四大運動競技会と祭祀」第1部」）所収、馬場恵二訳、明治大学　…86◁
ハガード、ヘンリー・ライダー『ソロモン王の洞窟』、大久保康雄訳、創元推理文庫　…47, 434
ハクスリー、オルダス『すばらしい新世界』、黒原敏行訳、光文社古典新訳文庫　…309
バトラー、サミュエル『エレホン』、山本政喜訳、岩波文庫　…308
バーナード、レイモンド『地球空洞説』、小泉源太郎訳、ボーダーランド文庫　…363, 395◁, 396◁, 397
ハリントン『オシアナ』、『世界大思想全集　社会・宗教・科学思想篇2』所収、田中浩訳、河出書房新社　…307
バロウズ、エドガー・ライス『危機のペルシダー』、佐藤高子訳、ハヤカワSF文庫　…358

バロウズ、エドガー・ライス『ターザンとアトランティスの秘宝』、高橋豊訳、ハヤカワ文庫特別版 SF …202

バロウズ、エドガー・ライス『地底世界ペルシダー』、佐藤高子訳、ハヤカワ SF 文庫 …358

ピガフェッタ、アントニオ『最初の世界周航』、『マゼラン最初の世界一周航海』所収、長南実訳、岩波文庫 …37◁

ヒッポリュトス『全異端派論駁』、『ソクラテス以前哲学者断片集』I 所収、内山勝利訳、岩波書店 …27◁

ヒトラー、アドルフ『わが闘争』上下、平野一郎訳、角川文庫 …234

ヒルトン、ジェイムズ『失われた地平線』、池央耿訳、河出文庫 …380

フィロン『"七不思議" について』、ジョン・ローマー、エリザベス・ローマー『世界の七不思議』所収、安原和見訳、河出書房新社 …82◁

フォワニ、ガブリエル・ド『南大陸ついに知られる』、『啓蒙のユートピア』1 所収、三井吉俊訳、法政大学出版局 …307, 335, 340◁

フォントネル『哲人共和国、またはアジャオ人物語』、『啓蒙のユートピア』1 所収、白石嘉治訳、法政大学出版局 …307

ブッツィアーティ『タタール人の砂漠』、脇功訳、岩波文庫 …7, 435

ブノワ、ピエール『アトランティード』、『世界大衆小説全集』6 所収、永井順訳、小山書店 …202, 203, 219, 441

フラウィウス・ヨセフス『ユダヤ古代誌』1、秦剛平訳、ちくま学芸文庫 …38, 47

ブラウン、ダン『ダ・ヴィンチ・コード』上－下、越前敏弥訳、角川文庫 …265, 420, 425, 428, 429

ブラッドベリ、レイ『華氏 451 度』、伊藤典夫訳、ハヤカワ文庫 SF …309

プラトン『クリティアス』、全集 12 所収、田之頭安彦訳、岩波書店 …186, 189, 200, 205◁

プラトン『国家』上下、藤沢令夫訳、岩波文庫 …307

プラトン『ティマイオス』、全集 12 所収、種山恭子訳、岩波書店 …186◁, 189, 200

プラトン『パイドン』、西洋古典叢書『饗宴／パイドン』所収、朴一功訳、京都大学学術出版会 …23, 28◁

プラトン『法律』上下、森進一、池田美恵、加来彰俊訳、岩波文庫 …307

『プラノ－カルピニのジョン修道士の旅行記――モンゴル人の歴史』、『中央アジア・蒙古旅行記』所収、護雅夫訳、光風社選書 …106◁

『プリニウスの博物誌』、中野定雄、中野里美、中野美代訳、雄山閣［訳語と度量衡を適宜改訂］ …23, 84◁, 97, 125◁, 208◁, 338

プルタルコス『ソロン』、『英雄伝』上所収、村川堅太郎編、ちくま学芸文庫 …189

ベイジェント、マイケル他『レンヌ＝ル＝シャトーの謎――イエスの血脈と聖杯伝説』、林和彦訳、柏書房［訳語を一部改訂］ …417, 419◁, 426◁

ベーコン、フランシス『ニュー・アトランティス』、川西進訳、岩波文庫 …189, 209◁, 307, 309, 317◁

ヘシオドス『労働と日』、『ヘシオドス全作品』所収、中務哲郎訳、京都大学学術出版会 …165◁

シラノ・ド・ベルジュラック『日月両世界旅行記』、赤木昭三訳、岩波文庫 …307

ベルナルドゥス、クレルヴォーの『ギヨーム修道院長への弁明』、『中世思想原典集成』10 所収、杉崎泰一郎訳、平凡社 …416

ヘロドトス『歴史』、松平千秋訳、岩波文庫 …124◁, 239◁

ヘンリクス『聖パトリキウスの煉獄譚』、『西洋中世奇譚集成　聖パトリックの煉獄』所収、千葉敏之訳、講談社学術文庫 …153, 170◁

ポー、エドガー・アラン『海中の都市』、『対訳　ポー詩集』所収、加島祥造訳、岩波文庫 …221◁

ポーウェル、ルイ他『神秘学大全』、伊東守男編訳、学研 M 文庫 …366

ホーキング、スティーヴン・W『ホーキング、宇宙を語る――ビッグバンからブラックホールまで』、林一訳、ハヤカワ文庫 NF …27◁

ボッカッチョ『デカメロン』、平川祐弘訳、河出書房新社 …290, 291, 298◁

ホメロス『オデュッセイア』、松平千秋訳、岩波文庫 …67, 68, 70, 71, 73, 74, 78◁, 80

ボルヘス、ホルヘ・ルイス『エル・アレフ』、木村榮一訳、平凡社ライブラリー …458◁, 460

ボルヘス、ホルヘ・ルイス『トレーン、ウクバール、オルビス・テルティウス』、『伝奇集』所収、鼓直訳、岩波文庫 …312◁, 323◁

ホルベルク、ルードヴィク［既訳著者名表記はホルベリ］『ニコラス・クリミウスの地下世界への旅』、『ユートピア旅行記叢書』12 所収、多賀茂訳、岩波書店 …335–337, 386◁, 388

ポーロ、マルコ『東方見聞録』、月村辰雄、久保田勝一訳、岩波書店 …61◁, 107, 112◁, 113, 138◁, 285◁

『マハーバーラタ』全 9 巻、山際素男編訳、三一書房 …146

マラン、ルイ『ユートピア的なもの――空間の遊戯』、梶野吉郎訳、法政大学出版局 …123◁

マルクス・マニリウス『占星術または天の聖なる学』、有田忠郎訳、白水社 …23, 31◁

マロリー、トマス『アーサー王物語』、井村君江訳、筑摩書房 …250, 251, 255, 257, 258, 272◁

マングェル、アルベルト他『完訳　世界文学にみる架空地名大事典』、高橋康也監訳、講談社 …7, 437

マンデヴィル、ジョン『マンデヴィルの旅』、福井秀加、和田章監訳、英宝社 …102, 122◁, 136◁, 142◁, 168◁

モア、トマス『ユートピア』、平井正穂訳、岩波文庫 …305, 307, 310◁, 313◁

モリス、ウィリアム『ユートピアだより』、川端康雄訳、岩波文庫 …308

モンテーニュ『エセー』、宮下志朗訳、白水社 …213◁

ユーゴー、ヴィクトル『レ・ミゼラブル』全 5 巻、西永良成訳、ちくま文庫 …350, 431

ラブレー、フランソワ『ガルガンチュアとパンタグリュエル 5――第五の書』、宮下志朗訳、ちくま学芸文庫 …443◁

ルーカーヌス『内乱――パルサリア』上下、大西英文訳、岩波文庫 …23

ルキアノス『本当の話』、『本当の話――ルキアノス短篇集』所収、呉茂一訳、ちくま文庫 …97, 289, 293◁, 420, 439

ルクレティウス『事物の本性について――宇宙論』、『世界古典文学全集』21 所収、藤沢令夫、岩田義一訳、筑摩書房 …22, 33◁

ルブラン、モーリス『奇岩城』、平岡敦訳、ハヤカワ・ミステリ文庫 …413, 424◁

『列子』上下、小林勝人訳注、岩波文庫 …146

レティフ・ド・ラ・ブルトンヌ『南半球の発見』、『啓蒙のユートピア』3 所収、植田祐次訳、法政大学出版局 …307

レーリヒ、ニコライ『シャンバラへの道』、澤西康史訳、中央アート出版社 …383, 384

ローリ、ウォルター『ギアナの発見』、『大航海時代叢書（第 II 期）18　イギリスの航海と植民 2』所収、平野敬一訳、岩波書店［訳語を一部改訂］ …176◁

■参考文献

Abdelkader, Mostafa (1983)
"A Geocosmos: Mapping Outer Space Into a Hollow Earth", in *Speculations in Science & Technology*, 6, 1.

Adam, Jean Pierre (1988)
Le passé recomposé. Chroniques d'archéologie fantasque, Paris, Seuil.

Agostino
La città di Dio, trad. di Luigi Alici, Milano, Bompiani, 2001.

Albini, Andrea (2012)
Atlantide. Nel mare dei testi, Genova, Italian University Press.

Alvarez, Francisco (1540)
Verdadera Informaçam das terras do Preste Joam das Indias; trad. *Viaggio in Etiopia di Francesco Alvarez*, in Giovanni Battista Ramusio, *Delle navigationi et viaggi*, a cura di Marica Milanesi, Torino, Einaudi, 1979.

Ampelio, Lucio
Liber memorialis, trad. di Vincenza Colonna, Bari, DIES, 1975.

Andreae, Johann Valentin (1619)
Reipublicae christianopolitanae descriptio, Strassburg, Zetzner; trad. di Giampaolo Spano, Milano, Edizioni Spano, 1984.

Aristotele
Il cielo, trad. di Alberto Jori, Milano, Bompiani, 2002.

Aristotele
Metafisica, trad. di Giovanni Reale, Milano, Bompiani, 2000.

Aroux, Eugène (1858)
Les mystères de la chevalerie et de l'amour platonique au Moyen Âge, Paris, Renouard.

Bacon, Francis (1627)
New Atlantis, London, Rawley; trad. di Giuseppe Schiavone, *Nuova Atlantide*, Milano, BUR, 2011.

Baër, Fréderic-Charles (1762)
Essai historique et critique sur l'Atlantide des anciens, Paris, Lambert.

Baigent, Michael - Leigh, Richard - Lincoln, Henry (1982)
The Holy Blood and the Holy Grail, London, Cape; trad. di Roberta Rambelli Pollini, *Il santo Graal*, Milano, Mondadori, 2004.

Bailly, Jean-Sylvain (1779)
Lettres sur l'Atlantide de Platon et sur l'ancienne histoire de l'Asie. Pour servir de suite aux lettres sur l'origine des sciences, adressées à M. de Voltaire par M. Bailly, Londres, chez M. Elmsly, et à Paris, chez les Frères Debure.

Baistrocchi, Marco (1995)
"Agarttha: una manipolazione guénoniana?", in *Politica Romana*, II, 1995.

Barisone, Ermanno (1982)
"Introduzione" a John Mandeville, *Viaggi, ovvero Trattato delle cose più meravigliose e più notabili che si trovano al mondo*, Milano, il Saggiatore.

Baudino, Mario (2004)
Il mito che uccide, Milano, Longanesi.

Benoit, Pierre (1919)
L'Atlantide, Paris, Albin Michel; trad. di Dario Albani, *L'Atlantide*, Milano, Sonzogno, 1920.

Bérard, Victor (1927-1929)
Les navigations d'Ulysse, Paris, Colin.

Bernard, Raymond (1960)
Agharta, the Subterranean World, Mokelumne Hill (CA), Health Research Books.

Bernard, Raymond (1964)
The Hollow Earth, New York, Fieldcrest Publishing; trad. di Vito Messana, *Il grande ignoto*, Milano, Sugar, 1972.

Berzin, Alexander (1996)
Mistaken Foreign Myths about Shambhala, Internet, The Berzin Archives.

Blavatsky, Helena (1877)
Isis Unveiled, New York, Bouton; trad. di Mario Monti, *Iside svelata*, Milano, Armenia, 1990.

Blavatsky, Helena (1888)
The Secret Doctrine, II, London, Theosophical Publishing Society; trad. di Stefano Martorano, *La dottrina segreta*, II, Roma, Istituto Cintamani, 2005.

Blavier, André (1982)
Les fous littéraires, Paris, Veyrier.

Bonvesin de la Riva (1288)
De magnalibus urbis Mediolani, VI; trad. di Paolo Chiesa, *Le Meraviglie di Milano*, Milano, Scheiwiller, 1997.

Borges, Jorge Luis (1940)
"Tlön, Uqbar, Orbis Tertius", in *Sur*, poi in *Ficciones* (1944); trad. di Franco Lucentini in J.L. Borges, *Tutte le opere*, a cura di Domenico Porzio, I, Milano, Mondadori, 1984.

Borges, Jorge Luis (1949)
El Aleph, Buenos Aires, Losada; trad. it. *L'Aleph*, in J.L. Borges, *Tutte le opere*, a cura di Domenico Porzio, I, Milano, Mondadori, 1984.

Boron, Robert de
Merlin (XII sec.); trad. di Francesco Zambon, in *Il libro del Graal*, Milano, Adelphi, 2005.

Boron, Robert de
Perceval (XII sec.); trad. di Francesco Zambon, in *Il libro del Graal*, Milano, Adelphi, 2005.

Bossi, Giovanni (2003)
Immaginario di viaggio e immaginario utopico, Milano, Mimesis.

Bradshaw, William R. (1892)
The Goddess of Atvatabar, New York, Douthitt.

Broc, Numa (1980)
"De l'Antichtone à l'Antarctique", in *Cartes et figures de la Terre*, Paris, Centre Pompidou.

Brugg, Elmar (Rudolf von Elmayer-Vestenbrugg) (1938)
Die Welteislehre nach Hanns Hörbiger, Leipzig, Koehler Amelang Verlag.

Bulwer-Lytton, Edward (1871)
The Coming Race, Edinburgh and London, William Blackwood and Sons; trad. di Gianfranco de Turris e Sebastiano Fusco, *La razza ventura*, Carmagnola, Arktos, 1980.

Buonanno, Errico (2009)
Sarà vero. La menzogna al potere. Falsi, sospetti e bufale che hanno fatto la storia, Torino, Einaudi.

Burnet, Thomas (1681)
Telluris theoria sacra, London, Kettilby.

Burroughs, Edgar Rice (1914)
"At the Earth's Core", in *All-Story Weekly*, 4-25 April.

Burroughs, Edgar Rice (1915)
"Pellucidar", in *All-Story Weekly*, 8-29 May.

Butler, Samuel (1872)
Erewhon, London, Trübner; trad. di Lucia Drudi Demby, Milano, Adelphi, 1975.

Butler, Samuel (1897)
The Authoress of the Odissey, London, Longmans.

Calabrese, Omar - Giovannoli,

Renato - Pezzini, Isabella (1983)
Hic sunt leones. Geografia fantastica e viaggi straordinari, Milano, Electa.

Calmet, Antoine-Augustin (1706)
Commentaire littéral sur tous les livres de l'Ancien et du Nouveau Testament, Paris, Emery.

Calvino, Italo (1972)
Le città invisibili, Torino, Einaudi.

Campanella, Tommaso (1602)
La Città del Sole, manoscritto; "Civitas solis. Idea Reipublicae Philosophicae", in *Realis philosophiae epilogisticae*, Frankfurt am Main, Tampach, 1623; *La Città del Sole - Questione quarta sull'ottima repubblica*, testo latino a fronte, a cura di G. Ernst, Milano, BUR, 1996.

Cardini, Franco (2000)
I Re Magi. Storia e leggenda, Venezia, Marsilio.

Cardini, Franco - Introvigne, Massimo - Montesano, Marina (1998)
Il santo Graal, Firenze, Giunti.

Casanova, Giacomo (1788)
Icosaméron. Histoire d'Édouard, et d'Élisabeth qui passèrent quatre vingts un ans chez les Mégramicres, habitantes aborigènes du Protocosme dans l'intérieur de notre globe, Praha, Imprimerie de l'École Normale.

Charroux, Robert (1972)
Trésors du monde. Enterrés, emmurés, engloutis, Paris, Fayard.

Chrétien de Troyes
Le roman de Perceval ou le conte du Graal (XII sec.); trad. di Mariantonia Liborio, *Il Graal*, Milano, Mondadori, 2005.

Churchward, James (1926)
The Lost Continent of Mu: Motherland of Man, New York, Rudge.

Ciardi, Marco (2002)
Atlantide. Una controversia scientifica da Colombo a Darwin, Roma, Carocci.

Cocchiara, Giuseppe (1963)
Il mondo alla rovescia, Torino, Boringhieri.

Collin de Plancy, Jacques (1821)
Voyage au centre de la terre, ou Aventures diverses de Clairancy et ses compagnons, dans le Spitzberg, au Pôle-Nord, et dans des pays inconnus, Paris, Caillot.

Collodi, Carlo (1880)
"Pinocchio", in *Il Giornale per i bambini*, poi *Le avventure di Pinocchio*, Firenze, Paggi, 1883.

Colombo, Cristoforo (1498)
"Lettera ai Re Cattolici dalla Spagnola, maggio-agosto 1498", in C. Colombo, *Relazioni di viaggio e lettere*, Milano, Bompiani, 1941.

Conan Doyle, Arthur (1929)
The Maracot Deep and Other Short Stories, London, Murray; trad. di Anna Cavazzoni, *L'abisso di Maracot*, Milano, Mondadori, 1995.

Corbin, Henry (1964)
Histoire de la philosophie islamique, Paris, Gallimard; trad. it. *Storia della filosofia islamica*, Milano, Adelphi, 1973.

Costes, Guy - Altairac, Joseph (2006)
Les terres creuses, Paris, Les Belles Lettres.

Crowe, Michael J. (1986)
The Extraterrestrial Life Debate, 1750-1900, Cambridge, CUP.

Daston, Lorraine - Park, Katharine (1998)
Wonders and the Order of Nature, New York, Zone Books; trad. it. *Le meraviglie del mondo*, Roma, Carocci, 2000.

Daunicht, Hubert (1971)
"Die Odyssee in Ostasien", in *Frankfurter Neue Presse*, 14 febbraio.

De Camp, L. Sprague - Ley, Willy (1952)
Lands Beyond, New York, Rhinehart; trad. it. *Le terre leggendarie*, Milano, Bompiani, 1962.

Delumeau, Jean (1992)
Une histoire du Paradis, Paris, Fayard.

De Sède, Gérard (1962)
Les templiers sont parmi nous ou l'énigme de Gisors, Paris, Juillard.

De Sède, Gérard (1967)
L'Or de Rennes ou la vie insolite de Bérenger Saunière, curé de Rennes-le-Château (poi ripubblicato in tascabile come *Le Trésor Maudit de Rennes-le-Château*, e infine nel 1977 come *Signé: Rose+Croix*).

De Sède, Gérard (1988)
Rennes-le-château. Le dossier, les impostures, les phantasmes, les hypothèses, Paris, Laffont.

Di Carpegna Falconieri, Tommaso (2011)
Medioevo militante, Torino, Einaudi.

Dick, Philip K. (1962)
The Man in the High Castle, New York, Putnam; trad. it. *La svastica sul sole*, Piacenza, La Tribuna, 1965.

Digby, Kenelm (1658)
Discours fait en une célèbre assemblée, touchant la guérison des playes par la poudre de sympathie, Paris, Courbé.

Digby, Kenelm (1660)
Theatrum sympatheticum, Nürnberg, Impensis J. A. & W. J. Endterorum Haered.

Diogene Laerzio
Vite e dottrine dei più celebri filosofi, a cura di Giovanni Reale con la collaborazione di Giuseppe Girgenti e Ilaria Ramelli, Milano, Bompiani, 2005.

Dohueihi, Milad (2006)
Le Paradis Terrestre. Mythes et philosophies, Paris, Seuil; trad. it. *Il paradiso terrestre. Miti e filosofie*, Costabissara, Colla, 2009.

Donnelly, Ignatius (1882)
Atlantis: The Antediluvian World, New York, Harper.

Donnelly, Ignatius (1888)
The Great Cryptogram: Francis Bacon's Cipher in the So-called Shakespeare Plays, London, Sampson Low, Marston, Searle & Rivington.

Doumenc, Philippe (2007)
Contre-enquête sur la mort d'Emma Bovary, Paris, Actes Sud.

Eco, Umberto (1993)
La ricerca della lingua perfetta, Roma-Bari, Laterza.

Eco, Umberto (1994)
Six Walks in the Fictional Woods, Cambridge (MA), Harvard University Press.

Eco, Umberto (2002)
"La forza del falso", in *Sulla letteratura*, Milano, Bompiani.

Eco, Umberto (2011)
"Sugli usi perversi della matematica", in *La matematica*, vol. III, a cura di Claudio Bartocci e Piergiorgio Odifreddi, Torino, Einaudi, 2011.

Emerson, Willis George (1908)
The Smoky God, Chicago (IL), Forbes.

Erodoto
Le storie, III, trad. di Luigi Annibaletto, Milano, Mondadori, 1961.

Erodoto
Le storie, IV, trad. di Augusto Fraschetti, Milano, Fondazione Lorenzo Valla-Mondadori, 1993.

Eschenbach, Wolfram von
Parzival, a cura di Laura Mancinelli,

trad. e note di Cristina Gamba, Torino, Einaudi, 1993.

Esiodo
Le opere e i giorni, trad. di Lodovico Magugliani, Milano, Rizzoli, 1998.

Eumaios (1898)
Odysseus als Afrikaumsegler und Amerikaentdecker, Leipzig, Fock.

Evola, Julius (1934)
Rivolta contro il mondo moderno, Milano, Hoepli.

Evola, Julius (1937)
Il mistero del Graal, Roma, Edizioni Mediterranee, 1994.

Fabre d'Olivet, Antoine (1822)
De l'état social de l'homme ou vues philosophiques sur l'histoire du genre humain, Paris, Brière.

Fauriel, Claude (1846)
Histoire de la poésie provençale, Paris, Labitte.

Fauth, Philip (1913)
Hörbigers Glazial-Kosmogonie, Kaiserslautern, Hermann Kaysers Verlag.

Ficino, Marsilio (1489)
De vita libri tres – Apologia – Quod necessaria sit ad vitam securitas, Firenze, Miscomini.

Fieux, Charles de, Chevalier de Mouhy (1734)
Lamekis, ou les voyages extraordinaires d'un égyptien dans la terre intérieure avec la découverte de l'Isle des Silphides, Paris, Dupuis.

Filippani-Ronconi, Pio (1973)
Ismaeliti e "Assassini", Basel, Thoth.

Fitting, Peter, a cura di (2004)
Subterranean Worlds, Middletown (CT), Wesleyan University Press.

Foigny, Gabriel de (1676)
La terre australe connue; trad. di Maria Teresa Bovetti Pichetto, *La Terra Australe*, Napoli, Guida, 1978.

Fondi, Roberto (s.d.)
"Nascita, morte e palingenesi della concezione del mondo cavo", in *Arthos*, 29.

Fontenelle, Bernard de (1768)
La République des philosophes ou Histoire des Ajaoiens, Genève.

Fracastoro, Girolamo (1530)
Syphilis sive morbus gallicus, Verona.

Frau, Sergio (2002)
Le Colonne d'Ercole. Un'inchiesta, Roma, Nur Neon.

Frobenius, Leo (1910)
Auf dem Weg nach Atlantis, Berlin, Vita.

Frugoni, Francesco Fulvio (1687-1689)
Il cane di Diogene, Venezia, Bosio.

Galli, Giorgio (1989)
Hitler e il nazismo magico, Milano, BUR 2005, ed. accresciuta.

Gardner, Marshall B. (1913)
A Journey to the Earth's Interior, Aurora (IL), The Author.

Gardner, Martin (1957)
Fads and Fallacies in the Name of Science, New York, Dover.

Garlaschelli, Luigi (2001)
Indagini sulla spada di San Galgano. Convegno su *Il mistero della Spada nella Roccia* (San Galgano, settembre 2001), http://www.luigigarlaschelli.it/spada/resoconto1292001.html.

Geiger, John (2009)
The Third Man Factor: Surviving the Impossible, Toronto, Viking Canada.

Gellio, Aulo
Notti attiche, trad. di Luigi Rusca, Milano, BUR, 1994.

Giannini, F. Amadeo (1959)
Worlds beyond the Pole, New York, Health Research Books.

Giovanni di Hildesheim (1477)
Historia de gestis et translatione trium regum, Köln, Guldenschaiff; trad. di Alfonso M. di Nola, *Storia dei Re Magi*, Roma, Newton Compton, 1980.

Giuda Levita (Jehuda Halevy) (1660)
Liber Cosri, Basel, Decker.

Goodrick-Clarke, Nicholas (1985)
The Occult Roots of Nazism, Wellingborough, Aquarian Press; trad. it. di Carlo Donato, *Le radici occulte del nazismo*, Milano, Sugarco, 1993.

Godwin, Joscelyn (1996)
Arktos: The Polar Myth in Science, Symbolism, and Nazi Survival, Kempton, Adventures Unlimited Press; trad. di Claudio De Nardi, *Il mito polare: l'archetipo dei poli nella scienza, nel simbolismo e nell'occultismo*, Roma, Edizioni Mediterranee, 2001.

Graf, Arturo (1892-1893)
Miti, leggende e superstizioni del Medio Evo, Torino, Loescher.

Grimm, Jacob e Wilhelm (1812)
Kinder und Hausmärchen, Berlin, Realschulbuchhandlung; trad. di Clara Bovero, *Fiabe*, Torino, Einaudi, 1951.

Grube, E. J. (1991)
"Automa", in *Enciclopedia dell'arte medievale*, Roma, Treccani.

Guénon, René (1925)
Le roi du monde, Paris, Gallimard; trad. di Bianca Candian, *Il re del mondo*, Milano, Adelphi, 1977.

Guénon, René (1950)
"L'ésotérisme du Graal", in *Lumière du Graal* [*Les Cahiers du Sud, n. spécial*], Paris 1951.

Haggard, H. Rider (1886-1887)
"She", in *The Graphic*, ottobre 1886-gennaio 1887; trad. di Giorgio Agamben, *Lei*, Milano, Bompiani, 1966.

Hall, Joseph (1607)
Mundus alter, Hanau, Antonius.

Halley, Edmund (1692)
"An Account of the Cause of the Change of the Variation of the Magnetical Needle with an Hypothesis of the Structure of the Internal Parts of the Earth", in *Philosophical Transactions of the Royal Society*, XVI.

Hammer-Purgstall, Joseph von (1818)
Die Geschichte der Assassinen, Stuttgart-Tübingen, Cotta; trad. it. *Origine, potenza e caduta degli Assassini. Opera interessantissima, attinta alle fonti orientali ed occidentali*, Padova, Penada, 1838.

Hawking, Stephen (1988)
A Brief History of Time, New York, Random House; trad. di Libero Sosio, *Dal big bang ai buchi neri*, Milano, Rizzoli, 1990.

Hilton, James (1933)
Lost Horizon, London, Macmillan; trad. di Simona Modica, *Orizzonte perduto*, Palermo, Sellerio, 1995.

Holberg, Ludwig (1741)
Nicolai Klimii iter subterraneum, Hafniae-Lipsiae, Preuss; trad. it. *Il viaggio sotterraneo di Niels Klim*, Milano, Adelphi, 1994.

Howgego, Raymond J. (2013)
Encyclopedia of Exploration. Invented and Apocryphal Narratives of Travel, Sydney, Hordern House.

Huet, Pierre-Daniel (1691)
Traité de la situation du Paradis terrestre, Paris, Anisson.

Iannaccone, Mario Arturo (2004)
Rennes-le-Château, una decifrazione. La genesi occulta del mito, Milano, Sugarco.

Iannaccone, Mario Arturo (2005)
"Dietro al Codice da Vinci. Da Arsenio Lupin a Dan Brown: una macchinazione secolare", in *Scienza e Paranormale*, 59.

Introvigne, Massimo (2005)
Gli Illuminati e il Priorato di Sion. La verità sulle due società segrete del "Codice da Vinci" e di "Angeli e demoni", Casale Monferrato,

Piemme.
Isidoro di Siviglia
Etimologie o origini, trad. di Angelo Valastro Canale, Torino, Utet, 2004.
Jacolliot, Louis (1873)
Les fils de dieu, Paris, Lacroix.
Jacolliot, Louis (1875)
Le Spiritisme dans le monde. L'initiation et les sciences occultes dans l'Inde et chez tous les peuples de l'Antiquité, Paris, Lacroix.
Jones, Rowland (1771)
The Circles of Gomer, London, S. Crowder.
Justafré, Olivier (2011)
Graines de folie. Supplément aux fous littéraires, Perros-Guirec, Anagramme.
Kafton-Minkel, Walter (1989)
Subterranean Worlds: 100,000 Years of Dragons, Dwarfs, the Dead, Lost Races and Ufos from inside the Earth, Washington D.C., Loompanics Unlimited.
Kircher, Athanasius (1665)
Mundus subterraneus, Amsterdam, Jansson & Weyerstraten.
Koresh (1927)
Fundamentals of Koreshan Universology, Estero (FL)., Guiding Star.
Kuiper, Gerard (1946)
"German astronomy during the war", in *Popular Astronomy*, LIV.
Lamendola, Francesco (1989)
"Terra Australis Incognita", in *Il Polo*, 1989, nr. 3.
Lamendola, Francesco (1990)
"Mendaña de Neira alla scoperta della Terra Australe", in *Il Polo*, 1990 nr. 1.
Lancioni, Tarcisio (1992)
Viaggio tra gli isolarî, Milano, Rovello.
Las Casas, Bartolomé de (1551-1552)
Apologética historia sumaria, prima ed. completa Madrid, Biblioteca de Autores Españoles, 1909.
Lattanzio, Lucio Cecilio Firmiano
Le divine istituzioni, trad. di Gino Mazzoni, Siena, Cantagalli, 1936.
Le Goff, Jacques (1981)
La naissance du Purgatoire, Paris, Gallimard; trad. it. *La nascita del Purgatorio*, Torino, Einaudi, 1982.
Le Goff, Jacques (1985)
"Le merveilleux dans l'Occident médiéval", in *L'imaginaire médiéval*, Paris, Gallimard; trad. it. *Il meraviglioso e il quotidiano nell' Occidente medievale*, Roma-Bari, Laterza, 1983.
Le Goff, Jacques (1985)
L'imaginaire médiéval, Paris, Gallimard; trad. it. *L'immaginario medievale*, Bari, Laterza, 1988.
Leblanc, Maurice (1909)
L'aiguille creuse, Paris, Pierre Lafitte, 1909; trad. di Decio Cinti, in *Le mirabolanti imprese di Arsène Lupin*, Milano, Sonzogno, 1974.
Leonardi, Claudio (1989)
"La via dell'Oriente nell'*Historia Mongalorum*", in Giovanni di Pian di Carpine, *Storia dei mongoli*, Spoleto, CISAM - Centro Italiano di Studi sull'Alto Medioevo.
Le Plongeon, Augustus (1896)
Queen Móo & The Egyptian Sphinx, New York, The Author.
León Pinelo, Antonio de (1656)
El Paraiso en el nuevo mundo, ed. critica Lima 1943.
Ley, Willy (1956)
"The Hollow Earth", in *Galaxy Science Fiction*, 11.
Liutprando da Cremona
Antapodosis; trad. di Massimo Oldoni e Pierangelo Ariatta, in Liutprando di Cremona, *Italia e Oriente alle soglie dell'anno mille*, Novara, Europìa, 1987.
Lloyd, John Uri (1895)
Etidorhpa, Cincinnati (OH), Lloyd.
López de Gómara, Francisco (1554)
La historia general de las Indias, con todos los descubrimientos, y cosas notables que han acaescido en ellas, dende que se ganaron hasta agora, Antwerpen, Stesio.
Luciano
Storia vera, trad. di Quintino Cataudella, Milano, BUR, 1990.
Lucrezio
La natura delle cose, trad. di Luca Canali, Milano, BUR, 2000.
Macrobio
Commento al Sogno di Scipione, trad. di Moreno Neri, Milano, Bompiani, 2007.
Malory, Thomas (1485)
Le morte Darthur; trad. di Gabriella Agrati e Maria Letizia Magini, in *Storia di re Artù e dei suoi cavalieri*, Milano, Mondadori, 1985.
Mandeville, John
Viaggi, trad. di Ermanno Barisone, Milano, Il Saggiatore, 1982.
Manguel, Alberto - Guadalupi, Gianni (1982)
Dizionario dei luoghi fantastici, Milano, Rizzoli.
Mather, Cotton (1721)
The Christian Philosopher, London, Matthews.
Mazzoldi, Angelo (1840)
Delle origini italiche e della diffusione dell'incivilimento italiano all'Egitto, alla Fenicia, alla Grecia e a tutte le nazioni asiatiche poste sul Mediterraneo, Milano, Guglielmini e Redaelli.
Montaigne, Michel de (1580-1595)
Les Essais, Paris, Abel l'Angelier; trad. di Fausta Garavini, *Saggi*, Milano, Bompiani, 2012.
More, Thomas (1516)
Libellus vere aureus, nec minus salutaris quam festivus de optimo rei publicae statu, deque nova insula Utopia, Leuwen; trad. di Luigi Firpo, *Utopia*, II, Napoli, Guida, 1990.
Moretti, Gabriella (1994)
Gli antipodi, Parma, Pratiche.
Morris, William (1891)
News from Nowhere, London, Reeves & Turner.
Nelson, Victoria (1997)
"Symmes Hole, or the South Polar Romance", in *Raritan*, 17.
Neupert, Karl (1909)
Am Morgen einer neuen Zeit, Dornbin, Höfle & Kaiser.
Neupert, Karl (1924)
Welt-Wendung! Inversion of the Universe, Augsburg, Druck v J. Scheurer.
Neupert, Karl (1927)
Umwälzung! Das Weltbild der Zukunft, Augsburg, Verlag Karl Neupert.
Neupert, Karl (1928)
Der Kampf gegen das kopernikanische Weltbild, Memmingen, Verlags- und Druckereigenossenschaft.
Neupert, Karl (1929)
Umsturz des Welt-Alls, Memmingen, Verlags- und Druckereigenossenschaft.
Neupert, Karl (1932)
Umwälzung der Weltanschauungen. Der Sternhimmel ist optische Täuschung, Zürich, Zimmerli.
Newton, Isaac (1728)
The Chronology of Ancient Kingdoms Amended, London, J. Tonson, J. Osborn, T. Longman.
Nietzsche, Friedrich (1888)
Der Antichrist, Leipzig, Kröner; trad. it. *L'Anticristo. Maledizione del cristianesimo*, Milano, Adelphi, 1998.
Obručev, Vladimir Afanas'evič (1924)
Plutonia, Leningrado.

Olender, Maurice (1989)
Les langues du Paradis, Paris, Gallimard; trad. it. *Le lingue del Paradiso*, Bologna, Il Mulino, 1990.
Olschki, Leonardo (1937)
Storia letteraria delle scoperte geografiche, Firenze, Olschki.
Omero
Odissea, trad. di Rosa Calzecchi Onesti, Torino, Einaudi, 1963.
Ortenberg, Veronica (2006)
In Search of the Holy Grail. The Quest for the Middle Ages, London-New York, Hambledon Continuum.
Ossendowski, Ferdinand (1923)
Beasts, Men and Gods, London, Arnold; trad. di Claudio De Nardi, *Bestie, uomini, dei*, Roma, Edizioni Mediterranee, 2000.
Pauwels, Louis - Bergier, Jacques (1960)
Le matin des magiciens, Paris, Gallimard; trad. it. *Il mattino dei Maghi*, Milano, Mondadori, 1963.
Peck, John W. (1909)
"Symmes' Theory", in *Ohio Archaeological and Historical Publications*, 18.
Pellech, Christine (1983)
Die Odyssee. Eine antike Weltumsegelung, Berlin, Reimer.
Pellicer, Rosa (2009)
"Continens Paradisi: el libro segundo de 'El paraíso en el Nuevo Mundo' de Antonio de León Pinelo", in *América sin nombre*, 13-14.
Penka, Karl (1883)
Origines Ariacae, Wien, Prochaska.
Petech, Luciano (1989)
"Introduzione" a Giovanni di Pian di Carpine, *Storia dei mongoli*, Spoleto, CISAM - Centro Italiano di Studi sull'Alto Medioevo.
Peyrère, Isaac la (1655)
Prae-Adamitae, Amsterdam, Elzevir; trad. it. *I preadamiti*, Macerata, Quodlibet, 2004.
Pezzini, Isabella, a cura di (1971)
Exploratorium. Cose dell'altro mondo, Milano, Electa.
Piazzi Smyth, Charles (1880)
Our Inheritance in the Great Pyramid, 4th ed., London, Wm Isbister.
Pigafetta, Antonio (1591)
Relazione del primo viaggio intorno al mondo, [1524].
Platone
Crizia, trad. di Giovanni Reale, in Platone, *Tutti gli scritti*, Milano, Bompiani, 2000.
Plinio
Storia naturale, a cura di Gian Biagio Conte, Torino, Einaudi, 1988.
Poe, Edgar Allan (1845)
The City in the Sea, trad. di Ernesto Ragazzoni in E.A. Poe, *Poesie*, Milano, Aldo Martello, 1956.
Polidoro, Massimo (2003)
Gli enigmi della storia : un'indagine storica e scientifica da Stonehenge al Santo Graal, Casale Monferrato, Piemme.
Prado, Geronimo - Villalpando, Giovanbattista (1596)
In Ezechielem explanationes et apparatus urbis ac templi hierosolymitani, Roma, Zannetti, Vullietto, Ciaccone.
Pseudo-Filone di Bisanzio
I sette grandi spettacoli del mondo; trad. di Maria Luisa Castellani Agosti e Enrica Castellani, in P. Clayton e M. Price, *Le sette meraviglie del mondo*, Torino, Einaudi, 1989.
Rahn, Otto (1933)
Kreuzzug gegen den Gral. Die Geschichte der Albigenser, Freiburg im Breisgau, Urban Verlag; trad. it. *Crociata contro il Graal. Grandezza e caduta degli albigesi*, Saluzzo, Barbarossa, 1979.
Rahn, Otto (1937)
Luzifers Hofgesind. Eine Reise zu den guten Geistern Europas, Leipzig, Schwarzhäupter-Verlag; trad. it. *Alla corte di Lucifero. I Catari guardiani del Graal*, Saluzzo, Barbarossa, 1989.
Raleigh, Walter (1596)
The Discovery of the Large, Rich, and Beautiful Empire of Guiana, with a Relation of the Great and Golden City of Manoa (which the Spaniards Call El Dorado), London; trad. di Franco e Flavia Marenco, *La ricerca dell'Eldorado*, Milano, il Saggiatore, 1982.
Ramusio, Giovan Battista (1556)
"Discorso di messer Gio. Battista Ramusio sopra il terzo volume delle navigazioni e viaggi nella parte del mondo nuovo", in *Delle navigationi et viaggi*, a cura di Marica Milanesi, Torino, Einaudi, 1979
Reed, William (1906)
The Phantom of the Poles, New York, Rockey.
Restif de la Bretonne, Nicolas Edme (1781)
La découverte australe par un homme-volant, ou Le Dédale français, Leipzig.
Roerich, Nicholas (1928)
Shambhala, the Resplendent, Talai-Pho-Brang; trad. it. di Daniela Muggia, *Shambhala, la risplendente*, Giaveno, Amrita, 1997.
Rosenau, Helen (1979)
Vision of the Temple, London, Oresko.
Rosenberg, Alfred (1930)
Der Mythus des 20. Jahrhunderts, München, Hoheneichen.
Rousseau, Victor (1920)
"The eye of Balamok", in *All-Story Weekly*, 24 January.
Rudbeck, Olaus (1679-1702)
Atland eller Manheim – Atlantica sive Manheim, Uppsala, Henricus Curio.
Russell, Jeffrey Burton (1991)
Inventing the Flat Earth, New York, Praeger.
Sacy, Sylvestre de (1838)
Exposé sur la religion des druzes, Paris, Imprimerie Royale.
Saint-Yves d'Alveydre, Alexandre (1886)
Mission de l'Inde en Europe, I e II, Paris, Calmann Lévy; trad. it. *Il regno di Agarttha*, Roma, Arkeios, 2009.
Saint-Yves d'Alveydre, Alexandre (1911)
L'Archéomètre, Clef de toutes les religions et de toutes les sciences de l'antiquité, Paris, Dorbon-Ainé.
Scafi, Alessandro (2006)
Mapping Paradise. A History of Heaven on Earth, Chicago, Chicago University Press; trad. it. *Il paradiso in terra. Mappe del giardino dell'Eden*, Milano, Bruno Mondadori, 2007.
Schrader, Otto (1883)
Sprachvergleichung und Urgeschichte, Jena, Costenoble.
Seaborn, Adam (Captain, forse pseudonimo di John Cleves Symmes) (1820)
Symzonia. Voyage of Discovery, New York, Seymour.
Seriman, Zaccaria (1764)
Travels of Henry Wanton to the Undiscovered Austral Regions and the Kingdom of the Apes and of the Cynocephali; trad. it. *I viaggi di Enrico Wanton alle terre incognite australi, ed ai Regni delle Scimie, e de' Cinocefali*, Milano, Bestetti, s.d.
Shepard, Odell (1930)
The Lore of the Unicorn, London, Allen & Unwin.
Smith, Paul (2011)
Pierre Plantard Criminal

Convictions 1953 and 1956, http://priory-of-sion.com/psp/ppconvictions.html
Smith, Paul (2015)
Priory of Sion Bibliography, http://www.rennes-le-chateau-rhedae.com/rlc/prioryofsionbibliography.html
Sobel, Dava (1995)
Longitude, New York, Walker; trad. it. Longitudine, Milano, Rizzoli, 1996.
Standish, David (2006)
Hollow Earth, Cambridge (MA), Da Capo Press.
Steuerwald, Hans (1978)
Weit war sein Weg nach Ithaka. Neue Forschungsergebnisse beweisen: Odysseus kam bis Schottland, Hamburg, Hoffmann und Campe.
Stoker, Bram (1897)
Dracula, New York, Grosset & Dunlap; trad. di Adriana Pellegrino, *Dracula il vampiro*, Milano, Longanesi, 1966.
Swinden, Tobias (1714)
An Enquiry into the Nature and Place of Hell, London, Taylor.
Tardiola, Giuseppe, a cura di (1991)
Le meraviglie dell'India, Roma, Archivio Guido Izzi.
Tardiola, Giuseppe (1993)
I viaggiatori del Paradiso, Firenze, Le Lettere.
Tega, Walter, a cura di (2007)
Il viaggio: Mito e scienza, Bologna, Bononia University Press.
Tomatis, Mariano (2011)
"Il gioco infinito di Rennes-le-Château", http://www.queryonline.it/2011/03/23/il-gioco-infinito-di-rennes-le-chateau/
Toudouze, Georges-Gustave (1914)
Le petit roi d'Ys, Paris, Hachette; trad. it. *La città sommersa*, Milano, Sonzogno, 1922.
Vairasse, Denis (1675)
The History of the Sevarites or Sevarambi, London, Brome.
Virgilio
Eneide, trad. di Annibal Caro, Firenze, Sansoni, 1922.
Verne, Jules (1864)
Voyage au centre de la Terre, Paris, Hetzel, rivisto nel 1867; trad. it. *Viaggio al centro della terra*, Milano, Mursia, 1967.
Verne, Jules (1869-1870)
20.000 lieues sous les mers, Paris, Hetzel; trad. it. *Ventimila leghe sotto i mari*, Milano, BUR, 2004.
Vespucci, Amerigo (1745)
Vita e lettere di Amerigo Vespucci, Firenze, All'Insegna di Apollo.
Vico, Giambattista (1744)
Principi di scienza nuova, Napoli, Stamperia Muziana.
Vidal-Naquet, Pierre (2005)
L'Atlantide. Petite histoire d'un mythe platonicien, Paris, Les Belles Lettres; trad. it. *Atlantide*, Torino, Einaudi 2006.
Vinci, Felice (1995)
Omero nel Baltico. Saggio sulla geografia omerica, Roma, Palombi.
Voltaire (1756)
"Essai sur les moeurs et l'esprit des nations", in *Collection des œuvres complètes de M. de Voltaire*, Genève, Cramer.
Voltaire（1759）
Candido, trad. di Giovanni Fattorini, Milano, Bompiani, 1987.
Ward, Cynthia (2008)
"Hollow Earth Fiction", in *The Internet Review of Science Fiction*, www.irosf.com/q/zine/article/10460
Warren, William F. (1885)
Paradise found, Boston (MA), Houghton Mifflin.
Weston, Jessie L. (1920)
From Ritual to Romance, Cambridge, Cambridge University Press.
Wolf, Armin – Wolf, Hans-Helmut (1990)
Die wirkliche Reise des Odysseus. Zur Rekonstruktion des homerischen Weltbildes, München, Langen Müller.
Zaganelli, Gioia, a cura di (1990)
La lettera del Prete Gianni, Parma, Pratiche.
Zaganelli, Gioia (1997)
L'Oriente incognito medievale, Soveria Mannelli (CZ), Rubettino.
Zambon, Francesco (2012)
Metamorfosi del Graal, Roma, Carocci.
Zirkle, Conway (1947)
"The Theory of Concentric Spheres: Edmund Halley, Cotton Mather, John Cleves Symmes" in *Isis*, 37, 3-4.
Zschaetzsch, Karl Georg (1922)
Atlantis die Urheimat der Arier, Berlin, Arier.

※ 作者未詳文献

Corano, trad. di Alessandro Bausani, Firenze, Sansoni, 1955.

Curious Enquiries, 1688, London, Taylor.

De rebus in oriente mirabilibus, trad. di Giuseppe Tardiola, *Le meraviglie dell'India*, Roma, Archivio Guido Izzi, 1991.

Il romanzo di Alessandro, trad. di Monica Centanni, Venezia, Arsenale, 1988.

La Bibbia di Gerusalemme, Bologna, Centro editoriale Dehoniano, 2009.

La navigazione di san Brandano, versione libera dalla versione a cura di Maria Antonietta Grignani e Carla Sanfilippo, Milano, Bompiani, 1975.

La ricerca del santo Graal, trad. di Marco Infurna, in *Il Graal*, Milano, Mondadori, 2005.

Lettera del Prete Gianni, trad. di Gioia Zaganelli, in *La lettera del Prete Gianni*, Parma, Pratiche, 1990.

Li Fabliaus de Coquaigne, trad. di Gian Carlo Belletti, in *Fabliaux*, Ivrea, Hérodote, 1982.

Perlesvaus, trad. di Silvia de Laude, in *Il Graal*, Milano, Mondadori, 2005.

Relation d'un voyage du pôle arctique au pôle antarctique par le centre du monde, 1721, Amsterdam, Lucas.

■図版出典

© 1994, CONG SA. Corto Maltese. Avevo un appuntamento – Tutti i diritti riservati
© Matt Klarwien by SIAE 2013
© Agence Bulloz / Réunion des Musées Nationaux / Alinari
© Alberto Savinio by SIAE 2013
© Biblioteca Apostolica Vaticana 2013
© Digital Image Museum Associates / LACMA / Art Resource NY / Scala, Florence
© Hergé / Moulinsart 2013
© Jean-Gilles Berizzi / Réunion des Musée Nationaux / Grand Palais (MuCEM) / Alinari
© René Magritte by SIAE 2013
© René-Gabriel Ojéda / Réunion des Musée Nationaux / Grand Palais (Musée du Louvre)
© Rennes / Louis Deschamps / Réunion des Musées Nationaux / Alinari
© Trustees of the British Museum Antikensammlung, Staatliche Museen zu Berlin / Archivio Scala, Firenze
Archivi Alinari, Firenze
Artothek / Archivi Alinari, Firenze
Bayerische Staatsbibliothek München
Biblioteca Medicea Laurenziana, Firenze / su concessione del Ministero per i Beni e le Attività culturali
Bibliothèque Municipale, Nantes
Bibliothèque Nationale de France, Paris
Bibliothèque Royale de Belgique, Bruxelles
BPK, Bildagentur für Kunst, Kultur und Geschichte, Berlin / Foto Scala, Firenze
Bridgeman / Alinari
Cameraphoto / Scala, Firenze
Cinémathèque Française, Paris
Corbis Images
CuboImages
DeAgostini Picture Library / Scala, Firenze
Domingie - Rabatti Firenze
Erich Lessing Archive / Contrasto
Fondazione Centro Conservazione e Restauro “La Venaria Reale” su concessione del MIBAC
Foto IBL Bildbyra / Heritage Images / Scala, Firenze
Foto Scala, Firenze
Foto Scala, Firenze / su concessione del Ministero per i Beni e le Attività culturali
Franco Cosimo Panini Editore © su licenza Fratelli Alinari
Galleria Fondoantico di Tiziana Sassoli
Galleria Thule Italia
General Research Division, The New York Public Library, Astor, Lenox and Tilden Foundations
Harvard Art Museums / Fogg Museum
Interfoto / Alinari
John Rylands University Library, Manchester
Jonathan Player / The New York Times / Contrasto
Kunsthalle, Bremen
Luisa Ricciarini, Milano
Mary Evans Picture Library 2008 / Archivi Alinari
Mondadori Portfolio / Akg Images
Mondadori Portfolio / Album
Mondadori Portfolio / Electa / Sergio Anelli
Mondadori Portfolio / Leemage
Mondadori Portfolio / Picture Desk Images
Mondadori Portfolio / The Art Archive
Mondadori Portfolio / The Kobal Collection
München, Bayerische Staatsbibliothek
Museo di Capodimonte / Soprintendenza Speciale per il Patrimonio Storico, Artistico, Etnoantropologico e per il Polo Museale della città di Napoli
Museo-Antico Tesoro della Santa Casa di Loreto
Oriel College Library, Oxford University
Palazzo Fava. Palazzo delle Esposizioni / Genus Bononiae. Musei nella Città
Photo12 / Olycom
Royal Ontario Museum, Toronto
Science Photo Library / Contrasto
Smithsonian Libraries, Washington
The Art Archive / Bibliothèque Municipale Amiens / Kharbine-Tapabor / Coll. J. Vigne
The Frances Lehman Loeb Art Center, Vassar College Poughkeepsie, New York
TopFoto / Archivi Alinari
Webphoto, Roma
White Images / Foto Scala, Firenze
Wolfsoniana – Fondazione regionale per la Cultura e lo Spettacolo, Genova